유동하는 식민지

식민주의와 그 틈새

저자

곽은희(郭恩僖, Kwak, Eun-Hee)_ 1974년 대구에서 출생하였다. 영남대학교 국어국문학과를 졸업한 후 영남대학교 대학원 석·박사과정, 동국대학교 문화학술원 박사후연수과정을 지냈다. 논문으로는 「일제 말 친일문학에 나타난 식민지 근대성 연구-이광수·최남선의 친일비평을 중심으로」, 「슬픔의 공동체와 재난의 글쓰기」 등이 있다. 현재 동아대학교 기초교양대학 조교수로 재직 중이다.

유동하는 식민지 식민주의와 그 틈새

초판인쇄 2018년 7월 20일 **초판발행** 2018년 7월 30일
글쓴이 곽은희 **펴낸이** 박성모 **펴낸곳** 소명출판 **출판등록** 제13-522호
주소 서울시 서초구 서초중앙로6길 15, 1층
전화 02-585-7840 **팩스** 02-585-7848
전자우편 somyungbooks@daum.net **홈페이지** www.somyong.co.kr

값 35,000원   ⓒ 곽은희, 2018

ISBN 979-11-5905-283-5 93810

유동하는 식민지

LIQUID COLONY :
COLONIALISM AND ITS INTERSTICE

식민주의와 그 틈새

곽은희 지음

소명출판

책머리에

이 책의 제목에서 '식민주의와 그 틈새'는 식민주의의 '구조'와 그 구조 내부의 '틈새' 모두를 가리킨다. 제3부 '사유와 논리'가 식민주의의 견고한 구조, 즉 식민 구조를 지속되도록 해주는 지식과 가치의 식민적 위계를 분석한 것이라면, 제1부 '틈새와 균열'은 그러한 지식과 가치가 일상과 습속으로 뿌리내리는 동안 일어나는 쟁투에 초점을 두고 분석한 것이다. 제2부 '일상과 감각'은 '사유와 논리'로부터 '틈새와 균열'로 나아가는 과정을 반영하고 있다. 일상과 감각에 대한 탐색을 통하여 필자는, 구조의 견고함만으로는 규명할 수 없는 유동성으로 관심을 옮길 수 있었다. 그래서 이 책의 차례는 각 장을 쓴 시간적인 순서를 역으로 배열한 것이다.

근대적 통치술이 가독성을 위한 도구를 지속적으로 발명하고 발전시켜 나가는 것과 마찬가지로 통치 메커니즘이 측정할 수 없는 영역 역시 끊임없이 생성된다. '유동하는 식민지'를 이 책의 제목으로 삼은 것도 구조와 균열에 대한 접근을 통해 식민주의 내부에서 일어나는 '생성'의 움직임을 중요한 화두로 제시하기 위해서이다. 양방향에서 생성되고 있는 이러한 움직임을 포착하지 못한다면 구조적 협력을 규명하는 작업이 처한 딜레마, 즉 식민 지배 메커니즘을 규명하는 작업이 제국의 시스템을 강화하게 되는 역설을 벗어나기 어렵다.

식민주의를 논의의 대상으로 삼을 때 중요하게 생각한 것은 지배의 상태가 아니라 권력 관계이다. 권력은 다른 힘들과의 관계를 통해서 구성된다. 푸코의 논의를 빌려보면, 권력은 중심점이나 주권이라는 유일한 위치에서 나오는 것이 아니다. 오히려 권력은, 권력 관계 각각의 계기마다 방향을 바꾸거나 자취를 거슬러 추적할 때 굴절, 뒤틀림, 회귀, 방향전환, 저항을 표시하면서 힘들의 장 안에서 '한 지점에서 다른 지점으로' 이동한다.[1] 그렇기 때문에 권력은 '전략적 놀이'이다. 권력 관계란 '모든 운동의 가역성을 차단해 버릴 경우에 직면하게 되는 지배의 상태'[2]와는 변별된다. 오히려 전략적 놀이로서 권력 관계란, 변화될 수 있고 뒤집어질 수 있으며 불안정한 것[3]이다.

이 책에서 담고 있는 문제의식은 여러 편의 글들을 쓰는 동안 오랜 시간을 걸쳐 형성된 것이다. 첫 원고(2004)와 마지막 원고(2016) 사이에는 십여 년의 간격이 있다. 그래서 이 책은 '유동하는 식민지'라는 화두를 발견하기까지의 과정에 가깝다. 비록 이 책은 제목에 값하는 모노그라

---

1 질 들뢰즈(Gilles Deleuze), 권영숙·고훈석 역, 『들뢰즈의 푸코』, 새길, 1995, 116면.
2 위의 글, 102면.
3 미셸 푸코(Michel Foucault), 정일준 역, 「자유의 실천으로서 자아에의 배려―권력, 자아 윤리」, 미셸 푸코 외, 정일준 편역, 『미셸 푸코의 권력이론』, 새물결, 1995, 114면.

프가 되지 못했지만, 독립적인 초점을 지닌 16개의 장들이 식민주의에 관한 콜라주가 되기를 조심스럽게 희망한다.

이 책은 필자가 그동안 쓴 글들을 새롭게 체계를 세워 정리한 것이다. 필자의 이름으로 책이 나오게 되지만, 엄밀히 말해 이 책은 학문 공동체의 학은學恩으로 말미암은 것이다. 학생시절부터 지금까지 학은을 베풀어주신 영남대학교 은사님들께, 함께 동고동락했던 선후배, 동학들께 머리 숙여 감사드린다. 여러 필독서들을 읽으면서 문제의식을 발전시킬 수 있었던 것은 발제와 토론을 함께 했던 은사님, 선후배, 동학들 덕분이었다. 영남대학교 국문과 현대문학회 스터디팀, 영남대학교 인문과학연구소 여러 선생님들께 감사의 마음을 전한다. 아울러 이 책에 실린 글들에 대해 토론해 주신 학회의 여러 선생님들께, 심사과정에서 중요한 논평을 해 주신 익명의 심사위원들께 감사드린다.

작은 문제의식을 씨앗으로 삼아 지속적으로 천착하기 위해서는 부지런함과 성실함이 몸에 배어 있어야 함을 보여주신 이동순 선생님께 감사드린다. 선생님의 집중과 부지런함은 공부하는 동안 긴장을 잃지 않게 하는 원동력이었다. 박사논문 심사위원장을 맡으시면서 문학사의 실제에 가까이 있어야 함을 일깨워 주신 염무웅 선생님께 감사드린다. 선생님의 지적은 박사논문을 쓰고 난 뒤 스스로의 부족함들을 대면하고 고쳐나가는 데 중요한 화두가 되었다. 직접 번역한 일제 말기 일본어 소설들을 건네주시며 식민주의에 대한 폭넓은 관점으로 이끌어주신 노상래 선생님께 감사드린다. 또한 오랫동안 청강을 허락해 주신 이승렬 선생님께 감사드린다. 선생님의 수업을 들으면서 접하게 된 탈식민주의와 현대문학이론, 생태적 관점은 인문학적 사유의 뼈대가 되었다. 박사후과정을 하는 동안 높은 산, 낮은 산 여러 산들 가운데 자기의 산을 넘어가야 함을 따뜻한 언어로 일깨워주신 황종연 선생님께 감사드린다. 동국대학교 문화학술원의 여러 학술대회들은 제국과 식민지 간의 횡단과 이동으로 관심을 넓히는 계기가 되었다. 2년 가까이 교정 작업을 함께해 주신 소명출판 관계자분들께도 감사드린다. 교정 작업은 동아대학교로 온 뒤에 진행되었다. 동아대학교 포스트휴먼 스터디팀 선생님들, 거대한 전환 코티칭 스터디팀 선생님들의 우애에 감사드린다. 이 책에 실린 글들 가운데 대부분은 한국연구재단의 지원을 받아 작성된 것이다. 연구를 지속할 수 있도록 지원해 준 한국연구재단에 감사드린다.

늘 가까이에서 넘치는 사랑으로 지지해 주시는 부모님께 이 책이 작은 기쁨이 되기를 기원한다.

2018년 6월
곽은희

차례

제1부

틈새와 균열

1장

프로파간다화된 만주 표상과 욕망의 정치학*

1. 들어가며

이 글은 막대한 인원을 동원하는 총력전의 성격을 띠는 근대전近代戰의 경우, 프로파간다와 떼려야 뗄 수 없다[1]는 데 주목하여, 파시즘이 어떻게 대중들의 집단 정서를 만들어 내는지 그 구체적인 메커니즘을 구명하고자 한다. 대중 동원에서 핵심적인 것은 실질적인 '참여'를 이끌어 낼 수 있는 적극적이고 능동적인 동의를 이끌어내는 것이다. 따라서 전

---

* 이 글은 2011년도 정부(교육부)의 재원으로 한국연구재단의 지원을 받아 연구되었음 (NRF-2011-327-A00428).

1 니콜라스 잭슨 오쇼네시(Nicholas Jackson O'shaughnessy), 박순석 역, 『대중을 유혹하는 무기-정치와 프로파간다』, 한울아카데미, 2009, 63면.

쟁 시기의 프로파간다 메커니즘은 대중들의 욕망을 자극하여 마음을 사로잡는 데 초점이 맞추어져 있다. 이 과정에서 중요하게 떠오르는 것이 바로 '욕망'이다. 지배 이데올로기가 일상의 영역에서 유령처럼 배회하면서 당대 주체들과 결합되어 사회적 실천으로 실천되는 것은 욕망을 통해서이기 때문이다. 여기서 욕망은 개인적이고 무의식적이며 순수한 것이 아니라 사회적이고 정치적인 실천 영역에 놓여 있다. 헤게모니가 다수의 동의에 의해 지지되며 효율적으로 작동된다고 할 때, 욕망은 다수의 동의를 보다 즉각적으로 이끌어내도록 해 주는 프로파간다의 마중물이다. 프로파간다 전략이 주로 이상향에 대한 대중들의 욕망, 즉 유토피아적인 비전이 지닌 설득력을 원동력으로 삼고 있는 것은 프로파간다가 작동되는 과정에 개입하고 있는 욕망의 역할과 무관하지 않다.

이러한 문제의식을 바탕으로 이 글은, 보다 나은 삶을 향한 '유토피아적 욕망'이 근대의 실험장[2]이자 식민지 조선 사회의 탈출구였던 '만주'를 통해 표상된다는 점에 착안하여, 만주광滿洲狂이 조선의 4대광四代狂 중의 하나[3]로 떠오른 현상을 분석하고자 한다. 이를 위해 이 글은 전시체제기의 미디어에서 만주 판타지를 만들어내고 유포했던 기행문, 시찰기, 좌담회를 대상으로 만주가 동양의 '엘도라도eldorado'로 표상되는 과정을 분석할 것이다. 또한 특정한 장소를 새로운 개척지이자 이상향으로 표상하는 것[4]은 근대성의 작동 메커니즘 중 하나였으며, 이러한 근대

---

2 만주국은 일본의 군대와 관료들을 위한 훈련장일 뿐 아니라, 총력전체제·통제 경제·건축·도시계획·박물관 경영 등에서 일본 근대의 실험장이었다(임성모, 「만주국과 오키나와의 비교사적 고찰」, 한석정·노기식 편, 『만주, 동아시아 융합의 공간』, 소명출판, 2008, 336~355면).

3 우석(愚石), 「현대조선(現代朝鮮)의 사대광(四代狂)─만주광(滿洲狂), 금광광(金鑛狂), 미두광(米豆狂), 잡지광(雜誌狂)」, 『제일선(第一線)』, 1932.9, 82~86면.

성의 구조가 대중들의 욕망을 주조하고 창안하는 욕망의 정치학과 연동하고 있다는 사실을 구명할 것이다.

일정한 의도에 의해 만들어진 만주 표상이 대중의 욕망을 자극하여 그들의 마음을 움직이기 위해서는 재현 텍스트와 대중을 이어주는 매개체가 필요하다. 일정한 간격을 두고 대량 유포되는 근대적 미디어는 프로파간다를 대중적으로 유포하는 테크놀로지이다. 프로파간다 메시지를 대중들에게 전달해 주는 테크놀로지가 없다면, 프로파간다 전략은 일정 지역 바깥에서 다수를 향해 효력을 발휘하기 어렵다. 그런 점에서 만주에 관한 이미지를 전달하는 근대적 미디어는 프로파간다를 성공적으로 수행하는 데 본질적이라고까지 할 수 있다. 독자 대중을 대상으로 정기적으로 간행되어 나오는 '잡지'는 대중들에게 정보를 제공하며 특정한 자극을 주기적으로 반복한다는 점에서 더욱 그러하다. 실제로 행동주의 심리학의 가설을 보면, 일정한 자극을 반복해서 가하면 습관으로 굳어지며, 어떤 생각을 자꾸 하다 보면 확신으로 자리잡는다[5]고 한다.

1938년 대륙개척이민정책이 국책으로 정해진 후, 1939년 2월 동경에서 대륙개척문예간화회大陸開拓文藝懇話會가 결성되어 만주 개척 이민을 소재로 한 문학작품이 발표된 것도 이 같은 맥락에서 이해할 수 있다. 1939년 대륙개척문예간화회 회원들은 만주국의 이민사업과 청소년의

---

4 물론 만주가 이상향으로 창안되고 표상되는 것은 전시체제기에 이르러 갑작스럽게 이루어진 것은 아니다. 조선에서 만주는 1세기 이전부터 기아를 피해 필사적으로 이주를 감행했던 이상향으로 존재하고 있었다. 필사적인 탈출과 잠입의 형태로 시작된 조선인의 만주 이민은 이후 국제적인 상황에 따라 변동되었지만, 만주를 향한 이민의 역사는 해방 이전까지 지속되었다(김기훈, 「만주의 코리안 디아스포라—제국 내 이민 정책의 유산」, 한석정·노기식 편, 앞의 책, 197~214면).

5 니콜라스 잭슨 오쇼네시, 박순석 역, 앞의 책, 123면.

용군 훈련상황을 시찰하기 위해 파견되었다가[6] 서울에 들러 조선인 문인들과 좌담회[7]를 가지기도 하였다. 대륙개척문예간화회를 통한 일본 문단과의 연계 속에서 조선 문단 역시 만주 개척을 소재로 한 소설과 기행문, 시찰기를 대거 창작하였으며, 신문[8] 역시 조선 농민들의 만주 이주를 다루는 기사들을 전면으로 다루고 있다.

프로파간다는 본질적으로 "의사를 전달하기 위해 미리 제조된 상징 조작을 세심히 정해놓은 것"[9]이므로, '정교하게 조직되어 있는 기만 메커니즘'이라고 정의할 수 있다. 만주사변 이후 조선에서 일어난 '만주붐'은 사실, 조선 반도 내의 모순을 밖으로 향하게 하려는 미봉책에 불과했다. 조선총독부에서 조선농민의 만주국 이민을 적극적으로 추진한 것은, 세계 공황 이후 조선 반도 내의 경제 불황과 농촌 공황을 타개하기 위해서였다.[10] 그럼에도 불구하고, 프로파간다의 표면에서 '만주붐'의 역사적 기원은 소거된다. 역사적 사건이나 특정한 대상이 지니고 있는 역사성을 최대한 소거하고, 원래부터 그러했던 것처럼 자연화시키는 것이 프로파간다 메커니즘의 본질적인 특성이다. 그러므로 프로파간다 메커니즘을 분석할 때에는 자연화의 과정을 역행하여 읽는 것이 중요하다. 이 글에서는 프로파간다가 형성된 결을 그대로 따라 읽어가는 방식

---

6 「우리사회의 제내막(諸内幕)」, 『삼천리』, 1939.7, 7면.
7 조선문단에서는 백철·이원구·유진오·박영희·김용제 등이 이 좌담회에 참석했다 (「대륙개척문예간화회회환송회」, 『동양지광』, 1939.6, 42~48면).
8 『동아일보』1939년 1월자 2면은 "조선의 농민노동자는 대륙개척의 선발대!"라는 제목으로 「수전개척의 선구자 만주엔 백만이 산재」, 「이민은 국책 씩씩하게 살아가자」, 「자연적 조건과 사회적원인으로」 등의 기사를 싣고 있으며, 같은 면에 「만주 이민의 출발광경」과 「넓은 풀밭에 김매는 조선 부인들」을 사진으로 싣고 있다.
9 니콜라스 잭슨 오쇼네시, 박순석 역, 앞의 책, 38면.
10 田中隆一, 『満州国と日本の帝国支配』, 東京 : 有志舍, 2007, pp.180~181.

(3절)과 그 결을 역행해 읽어가는 방식(4절)을 동시에 진행할 것이다. '프로파간다'를 중심으로 진행되는 양 방향 읽기는 프로파간다의 표면에서 휘발된 지점을 불러오기도 하고, 프로파간다 내부에서 일어나는 균열의 지점을 포착하기도 함으로써 프로파간다에 대한 입체적인 조명을 꾀할 수 있을 것이다.

2. 리얼리티reality와 프로파간다propaganda

대규모 디아스포라를 추동하고 생성하는 원동력은 새로운 장소에서 새로운 기회를 얻을 수 있다는 유토피아적 비전이다. 당시 만주는 정치 유형을 조성하는 자치장소로서, 일본의 기성사회에서는 성취하기가 불가능한 것으로 보이는 비전을 실현할 수 있는 개척지로 표상되었으며, 일본인들이 낭만을 품은 유일한 장소[11]였다. 만주의 이상과 혁신에서 '민족협회民族協和'와 '왕도낙토王道樂土' 이념은 핵심적인 위치를 차지하고 있다. "이상적인 세계에 유례가 없는 인류 최고의 이념, 즉 민족끼리

---

[11] 프래신짓트 두아라(Prasenjit Duara), 한석정 역, 『주권과 순수성─만주국과 동아시아적 근대』, 나남, 2008, 134~135면. 만주국 건설이 일종의 유토피아 실현의 시도였다는 논의에 대해서는 야마무로 신이치[山室信一], 윤대석 역, 『키메라─만주국의 표상』, 소명출판, 2009, 34~37면을 참조. 만주 유토피아에 대한 국내 연구로는 다음을 참조. 김철, 「몰락하는 신생(新生)─'만주'의 꿈과 「농군」의 오독(誤讀)」, 『상허학보』 9, 2002.8, 123~159면; 이경훈, 「만주와 친일 로맨티시즘」, 『한국근대문학연구』 4-1, 2003.4, 92~119면.

협화協和를 하고 왕도국가를 완성식히고 도의道義가 행하여지는 사회를 창설한다"[12]는 선언에서 확인할 수 있는 바와 같이, 만주의 유토피아적 성격은 서구적 근대 문명과 변별되는 '아시아적 전통'에 뿌리를 두고 있다는 데에서 출발한다. 만주의 정치적 혁신과 실험성은 "민족이 협화하야 진정한 민의를 반영할 관민일도官民一途의 독창적 왕도 정치를 실현"[13]하는 것이었고, 관동군 사령관은 '협화회'를 일컬어 만주 제국 정부의 정신적 모체라고 표현하기도 했다. "신국가 영토 안에 거주하는 자者난 모다 친소존비親疎尊卑의 차별이 업고 고유의 한족滿族, 만족漢族, 몽고족蒙古族이나 일본 내지內地, 조선의 각 민족은 물론이요 기타의 외국인이라도 장구히 거주를 원하는 자에게는 일률로 평등 대우를 바들 수"[14] 있다는 데 이르면, '협화회'의 이상을 통해 식민지 조선인들이 기대하고 있었던 '평등의 지평'을 확인할 수 있다.

당시 만주 표상에 각인되어 있는 유토피아 지향성의 특징은, 그것이 관념적이고 몽상적인 차원에 그치는 것이 아니라 상당한 물질적인 기반을 토대로 현실적인 실체를 지니고 있었다는 것이다. 그것은 주로 만주국에 진행된 대규모 산업화와 도시화를 근간으로 한, 근대화의 가시적 효과에서 찾을 수 있다.[15] 만주의 유산은 동아시아의 트랜스내셔널한

---

12 서범석, 「협화운동과 우리의 각오」, 『반도사화(半島史話)와 낙토만주(樂土滿洲)』, 신경(新京) : 만선학해사(滿鮮學海社), 1942, 45면.
13 김경재, 「협화회와 조선민족의 무대」, 『삼천리』, 1938년 5월호, 104면.
14 위의 글, 102면.
15 만주국의 최첨단 산업화를 바탕으로 제국 일본은 자급적 일본-만주 블록을 형성하였다. 만주는 일본 밖 아시아의 어느 지역보다 빠른 속도로 성장하여 선진적인 산업토대를 구축하였으며, 1933년과 1942년 사이에는 산업생산이 3배로 늘었다. 1945년까지 만주국에 대한 일본의 투자는 조선, 타이완, 기타 중국에서의 투자 합계를 넘었다. 이에 대해서는 Louise Young, *Japan's Total Empire — Manchuria and Culture of Wartime Imperialism*, University of California Press, 1998, pp.183~184.

공간이었던 만주가 전후 국민국가로 해체되는 과정에서도 확인할 수 있다. 이미 알려진 바와 같이, 만주국의 근대적 유산은 전후 중국의 국민국가의 과정에, 그리고 소련의 사회주의 건설의 토대가 되었다.[16] 또한 만주국의 전시통제 경제를 가리켜 전후 일본의 고도성장 시스템의 기원이라는 주장[17]이 제기되었다.

만주국에서 구축된 경제적·사회적 토대는 만주 표상을 프로파간다화하는 데 결정적인 역할을 한다. 중일전쟁과 태평양전쟁으로 이어지는 총력전체제하에서 프로파간다가 목표로 하는 지점은 대중들의 신체적인 실천에까지 다다르는 것이었으므로,[18] 대중들의 '결단'과 '변화'를 이끌어 낼 수 있는 '리얼리티'의 확보가 그만큼 시급해지기 때문이다. 이런 맥락에서 논픽션 장르의 '리얼리티'는 독자 대중들에게 더 나은 삶을 향한 욕망을 자극하며 만주 이주에 대한 확신을 이끌어내기 위해 '전략적으로' 배치된다. "부락장의 입을 통해서 들은 말을 그대로 고향에 갖다 전하는 것만으로 내 사명의 일부는 다했다"[19]는 정인택의 고백은 논픽션 장르가 독자 대중을 흡인하기 위해 필요한 다큐멘터리의 이상,

---

16 강진아, 「중국과 소련의 사회주의 공업화와 전후 만주의 유산」, 한석정·노기식 편, 앞의 책, 157~173면.

17 고바야시 히데오[小林秀雄], 임성모 역, 『만철』, 산처럼, 2004, 135면. 전후 일본의 사회제도·경제제도·기술·생활양식·습관 등이 형성된 기원을 전시체제하의 총력전체제로 거슬러 올라가서 파악하는 논의는 野口悠紀雄, 『1940年體制』, 東京 : 東洋經濟新報社, 1995를 참조. 마찬가지로 일본의 전시와 전후를 연속적으로 파악하면서, 신자유주의의 기원을 전시체제하의 총력전(總力戰)체제에서 찾는 논의는 山之內靖·ヴィクター コシュマン·成田龍一 編, 『總力戰と現代化』, 柏書房, 1995를 참조할 것.

18 전장에서의 '동원'이란 의식이나 정체성이 아니라 신체적인 실천으로 이어진다(도미야마 이치로[富山一郞], 임성모 역, 『전장의 기억』, 이산, 2002, 33면).

19 정인택, 「개척민 부락장 현지 좌담회」(『조광』, 1942년 10월호), 민족문학연구소 편, 『일제 말기 문인들의 만주 체험』, 역락, 2007, 47면(이후 책명만 표기).

즉 '투명성'과 '객관성'에 대한 이상[20]을 표현하고 있다. '전해지는 이야기'가 전제하고 있는 언어의 투명성은 전해지는 사연의 '진정성'을 보증함으로써 이민의 연쇄를 추동할 수 있게 된다. 예컨대 "작은아들이 3년 전에 들어가 사는데 굶주리지는 않으니 돌아가실 때까지 배고픈 것이나 면하시려거든 들어오시라고 해서 큰아들의 자식까지 하나 데리고 평안도 쉰천順川골 어디서 떠나 들어오는 것"[21]이라는 노파의 사연이나, "소를 일곱 마리로 불려서 그것 팔아 회사 빚 한꺼번에 갚은 애기"[22]는 빈한한 삶을 살아가는 조선의 독자들이 만주에서의 새로운 삶을 상상하고 욕망하도록 고무한다.

그러나 당시 만주 표상이 어떠한 조건 속에서 생성되고 있었는지 그 역사적인 상황을 추적해 보면, '신천지로서의 만주'란 개별적인 경험을 본 대로, 느낀 대로 '투명하게' 재현한 결과라고 판단하기는 어렵다. 만주사변 이후 '만주국 개척 시찰'을 배경으로 재현되고 있는 만주 이민은 "종래의 단순한 이민이 아니오, 대동아건설의 설계도에서 건축되는 새로운 생활의 방식"[23]이었다는 것을 기억할 필요가 있다. 만주 이민의 풍경과 개척의 현장을 '있는 그대로 보고 한다'는 작가의 사명은 애초부터 척무국의 요청에 충실하게 부응하는 일과 결합되어 있었다. 작가의 눈 앞에 보이는 만주의 현실은 1차적인 재현 대상이지만, 그것이 특정한 미디어의 텍스트로 재현되는 2차적 과정은 당대의 사회적 맥락과 작가

---

20 폴 워드(Paul Ward), 조혜영 역, 『다큐멘터리—리얼리티의 가장자리』, 커뮤니케이션북스 2011, 44면.

21 이태준, 「이민부락견문기」(『조선일보』, 1938.4.8~4.21), 『일제 말기 문인들의 만주 체험』, 122면.

22 정인택, 「개척민 부락장 현지 좌담회」(『조광』, 1942년 10월호), 위의 책, 60면.

23 유치진, 「개척지 행(行)」, 위의 책, 76면.

의 선택에 의지할 수밖에 없다.

만주 내부를 횡단하는 작가들의 여정과 이동, 만주 풍경을 표상해 내는 방식 역시 '당대의 만주 텍스트를 통해 대중들이 만주를 학습하고 경험할 수 있도록 한다'는 프로파간다 전략과 연동하고 있다. '리얼리티'는 프로파간다의 스펙트럼을 통과하면서 본질적인 것과 비본질적인 것으로 선별된다. 최대한 선명하고 명료하게 대중들에게 다가가기 위해서이다. 이 과정에서 탄생하는 것이 바로 '만주' 하면 떠오르는 전형적인 이미지, 즉 '스테레오타입stereotype'이다. 근대 미디어에서 스테레오타입은 대중들의 인식이 어떠한 구조와 과정을 통해 구성되는지를 보여준다는 점에서 상당히 중요하다. 미국의 저널리스트 리프만Walter Lippman은 "대개 먼저 보고 나서 정의를 내리지 않고 정의를 내리고 나서 본다"는 점을 들면서, 대중들의 인식이 스테레오타입을 통해서 가능하게 된다는 것을 지적하고 있다.[24] 함대훈이 "'만주로 간다' 이 말이 만주사변 전에는 조선서 쫓겨가는 불쌍한 농민들의 바가지를 꿰차고 보따리를 들던 초라한 모양을 연상했지만 만주 건국 이래 6년의 세월이 흐른 금일에 있어서는 만주로 간다는 말이 '일을 하러 가고 희망을 갖고 간다'고 할 수 있게끔 되었다"[25]라고 밝힌 바와 같이, '희망'으로 표상되는 스테레오타입은 만주국 건국 이후 보다 뚜렷하게 드러난다.

독일의 문화비평가 크라카우어Siegfried Kracauer가 지적하듯이, 일상의 역사적 현실은 '본질적인 우발'로 가득 차 있고, 그 의미 또한 불확정적이다. 그렇기 때문에 크라카우어는 '애매성'을 진실의 표식으로 보았다.

---

24 요시미 순야[吉見俊哉], 안미라 역, 『미디어문화론』, 커뮤니케이션북스, 2006, 25~27면.
25 함대훈, 「남북만주편답기」(『조광』, 1939.7), 『일제 말기 문인들의 만주 체험』, 165면.

여기서 '애매성'이란 객관적인 데이터에 대한 '리얼리즘적 충동'과 그것을 해석하려는 '조형 충동'이 평형 상태를 이룬 것으로서, '절대적 확신'의 반대편에 위치해 있다. 크라카우어가 "진실이 교리가 되는 순간, 진실은 더 이상 진실이 아니라는 것"을 강조한 까닭은 '리얼리즘적 충동'이 '조형 충동'에 압도된 상태를 문제시하기 때문이다.[26] 크라카우어가 경계하고자 했던 사태는, 만주라는 특정 공간을 재현하는 작업이 당대의 권력 관계와 뒤얽혀 있는 상황과 조응된다. 크라카우어의 인식을 빌리자면, 전시체제기 논픽션 장르의 만주 표상에서 발견할 수 있는 스테레오타입은 '조형 충동'이 과잉되어 '리얼리즘적 충동'을 배반한 상태[27]로 볼 수 있다. 만주 표상에서 스테레오타입이 발견된다는 것은, 만주의 유동적 현실에 충실하고자 하는 '리얼리즘적 충동'이 만주 표상을 균질화하려는 '조형 충동'에 압도되어 있다는 사실을 반영하고 있다. 만주 표상에 대한 조형 충동의 기저에는 '진보란, 공간적으로는 지리적인 팽창과 확대 속에서, 시간적으로는 야만에서 문명으로 나아가는 가운데 이루어진다'는 근대성의 신화가 놓여 있다.

---

26 크라카우어의 논의에 대해서는 지그프리트 크라카우어(Siegfried Kracauer), 김정아 역, 『역사—끝에서 두 번째 세계』, 문학동네, 2012, 19~32・61~76면을 참조함.
27 크라카우어에 의하면, 사진과 역사 양쪽 모두에서 중요한 문제는 리얼리즘 경향과 조형 경향 사이에서 '올바른' 균형을 잡는 일이다. 크라카우어는 '올바른' 균형을 '리얼리즘 경향 ≥ 조형 경향'이라는 수식으로 요약하였다(위의 책, 71면).

3. 동원에서 열정으로 — 열정의 신화, 갱생의 윤리

만주 기행문은, 만주라는 공간에 대한 조망권을 선취하여 제국이 욕망하는 '만주' 표상을 만들어냄으로써 만주에 관한 대중들의 욕망을 추동하며 관리하는 욕망의 장소지topography이다. 어떠한 장소를 재현하고 표상하는 가운데 작동되고 있는 위계질서, 즉 '보이는 장소(만주)'와 '응시하는 시선(제국)'이라는 권력 구도는 만주에 대한 대중들의 지식과 정보, 그리고 취향을 형성하는 유력한 힘으로 작용한다. 그것은 만주의 풍경과 생활상에 대한 서술을 매개로 만주를 표상하고 대변하며 만주에 관한 상상력을 규율한다.

'욕망의 장소지'라는 관점에서 포착되는 만주 기행문의 특징은, 이상향에 대한 추구나 미래에 대한 낙관적 의식을 현실에 존재하는 특정 장소에 투영하여 발현하게 함으로써 지금 여기의 삶을 개조하고 동원하는 프로파간다로 활용되고 있다는 점이다. 기행문과 시찰기를 통해 전시된 세계는 제국의 총동원 장치 속에서 개개인의 열정과 노력을 동원하기 위한 밑그림을 제공한다. 그렇기 때문에 '만주에 가면 잘 살 수 있다'는 유토피아적 의식은 만주에 대한 욕망과 이주에 향한 욕망을 교묘하게 중첩시키며, 척박한 환경을 개척하기 위해서 얼마나 인간의 의지가 빛나는지를 형상화하는 데 주력한다. 그 의지의 행방을 증명하는 것이 바로 '열정 노동'[28]이다. '만주에 대한 유토피아적 욕망'에 중첩되어 있는 '자발적 동

---

28 3절에서는 '열정 노동'이라는 이름으로 신화화된 과잉 노동과 착취, 동원의 기원을 프로파간다화된 만주 표상에서 찾아볼 것이다. '열정 노동'은 과잉된 노동 현장에서 착취되

의'는 또 다른 한편으로 총동원의 현장을 '열정'의 언어로 봉합한다.

만주가 표상하고 있는 유토피아성은 국가 통치술의 합리성으로 말미암아 본질적인 모순의 해소가 선취된 상태를 전제하고 있다. 여기서 합리성의 원천은 국가 그 자체이다. 고도로 조직화된 행정 및 관료들이 기획하는 제도들은 그 합리성을 보여주는 세부적인 요소들이다. 가령, 협화회에 구현된 다민족주의[29]나 값싼 소작료·제방 및 댐 건설·치안 확보 등의 근대적 문명은 그러한 제도들의 예일 것이다. 만주로 들어온 조선 농민은 "흙을 주지 않는 고향을 버린"[30] 이들인지라, "만주에나 가서 넓은 땅 맘대로 농사짓고 잘 살아보자"[31]는 것을 유일한 희망으로 삼고 있다. 「남북만주편답기」에서 포착되고 있는 만주 농토의 높은 생산성은 그 희망의 실현을 보증한다. 함대훈은 "만주이주는 낙토를 찾는 것이나 다름없나니 그 일례로는 첫째 조선 내와 비교해서 토지가 저렴하고 일정보 생산고가 2석 내지 3석인데 비료는 통 쓰지 않으니 년 3할의 수확이 된다"고 하면서 "자본가나 농민이나 영농에 있어서 만주는 낙토"라고 확신한다. '만주낙토' 담론은 만주에서만 향유할 수 있는 특별한

　　는 비정규직의 삶을 '욕망'의 이름으로 은폐하고 봉합하는 수단이다. '프로게이머'와 '연예인'을 꿈꾸는 많은 청소년들을 착취하는 현장이 꿈을 이루는 과정으로 둔갑하는 것은 단적인 예이다. 신자유주의에서 발견할 수 있는 '열정 노동'은, 필자가 생각하기에, 만주국에서 그 기원을 발견할 수 있다. 신자유주의에서 착취의 또 다른 이름인 '열정 노동'에 대해서는 한윤형·최태섭·김정근, 『열정은 어떻게 노동이 되는가』, 웅진지식하우스, 2012를 참조함.

29　협화회는 종족 간·민족 간 협력과 식민주의적 태도의 포기를 개발함으로써 모든 제국주의를 대신할 새 형태의 반제국주의 국가를 구상하고 있다. 초기 협화회의 이러한 이상은 동아시아의 이상에 배태된 영구평화의 수사와 상호 협력을 기반으로 세워졌다(프래신짓트 두아라, 한석정 역, 앞의 책, 136면).

30　이태준, 「이민부락견문기」(『조선일보』, 1938.4.8~4.21), 『일제 말기 문인들의 만주 체험』, 121면.

31　정인택, 「개척민 부락장 현지 좌담회」(『조광』, 1942년 10월호), 위의 책, 51면.

제도, 즉 "농민으로서 유리한 것은 소작료로 지주에게 바치는 것이 3분 1 내지 5분 1"[32]이라는 데 초점이 맞추어져 있다.

이러한 논리 구조에 의하면, "노동 계급이 탈인간화의 극단을 경험함으로써 기존 질서를 보호하려는 정치 제도들을 폭력적으로 파괴하여 세계를 변혁하려는 실천"[33]은 요구되지 않는다. "그 의지가 꿋꿋하면 꿋꿋할수록, 오래 지속하면 지속할수록 성공되는 도수는 높아가고 곤란은 극복이 되는 것"[34]이라는 장혁주의 단언처럼, 만주국에서 곤란의 극복은 '개인적인 의지'의 행방에 따라 가능하기도 하고 불가능하기도 한 것, 즉 '자기 연마'의 문제로 귀속된다. 여기서 '자기 연마'란 자기 자신과의 관계를 강화함으로써 스스로를 교정·정화·구원하려는 활동을 일컫는다. '자기 연마'에는 쾌락에 대한 도덕적 성찰, 즉 절제와 자제의 훈련을 통하여 개인이 자기 자신에 대해 지배력을 갖는 일련의 과정이 포함된다.[35] 장혁주가 영흥농촌을 둘러보고 "그 벼 알 하나 자라지 못하는 '알칼리성' 토지를 오늘엔 비전옥토로 만들어"[36] 놓았음에 감탄하며 "없는 것은 돈이 아니고 의지였고 연구심이고 부락의 노력"이었음을 재차 강조한 것도, 개척을 둘러싼 문제들을 자기 연마의 열정으로 해소시키기 위해서이다. "논 한 때기 업고 산전을 파고 숯을 구어서 근근이 생활해 나가든 빈촌을 부촌을 만든 사람, 1년에 수천 원씩 저축이 있도록

32 함대훈, 「남북만주편답기」(『조광』, 1939년 7월호), 위의 책, 176~177면.
33 레세크 코와코프스키(Leszek Kolakowski), 변상출 역, 『마르크스주의의 주요 흐름』, 유로서적, 2007, 347면.
34 장혁주, 「개척정신」(『半島の光』, 1942년 8월호), 『일제 말기 문인들의 만주 체험』, 158면.
35 '자기 연마'에 대해서는 미셸 푸코(Michel Foucault), 이혜숙·이영목 역, 『성의 역사』 3(자기 배려), 나남, 2006, 2장을 참조함.
36 장혁주, 「개척정신」(『半島の光』, 1942년 8월호), 『일제 말기 문인들의 만주 체험』, 160면.

힘쓴 농촌 지도자들도 수두룩하니 보았다"[37]는 목격담에서, 가난 때문에 고향을 버려야 했던 조선 농민들은 자기 연마의 롤모델로 등장한다. 이들을 주인공으로 하여 만들어지는 '자수성가의 서사'는 누구든 열심히만 하면 잘 살 수 있다는 희망의 기표를 유포하며 '열정'을 프로파간다 메커니즘의 중추적인 자리에 위치시킨다.

근대적 통치술의 합리성이라는 차원에서 볼 때, '자기 연마'는 국가권력이 어떻게 미시적인 차원에서 작동하는지를 보여준다. 푸코는 '자기의 테크놀로지'를 '개인에 관한 정치의 테크놀로지'와 연결시켜, "우리가 자신을 하나의 사회로, 하나의 사회적 실체의 일부분으로, 하나의 국가나 정부의 일부분으로 인식하게 된 방식"[38]을 추적하였다. 푸코에 의하면 근대적인 통치술의 목표는 군주의 권력을 강화하는 것이 아니라 국가 자체의 강화에 있으므로, 국가의 관점에서 개개인의 자기 연마 메커니즘은 개인이 국가의 세력을 강화하기 위하여 무엇인가 기여하는 한에 있어서만 유효하다.[39] 이와 연관하여, 장혁주가 노름판에 버글거리는 노름꾼과 강에 배를 띄우고 선유船遊하는 화류객들을 보고 비판하는 장면을 보자. 장혁주는 놀이에 탐닉하는 이들에게 "그 의지와 정력과 시간을 건설사업에 쓰도록 힘썼다면 얼마든 좋은 성과가 났을 것"이라며 노동으로 수렴되지 않는 놀이를 타자화하는 한편, 조선 농민들의 노동을 만주국의 건설 사업의 자장 안으로 재배치한다.

이기영이 비록 "만주의 농촌개발은 장대한 자연과의 투쟁 중에서 위

---

37 위의 글, 158면.
38 미셸 푸코(Michel Foucault), 「개인에 관한 정치의 테크놀로지」, 미셸 푸코 외, 이희원 역, 『자기의 테크놀로지』, 동문선, 1997, 246면.
39 위의 책, 252~257면.

대한 창조성(수전개척)을 띠어 있고, 그만큼 그것은 장래의 농민문학을 개척함에 있어서도 위대한 소재와 정열을 제공할 줄 안다"고 전망하였지만, 소위 말하는 '장대한 자연과의 투쟁'을 이끄는 '정열'의 행방에 대해서는 좀 더 면밀히 살펴볼 필요가 있다. 만주국 건설의 서사 속에서 "광범한 프롤레타리아문학 중의 한 범주로서 농민문학"[40]이 지니고 있던 지위는 탈각된다.[41] 프로문학론에서 "피××(압박)층으로서 전형적인 농민"이었던 농민들은 만주국에서 "낙토를 건설하려는 개척민"[42]을 대표하며, '국방농기國防農家의 창설'[43]로 대표되는 내셔널리즘의 회로 속으로 흡수된다. 여기서 중요한 것은, 조선 농민들의 노동이 내셔널리즘의 자장 속으로 재배치될 때 노동과 생산이 어떠한 사회적 관계 속에 놓여 있는지, 어떠한 모순이 필연적으로 이어지게 되는지 그 총체적인 조망은 사라져버린다는 사실이다. 생산 과정에 묻어 들어 있던 사회적 관계망이 제거되고 생산 그 자체만이 전면화될 때, 열정은 전체성으로의 개인의 통합을 가속화하는 국가 통치술의 하나로 작동하게 된다.

국가 통치술의 하나로 작동하고 있는 열정이란 다시 말하면 주체와 세계와의 갈등, 세계 내의 모순들의 충돌로 인한 균열, 주체 내부의 회의와 불안 등 일체의 이질적인 에너지들이 국가 주도의 계획과 통제하

---

40 안함광, 「농민문학 문제 제론」,(『조선일보』, 1931.10.23), 임규찬·한기형 편, 『볼셰비키화와 조직운동』, 태학사, 1990, 337면.

41 와타나베 나오키[渡邊直紀]는 식민지 조선의 농민문학의 주제가 점차 변질해 간 데에는 만주국 건국과 그 이후의 역사가 크게 기인하고 있다고 보고, 이를 "농민문학으로부터 '개척문학'으로의 변질"로 일컫고 있다(와타나베 나오키, 「식민지 조선의 프롤레타리아 농민문학과 (만주) '협화'의 서사와 '재발명된 농본주의'」, 동국대 문화학술원 한국문학연구소 편, 『제국의 지리학, 만주라는 경계』, 2011, 314~321면).

42 이기영, 「만주와 농민문학」,(『인문평론』, 1939년 11월호, 22면), 『일제 말기 문인들의 만주 체험』, 95면.

43 我妻東策, 「國防農家の創設」, 『開拓』 제8권, 1944년 10월호, 日本 : 大阪, pp.2~16.

에서 관리된 상태를 지칭한다. 여기에는 '조건 없는 긍정성'에 도달하기 위해 거쳐야 하는 '자기개조'의 과정이 포함되어 있다. 가령, 조선에서 만주로 이주해 간 농민들이 '개척선농開拓鮮農'[44]으로 호명되는 현상은 자기개조의 과정이 어떻게 열정과 결합되는지 보여주는 한 사례일 것이다. "개척민 제군이 과거의 비애를 그 알칼리 지대를 옥토화沃土化하는 의기로 저버리듯이 더한층 나아가 자기가 가진 모든 민족적 흠함欠陷을 극복하고 십 년 동안 쌓여 나온 그 개척정신을 더 한층 발휘해서 더 큰 성과를 이루도록 해 주기를 바란다"[45]는 장혁주의 당부에서 은유적으로 제시된 바와 같이, 알칼리 지대에서 옥토로 변환되는 '개척 과정'은 조선 농민들의 민족적 정체성을 해소하고 '불온사상자'에서 '온건순량한 청년'으로 전이되는 '자기개조의 과정'과 중첩되어 있다. 장혁주는 자신이 방문한 회덕 개척촌[46]에 대해, 원래 "안동 근처의 소위 밀수업자들"과 "지난날 불온사상자의 종졸從卒이 되어 있던 사람들"이 들어와 개척한 곳인 까닭에 "특이한 구성분자"를 이루고 있었지만, 알칼리 토지를 비옥한 땅으로 가꾸어 나가는 동안 사상이 건전하고 온건순량한 청년들로 구성된 마을로 변화된 것으로 서술하고 있다. 장혁주가 "개척민 자체의 심리투쟁과 의지연마가 외부에서 엿보지 못하리만치 심도했으리라" 추측하는 데서 유추할 수 있는 것처럼, 개척촌을 일구어 나가는 과정은 '존재의 갱생'에 이르는 신성하고 윤리적인 의식으로 묘사된다.

그렇다면, 회덕 개척촌에 대한 묘사가 개척의 풍경 자체보다 그것을

---

44 함대훈, 「남북만주편답기」(『조광』, 1939.7), 『일제 말기 문인들의 만주 체험』, 177면.
45 장혁주, 「개찰지 시찰 보고」(『매일신보』, 1942.6.15), 위의 책, 150면.
46 회덕 개척촌에 대해서는 장혁주, 「개찰지 시찰 보고」(『매일신보』, 1942.6.15), 위의 책, 146~148면을 참조함.

가능하게 한 정신적인 힘에 초점이 맞추어져 있는 까닭은 무엇일까? 그
것은, 자기수련이나 개조의 과정에 동반되는 '자발적인' 동의와 결단을
강조함으로써 권력의 흔적을 최소화하고, 이를 '자유'의 형식으로 탈바
꿈하기 위해서일 것이다. 이 지점에서 흥미로운 것은 더 많은 노동, 더
높은 효율을 이끌어내기 위하여 "참된 마음"과 "불굴의 정신"과 같은 강
도 높은 긍정적 에너지가 발산되고 있다는 사실이다. 이때 '강도 높은
긍정적 에너지'란, '자유'의 형식을 띤 폭력의 또 다른 형태를 지칭하는
것으로서 '자발적인 자기착취 시스템'으로 귀결된다. 총동원체제에 내
재된 강제와 억압이 프로파간다 메커니즘을 통과하면서 자유 의지의 발
현으로 봉합되는 것은, 이러한 '자발적인 자기착취 시스템'이 구축되면
서부터이다. 프로파간다 메커니즘 속에서 동원의 순간은 열정의 파토스
로, 폭력의 순간은 자유 의지의 발현으로 봉합된다.

4. 유토피아 표상의 간극과 균열

유토피아 표상이 만들어내는 판타지가 과잉될수록 프로파간다 내부
에는 그 판타지로 미처 봉합하지 못하는 잉여 지점이 발생한다. 아울러
프로파간다의 내부에는 판타지의 과잉 속에서 스스로를 소진하게 되는
국면들이 존재하기 마련이다. 열정적인 노동의 광경이 프로파간다 메커
니즘이 의도적으로 만들어낸 풍경이라면, 긍정의 연쇄를 통해 소진되고

고갈된 광경은 '열정'의 프로파간다 속에서 흘러넘칠 수밖에 없는 잉여의 풍경이다. 각기 다른 두 광경을 통해서 우리는 프로파간다가 애초부터 지니고 있었던 양날의 칼을 접하게 된다. 그것은 프로파간다의 표면에서 강화된 지점과 휘발된 지점을 전체적으로 조망하도록 해 준다. 후자의 존재는 비록 프로파간다 메커니즘에서 주변화되어 있지만, 관리된 공간 속에 공존하고 있는 '간극'과 '균열'의 흔적을 지니고 있다는 점에서 프로파간다의 본질을 사유하도록 일깨워 준다.

다음에 인용하는 글은 『제일선第一線』 1932년 9월호에 실린 「현대조선의 사대광四大狂 — 만주광滿洲狂 · 금광광金鑛狂 · 미두광米豆狂 · 잡지광雜誌狂」의 일부이다. 이 글은 비록 본격적인 전시체제기에 돌입하기 이전에 발표된 글이지만, 전시체제기 프로파간다화된 만주 표상을 둘러싼 현실적 정황의 핵심을 이미 예견하고 있다는 점에서 주목할 필요가 있다.

구주대전이 지나고 한참 세계경기가 조흘 째에는 살 수 업는 조선사람들이 현해탄을 건너서 동경으로 대판으로 하고 밀려갓섯다. 그러나 일본의 노동시장에서는 갑싼 품삭을 주고 만흔 노동력을 사기에는 조선사람이 조혼지라 가는대로 그들을 수용하야 마다고 아니 하엿지만 그도 한째의 쑴으로서 三四년래의 세계적 불경긔는 일본이라고 가만이 둘리가 업서 사업을 주리고 생산품을 조절하는 바람에 이왕에 갓든 사람까지 실업을 작고 당하고 보니 남어있는 궁민은 그나마 갈길이 마키어버리고 쏘 한편으로는 일즉이 만주의 들판이 넓고 걸어서 농사 지어먹기에 조타는 소리를 듯고 남부여대로 박아지를 차고 압록강과 두만강을 건너서 남북만주로 흐터진 무리도 적지는 아니 하엿섯다. 그러나 그곳이라고 그들을 환영하야 줄리는 만무한 일이라 二三년래 중궁[47] 사람의 압박과 구박이 자심하야 근거를 잡고 살 수가 업시 된지라 여긔서 건너가기는 고사하고 거긔서 살든 사람까지 쫓겨나온 수효가 만햇스며 방금도 쫓겨나오는 피난민이 몹시도 부럿다.

그런데 어째서 만주광이 새로 생겻는가 그것은 조금 괴이한 일 갓지만 생각해보면 그럴 듯도 한 일이다. 작년 九月에 이러난 만주사변을 긔회 삼어 아직 확실성은 업다 하더래도 소위 신정권이 생기고 신국가가 성립되야 문호를 개방하고 덕정을 베풀고 민족공영을 부르짓고 하는 바람에 무슨 수나 생길 드시 조선에서는 단체나 개인을 물론하고 어중이 써중이 모다 튀여나서서 만주만주 하고 뒤써드럿다. 그중에도 정말 살 수 업는 궁민층보다는 소위 지식층, 부호층들이 상당이 열을 내여가지고 무엇이 금방에 될드시 야단을 첫다. 그리하야 만주에 대한 아모 지식도 정세도 모르고 막연이 건너간 사람도 잇스며 무엇해 보겟다고 써드는 사람도 약간 잇는 모양이나 아짓껏 무엇 하나 실현된 것이 잇다는 말을 듯지 못하엿다.[48]

이 글은 만주를 향해 떠나는 사람들과 만주에서 귀환하는 사람들의 이동과 횡단을 모두 담고 있다. 동아시아를 횡단하는 조선인들의 움직임은 좀 더 정확히 말해, 전통적인 토지로부터 분리된 이후 자기 자신을 상품으로 팔 수밖에 없는 이들이 생존을 위해 내셔널리티의 경계를 넘나드는 상태를 나타낸다. 이동과 횡단의 부단한 움직임이 보여주듯이, 삶의 안정성은 글로벌한 경제체제의 소용돌이 속에서 "세계경긔"의 등락에 따라 휘청거린다. 그것은 자기 건설의 의무를 수행하는 근대인의

---

47 '중국'의 오기(원문 오기).
48 우석(愚石), 앞의 글, 82~83면.

행로에 각인되어 있기 마련인 유토피아적 표상과는 거리가 멀다. 남루하기 이를 데 없는 이들의 귀환은 프로파간다화된 만주 표상에서 보이던 낭만이나 개척의 이상이 '만들어진' 이미지에 지나지 않았음을 깨닫게 한다. 이 글에서 '만주'는 부러움의 시선을 낳는 풍경이 아니라, 만주에서의 삶이 어떠한 의미를 지니고 있는지 그 본질을 깨닫게 하는 생의 현장이다. 본질의 각성을 통해 욕망의 시선은 비로소 거두어진다. "중국 사람들의 압박과 구박이 자심하야 근거를 잡고 살 수가 업시 된지라" "쫓겨나오는 피난민"이 불어나고 있는 현실은 광활한 대륙에 대한 감탄과 처녀지 표상과 묘하게 대비되며 프로파간다의 실체에 직면하게 만든다. "무슨 수나 생길 드시" "어중이 쩌중이 모다 튀여나서서 만주만주 하고 뒤써드럿"던 조선의 현실이 "만주광滿洲狂"으로 불리며 조소의 대상이 된 것은 이러한 연유에서 비롯된다.

만주행 엑소더스의 내부를 들여다보면, 만주에 대한 유토피아적 욕망은 '이주→개척→정착'과 같은 단선적이고 획일적인 방식으로 봉합되지 않는다. 만주는 "개인으로 낙樂은 채표彩票의 꿈"이 되어버린 사람들이 "그거나 빠지면 우리도 다시 한번 고향 산천에 가 살아볼까"[49] 기대하며, 소위 '한 탕의 꿈'을 좇는 공간이기도 하다. "무슨 일이나 열과 성의만 있으면 되는 것"이라는 프로파간다는 "밤낮 이 꼴이다가 호인들 밭머리에 묻히고 말"[50] 것이라는 자조 섞인 한탄을 대면할 때, 서서히 균열된다. "소를 일곱 마리로 불려서 그것 팔아 회사 빚 한꺼번에 갚은 얘기"[51]

---

49 이태준, 「이민부락견문기」(『조선일보』, 1938.4.8~4.21), 『일제 말기 문인들의 만주체험』, 137면.
50 위의 글, 137면.
51 정인택, 「개척민 부락장 현지 좌담회」(『조광』, 1942.10), 『일제 말기 문인들의 만주체

는 어느새 휘발되고, "신경서 기름 장사하던 노파와 어떤 회사 급사로 있었던 소년이 타먹었다는"[52] 채표의 소문이 일상을 잠식한다. 힘들여 노동해도 즐거움이 없는 대다수의 사람들에게 일등 상금의 행운은 비참하고 굴욕적인 상태에서 벗어나게 해주는 유일한 방법[53]인 셈이다. 사람들이 심리적으로 채표에 기대하고 의지할수록 노동과 개척의 신화는 그것이 애초에 차지하고 있었던 신성한 지위를 상실하게 된다.

'노동을 통한 정착의 꿈'이 만주 유토피아를 구성하던 중요한 축이었다면, '놀이(채표)를 통한 귀향의 꿈'은 만주 유토피아에 균열을 가하는 또 다른 축이다. 이 두 축 간의 긴장은, 유토피아적 기획이 가지는 호소력과 그것의 실재성 사이의 간극에서부터 발생한다. 이 두 축 간의 간극은 이기영의 「만주견문─'대지의 아들'을 찾아」에서 포착할 수 있다. 물론 이기영이 이 두 축 간의 간극을 보여주고자 하는 의도를 가지고 「만주견문」을 집필한 것은 아니다. 「만주견문」에서 이기영은, "만주의 이주농민 대다수가 오히려 생활의 안정을 얻지 못하고 사처에 방황하고 있는 것"을 목격하면서, "그들의 병폐인 부동성과 일확천금의 몽상을 깨우쳐 보려 한다"고 집필 의도를 밝히고 있다. 그러나 명시적으로 드러난 조형 충동을 '후경後景'으로 배치한 후, 이 글에 나타난 리얼리즘적 충동을 따라 읽어가다 보면 프로파간다의 결을 역행하여 드러나고 있는 유토피아 표상의 간극과 균열을 발견할 수 있다. 그 간극의 핵심은 만주의 땅, 즉 토지 문제이다. 여행자의 시선 너머로 포착되는 광활한 대륙은

힘」, 60면.
52 이태준, 「이민부락견문기」,(『조선일보』, 1938.4.8~4.21), 위의 책, 137면.
53 로제 카이와(Roger Caillois), 이상률 역, 『놀이와 인간』, 문예출판사, 1994, 211면.

그것을 소유하지 못한 이들의 결핍을 상기시키고, 그 결핍이 강할수록 만주에 대한 욕망도 강렬해진다.[54] 그렇기 때문에 "만주는 왕도낙토王道樂土고 가면 땅은 얼마든지 있다"[55]는 것은 만주 유토피아를 추동하는 프로파간다의 원동력이었다. 그러나 '생존의 논리'에 근거를 두고 있는 '이주자-내부의 시선'[56]으로 바라보면, 만주의 농토가 대부분 '만인滿人' 소유임이 한 눈에 들어온다. 「만주견문」 서두 부분에서 이기영은 비록 "그들의 병폐인 부동성과 일확천금의 몽상을 깨우쳐 보려 한다"는 집필 의도를 밝히고 있지만, 프로파간다의 결을 역행하여 흘러나오는 것은 조선 농민들의 '부동성'이다. 농사일이란 본질적으로 토지와 노동이 분리되지 않는 영역에 놓여 있는 일, 즉 농사꾼이 땅에 공을 들일수록 노동의 보람 역시 커지는 일이다. 그러나 자기 땅을 소유하지 못하고 오직 '노동'에만 모든 생계를 의존하고 있는 이들에게 농사일은, 정성과 보람이 분리된 채 존재하고 있다. "다른 곳으로 가면 얼마든지 좋은 땅이 있으리라 싶었고 그럴 바에는 힘들여서 피를 뽑아가며 농사를 지을 것이 무엇이냐"[57]는 자조 섞인 항변처럼, 이들에게 노동은 정성을 들일수록 허망해지는, 그리하여 소진의 연쇄 속으로 함몰될 수밖에 없는 모순적인 구조를 지니고 있다.

프로파간다 메커니즘 속에서 노동은, 만주 유토피아를 향한 유일한

---

54 결핍과 욕망의 상관관계에 대해서는 자크 라캉, 권택영 역, 『욕망이론』, 문예출판사, 1995, 11~36면을 참조함.

55 정인택, 「개척민 부락장 현지 좌담회」(『조광』, 1942년 10월호), 『일제 말기 문인들의 만주체험』, 55면.

56 한수영, 「만주, 혹은 체험과 기억의 균열」, 『친일문학의 재인식─1937~1945년간의 한국소설과 식민주의』, 소명출판, 2005, 183면.

57 이기영, 「만주견문」(『조선일보』, 1939.9.26~1939.10.3), 『일제 말기 문인들의 만주체험』, 108면.

통로로 신화화되어 있는 동시에 개인의 삶과 사회질서, 그리고 체제 재생산의 축[58]으로서의 위상을 지니고 있다. 그러나 만주에서 이러한 노동의 위상은 점점 몰락해간다. 전시체제기 만주 기행문을 하나의 전체로 바라볼 때, 한편에서는 '열정 노동'을 창출하며 자유와 강제가 뒤얽힌 자기착취 시스템을 구축하고 있지만, 다른 한편에서는 노동의 위상이 점점 몰락해가고 있다. 중요한 것은 이 두 현상이 만주에서 공존하고 있다는 점이다. 이 두 현상은 하나의 동인動因으로부터 발생한다. 열정 노동이 강요될수록 유토피아의 실현은 요원해지며, 노동에 대한 기대도 점점 사라진다.

'만인 지주-중간인-조선인 소작농'으로 위계화된 구조 속에서 조선 농민들은 "마치 금점꾼처럼 오늘 충청도 명일 함경도식으로 일확천금을 몽상하면서" "농사도 투기적으로 금점하듯"[59] 하고 있다. 이에 대하여 이기영은 '부황한 나농懶農'과 '실농'의 차이로 기술하고 있지만, 여기에는 분명 '개인적인 의지'의 문제로만 환원되지 않는, 보다 근원적인 문제가 놓여 있음을 짚고 넘어가지 않을 수 없다. 토지란 원래 인간의 여러 제도와 떼어낼 수 없도록 엮여 있는 자연의 한 요소로서, 인간의 삶에 안정성을 가져다준다.[60] 소작의 방식으로 토지가 지니고 있는 경제적인 요소만 떼어 낸다는 발상은 처음부터, 삶의 안정성을 침해할 수밖에 없는 운명을 지니고 있다. 조선 농민의 부동성은 만주의 소진된 토지 이미

58 지그문트 바우만(Zygmunt Bauman), 이수영 역, 『새로운 빈곤―노동, 소비주의 그리고 뉴푸어』, 천지인, 2010, 35면.
59 이기영, 「만주견문」(『조선일보』, 1939.9.26~1939.10.3), 『일제 말기 문인들의 만주체험』, 107면.
60 칼 폴라니(Karl Paul Polanyi), 홍기빈 역, 『거대한 전환』, 길, 2009, 464~465면.

지와 짝을 이루어 프로파간다화된 만주 표상을 프로파간다 내부에서 균열시킨다. 유토피아적 기획이 연출하는 시나리오에 의하면, 만주의 토지는 개척 가능한 땅으로 모두에게 열려 있다. 개방적이고 유동적인 이미지 속에서 만주의 토지는 노동의 유연한 투입을 통하여 잉여 생산물을 최대한 산출해 내는 장소로 사물화된다. 그런데 생산의 연쇄 과정 속에서 만주의 토지는 '비옥한' 땅에서 "지력이 체감하여 차차 수확이 줄어"[61]드는 땅으로 변해간다. 만주의 토지는 개척민들의 열정 노동을 끌어내는 프로파간다의 장이지만, 바로 그 이유로 인해 소진되며 고갈되는 곳이기도 하다. 만주의 토지가 소진되는 과정은 삶의 안정성을 보장받지 못한 채 "마치 화전민처럼 오지로 오지로 옮겨"[62]가다 살림은 늘지 않고, 결국 술과 아편, 그리고 도박으로 자신의 생을 탕진하는 이들의 모습과 닮아있다.

5. 나가며─긍정성의 폭력, '자발적 동의'에 대한 사유

프로파간다의 핵심은 대중들의 자발적인 동의를 이끌어 내는 데 있다. 자발적 동의에 이르도록 하는 긍정의 메커니즘은 대중들이 지니고

---

61 이기영, 「만주견문」(『조선일보』, 1939.9.26~1939.10.3), 『일제 말기 문인들의 만주체험』, 107면.
62 위의 글, 107면.

있는 욕망에 호소하고, 욕망을 자양분으로 삼아 작동된다. 그러나 표면적인 레토릭과는 달리, 긍정의 메커니즘이 작동된다고 해서 파시즘 체제의 폭력성이 소멸되는 것이 아니다. 오히려 세계의 긍정화는 곧 '긍정성의 폭력'이라는 새로운 형태의 폭력을 낳는다. 여기서 긍정성의 폭력이란, 부정이 없는 동질적인 것의 공간, 적과 동지, 내부와 외부, 자아와 타자의 양극화가 일어나지 않는 공간에서 출현하는 것으로, 같은 것이 지배하는 시스템 자체에 폭력이 내재하고 있다는 것을 지칭하는 개념이다.[63] 긍정성의 폭력은 동원과 착취를 열정의 이름으로, 강제와 억압을 자유 의지의 발현으로 봉합하는 프로파간다의 본질이다.

조선총독부에서 조선농민의 만주국 이민을 적극적으로 추진한 까닭이 세계 공황 이후 조선 반도 내의 경제 불황과 농촌 공황을 타개하기 위해서였다[64]는 것을 기억한다면, '만주' 하면 떠오르는 노동 영웅들은 만주국 이민을 둘러싼 역사적·사회적 맥락을 소거하고 문제의 출발점과 귀착점을 자기 연마의 문제로 환원시키기 위해 만들어진 이미지에 불과하다는 것을 곧 깨달을 수 있다. 자기 연마로 대표되는 자기 지배의 테크놀로지는 '이상 자아'의 모습을 끊임없이 욕망하고 원하는 긍정의 연쇄를 기반으로 작동되지만, 주체는 바로 그 긍정의 연쇄 때문에 서서히 고갈될 수밖에 없는 운명에 처해 있다. 충족되지 않는 욕망은 항상 똑같은 거리를 유지한 채 주체를 유혹하게 되고, 주체는 자기 자신이 완전히 소진될 때까지 자기 자신을 단련시키게 된다. 욕망이 결핍된 상태로

---

63 긍정성의 폭력성에 관해서는 한병철, 김태환 역,『피로사회』, 문학과지성사, 2012, 12
  ~22면을 참조함.
64 田中隆一, 앞의 책, pp.180~181.

머물러 있는 한, 자기단련과 자기착취 사이의 경계는 희미해진다. 지력이 체감하여 수확이 줄어드는 만주 토지의 고갈은 주체의 소진과 묘하게 짝을 이루어 프로파간다화 메커니즘을 내부에서 균열시킨다.

만주 개척의 풍경에서 레토릭의 표면에 남은 '자발적 동의'가 실상은 겹겹의 프로파간다 메커니즘을 거쳐 도출된 것이라는 사실은, '자발적 동의'란 내밀하고 정교한 '포섭' 과정을 통해 만들어졌다는 것을 의미한다. 다시 말해 '자발적 동의'란 처음부터 자연스럽게 성립된, 즉 자동적인 것이 아니라는 뜻이다. 프로파간다화된 만주 표상 역시 욕망의 정치학과 함께 분석해 보면, '자발적 동의'라는 이름으로 자유처럼 느껴진 것이 실제로는 전혀 자유가 아니었음을 어렵지 않게 알아차릴 수 있다.

자유의 지평은 어디에서 발견할 수 있을까? 프로파간다 메커니즘에서 어디까지가 파시즘에 의한 동원이고, 어디부터가 파시즘을 향한 욕망인지 매끈하게 잘라내는 것은 사실상 불가능하다. 그것은 프로파간다를 공고하게 만드는 축과 그것을 균열시키는 또 다른 축이 프로파간다의 내부에 공존하고 있는 형상과 동일하다. 만주가 비록 제국의 표상 체계 내에 놓여 있다 하더라도, '만주'를 매개로 식민지 조선이 확보하고자 했던 지평은 분명히 존재하고 있었다. 만주국이 내세우고 있었던 '왕도낙토'나 '민족협화' 이념은, 민족과 제국의 경계를 넘어 '제국'의 재조정을 요구할 수 있는 식민지의 발화지점이기도 했다. 만주를 매개로 한 '동아시아적 시야'를 통해 식민지가 꿈꾸고 있었던 새로운 지점은, 제국의 인정과 승인에 감격하던 의존적 관계에서 한 걸음 더 나아가 제국의 질서를 재조정하고 세계와의 대면을 꾀하는 데까지 나아가기도 했다.[65] 그렇기 때문에 제국과 자본의 확장에 주체의 욕망을 투사하는 순간에도 탈중심화된 태도를 견지할 수 있느냐 하는 문제는 자유의 지평을 확보하는 데 관건이 된다. "자유란 현상에 대한 부정적 사유가 뿌리 내릴 수 있는 정신의 내적 차원"[66]이라는 마르쿠제의 명제를 상기해 보면, '탈중심화된 태도'는 '긍정성의 폭력'을 저지시킬 수 있는 유일한 방책이다. "좀 더 획득해야 할 어떤 것을 이미 더 이상 추구하지도 않고 더 이상 욕망하지도 않으면서"[67] 열정을 품는 것은, 보다 나은 삶을 향한 열정의 파토스가 자기 자신을 착취하게 되는 무자비한 노력으로 치닫지 않도록 하기 위해 선취되어야 할 태도이다.*

65 민족협화 이데올로기를 둘러싼 식민지와 제국 간의 긴장 관계에 대해서는 이 글의 범위를 넘어서므로, 다른 글에서 다루기로 한다.
66 헤르베르트 마르쿠제(Herbert Marcuse), 박병진 역, 『일차원적 인간─선진산업사회의 이데올로기 연구』, 한마음사, 2002, 281면.
67 헤르베르트 마르쿠제, 김인환 역, 『에로스와 문명』, 나남, 2009, 230면.
*   이 글은 2013년 12월 『만주연구』 16집에 게재된 논문을 일부 수정한 것임.

2장

틈새의 헤테로토피아, 만주

1. 탈근대를 향한 토폴로지^{topology}를 위하여

> 나는 우리의 교요하고 외관적으로 부동적인 대지에
> 균열과 불안정성과 틈새를 회복시키고자 한다.
> 대지는 우리의 발밑에서 다시 한 번 불안하게 꿈틀거릴 것이다.
>
> ─미셸 푸코

리오타르Jean-François Lyotard는 "포스트모던한 것은 무엇인가"라는 질문에 대하여 "포스트모던은 근대성의 일부임에 분명하다"고 설명하면서, "우리가 이해하고 있는 포스트모더니즘은 끝나는 상태의 모더니즘이 아니라 생성 상태에 있는 모더니즘"[1] 이라고 답하였다. '탈근대'를 '근대에 대한 비판적 사유를 견지하고 근대의 극복을 지향한다'는 의미로 볼 때, 리오타르의 답변은 탈근대의 행방이 어디에 있는지 핵심적으로 간파하고 있다. 리오타르의 답변에서 '탈근대'는, 근대의 내부에 있으면서 언제나 '생성 상태'로 현존하고 있다. 자기 갱신의 가능성이 '내일 그곳'이 아니라 '지금 여기'에 있다는 의식은 생성의 도정 위에 놓여 있는 모더니즘의 특성을 근원적으로 인식하는 데서 비롯된다.

리오타르의 논의는 우리에게 폐기해야 할 지점과 탐색해야 할 지점을 모두 사유하도록 해 준다. 우선 폐기해야 할 지점은 역사를 시간의 스펙터클로 보려는 태도, 특히 탈근대를 '직선론적 시간'의 층위에서 인식하려는 태도이다. '전근대-근대-탈근대'라는 시간적 계열은, 탈근대를 미래에 배치함으로써 지금 여기의 문제를 해결하고 대안을 모색하려는 노력을 유보하는 한편, 이상적인 미래의 도래를 위해 현재를 억압하고 동원하는 데 인식론적 토대를 제공하게 된다. '발전 / 저발전'의 위계 구도와 중첩되어 있는 이러한 시간적 계열은 지리적 상상력을 규율하면서 '근대적 서양'과 '전근대적 비서양'이라는 지리적 불균등성을 고착시킨다. 이 계열 속에서 전근대적 서양과 근대적 비서양의 동시공존 가능성은 배제[2]된다.

이 문제들을 역으로 생각해 본다면, 근대 내부에 '생성 상태'로 현존하고 있는 탈근대의 행방을 추적하기 위해서 필요한 것은 시간적 계열

---

1   장 프랑수아 리오타르(Jean-François Lyotard), 유정완 · 이삼출 · 민승기 역, 『포스트모던의 조건』, 민음사, 1995, 177면.
2   사카이 나오키[酒井直樹], 후지이 다케시[藤井たけし] 역, 『번역과 주체-'일본'과 문화적 국민주의』, 이산, 2005, 260면.

속에서 배제되고 마는 비균질적인 것들의 동시공존 가능성을 좀 더 정열적으로 추적하는 작업일 것이다. 이러한 문제의식을 구체적인 논의로 확장하기 위한 전략으로, 이 글은 '공간적 사유'를 제시하고자 한다. '공간적 사유'라는 문제틀을 놓고 볼 때, 공간이란 전체로 통합하기 위해 퍼즐처럼 맞춰질 수 있는 것이 아니다. 공간은 오히려 통일적 준거 없이 나누어지며 불연속적인 요소로 부서진다. 보다 구체적으로 공간적 사유란, '비총체화(더 이상 통일된 전체 또는 최종 형태란 존재하지 않는다)', '통약 불가능성(더 이상 공통의 척도 또는 동일 원소가 존재하지 않는다)', '양립 불가능성(다양하게 분리된 조각은 상이한 영역을 차지한다)'으로 특징지어지는 '탈구조주의적 공간성'[3]과 맞닿아 있다. 그러므로 이 글에서 탈구조주의적 공간성은 '공동척도가 없는 다원적 공간'을 의미하는 '헤테로토피아 heterotopia'[4]에 초점을 맞추어 분석될 것이다.

사이드Edward Said는 푸코Michel Foucault의 도식대로라면 "개인은 불가항력적으로 발전해 저항하기가 무망한hopeless '권력의 미시물리학' 속에서 해체"되어버림을 비판하면서, 푸코 저작의 주요 한계 가운데 하나가 "저항 불가능한 식민화 운동"의 묘사임을 지적하였다.[5] 그러나 필자

---

3 마르쿠스 도엘(Marcus A. Duel), 최병두 역, 「지리학에서 글렁크 없애기-닥터 수스와 질 들뢰즈 이후의 공간과학」, 마이크 크랭(Mike Crang)·나이절 스리프트(Nigel Thrift) 편, 『공간적 사유(*Thinking Space*)』, 에코리브르, 2013, 216면.
4 '헤테로토피아' 개념은 다양한 방면의 연구에 물꼬를 터 주었으며, 이에 대해서는 다음과 같은 연구들이 있다. 배정희, 「카프카와 혼종공간의 내러티브-『국도 위의 아이들』과 헤테로토피아」, 『카프카연구』 22, 한국카프카학회, 2009.12, 43~60면; 강정민·김동일, 「미셸 푸코와 미술관에 대한 테제들」, 『인문연구』 66, 영남대 인문과학연구소, 2012.12, 135~160면; 구연정, 「상상과 실재 사이 : 헤테로토피아로서 베를린-발터 벤야민의 「1900년경 베를린의 유년시절」에 나타난 도시 공간을 중심으로」, 『카프카연구』 29, 한국카프카학회, 2013.6, 123~142면.
5 데릭 그레고리(Derek Gregory), 최병두 역, 「에드워드 사이드의 상상적 지리」, 마이크

가 판단하건대 푸코는, 사이드의 비판과는 달리, 저항의 가능성을 분명히 염두에 두고 있었다. 이를 포착할 수 있는 것이 푸코와의 대담 「권력 문제에 대한 해명」[6]이다. 이 대담에서 푸코는, 『광기와 문명』과 같은 방식으로 역사를 읽는 것은 본질적으로 현 실제 안에서 어떤 가능한 경로를 추적함을 의미하기 때문에 진실한 면이 있다고 주장한다. 그리고 자신에 대한 많은 독해가 '권력의 전지전능함'을 입증하는 데로 치우친 것을 비판하며 "권력은 전지전능하지 않습니다 — 정반대입니다!"라고 단호하게 밝힌다. 자신의 저작이 '저항할 수 없는 권력의 미시물리학'으로 독해되는 것에 대해 아쉬움을 드러낸 것이다. 아울러 푸코는 '저항'의 문제에 대하여도, "대문자 P의 권력, 즉 지구를 벗어난, 일종의 달의 출현이 있을 것이고, 다른 한편으로 권력에 굴복하지 않을 수 없는 불행한 사람들의 저항이 있을 것"인데, "이런 종류의 분석은 전적으로 잘못된 것"이라며 선을 긋는다. 푸코가 열어두고 있는 '저항의 가능성'이란, 현재 여기를 넘어서서 존재하는 초월적인 것도 아니며 '지배 / 피지배' 혹은 '권력 / 저항'의 엄격한 분리에 의해서 포착되는 것도 아니다.

오히려 푸코의 '외부지대'는 국지적이며 특이한 형태로 존재하는데, 이를 제대로 파악하기 위해서는 그의 독특한 공간 개념을 이해할 필요가 있다. 1982년 푸코와의 인터뷰를 다룬 「공간, 지식, 그리고 권력」[7]을 읽어 보면, 공간 개념은 푸코 저작 전반을 관통하는 사유의 핵심에 놓여

크랭 · 나이절 스리프트 편, 앞의 책, 545면.

6 미셸 푸코와의 대담, 「권력 문제에 대한 해명(Clarifications on the Question of Power)」, 미셸 푸코(Michel Foucault) 외, 정일준 편역, 『미셸 푸코의 권력이론』, 새물결, 1995, 289~302면.

7 미셸 푸코, 「공간, 지식, 그리고 권력」, K. Michael Hays 편, 봉일범 역, 『1968년 이후의 건축이론』, Spacetime · 시공문화사, 2010, 565~567면.

있다.[8] "해방 또는 저항의 힘으로서 기능하는 특별한 건축적 프로젝트에 대해 생각해 본 적이 있는가"라는 질문에 대해 푸코는 "자유는 하나의 실천"이며, 이러한 "자유의 실천, 사회적인 관계들의 작용, 그리고 그들이 발견하게 될 공간적인 분배 사이를 분리하는 것은 다소 독단적일 수 있다"고 답변한다. 푸코는 자유의 실천, 혹은 자유의 실천을 가능하게 해 주는 사회적 관계들이 공간과 서로 얽혀 있다는 것을 포착하고 있었던 셈이다. 푸코는 "권력의 효율적인 확대를 허용하는 것, 혹은 저항에 직면하도록 만드는 것은 사회적인 관계를 실현하는 기술인데, 그러한 사회적 관계들은 공간적으로 짜여지고 분절된다"[9]는 점을 지적하고 있다는 점에서 공간 담론에서도 중심적인 위치[10]를 차지하고 있다.

이 같은 맥락에서, "자유의 실천과 공간은 어떻게 뒤얽혀 있는가?" 하는 문제를 고찰할 수 있도록 해 주는 개념이 바로 '헤테로토피아heterotopia'이다. 원래 '헤테로토피아'라는 개념은 '유토피아utopia'와의 유비 속에서 창안된 것이다. 『말과 사물』 서문에서 푸코는 '유토피아'가 '실재적인 장소를 점유하고 있지 않으면서도 그것이 전개될 수 있는 균질의 공간'인 데 착안하여, 유토피아와는 대조적인 장소인 '헤테로토피아'를 제시한다. '헤테로토피아'는 실재적인 장소를 점유하고 있으면서도 그 장소의 이질성으로 말미암아 사물들의 공통 요소들을 추출해 낼 수 없는 이

---

8   푸코는 이 인터뷰(「공간, 지식, 그리고 권력」)에서 공간은 그 어떤 공동체적 삶의 형식에서도 기초적인 역할을 하며, 어떤 권력의 행사에 있어서도 본질적임을 지적하고 있다.
9   위의 글, 566면.
10 크리스 필로(Chris Philo)는, 공간적 관계에 대한 푸코의 민감성이 타자성의 역사에 기하학적 전환을 도입했다고 보았다. 푸코가 포스트모던 지리학의 청사진을 제시했다는 평가는 이러한 맥락에서 나온 것이다. 마이크 크랭 · 나이절 스리프트 편, 최병두 역, 앞의 책, 351~403면.

질적인 공간[11]이다. 이 글은 '헤테로토피아'가 "서로 다른 기능 또는 거의 상반된 기능들을 갖도록 주어진 사회적 공간 속에서 발견될 수 있는 독특한 공간들"[12]이라는 점에 주목하여, '헤테로토피아'에 대한 문제의식을 만주에 관한 논의[13]와 함께 풀어나갈 것이다.

2. 열린 공간으로서의 만주

본격적인 텍스트 분석에 앞서 2절에서는 "왜 '헤테로토피아'라는 스펙트럼을 통하여 만주를 바라보아야 하는가?"라는 물음을 제기하며 그간의 만주 연구를 성찰해 보는 계기를 마련해 보고자 한다. 식민지 시기 각종 미디어에서 유포되어 있던 만주 표상 중 하나는, 만주로 가면 일확천금의 기회를 잡아 물질적인 풍요를 누리며 지금까지와는 다른 삶을 개척할 수 있다는 도전과 풍요의 판타지이다. 모더니티의 기획이 약속

---

11 미셸 푸코, 이광래 역, 『말과 사물—인문과학의 고고학』, 민음사, 1986, 14~15면.
12 미셸 푸코, 「공간, 지식, 그리고 권력」, K. Michael Hays 편, 봉일범 역, 앞의 책, 579면.
13 '헤테로토피아' 개념을 통해 '만주'를 인식하고자 하는 문제의식은 야마무로 신이치[山室信一]가 『키메라—만주국의 초상』에서 이미 밝힌 바 있다. 야마무로 신이치는 헤테로토피아를 "자기가 일상적으로 살아가는 세계와는 다른 이질적인 세계"이자 "거기에 감으로써 완전히 다른 체험, 완전히 다른 의식을 가지게 되는 공간"으로 정의하고, "만주가 그런 공간"이었다고 보았다(야마무로 신이치, 윤대석 역, 『키메라—만주국의 초상』, 소명출판, 2009, 18면). 야마무로 신이치가 논의하고자 하는 것은, 만주가 국민국가의 성질과 제국의 성질을 모두 지니고 있으면서도 각기 다른 공간의 질을 가지는 '국민제국'이었다는 점이다. 야마무로 신이치의 논의는 그간 '국민국가'의 틀 속에서 조망되던 '만주'를 넘어서, 만주가 원래 지니고 있던 다층적이고 복합적인 면모를 조명하는 데 상당히 유효하다.

하는 진보와 발전의 꿈, 만주는 그러한 근대적 판타지가 실현될 수 있는 '유토피아적 공간'으로 표상되었다. 그러나 만주에 대한 낭만적 판타지의 기저에 놓여 있는 기대와 이상은 궁극적으로, 생산적이고 명랑한 방식으로 대중을 선동하는 데 기여하고 있음을 기억할 필요가 있다. 만주를 '유토피아적 공간'으로 표상하는 작업[14]은 엄밀히 말하면, 만주를 '독해되기 위한 공간'으로 만드는 과정이라고 할 수 있다.

르페브르Henri Lefebvre의 논의에 따르면, '독해되기 위해 만들어진 공간'은 가장 기만적이고 가장 날조된 공간이다. 독해 가능성의 그래픽적인 효과가 전략적인 의도와 행위를 은폐하는 까닭이다. 독해 가능한 지점이 무엇인지 명백하게 보여주는 행위는, 드러내기보다는 은폐하는 기능을 수행하고 있다고 하는 편이 더 적절하다. 공간이 긴장과 비틀거림으로 가득 찬 힘의 장場이라는 것을 기억한다면, 특정한 공간을 독해 가능한 영역으로 만드는 것은 그 공간을 파괴하는 것과 다름없다.[15] 여기서 르페브르가 문제 삼고 있는 것은 '실재로서의 대상'과 그것의 '표상' 간의 간극과 틈새이다. 대상과 표상 간의 간극이 커질수록 표상은 실재를 점유하고 장악하게 된다.

---

14 대표적인 예가 바로 기행문과 시찰기를 통해 만들어진 '프로파간다화된 만주 표상'이다. 전시체제기에 창작되었던 만주 기행문은, 만주라는 공간에 대한 조망권을 선취하여 제국이 욕망하는 '만주' 표상을 만들어냄으로써 만주에 관한 대중들의 욕망을 추동하며 관리하는, 욕망의 장소지(topography)였다. '욕망의 장소지'라는 관점에서 포착되는 만주 기행문은, 이상향에 대한 추구나 미래에 대한 낙관적 의식을 현실에 존재하는 특정 장소에 투영하여 발현하게 함으로써 지금 여기의 삶을 개조하고 동원하는 프로파간다로 활용되고 있다. 기행문과 시찰기를 통해 전시된 세계는 제국의 총동원 장치 속에서 개개인의 열정과 노력을 동원하기 위한 밑그림을 제공한다(곽은희, 「프로파간다화된 만주 표상과 욕망의 정치학」, 『만주연구』 16, 만주학회, 2013.12, 180면).

15 앙리 르페브르(Henri Lefebvre), 양영란 역, 『공간의 생산』, 에코리브르, 2011, 229~233면.

독해되기 위해 만들어진 공간은, 실제 그 공간이 지니고 있는 진정성을 담보할 수 없다. 균질한 표상으로 독해된 순간 공간은, 특정 장소에서 무엇이 '자연스럽고' 무엇이 '옳은가'의 조건을 형성하기 위해 이데올로기적으로 작용하는 '경관landscape'[16]으로 전환된다. 사실 경관은, 권력을 가진 사회적 이익집단이 자신의 의도나 욕구를 실현하기 위하여 동의와 아이덴티티를 구축할 때나 우호적인 청중을 조직할 때 이용되는 이데올로기적 구성물[17]이다. 그런데 경관이, 만들어진 세계가 피할 수 없는 것인 양 재현하면서, 문화적·사회적 구조를 자연화한다[18]는 것은 상당히 심각하게 검토해야 할 부분이다. 이데올로기와 경관, 경관과 사회관계 간의 상호관련성을 고려할 때, 지금까지 '만주'는 그곳을 바라보는 주체의 위치에 의해 경관화되었다는 점을 인정하지 않을 수 없다.

근대 초기에 만주는 국제질서의 재편을 초래할 진앙지[19]로 표상된다. 영국인 기자 위그햄H. J. Whigham은 1901년 만주에서의 러시아의 움직임을 살펴보기 위해 만주 지역을 여행했는데, 이때 쓴 기행문 *Manchuria and Korea*(1904)[20]에서 만주는 조선[21]과 함께, 제국주의 열강의 이해관

---

16 돈 미첼(Don Mitchell), 「경관(landscape)」, 데이비드 앳킨스 외편, 이영민 외역, 『현대문화지리학』, 논형, 2011, 114면.

17 돈 미첼, 류제헌·진종헌·정현주·김순배 역, 『문화정치 문화전쟁(*Cultural Geography*)』, 살림, 2011, 239면.

18 W. J. T, Mitchell, "Introduction", *Landscape and Power*, edited by W. J. T, Mitchell, second edition, Chicago : The University of Chicago Press, 2002, p.2.

19 최정수, 「미국의 세계안보전략과 만주 개방정책의 실체」, 박준기·최정수·정상수·최재희, 『아시아의 발칸, 만주와 서구 열강의 제국주의 정책』, 동북아역사재단, 2007, 86면.

20 H. J. Whigham, *Manchuria and Korea*, New York : Charles Scibner's Sons, 1904(이영옥 역, 『영국인 기자의 눈으로 본 근대 만주와 대한제국』, 살림출판사, 2009 참조).

21 위그햄의 만주 기행문에서 조선은 "동양이라는 커다란 세계의 축소판"으로서 "이권 사냥꾼들에게 행복한 사냥터"로 표상되고 있다. 위그햄은 "사실 지금 조선의 독립은 라이

계에 따라 그 운명이 좌우되는 공간으로 표상된다. 열강들의 지리학적 경쟁의 중심지로서의 만주는 한 치 앞을 가늠할 수 없는 동아시아의 운명과 함께 휘청거리며 "해적과 관리, 그리고 비적과 농민의 경계가 뚜렷하지 않을 정도로 불안정하고 혼란스러운 공간"[22]으로 표상되고 있다.

만주 사변 이후 만주는 중국으로부터 분리되어 '만몽滿蒙'[23]으로 범주화되며, 이를 기반으로 '일만日滿 경제블록'을 형성하기 위한 지리적 경계 내에 배치된다. 청일전쟁·러일전쟁·만주사변·중일전쟁을 거치면서 제국 일본이 만주를 표상하는 데 우월적인 지위를 점유한 것과 맞물려, 만주는 제국의 유토피아적 판타지를 투영하는 대상으로 재현된다.[24] 또 다른 한편으로 만주는 이등 국민으로서의 조선인의 욕망이 투

벌 열강들에 의해 유지되는 허상"에 불과했음을 포착하며, 이러한 조선의 운명은 만주를 누가 차지하느냐에 달려 있다고 보았다. 이에 대해서는 위의 책, 252~255면.

22 위의 책, 143면.

23 조선에서 '만몽'이라는 지리적 경계 및 범주는 최남선의 「만몽문화(滿蒙文化)」(1941), 「만주 건국의 역사적 유래」(『신시대』, 1943.3)에서 확인할 수 있다. 최남선의 만몽문화론에 대한 연구로는 다음과 같다. 곽은희, 「만몽문화(滿蒙文化)의 친일적 해석과 제국 국민의 창출—최남선의 「만몽문화(滿蒙文化)」와 「만주건국(滿洲建國)의 역사적 유래(歷史的 由來)」를 중심으로」, 『한민족어문학』 47, 한민족어문학회, 2005.12, 243~278면; 강해수, 「최남선의 '만몽(滿蒙)' 인식과 제국의 욕망」, 『역사비평』, 역사문제연구소, 2006.가을, 58~89면; 전성곤, 「만주 '건국대학' 창설과 최남선의 건국신화론」, 『일어일문학연구』 56-2, 한국일어일문학회, 2006.2, 165~185면; 조현설, 「민족과 제국의 동거—최남선의 만몽문화론 읽기」, 동국대 문화학술원 한국문학연구소 편, 『제국의 지리학, 만주라는 경계』, 동국대 출판부, 2010, 15~36면.

조선제국대학에서 진행된 '대륙' 연구에 관한 연구로는 정규영, 「콜로니얼리즘과 학문의 정치학—15년전쟁하 경성제국대학의 대륙연구」, 『교육사학연구』 9, 교육사학회, 1999.7, 21~36면; 정준영, 「경성제국대학의 '대륙' 연구—학술연구조사의 정치성과 식민지대학의 사명」, 만주학회·경북대 인문학술원 공동주체 학술대회 발표집 『만주연구의 스펙트럼』, 2014.1, 27~43면을 참조.

24 가령 만주에 성행했던 일본어 관광버스는 만주 도시를 '관광 낙토(樂土)'로 등장시키는 하나의 상연 장치로서, 제국의 판타지를 공연하는 '극장적 권력'이었음을 분석한 연구(까오유엔, 「'낙토(樂土)'를 달리는 관광버스—'만주' 도시와 제국의 드라마투르기」, 연구공간 수유+너머 '일본 근대와 젠더 세미나팀' 역, 요시미 순야 외, 『확장하는 모더니

영되는 공간이었다. 이때 만주는 조선인이 제국의 '일등 국민'으로 도약
할 수 있는 현실을 제공하거나 그런 현실을 꿈꾸게 하는 공간,[25] 혹은 또
다른 식민화의 주체를 꿈꾸며 '진출'의 수사학으로 명랑하게 재현·수
식된 낭만적 공간[26]으로 표상된다.

해방 이후 남북한 체제경쟁의 맥락에서 만주의 기억을 재구성하는 국
가의 기억관리가 본격화되었고,[27] 만주를 바라보는 주체의 시선과 욕망
에 따라 만주가 경관화되는 현상은 더욱 심화된다. 해방 이후 남한에서
의 만주 연구는 크게, '친일 / 항일'의 공간으로서의 만주,[28] 근대 국민
국가의 인적 네트워크 및 리더십 형성의 기원으로서의 만주,[29] 디아스
포라의 공간으로서의 만주[30]로 범주화할 수 있다. 만주의 경관화 현상

티』, 소명출판, 2007, 210~243면)나, 만주국 수립 이후의 만주 관광이 최첨단 근대도
시를 관람케 하는 이벤트로 기능하면서 만주가 제국 일본의 미래상을 선취한 근대적 공
간으로 변용되었음을 밝힌 연구(임성모, 「팽창하는 경계와 제국의 시선」, 동국대 문화
학술원 한국문학연구소 편, 『제국의 지리학, 만주라는 경계』, 동국대 출판부, 2010, 37
~63면)는 그 예라고 할 수 있다.

25 김철, 「몰락하는 신생-'만주'의 꿈과 『농군』의 오독」, 『상허학보』 9, 상허학회, 2002,
123~159면.

26 이경훈, 「만주와 친일 로맨티시즘」, 『한국근대문학연구』 4, 한국근대문학회, 2003.4,
92~119면.

27 한석정, 「박정희, 혹은 만주국판 하이 모더니즘의 확산」, 『일본비평』 3, 서울대 일본연
구소, 2010.8, 123면.

28 한국근대문학에서 '국책문학'이라는 관점에서 '만주'를 연구한 성과로는 다음과 같다.
김윤식, 『안수길 연구』, 정음사, 1986; 조진기, 『일제 말기 국책과 체제 순응의 문학』,
소명출판, 2011.

29 강상중·현무암, 이목 역, 『기시노부스케와 박정희』, 책과함께, 2010.

30 만주 디아스포라 연구는 먼저, '민족' 범주를 절대화하면서 '(유)이민문학', '망명문학'의
범주에서 다루어졌다(오양호, 『일제강점기 만주조선인문학연구』, 문예출판사, 1996).
그러나 전지구적인 글로벌화가 진행됨에 따라 디아스포라 연구는, 트랜스내셔널한 이동
과 횡단이 가져온 혼종성(hybridity)을 규명하는 데 초점을 맞추고 있다. 식민지 조선인들
의 사유 속에서 만주는 모순적이고 혼종적인 공간이었음을 분석한 논문으로는 정종현,
「근대문학에 나타난 '만주' 표상」, 『한국문학연구』 28, 동국대 문화학술원, 2005.6, 229
~259면을 참조할 것.

과 더불어 '민족' 혹은 '근대 국민국가'와 같은 범주는 '만주'를 기억하고 표상하는 데 특권화된 힘으로 작동하고 있다. '민족'이나 '국가' 같은 스펙트럼을 통과하면서 만주는 내셔널리티를 확장하는 데로 환원되는데, 이렇게 되면 동아시아가 지역체제 수준에서 서로 교차하고 있었던 만주의 트랜스내셔널한 성격은 휘발되어 버린다. 균질화될 수 없는 만주의 복합적이고 다층적인 정체성이 특권화된 단일 범주 속으로 함몰됨으로써 만주라는 공간에 존재하고 있던 혼돈·모순·갈등들의 행방은 묘연해지고 마는 것이다.[31] 그렇다면 거대한 스펙트럼으로 회수되지 않는 일상의 다층적인 면모들, 모순과 균열이 서로 충돌하고 있는 복잡성을 어떻게 설명할 것인가?

만주를 독해 가능한 공간으로 표상하는 것을 넘어 만주라는 공간에 내재해 있었던 긴장과 비틀거림을 복원하는 작업이 절실히 요구되는 것도 이러한 맥락에서이다. 요컨대 만주는 열린 공간으로 사유될 필요가 있다. 물론 이때의 열린 공간이란 균질적이고 빈틈이 없으며 항상 '거기' 존재한다고 말하는, 혹은 텅 비어 있어 언제라도 채워질 수 있다고 여기는 공간과는 변별된다.[32] 만주를 "열린 공간으로 사유한다는 것은, 공간을 측정 가능한 형태로 보는 전통적인 공간 기술 태도를 해체하고, 공간적인 것을 헤테로토피아적인 방식으로 탐구함"[33]을 뜻한다. 즉 만

---

31 이러한 문제의식은, "만주 웨스턴이 만주의 시간대와 민족의 단층들을 무시, 균질적인 만주로 만들었다"는 점을 지적한 한석정의 논의와 같은 맥락에 놓여 있다. 이에 대해서는 한석정, 「만주 웨스턴과 내셔널리즘의 공간」, 『사회와 역사』 84, 한국사회사학회, 2009.12, 10면을 참조함.
32 게오르크 크리스토프 톨렌(Georg Christoph Tollen), 「열린 공간과 상상력의 헤테로토피아」, 슈테판 귄첼(Stephan Günzel) 편, 이기홍 역, 『토폴로지-문화학과 매체학에서 공간 연구』, 에코리브르, 2010, 128면.
33 위의 글, 127면.

주를 특정한 스펙트럼에 의거하여 독해하려하는 태도에 앞서, 이미 만주라는 공간에 실재하고 있는 이질적이고 다층적인 면모들, 차이들의 공존 양상을 탐구한다는 것이다.[34]

이 글은 앞으로, 샌프란시스코 베이 지역의 한국인 노인들을 인터뷰한 구술 자료집 『검은 우산 아래에서－식민지 조선의 목소리, 1910～1945』(이하 검은 우산 아래)[35]를 텍스트로 삼아 '헤테로토피아로서의 만주'의 결을 포착해 나가는 작업을 진행할 것이다. 이 작업은 해석의 안정적인 구조와 결별하는 동시에, 명료하지 않기 때문에 우리의 시야에서 사라진 만주의 모습을 추적하는 데로 초점화될 것이다.

---

34 그렇기 때문에 게오르그 크리스토프 톨렌은 열린 공간을 일컬어 "공간을 독해 가능한 곳으로 재현하고 표상하려는 행위에 논리적으로 선행하며, 재현과 표상 활동에서 일종의 '결(缺)'로 자신을 드러내는 공간"으로 정의하고 있다. 이에 대해서는 위의 글, 129면을 참조함.

35 Hildi Kang, *Under the Black Umbrella －Voices from Colonial Korea, 1910～1945*, Cornell University, 2001(힐디강, 정선태·김진욱 역, 『검은 우산 아래에서－식민지 조선의 목소리, 1910～1945』, 산처럼, 2011을 참조). 이 책은 "일제 식민 시대를 살았던 한국인들로부터 구술사를 수집하여 일제 치하의 삶의 다양성과 복잡성을 발견"하고자 "공식적으로 기록되지 않은 보통 사람들의 삶에 초점"을 맞춘 구술 자료집이다.

3. 유동하는, 혹은 경계를 넘나드는

'삶을 바꾸다', '사회를 바꾸다'는 식의 말은
적합한 공간의 생산이 뒷받침되지 않는다면 무의미하다.

— 르페브르

『공간의 생산』에서 공간이 '사회적 생산물'이라고 했던 르페브르는, 공간이란 고작 사회적인 관계가 이루어지는 수동적인 장소가 아니라 능동적인 장소라는 것을 강조했다. 이 글에서 주목하는 지점은, '삶을 바꾸다', '사회를 바꾸다'는 식의 말이 정작 적합한 공간의 생산이 뒷받침되지 않는다면 무의미하다는 르페브르의 주장이다. 이는 '권력의 기하학'으로 연결되는 푸코의 공간 인식과 일맥상통한다. 그래서 르페브르는, '바꾸자'는 생각은 점진적으로 혹은 비약적으로 이제까지와는 다른 공간적인 실천을 실행하는 데까지 이르러야 함을 강조하였다. 르페브르는, '삶을 바꾸자'는 계획이 공간적 실천을 동반하지 않는다면 그것은 잊어버릴 만하면 잠깐씩 표면으로 부상하는 정치적 구호에 그칠 것[36]이라며 꼬집어 말했다.

구술 자료집 『검은 우산 아래에서』를 보면, 식민지 조선인들이 만주를 통하여 실현한 '산발적이면서도 개인적인 차원의 공간적 실천'과 그에 관한 다차원적인 기억을 대면할 수 있다. 이 구술 자료집에서 부각하고자 하는 것은, 식민지를 압도하는 제국의 지배 메커니즘이 아니라, '검

---

36 앙리 르페브르, 양영란 역, 『공간의 생산』, 에코리브르, 2011, 115~116면.

은 우산'처럼 한반도 상공에 드리운 제국의 그늘 밑에서 당대 대중들이 경험한 일상이다. 아래로부터의 관점을 통해 우리는 그 시대를 살았던 한 사람 한 사람의 독자적인 삶의 양식을 다양한 층위에서 대면할 수 있다. 그렇기 때문에 이 구술집을 통해 추적한 만주의 모습은, 만주국 수립 이후 조선총독부와 만주국 정부가 정책적·조직적 대량 이민[37]을 유도하기 위해 만들어진 프로파간다 층위의 만주 표상과는 다른 맥락에 놓여 있다.

사실 『검은 우산 아래에서』에서 만주에 관한 부분은 식민 시기를 기억하는 인터뷰 사이에 조금씩 드러나는 일화 몇 편에 불과하다. 그럼에도 불구하고 이 글은, 기억의 편린으로 드러나는 만주의 일상을 따라가면서 '헤테로토피아로서의 만주'의 결을 부상浮上시킬 것이다. 인터뷰 사이로 포착되는 만주는, '삶을 바꾸자'는 욕망과 계획이 구체적인 일상 속에서 실천되는 공간이었다. 1910년 평안북도 출생의 강병주(남, 은행 지점장) 씨와의 인터뷰를 보자. 강병주 씨의 할아버지(강천달)는 일찍이 기독교를 받아들이며 며느리를 호적에 올리기 위해 며느리의 이름을 짓고 아들을 오산학교에 보내는 등, 당시로서는 상당히 빨리 개화한 인물이었다. 외아들을 의사로 키우고자 했던 할아버지 덕분에, 강병주 씨의 '아버지'는 경성의학전문학교를 제1회로 졸업하였다. 그리고 학업을 마친 후에 고향 마을에서 걸어서 20분쯤 걸리는 남천 근처에 병원을 열었다. 그런데 의사로서 안정적인 삶이 보장된 '아버지'가 선택한 것은 뜻밖에도 '만주행'이었다.

---

37 김기훈, 「만주의 코리안 디아스포라─제국 내 이민정책의 유산」, 한석정·노기식 편, 『만주, 동아시아 융합의 공간』, 소명출판, 2008, 201~211면.

이야기인즉슨 이렇습니다. 그렇게 공부를 많이 한 아버지는 어린 나이에 결혼한 데다 아무것도 배우지 못한 어머니와 함께 시골에서 사는 것을 썩 달가워하지 않았어요. 해서 아버지는 재산은 "당신이 알아서 하라"는 말을 남기고 만주로 떠났어요. 의술을 행하며 자신의 삶을 살기 위해서였지요. 그 뒤로는 어머니가 모든 집안 살림을 돌보면서 소작인들을 관리했어요.

그런데 만주 국경은 우리 마을에서 아주 가까웠어요. 아버지는 1년에 몇 번씩 가족들을 만나러 왔던 듯합니다. 그도 그럴 것이 1906년에서 1928년에 태어난 자식이 모두 일곱 명이나 있었기 때문이죠. 부모님은 우리 3남 4녀를 모두 고등학교와 전문학교에 보냈지요.[38]

명시적으로 드러나 있지 않지만 행간을 통해 유추해 보면, '아버지'는 전통 속에서 태어나 성장했지만 일찍이 개화한 부친 덕분에 신교육을 받으며 근대화의 흐름을 누구보다 빠르게 경험한 인물이다. 그렇기 때문에 '아버지'는 전통과 근대 사이에서 누구보다 심각한 심리적인 갈등[39]을 겪었을 것이다. 그러나 흥미롭게도 전통과 근대, 그리고 가부장적 윤리와 개인의 욕망 사이의 갈등은 '만주행'이라는 '공간적 실천'을 통해 양립가능한 것으로 조정된다. 결정적으로, 만주행을 기점으로 아버지는 전통·가문·토지에 매어 있어 '이동불가능한 존재'가 아니라, 불현듯 떠났다가도 언제든 돌아올 수 있는 '유동적 존재'로 거듭난다. 아버지는 조선과 만주를 오가며 부재했다가 곧 출현하며, 출현했다가

---

38 힐디강, 정선태·김진욱 역, 앞의 책, 35면.
39 이는 표면적으로 (아버지가) 어린 나이에 결혼한 데다 아무것도 배우지 못한 어머니와 함께 시골에서 사는 것을 썩 달가워하지 않았다는 대담자의 구술에서 확인할 수 있다.

곧 부재한다. 아버지는 어디에도 없는 듯하지만 모든 곳에 있다. 그는 떠나기 위해 돌아오고 돌아오기 위해 떠난다. 어버지가, 재산은 "당신이 알아서 하라"는 말을 남기고 어느 날 홀연히 떠난 것은 액체처럼 이리저리 흘러다니고 기체처럼 가볍게 떠나기 위해서이다. 어머니에게 남긴 '재산'은 아버지가 돌아옴과 떠남 사이에 존재하기 위해 포기한 것, 즉 자신을 묶어놓는 모든 견고한 것들[40]을 상징한다.

의술을 행하며 자신의 삶을 살기 위한 아버지의 존재론적 전환은 '만주'라는 공간을 빼놓고서는 설명할 수 없다.[41] 도리를 저버리지 않으면서도 자유로울 수 있었던 '아버지'의 삶은 '협력 / 저항', '현실 / 이상향', '식민 / 탈식민'과 같은 이분법적 틀로 설명할 수 없다. 아버지의 삶은 오히려, 이분법이 구축하고 있는 첨예한 구분선에 침식을 가한다. 아버지에게 만주는, 가부장적 질서하에서 정상으로 일컬어지는 일체의 전통을 지워버리는 '반反공간으로서의 헤테로토피아'[42]였다.

---

40 고체 근대에서 부와 권능은 지리적 개념이나 '토지'라는 장소에 묶인 채 움직일 수 없는 수송불가능한 것들이었다(지그문트 바우만, 이일수 역, 『액체근대(*Liquid Modernity*)』, 강, 2009, 184면).

41 만주국에서는 의사법(1936)·국민의료법(1943)·의료단체법(1944) 등이 제정되었으며, 1938년 말~1939년 초에 조선인 의사의 등록이 급증하였다. 조선인 의사들은 꾸준히 증가하여 만주국 패망까지의 총합은 전체 2,064명 중 261명으로 약 13%에 이르렀다. 이에 대해서는 한석정, 「만주국 시기 조선인의 사회적 지위」, 『동북아역사논총』 31, 동북아역사재단, 2011.3, 29~30면을 참조함.

42 푸코는 1966년 12월 21일 프랑스의 라디오 방송의 강연 「헤테로토피아」에서, "절대적으로 다른 공간이자 반(反)공간으로서의 헤테로토피아는 사회의 정상적 일상적 공간에 반하는 공간, 그것들을 지워버리는 공간"임을 밝힌 바 있다. 이런 공간은 어린이들의 놀이 공간, 정원, 감옥학교, 병원, 공장, 이질적 공간을 구성하는 선박, 병영으로 확장될 수 있다. 이에 대해서는 Michel Foucault, *Le corps utopique suivie de les hétérotopies*, Nouvelles Editions Lignes, 2009, p.26(허경, 「미셸 푸코의 '헤테로토피아' ─ 초기 공간 개념에 대한 비판적 검토」, 『도시인문학연구』 3-2, 서울시립대 도시인문학연구소, 2011.12, 242~243면을 참조).

만주 국경이 마을에서 아주 가까웠다는 사실은 아버지가 선택한 새로운 존재 방식을 가능하도록 해 주는 지리적 조건이다. 만주 접경 지역에서 '조선과 만주'는 '흐름의 공간space of flows'[43]으로 존재하고 있다고 하는 편이 좀 더 타당할 것이다. 이 흐름의 공간 안에서 만주는 아버지에게 '다른' 삶을 상상하고 꿈꾸며 사유할 수 있도록 해 주는 공간, 즉 "우리 자신을 밖으로 이끄는 공간"이자 "우리를 할퀴고 들볶는" 이질적인heterogeneous 공간[44]으로서의 헤테로토피아이다.

다른 삶에 대한 충동과 사유는 아버지로 하여금 자신의 생을 타인의 삶처럼 바라볼 수 있도록 해 준 관조의 원천이었다. 관조자의 유일한 특권에 대해 "자신의 매여 있음에 대한 통찰과 그러한 깨달음이 가져다주는 눈곱만큼의 자유"[45]라고 표현했던 아도르노의 말처럼, 다른 삶에 대한 충동은 자신의 삶이 매여 있다는 것을 알아차릴 수 있게 해 주었고 '만주행'이라는 공간적 실천을 통해 아버지는 자유를 향유할 수 있었다. 헤테로토피아가 여기 이곳의 실재이면서도 탈영토화를 향한 이질적인 에너지를 품은 것처럼, 아버지는 '의사로서의 삶 / 아버지로서의 삶', '전통 / 근대', '식민지 조선 / 만주'의 틈새, 그 경계 위에 있었으며, 바로 그 경계의 위상학으로 인하여 아버지는 자유로울 수 있었다.

경계의 위상학 가운데 우리는 '비결정성'을 좀 더 눈여겨 볼 필요가 있다. 이때 '비결정성'이란 아버지의 삶을 '자유'로 이끌게 된 핵심적인

---

43 돈 미첼, 류제헌·진종헌·정현주·김순배 역, 앞의 책, 573면.

44 Michel Foucault, *Of Other Spaces, Heterotopias*, http://www.foucault.info/documents, 검색일 : 2013.12.27.

45 테오도르 아도르노(Theodor W. Adorno), 김유동 역, 『미니마 모랄리아—상처받은 삶에서 나온 성찰』, 길, 2005, 43면.

자질이다. 사이토 준이치齋藤純一는 자유를 재정의하면서, "실제로 무엇인가로 존재하면서 동시에 '다른 사람처럼' 존재할 수 있는 비결정성"을 자유의 중요한 인자로 꼽았다. 사이토 준이치에 의하면, 흔들림 없는 자기 지배가 오히려 질곡이다.[46] 아버지를 자유롭게 해 주었던 '비결정성'이란, 아버지가 만주행을 선택하고 결정하며 실천하면서 겪어야 했던 갈등과 흔들림을 가리킨다. 이 존재의 요동은, 자신의 삶이 다른 힘에 의해 장악되거나 스스로가 자기 자신의 노예가 되지 않도록 해 주는 이질적 에너지들의 팽팽한 긴장이자 생기 있는 움직임의 표지이다.

4. 다른 삶, 혹은 탈주

만주는 '정상적' 공간과는 질적으로 다른 이질적인 공간, 혹은 반反 공간으로서의 헤테로토피아였기 때문에, 조선으로부터 배제된 이들의 탈주 공간이 되기도 했다. 그런 면에서 『검은 우산 아래에서』에서 만주는 조선과의 '관계' 안에서 기능하는 헤테로토피아[47]라고 할 수 있다. 수원 고등농림학교 재학 시절 농부들에게 역사·농업·반일 사상을 가르치

---

46 사이토 준이치[齋藤純一], 이혜진·김수영·송미정 역, 『자유란 무엇인가─벌린, 아렌트, 푸코의 자유 개념을 넘어』, 한울아카데미, 2011, 109면.
47 "Of Other Spaces"에서 푸코의 헤테로토피아는 나머지 모든 공간과의 관계 안에서 기능하므로, 헤테로토피아의 특정 현장이 '절대적 차이'의 공간이 될 수는 없다. 이에 대해서는 장세룡, 「헤테로토피아─(탈)근대 공간 이해를 위한 시론」, 『대구사학』 95, 대구사학회, 2009.5, 25~26면을 참조함.

며 농촌계몽운동을 하다 일본 경찰에 체포된 김찬도 씨는 심한 고문을 받고 독방에 감금되었다. 고향인 황주를 벗어나지 않는다는 조건으로 보호관찰 3년에 처한 그는 감옥에서 나온 직후 이옥현 씨와 결혼했으며, 보호관찰이 끝난 뒤 만주로 떠났다.

이옥현 씨와 김찬도 씨의 삶은 '당대의 신여성과 맑시스트 청년의 결혼', '전과자가 된 남편과 만주로 이주', '조선으로 귀향', '해방 후 월남'을 담고 있다는 점에서 이동과 갈등적 투쟁으로 점철되어 있다. 이들에게 만주는, 자신들의 갈등적 투쟁이 국지적이고 이질적인 파편으로 남아있을 수 있도록 해 준 공간이었다.

만주―1933년 4월

1933년 3월 남편의 보호관찰 기간이 끝나 모든 제약이 해소되자마자, 아버지는 우리 부부와 어린 아들이 조선을 떠나 만주에서 교사직을 얻을 수 있도록 주선해줬어요. 직장을 조선이 아닌 곳에서 구해야 했던 건 전과자인 남편이 조선에서는 어디서도 취직을 할 수 없었기 때문이죠. 경찰이 남편의 신원 서류에 빨간 줄을 그어놓았어요. 이 사람은 직장을 구하기엔 적당하지 않다, 과거에 뭔가 나쁜 일을 한 적이 있다는 것을 나타내는 거죠. 그래서 아버지가 국경 너머 만주에 일자리를 마련한 거예요. 그렇게 한 데는 두 가지 이유가 있었어요. 빨간 줄 때문이기도 하고, 나를 구식 며느리 역할에서 벗어나도록 하기 위해서이기도 했죠.[48]

---

48 힐디강, 정선태·김진욱 역, 앞의 책, 159면.

이들 부부에게 만주는 탈주의 공간이다. 이들이 피하여 온 것은 자신이 옳다고 생각하는 일, 자신이 희망하는 일을 할 수 없도록 만드는 일체의 견고한 질서이다. 그것은, 조선의 맑시스트 청년에게 '빨간 줄'로 상징되는 '비국민'이라는 낙인과 배제를 강제한 식민규율 권력이기도 하고, 여학교 졸업 후 캐나다로 유학가기로 했던 신여성의 꿈을 '결혼'이라는 제도로 질식시켜버린 가부장적 질서이기도 하다. 보호관찰 기간 동안 이들의 일거수일투족이 감시당하고 있었기 때문에, 김찬도 씨는 과수원에서 농사를 지었고 이옥현 씨는 시부모님을 봉양하고 혼기가 찬 시누이와 어린 시동생을 돌보며 전통적인 며느리의 삶을 살았다.

그렇게 1928년 봄, 그 청년 김찬도와 나는 약혼을 했어요. 어머니는 반대하셨어요. "그리 훌륭하게 공부도 한 내 딸이 왜 결혼해서 황주 근처의 조그만 시골 마을에 틀어박혀야 하느냐? 공부한 게 헛수고가 될 텐데"라고 하셨지요. (…중략…) 집안 살림을 건사하고 하녀들을 감독하는 일은 내 책임이었는데 알다시피 나는 이 일을 할 만한 아무런 사전 준비가 없었어요. 이런 일을 전혀 훈련받은 적이 없기 때문에 무척 고생했지요. 정말이에요. 게다가 우리 시부모님은 학교 교육을 받지 않은 분들이라서 낡은 방식을 철저히 고수할 뿐 현대적 사고방식을 이해하려고 들지도 않았어요. 반면 나는 원산과 평양 같은 대도시에서 살았고, 피아노를 공부하러 캐나다에 갈 수도 있었던 사람이잖아요. 그런데 현실은 고작 며느리가 된 거죠.

어머니는 내가 겪는 곤경 때문에 무척 마음 아파하셨어요. 나는 외동딸이었어요. 어머니의 보물이었지요. 이따금 어머니는 나 때문에, 내가 현대에서 전통으로 거꾸로 가는 모습을 보며 눈물을 흘리셨어요.[49]

이옥현 씨는 인터뷰 내내 자신이 여학교를 졸업한 후 "피아노를 공부하러 캐나다에 갈 수도 있었던 사람"이었다는 것을 특히 강조하였다. 어머니에게 이옥현 씨는 박완서의 「엄마의 말뚝」에 등장하는 '나' 같은 신소녀였던 터였고, 어머니는 딸이 '자신'에게 충실한 삶을 살아가기를 염원하고 있었다. 그러나 어머니의 염원과는 달리, 공립학교를 졸업하고 좋은 직장을 구할 것으로 기대되었던 '전도양양한' 청년은 호적에 '빨간줄'이 그인 채 전과자가 되어버렸고, 딸은 시골 마을에서 집안 살림을 건사하고 하녀들을 감독하며 '구식 며느리 노릇'에 골몰해 있었다.

그러나 역설적이게도, 남편 김찬도 씨가 겪는 위기는 이옥현 씨가 다시 자신의 삶을 향해 탈주할 수 있는 기회였다. 보호관찰 기간이 끝나자마자 이옥현 씨의 아버지가 만주행을 주선했기 때문이다. 이들 부부에게 만주는 식민지 조선과는 다른, '공간의 질이 다른 식민지'[50]였다. 조선 어디에서도 취직을 할 수 없었던 김찬도 씨는 만주에서 교사직을 얻었고, 이옥현 씨 역시 교사직을 얻어 구식 며느리 역할에서 벗어났다. 실패한 듯 보였던 '청년 맑시스트와 신여성의 결합'은 만주에서 새로운 전환점을 맞이한 것이다. 이들 부부는 만주에서 그전에 지니고 있었던 신념을 그대로 간직한 채[51] 살아갈 수 있었다.

---

49 위의 책, 158~159면.
50 야마무로 신이치[山室信一], 윤대석 역, 앞의 책, 8면.
51 이런 면에서 김찬도 씨는 이등 국민인 조선인의 욕망, 즉 제국의 '일등 국민'으로 도약하려는 욕망을 지닌 이들과는 변별된다. 김찬도 씨는 수원고등농림학교 재학 시절 농촌계몽운동을 반대하는 부모가 학비를 대주지 않겠다며 위협해도 자신의 고집을 꺾지 않았으며, 월남한 이후에도 결코 '뒷문'으로는 고향에 가지 않겠노라며 서울에서 정문을 통해 당당하게 갈 수 있을 때까지 기다렸다고 한다.

빙판길을 건너 만주국에 들어가서 조선 사람들이 많이 모여 사는 연변 부근의 용정으로 갔어요. 우리는 둘 다 캐나다 선교시설에서 일했어요. 남편은 은진학교에서 생물학과 화학을 가르쳤어요. 나는 교회가 운영하는 유치원에서 가르쳤는데 모두 선교시설의 일환이었지요.

우리가 부임했을 때 놀랍게도 여기 직원들은 그것이 기막히게 좋은 일이라고 여겼나봐요. 그들은 이것 해라, 저것 해라, 하며 상상할 수 있는 모든 일을 우리에게 떠맡겼어요.

(⋯중략⋯) 만주국이 일본의 지배를 받은 지 2년이 됐고 대군이 그곳에 주둔하고 있었지만, 우리는 캐나다 구역에 거주하며 일하고 있었고 그때는 일제가 간섭하지 않았어요. 물론 나중에는 선교사들조차 보호받을 수 없게 됐지요. 선교사들도 체포, 구금됐어요. 그렇지만 우리가 그곳에 있을 당시에는 정세가 아직 차분했어요.

남편은 구체적으로 항일 활동을 하지는 않았지만, 교실에서는 학생들에게 조선에 대해 이야기해주고 반일 감정을 불어넣어줬어요. 지금도 당시의 학생들로부터 남편이 일본의 수탈과 독립의 필요성에 대해 애기했던 것을 기억하고 있다는 편지를 받곤 해요.[52]

이들은 만주에서, 조선 사람들이 많이 모여 있는 연변 부근의 용정에서 살았다. 두 사람 모두 캐나다 선교 시설에서 교사로 일했다는 점에서, 새로운 사람과 문화를 접할 기회가 좀 더 있었을 것으로 보인다. 만주의 캐나다 구역에 거주하며 접한 글로벌한 경험이 그들의 문화적 아이덴티

---

52 힐다강, 정선태·김진욱 역, 앞의 책, 160~161면.

티를 형성하는 데 어떠한 역할을 했는지에 대해서는 구술한 자료만으로는 추측하기가 어렵다. 다만 분명한 것은 이들이 용정에서 머무는 동안 제국 일본의 간섭이 없었다는 점, 그리고 이옥현 씨를 구속할 일체의 가부장적 질서가 부재한다는 점이다. 이런 면에서 이들이 5년간 머문 '만주'는 "모든 장소들의 외부에서 놓여 있어 국지적으로 한정된 일종의 실제적인 장소"[53]로서의 헤테로토피아였다.

장혁주의 소설 「어느 독농가의 술회」에서 만주가, 아편중독자이자 범죄자였던 주인공이 "두 번 다시 옛날로 돌아가고 싶지 않다"[54]며 참회하고 갱생하는 공간으로 표상되는 것과 달리, 김찬도 씨에게 만주는 맑시스트 항일운동가로서의 신념을 간직할 수 있는 공간이다. 그는 비록 정치적인 조직체에서 구체적인 항일활동을 하지는 않았지만, 수업을 통해 여전히 학생들에게 영향력을 끼치고 있었다. 이는 훗날 선생님의 모습을 기억하는 학생들의 편지를 통해 전해진다. 파시즘 체제하에서 '불온한' 사상을 지닌 이들, 즉 '비국민'으로 분류되었던 이들을 '온건순량한' 인물로 만들고자 했던 '빨간줄'의 효력이 만주까지 미치지는 못했던 셈이다. 만주에서 이들의 일상은 규율 권력의 메커니즘에 전적으로 포박되어 있지 않았다.

이들의 만주행이 개별적인 것이었고 원자화되어 있지만, 오히려 규모의 미미함으로 인해 '제국 / 식민지' 시스템에 의해 쉽게 탐지되지 않는 '유동성'을 동반한다. 바로 그러한 점 때문에 일상에서 일어나는 미세한

---

53 Michel Foucault, *Of Other Spaces, Heterotopias*, http://www.foucault.info/documents, 검색일 : 2013.12.30.

54 장혁주, 「어느 독농가의 술회」(『녹기』, 1943.1), 민족문학연구소 편, 『일제 말기 문인들의 만주체험』, 역락, 2007, 231면.

움직임은 제국의 불안과 공포를 유발한다. 바우만Zygmunt Bauman의 논의에 의하면, 공포가 가장 무서울 때는 그것이 불분명할 때, 위치가 불확정할 때, 형태가 불확실할 때, 포착이 불가능할 때, 이리저리 유동하며, 종적도 원인도 불가해할 때이다.[55] 이들 부부와 같은 평범한 사람들의 사소한 움직임은 불확실하고 정체를 확연하게 알 수 없고 그래서 맞서 싸우기가 어렵다는 점에서 공포스러운 것이다. 규모적인 면에서 미미하지만 탈주의 움직임 내부에 자리 잡고 있는 이탈 에너지는 제국의 감시/통제 시스템이 탐지하거나 쉽게 다룰 수 없다는 점에서 제국의 불안과 공포를 야기하는 내적 균열의 지점이다. 만주는, 파시즘의 통제 메커니즘이 전체적인 조망을 통해 파악할 수 없는, 예측불가능한 움직임이 '여전히' 흐르고 있는 제국의 틈새였다.

5. 새로운 공간인가, 새로운 시각인가?

데이비드 하비David Harvey는 「지리적 불균등발전론을 위한 노트」에서 "자본주의적 사회관계와 사고로부터 절연된 헤테로토피아적이고 격리된 '생활세계'가 존재할 것이라고 생각하는 것은 잘못된 것이고 자기패배적인 것"[56]이라고 밝힌 바 있다. 하비는 이 견해를 통해 푸코의 헤테

---

55 이 글에서 유동성과 공포에 관해서는 지그문트 바우만(Zygmunt Bauman), 함규진 역, 『유동하는 공포』, 산책자, 2011, 11~12면.

로토피아 논의를 정면 비판하였다. 하비는 "자본축적, 시장관계, 국가권력 등에 좌우되지 않고 일상생활과 정서적 관계들이 가능할 수 있는 보호된 공간(푸코가 "헤테로토피아적"이라고 말한)",[57] 즉, "대항적인 공간"[58]의 존재에 대해 인정하지 않았다. 그러나 자본주의가 글로벌한 차원으로 확장되고 있는 상황에서, '공동척도'로 균질화되지 않는 이질적 공간, 즉 헤테로토피아의 존재 가능성을 인정하는 것이 하비의 말대로 '자기 패배적인 것'인지에 대해서는 좀 더 면밀히 따져볼 필요가 있다.

'헤테로토피아'는 지금까지 전혀 존재하지 않았던 '새로운 공간'을 지칭하는 것이 아니다. 푸코가 "자신만의 헤테로토피아가 없는 인간 사회는 존재하지 않는다"[59]고 밝힌 바와 같이 헤테로토피아는 모든 사회에 존재한다. 다만 헤테로토피아를 포착하기 위해서는 이전까지와는 다른, '새로운 시각'이 필요할 뿐이다. 에드워드 소자Edward W. Soja는 "푸코의 이질적이며 상관적인 헤테로토피아의 공간은 인지적 직관으로 채워져야 하는 알맹이 없는 공백이 결코 아니다. 그것은 르페브르가 경험 공간이라고 말한 또 다른 공간으로 정말로 생생하고 사회적으로 형성된 공간이며 구체적인 동시에 사회적인 실천의 아비투스"[60]라고 평가했다. 소자Soja의 논의는 여기서 그치지 않는다. 소자에 의하면, "그것(헤테로토피아)은 거의 보이지 않는 공간"이다. "(헤테로토피아는) 전통적으로 공간

---

56 데이비드 하비(David Harvey), 임동근·박훈태·박준 역, 「지리적 불균등발전론을 위한 노트」, 『신자유주의 세계화의 공간들』, 문화과학사, 2010, 129면.

57 위의 책, 128면.

58 위의 책, 129면.

59 Michel Foucault, *Of Other Spaces, Heterotopias*, http://www.foucault.info/documents, 검색일 : 2013.12.30.

60 에드워드 소자(Edward Soja), 이무용 외역, 『공간과 비판사회이론』, 시각과언어, 1997, 30면.

을 정신적 혹은 물리적 형태로 바라보는 이중적 시각에 가려져 있었기 때문"[61]이다. 헤테로토피아에 대한 존재 증명은 헤테로토피아를 식별할 수 있는 '시각'에 달려 있다는 것을 일깨워 준다는 점에서, 소자의 논의는 의미심장하다.

이 글의 목적은, 아무도 찾지 못하는 새로운 공간을 만주에서 찾아내려고 한 것이 아니다. 언제나 그곳에 있었던 만주이지만, '헤테로토피아'라는 스펙트럼을 통해 만주를 바라봄으로써, 만주에 실재하고 있었던 이질적이고 다충적인 면모들을 추적하고자 했다. 이는 궁극적으로, 지금 여기의 바깥이 근대적 삶 자체 내에 존재한다는 것을 증명하는 데로 귀결된다. 다시 말해, 합리성으로 무장한 근대적 원리의 폭력적 국면을 넘어설 수 있는 탈근대적 지평을 지금 여기 이곳에 '실재하고 있는' 이질적이고 국지적인 국면을 통해 증명하고자 한 것이다. 이러한 작업은, 고도로 정치화된 전위적인 혁명을 통해 희망의 지점을 쟁취하고자 하는 태도와는 거리를 두고 있다. 이 글은 애초에, 평범한 사람들이 누리고 있었던 자유의 흔적을 '헤테로토피아'를 통해 추적하고자 하는 문제의식으로부터 출발하였다.

권력의 분할은, 지배하는 자는 자유롭고 지배받는 자는 자유롭지 못하다는 자유와 부자유의 구별[62] 속에서 성립된다. 하지만 실제 사회에서 권력의 분할이란, 벤담이 판옵티콘 설계에서 기획했던 것처럼 정확하고 엄격하게 준수되지 않는다. 지금까지 살펴본 바와 같이 '만주행'이라는 공간적 실천을 통해 식민지 조선인들은, 제국 일본이라는 '검은 우

---

61 위의 책, 30면.
62 지그문트 바우만, 문성원 역, 『자유』, 이후, 2009, 46면.

산' 아래에서도 '지배 / 피지배'의 틈새를 횡단하며 '자유 / 부자유'의 분할을 해체하고 있었으며 다른 삶을 살아갈 수 있는 가능성을 열어가고 있었다.

근래 10여 년간 식민지 말기에 대한 연구가 활발해지면서 규율 권력으로 대표되는 구조적 협력을 규명하는 작업이 상당히 진전되었다. 그러나 구조적 협력을 규명할수록 '제국 / 식민지'의 분할선은 더욱 견고하게 되며, 그래서 식민지에 내재하고 있는 역동적 에너지의 가능성은 거대한 구조 속에 원천적으로 봉쇄되고 만다. 지금 필요한 것은, 이러한 역설적 상황을 새로운 논의의 출발점으로 삼아 구조에 장악되지 않는 에너지의 흐름을 포착하는 데 있다. 식민지 시기 '만주'를 경험했던 평범한 사람들의 인터뷰 분석을 통해 '틈새의 헤테로토피아'를 찾아 나선 것은, '자기패배적인 것'이란 과연 무엇인지 따져보기 위한 출발점이다.[*]

---

[*] 이 글은 2014년 4월 『인문연구』 70호에 게재된 논문을 일부 수정한 것임.

감성으로 기억하는 만주*

만주 소재 대중가요 가사를 중심으로

1. 들어가며

모든 사고의 근원은 우리의 감각(sense)이라고 부르는 것에 있다.[1]

— 토마스 홉스

이 글은 '만주'라는 장소가 대중들의 마음에 닻을 내리고 그 마음들을
움직이기 위해서는 우선 기억 속에 잔존하고 있는 만주 이미지를 '감성

---

* 이 글은 경제·인문사회연구회 2014년도 인문정책연구사업의 일환으로 수행된 연구의
  일부를 수정·보완한 것임(경제·인문사회연구회 인문정책연구총서 2014-28).
1 토마스 홉스(Thomas Hobbes), 진석용 역, 『리바이어던—교회국가 및 시민국가의 재
  료와 형태 및 권력』 제1책, 나남, 2008, 27면.

적으로' 처리하는 과정을 거칠 필요가 있다는 데 착안하여, 만주가 동시대 사람들의 '감성'과 공존하고 있는 양상을 추적하고자 한다. 각종 매체에서 만들어진 낙토樂土로서의 만주 이미지가 만주 이주를 실질적으로 추동하는 데까지 이르기 위해서는 감성이 개입되지 않고서는 불가능하다. 감성은 정서적 공감을 기반으로 사람과 사람, 사람과 사물을 하나로 묶어주고 애착을 형성한다. 만주에 대한 기대와 애착, 욕망과 열정 역시 감성을 통해 전달된다. '감성'은 의식과 행위 사이의 지렛대이자 중심축[2]으로서, 만주행을 결행하는 과정에도 만주로부터 귀환하는 과정에도 개입된다.

감성은 주체의 감수성을 자극하여 다양한 감정 상황을 체험하게 하는 마음의 상태를 지칭하는데, 여기에는 느낌·감정·정서 등이 모두 포함된다. 이때 감성은 단순히 마음의 상태에만 머물지 않는다. 감성은 언제든 발현 가능한 에너지의 차원으로 존재하며,[3] 그 역동적 특성으로 말미암아 타자의 현존에 민감할 수 있게 하는 윤리적인 지대가 되기도 하고 프로파간다 메커니즘이 작동하는 전략적인 지대가 되기도 한다. 이러한 문제의식을 토대로 이 글은 1937년 이후 발표된 만주[4] 소재 대중가요 가사[5]를 분석 대상으로 삼아 논의를 풀어갈 것이다.[6] '만주 열광'이라는

---

2 티아 데노라(Tia DeNora), 정우진 역, 앞의 책, 199면.
3 이 글에서 감성의 정의와 역동성에 대해서는 조태성, 「감성의 발현과 그 방식, 파장 혹은 스펙트럼」, 『감성연구』 창간호, 전남대 호남학연구원, 2010, 33~44면을 참조함.
4 연구 대상 텍스트가 되는 '만주 소재 대중가요'를 추출하기 위해 이 글은 다음과 같은 방식을 취하였다. 『유성기음반총람자료집』과 『유성기음반 가사집』을 대상으로 노래 가사와 제목에 다음과 같은 단어들이 포함된 노래들을 검색하여 추출한 뒤 음원과 작사·작곡의 배경을 확인하였다(분석 대상 추출 기준 단어: '만주', '썰매', '북국', '북극', '북방', '오국', '국경', '간도', '시베리아', '압록강', '목단강', '송화강', '몽강', '만포선', '오로라', '할빈', '하루빈', '북만선', '북간도', '복지', '망루').
5 음반제작사마다 자신들이 제작 발표한 음반을 소개 광고하는 '가사지(歌詞紙)'를 발간

사회적·문화적 현상은 '감성과 기억'의 문제와 얽혀 있다. 희로애락을 함께 하며 들었던 '노래'를 매개로 만주는 기억되며 노스탤지어의 대상으로 자리 잡는다. 만주 열풍이 식민지 조선을 휩쓸었을 당시, 만주를 향한 동시대적 감성은 주체와 시대를 당대적 현존으로 묶어줌으로써 하나의 사회적인 리듬으로 거듭난다. 동시대적 감성을 매개로 대중가요는 수많은 청취자를 동반하며 공감대를 형성한다.

기억은 감성을 경유하면서 오래도록 지속된다. 음악을 일컬어 어떤 것에 대한 특정한 기억을 상기시키면서도 동시에 망각하게 만드는 '심적 스위치|mental switch'라고 할 때,[7] 대중가요는 그러한 심적 스위치 중 하나이자 사람들의 마음과 마음을 헤집고 다니는 가동적|mobile 테크놀로지이다. 지금 이곳의 문제가 심각할수록 다른 세상, 다른 공간에 대한 희구 역시 절실했을 터, 대중가요는 그 희구 사이로 흘러 들어온다. 만주에서 실현하고픈 또 다른 생에 대한 갈망은 만주 노래들이 빚어내고

했으므로 유성기 음반의 가사는 활자화하는 과정을 필수적으로 거쳤다. 가사지는 제각기 분리된 상태로 흩어져 시집이나 잡지처럼 지속적 보관이 어렵기 때문에, 현재 희귀한 문화사적 자료이다(이동순, 「일제강점기 가요시 장르의 문화사적 가치」, 『인문연구』 60, 영남대 인문과학연구소, 2010.12, 210면).

구인모에 의하면, 문인들의 유행가요 가사 창작은 식민지 시기 시인들에게 시와 시 창작에 대한 관념의 변화를 일으켰다(구인모, 『유성기의 시대 유행시인의 탄생─시와 유행가요의 경계에 선 시인들』, 현실문화, 2013, 59면).

6　만주 소재 대중가요의 가사는 다음 자료집을 참조함.
　• 김점도 편, 『유성기음반총람자료집─1907년부터 1943년까지』, 신나라뮤직, 2000.
　• 이보형·홍기원·배연형 편, 『유성기음반 가사집』 1·2, 민속원, 1999.
　• 한국고음반연구회 편, 『유성기음반 가사집』 3·4, 민속원, 1999.
　• 최동원·임명진 편, 『유성기음반 가사집』 5·6, 민속원, 2003.
　• 이준희·장유정 편, 『유성기음반 가사집』 6, 민속원, 2008.
　음원은 www.ponky.kr을 참조하였다.
7　티아 데노라, 정우진 역, 『아도르노 그 이후─음악사회학을 다시 생각한다』, 한길사, 2012, 323면.

있는 감성의 스펙트럼 속에서 증폭되고 변주되며, 일상 속으로 퍼져나간다. 만주에서의 삶이 지니고 있는 '리얼리티'와 만주행을 부추기는 '프로파간다', 그리고 만주 노래로부터 스며 나오는 '감성'은 당대 대중가요 속에서 뫼비우스의 띠처럼 이어진다. 다른 공간, 다른 삶에 대한 욕망이 '감성'을 경유할 때 어떠한 화학작용이 일어날지는 앞으로 이 글이 탐색할 지점이다.

2. 헤테로토피아를 향한 감성

당시 대중들 사이에 널리 퍼져 있었던 만주 열광은 현재와는 다른 삶을 열망하는 욕망이 '만주'라는 특정 장소에 대한 애착으로 기호화된 것이다. 만주에 대한 애착은 그곳에 감으로써 다른 존재로 전이될 수 있는 공간, 즉 '헤테로토피아를 향한 감성'의 상태를 지칭한다. 여기서 '헤테로토피아'란, 관념이나 상상 속에서만 존재할 뿐 실재적인 장소를 갖지 않는 '유토피아utopia'와 대립되는 장소로서, '위치를 가지는 유토피아'[8]를 뜻한다. '헤테로토피아' 개념은 비록 후대의 학자들에게 '아쉽게도

---

8 Michel Foucault, "Different Spaces"(1967), edited by James. D. Faubion, translated by Robert Hurley and others, *Aesthetics, Method and Epistemology*, New York : The New York Press, 2006, p.178. 야마무로 신이치[山室信一]는 만주에 대해, "거기에 감으로써 완전히 다른 체험, 완전히 다른 의식을 가지게 되는 헤테로토피아(heterotopia)"라고 설명하고 있다. 이에 대해서는 야마무로 신이치, 윤대석 역, 『키메라-만주국의 초상』, 소명출판, 2009, 18면을 참조함.

푸코가 발전시키지 못한 일련의 직관들' 중 하나였다는 평가를 받고 있지만, "헤테로토피아의 본질이 다른 공간에 대해 이의제기를 한다는 데 있다"[9]는 논의는 되새길 만하다.[10] 만주국 건국 과정을 '변방 세력권의 건설, 즉 중심에서 소외된 집단의 영토 만들기'[11]로 이해할 수 있다는 점, '만주 내 일본인 집단들은 일본의 기성사회에서 성취 불가능한 것으로 보이는 어떤 비전을 실현할 수 있는 개척지를 만주에서 발견했다'[12]는 점을 고려하면, 만주의 헤테로토피아적 성격[13]은 충분히 가늠할 수 있다.

'헤테로토피아를 향한 감성'이라는 문제틀은 1930년대~1940년대 식민지 조선에 널리 퍼져있었던 '만주 열광'의 내면으로 다가가는 데 중요한 실마리를 제공해 준다. 19세기 중엽 이후에 만주는 월경하는 땅, 즉 굶주림에 젖은 조선의 농민들이 생존을 위해 경계를 넘어가던 곳이

---

9 미셸 푸코, 이상길 역, 『헤테로토피아』, 문학과지성사, 2014, 24면. 르페브르는 푸코의 문제의식을 공유하며 '헤테로토피아'를 '도시 혁명이 일어나는 가능성의 공간'으로 보고 있다(David Harvy, "The Kantian Roots of Foucault's Dilemmas", *Space, knowledge and power — Foucault and geography*, Edited by Jeremy W. Crampton and Stuart Elden, Aldershot, England; Burlington, VT : Ashgate, 2007, p.45).

10 샌프란시스코 베이 지역의 한국인 노인들을 인터뷰한 구술 자료집 『검은 우산 아래에서 — 식민지 조선의 목소리 1910~1945』에서 만주에 관한 부분을 보면, 만주는 '가부장적 질서하에서 정상으로 일컬어지는 일체의 전통을 지워버리는 반(反)공간으로서의 헤테로토피아', '전과자가 된 맑스리스트 청년이 자신의 신념을 유지한 채 살아갈 수 있는 공간'이다(곽은희, 「틈새의 헤테로토피아, 만주」, 『인문연구』 70, 영남대 인문과학연구소, 2014.4, 83~114면).

11 한석정, 『만주국 건국의 재해석』, 동아대 출판부, 2007, 51면.

12 프레신짓트 두아라(Prasenjit Duara), 한석정 역, 『주권과 순수성 — 만주국과 동아시아적 근대』, 나남, 2008, 135면.

13 같은 문제의식을 공유하고 있는 최근의 연구성과는 다음을 참조할 것. 노상래, 「헤테로토피아, 제3의 눈으로 읽는 만주 — 현경준의 「유맹」을 중심으로」, 『인문연구』 70, 영남대 인문과학연구소, 2014.4, 1~48면; 서재길, 「나운규 영화와 만주 — 〈사랑을 차져서〉를 중심으로」, 『인문연구』 70, 영남대 인문과학연구소, 2014.4, 49~82면.

었다. 기아로부터의 필사적인 탈출과 잠입의 형태로 시작되던 만주 이주는 만주국 시대에 이르러 정책 이민[14]의 성격을 띠게 되었으며, 1930년대에 이주민의 숫자는 폭발적으로 증가한다.[15] 1930년대 중반 조선의 경남·경북·강원 일대가 침수되는 등 자연재해를 겪게 되자 '만주 이민'은 "항구적인 복구책"으로 평가되었고, 이 과정에서 '만주'는 농민들에게 '탈출구'로 자리 잡았다.[16]

이런 면에서 만주는 구체적인 현실로 실현할 가능성을 전혀 갖지 못한 채 오로지 상상으로서만 존재하는 '유토피아'와는 차원이 다른 공간, 즉 '헤테로토피아'이다. 유토피아의 진정성이 옴짝달싹하지 못하고 갇혀 있는 체계의 이데올로기적 폐쇄성을 드러내는 데 있다면,[17] 헤테로토피아의 진정성은 공존가능한 '너머의 공간'을 바로 오늘 여기에 만들어 나간다는 데 있다. 그래서 헤테로토피아는, '다른 공간'을 만듦으로써 여기 이곳을 변혁하려는 인간의 의지가 보잘것없는 것이 아님을 보여주는 실천의 표지이다.

감성은 헤테로토피아를 향한 도정을 세밀하게 감지하며 프로파간다

---

14 만주국 시기 조선인의 만주 이민은 '국책이민'이나 '개척민'이라는 용어로 일괄 포장되면서 제국 권력의 큰 지원과 비호를 받은 것으로 인식되지만, 진정한 '장려' 정책은 조선인 농민이 아니라 일본인 농민들에게만 적용되었다. 조선인 이민은 근본적으로 '통제'의 큰 틀을 벗어나지 못했다(김기훈, 「만주국 시기 조선인 이민담론의 시론적 고찰—조선일보 사설을 중심으로」, 『동북아역사논총』 31, 동북아역사재단, 2011.3, 103면).

15 김기훈, 「만주의 코리안 디아스포라—제국 내 이민 정책의 유산」, 한석정·노기식 편, 『만주, 동아시아 융합의 공간』, 소명출판, 2008, 199~210면.

16 한석정, 「지역체계의 허실—1930년대 조선과 만주의 관계」, 『한국사회학』 37, 한국사회학회, 2003.11, 58~69면.

17 프레드릭 제임슨(Fredric Jameson), 황정아 역, 「유토피아의 정치학」(2009)(프레드릭 제임슨·데이비드 하비·조반니 아리기 외, 김철효·신현욱·정병선·정재원·홍기빈 외역, 『뉴레프트리뷰』 2, 길, 2010.2, 367면을 참조).

의 언어로 봉합할 수 없는 실존의 결을 추적한다. 유토피아에 대한 상상과 사유는 지금 이곳에 대한 가차 없는 비판을 동반한다는 점에서 금기에 다가가 있으며, 그런 만큼 자유와 보다 근접해 있다. 그러나 유토피아에 대한 낙관적 전망을 실현하는 과정이 어떠한가에 따라 그곳은 헤테로토피아가 될 수도 있고, 디스토피아가 될 수도 있다. 유토피아를 실현하고자 하는 의지가 합리적 계획과 통제, 시스템의 효율성에 집중될 때 보다 나은 미래를 위한 청사진은 경직된 당파성으로 치닫게 된다.[18] 완전히 계획된, 완전히 통제된 세상에 대한 근대적 충동이 통제를 벗어나 제멋대로 달려갈 때, 혹은 계획과 통제라는 합리적 행동의 근대적 수단들이 독점할 수 있는 절대적 권력에 의해 받아들여졌을 때 홀로코스트와 같은 제노사이드가 일어난다[19]는 바우만의 성찰은 이런 맥락에서 유효하다.

다시 대중가요에 대한 논의로 돌아가 보면, 대중가요는 인간의 무수한 감정을 담는 장르라는 점에서 위로부터의 조망, 전체로서의 통계 수치가 아우를 수 없는 만주의 모습에 근접해 있다. 이 과정에서 대중가요가 실존의 현장을 얼마나 핍진하게 담느냐 하는 문제는 중요하지 않다. 모호하고 불투명하기 짝이 없는 '기억'이, 핍진성에 초점을 맞춘 '사진'보다 진정성이 부족하다고 말할 수 없는 것[20]과 마찬가지이다.

---

18 이 같은 문제의식은 야마무로 신이치의 저서에서도 확인할 수 있다. 그는 만주국이 제도화되는 가운데 '농민자치', '분권적 자치국가'라는 이상이 어떻게 소거되는지를 분석하고 있다. 그에 의하면, 기획입안과 행정효율을 강조할수록, 즉 효율성과 합리성이라는 원리를 강조할수록 소수자의 손에 실권이 집중되어 간다(야마무로 신이치, 윤대석 역, 앞의 책, 83~184면).

19 지그문트 바우만(Zygmunt Bauman), 정일준 역, 『현대성과 홀로코스트』, 새물결, 2013, 155~201면.

20 Siegfried Kracauer, "Photography", *The Mass Ornament*, translated, edited, and Intro-

감성이 기억하는 만주는 우세한 하나의 서사로 아우를 수 없다. 대중 가요가 감성을 통해 포착한 '마음의 결'과 '실존의 풍경'은 오히려 여러 조각들이 만들어낸 '콜라주'에 가깝다. 하나로 아우를 수 없는 조각들 사이의 틈들을 그대로 두는 것, 그리하여 각기 다른 목소리들로 하여금 그 틈들 사이에서 마음껏 아우성칠 수 있도록 두는 것이 콜라주의 묘미이므로, 각 편의 대중가요 역시 만주 콜라주를 구성하는 조각들로 보는 것이 온당할 것이다. 조각 사이의 간극과 틈새로 인한 불편함이 외부로부터의 사유로 이어져 표면 너머를 사유할 수 있다면 더할 나위 없을 것이다.

3. 간극과 틈새 — 프로파간다와 실존 사이

「시국인식의 철저는 노래로부터」[21]라는 『매일신보』 기사(1937.9.17)에서 알 수 있는 바와 같이 전시체제기의 가요는 조선총독부의 문화예술통제로부터 자유롭지 않았고, 감성의 배치 역시 마찬가지였다. 1937년 이후 조선문예회는 "시국을 일반에게 보편화식히기를 위하야"[22] '시

duction by Thomas Y. Levin, Cambridge, Massachusetts : Harvard University Press, 1995, pp.50~52.

21 「권위(權威)들 작사, 작곡 시국가요발표 — 조선문예회 15일 저녁 관게자(원문대로 인용함)가 회집 이왕직 아악부에서」, 『매일신보』, 1937.9.17, 2면 1단.

22 「조선문예회 시국가요 시연회 개최」, 『매일신보』, 1937.9.12, 2면 5단.

국가요'·'애국가요'를 제작·시연·보급하는 한편, '유행가요'를 '저속한 레코-드'로 통칭하면서 '고상하고 건설적인 음악'을 지향하는 '국민오락'의 대극점에 배치하였다.[23] 음악은 특수한 행위 전략과 꼭 맞는 공간으로 그 공간을 배치하는 데 기여하는 '구조화'의 힘을 지니는 바,[24] "시국에 적절한 건전한 국민음악"[25]은 공간을 구조화하는 음악의 하나라고 할 수 있다. 흔히 '군국가요'로 불리는 시국가요에서 '감정'은 특정한 정서를 교시하고, 그러한 정서 속에서 주인공을 향해서 동일화하도록 촉진시킴으로써 국민적 주체의 경험을 정서적으로 재체험시키는 기술[26]과 관련된다.

송달협이 부른 〈만주신랑〉[27]은 지난 과거를 "정 하나 잘못 주어 우는 가슴"·"발 하나 잘못 짚어 빠진 발길"·"꿈 하나 잘못 꾸어 헝큰 청춘"으로 규정하는 반면, 만주에서의 삶을 '새 사랑 새 태양'·'새 사주 새 역사'·'새 사람 새 나라'로 규정하며 새로운 삶에 대한 기대를 노래한다. 만주를 "사천만 오족五族의 새로운 낙토"로, 조선인을 "척사拓士"로 그린 〈아리랑 만주〉[28] 역시 같은 범주에서 다룰 수 있다. 새로운 삶에 대한 기대는 만주가 새로운 고향으로 표상되든(〈꽃피는 북만선〉),[29] 인큐베이팅의 공

---

23 이화여전 교수 김메리, 「국민오락으로 고상하고 건설적인 음악—저급한 유행곡을 배척합시다」, 『매일신보』, 1940.9.11, 4면 1단.
24 티아 데노라, 정우진 역, 앞의 책, 271면.
25 「국민음악(國民音樂) 수립(樹立)의 봉화(烽火)—현란(絢爛)한 악단(樂團)의 제전(祭典)」(『매일신보』, 1942.9.12), 음악학연구회 편, 『음악학 5 : 『매일신보』 음악 기사—1941~1945』, 민음사, 1998, 222면.
26 사카이 나오키[酒井直樹] 외, 「다민족국가에 있어서의 국민적 주체의 제작과 소수자의 통합」, 최정옥 외역, 『총력전하의 앎과 제도』, 소명출판, 2014, 29면.
27 김다인 작사, 이봉룡 작곡, 송달협 노래, Okeh. 31099, 1942.3.
28 윤해영 작사, 전기현 작곡, 백년설 노래, Taihei. 5020, 1941.11.
29 박향민 작사, 전기현 작곡, 이인권 노래, Taihei. 5061, 1943.2.

간으로 표상되든(〈오동동 극단〉)[30] 반복되어 나타나는 주제이다. 〈오동동 극단〉은 가극단에 소속되어 남만주와 북만주를 떠돌아다니는 열일곱 아가씨의 고난을 '언제나 서울무대 스타 꿈을 안고서' 샛별을 바라보는 다부진 수련의 과정으로 승화시킨다.

만주에서 실현되고 있는 새로운 삶을 향한 심적 에너지의 강도가 얼마나 강렬한지는 "북만벌 천리길에 새 고향"(〈꽃피는 북만선〉)을 향해 가는 '속도감'을 통해 표현된다. 이 속도감은 주로 흥겨운 선율과 빠른 템포로 표현된다.[31] 〈꽃피는 북만선〉·〈복지만리〉[32]·〈희망의 썰매〉[33]·〈송화강 썰매〉[34]·〈북극 오천 키로〉[35]·〈유랑마차〉[36]에서 빈번하게 등장하는 기차·마차·썰매는 "저 언덕을 넘어서면 새 세상", "저 고개를 넘어서면 새 천지"(〈복지만리〉)를 향해 가는 속도를 매개해 준다. 이 속도감을 통해 식민지 조선에서의 '현재적 삶'과 만주에서의 '미래적 삶' 사이의 간극이 최소화된다. 파시즘은 일찍이 미래지향적인 모더니티의 본질적 속성을 받아들였으므로,[37] "어서어서 달리자"(〈희망의 썰매〉)는 속도감을 매개로 유토피아의 실현을 담지하는 것은 파시즘이 대중의 열정을 동원하는 낯익은 방식이다.

만주행 엑소더스를 추동하는 프로파간다는 대중들의 욕망을 자극하

---

30 처녀림 작사, 이재호 작곡, 백난아 노래, Taihei. 3011, 1940.11.
31 빠른 템포와 흥겨운 선율이 이주에 대한 긍정적이고 희망적인 내용의 가사와 어우러진다(장유정, 「20세기 전반기 한국 대중가요와 디아스포라」, 『근대 대중가요의 지속과 변모』, 소명출판, 2012, 79~81쪽).
32 김영수 작사, 이재호 작곡, 백년설 노래, Taihei. 3028, 1941.3.
33 김다인 작사, 김송규 작곡, 김해송 노래, Columbia. 40848, 1939.2.
34 조명암 작사, 송희선 작곡, 권명성 노래, Okeh. K-5010, 1940.9.
35 박영호 작사, 무적인 작곡, 채규엽 노래, Taihei. 3034, 1941.4.
36 박영호 작사, 손목인 작곡, 남인수 노래, Okeh. 1984, 1937.3.
37 마크 네오클레우스(Mark Neocleous), 정준영 역, 『파시즘』, 이후, 2002, 140면.

여 마음을 사로잡는 데 초점이 맞추어져 있다.[38] 만주가 대중들의 감성 속으로 파고드는 방식 역시 그 욕망의 회로와 무관하지 않다. 만주와 조선을 배치하는 젠더적 구획은 대표적인 예이다. 〈할빈다방〉[39] · 〈용마차〉[40] · 〈만주로 가는 님〉[41] · 〈목단강 편지〉[42] · 〈꿈꾸는 타관역〉[43] · 〈북방소식〉[44]과 같은 가요들에서 만주를 향한 욕망은 남성적 판타지에 기반한 젠더 정치와 연동하고 있다. '새로운 땅'이라는 만주의 이미지는 '하르빈 아가씨'(〈할빈다방〉) · '양귀비 아가씨'(〈용마차〉) · '꾸냥'(〈황하다방〉)[45]으로 불리는 중국 여성에 대한 점유[46]와 오버랩되면서 남성 판타지를 부추긴다.[47] '오국성五國城 부는 바람 피리'에 실려오는 만주국 풍경이 '봄이 가면 지향 없이 흘러갈 양치기 길손 / 다시야 말날 날을 칠성님께 빌었다'는 '꾸냥'의 사연으로 채워지는 〈만포선 길손〉[48]도 남성 판타지에 충실하기는 마찬가지이다. 여기서 남성 판타지는 '동양을 점유하는 제국적 주체'로 연결되는데 이는 식민지 조선에 '정체된 여성' · '버려진 여성' · '기다리는 여성'과 같은 이미지를 덧댐으로써 증폭된다. "만주

---

38 곽은희, 「프로파간다화된 만주 표상과 욕망의 정치학」, 『만주연구』 16, 2013.12, 172면.
39 조명암 작사, 김해송 작곡, 이난영 노래, Okeh. 31099, 1942.3.
40 반야월 작사, 이재호 작곡, 진방남 노래, Taihei. 5066, 1943.3.
41 이가실 작사, 전기현 작곡, 손복춘 노래, Columbia. 44010, 1940.8.
42 조명암 작사, 박시춘 작곡, 이화자 노래, Okeh. 12190, 1942.3.
43 이성림 작사, 김해송 작곡, 이난영 노래, Okeh. K-5026, 1941.2
44 이하윤 작사, 大村能章 작곡, 김인숙 노래, Columbia. 40744, 1937.1.
45 김영일 작사, 이재호 작곡, 백난아 노래, Taihei. 3017, 1941.1.
46 리코란이 부른 〈지나의 밤〉 역시 하얼빈의 밤을 배경으로 중국여성을 점유 대상으로 하고 있다(한석정, 「만주 웨스턴과 내셔널리즘의 공간」, 『사회와 역사』 84, 한국사회사학회, 2009.12, 19~20면).
47 젠더는 제국주의의 주요 도구이다. 특히 남성성을 위한 퍼포먼스는 제국이 지배집단으로서의 이미지를 유지하기 위해 필수적이었다(박형지 · 설혜심, 『제국주의와 남성성』, 아카넷, 2004, 39~43면).
48 박영호 작사, 이재호 작곡, 백년설 노래, Taihei. 3017, 1941.1.

마차는 쌍마차 / 월계꽃 피는 마을 새 아가씨 마중가자", "만주 마차는 역마차 / 꾸냥 아가씨야 아름답다 정답다 / 짤랑짤랑 달린다"라는 〈용마차〉의 가사는 〈만주로 가는 님〉의 3절 가사 "내일은 만주 하늘 바라보실 임이여 / 고향에 남긴 짝을 잊지나 마소"와 미묘하게 대비된다. 특히 〈꿈꾸는 타관역〉에서 "삼년이 지난 이날 이때 서신 한 장도 없구나(1절) // 애타는 사연편지 쓰다가 말다가 / 불을 끄고 넘어지는 싸늘한 베게밑 / 여자로 태어난 것을 원망"하는 사연이나 〈북방소식〉의 경우처럼 "가실 째 손목 잡고 / 남겨두신 그 언약 / 눈물을 흘니면서 / 오 기다리는 이몸이외다"라는 사연은 조선과 만주 사이를 '기다리는 여성 / 시들어가는 여성'과 '떠난 남성 / 소식 없는 남성'이라는 젠더적 위계로 구획한다.

이러한 배치를 여성 스스로 떨쳐내는 과정은, 군국의 여성을 만들어내기 위한 공통감각을 창출하는 일로 이어진다. 〈목단강 편지〉를 보면, 여성은 이제 "밤을 새워 읽은 편지 밤을 새워 감사하며(3절)", "한 번 읽고 단념하고 두 번 읽고 맹세"하기에 다다른다. 그녀는 "선생님이 되옵소서 / 사나이 가는 길에 가시넝쿨 넘고 넘어 / 난초 피는 만주땅에 흙이 되소서" 기원하며, "여자의 마음 둘 곳 분접시가 아닌 것을 깊이 깊이 깨달아서 울었나이다"라고 고백한다. '군국의 여성'이라는 회로를 경유할 때 여성은 '떠난 님의 성공을 기원하는' 지위를 획득하게 되지만, 여전히 동원의 프로파간다 내부에 갇혀 있다. "우리 아가 꿈속에서 아빠를 만나 / 총알 맞은 전투모를 씌워 달라고 / 앙금앙금 그 꿈속에 졸라 보렴아(2절) // 우리 애기 병정 애기 잘도 자누나(3절)" 하며 부르는 〈총후의 자장가〉[49]는 총후 부인의 공통감각을, 칼 꽂은 총을 들고 망루에 서서 "피 묻은 허리띠를 보내오리다"라고 맹세하는 〈망루의 밤〉[50]과 "아세아의 풍운아"가 되어 "젊은 피 흘려 보자 당나귀야 달려라" 외치는 〈대지의 사나이〉[51]는 전장戰場의 공통감각을 대중가요 속으로 흘려보낸다.

이처럼 대중가요에는 지배 이데올로기가 반영되어 있지만, '대중가요 = 이데올로기의 산물'이라는 도식만으로는 대중가요의 존재 양상을 해명할 수 없다. 대중가요가 지니고 있는 독특한 양상은 오히려, 프로파간다 메커니즘과 공존하고 있는 실존의 굴곡들을 포착하고 있다는 데 있다. 프로파간다와 실존 사이의 간극은, 당대의 실존이 프로파간다 메커니즘으로 균질화될 수 없다는 것을 보여주는 동시에 당국의 문화정책을 따르면서도 그것에 전적으로 동의하지 않는 '모순적인 지대'[52]가 있었음을 보여준다.

1937년 이후 만주 소재 대중가요에는 프로파간다 메커니즘이 만들어내는 만주에 대한 기대와 애착만큼 실존의 장에서 묻어나오는 비애와 회한이 담겨있다. 이러한 양상은 보다 근본적으로 대중가요가 인간의 감정, 즉 "욕망, 분노, 두려움, 대담함, 시기, 기쁨, 친애, 미움, 갈망, 시샘, 연민 등 즐거움과 고통이 동반하는 것으로서의 감정"[53]의 진폭을 담

---

49 조명암 작사, 김해송 작곡, 박향림 노래, Okeh 31097, 1942.3.

50 조명암 작사, 김해송 작곡, 백년설 노래, Okeh 31145, 1942.12.

51 조명암 작사, 박시춘 작곡, 남인수 노래, Okeh 31167, 1943.6.

52 거슬러 올라가 보면, '모순적인 지대'에는 감성의 이중적 면모가 자리 잡고 있다. 감성의 이중적 면모는 샤르트르가 묘사한 '원주민의 춤'과 유사하다. 원주민들은 '춤'을 통하여 그들이 감히 드러내지도 저지르지도 못하는 거절과 살인을 표현하지만, 춤을 추는 동안의 '황홀경'을 통해 자신들의 폭력성을 탕진해 버린다(Jean-Paul Sartre, "Preface", Frantz Fanon, translated by Constance Farrington, *The Wretched of the Earth*, New York : Penguin Books, 1967, pp.16~17). 이 장면은, 투쟁적 에너지를 순화시키는 메커니즘이 '감성'과 연결되어 있다는 것을 보여준다. 더욱 아이러니하게도, 탕진의 순간은 만족감의 극치로 경험된다. 이때 '감성'은 비극적인 순간을 쾌의 감각으로 전도시키는 중핵으로 자리 잡는다.

53 아리스토텔레스(Aristoteles), 강상진 외역, 『니코마코스 윤리학』, 길, 2011, 61면.

고 있는 장르라는 점에서 기원한다. 칼바람(1절)·눈바람(2절)·얼음강
판(3절)을 헤치며 송화강 너머 시베리아로 달려가고 있는 장면은 피끓는
젊은이가 사랑을 버리고 웨카술에 취해 있거나(〈송화강 썰매〉), 눈보라 속
에서 울고 있는 홍도(〈희망의 썰매〉)와 오버랩된다. 조선을 떠나왔으나 정
작 갈 길이 어딘지 몰라 북만주 넓은 들을 헤매며 밤을 새는 모습(〈북만주
황야〉),[54] 고삐 잡는 손마디가 얼어 트는 눈벌판에서 갈수록 향방 없는
나그네 모습(〈오로라의 눈썰매〉)[55]은 전장戰場의 공통감각이나 개척의 감
각과 같은 프로파간다가 채울 수 없는 공간을 보여주는 노래들이다.

　　만주행 엑소더스를 둘러싼 실존의 장場에는 서둘러 봉합할 수 없는 갈
등과 동요들이 존재하고 있다. "건전한 국민가집을 발행한 다음 이것을
각 학교에 나누어 주어 부르게 하는 한편 라디오를 통하여 매일 방송함
으로써 일반사람들이 자연히 유행가를 부리지 안코 씩씩한 노래를 부를
수 잇도록 지도"[56]한다는 당국의 지침이 있다고 할지라도, 음악을 통해
감동받기를 원하는 감정적 청취자는 언제든 있기 마련이다. 감정적 청
취자는 흘러가는 음악 속에 자신을 맡기며 마음을 울려줄 노래를 찾는
다. 음악이야말로 자기보존을 위한 활동에 지쳐있는 이에게 한 줌이라
도 정서적인 느낌을 가질 수 있도록 해 주는 반이성적인 정신의 원천이
다.[57] 가수 채규엽이 유행가곡流行歌曲에 대해 "그 시대시대의 민중의 심
리를 가장 여실히 묘사한 음악"이자 "당시당시의 민중의 희노애락의 정

54　이하윤 작사, 문예부 편곡, 김인숙 노래, Columbia. 40791, 1937.11.
55　조명암 작사, 김령파 작곡, 남인수 노래, Okeh. 12222, 1939.3.
56　「'음악가들(音樂家)들 궐기(蹶起)' 건전음악(健全音樂) 보급(普及)을 결의(決議)」(『매
　　일신보』, 1941.9.14), 음악학연구회 편, 『음악학 5 : 『매일신보』 음악 기사―1941〜
　　1945』, 민음사, 1998, 105면.
57　이에 대해서는 아도르노, 김방현 역, 『음악사회학입문』, 삼호출판사, 1990, 1〜21면.

78　제1부 틈새와 균열

서를 가장 교묘하게 표현한 것"[58]임을 강조한 것도 실존과 공존하고 있는 대중가요의 존재 양상과 상통한다. 박영호 역시 만주사변 후 '블루—스 モノ'가 갑자기 유행하고 있는 현상에서 "전시하의 민중이 무척 긴장한 정신을 가지고 있는 한편 그 긴장에서 오는 피로를 '블루—스' 같은 데에서 풀어보고저 하는 안이감"[59]을 포착하고 있다.

"정을 들고 못 살바엔 아— 이별이 좋다(1절) // 허물어진 사랑에는 아— 이별이 좋다(2절)"며 애써 다짐하는 〈울니는 만주선〉[60]이나, "니 저야 올흐냐 니저야 올흐냐"고 되묻는 〈북극 오천 키로〉[61]는 만주로 떠나는 이들의 흔들리는 심사가 드러나 있다. 이 노래를 듣는 대중들을 결속하는 것은 동요와 불안이다. "정들면 고향"(〈정든땅〉)[62]이라든가 "낮이면 땅을 파는 농군이 되고 / 밤이면 책을 읽는 선비"(〈어머님 안심하소서〉)[63]라는 프로파간다와는 사뭇 다른 풍경이다. 〈유랑마차〉[64]에서처럼 만주는 "보랏빛 안개 속에 파랑새가 날 부르"는 공간이지만 "한 많은 보헤미안 눈물 어린 국경"이기도 했으므로, 만주행에는 "가는 거냐 우는 거냐"(〈눈오는 백무선〉)[65]를 알 수 없는 슬픔의 감성이 동반된다. 이러한 감정적 동요와 슬픔은 곧 윤리를 담는 출발점이 된다.

---

58 채규엽은 이 글에서 '유행가곡'을 "시인 동시에 확실한 음악", "리즘-멜로듸-하모니-를 갓춘 음악"으로 정의하였다(채규엽, 「유행가는 탄식한다」, 『삼천리』 5-3, 1933.3, 77면).
59 왕평·박영호 외, 「레코-드계의 내막을 듣는 좌담회」, 『조광』 41, 1939.3, 316면.
60 조명암 작사, 손목인 작곡, 남인수 노래, Okeh. 12164, 1938.9.
61 박영호 작사, 손목인 작곡, 채규엽 노래, Taihei. 8600, 1939.1.
62 조명암 작사, 이봉룡 작곡, 백년설 노래, Okeh. 31157, 1943.2.
63 조명암 작사, 김해송 작곡, 남인수 노래, Okeh. 31146, 1942.12.
64 박영호 작사, 손목인 작곡, 남인수 노래, Okeh. 1984, 1937.3.
65 불사조 작사, 이재호 작곡, 진방남 노래, Taihei. 3016, 1941.1.

4. 슬픔의 감성과 윤리적 지평

감성은 견고하고 안정된 지반을 뒤흔들고 에너지를 증폭시킴으로써 감정적인 격동을 경험하게 한다. 기쁨을 '정신이 완전한 최고점에 이르는 열정', 슬픔을 '정신이 완전한 최저점에 이르는 열정'이라고 할 때,[66] 감성은 정신의 최고점과 최저점을 오르내리는 열정을 때로는 부드럽게, 때로는 격렬하게 느낄 수 있도록 해 준다. 감성은 한 치의 균열도 없는 듯이 단단하게 뭉쳐진 신념의 덩어리 속으로 흘러들어 세계에 대한 이물감을 느끼도록 한다. 감정적인 격동 속에 존재의 휘청거림을 경험하는 순간 인간은 자신의 존재 조건을 근원적으로 돌아보게 된다.

슬픔의 감성은, 생존 자체를 위하여 스스로를 완전히 소모하도록 밀어붙이는 '열정 노동'을 저지시킨다는 점에서, 열정과 착취가 얽혀있는 총동원 메커니즘을 내부로부터 침식하게 만든다. 엔 블록과 계획 경제로 이어지는 낙관적 청사진을 바탕으로 새로운 사회를 건설하려는 인텔리겐차들의 실험은 대중들에게 '만주로 가면 새로운 삶을 살 수 있다'는 기대와 희망을 심어주었지만, 자기 착취로 치닫는 과도한 노동을 저지하지는 못하였다. 예를 들어 1930년대의 평만 댐 건설 프로젝트는 댐 기술의 최첨단을 보여주는 대표적인 사례로 여겨졌지만, 다수의 중국인 비숙련 노동력의 동원과 혹사 없이는 실행될 수 없었음[67]을 기억할 필

---

66 미셸 옹프레(Michel Onfray), 곽동준 역, 『바로크의 자유사상가들』, 인간사랑, 2011, 271면.
67 겨울에는, 얼어붙은 강이 다시 정상적으로 흐르기 전에 강의 대부분을 막아야만 했다. 이로 인해 노동자들은 영하 40도에 이르는 온도에서 밤낮으로 일했다. 평만 댐 건설 현장

요가 있다. 과학기술과 합리적 계획을 토대로 무한히 발전할 것이라는 긍정적 믿음은 인간의 능력을 활성화하는 데 기여하였지만, 긍정의 과잉은 소진과 고갈[68]을 동반하고 있다.

긍정의 과잉 속에서 최고치를 향해 연소되고 있는 열정의 가속도를 늦추는 것은 슬픔의 감성[69]을 통해서이다. 〈애수의 압록강〉[70]에서 발견되는 슬픔 어린 심정은, 만주행의 의미를 다시 돌아보고 인간 존재의 근원을 캐묻고자 하는 의지와 맞물려 있다.

> 아~ 뗏목은 흘러간다 압록강 칠백 리를
>
> 황금도 나는 싫어 공명도 나는 싫어
>
> 아~ 오로지 강건너 저 쪽에 내 사랑 그립다 (…중략…)
>
> 아~ 오로지 피눈물 흘리며 내 사랑 부른다
>
> 아~~~ 뗏목에 울며간다.

에서 노동자들은 사흘에 한 명꼴로 사망했으며, 야간 작업자들은 겨울철 공사 중에 모르핀을 투여받았다(Aaron Moore, *onstructing East Asia —Technology, Ideology, and Empire in Japan's Wartime Era, 1931~1945*, Stanford : Stanford University Press, 2013, p.182). 루이스 영(Loise Young)은 좌파 인텔리겐차들이 만주에 대해 품고 있었던 혁신적인 열망에 주목하면서도 열망을 실현시키는 과정에 동반되었던 '경직된 폭력성'을 간과하지 않는다. 루이스 영이 만주국을 '멋진 신세계'로 명명한 것도 그 때문이다(Louise Young, *Japan's Total Empire —Manchuria and Culture of Wartime Imperialism*, Berkeley and Los Angeles : University of California Press, 1998, p.305).

68 한병철, 김태환 역, 『피로사회』, 문학과지성사, 2012, 21~22면.

69 트로트에 내재되어 있는 탄식과 눈물에 대해 이영미는 "제 발로 세상에 순응해 가는 것, 그 때문에 발생하는 자학과 체념을 외향적으로 드러내면서 흑흑 흐느끼는 것"이라고 분석하고 있다(이영미, 「트로트는 슬픈 노래다」, 『홍남부두의 금순이는 어디로 갔을까』, 황금가지, 2002, 32~33면). 이 글에서는 슬픔의 감성에 대해 '체념'·'무기력'·'자발적 순응'·'탄식'·'자학'의 차원으로 접근하지 않고, 슬픔의 감성이 나와 타인의 실존을 들여다보며 고양시키는 데 어떠한 역할을 하는지에 초점을 맞출 것이다.

70 조명암 작사, 손목인 작곡, 이화자 노래, Okeh. 20020, 1940.2.

만주는 조선 농민들이 금지의 위반을 무릅쓰고서라도 국경을 넘어 농사를 짓고 돌아오는 곳, 즉 "춘경추귀春耕秋歸", "조경모귀朝耕暮歸"의 땅이었던 만큼, 사람들이 압록강과 두만강을 건너 만주로 향하게 된 것은 '빈곤 문제를 해결하기 위해서'라고 알려져 있다. 그래서 만주 이주는 "물이 나즌 데로 흘러가는 것과 맛찬가지로 척박한 땅에서 비옥한 땅으로 끌리워 가는 자연적 대세"[71]로 묘사될 정도로 자연발생적이고 필연적인 현상으로 인식된다. '월경越境'은 빈곤 앞에서 무력한 자기 자신으로부터 벗어나려는 '의지'이자 실존으로 내던져졌던 인간이 생을 헤쳐나가기 위해 능동적으로 선택한 '모험'이라는 점에서 생을 향한 억누를 수 없는 충동으로 승화된다. 그 충동은 발전을 위해 투쟁하는 근대인의 원초적인 에너지이거니와, 만주 이민은 진보적인 이상을 좇아 자신의 삶을 개척하는 근대적 삶의 전형으로 자리 잡는다.

'강건너 저 쪽에 내 사랑'은 그가 무수한 심적 고통을 겪은 연후에야 도달하게 된 각성의 지점이자, 그러한 각성을 통해서 생성하게 될 새로운 배치를 예고하고 있다. 그 새로운 배치는 '황금[72]과 공명으로 봉쇄되어버린 근대적 기획'을 겨냥하고 있다. 〈애수의 압록강〉에서 '황금'과 '공명'을 거부하는 행위는 언뜻 보면 근대인의 '합리적인' 도정을 배반한 듯 보이지만 실은, 만주 이주에 심각한 문제[73]가 본질적으로 내포되

---

71 김동진, 「건국십년의 만주국과 조선인 근황—조선 내 자본의 진출과 인물의 집산 등」, 『삼천리』, 1940.10, 65면.
72 다음과 같은 이야기들은 당시 만주에 대한 대중들의 인식이 어떠했는지를 엿볼 수 있는 대목이다. "나는 신경에 잇는 관계로 조선에서 만주에 드나드는 사람과 비교적 접촉할 기회가 만습니다. 혹은 명사라는 분이 만주에 와서 고관이나 어더할 수 잇을가 하고 오는 이도 잇고 돈 잇는 사람이 만주에 가서 투자하면 2, 3년에 큰 부자가 된다고 해서 돈버리를 목표로 하고 나오는 이도 잇읍니다"(김경재, 「협화회와 조선민족의 무대」, 『삼천리』, 1938.5, 101면).

어 있음을 감지한 결과이다. 노동은 벼랑 끝에 몰린 인간에게 먹고 살 방편을 마련해 주지만, 그것이 곧 삶의 의미일 수는 없다. '존재의 항상성'을 약속해 주는 것이 오래 지속되는 인간적 유대와 사회적 인정임을 기억한다면, 가난하다고 해서 곧바로 벌거벗은 삶으로 내몰리는 것은 아님을 미루어 짐작할 수 있다. 상호부조의 우애, 품앗이와 공동의 보호를 특징으로 하는 공동체[74]의 기억이 우리에게 환기하듯, 관계들의 네트워크는 가난한 이들이 비참해지지 않도록 사회적 보호망[75]을 펼친다.

"타고 남은 사랑아 타고 남은 사랑아 고달픈 유랑에 스러져라 스러져"(〈청노새 탄식〉),[76] "마음은 어데메냐 정처 없이 흘러가는 북방길 / (⋯중략⋯) 오늘은 어드메서 몸을 쉬랴 설움에 찬 유랑길"(〈북방여로〉)[77]과 같은 노래에서 우리는, 사회적 보호망이 해체된 상황에서 겪게 되는 심적 고통과 맞닥뜨리게 된다. 당시 잡지에 실린 대중가요 관련 기사를 보면 '슬픔의 감성'은 "방랑, 항구, 포구, 리별離別, 비연悲戀 등의 국한된 범주"[78]로 취급되어 부정적으로 묘사되고 있지만, 인간적 유대와 사회적 네트워크가 해체된 채 이동하고 있는 삶을 섬세한 촉수로 감지하고 있다

---

73 칼 폴라니(Karl Polanyi)는 『거대한 전환』에서 경제가 사회 속에 묻어 들어 있다는 사실을 강조하며, 인간에게서 경제적 요소만 쏙 뽑아 '노동'이라는 상품 형태로 만들어 놓는 것의 부당함을 "사회라는 몸체에다 산 채로 해부를 가하는 짓"에 비유하였다. 이에 대해서는 칼 폴라니, 홍기빈 역, 『거대한 전환─우리 시대의 정치·경제적 기원』, 길, 2009, 365면.

74 피터 라인보우(Peter Linebaugh), 정남영 역, 『마그나카르타 선언─모두를 위한 자유권들과 커먼스』, 갈무리, 2012, 82면.

75 전통적으로 과부와 고아들을 부양하는 일은 공동체에 맡겨진 과업이었다. 이에 대해서는 볼프강 작스(Wolfgang Sachs), 「개발─파멸로 가는 길」, 김종철 편, 녹색평론사 역, 『녹색평론선집』 2, 녹색평론사, 2008. 211면.

76 조명암 작사, 손목인 작곡, 남인수 노래, Okeh. 12122, 1938.4.

77 임서방 작사, 이재호 작곡, 백년설 노래, Taihei, 8656, 1939.12.

78 이하윤, 「사로(邪路)에 방황(彷徨)하는 대중가요(大衆歌謠)」, 『家庭の友』, 1939.6, 20면.

는 점에서 실존의 내부를 들여다보는 데 충실하다. 음악평론가였던 김관이 지적하듯이, "음률으로 표현된 민중의 감정이 가장 솔직하고 직감적으로 나타나는 곳에 류행가의 특성이 잇는 것"[79]이므로 대중가요의 감성은, 삶의 본질을 감각기관을 통해 보다 즉각적으로 느끼고 감지하도록 해 준다. "유행가도 임전태세하의 국민오락으로서의 음악, 환언하면 전시하에 국민의 사기를 앙양하고 일일 노동 후 위안을 주는 음악이 되어야 한다"[80]는 프로파간다의 언어가 실존을 재현할 수 없음은 자명하다. 〈국경의 부두〉[81]·〈향수열차〉[82]·〈국경열차〉[83]·〈눈물의 국경〉[84]과 같은 노래들은 슬픔이 깃들 수밖에 없는 삶을 돌아보게 하게 한다. '날 맞을 사람 없는 타국 대합실에서 영원히 떠나가는 나그네'(〈향수열차〉)와 '흘러서 갈 곳 없는 얼이 빠진 나그네'(〈오로라의 눈썰매〉)[85]의 모습은 국경을 오가는 유연한 삶의 형태가 야기하고 있는 불안과 불확실성을 보여준다.

이와 대조적으로 〈찔레꽃〉[86]은 인간적 유대의 소멸과 연대의 약화되기 이전의 삶을 향수어린 시선으로 보여주고 있다는 점에서 주목할 만하다.

---

79 음악평론가 김관, 「유행가(流行歌)이야기」, 『家庭の友』, 1939.6, 21면.
80 양훈(楊薰), 「유행가의 걸어온 길」, 『조광』, 1942.7, 378면.
81 유도순 작사, 전기현 작곡, 고운봉 노래, Taihei. 8640, 1939.7.
82 조명암 작사, 박시춘 작편곡, 이인권 노래, Okeh. 20025, 1940.3.
83 조명암 작사, 박시춘 작곡, 송달협 노래, Okeh. 12124, 1938.4.
84 박영호 작사, 이시우 작곡, 김정구 노래, Okeh. 12177, 1938.10.
85 조명암 작사, 김령파 작곡, 남인수 노래, Okeh. 12222, 1939.3.
86 김영일 작사, 김교성 작곡, 백난아 노래, Taihei. 5028, 1942.2.

찔레꽃 붉게 피는 남쪽 나라 내 고향

언덕 우에 초가삼간 그립습니다.

자주 고름 입에 물고 눈물 젖어

이별가를 불러 주던 못 잊을 동무야(1절)

달뜨는 저녁이면 노래하던 세 동무

천리 객창 북두성이 서럽습니다

삼 년 전에 모여 앉아 백인 사진

하염없이 바라보니 즐거운 시절아(2절)

연분홍 봄바람이 돌아드는 북간도

아름다운 찔레꽃이 피었습니다.

꾀꼬리는 중천에서 슬피 울고

호랑나비 춤을 춘다. 그리운 고향아(3절)

인용한 〈찔레꽃〉에서 주요하게 떠오르는 것은 "이별가를 불러 주던
못 잊을 동무", "달뜨는 저녁이면 노래하던 세 동무"와의 우정, 멀리 북
간도에 와서도 잊을 수 없는 '우애적 유대감'이다. 인간은 공감으로 쌓
아올린 '우애적 유대감'[87] 속에서 인간다운 생을 영위할 수 있으며, 공
감을 통해 타인의 고통을 이해할 수 있다. 〈찔레꽃〉의 묘미는 바로 이러
한 공감의 감성으로부터 흘러나온다. 얼마 지나지 않아 북간도로 떠날

---

87 제레미 리프킨(Jeremy Rifkin), 이경남 역, 『공감의 시대』, 민음사, 2010, 29면.

동무를 위해 "자주 고름 입에 물고 눈물을 흘리며" 이별을 슬퍼하는 동무의 존재는 '언덕 우에 초가삼간'뿐인 고향을 '충만한 공간'으로 만들어 준다. "진정으로 가난한 것은 필요하지 않은 것 말고는 아무것도 결여하지 않은 상태"[88]인 것처럼, 우애로 가득 찬 삶은 이미 자족하다. 〈찔레꽃〉의 어느 구석에서도 가난으로 인해 삶이 비참한 처지로 내몰리는 지경이 발견되지 않는 것도, 그러한 자족한 상태 덕분이다.

〈찔레꽃〉은 우정의 형태를 띠면서 더 충일한 우애로 나아가는 사랑의 고양을 보여준다. 가난한 자들이 비참과 고독을 떠나서 사회를 구성하도록 밀어붙이는 힘은 우애와 사랑으로부터 나온다. 〈찔레꽃〉의 감성은 자족한 삶의 기억, 그리고 우리를 키워주었고 살아가게 해 주었던 누군가의 존재에 닿아 있다. 가난한 이들에게 '사랑'은 사회적 유대와 정치적 평등을 향해 나아갈 수 있도록 하는 힘, 곧 활력이다. 방향을 틀지 않는 우애와 사랑[89]은 불확실성 속에서도 삶 속에 뿌리내리고 살아갈 수 있도록 해 주며, 가난한 가운데에서도 스스로를 일으킬 수 있는 힘을 불어넣어 준다.

전시체제기의 문화지형 속에서 '이별과 그리움'·'객창客窓의 서글픔'·'지향할 데 없이 흘러가는 고독'·'실연과 눈물' 등 '슬픔'으로 범주화할 수 있는 감성들과 빈번하게 마주치게 되는 현상에 대해 어떻게 해석할 수 있을까? 국민오락의 내부가 '건전'과 '명랑'과 같은, 인위적으로

---

88 가난·사랑·활력에 대해서는 안토니오 네그리(Antonio Negri)·마이클 하트(Michael Hardt), 정남영·윤영광 역, 『공통체』, 사월의책, 2014, 88면.

89 사랑은 감상으로 가득 차 있어서 철학적 담론이나 정치적인 담론에 맞지 않는 것으로 보이지만 실은 새로운 사회와 공통체를 구상하는 데 핵심적인 개념이다. 빈자들의 생존 메커니즘에서 사회적 유대와 협력은 필수적이며, 사랑은 이를 가능하게 근원적인 힘이다(위의 책, 260~287면).

만들어진 감성으로 프로파간다화되던 현실을 감안해 보면,[90] 만주 대중 가요에서 보이는 슬픔의 감성들을 '잉여' 혹은 '퇴폐'로 간주하는 것은 마땅하지 않다. '퇴폐'에는 '파괴'와 '소멸'을 전제하는 상태, 즉 지극히 수동적인 조건이 전제되어 있으므로,[91] '퇴폐'라는 범주로는 슬픔의 감성이 지닌 '에너지'를 포착해 내기 어렵다. 따라서 시국에 의해 덧씌워진 '퇴폐'라는 표지를 없애버리고 슬픔의 감성들을 들여다보면, 슬픔의 감성 내부에는 국민오락의 지대로 흡수되지 않는 '특이성의 지대'가 놓여 있다. 절망과 슬픔, 설움과 애달픔, 회환과 그리움은 감각적인 고통을 수반하기 마련이지만, 그 고통으로 말미암아 인간은 보다 섬세하고 예민하게 당면한 문제의 근원을 캐묻게 되며 누군가의 고통을 함께 나누게 된다. "의지가 꿋꿋하면 꿋꿋할수록, 오래 지속하면 지속할수록 성공되는 도수는 높아가고 곤란은 극복이 되는 것"[92]이라는 긍정의 프로파간다가 "그때그때 충동적으로 결단되고 끊임없이 외부로부터 지령을 받는 극도로 유동적인 무無사회 상태"[93]의 징후임을 알아보게 되는 것도 고통의 소용돌이 속에서이다.

정말로 위험한 것은, 슬픔이나 절망에 있는 것이 아니라 먹고 사는 문제에 골몰하여 슬퍼하고 절망할 기력조차 남지 않는 상태이다. 인간은 슬픔 속에서 타인의 실존을 포착하고 인간 존재의 여림과 대면한다. 그

---

90 곽은희, 「전시체제기 놀이의 프로파간다화와 식민지 규율」, 『동아시아문화연구』 50, 한양대 동아시아문화연구소, 2011. 11, 355~386면.
91 박종성, 『퇴폐에 대하여』, 인간사랑, 2013, 23면.
92 장혁주, 「개척정신」(『半島の光』, 1942.8), 민족문학연구소 편, 『일제 말기 문인들의 만주 체험』, 역락, 2007, 158면.
93 후지타 쇼조[藤田省三], 이홍락 역, 「전체주의의 시대경험」, 『창작과 비평』 90, 1995.겨울, 415면.

런 면에서 슬픔의 감성은 윤리적 지평과 연결되어 있다. 실의와 좌절에 빠져 휘청거리는 경험, 슬픔과 비탄에서 헤어 나오지 못하는 감정의 격동이 없다면 인간은 자기 자신과 동료를, 그리고 사회를 남김없이 갈아버리는 '사탄의 맷돌'에서 결코 빠져나올 수 없을 것이다. "오늘과 갓흔 국가비상시국에 처해잇는 우리들에게 퇴폐적 가요는 당분간 의식적으로라도 금물"이라는 '금지'의 목소리에서 슬픔을 견제하는 불안이 감지된다. 슬픔의 감성이 없다면, 헤테로토피아가 디스토피아로 되어버리는 것은 순식간이다.

5. 나가며

대중가요 속에서 만주는 레코드를 통해 유통되면서 상상과 욕망, 그리고 의지의 틈새를 흘러 다니게 된다. 그리하여 만주는 대중가요가 빚어내는 '감성'을 따라 또 다른 삶을 향유하고픈 마음, 혹은 지금 이곳의 괴로움을 감내하는 마음결로 스며들며 그 마음을 일렁이도록 만든다.

아일본(我日本)의 대륙정책(大陸政策)은 레코─드계(界)에도 반영(反映)되어 사변(事變) 이후(以後)로 각(各) 사회(社會)는 지나대륙(支那大陸)을 무대(舞臺)로 한 유행가(流行歌)를 맨드렀다. 〈上海だより〉를 위(爲)하야 〈支那の夜〉·〈칭래래(稱來來)〉·〈姑娘十八〉·〈皷弓の哀愁〉 등(等)이 모두

가 대륙(大陸)에서 취재(取材)한 유행가(流行歌)다. 그중(中)에서도 가장
많이 유행(流行)한 〈支那の夜〉는 竹岡信幸 氏 작곡(作曲)이나 이 곡(曲)은 竹
岡 氏 창작(創作)이 아니오 지나(支那)의 고유(固有)한 가요(歌謠) 〈하일군
재래(何日君再來)〉에서 힌트를 얻은 것이다. 조선유행가계(朝鮮流行歌界)
에서도 〈상해(上海)아가씨〉·〈광동(廣東)아가씨〉·〈눈물의호궁(胡弓)〉 등
(等) 다수(多數)의 大陸的 流行歌를 제작(製作)하였으나 이것도 물론(勿論)
내지유행가(內地流行歌)에서 영향(影響)을 받은 것이다. 정치적 변동(政治
的 變動)이 유행가(流行歌)에 반향(反響)되는 것은 금번 사변(今番 事變)에
서만 볼 수 있는 현상(現想)이 아니오 만주사변(滿洲事變) 후(後)에는 만주
(滿洲)를 무대(舞臺)로 한 〈滿洲想へば〉·〈君は滿洲〉 등(等)의 유행가(流行
歌)가 나왔었고 남양군도(南洋群島)의 위임통치문제(委任統治問題)가 화두
(撓頭)하였었을 시대(時代)에는 〈カナカ娘〉·〈南洋の娘〉 등(等)의 가요(歌
謠)가 유행(流行)하였었다. 이러한 사실(事實)로만 보와도 시대상(時代相)
이 얼마나 예민(銳敏)하게 유행가(流行歌)에 반영(反映)되는가를 상상(想
像)할 수 있다.[94]

당시 대중가요에서 만주를 소재로 한 노래들이 유행한 현상은 식민지
조선에 국한된 것이 아니라 동아시아에 널리 퍼져 있는 트랜스내셔널한
문화 현상[95]이었다. 1938년 이후 쏟아져 나온 대륙물들은 아시아 만주

---

94 「戰時下의 레코―드界現狀」, 『조광』, 1940.4, 120면.
95 이러한 트랜스내셔널한 문화 현상은 단지 식민지 시기의 동아시아라는 시공간에 국한
해서 볼 수는 없다. 예를 들어 당시 유행했던 노래 〈支那の夜〉은 한국전쟁 참전 미군병사
들과 1960년대 남미로까지 건너갔다(한석정, 「만주의 기억」, 『한일 역사인식 논쟁의 메
타히스토리―'한일, 연대21'의 시도』, 뿌리와이파리, 2008, 281면).
이 문제를 본격적으로 다루기 위해서는 제국 / 식민지를 넘나들며 형성된 레코드 산업

이북 지역을 지칭하는 '북극' 소재 노래들이나 동남아시아나 서남아시아를 아우르는 '남방' 소재 노래들과 함께 일본 중심의 아시아 연대라는 새로운 국제적 질서를 반영하고 있다.[96] 일본을 중심으로 하는 아시아의 새로운 국제질서에는 헤겔이 구성한 역사철학적 동양과의 격투과정 및 진보로 나아가는 근대적 과정이 내포되어 있었던 만큼,[97] 제국 일본의 자신감이 내포되어 있다.

헤테로토피아를 향한 감성은 미래에 대한 낙관주의를 지금 이곳의 실천으로 고양시킨다는 점에서 낭만성을 띠고 있다. 그렇지만 만주 열광에 동반되는 낭만성이란, 각양각색의 이상주의자·몽상가들이 만주에서 무한한 개척지의 가능성을 보았다[98]는 점에서 그러한 것인지, 전시체제기의 문화지형 속에서 만들어진 프로파간다에 의한 것인지, 생존을 위해 국경을 넘던 수많은 사람들의 욕망과 기원이 담긴 것인지, 혹은 훗날 만주를 기억하는 이들의 심정이 투사된 것인지 분명하지 않다. 만주를 둘러싼 낭만성의 내부는 주체의 위치에 따라 각기 다른 층위, 다른 조각으로 구성되어 있다.

감성을 경유할 때 만주에 대한 기억은 한 편의 콜라주가 된다. 그것은 불완전한 기억들의 조각에 불과하지만, 콜라주에는 조각난 기억의 편린

과 그를 추동하는 거대한 자본의 흐름, 유행의 이동, 그리고 이를 향유하고 소비하는 취향의 문제를 함께 살피는 것이 필요하다. 아울러 식민지 시기의 '만주'에 대한 기억이 포스트식민시기에 어떠한 양상으로 남아있는지 '음악적인 현상'을 경로로 추적해 볼 필요가 있다. 이에 대해서는 초국적인 차원에서 다학제적인 연구가 필요하다. 이 문제에 대해서는 후속 작업으로 남기기로 한다.

96 이에 대해서는 이영미, 「1950년대 대중가요의 아시아적 이국성과 국제성 욕망」, 『상허학보』 34, 상허학회, 2012.2, 329~342면을 참조함.

97 고야스 노부쿠니[子安宣邦], 이승연 역, 『근대 일본의 오리엔탈리즘─동아·대동아·동아시아』, 역사비평사, 2005, 55면.

98 프레신짓트 두아라, 한석정 역, 앞의 책, 135면.

들을 '잊을 수 없는' 의미로 승화시키는 감성의 자리가 오롯이 남아 있다. 사진이 사실에 대한 핍진성에 의존한 나머지 대상이 본래 지니고 있던 '진정한 의미'를 지워버리게 된다는 크라카우어Kracauer의 분석대로, 진정한 의미의 향방은 허술하기 짝이 없는 기억에 있다. 기억은 불완전하지만 가장 잊을 수 없는 '최후의 이미지'를 보존하므로 훨씬 더 진실에 가깝다.[99] 무엇이 가장 잊을 수 없는 최후의 이미지이냐를 결정하는 것은 감성의 몫이다. 이상향에 대한 구상을 실현하기 위해 합리적인 시스템을 구축하는 것이 '이성'의 몫이라면, 시스템을 실현하는 과정에서 어떠한 일들이 일어나고 있는지를 감지하도록 해 주는 것은 '감성'의 몫이다. 감성은 기억의 틈새를 흘러 다니며, 지금 도달한 '다른 공간'이 헤테로토피아인지 감지한다.

그런데 대중가요에 만주를 기획하고 건설했던 낙관적 전망이 투영되어 있기도 하고 만주에서의 실존이 묻어들어 있기도 하다고 해서, 즉 감성의 양가적인 특성 때문에 감성이 가치중립적이라고 판단하는 것은 마땅하지 않다. 오히려 감성은 우리의 실존이 어디로 향하고 있는지 즉각적으로 느끼고 마음으로 감지한다. 또한 감성은 '이상'과 '현실' 사이, '프로파간다'와 '실존'의 사이를 흘러 다니며 실존 속의 인간을 들여다보고 그 마음을 보살핀다.

대중가요는 노래를 부르고 듣는 행위, 즉 감성을 통하여 공감을 이끌어내는 장르이다. 대중가요를 들으면서 우리는 타인의 고통을 상상하고 함께 느끼며, '너도 나다'라는 공감의 지대를 형성하게 된다. 약하고 불

---

99 Siegfried Kracauer, "Photography", op. cit., pp.50~52.

행하고 고통받는 타인의 건강함과 복지를 책임지려는 욕구가 도덕의 실체[100]라면, 공감의 감성은 타인의 고통에 대한 감수성을 예민하게 만듦으로써 도덕적 감수성으로 나아갈 수 있도록 만든다. 공감의 매체로서 대중가요가 지닌 성격은 헤테로토피아의 본질과 맞물려 있다. 타자의 장소가 될 때 그곳이 비로소 헤테로토피아가 되는 것처럼, 타인의 고통과 타인의 몫을 생각하는 공동체적 감성을 지니게 될 때 대중가요는 사적 취향의 향유를 넘어 사회적 의미를 갖는다.[*]

---

100 지그문트 바우만, 이수영 역, 『새로운 빈곤—노동, 소비주의 그리고 뉴푸어』, 천지인, 2010, 152면.
* 이 글은 2014년 12월 『민주연구』 18집에 게재된 논문을 일부 수정한 것임.

4장

감각의 조형술
: 아비투스와 로컬리티 사이*

최재서의 국민문학론에 대하여

1. 들어가며

이 글은 제국이 식민지를 유인하고, 식민지가 제국을 욕망하도록[1] 만드는 메커니즘의 중심에 '취미'가 자리 잡고 있다는 데 주목하여 '취미'와 '프로파간다'의 연관성에 대한 논의를 시도하고자 한다. 취미를 경로로 호불호好不好의 감각으로 지속되는 식민지적 무의식에 천착함으로써,

---

* 이 글은 2014년 정부(교육부)의 재원으로 한국연구재단의 지원을 받아 수행된 연구임 (NRF-2014S1A5B5A07042183).

1 간디가 지적한 것처럼, 욕망은 제국／식민의 구조를 전체로서 작동하게 한다(빠르타 짯떼르지(Partha Chatterjee), 이광수 역, 『민족주의 사상과 식민지 세계』, 그린비, 2013, 183면).

'왜 식민 이후에도 식민주의가 종식되지 않는가' 하는 문제를 해명하는 데 초점을 둘 것이다. 이러한 문제를 다루기 위해 이 글은 최재서의 국민문학론을 '취미'를 초점으로 접근하여, 감각의 조형술을 둘러싼 제국과 식민지 간의 미묘한 긴장을 살펴볼 것이다. 근대 식민주의의 종결은 무조건적인 자유 시대를 연 것이 아니라 오히려 전 지구적 규모로 작동하는 새로운 지배 형식들을 가져왔으므로,[2] '감각의 조형술'에 대한 조명은 식민 시기와 포스트식민 시기를 관통하며 존재하고 있는 지배의 실체를 보다 가까이에서 확인할 수 있도록 해 줄 것이다.

'취미'는 제국의 프로파간다가 유지되고 생산되는 데 작동되고 있는 심층적인 지형으로서, 감각과 무의식의 영역으로 하강한 지대를 뜻한다. 일본의 경우, 일찍이 취미의 중요성은 일본이 문명개화에 실패한 이후 개인의 내면에서 서양 문화를 수용할 만한 여지가 없었다는 반성으로부터 대두되었다. 서양 문명을 소화하고 흡수한다는 메이지 일본의 과제를 해결하기 위해서 취미 교육이 부상한 것이다.[3] 메이지 시대의 취미란, 예술에 대한 개인의 미적 감각이라는 고차원의 수준에서부터 일상 사물에 대한 좋고 싫음이라는 극히 표층적인 수준에까지[4] 다양하게 사용되고 있었다. 왜 취미 교육은 대중들이 서양 문명을 좀 더 친숙하게 보다 빨리 내면화하도록 해 주는 경로가 되었을까? 익히 아는 바와 같이, 취미는 즐거움이 동반되는 자유로운 활동, 자발적인 활동이다. 취미

---

2   안토니오 네그리(Antonio Negri)・마이클 하트(Michael Hardt), 윤수종 역, 『제국』, 이학사, 2007, 189면.
3   진노 유키[神野由紀], 문경연 역, 『취미의 탄생 – 백화점이 만든 테이스트』, 소명출판, 2008, 16면.
4   위의 책, 29면.

에는 '대상에 대한 호불호의 감각'이 내재되어 있으므로, 취미를 향유하는 활동에는 자신의 감각에 맞게 대상을 선택하여 어떠한 행동을 취한다는 심리적·심미적 만족이 수반된다. 취미에 수반되는 '심리적 만족', '정서적 즐거움', '감각적 아름다움'은 식민／포스트식민을 넘어 지속되는 지배 형식을 해명하는 데에도 중대한 착안점을 제공한다.

아쉬스 난디Ashs Nandy에 의하면, 공식적으로 정치적인 자유를 획득한 순간에도 식민주의는 왜 종결되지 않았는가? 라는 물음에 답하기 위해서는 식민주의와 식민지인의 정신상태 및 심리적인 면모에 주목해야 한다. 식민제도는 사회·경제적 또는 심리적인 보상과 처벌을 통하여 식민지인들이 새로운 사회적 규범과 인식의 범주를 받아들이도록 유인함으로써 영속된다. 아쉬스 난디는, 일본이 만주 지방에서 계속적으로 경제적으로 손실을 보았으며 인도차이나·알제리·앙골라 지역에서 프랑스와 포르투갈도 꽤 오랫동안 약세를 면치 못했다는 점을 들어, 식민주의란 경제적 이익이나 정치적 권력과 동일시할 수 없음을 강조하고 있다.[5] 아쉬스 난디가 말한 '정신상태로서의 식민주의'에 주목해 볼 때, 식민 지배를 위한 보다 효과적인 방법은 심리적 득실에 대한 내적 보상이다.

다음은 최재서의 「새로운 비평을 위하여」(1942.7)의 일부이다. 최재서에게 취미는 비평의 출발점이자 핵심으로 자리 잡고 있다.

그러면 이러한 비평의 새로운 길을 열어 가기 위해 우리가 반드시 극복해야 할 두 가지의 어려움이 있다. 하나는 비평이 특성상 보수적이라는 것, 다

---

5 식민주의의 심리학에 대해서는 아쉬스 난디(Ashis Nandy), 이옥순 역, 『친밀한 적』, 신구문화사, 1993, 11~108면을 참조.

른 하나는 지금까지 비평이 지나치게 서양에 의존해 왔다는 것이다.

(…중략…) 그것은 비평이 단순한 이론이 아니라 취미의 이론화라는 사실에 기초한 것이다. 비평은 그 과정에서 여러 가지 이론적 조작을 거치지만, 궁극적으로는 작품의 가치 판단을 목표로 한다. 그리고 무의식적이지만 판단의 표준을 제공하는 것은 옳은 의미에서 비평가의 문학적 취미다. 그런데 문학적 취미라는 것은 비평가의 과거에 행해진 모든 문학적 수련—독서, 사고, 체험 등—의 축적이다. 그중에서도 특히 비평가가 읽은 고전의 영향의 총화(總和)—티보데가 말하는 '고전의 왕국'이다. 그것은 비평가의 문학적 의식을 지배하는 취향의 전(全)질서이다.[6]

최재서는 서양에 의존해 왔던 종래의 비평을 비판하고 새로운 비평으로 나아가기 위해, '비평가의 문학적 의식을 지배하는 취향의 전全질서'로서의 고전을 출발점으로 삼는다. 최재서는 이를 '취미의 이론화'라고 명명하며 정교화하는데, 이것이 어떠한 맥락에 놓여 있는가 하는 점을 분석하기 위해서는 그 중핵에 문학적 전통, 즉 '고전'이 배치되고 있다는 점에 주목할 필요가 있다. 최재서의 전체 저작에서 추적해 보면 1938년에 발표했던 「취미론」에까지 거슬러 올라간다. 그런데 「취미론」(1938)과 「우감록優感錄」(1942)은 공통적으로 취미와 고전에 대해서 다루고 있지만, 그 사이에는 불연속 지점이 존재한다. 「우감록」에서 고전이란 『고사기』나 『만연집』, 『고금집』 등 "일본 민족의 가치관이나 그 사고 방식,

---

6 최재서, 「새로운 비평을 위하여」(1942.7)(『轉換期の 朝鮮文學』, 인문사, 1943), 노상래역, 『전환기의 조선문학』, 영남대 출판부, 2006, 61면(이하 『轉換期の 朝鮮文學』은 노상래의 번역본을 참고로 하고 이하 『전환기의 조선문학』으로 표기).

표현 양식 등이 가장 순수하게 보존되어 있는"[7] 일본적 전통을 뜻하지만, 이보다 몇 년 앞서 발표된 「취미론」에서 고전은 취미에 질서를 부여해 주는 것, 즉 문학적 전통 일반을 일컫는다. 최재서가 애초에 「취미론」 (1938)에서 말하는 '취미'란 "미각기관이 음식물을 향락 또는 배척하는 거와 마찬가지로 예술작품이나 자연물을 상미賞味 또는 배척하는 정신적 능력",[8] 즉 "변별하는 정신기능"[9]에 초점이 맞추어져 있다. 그는 「취미론」 에서 '취미'의 의미를 개인적인 사소한 취향을 넘어 '비평의 기준과 원리' 로 격상시키면서 어떠한 취미를 지니고 있는가 하는 점이 대상을 판단하 는 데 결정적임을 강조하였다. "문학적 판단의 표준이란 구체적으론 고 전 가운데 구하는 수밖에 도리가 없다"[10]는 대목으로 미루어 볼 때, 최재 서에게 취미의 향방을 결정짓는 것은 다름 아닌 '고전'이었다. 여기에는 최재서가 경성제대에서 영문학을 전공하면서 접했던 서양 고전에 관한 폭넓은 독서가 포함된다.

프로파간다가 취미의 형태로 스며든다고 했을 때, 무엇이 고전으로 자리 잡는가 하는 점은 매우 중요하다. 『고사기』나 『만연집』을 "일종의 저수지로서 오늘의 국민에게 정신적인 수분을 공급"[11]해 주는 '국민고 전'으로 호출하는 것은, 프로파간다가 문학적 전통에 대한 근원적인 경 험으로부터 시작되고 있음을 암시한다. 르네상스 시기 식민지적인 팽창 을 정당화시키기 위해 고전 전통의 재탄생을 강조했던 것[12]을 상기해

---

7   최재서 「우감록(偶感錄)」, 『전환기의 조선문학』, 139면.
8   최재서, 「취미론」(『문학과지성』, 1938), 『최재서 평론집』, 청운출판사, 1961, 134면.
9   위의 글, 134면.
10 위의 글, 135면.
11 위의 글, 135면.
12 Walter Mignolo, *The Darker Side of the Renaissance : Literacy, Territoriality, and Colonization,*

보면, 중요한 것은 전통이나 고전 자체라기보다 그것이 고전으로 발굴되고 기억되는 과정이다. 최재서는 「우감록」(1942)에서 "특히 비평가에게 생명처럼 중요한 것은 일본적 교양의 수득修得"[13]임을 강조하는데, 그 '일본적 교양'이 소환되는 맥락이란 "서양류의 개인주의를 반드시 배격해야" 한다는 근대 초극 논의와 연관이 있다. 최재서가 '최첨단으로서의 이론'을 더 이상 지향하지 않고 고전과 전통에 바탕을 둔 '취미의 이론화'로 전회한 '사건'은 「근대의 초극」 좌담회에서 가와카미 데쓰타로河上徹太郎가 "지금이야말로 자기 손 안에 있는 서양 문학을 떠나, 이것을 객관적으로 보아야 한다"[14]고 주장한 바와 같은 의식상의 전환과 맞물려 있다. 새로운 원리로 떠오른 '전통'이란 「근대의 초극」 좌담회에서 도출된 '비서구로서의 자기'이며, "청결한 우리의 전통에 즉卽한 말로 자기 자신을 표현하고 싶으며, 또 표현할 수 있지 않을까 하는"[15] 열망을 반영한다. 그것은 서구의 정신적 자양분이 되었던 '그리스·로마 이래의 유럽적 비평 전통'과 대척점에 놓여 있는 동시에 '서양류의 개인주의'로 통칭되는 메이지 시기의 근대를 초극하기 위해 새롭게 부상한 원리이다.

최재서의 작업은 고전과 전통에 대한 감각과 취향을 매개로 근대초극론의 사유를 일상화·감각화하고 있다. 그리고 국민문학을 구축하기 위한 이론적 작업은 '취미'와 결합되면서 연성soft 프로파간다로서 정교한

Ann Arbor : University of Michigan, 1995, p.vii.

13 최재서, 「우감록(偶感錄)」, 『전환기의 조선문학』, 139면.

14 나카무라 미쓰오[中村光夫]·니시타니 게이지[西谷啓治] 외, 이경훈·송태욱·김영심·김경원 역, 『태평양전쟁의 사상―좌담회 「근대의 초극」과 「세계사적 입장과 일본」으로 본 일본정신의 기원』, 이매진, 2007, 111면.

15 위의 책, 111면.

메커니즘을 획득하게 된다. 다음은 『전환기의 조선문학』 서문이다.

　　이 보잘것없는 평론집은, 개인적으로는 문예의 세계에서 일본 국가의 모
습을 발견하기까지의 영혼의 기록이라고 할 수 있다. 나는 어린 시절부터 일
본말과, 그 예의바름과, 언제나 생기 있는 학문적 호기심과 특히 메이지문학
이 좋았다. 그리고 내가 알게 된 몇몇 내지인과는 아무 거리낌도 없이 사
귈 수 있었다. 이렇게 해서 나는 일본을 호흡하고 일본 안에서 성장해왔다.
그러나 그러한 것을 하나하나 일본국가와 연결시켜 생각하려 하지는 않았
다. 말하자면, 그것은 취미의 문제이며 교양의 문제 같은 것이기 때문이다.
　　이렇게 해서 오랫동안 익혀온 것을 새롭게 자신으로부터 떼어내어 의식적
으로 일본과 연결시켜 생각한다고 하는 것은 나에게 있어서는 충격이었으
며, 때로는 낯간지러운 일이기까지 했다.[16]

　인용문은 『국민문학』(1941~1945) 편집주간이었던 최재서가 그간 『국
민문학』에 발표한 평론들을 모아 책으로 엮으면서 쓴 머리말의 일부이다.
흥미롭게도 '국민되기'의 기원에 아비투스habitus로서의 취미와 교양이
자리 잡고 있다. 국민문학론은 신체제 이후 1940년 초반기 『국민문학』을
중심으로 이루어진 것이지만, 최재서의 고백에서 국민의 기원은 그보다
훨씬 더 이전으로 거슬러 올라간다. 그에게 일본 국가의 모습을 발견하는
일은 어린 시절부터 공연히 마음이 끌리고 좋은, 그리하여 내지와 조선의
경계 역시 아무 거리낌 없이 사라져 버리게 만드는 '취미taste'와 '교양'의

---

16 최재서, 『전환기의 조선문학』, 3면.

문제로 묘사된다. 내지와 조선의 경계를 해체하는 가운데 작동되고 있는 '감각의 조형술'은 앞으로 이 글에서 따져볼 문제들이다.

2. 친밀한 적, 취미

최재서의 글에서 '문예의 세계에서 일본 국가의 모습을 발견'하는 일은 시국적이거나 강제적인 일로 그려지지 않는다. 그것은 오히려 어린 시절부터 '막연히' 좋았던, 그래서 항상 호흡하고 성장해 왔던 친밀하고 친숙한 일로 그려진다. 지금에 와서 새삼스럽게 '국민문학'이라고 지칭하는 것이 오히려 충격일 정도이다. 국민의 기원이 취미와 교양의 문제로 인식될 때 '국민되기'는 의식적인 노력 이전의 것, 즉 감각을 둘러싼 헤게모니 쟁투 과정으로 귀결된다. 헤게모니란 지배권력이 그 종속자들로부터 자신의 통치에 대한 동의를 얻어내는 전략이므로,[17] 특정한 시대에 '취미'의 방향을 조형하는 일은 헤게모니의 작동 과정과 얽혀 있다.

일본 잡지 『취미』 창간호에 쓰보우치 쇼요坪內逍遙가 쓴 글을 보면, "일반적으로 사람이 사물의 옳고 그름을 판단하는 것이 대개 이지理智의 작용으로 보이지만, 사실은 취미성이 시키는 것이다. 취미성에 바탕을 두지 않은 비판은 냉정하고 형식적이며 감화력이 결핍되어 있다"[18]는 부

---

17 테리 이글튼(Terry Eagleton), 여홍상 역, 『이데올로기 개론』, 1994, 158~159면.
18 쓰보우치 쇼요[坪內逍遙], 「趣味」, 『趣味』 1-1, 彩雲閣, 1906.6. 여기서는 진노 유키, 문경

분이 있다. 취미는 이해하면서 동시에 느끼는 활동, 즉 이성과 감성이 상호작동한 결과인 터, 취미를 향유하는 활동에는 헤게모니의 심리적·감성적 차원이 반영되어 있음을 말해주는 대목이다. 취미는 미학적 판단의 체계와 질서가 그 안에 각인되어 있으며, 관념상의 가치로 발현되기보다는 육화되어 있는 개별적 성향으로 나타난다. 취미가 일상 속에 밀착되어 있으면서 구체적인 실천으로 이끄는 추동력이 강한 것도 이러한 연유에서 비롯된다. 1938년 발표된 「취미론」에는 "이것이(취미가) 과학적 판단과 다른 점은 취미의 기능이 추리적이 아니라 직관적이고, 또 그 결과에 대하여 호악감정好惡感情을 일으키는 데 있다"[19]든가 "전통의 작용이 항상 무의식적인 것과 마찬가지로 취미의 활동도 무의식적이다."[20]라는 부분이 있다. 이로 미루어 볼 때, 최재서는 취미가 무의식과 감정의 차원에까지 걸쳐 있는 문제임을 포착한 것으로 보인다.

'취미'가 어떻게 '국민되기'를 위한 프로파간다의 장소로 자리 잡게 되었는지를 추적하기 위해서는 취미의 상위 범주인 놀이로 거슬러 올라갈 필요가 있다. 일찍이 호이징하Johan Huizinga는 『호모루덴스Homo Ludens』에서 '놀이'를 '자발적인 행위', 즉 행위 자체가 목적이 되는 행위인 동시에 '무관심성disinterestedness'을 본질로 삼고 있는 활동[21]으로 정의하였다. 『놀이와 인간』의 저자 카이와Roger Caillois 역시 취미를 일컬어 "산업문명이 일어난 후 즐거움을 얻기 위해 시작되고 지속되는 무상無常의 이차적인 활동"[22]으로 정의한다. 호이징하와 카이와의 정의에서 알 수 있는 것

연 역, 앞의 책, 38면에서 재인용함.

19 최재서, 「우감록(偶感錄)」, 『전환기의 조선문학』, 135면.

20 위의 글, 141면.

21 요한 호이징하(Johan Huizinga), 김윤수 역, 『호모루덴스』, 까치, 2007, 19~20면.

처럼, 취미의 본질은 '무상성無常性', 즉 일체의 생산활동과 분리되어 있다는 데 있다. 그런데 아이러니하게도, 취미에 내재되어 있는 '자발성'은 취미가 프로파간다화될 수 있는 여건을 조성해 주는 취미의 본질적 속성이다. '무관심성의 정치성'이야말로 취미가 지니고 있는 역설인 셈이다. '취미'는 '자유'와 '무상성'이라는 본질로 인하여, 자유로운 느낌을 유지한 채 주체를 규율하는 프로파간다의 장소로 전환되기[23]에 최적의 조건을 지니고 있다.

사람은 비평을 가지기 전에 취미를 가진다. 정신 발달상으로 보드래도 사람은 위선 취미를 가지고 그다음에 비평정신이 생겨난다. 또한 작품을 읽을 때에도 위선 취미가 발동되고 그다음에 비평이 뒤따라온다. 이것은 비평이 취미의 합리화이기 때문이다.

(…중략…) 그러나 취미가 비평의 출발점 또는 핵심이 되어 있다는 사실엔 변함이 없다. 비평가 자신의 고백 여하를 막론하고 취미가 없이 비평은 도대체 성립되지 못한다. 취미란 문학적 비평의 본질을 삼는 직관적 판단력 그 자체이니까.[24]

취미는 즐거움을 동반하는 자발적인 행위, 즉 재미있는 활동이므로 주체가 그 활동에 지속적으로 몰입하도록 해 준다. 비평가의 직관과 판단력이 육성되는 것도 몰입을 거치는 동안 고도의 전문성이 축적된 결

---

22 로제 카이와(Roger Caillois), 이상률 역, 『놀이와 인간』, 문예출판사, 1994, 70면.

23 이에 대해서는 곽은희, 「전시체제기 놀이의 프로파간다화와 식민지 규율」, 한양대 동아시아문화연구소, 『동아시아문화연구』 50, 2011.11, 355~388면을 참조할 것.

24 최재서, 「취미론」(『문학과 지성』, 1938), 『최재서 평론집』, 청운출판사, 1960, 139~140면.

과이다. 대상에 대한 호불호의 감각이 연마될수록 '경계 감각' 또한 첨예해진다. 취미가 '판단의 표준', '변별하는 정신'으로 성립하게 되는 것도 이 지점에서이다. 개인이 지니고 있는 호불호의 감각은 차별화 과정을 통해 차이와 경계를 만들어 내고, 자기 자신에게 어울리는 것이 무엇인지를 직관적으로 알게 한다. 이러한 직관적인 앎은 주체를 선택과 실천으로 이끄는 데 훨씬 더 효력을 발휘한다.

부르디외Bourdieu의 설명에 의하면 이런 직관은 '자기 자신의 자리에 대한 감각', 즉 특정 재화·사람·장소로부터 자기 자신을 배제시키는 감각이다. 이 '경계 감각sens des limites'이 육화되면, 사회적 필요성은 본성이 되고 그 사람을 움직이는 행동도식이자 신체적 자동화로 전환된다.[25] 경계 감각을 경유할 때 취미는 사적인 취향에서 한 걸음 더 나아가 주도면밀한 문화전략의 총체이자 아름다움을 향유·해석·실천하는 체계로 작동하게 된다. '아름다운 것 / 추한 것', '좋아하는 것 / 좋아하지 않은 것'에 대한 변별적 감각은 미적 감각인 동시에 '지배 / 피지배'를 포함한 사회적 감각이다. 그것은 '바람직한 것 / 바람직하지 않은 것'에 대한 윤리 감각에까지 영향을 미친다.

제국이 식민지의 동의를 확보하고 강화하는 메커니즘을 면밀히 살펴보면, 그 내부에는 '동의'를 사이에 두고 제국과 식민지 간의 미묘한 각축이 일어나고 있다. 제국과 식민지가 각각 동의에 이르는 과정은 동일하다고 할 수 없다. 요컨대 '아비투스로서의 취미'는 제국의 프로파간다가 작동하는 경로이기도 하지만, 식민지인이 제국의 중심을 향해 나아

---

25 삐에르 부르디외(Pierre Bourdieu), 최종철 역, 『구별짓기-문화와 취향의 사회학』 下, 새물결, 2005, 844~849면.

가는 경로이기도 하다. 최재서가 어린 시절부터 좋았었다고 말했던, "일본말과, 그 예의바름과, 언제나 생기 있는 학문적 호기심과 특히 메이지 문학"은 최재서로 하여금 "내가 알게 된 몇몇 내지인과는 아무 거리낌도 없이 사귈 수 있었다"고 고백할 수 있도록 만들어 주었음을 상기할 필요가 있다. 최재서는 제국의 취미를 경로로 제국의 중심부로 진입했으며, 그들의 아비투스를 언어로 삼아 '공적 발언'의 장을 확보했다. 제국의 지배 아래서 제국의 언어로 발언하는 피식민지 작가들을 가리켜 두 개의 혀를 가진 자들이라고 할 수 있다면, 즉 모어母語의 자연성에서 비켜나 제국을 시야에 넣은 자들로부터 전복의 가능성을 기대할 수 있다면,[26] 취미는 식민지에게뿐만 아니라 제국에게도 여전히 '친밀한 적'으로 작동한다. 이 문제는 '제국으로부터 식민지로 향하는 아비투스'와 '아비투스에 동의하는 가운데 펼쳐지는 식민지의 전략'을 양방향에서 살필 때 그 실체를 드러낼 것이므로 '제국으로부터 식민지로 향하는 아비투스'를 3절에서, '아비투스에 동의하는 가운데 펼쳐지는 식민지의 전략'을 4절에서 살펴볼 것이다.

---

26 김철, 「식민지의 복화술사(複話術師)」, 『복화술사들─소설로 읽는 식민지 조선』, 문학과지성사, 2008, 167면.

3. '국민문학'이라는 아비투스

금일의 작가에게 요청되는 것은 이처럼 국민의식에 의해 충전되어야만 한다. 그것이 꼭 겉으로 드러날 필요는 없다. 요컨대 국민이 철저히 자각하여 항상 국가의 이상을 현현하는 일에 매진해야만 한다. 따라서 국책을 그대로 외우는 것이 아니고, 거기서 의의와 가치를 찾아내어, 그것을 사상과 예술 속에 살리는 일이 문인의 직무여야 한다.

이상적으로 말하면 작가는 국민의식을 의식하지 않을 정도로 의식화되어 있지 않으면 안 된다. 그 안에서 살고 그 안에서 생각하지 않으면, 작가는 국민적인 어떤 것도 쓸 수 없을 것이다.[27]

최재서는 "통제의 손아귀에서 벗어나려고 허우적대는 대신, 통제의 손이 손가락질하는 커다란 흐름의 선두에 서서 노를 저어야 한다. 이것이야말로 문예의 본도"[28]라고 선언하면서 문학을 통한 프로파간다에 본격적으로 나선다. 이념이 대중을 사로잡을 때 획득하는 권력은 이념 자체 속에 존재하는 것이 아니라 그 논리 과정에 존재하므로,[29] 최재서는 국민문학의 내적 논리를 정교하게 마련하는 데 주력한다.[30] 최재서는

---

27 최재서, 「국민문학의 요건」, 『전환기의 조선문학』, 52면.
28 최재서, 「우감록(偶感錄)」, 위의 책, 121면.
29 한나 아렌트(Hannah Arendt), 이진우·박미애 역, 『전체주의의 기원』 2, 한길사, 2009, 273면.
30 최재서에 의하면, 조선문단이 전환의 체제를 세운 것은 1940년 신체제운동 이후이며, 1942년부터 완전한 국민문학의 체제를 갖추게 되었다. 또한 최재서는 국민문학을 "반도의 문학자도 내지의 문학자들과 공통의 이상과 목표 아래서, 같은 국어를 사용하며 이시대를 꿋꿋하게 살아가자는 문학"으로 정의하고 있다(좌담회 「신반도문학에의 요망」

"당국이 명령하고 문인은 그것에 복종한다는 사고방식으로는 진정한 문예운동은 불가능"[31]하다는 것을 인식하고 있었기 때문에 일일이 명령에 의해 문학이 움직이는 것처럼 해석하는 것은 적절하지 못하며, 종합적인 기획과 목표를 수립하고 그것에 협력해 가야 한다고 생각한다.

최재서가 목표로 하는 프로파간다의 수준은 이미 주체와 분리할 수 없을 정도로 자연스럽게 느껴지는 '아비투스'에 이르는 것이다. 프로파간다가 자신이 프로파간다임을 드러낼 때 그것은 이미 프로파간다로서의 힘을 상실하는 까닭에,[32] 최재서는 작가들에게 "국민의식을 의식하지 않을 정도로 의식화되어 있지 않으면 안 된다"는 것을 강조한다. 최재서가 작가들에게 요구하는 것은, 풍속의 형태로 일상화된 파시즘의 취향, 즉 이미 친밀한 형태로 대중들이 경험하고 있는 파시즘의 감각을 포착하는 것이다. "새로운 원리는 발견되어야 할 것이 아니라 체득되어야만"[33] 한다든지, "작가는 국민생활 속으로 뛰어들어 몸으로 국민의식을 획득"[34]해야 한다는 주장은 국민문학론이 생경한 규범의 상태에 머무르지 않고 "생활화·감정화"[35]된 상태로 체화되어야 함을 의미한다. 김종한이 "일본 정신을 몸에 배게 하는 것이 일상의 과제"[36]라고 토로한 바와 같이, 대중이 파시즘적 주체가 되는 과정은 인식보다는 체화의 문

(『국민문학』, 1943년 2월호), 문경연 외역, 『좌담회로 읽는 『국민문학』』, 소명출판, 2010, 412면. 이하 책명만 표기).

31 좌담회, 「문예동원을 말한다」, (『국민문학』, 1942년 1월호), 위의 책, 105~106면.
32 니콜라스 잭슨 오쇼네시(Nicholas Jackson O'shaughnessy), 박순석 역, 『대중을 유혹하는 무기-정치와 프로파간다』, 2009, 한울아카데미, 31면.
33 최재서, 「국민문학의 요건」, 『전환기의 조선문학』, 55면.
34 최재서, 「신체제의 문학」, 위의 책, 40면.
35 최재서, 「신체제하의 문예비평」, 위의 책, 42면.
36 좌담회 「전쟁과 문학」, (『국민문학』, 1943년 6월호), 『좌담회로 읽는 『국민문학』』, 505면.

제이다. 각성과 인식이 감정과 체화의 프레임[37]과 결부되지 않을 경우 어떤 효과도 볼 수 없다.

> 귀일(歸一)의 미(美)에 대해서도 현대 시인은 더욱 눈을 떠야 할 일이다. 개성의 페허 속에서 퇴폐미의 조각들을 모으려 헤매기보다는 시야를 더 외부로 향하여 오늘 도회나 농촌이나 할 것 없이 사방에 널리 퍼져 있는 귀일(歸一)의 풍속에서 미를 찾아야만 하지 않을까?[38]

아비투스는 객관적인 사회 구조와 개인적 행동 사이를 이어주는 매개적 연계이다.[39] 아비투스는 분포구조를 실천적으로 통제하는 능력이라는 점에서 일종의 사회적 방향감각으로 기능한다. 이때 아비투스로서의 취향은 사회공간을 차지하고 있는 개인에게 어울리는 것이 무엇인지를 직관적으로 알 수 있게 해준다.[40] 가령 인용문에서 확인할 수 있는 '귀일의 미'는 국민문학이 미적 감각에 대한 취향의 형태로 아비투스화된 상태를 압축적으로 보여준다. 아름다움은 의지를 자극하는 미적 상태라는 점에서 미학적 성향은 파시즘을 승인하는 데 영향력을 발휘한다. 감각을 경로로 하는 프로파간다는 파시즘을 직관의 상태에서 경험하고 받아들이도록 만든다. 최재서는 1938년에 발표한 「비평과 모랄」에서 "감수

---

37 인간은 복잡한 감정과 욕구를 가진 존재라는 점에서 '체화'의 문제는 쉽지 않다. 심광현, 「감정의 정치학—'자기-통치적 주체'의 창조를 위한 새로운 문화정치적 프레임」, 『맑스와 마음의 정치학』, 문화과학사, 2014, 398면.
38 최재서, 「우감록(偶感錄)」, 『전환기의 조선문학』, 133면.
39 조 페인터(Joe Painter), 최병두 역, 「피에르 부르디외」, 마이크 크랭(Mike Crang)·나이젤 스리프트(Nigel Thrift) 편, 『공간적 사유』, 에코리브르, 2013, 410면.
40 삐에르 부르디외, 최종철 역, 앞의 책, 837면.

성은 사상과의 관련에 의하여 합리화되어야"⁴¹ 함을 견지하고 있었으므로, 쾌快의 감각은 '사상'이라는 보다 상위 범주에 의해 조형되고 있었다.

파시즘 체제하에서 감각의 조형술은 강제적인 양상을 띠기보다는 각급 학교 운동회의 집단 스포츠, 건전 오락의 명랑성 등으로 이미 일상화되어 있다. "국민문학이라고 하는 것은 직업과 계급의 차별 없이 국민 전반에 즐겁게 읽혀질 수 있는 문학이어야" 하므로, "국민에게 즐거운 마음의 씨앗을 나눠주는 공복으로서의 사명을 스스로 짊어져야만 한다"⁴² 는 데서 확인할 수 있는 바와 같이 '즐거움의 감각'⁴³은 프로파간다의 핵심적인 전략이다. 시국적인 것이라는 당위에 앞서 이미 재미있고 즐겁고 아름다운 것이라는 취향은, 프로파간다의 슬로건보다 훨씬 더 직관적인 경험으로 다가온다는 점에서 프로파간다의 진면목을 보여준다.

시대의 변천과 함께 미의 표준이 달라지는 것은 당연한 것이며 또 변하지 않으면 안 된다. (…중략…) 한 사람 한 사람 아동의 어떤 자세나 동작에도 미를 인정할 수는 있다. 그러나 우리들이 오늘 정말 아름답다고 느끼는 것은 초등학교 전 아동의 분열 행진을 볼 때이다. 거기에는 집단미라든가 규율미 같은 형식미학적 개념만을 가지고는 도저히 설명하기 어려운 협동의 아름다움이 있다. 각각의 인간이 자기의 힘을 최대로 발휘하고 있지만 그것은 결

---

41 최재서, 「비평과 모랄」, 『최재서 평론집』, 청운출판사, 1960, 24면.
42 최재서, 「우감록(偶感錄)」, 『전환기의 조선문학』, 122면.
43 대표적인 것이 '명랑의 감각'이다. 명랑의 감각이란 제국으로부터 발신되어 제국의 이익에 봉사하는 제국의 감각이다. '명랑의 감각'은 제국 / 식민지 시스템의 영구적 지속에 유용하며 해가 되지 않도록 순치된 상태를 전제하고 있다. '명랑의 감각'은 또한 쾌의 감각에 본질적으로 내재되어 있는 거친 에너지가 억제되고, 대신 생기 넘치는 힘과 활력 있는 에너지의 공급을 보장하는 '유용한 상태의 쾌'이기도 하다. 이에 대해서는 곽은희, 앞의 글, 376~378면을 참조할 것.

코 자의적인 것이 아니고, 하나의 전체적인 의사를 가지고 행해지고 있다.

(…중략…) 그런 점에서 현대 전쟁은 협동미의 극치를 발휘하는 것이라고 할 수 있다. 때때로 신문지상을 통하여 편린을 전하고 있는 우리 육·해·공의 협동하에 감행되는 적전 상륙 등의 전모가 확실해진다면, 현대인의 미의식을 휩쓸 것이라고 상상한다. 다만 이러한 전쟁의 협동미를 목표로 해서 이를 표현하는 데 성공한 작품이 의외로 적은 것이 섭섭할 뿐이다.[44]

현실에 존재하고 있는 국민 자체는 다양하고 서로 모순되는 요소를 가지고 있기 때문에 '균질적 공동체로서의 국민'이라는 이데올로기는 사실상 하나의 픽션[45]에 불과하다. 인용문에서 묘사되는 국민의 풍경은 그 기원에 자리 잡은 역사를 소거하고, 그 자리에 '아름다움'이라는 미적 감각을 채워 넣음으로써 완성된 것이다. 국민의 풍경은, 아름다움의 근원에 존재하는 역사적인 원인을 제거하고 파시즘으로 인해 빚어지는 일들을 미학화[46]함으로써 창출된다. 인용문에서처럼 현대전쟁이 '협동미의 극치'로 묘사되는 동안 전쟁의 파괴성은 휘발되고, 통일미를 갖춘 미적 장면이 연출된다.[47] 특히 최재서는 "많은 것이 하나의 의사를 가지고 움직이는 것 = 아름다움"이라는 등식을 통해, 신체제가 요구하는 가

---

44 최재서, 「우감록(偶感錄)」, 『전환기의 조선문학』, 131면.
45 니시카와 나가오[西川長夫], 윤대석 역, 『국민이라는 괴물』, 소명출판, 2002, 87면.
46 발터 벤야민(Walter Benjamin), 최성만 역, 「기술복제시대의 예술작품」(1930, 제3판), 『기술복제시대의 예술작품-사진의 작은 역사 외』, 길, 2008, 150면.
47 당시 전쟁은 숭고하다고 공인된 것 중 하나였다. 일본의 진주만 공격 이후 총력전을 위한 동원체제가 식민지 조선에 더욱 강고해지면서 제국 신민으로서의 자기각성과 자기규율은 도덕적으로뿐만 아니라 미학적으로도 선양되었다(이에 대해서는 황종연, 「동양적 숭고-일본 제국 풍경 중의 석굴암」, 백영서·김명인 편, 『민족문학론에서 동아시아론까지-최원식 정년기념논총』, 창비, 2015, 139면을 참조함).

치체계에 조응하는 '미적 감각'을 창출해 낸다. "자기 자신 한 사람으로는 의미도 가치도 없는 존재이며, 국가에 의해서 처음으로 의미와 가치를 부여받는다고 하는 자각으로부터 문학상의 국민의식은 출발한다"[48]든가 "가치의 근원은 생활전일체로서 민족 또는 국가이며, 가치의 생산자는 전일체의 분지分枝로서의 개인 또는 국민"[49]이라는 논리는 '협동의 아름다움' 속에서 미학적으로 재현된다.

> 닭은 울고
> 시냇물은 흐르고
> 새들은 노래하고
> 호수는 반짝이고
> 푸른 들판은 햇빛 속에 잠이 들었다.
> 노인이며 어린이
> 젊은이와 함께 일하고
> 풀 먹는 소는
> 고개 들지 않아
> 마흔 마리가 마치 하나 같다.

이 시는 워즈워드의 「3월의 노래」이다. 최재서가 이 시를 굳이 인용하여 보여준 까닭은 이 시가 "전체를 관통하는 율동미"를 지니고 있으며, 이 시 속에서 "사람과 소가 하나가 되어 묵묵히 하나의 의사, 즉 생산

---

48 최재서, 「국민문학의 입장」, 『전환기의 조선문학』, 94면.
49 위의 글, 96면.

에 종사하고 있다는 것에서 아름다움을 찾을 수 있"[50]기 때문이다. 이 시에서 그리고 있는 전원의 아름다움이나 노동의 아름다움은 "전체로부터 절연된 개성"을 용인하지 않는다는 신체제기 국민문학론의 정신과 일맥상통한다. 당시 중학생들이 이 시를 가장 많이 인용했다는 사실은 "자기 자신 한 사람으로는 의미도 가치도 없는 존재이며, 국가에 의해 처음으로 의미와 가치를 부여받는다고 하는 자각으로부터 문학상의 국민의식은 출발한다"[51]는 '국민문학'의 규범이 '취향'의 형태로 일상적 경험과 정서에 스며들고 있었음을 반영하고 있다.

4. '로컬리티'라는 전략

국민문학을 구축하는 가운데 최재서가 어떠한 전략을 구사했는지를 파악하기 위해서는 '국민문학'이라는 담론 안에서[52] 조선문학의 개념이 어떠한 변용과정을 거치는지 살펴볼 필요가 있다. 그는 조선문학의 장場을 동아시아로 확장함으로써 멸망의 절망을 비켜나가고자 한다.

---

50 최재서, 「우감록」, 『전환기의 조선문학』, 132면.
51 최재서, 「국민문학의 입장」, 위의 책, 94면.
52 윤대석은 "일본의 국민문학은 국민적 정체성의 핵심을 전통적인 것"에 두었으며, 따라서 "일본의 확장에 따라 발생하는 타민족의 포용에 대한 고려는 없다"고 보았다. 이에 반해 조선의 '국민문학'은 이러한 일본의 국민문학에 대한 '모방'과 '차이', 즉 '황도주의'와 '신지방주의'라는 두 갈래로 존재한다. 윤대석에 따르면, 조선 문학자의 부류를 두 가지로 나누는 것은 중점의 차이이고, 작가 개인으로 보면 이것을 모두 가지고 있었다고 할 수 있다. 이에 대해서는 윤대석, 「1940년대 '국민문학' 연구」, 서울대 박사논문, 2006.2, 59면.

나는 조선문학의 멸망을 외치는 절망론에 대해서나 조선문학을 말살하려고 하는 획일론에 대해서도 찬성하지 않는다. 다만 그 취지는 말할 것도 없이, 조선의 창조적 능력을 살려서 신일본 문화 건설에 기여하고자 하는 것이다. 그러기 위해서는 반도의 문화인이 시세에 눈을 잘 떠서 대승적 문화의식을 가질 필요가 있다. 그와 동시에 내지동포가 큰 도량을 갖고 신참 조선문학을 포용함으로써 너그럽게 키워가는 이해와 열의를 가는 것이 필요하다. (…중략…) 그와 동시에 외지문학을 포용함으로써 일본문학의 질서는 어느 정도 재조정을 하지 않으면 안 된다는 생각도 해야 한다. 적어도 조선문학이 국민문학적 체제를 취함으로써 일본문학의 질서에 어떤 종류의 변화를 일으키지 않을 수 없을 것이다.[53]

최재서가 확보하고자 하는 발화지점은 '절망론'이나 '획일론'을 넘어 '조선의 창조적 능력'을 살리되 '신일본 문화 건설'과 양립할 수 있는 곳이다. 그 일차적인 동기는 '조선문학 멸망의 절망론'을 피하기 위해서이지만, 최재서는 발언의 수위를 점점 더 높여가며 "일본문학의 질서를 어느 정도 재조정하지 않으면 안 된다"고 요구한다. 이것은 단순히 담론상의 레토릭이 아니라 최재서가 실현 가능하다고 믿었던 비전이다. 여기에는 제국과 공존하면서도 제국의 이해관계와 완전히 일치하지 않는 새로운 구상이 들어있다. 여기에 이르면 최재서에게 '민족적이냐 제국적이냐'는 더 이상 양립 불가능한 문제가 아니다.

최재서는 조선이 조선만으로 존재한다는 식의 글쓰기 방식을 지양하

---

53 최재서, 「조선문학의 현단계」, 『전환기의 조선문학』, 72~73면.

고,[54] '큰 국민성 속에서 살아나는 특수성'[55]으로서의 조선문학을 기획한다. 『국민문학』 1943년 2월호에 실린 좌담회 「시단의 근본문제를 말한다」에서 최재서는 "조선이라는 특수성이 일본이라는 큰 보편성으로 융화되어 가는 것"이라는 데라모토 기이치寺本喜―[56]의 발언에 대해 "낡은 사고방식으로 뒷받침된 특수성"이라고 비판하며, "그런 특수성은 그대로 두면 자멸할 수밖에 없"[57]음을 주장한다. 대신 최재서는 지방문학으로서의 조선문학의 지위를 이론화하는 데 주력한다. 이때 지방문학이란 유진오의 표현대로, 단순한 로컬컬러의 지방문학이 아니라 "무언가 철학적인 새로움과 가치를 가진 것"[58]을 의미한다. 그 속에는 조선 문화의 전환으로 말미암아 제국의 성격을 결정짓는다는 야심찬 가치가 내포되어 있다. 앞서 보았던 '귀일의 미' 혹은 '협동미'에서 구현되는 전체로서의 아름다움이 국민문학론의 원경遠境이라면, "그것(국민문학)은 하나의 덩어리로 존재하는 것이 아니"[59]라는 논리는 국민문학론의 근경近境이다. 이 근경에는 원경만으로는 파악할 수 없는 전략이 담겨 있다.

지방문학에 관한 논쟁에서 관건이 되는 것은 조선의 특수성을 어떻게 할 것인가에 관한 문제였다. "조선문학이 지방문학이라고 할 경우, 지방이라는 단어는 종래와는 상당히 다르게 해석되지 않으면 안 된다. 이 점에 관해서는 시인 김종한金鐘漢 군이 대단히 진보적인 견해를 발표하고

---

54 최재서, 「신반도문학에의 요망」(『국민문학』, 1943년 3월호), 『좌담회로 읽는 『국민문학』』, 417면.
55 최재서, 「시단의 근본문제를 말한다」(『국민문학』, 1943년 2월호), 위의 책, 389면.
56 데라모토 기이치는 최재서의 경성제대 영문학과 선배이다.
57 「시단의 근본문제를 말한다」, 『국민문학』(1943년 2월호), 『좌담회로 읽는 『국민문학』』, 388~389면을 참조.
58 위의 글, 291면.
59 최재서, 「조선문학의 현단계」, 『전환기의 조선문학』, 78면.

있으므로, 여기 그 일절을 인용해 놓는다"[60]라고 최재서가 밝힌 바와 같이, 신지방주의에 관한 최재서의 구상은 김종한에게 영향받은 바가 크다.[61] 김종한은 「새로운 반도문단의 구상 좌담회」에서 "윤리적으로 생각할 경우, 동경이 중앙이 아니라도 된다. 몇 개라도 지방이 모여서 하나의 중앙이 된다. 반드시 동경이 중앙인 것은 아니다"[62]라는 생각을 피력한 바 있다.[63] 그러나 좌담회에 참석한 다나카 히데마스는 김종한의 발언에 대해 "그러나 이것을 정치적으로 말한다면 반대"[64]라고 반박하며, 김종한과 같은 주장이야말로 내지문단으로부터 떨어져 민족적인 것만 하려고 하는 낡은 무리들의 것이라고 비판한다. 국민문학과 지방문학 간의 관계를 이론화하는 작업은 제국과 식민지 사이에 치열한 각축이 벌어질 수밖에 없는 정치적인 문제였다.

다음은 좌담회 「조선문단의 재출발을 말한다」이다.

실제로 그런 구체적인 작품이 있으면 그것을 앞에 두고 논의하는 것이 가장 좋은데, 영국의 작가 중에 콘래드(Joseph Conard)라는 사람이 있습니

---

60 위의 글, 77면.
61 김종한의 신지방주의는 당시 조선의 여러 작가들에게 영향을 끼쳤다. 이석훈 역시 김종한의 신지방주의 이론에 큰 영향을 받는다. 이에 대해서는 신미삼, 「이석훈 문학 연구」, 영남대 박사논문, 2014.8, 230~248면.
62 「新しい半島文壇の構想 座談會」, 『綠期』, 1942.4, p.80.
63 오무라 마스오[大村益夫]는 김종한이 "조선의 옷을 입고 조선 온돌에 누워 있어도 훌륭한 황민(皇民)이 될 수 있다"고 굴욕적인 말을 하였으나, 그 진의는 '황민'을 강요당한 오늘날이라도 조선의 민족풍습과 생활감정을 지켜야 한다는 데 있었다고 해석한다. 오무라 마스오는 김종한이 조선적인 것을 사수하는 데 그의 모든 것을 걸었다고 평가하고 있다(이에 대해서는 오무라 마스오, 「김종한(金鐘漢)에 대하여」, 『윤동주와 한국문학』, 소명출판, 2001, 256~257면을 참조함).
64 「新しい半島文壇の構想 座談會」, 『綠期』, 1942.4, p.80.

다. 이 사람은 네덜란드 인으로, 나이 들어서 영어를 배우고 마침내 영국에 귀화해서 결국에는 영국작가로 남았는데, 영국인으로서는 좀처럼 쓸 수 없는 새로운 경지를 영문학 안에서 개척했습니다. 그러니까 역시 지금까지 조그렇게 뭉쳐있던 조선의 작가가 일본문학의 일익으로 일어설 경우, 결국 일본문학 속에 어떤 새로운 분야를 개척할 수 있는 그런 큰 의미에서의 공헌을 하게 되지요. 그것을 지나치게 평이하고 평면적으로 생각하면 결국 지금까지 자기가 지니고 있는 모든 것을 버려야만 하는가 하는 의문을 품게 됩니다. 이는 지금의 젊은이들이 크게 고민하고 있는 문제일 거라고 생각합니다. 그런 사람들에게는 역시 어떤 확고한 목표와 자신감을 주는 것이 특히 필요합니다.[65]

좌담회에 참석했던 가라시마 다케시辛島驍[66]가 "오늘날 조선적인 것을 일본문학에 특별히 추가하려는 의식을 강조할 필요는 없다고 생각해요. 그런 점을 강조하는 데는 뭔가 과오가 있다고 봅니다"[67]는 입장을 보이자 최재서는 이에 대해 즉각 반박하며, "저는 그것(조선적인 것)을 의식할 뿐만 아니라 가능하면 이론화해야 한다고 생각합니다"[68]라고 주장한다. 최재서는 "국민화하는 경우, 지금까지의 문화를 모두 없애야 하는 것처럼 받아들여지고 있기 때문에 오히려 장애가 되는 것"[69]이라고 설명하며

65 좌담회, 「조선문단의 재출발을 말한다」(『국민문학』, 1941년 창간호), 『좌담회로 읽는 『국민문학』』, 37~38면.
66 발표 당시 경성제대 법문학부 교수.
67 좌담회, 「조선문단의 재출발을 말한다」(『국민문학』, 1941년 창간호), 『좌담회로 읽는 『국민문학』』, 36면.
68 위의 글, 36면.
69 위의 글, 39면. 함께 좌담회에 참여했던 백철의 경우, "지금까지 몸에 밴 것을 하나하나 아까워해서는 진정한 문학이 탄생할 수 없다"고 주장하며 최재서와는 다른 시각을 보이

'콘래드'를 그 예로 든다. 최재서는 콘래드를 가리켜 "마침내 영국에 귀화해서 결국에는 영국작가로 남았는데, 영국인으로서는 좀처럼 쓸 수 없는 새로운 경지를 영문학 안에서 개척"했다고 높이 평가한다. 여기에서 우리는 최재서가 비非제국 출신 작가들에 대해 기대하고 있었던 것이 무엇이었는지 엿볼 수 있다. 최재서가 콘래드를 예로 든 데에는, 비非제국 출신 작가야말로 제국의 확장 과정에 수반된 본질을 통찰하고 감지할 수 있다는 자부심과 포부가 내재되어 있다.

> 조선의 지방색을 띠는 것이 나쁜 것이 아니라 그것을 팔려고 하는 것이 나쁜 것이다. 그런 심사가 한심스러운 것이다. 조선의 지방색을 띰으로서 조선 문학의 독창성이 만들어진다면 그것보다 좋은 것은 없다. 다만 애처로운 모습으로 중앙 문단에 빌붙으려는 일만은 그만두길 바란다. 또 중앙문단도 조선문단을, 지방색을 매물로 하는 볼거리쯤의 존재로 만들어서도 안 된다.[70]

비제국 출신 작가로서의 최재서의 면모는 지방색에 대한 논의에서 보다 뚜렷하게 드러난다. 최재서는 조선문학의 독창성이 제국의 조망권 안에서 '볼거리쯤의 존재'로 타자화되는 것을 거부하고, 조선의 지방색을 팔려고 하는 '한심한' 심사를 비판한다. 국민문학론 내에서 조선 문화가 어떤 위상학적 구도 속에 배치되는가 하는 문제는 매우 중요하다. 공간을 다중적이고 다양체적인 것으로, 공간적 배치를 '운동 중에 있는 지평'으로 인식할 때,[71] 조선 문화의 지위는 조선 문화를 공간화spacing

고 있다.
70 최재서, 「우감록(偶感錄)」, 『전환기의 조선문학』, 136면.

하는 과정 속에서 결정된다. 김종한이 지방에 중앙을 건설하려는 지정학적 전략을 구사하여 '지방인다운 국민의식'을 재출발의 기점으로 삼았다면,[72] 최재서는 조선 문화를 '전통의 유지와 국체 명징'과 '이민족 포용과 세계 신질서의 건설'의 중간지대에 배치한다. "일본은 어떻게 이민족을 포용하면서 일본 문화의 순수성을 유지할 수 있을까? 이 어려운 문제에 대하여 끊임없는 자극이 되고, 시금석이 될 수 있는 것이 앞으로의 조선문학"[73]이라는 논리를 토대로 제국과 식민지 사이에 형성되던 '원본과 모방'의 관계를 역전시키고자 한 것이다.

　로컬리티를 거점으로 한 최재서의 논의는, 제국이 꿈꾸는 헤게모니를 가로지르는 흐름들이 다방면에서 투입되고 있음을 보여준다. 로컬은 제국주의라는 역사적 경험이 제국과 식민지 쌍방에 관련된 공통의 것[74]임을 보여주는 장소이다. 사이드Edward W. Said가 『문화와 제국주의』에서 밝힌 바와 같이, 제국과 식민지를 이항대립적 배치 속에 두는 것은 그 명징성과 단순함으로 말미암아 자아의 정체성을 확고히 밝히는 데는 기여하지만, 제국주의라는 역사적 경험이 어떻게 뒤섞이고 있는지를 추적하는 데에는 그다지 효력을 발휘하지 못한다. "적어도 조선문학이 국민문학적 체제를 취함으로써 일본문학의 질서에 어떤 종류의 변화를 일으키지 않을 수 없을 것"[75]이라는 발언 속에는 이항대립적인 배치로는 감지

71　마르쿠스 도엘(Marcus A. Duel), 최병두 역, 「지리학에서 글렁크 없애기-닥터 수스와 질 들뢰즈 이후의 공간과학」, 마이크 크랭 · 나이절 스리프트 편, 『공간적 사유』, 에코리브르, 2013, 220~222면.
72　「新しい半島文壇の構想 座談會」, 『綠期』, 1942.4. p.79.
73　최재서, 「조선문학의 현단계」, 『전환기의 조선문학』, 76면.
74　에드워드 사이드(Edward W. Said), 박홍규 역, 『문화와 제국주의』, 문예출판사, 2005, 35~37면.
75　최재서, 「조선문학의 현단계」, 『전환기의 조선문학』, 73면.

되지 않는 '상호적 주체성'이 자리 잡고 있다. 최재서는 '이민족 포용과 세계 신질서 건설'이라는 이상을 실현하는 과정에서 식민지와의 교섭은 필수적이며, 그런 만큼 '로컬리티'는 공적인 영역 안에 배치되어야 함을 국민문학에 관한 논의를 통해 풀어낸 것이다. 최재서는 '아비투스로서의 국민문학론'의 다른 한 편에 '로컬리티로부터 출발하는 국민문학론'을 구축함으로써 "소수자는 꼭 필요하지만 환영할 수 없다"[76]는 분노의 지리학을 넘어서고자 했다.

5. 나가며

최재서의 국민문학론은 '국가'를 최종심급으로 두었다는 점에서 식민 권력과 국가 권력이 어떻게 구조적으로 접합되는지, 또한 이로 말미암아 식민 권력과 국가 권력이 왜 장차 쌍생아가 될 운명에 처하게 되는지[77] 그 맹아를 보여준다. 감각의 조형술이라는 측면에서 보면, 그 구조적인 접합지점은 국민문학에 관한 윤리를 구축하는 데 그치지 않고 작품을 창작하는 작가의 감각과 작품을 향유하는 독자의 감성까지 조형하고자 했던 데에서 찾을 수 있다. 감각에 대한 조형술은 문학을 비평하는

---

76 아르준 아파두라이(Arjun Appadurai), 장희권 역, 『소수에 대한 두려움─분노의 지리학』, 에코리브르, 2011, 67면.

77 빠르타 짯떼르지, 이광수 역, 앞의 책, 6면.

가치체계부터 문학을 감상하고 향유하는 심미적인 감각에 이르기까지, 국민문학의 구조를 익히고 받아들이는 의식적인 내면화부터 부지불식간에 스며드는 무의식적인 포섭에까지 영향력을 발휘한다. 그것은 특히 어떠한 대상을 아름답다고 느끼는 미적 감각에까지 영향력을 미침으로써 취향과 감성에 깊이 뿌리내리고자 하였다. '감각의 조형술'은 국민문학의 아비투스가 식민 시기에 국한되지 않고 포스트식민 시기까지 지속되도록 만들어주는 핵심적인 요인으로 작동한다.

프로파간다 메커니즘에서 '감각'의 문제는 매우 중요하다. 프로파간다는 호불호의 감각을 경로로 자연화되기 때문에 자기정체성과 분리할 수 없을 만큼 주체와 밀착된다. 그것이 바로 아비투스로서의 제국이다. 이렇게 볼 때 최재서 자신이 "나는 어린 시절부터 일본말과, 그 예의바름과, 언제나 생기 있는 학문적 호기심과 특히 메이지문학이 좋았었다"고 했었던 고백은 요컨대 아비투스로서의 제국을 자기서사화한 것이다. "하나하나 일본국가와 연결시켜 생각하려 하지는 않았다"는 고백은 '취미' 혹은 '교양'의 형태로 스며든 제국이란 하나하나 따져 되물을 수 없을 만큼 깊숙하게 자리 잡고 있다는 것을 반증한다.

그러나 그렇다고 해서 아비투스가 개인이 구조에 의해 장악되는 경로이기만 한 것은 아니다. 앞에서 논의한 바와 같이 아비투스는 제국이 식민지에 이르는 경로이기도 하지만, 식민지에서 공적 영역으로 이르는 경로이기도 하다. 한나 아렌트의 사유를 빌려 생각해 보면, 공적 자유를 추구하는 과정은 공공 영역public realm을 목격하고, 자신들을 드러낼 수 있고 돋보이게 할 수 있는 공적 공간public space을 확보하는 것과 맞물려 있다.[78] 최재서의 국민문학론에서 이 같은 지점을 확인할 수 있는 지점이 바로 '국민문학으로서의 조선문학', 즉 '로컬리티' 문제를 다룬 부분이다. 최재서는 제국이 공간적 차원에서 동아시아를 포섭했다는 실제적인 조건을 인정하면서, 그러한 역사·지리학적 배치 속에 절멸되지 않고 병존할 수 있는 조선문학의 자리를 만들어 낸다. 이 작업은 동아시아라는 공간을 입체적으로 상상하고, 다중적 공간으로서의 동아시아 안에 조선문학을 배치하는 일에서부터 시작된다. "조선문학의 개념을 확대하지 않는 한, 조선문학 멸망의 절망론을 피할 수 없다"[79]고 판단한 최재서는 집필자를 내선인 공동으로, 독자를 대동아 제민족으로 확장함으로써 그 절망론에서 벗어나고자 했다.

제국 안에서는 개별 국민국가의 존재나 식민지들의 민족주의가 허용되지 않는 대신, 제국은 식민들의 경계를 열고 지역과 지역을 쉽게 만나게 한다.[80] '국민국가'라는 틀을 넘어 제국과 식민지를 바라보면, 제국은 식민지로 하여금 또 다른 세계와 조우하도록 해 주는 기회[81]이기도 하다. 공간적 구획을 중심으로 이 문제를 살펴보면, 동아시아라는 영토와 제국/식민지 사이에는 역동적이고 복합적인 문화지형학이 놓여 있다. '동아' 혹은 '대동아'가 1941년 태평양전쟁 발발 이후 남방으로의 확전擴戰과 더불어 구성된 개념임에는 틀림없지만,[82] 식민지 지식인들

---

78 한나 아렌트, 홍원표 역, 『혁명론』, 한길사, 2005, 216~217면.
79 최재서, 「조선문학의 현단계」, 『전환기의 조선문학』, 71면.
80 한석정, 「지역체계의 허실—1930년대 조선과 만주의 관계」, 『한국사회학』 37-5, 한국사회학회, 2003.11, 57면.
81 이 과정에서는 '종속'과 '자기변신'은 중첩되어 있다. 따라서 종속과 자기변신 중 어느 한 쪽이 다른 한 쪽을 압도할 만큼 우세하다고 할 수 없다. 동아시아가 근대 세계로 참가하기 위해서는 '식민지 사회로의 전락'이라는 '종속'과 '자본제 사회로의 이행'이라는 '자기변신'의 두 가지 형태가 있을 수 있었다(강상중, 「사라지지 않는 '아시아'의 심상지리를 넘어서」, 강상중 편·이강민 역, 『공간 아시아를 묻는다』, 한울, 2007, 95면).
82 고야스 노부쿠니[子安宣邦], 이승연 역, 『동아·대동아·동아시아—근대 일본의 오리

의 지리적 상상이 제국의 그것과 반드시 일치한다고는 볼 수 없다. 제국의 비전이 현실의 지리적 공간과 결탁하는 것[83]과 마찬가지로, 식민지의 욕망 역시 상상적 지리를 만들어 내는 데 개입한다. 이러한 점을 감안해 보면, 우리는 '동아시아'를, 동일한 지리적 대상을 눈앞에 두고 상이한 비전을 품게 되는 '다중적 공간'으로 인식할 필요가 있다. 최재서가 구상했던 '로컬리티'라는 전략은 '동아시아'라는 동일한 지리적 대상을 눈앞에 두고 상이한 비전을 품게 되는 제국과 식민지의 첨예한 긴장을 보여준다.

'이민족 포용과 세계 신질서 건설'이라는 이상에는 서구적 근대를 넘어설 수 있는 윤리적 지평이 내포되어 있다는 것을 인식하고 있었기 때문에, 최재서는 이러한 가치에 호소함으로써 조선문학의 자리를 확보하고자 했다. 조선문학의 특수성, 즉 '로컬리티'는 제국의 윤리적 정당성을 확보하기 위해 필수적이라는 것이다. 이렇게 볼 때 '로컬리티'는 최재서가 '국민문학'이라는 공적 영역 안에 '조선문학'을 배치하기 위한 하나의 전략이었다. '국민문학으로서의 조선문학'이라는 로컬리티는 '공적 공간'을 확보함으로써 사적인 영역으로 물러나지 않기 위한 방도였다. 최재서가 국민문학론을 토대로 구사했던 프로파간다의 복합적인 면모는 바로 이러한 아비투스와 로컬리티 사이, 그 틈새에 존재한다.[*]

엔탈리즘』, 역사비평사, 2005, 85면.
83 에드워드 사이드, 박홍규 역, 앞의 책, 124면.
* 이 글은 2015년 4월 『인문연구』 73호에 게재된 논문을 일부 수정한 것임.

일탈의 감각, 유동하는 식민지*

『별건곤』의 넌센스·유모어를 중심으로

1. 들어가며

이 글은 식민지 규율 권력으로 대표되는 구조적 협력을 규명하는 작업이 '제국 / 식민지'의 분할선을 더욱 견고하게 만들고 있지는 않은가, 그래서 식민지에 내재되어 있는 역동적 에너지의 가능성을 거대한 구조 속에 원천적으로 봉쇄하고 있는 것은 아닌가[1] 하는 회의로부터 출발한

---

* 　이 글은 2015년 정부(교육부)의 재원으로 한국연구재단의 지원을 받아 수행된 연구임 (NRF-2015S1A5A8016359).
1 　저자는 이러한 문제의식을 다른 글에서 피력한 바 있다(곽은희, 「틈새의 헤테로토피아, 만주」, 『인문연구』 제70호, 영남대 인문과학연구소, 2014.4, 107~108면). 이 글은 단순한 문제 제기에 그쳤던 부분을 본격적으로 다룬 글이다.

다. 식민 지배 메커니즘을 정치하고 미세하게 분석하면 할수록 '제국 / 식민지'의 분할선을 넘나드는 '유동하는 식민지'의 행방을 증명할 수 있는 가능성은 점점 줄어든다. 이것은 식민지 규율 권력에 초점을 두고 근대적·구조적 협력을 규명하는 작업이 처해 있는 딜레마이다. 식민 지배의 메커니즘을 넘어서기 위한 분석이, 그 의도와는 다르게, 제국의 시스템을 재강화하는 데 기여하게 된다는 사실은 구조와 주체 간의 관계[2]를 좀 더 역동적으로 살필 것을 요한다.

이러한 딜레마를 논의의 시발점으로 삼아 이 글은 '제국 / 식민지'의 분할선 위에서 움직이고 있는 미세한 요동의 행방을 추적할 것이다. 그 미세한 요동은 분산, 일탈, 우연의 작동 속에서 발견된다. 제국으로부터 발신되는 공식적인 담론이나 합리적인 계획은 식민지의 사회적·제도적 실천들과의 복잡한 관계 속에서 실제의 단편일 뿐, 그것으로 인한 효과나 결과는 애초의 계획과 일치하지 않는다. 그러므로 역사의 실제에 다가서기 위해서는 애초의 계획보다는 분산, 일탈, 우연의 작동과 궤적[3]을 추적할 필요가 있다. 미세한 요동의 궤적은, 삶을 관리하고 생산하면서 '제국 / 식민지'를 견고한 틀로 고정시키는 규율 권력의 궤적과는 변별된다. 그러한 요동은 '제국 / 식민지' 내부로부터 출현하며, 규범적 체계가 금기로 규정한 바 있는 불량하고 불건전한 욕망과 접속한다. 식민

---

2 여기서 구조와 주체는 서로 대립되는 형태로 이원화되지 않는다. 역사와 사회에서 구조와 주체는 상호의존성을 지니고 있으며 분리불가능하다. 이에 대해서는 페리 엔더슨(Perry Anderson), 오길영·강우성 역, 「구조와 주체」, 페리 엔더슨(Perry Anderson)·테리 이글턴(Terry Eagleton) 외, 『마르크스주의와 포스트모더니즘』, 이론과실천, 1994, 31~66면을 참조함.
3 배리 스마트(B. Smart), 정일준 역, 「그람시와 푸코─진리의 정치학과 헤게모니의 문제」, 미셸 푸코(Michel Foucault) 외, 정일준 편역, 『미셸 푸코의 권력 이론』, 새물결, 1995, 210면.

권력이 기괴한 형태로 표상하고 타자화하면서 배제했던 인물군상들은 그 대표적인 예이다.

식민 권력의 타자들로부터 연원하는 미세한 요동을 추적하기 위하여 이 글은 '일탈의 감각'을 분석 대상으로 삼을 것이다. 구체적으로는 1926년 11월부터 1934년 8월까지 발행된 대중잡지 『별건곤』에서 '넌센스'로 분류되는 인물군들에 대한 기사를 텍스트로 삼아 이들의 일상적인 비非순응 행위와 태도를 분석할 것이다. 여기에는 『별건곤』의 '넌센스' 코너에서 연재된 기사, 넌센스의 범주에서 다루고 있는 인물들에 관한 기사, '모던-복덕방'에 소개된 세태비평, '모던 college' 기사 들이 포함된다. 이 기사들은 모던의 최첨단에 서 있는 모던걸(모껄)과 모던보이(모뽀)를 희화화하거나 잉여인간들에 대한 세태비평을 포함하고 있어서 당대의 모던한 삶을 바라보는 태도 및 의식을 반영하고 있다.

이 글에서 '일탈의 감각'은, 식민 시기를 살았던 평범한 사람들의 일상이 식민지 규율 권력에 전적으로 포획되어 있지 않을 뿐만 아니라 '제국 / 식민지'의 권력 분할 역시 뚜렷하게 구획되지 않았다는 것을 추적하기 위해 초점화된 연구대상이다. 일탈의 감각은 정치적 조직체계에 소속되지 않는 대다수의 평범한 사람들이 제국 / 식민지 체제에 대하여 일상적으로 견지할 수 있는 태도라는 점에서 중요하다. 여기에는 제국 / 식민지 체제에서 요구되는 주체 형성 메커니즘을 내면화하는 데 거리를 두고 머뭇거림[4]을 표출하는 심리적 태도, 즉 미시적인 동요가 내재되

---

4   이 머뭇거림은 '자기 자신에 의한 자기 지배'의 규율화가 약화되거나 규율화 메커니즘에 내적 균열이 발생하는 지점이라는 점에서 정치적인 의미를 지니고 있다. 식민 체제가 규율 권력(disciplinary power)의 형성과 맞물려 있는 것은 사실이지만(김진균 · 정근식 편저, 『근대 주체와 식민지 규율권력』, 문화과학사, 1998, 13~29면), 규율 권력 패

어 있다. 이러한 사실과 연관하여 이 글은 몇 가지 의문을 제기하고자 한다. 주체 형성 메커니즘을 내면화하지 않을 수는 없는가? 그것이 불가능하다면, 내면화하는 척할 수는 없는가? 도처에 널려 있는 미시적인 규율권력을 거부할 수 있는 가능성은 없는가? 이 글은 일탈의 감각을 추적하면서 이러한 의문들에 대한 답을 찾아갈 것이다.

그간의 연구에서 일탈에 대한 연구는 구조적·제도적 구명에 초점이 맞추어져 있다. 1900년부터 1920년대 중반까지 일제에 의해 지속적으로 그리고 집요하게 공격되고 배제된 집단인 '부랑자' 표상을 스티그마 stigma 정치의 관점에서 고찰한 유선영의 연구[5]는 부랑자 표상이 초기 식민통치 국면에서 사상투쟁·민족적 봉기와 저항·항일소요를 원천 봉쇄하는 데 효율적인 장치임을 밝히고 있다. 이 연구에서 부랑자 스티그마는 헌병경찰력과 결합하여 식민화 초기의 위기정세를 헤쳐 나가게 해준 고효율의 식민통치장치였으며, 결과적으로 과거지배층의 완전한 해체를 기원하고 조선인의 자치의지와 저항하는 지도력을 봉인하는 데 기여한 것으로 밝혀졌다. 이러한 분석 속에서 일탈의 감각은 식민지 사회를 재편하고 관리하기 위한 타자화의 대상으로 고착되며, 결국 제국 / 식민지의 프레임을 견고하게 만드는 데로 귀결된다. 아쉬운 점은 이러한 인식틀에서는 제국 / 식민지의 분할선을 넘나드는 '유동하는 식민지 liquid colony'에 대한 사유가 구조적으로 불가능해진다는 점이다. 잡지

러다임은 구조적 협력이나 제도적으로 구축된 '제국 / 식민지'의 인프라가 일상생활 속에서 어떻게 균열되고 착종되는지에 관하여 충분한 설명을 제공하지 못한다. '지배와 균열'의 문제를 초점화한 주요 연구 성과로는 다음과 같다. 공제욱·정근식 편, 『지배와 균열—식민지의 일상』, 문화과학사, 2006.

5 유선영, 「식민지의 스티그마 정치—식민화 초기 부랑자표상의 현실효과」, 『사회와 역사』 89, 한국사회사학회, 2011.3, 41~84면.

『별건곤』에 나타난 '에로 그로 넌센스'를 분석한 채석진의 연구[6] 역시 이러한 틀에서 벗어나기 힘들다. 채석진은 「제국의 감각-'에로 그로 넌센스'」에서 일본의 '에로 그로 넌센스'가 제국으로서의 자신의 이미지를 구축한 과정이었다면, 조선의 그것은 제국 이미지를 식민지 조선에 이식하는 문화적 식민화 과정이었다고 분석하였다. 채석진의 논의 역시 넌센스의 형식이 지닌 풍자와 비꼼, 그 속에서 발생하는 웃음의 정치학이 '넌센스가 제국의 감각이었다'는 결론 속에서 희석된다. 일탈에 관한 연구에서 반복되어 발견되는 '제국에 의한 포획과 포섭'이 식민지 조선의 일상에서 존재하고 있었던 것은 사실이지만, 그러한 분석만으로는 일탈이 지닌 유동적 에너지를 해명하기 어렵다. 이 글은, 일탈의 감각이 형성된 계보를 거슬러 올라가 불건전한 욕망들의 정치적 존재감을 분석하고 '유동하는 식민지'라는 문제틀의 의미를 따져볼 것이다.

2. 식민지의 넌센스 - 환멸과 매혹 사이

당국이 요구하는 인간형으로부터 거리를 두고 있어 공공연한 비난의 대상이 되며, 그로 인해 '환멸의 수사학'으로 포위되어 있을 때[7] 일탈의

---

6   채석진, 「제국의 감각-'에로 그로 넌센스'」, 『페미니즘연구』 5, 한국여성연구소, 2005.10, 43~87면.
7   전시 동원 체제에서 유한 여성과 근대적 지식인은 '문란하고 퇴폐적'이라는 구실로 전형적인 비난과 배제의 대상이 되었으며, 더 나아가 비국민의 표지가 되었다. 이에 대해

감각은 정치성을 띤다. 힘없는 사람들이 지니고 있었던 비순응 혹은 거부의 움직임에 대해 현실적으로 접근해 보면, 파시즘 체제하에서 그것을 '얼마나', 그리고 '어떻게' 드러낼 수 있는가 하는 문제가 부상한다. 당시 식민지 조선의 잡지들은 편집 방향이나 잡지의 질보다는 생존 자체를 심각하게 고려해야 할 상황이었다. 『별건곤』의 출판과 경영을 둘러싼 현실적인 정황을 살펴보면, 검열 시스템과 1920년대 말부터 불어온 세계 대공황은 정치적으로나 경제적으로나 잡지를 발행하는 데 악조건으로 작용하고 있었다. 미디어 검열로 말미암아 1920년대의 중요 잡지였던 『신생활』, 『신천지』, 『개벽』, 『조선지광』은 강제 폐간되거나 자진 폐간이 유도되었으며, 『개벽』역시 1925년 발행정지, 1926년 8월 폐간되었다.[8] 식민지 조선의 출판경찰 업무는 1920년대 후반 이후 일본 제국의 출판경찰이 보다 체계적 면모를 갖추게 되는 것과 맞물려 1926년 도서과 설치 이후 체계화되었다. 조선총독부 도서과는 검열업무에 대한 분석 결과 및 사상동향 조사자료를 정기·부정기 간행물로 구체화하였다.[9] 식민지의 일탈의 감각은 출판경찰의 체계적인 조사와 기록, 통계 자료[10]를 통해 가시화되었다. 이러한 과정 속에서 일탈의 감

서는 권명아, 『음란과 혁명―풍기문란의 계보와 정념의 정치학』, 책세상, 2013, 132면을 참조함.

8 한기형, 「문화정치기 검열체계와 식민지 미디어」, 『대동문화연구』 51, 성균관대 대동문화연구원, 2005.9, 92~98면.

9 정근식·최경희, 「도서과의 설치와 일제 식민지출판경찰의 체계화, 1926~1929」, 『한국문학연구』 30, 동국대 한국문학연구소, 2006.6, 150면.

10 통계는 세계를 통제 가능한 대상으로 변화시킨다는 면에서 근대 권력을 재현하고 있다. 그러나 다른 한편으로 통계는 새로운 사회문제를 제기하거나 부인하는 운동에서도 중요한 역할을 하였다. 이에 대해서는 한민주, 「불온한 등록자들―근대 통계학, 사회위생학, 그리고 문학의 정치성」, 『한국문학연구』 46, 동국대 한국문학연구소, 2014.6, 248~249면.

각은 근대적 통치 테크놀로지의 관리 대상이 되었지만, 식민 당국의 애초 계획과 사후 실현 간의 간극을 염두에 둘 때 그러한 관리가 성공했다고 볼 수 없다.

총독부 내 도서과 신설(1926.4), 『개벽』 폐간(1926.8)과 같은 격변 속에서 개벽사는 1926년 11월 『개벽』의 후속지 『별건곤』을 창간한다.[11] 창간 당시 『별건곤』이 '취미와 실익實益 잡지'[12]를 표방하며 대중성을 전면에 내세운 것은 당시의 현실적 정황과 무관하지 않다. 다음은 『별건곤』 1930년 11월호에 실린 「조선은 어데로 가나?」라는 기사 중에서 언론계 상황에 대해 서술한 것이다.

허가와 검열과 처분이란 권력 밋테 잇는 조선의 언론은 임이 수준이 작정된 지가 오래엿슴니다.

과거에 잇서서 혹은 적극적으로 이 수준을 넘으려 한 경향도 잇섯고 혹은 소극적으로 이 수준의 한계를 피하려는 태도도 잇섯스나, 그럴 째마다 전적으로, 부분적으로 '존재'의 위험을 당하얏든 것임니다 이가티 그러한 수준에 의거치 안으면 자체의 존재가 문제되는데 '향방'이야 말할 것도 업슴니다 그러닛가, 업기보다 낫다는 의미로 아쉬운 존재라도 그 존재를 계속하려면 엇절 수 업시 그 수준에——쉽게 말하면 합법주의로 나갈 수밧게는 업슬 것임니다

---

11 "우리는 벌서 일 년이나 전부터 취미와 과학을 가추인 잡지 한아를 경영하여 보자고 생각하엿섯다. 그러나 일상하는 일이지만 말이 먼저 가고 실행이 나종 가는 것은 일반이 아는 사실이라 더 말할 것도 업지마는 별느고 별느든 것이 일 년 동안이나 나려오다가 개벽이 금지를 당하자 틈을 타서 이제 『별건곤』이라는 취미잡지를 발간하게 되엿다." (「餘言」, 『별건곤』 제1호, 1926.11, 153면).

12 『별건곤』은 당대 첨단의 근대적 취미와 교양을 대중들이 쉽게 향유할 수 있도록 한다는 취지에서 창간되었다(이경돈, 「『별건곤』과 근대 취미독물」, 『대동문화연구』 46, 성균관대 대동문화연구원, 2004.6, 256면).

과거에도 합법주의가 안인 배안이엇스나 압호로는 그 색채가 더욱 농후해 지리라는 말입니다 원고검열을 밧는 잡지계는 말할 것도 업지만은 그러치 안이한 신문계도 오십 보 백 보의 차나 될가 말가 할 것입니다 만일 비합법 주의의 언론이 존재할 수 잇다고 하면, 그는 비밀출판에 속한 언론이니 이는 논외의 일임니다.

조선언론계의 향방을 총괄적으로 말한다면 이상으로써 충분합니다, 만은 넘우 개괄적이니 좀 더 부분적으로 말해볼가요?

一. 이상에서 현실적으로, 기분에서 실제적으로

一. 전문보다도 통속으로, 이론보다도 실용으로

대체 '질'로 나가지 못할 바에는 '양'으로 나갈 수밧게는 업스며, 구원(久遠)한 근본책이 어려우면 목전의 응급책으로라도 나갈 수밧게는 업는 법임 니다 당국의 감시가 보다 우심(尤甚)한 지금에 경제의 공황이보다 심각한 지금에 잇서서, 일방(一方)으로 외부의 권력에 대한 안전율과 일방으로 내부의 경영에 대한 수익률을 보다 더어드려는 경향은 거듭 말함니다 만은 '업 기보다 낫다는 존재'를 위하야, 존재의 계속 발전을 위하야 불가피할 필연임 니다. 그러닛가, **현실적으로, 실제적으로, 통속으로, 실용으로 나갈 수밧게는 업 습니다.**[13] (강조—인용자)

춘파春坡 박달성은 잡지 『별건곤』을 일컬어 "글에 잡동산이" 즉, "그 야말로 자미잇고 시원시원하고 쌀금쌀금해서 누구나 보기 좃코 긔억하

---

13 「조선은 어데로 가나?」, 설의식(薛義植), 「언론계」, 『별건곤』 제10호, 1930.11, 3~4면.

기 좃코 쏘는 이야기거리로서 가장 조흔 것"[14]이라 압축한다. "그래서 엇던 정치론문이나 학술긔사보다도 이것을 탐독하는 것이 독자들의 보통 버릇"[15]이라 할 만큼『별건곤』은 독자들 가까이에 있는, 재미있고 친숙한 잡지로 존재한다. 대중잡지를 발간하는 정황을 고려할 때『별건곤』에 실린 넌센스 기사는, 불온한 욕망들이 최소한의 생존을 위해 오락성과 통속성이라는 스펙트럼을 통과한 변이물이라고 할 수 있다. 인용한 글을 보면,『별건곤』은 검열제도 속에서 '없기보다는 나은 존재'로 살아남는 것, 즉 '현실적인' 생존을 위하여 '합법주의'의 노선을 택했음을 알 수 있다. 넌센스가 만들어 내고 있는 취향이란, 제국이 육성한 건전 문화 속에서 대중적인 조소의 대상으로 전락해버린 위반과 금기였다. 식민 권력이 길들이고자 했던 위험한 취향은 합법주의를 경유하면서 전복적이고 거친 에너지가 약화된 채 우스꽝스러운 형상, 소극笑劇으로 대중 앞에 전시된다. 일탈의 감각에 내재되어 있던 그로테스크한 에너지가 코드전환되어 우스꽝스러운 형상으로 남은 것이다.

그런데 이때의 '우스꽝스러운 형상'에 대해서는 좀 더 면밀하게 살펴볼 필요가 있다.『별건곤』에 실린 넌센스 기사의 묘미는 코드전환의 과정이 이중적이라는 데 있기 때문이다. 대중으로부터 조소의 대상이 될 때 발현되는 유모어는 스스로를 낮은 위치에 둠으로써 생성되는 환멸의 시선을 기꺼이 감내한다. 이와 동시에 유모어는 그 우스꽝스러운 형상으로 말미암아 당대의 사회적·도덕적 쟁점들을 건드리고 있어 단순한

---

14 춘파(春坡), 「병후만담 : 또 다시 잡동산이! ─ 별건곤과 잡동산이」,『별건곤』 53호, 1932.7, 52면.
15 위의 글, 52면.

우스꽝스러움 이상의 힘을 지닌다. 이때의 우스꽝스러운 형상이란 진짜 검열을 피하고 공권력과 소비자들의 동의를 얻기 위해 이루어진 '자기 검열'[16]의 결과이다. 절멸에 맞서 살아남기를 택한 이들에게 자기검열 은 피할 수 없는 경로이므로, 우스꽝스러운 형상이 자아내는 유모어는 직설적으로 전달했을 때 충격을 줄 수 있는 정치적 메시지나 의견을 에 둘러 전달하는 방편[17]이다. 영화감독 이타미 만사쿠尹丹萬作는 일본의 넌 센스 영화에 대해 설명하면서, 세련된 유머임에는 틀림없지만 단순히 웃긴 것이라기보다는 사회에서 존경받는 것들을 부정하려 했으며, 아무 것도 단언하지 않기에 검열관이나 점원이나 사장 그 어느 누구의 기분 도 상하게 하지 않는다는 데 넌센스의 매력이 있다고 분석했다.[18] 식민 지의 넌센스는 위반과 금기의 욕망을 품고 있으면서도 검열을 통과하 고, 절멸의 위기에 서 있으면서도 대중성을 담보하며, 환멸의 대상이 되 면서도 매혹적이기도 한, 바로 그 경계면을 운동 지대로 삼는다. 그 경 계면의 구체적인 양상에 대해서는 3절에서부터 논의하기로 한다.

---

16 에마뉘엘 피에라(Emmanuel Pierrat), 권지현 역, 김기태 감수, 『검열에 관한 검은책』, 알마, 2012, 99면.
17 위의 책, 110면.
18 미리엄 실버버그(Miriam Rom Silverberg), 강진석 · 강현정 · 서미석 역, 『에로틱 그로 테스크 넌센스』, 현실문화, 2014, 486~487면.

3. 유모어와 속임수

파시즘 체제에서 일탈의 감각은 게으르고 불량하며 퇴폐적이고 우울하다고 비판받았으며, 많은 사람들의 안녕을 위협하는 유사 범죄 행위로 간주되었다. 어떤 과도함이 있으면 시스템은 그것을 금기를 통하여 내부화시키기 마련인바, 일탈의 감각은 건전 문화와 대척점에 있으면서 식민 지배 메커니즘과 위반과 금기[19]의 긴장 관계를 형성하고 있다. 흔히 주변부 혹은 이방인이라고 불리는 '룸펜', '불량 청년', '퇴폐적인 모던걸', '사치와 허영에 찬 신여성', '몰락 양반', '범죄자' 등과 같은 인물군들은 식민 권력이 통치 가능한 것으로 만들고자 했던 불온성[20]의 흔적을 지니고 있다.

> 안해 "빈들빈들 놀고 잇스니까 배가 곱흘 박게 남들 모양으로 로동해서 좀
>   버려요"
> 남편 "누가 로동을 안 해밧나. 일하니까 배가 더 곱흐던대"[21]

---

19 조르조 아감벤(Giorgio Agamben), 박진우 역, 『호모사케르—주권 권력과 벌거벗은 생명』, 새물결, 2009, 61면.
20 식민 권력은 불온의 속성을 통제의 범위 안에서 통치 가능한 것으로 전유하고자 애썼다. 그러나 불온의 내부는 불만족스러우며 변화하고자 하는 정념으로 들어차 있으며, 가시적·비가시적 차원에서 계속 움직이고 있다. 불온의 이러한 본질적 속성은 불온한 것들이 끝내 관리될 수 없도록 만든다(임유경, 「'不穩'과 통치성—식민지 시기 '불온'의 문화 정치」, 『대동문화연구』 90, 성균관대 대동문화연구원, 2015.6, 412면).
21 「넌센스 구락부(俱樂部)—배가 더 곱하」, 『별건곤』 제44호, 1931.10, 18면.

증산增産과 건민健民이 식민지의 일상을 규율화하는 주요 원리였다는 것을 생각해 보면,[22] 이들이 지니고 있었던 불온성은 주로 생산성을 향상시키는 메커니즘과 멀리 떨어져 있다는 데서 기인한다. 『별건곤』을 읽어보면, 이들 인물들이 원하는 바를 얻는 방법은 근면・성실・절약과 같은 노동・소비 규율의 내면화[23]가 아니라 속임수를 통해서이다. 『별건곤』에 실려있는 「유모어・넌센스 : 현대투빈비술-가난뱅이생활사전」,[24] 「국민담초」,[25] 「돈 업시 사는 세상-모던룸펜천국안내」,[26] 「모던쌘이 행세록-현대처세보감」[27]에서는 공통적으로 돈 없이 의식주를 해결하는 방법, 전차를 타고 부조를 하는 방법, 돈 없이 술을 마시거나 오입을 하는 방법을 알려주고 있다. 흥미로운 것은 돈 없이 살아가는 데 무슨 특별한 방법이 있는 것이 아니라는 점이다. 모든 것은 속임수를 통해서 이루어진다.

능수능란한 속임수를 통해 손쉽게 목적을 이루는 과정을 지켜보면서 독자들은 사소한 파격을 경험하며 재미와 즐거움을 느낀다. 이때 '유모어'는 독자들이 경험한 쾌快의 감각이 표출되는 통로이다. '현대투빈비술現代鬪貧秘術'이란 부에 도달할 수 없는 평범한 이들이 가난한 형편 속에서 생활을 영위하기 위해 필요한 '비법'인데, 이는 주로 당연하게 생

---

22 곽은희, 「전시체제기 놀이의 프로파간다화와 식민지 규율」, 『동아시아문화연구』 50, 한양대 동아시아문화연구소, 2011.11, 358면.

23 곽은희, 「전시체제기 노동・소비 담론에 나타난 젠더 정치-잡지 『여성』을 중심으로」, 『인문연구』 59, 영남대 인문과학연구소, 2010.9, 63~98면.

24 활빈당(活貧黨), 「유모어・넌센스 : 현대투빈비술(現代鬪貧秘術)-가난뱅이생활사전(生活辭典)」, 『별건곤』 제29호, 1930.6, 78~84면.

25 윤백남(尹白南), 「국민담초(國民談草)」(漫談), 『별건곤』 제38호, 1931.3, 30~31면.

26 정오성(鄭五星), 「돈 업시 사는 세상-모던룸펜천국안내(天國案內)」, 『별건곤』 제62호, 1933.4, 22~25면.

27 양상호(楊相浩), 「모던쌘이 행세록(行世錄)-현대처세보감(現代處世寶鑑)」, 『별건곤』 제63호, 1933.5, 12~14면.

각되는 상식을 깨뜨림으로써 실현된다. 이를테면 친분이 있는 사람의 집에 들어가 월세를 내지 않고 버티거나, 버스를 탄 뒤 차비를 낸 척 시치미를 떼는 식이다. 그러다가 차장이 차표를 청구하면 "차장의 뺨을 한 번 싹 사리고 손님에게 모욕도 분수가 잇지 차표를 두 번식 밧는 법이 어듸 잇느냐고"[28] 호통을 치거나, 생선을 고르는 척하다가 어란魚卵을 빼먹고 대신 종이를 넣어 고기 배를 꿰매 놓는다. 배불리 먹은 후 못 쓰는 공책이 든 책보를 맡긴 채 도망가는 학생들의 이야기나 삼류 기생을 속여 하룻밤 정조를 빼앗는 이야기,[29] 길에서 소변을 보다 순사에게 들킨 뒤 줄행랑치는 이야기, 술을 먹고 파출소에 잡힌 뒤에서 순사를 속여 파출소를 빠져나가는 이야기, 신여성을 속여 결혼한 이야기[30] 등 기존의 가치관에서 당연하다고 생각하는 상식을 망설임 없이 깨뜨림으로써 어처구니없는 웃음을 유발한다. 그 웃음은 심각하지 않으면서도 경박하지 않고, 가벼우면서도 현 세태를 비꼬는 듯하며, 비꼬는 듯하면서도 '합법주의'의 경계 안에 머무는 긴장감을 지니고 있다.

「돈 업시 사는 세상—모던룸펜천국안내」를 보면, "'돈 업시 사는 세상'? 원시적 야만인의 나라를 제처 노코는 우리 세상에서야 생각만도 못할 노릇"이므로 "그런 것은 잇슬 수 업다는 것을 알고 다음 글을 읽기 바란다"는 대목이 있다. 이 코너에서 소개하는 돈 없이 사는 여러 방법들이 "모다 종잡을 수 업는 엉터리요 허풍"[31]임을 미리 전제해 둔 것이다. 이처럼 '상상'이라는 장치는 자유로운 서술을 가능하게 하는 동시에 합법주의의 경

---

28 활빈당(活貧黨), 앞의 글, 78~84면.
29 정오성(鄭五星), 앞의 글, 22~25면.
30 양상호(楊相浩), 앞의 글, 12~14면.
31 정오성(鄭五星), 앞의 글, 22면.

계 안에 머무를 수 있도록 한다. 상상과 현실을 넘나드는 가운데 생성되는 긴장감은, 경계 국면을 운동지대로 삼고 있는 넌센스의 고유한 자질을 유지하도록 해 준다. 속임수가 배치되는 맥락과 사연 역시 넌센스의 정치성을 결정짓는 데 관건이 된다. 여러 속임수가 펼쳐지는 국면들이 "삼일 굴머서 도적질 안 하는 사람이 업다"[32]는 생계 윤리 속에 배치될 때, 그리고 "엇지 보면 한 허언과 갓지만은 남을 죽이고 쌧는 치부술致富術보다는 얼마나 신성하고 흥미가 잇는 일이냐"[33]는 뼈 있는 첨언이 동반될 때 '넌센스'는 상식에 어긋나는 어처구니없는 이야기를 넘어 정치적인 선택을 내포한 문화 형태의 하나로 나아간다.

　일상생활에서 행해지는 작은 일탈 행위들은 당국의 간섭과 통제 아래 비난과 규제의 대상이 되었지만 조직적이고 체계적인 전복 행위로 발전하는 경우는 드물었다. 대신 이들의 비非순응은 사소하면서도 산발적인 방식으로 이루어진다는 점에서 일괄적인 감시 시스템이 투시할 수 없는 '불규칙한' 움직임을 생성한다. 식민지의 출판경찰이 우려한 '불온성'의 본질이 외부에서 조선으로 향하는 알 수 없는 수많은 통로들이 만들어내는 '미지성'의 문제였다[34]는 것을 감안하면, 규모적인 차원을 떠나 이들의 운동 양상이 불규칙적이라는 점은 의미심장하다. 스콧James C. Scott이 분석한 바와 같이 사회에 대한 가독성可讀性은 사회 개조를 위한 관리 및 통제를 용이하도록 만드는 국가 통치술[35]의 하나이다. 국가 통

32　활빈당(活貧黨), 앞의 글, 79면.
33　위의 글, 79면.
34　한기형, 「'불온문서'의 창출과 식민지 출판경찰」, 『대동문화연구』 72, 성균관대 대동문화연구원, 2010.12, 474면.
35　제임스 C. 스콧(James C. Scott), 전상인 역, 『국가처럼 보기-왜 국가는 계획에 실패하는가』, 에코리브르, 2010, 20~22·519~531면.

치술의 입장에서 보면 산발적으로 일어나는 머뭇거림·비순응·거부는 사회에 대한 가독성을 낮춤으로써 통치 메커니즘의 효율적 작동을 저지한다. 더욱이 머뭇거림·비순응·거부를 일으키는 마음의 상태는 정교하고 복잡하여 규율 권력이 쉽게 투시하기 어렵다. 그것은 사람들이 오래전부터 지니고 있던 삶에 대한 태도를 고수하도록 만듦으로써 당국이 공식적으로 인정한 표준화된 정체성에 흡수되는 속도를 지연시킨다.

그러닛가 나는 결코 여기서 가난방이 면역법을 가르키고자 함이 안이다. 그럿타면야 부자되는 것밧게 더 조혼 묘책이 어데 잇슬나구······ 그러나 부자는 어느 각도로 싸저보드라도 우리와는 인연이 멀다 대부재천(大富在天)이요 소부재근(小富在勤)이란 경구부터가 발서 안이꼽기 한이 업지 안으냐 천(天)이야 미신인소(迷信因素)로 돌여서 오히려 종교적 흥미를 잠간 빌여줄 수도 잇다 하드래도 근(勤)이란 뭐냐 말이다 근(勤)하면 부자 된다는 요술쟁이 가튼 수작을 귀담어 듯는 우자(愚者)는 발서 이 계급적 대립사회에서 잠종비적(潛踪秘跡)을 한 지 오래다 이런 말을 하는 본 강사가 무슨 맑스의 잉여가치설을 인용하고자 함은 안이다 오즉 내가 신봉하는 모-던이씀에서 나왓다는 것을 양해해 주어야 내 처지가 안전하다는 것을 말해둔다.

추종적으로 변전(變轉)하는 색채를 쫏고 상업화한 유행의식의 지배를 바더서는 참된 모-던이스트가 못 된다 적어도 경쾌한 파양(破壞) —— 그럿타 제군은 이 점을 망각해서는 안 된다— 경쾌한 파양! 결코 폭력적 야수적 파양(破壞)여서는 안 된다—성(性)을 가지고 한거름 나아간 탈격적(脫格的) 청신미(清新味)를 십이분으로 발휘할 수 잇는 심적 태도와 소양과 용기가 잇서야 한다 그

러고 물론 다분(多分)의 유모어 …… 이것은 약국에 감초 이상으로 필요한 것이 다[36] (강조-인용자)

인용한 글은 '초대 모-던 생활전술' 중 일부이다. 주요 내용은 "장차 돈 업시(최소한도의 돈으로) 모-던미味를 손상치 안코 '부르죠'에게 굴복 하지 안코 쏘 그러면서도 현대문화를 잘 흡수한 첨단인의 지위를 보 존"[37]할 수 있는 '생활전술'에 관해서이다. 그것은 가난을 견디라는 것 도 아니요, 부자가 되라는 것도 아니다. 이 글은 "대부재천이요 소부재 근이란 경구"를 아니꼽게 여기고 "근勤하면 부자된다"는 믿음을 "요술쟁 이 가튼 수작"으로 상대화함으로써 성실한 노동이 보다 나은 삶을 보장 하리라[38]는 판타지를 거부한다. 이 글은 '노동 / 소비'로 연쇄된 근대식 발전 신화에 욕망을 두지 않으면서도, 가난의 원인을 사회적 구조에 두 고 마르크스의 잉여가치설을 인용하는 것과도 거리를 두고 있다. "오즉 내가 신봉하는 모-던이씀에서 나왔다는 것을 양해해 주어야 내 처지가 안전하다"는 대목은, 검열에 의한 사상 탄압의 결과 식민지 조선의 사회 주의가 공론장에서 배제된[39] 상황에서 '모더니즘'에 착안하게 된 연유 를 설명하는 부분이다. 그런 까닭에 넌센스 기사에서 '모더니즘'은 당대

---

36 Unfortunate professor, 「MODERN COLLEGE 개강(開講) : 청강대환영(聽講大歡迎) ─ 초대(招待) 모던 생활전술(生活戰術)」, 『별건곤』 제28호, 1930.5, 50~60면.

37 위의 글, 51면.

38 노동력의 재생산은 노동력의 자격을 재생산할 뿐만 아니라 지배 이데올로기에 대한 종 속을 요구한다. 이런 점에서 노동 윤리는 지배 이데올로기와 분리되지 않는다(루이 알 뛰세르(Louis Althusser), 김동수 역, 「이데올로기와 이데올로기적 국가장치」, 『아미엥 에서의 주장』, 솔, 1998, 80면).

39 박헌호, 「'생활'하는 주의자들─〈김병화 傳〉으로 읽는 『삼대』」, 『반교어문연구』 40, 반교어문학회, 2015.8, 405면.

에 대한 일상적 감각으로부터 비롯하되 그것을 절대적으로 신봉하지 않는, 다시 말해 당대로부터 거리를 유지하는 긴장감을 지니고 있다. 그래서 필자는, 돈 없이 모던의 한 가운데에서 생활을 영위하며 최첨단의 감각을 지니고 있으면서도 시시각각 변화하는 색채와 유행을 좇지 아니하는 이를 일컬어 '참된 모-더니스트'라 부른다.

그런데 기사를 읽어보면 참된 모더니스트의 실상은 그리 대단하지 않다. 모던 걸과 산보하다 그녀의 피곤한 기색을 발견한 그는 돈이 있건 없건 택시를 불러 탄다. 택시비가 없다는 사실을 들키지 않기 위해 급한 일이 있는 척하며 타고 왔던 택시에 몸을 싣는다. 돌아오는 길에 그는 택시 기사에게 제일 '신용 있는 직업'을 가진 친구의 명함을 건네주고 내린다. 친구에게 전화해 차비를 통사정하는 그의 모습 역시 "우의와 색정을 교묘하게 이용하는 뱃심 좋은 유모어"로 마무리되며 '버젓이' 공짜 택시를 탄 이야기가 무용담처럼 소개된다. 모던 대학생에게 필요한 전술이란, 위기 상황에서 상대방을 속일 수 있는 영리한 전술과 뱃심 좋은 유모어인 셈이다.

이 글에서 비법으로 제시되는 '경쾌한 파양' 역시 넌센스에서 발견되는 속임수와 별반 다르지 않다. 눈여겨보아야 할 것은 '노동 / 소비 / 발전'으로 연쇄된 판타지에 매혹되지 않으며 규율화된 습속의 궤도를 이탈할 수 있는 '에너지'이다. 그는 구심력으로 일관된 운동의 괘도를 가볍게 무시하고 "각인각설各人各設"의 행복을 이야기하는 "심적 태도와 소양과 용기"를 지니고 있다. 흔히 룸펜 지식인들의 전형적인 속성이라고 인식되는 '무력함'의 심적 태도와 상반된다. 불안과 불확실성이 무력함으로부터 탄생하는 것[40]과는 달리, 심적 태도와 용기는 미래의 불확실성과 현재의 불안을 차단시킨다. 필자는 '백구두', '백세루바지', '넥타이', '안경', '모자', '단장' 등 근대적인 기호품들을 '무용물無用物'이라 지칭하고 유행의 첨단을 걷는 이들을 가리켜 "무용한 것을 세간적 관습에 쓰을여서 마지못해 장식하고 단이는 무정견배無定見輩"라며 비판한다. 근면 성실한 노동이 보다 나은 내일을 보장하리라는 판타지를 강화하고 지속하는 것이 시시각각 변화하는 유행의 소비라는 것을 감안할 때, 이러한 태도는 '노동 / 소비'의 순환구조를 부정함으로써 '노동 / 소비 / 발전'의 연쇄고리를 무화無化시키는 결과를 가져온다. 속임수가 경쾌하게 성취되고야 마는 과정을 바라보는 와중에 '비노동 = 윤리적 결함'이라는 도식 역시 해체된다.

4. 전략적 순응과 비타협

저항의 결과가 혹독한 처벌이라는 사실은 널리 알려진 바이므로, 약자들의 일상적 저항은 '공식적인 것에 대한 준수'라는 '가면' 뒤에 숨어 있을 때에 한해서 성공할 수 있다.[41] 즉 평범한 이들이 구사할 수 있는 저항이란 잔혹한 처벌에 대한 공포와 두려움으로부터 몸을 숨길 수 있

---

40 지그문트 바우만(Zygmunt Bauman), 한상석 역, 『모두스 비벤디―유동하는 세계의 지옥과 유토피아』, 후마니타스, 2010, 45면.

41 James C. Scott, *Weapons of the Weak : Every Forms of Peasant Resistance*, New Haven and London : Yale University Press, 1985, p.34.

는 범위에서 이루어진다. 그것은 규모가 큰 반식민 저항 운동과는 달리 비혁명적이고 일상적이며, 큰 정치적 구상 없이 이루어진다. 이런 맥락에서 흥미롭게 읽을 수 있는 기사가 있다.

적진(敵陣)을 싸려 부실여면 먼저 그 진형(陣形)을 알어야 하며 허실(虛實)을 살펴야 하고 남을 공격(攻擊) 혹비평(惑批評)할여면 무엇보다 그 약점단처(弱點短處)를 손에 쥐여야 하는 것과가치 어느 시기까지는 그 기성체계 속에 자긔 몸을 던저놋코 보는 게다 이것이 즉 순응이란 말이다 그리한 다음에는 차차잠식적수단(次次蠶食的手段)으로 쇠를 피우는 게다 위선 당장 제군들 가운데 혹 주의자(主義者)가 잇서서(그런 용감한 청년이 잇슬리야 만무하지만) 선전(宣傳)을 하는데 발간 넥타이를 달고 머리는 봉두난발(蓬頭亂髮)을 해 가지고 농촌에 쒸여가서 면장님 말삼을 군주의 말과가치 밋고 잇는 농민들에게 "여러분! 공산주의란 이럿코 저럿코헌 것인데 소수 '썍르죠아'들의 향락적소비생활(享樂的消費生活)을 보장하기 위하야 우리 '푸로레타리아'들은 노예와가치 피와 쌈을 흘니고 잇서도…… 그럼으로 나종에는…… 다가치 잘살…… 자본가 사회…… 봉건적 심리…… 극복 운운" 해보아라
밧둑에서 꽹이를 집고 어이업시 듯고 섯다가 농부들은 "저 놈이 밋첫나 밥을 굶엇나 엇전 헷소린고?" 하고 슬금슬금 귀거래(歸去來)를 할 것이니 …… 모든 것은 절차가 잇고 순서가 잇다 그리고 보니 적어도 시대정신에 민각(敏覺)한 우리는 그 환경에 순응하야 그 환경을 이용하며 교토(狡兎)와가치 난처난처(難處難處) 싸저나가는 준비가 필요하다[42](강조―인용자)

42 강사 모-던·모-세, 「MODERN COLLEGE 개강(開講) : 청강대환영(聽講大歡迎)―도회생활오계명(都會生活五誡命)」, 『별건곤』 제29호, 1930.6, 103면.

인용한 글에 실린 '순응'에 대한 정의가 흥미롭다. 이 글에서 '순응'은 "적진을 공격하기 전, 그 진형과 허실을 알기 위하여 어느 시기까지 기성체계 속에 몸을 던져 놓는 것"으로 정의된다. 최종적인 목표는 "교토와가치 난처난처 빠져나가는" 데 있으므로, 이를 위하여 우선 "환경에 순응"하고 "환경을 이용"한다. 외부로부터 포착되는 순응의 순간은, 사실 "어느 시기까지는 그 기성체계 속에 자기 몸을 던저놋코 보는"[43] 심사로부터 생성된 것이므로, 자발적 복종과는 변별된다. 오히려 선택의 주도권을 쥐고 기성체계를 전략적으로 이용하며 취약한 지점을 탐색하고 있다. 여기서 '순응'은 복종의 외양을 하되, 공격의 '내면'을 품고 있다. 이때 '내면'은 국가와 국가기구들이 합법적으로 개입할 수 없는 사적 영역[44]을 의미한다. 속내를 직접적으로 드러내지 않는 우회의 전략을 통해 미시적인 규율 권력이 투과할 수 없는 '비가시적 영역'을 생성하고 있는 것이다. 그래서 이 글의 묘미는 '순응하는 자의 순치順治되지 않은 내면'을 발견할 수 있다는 데 있다.

"돈은 업고 돈 쓸 대는 당장 만흔" "천하무직天下無職 코스모포리탄들인 군君들"[45]에게 제안하는 '도회생활 오계명'을 살펴보자. 오계명에 의하면, 돈이 없을 때라도 이발관·목욕탕·여관 같은 곳을 마음 놓고 이용하기 위해서는 이발사·목욕탕 주인·여관의 안주인·하인과 친분을 쌓아두어야 하며, 친구들 앞에서 작은 소지품들을 아끼지 말고 늠름한 태도로 대하고, 민폐를 끼칠 만한 친구에게 주소를 알리지 말아야 한다.

---

43 위의 글, 103면.
44 제임스 C. 스콧, 전상인 역, 앞의 책, 165면.
45 강사 모-던·모-세, 앞의 글, 104면.

이러한 오계명을 통해 필자가 표현하고자 하는 것은 가난한 이들의 의기와 약한 자들의 영리함이다. 그래서 'modern college'의 강의는 "모든 문화시설을 마음껏 이용하며 새로는 유행계까지 지배해 볼 만한 의기를 가져야"[46] 함을 강조한다. 사소하되 주도권을 잃지 않고, 경쾌하되 영리한 '심적 에너지'를 잃지 말라는 것이다. 「MODERN COLLEGE 개강」 시리즈의 마지막 연재로 실린 「모-던낙천주의자강의」[47]를 보면 그 '심적 에너지'의 구체적인 양상을 확인할 수 있다.

첫제 낙천주의라고 모순덩어리 사회의 일절을 시인하고 황희정승식으로 이래도 응 저래도 응 하라는 것은 안이다 결코 예민한 제군의 신경을 바늘끗 만치라도 죽일 까닭은 업다

오즉 목전에 다다른 당면문제에 대하야 영영구구(營營苟苟)하지 안코 악착하지 안코 **유유늠름(悠悠凜凜)한 태도**를 가지게 된다면 발서 훌륭한 **모―던낙천가**다 그러함에는 그 당면문제에 대하야 남 먼저 선악정사(善惡正邪)의 비평을 가저야 할 것이니 여긔 대한 수양이 필요하다 그리고 만일 일이 捉迫[48]하야 그것을 간취식별(看取識別)할 여유가 업슬 경우에는 흐흥! 하고 한번 코우슴을 처서 가만히 그 시간을 만드는 것이다 관우 장비 가튼 장사라도 속을 다 아라채이고 한거름 압서서 수염을 스담고 완이(莞爾)하는 공명의 합헤는 무릅을 쓸었다 그러니 이러한 **모략적초탈(謀略的超脫)한 태도**를 가지고 세간사에 당면하고 보면 언제든지 **바위를 돌아넘는 물결**과가티 인생이

---

46 위의 글, 104면.
47 강사 어루빈(魚漁辦), 앞의 글, 118~123면.
48 '促迫'의 원문 오기.

순탄해질 것이다 (…중략…) 그렇타고 **결코 타협하라는 말은 안이다** 그것은
고슴도치 가튼 미련한 전술이다 (…중략…) 요약해 말하면 당면한 일상생
활의 사소한 일에는 신뢰(迅雷)적 비판안을 가지고 남 먼저 그 본질을 간취한 다
음에 남 보기에 전혀 무관심한 태도를 가지고 남들의 악착하는 쫄을 가엽다는 듯이
우에서 나려다 볼 것 혹 그러치 못할 경우에는 그 문제를 다른 方向으로 전환
식혀바리고 그 경우에서 몸을 쌜 것 ― 그러나 퍽 천연스럽고 유유한 태도로
― 이 요결만 호흡하고 보면 세상이 실혀지기는커녕 이 세상이 전혀 낙천가
의 수완을 수련(修鍊)할 기회를 만히 가진 연습장가치 되고 만다[49](강조―
인용자)

모던 낙천가에게서 발견되는 심적 에너지는, 활기 넘치면서도 유해하
지 않은 명랑의 감각과는 다르다. 전시체제기의 명랑의 감각이 신념에
넘치는 복종을 만들어 내기 위한 최적의 조건을 갖추고 있는 반면,[50]
'modern college' 강의 시리즈에서 생성되고 있는 경쾌한 에너지에는
비판적인 의식과 위장술이 내재되어 있다. 경쾌한 에너지가 앞으로 어
디로 흘러갈 것인지를 결정하는 것도 모던 낙천가이다. 모던 낙천가가
지니고 있는 '결정'의 힘은 대상에 대한 심적 거리, 즉 무관심한 듯한 태
도로 내려다보는 태도로부터 연원한다. 당면한 문제에 대하여 악착하지
않고 유유늠름하거나, 선악정사를 식별할 수 없는 경우 가만히 시간을
만들 수 있는 힘은 '모략적 초탈'이라고 일컬어지는 태도, 즉 대상에 욕

---

49 강사 어루빈(魚漁彬), 「MODERN COLLEGE 개강(開講) : 청강대환영(聽講大歡迎)―모-
던낙천주의자강의(樂天主義者講義)」, 『별건곤』 제30호, 1930.7, 120~121면.
50 전시체제기의 '명랑의 감각'에 대해서는 곽은희(2011), 앞의 글, 377면.

망이 고착되지 않은 상태로부터 생성된다. 필자는 "아모리 개처름 입에 거품을 내고 논쟁을 해봐야 주먹질을 해봐야 해결책이 싸로 잇는 바에야 소용이 업다"[51]는 말로 심적 거리를 두게 된 내력을 설명한다.

"시방 조선청년들은 한발만 잘못 미끄러지면 운명론자가 되든지 그럿치 안으면 허무주의자가 되고"[52] 마는 까닭에 필자는 조선의 청년들에게 '모던 낙천가의 수완'을 익힐 것을 강조한다. 그는 조선 청년들에게 "비판안批判眼을 가지고 남 먼저 그 본질을 간취看取한 다음에 남 보기에 전혀 무관심한 태도를 가지고 남들의 악착하는 꼴을 가엽다는 듯이 우에서 나려다 볼 것"을 주문한다. 그리고 '고슴도치 가튼 미련한 전술'과 다름없는 '타협' 대신 바위를 돌아 넘는 물결과 같이 될 것을 권유한다. 여기서 '바위를 돌아 넘는 물결'이란 모던 낙천가의 유동성을 상징적으로 나타낸다. 질서를 단조로움, 규칙성, 반복성, 예측가능성이라고 할 때,[53] 유동성liquidity의 본질적 특성은 '질서로부터 비껴남으로써 예측불가능하게 만든다'는 데 있다. 유동적인 것은 특정한 틀로 주형되지 않으며 어디로든 흘러갈 수 있다. 그것은, 지금 여기 저기 분산되어 있다 하더라도 흘러가는 와중에 거대한 덩어리를 생성할 수 있는 잠재력을 지니고 있다.

모던 낙천가가 지닌 '유동성'은 사회적인 조롱거리이자 희화화의 대상이 되었던 룸펜들에게서도 발견할 수 있다. 「실사일년간實査一年間 대경성암흑가종군기大京城暗黑街從軍記—카페·마작·연극·밤에 피는 꼿」

---

51 강사 어루빈(魚漁瓣), 앞의 글, 121면.
52 위의 글, 120면.
53 지그문트 바우만, 이일수 역, 『액체근대』, 강, 2009, 90면.

을 읽어보면 '천하무직 코스모폴리탄', 즉 '룸펜'들은 "할일이 업스니가 한가히 놀ㅅ데나 구하러다"니며 "마작구락부, 쎌리야드베비쏠프, 카페, 활동사진, 연극, 분바른 계집이 출몰하는 밀매음소굴"[54]을 헤매고, "매일 나의 이 무료한 시간을 소비하기 위하야 에로 그로 넌센스의 자극을 추구하기에 몰두"[55]하는 이들이다. 이들에 대한 환멸의 시선은 「추기지상대청결秋期紙上大淸潔」에서 노골적으로 표출된다. 이 글에서 룸펜들은 "생선장에 널녀논 생선 중에도 써근 생선을 늘어논 것"으로 묘사되며 "버리할 것은 업고 그러타고 달니 소일거리나 소일 할 곳이 업스니 모혀드느니 자동차 전체에 걸니지 안는 이 탑골공원으로 모힐 수밧게 업"는 무용한 존재이다. 그러한 까닭에 필자는 "공원 안에 심어노은 나무의 수보다도 낮잠 자는 룸펜의 수효가 더 만흐니 누가 이곳을 드러와보고 공원답다는 생각을 하게 될 것인가"[56] 한탄하며 "화가 벌커덕 치미러 그대로 볼 수가 업스니 시러버리고 말자"[57]고 주장한다.

룸펜들을 부정적 표상으로 이끌었던 것은 할 일 없이 이리 저리 다니는 목적 없는 움직임이다. 이들이 지니고 있었던 배회·우연·지연의 감각은 '쓸모없음'의 의미를 환기시키지만 심층적으로는 '비타협'의 감각, 즉 '탈중심화된 태도'를 표현하고 있다. 목적 없이 배회하는 동안 그는 풍경들을 접속 지대로 삼아 모더니티가 재편해 놓은 일상을 바라보며 평범하고 하찮은 것에 숨겨진 것을 감지한다. 그는 밤 열한 시에도 여

---

54 이서구(李瑞求), 「실사1년간(實査一年間) 대경성암흑가종군기(大京城暗黑街從軍記) — 카페·마작·연극·밤에 피는 꼿」, 『별건곤』 제47호, 1932.1, 34면.
55 위의 글, 34면.
56 소제부(掃除夫), 「추기지상대청결(秋期紙上大淸潔)」, 『별건곤』 제66호, 1933.9, 34면.
57 위의 글, 34면. 이 글에서 사주쟁이, 조라치패(날날이꾼), 카페 여급 들은 룸펜과 함께 쓸어버려야 할 인물군이다.

5장 일탈의 감각, 유동하는 식민지   145

전혀 분주하게 다니는 경성 사람들을 바라보며 "무슨 일이 그러케도 들 잇섯서 밤이나 나제나 저리 분주하게 돌아다니"[58]는지 생각한다. 배회하는 룸펜들의 느리고 목적 없는 움직임은 근대적 노동 윤리가 만들어낸 시공간 감각을 위배한다. 그것은 지름길을 만드는 직선의 감각을 거부하고 최대한 멀리 우회하여 움직이는 완만한 포물선의 감각을 따른다. 목적 없이 움직이는 유유한 발걸음은 부딪히는 지점들을 접속 지대로 삼아 또 다른 방향으로 끊임없이 이동한다. 이것이 바로 배회하는 룸펜들이 지니고 있는 유동성이다. "십년 동안을 두고 매일 멧 번씩 최근에는 밤마다 이 애스팔트를 십여 번씩 밟고다니"[59]는 동안 식민지 도시의 분주한 삶은 욕망의 대상으로부터 사유의 대상으로 옮겨간다. 그래서 거리를 어슬렁거리며 배회하는 유동적인 움직임은 '범속한 각성'[60]을 예고한다.

5. 나가며

다음은 『별건곤』 1930년 9월에 실린 「넌센스인간人間」의 일부이다. '넌센스인간'임을 글 제목에서 제시한 것으로 보아 이 글에 등장하는

---

58 「넌센스특설관(特設館)─경성일주기(京城一週記)」, 『별건곤』 제31호, 1930.8, 161면.
59 「넌센스특설관(特設館)─아스팔드를 것는 친구」, 『별건곤』 제31호, 1930.8, 162면.
60 발터 벤야민(Walter Benjamin), 김영옥·윤미애·최성만 역, 『일방통행로』, 길, 2008, 50면.

'숫나막신'은 가공의 인물이다.

> 숫나막신은 저녁밥을 느직히 먹고 여전히 양산을 들고 나막신을 신고 집
> 을 나섯습니다 나서기는 하엿스나 별로히 갈 곳이 잇는 것은 안이고 흐느적
> 멀그럭거리며 윈쑐꼭댁이에서 동관으로 내려왓습니다 (…중략…) 숫나막
> 신은 관수교 엽헤 사람들이 만히 모혀선 곳으로 갓습니다 무슨 구경ㅅ거리
> 가 잇섯는지 그 틈으로 들어가서 눈치를 보고 잇다가 (싸홈 구경 싯헤 모혀
> 선 군중은 무어나 달은 구경ㅅ거리를 긔대하는 것이니까) 몟 사람을 보고
> "순사들도 업고 하니 우리 ○○ 한번 안이 △△려오" 하엿습니다 몟 사람이
> 동의를 하고 싸라서 전부의 입에서 조-타 소리가 나왓습니다 그리하야 숫나
> 막신이 중심이 되야 한바탕…… 그랫습니다
>
> 그러나 동관파출소에 모혀 잇든 순사들이 와-ㄱ 하고 절그럭 절그럭 쏘차
> 왓습니다 순사가 오는 것을 보고 군중들은 이리저리 쫙 퍼저 달어낫스나 숫
> 나막신은 다리 우에가 나막신을 신고 우산을 들은 채 두리번두리번하고 섯
> 습니다 쏘차온 순사들은 숫나막신은 힐금 치어다볼 쑨 말 한마듸도 붓치지
> 안이 하고 달아난 사람들만 쏘차갓습니다
>
> 그것을 보고나서 숫나막신은 싱긋 웃고는
>
> "흥 실업배 아들놈들!" 하고는 다시 덜그럭덜그럭 이동을 시작하엿습니다[61]

'숫나막신'은 저녁을 먹고 난 후 별로 갈 곳이 없어 그저 '흐느적멀그
럭거리며' 동네를 내려온다. 특별한 목적 없이 '흐느적멀그럭'거리는 움

---

61 연호당인(然浩堂人), 「넌센스인간(人間)」, 『별건곤』 제32호, 1930.9, 164~165면.

직임은 룸펜들의 배회와 유사하다. "순사들도 업고 하니 우리 ○○ 한번 안이 △△려오"에서 구체적으로 어떤 것이 제시되어 있는지 지면상으로는 확인할 수 없지만, "숯나막신이 중심이 되야 한바탕……" 하였고 곁에 있던 사람들이 동의했다는 사실은 분명하다. 인용문을 상징적으로 독해하면 '숯나막신'은 규율 권력의 틈새를 이리 저리 다니는 유동적인 존재이자 규율 권력의 미시적 감시 시스템이 투과하지 못하는 불투명한 존재이다. 쫓아온 순사들은 달아난 사람들만 쫓을 뿐, 정작 한 번 '△△' 하기를 선동한 '숯나막신'의 존재에 대해서는 알지 못한다. '숯나막신'은 자신을 알아채지 못하는 순사들을 비웃으며 목적 없는 '이동'을 다시 시작한다. '숯나막신'의 이러한 운동 양상과 심리적 태도는 일탈의 감각의 그것과 닮아 있다. 가공적 인물 '숯나막신'의 활약상은 지배질서 내에서 제한적으로 나타나거나 '가면' 뒤에 숨어 있는 평범한 사람들의 사소한 저항을 은유하고 있다. 그것은 시스템에 의해 쉽게 탐지되지 않기 때문에 근대적 통치술의 핵심이라 할 수 있는 가독성을 약화시킨다. 규모적인 면에서 미미하지만 거부의 움직임 내부에 자리 잡고 있는 이탈 에너지는 '지배 / 피지배'의 권력 구도가 유지되기 위해서 조절되어야 할 '자유 / 부자유'의 권력 분할을 어지럽힌다. 피지배의 구도 속에 배치된 식민지 대중 중 일부가 규율화된 자기통제 메커니즘을 내면화하지 않은 채 자유를 향유하고 있다면, 권력 분할선은 준수될 수 없으며 붕괴될 수밖에 없다.

식민지의 일상에서 일탈의 감각을 추적하는 일은 앞으로 그 대상을 좀 더 넓혀가며 진행되어야 할 작업이므로, 이 글에서는 우선 『별건곤』을 대상으로 추적해 보았다. 일탈의 감각은 체제 전반에 대한 비판의식을 지닌 정치적 조직체로서의 저항에 이르기 전, 의식화되지도 않고 정치적 조직체계에 소속되지도 않은 많은 평범한 사람들이 파시즘 체제에 대하여 일상적으로 견지할 수 있는 태도라는 점에서,[62] 유의미하게 바라볼 필요가 있다. 『별건곤』에서 '넌센스'로 분류되는 인물군들에 관한 기사들은 대중이라는 용어로 통칭되어왔던 서발턴들의 의식과 태도를 반영하고 있다. 이 기사들은 필자에 귀속되어 필자의 의식을 대변한다기보다는 서발턴들의 말을 유효한 것으로 만들 수 있는 근대적인 장치이다. 서발턴들이 스스로를 재현할 수 없어 재현되어야 할 서발터니티 속에 남는다면,[63] 이 기사들은 그러한 서발터니티가 발현되는 근대적 미디어이다. 이 기사들은 모던의 최첨단에 서 있는 인물들을 희화화하는 가운데 그들을 변호하기도 하고 비난하기도 하며, 기성의 가치체계와 부합하는 듯 보이다가도 상식을 깨뜨리는 넌센스 인간들에게 매혹되기도 하는, 일종의 '모호함'을 지니고 있다. "제국주의적 법과 교육의 인식론적 폭력의 회로 안과 밖에서, 서발턴은 과연 말할 수 있는가?"[64]라는 스피박의 물음을 상기할 때, 이러한 '모호함'[65]은 서발터니

---

62 일탈적인 아비투스와 같은 개별적인 비순응적 태도로부터 거부행위를 거쳐 항의 및 저항으로 발전하는 '경력'을 그려낼 수 있다(데틀레프 포이케르트(Detlev Peukert), 김학이 역, 『나치 시대의 일상사』, 개마고원, 2009, 384~385면).

63 가야트리 차크라보르티 스피박(Gayatri Chakravorty Spivak), 「응답―뒤를 돌아보며, 앞을 내다보며」, 로절린드 C. 모리스(Rosalind C. Morris) 편, 태혜숙 역, 『서발턴은 말할 수 있는가?―서발턴 개념의 역사에 관한 성찰들』, 그린비, 2013, 389면.

64 가야트리 차크라보르티 스피박, 「서발턴은 말할 수 있는가?」, 위의 책, 429면.

65 이용기는 기존의 민중사학이 현실에서 살아 숨 쉬는 민중이 아니라 지식인의 관념 속에 존재하는 민중의 역사였다는 점을 지적하며, 민중 내부의 다성성(多聲性)과 민중의 자율성이 지니고 있는 '모호함'을 강조한다. 민중은 사회적 약자이자 하층민으로서 광범한 피지배층을 지칭하지만 그 내부에는 다양한 차이와 균열이 존재한다. 그러므로 민중은 때로는 지배에 포섭되고 때로는 저항하며, 때로는 지배를 자기방식으로 전유하는 존재이다. 이러한 맥락에서 '민중의 역동성'은 그동안 오해되어 왔던 것처럼 혁명성이라

티의 발현을 나타내는 징후이다.

『별건곤』에서 발견할 수 있는 일탈의 감각이 '합법주의'의 경계 내에 존재하고 있다고 해서 그것이 결국 제국의 식민 지배 메커니즘 내부로 환원된다고 볼 수는 없다. 또한 그러한 판단으로 말미암아『별건곤』에서 발견할 수 있는 일탈의 감각을 일컬어 식민 지배 메커니즘 바깥에 존재하는 저항의 한 양상이라고 규정지을 수 없다. 이 글은 식민지의 일탈의 감각이 결국 무엇에 기여하는가를 논의의 중심에 두는 효용론적 관점과는 거리를 두고 있다. 효용론적 관점으로는 '모호함'의 가치를 알아차릴 수 없으며, 식민지 내부에 존재하는 '유동성'을 포착해내기 어렵다. 근대 사회공학이 바라는 바와는 달리 실재하는 현실 세계는 모호함과 우발성으로 가득 차 있다. 근대적 통치술이 가독성을 위한 도구를 지속적으로 발명하고 발전시켜 나가는 것과 마찬가지로, 통치 메커니즘이 측정할 수 없는 영역 역시 끊임없이 생성된다. 양방향에서 생성되고 있는 이러한 움직임을 포착하지 못한다면 구조적 협력을 규명하는 작업이 처한 딜레마, 즉 식민 지배 메커니즘을 규명하는 작업이 제국의 시스템을 강화하게 되는 역설을 벗어나기 어렵다.

권력은 다른 힘들과의 관계를 통해서 구성된다. 권력은 중심점이나 주권이라는 유일한 위치에서 나오는 것이 아니다. 오히려 권력은, 권력 관계 각각의 계기마다 방향을 바꾸거나 자취를 거슬러 추적할 때 굴절, 뒤틀림, 회귀, 방향전환, 저항을 표시하면서 힘들의 장 안에서 '한 지점

기보다는, 지배질서 안에서 제한적으로 나타나는 자율성에 가깝다. 이때 민중의 자율성 역시 권력과 지배에 제약되어 있으면서 때로는 그것을 뚫고 나오기도 하지만, 동시에 거기에 포섭되어 있는 모호한 것이다(이에 대해서는 이용기, 「6부를 묶으며」, 윤해동 외 편, 『근대를 다시 읽는다』 2, 역사비평사, 2007, 407~409면을 참조함).

에서 다른 지점으로' 이동한다.[66] 푸코는 1984년 1월 20일에 했던 인터 뷰 「자유의 실천으로서 자아에의 배려」에서 권력을 '전략적 놀이'로 파악한다. 푸코가 권력을 '전략적 놀이'로 파악하게 된 배경을 살펴보면, 그 기저에 "권력 관계들은 변화될 수 있고 뒤집어질 수 있으며 불안정한 것"[67]이라는 전제가 깔려 있다. 여기서 권력 관계란, '모든 운동의 가역성을 차단해 버릴 경우에 직면하게 되는 지배의 상태'[68]와는 다르다. 지배의 상태에서는 자유의 실천이 존재할 수 없다. 푸코는, 만약 누군가가 완전히 타자의 처분권 안에 있고, 상대방이 무제한적인 폭력을 행사할 수 있는 그의 소유물이 되어버린다면, 권력 관계는 존재할 수 없다고 보았다.[69] 식민화된 영토 속에서 평범한 사람들이 견지하고 있었던 일탈과 비순응의 감각을 통해 '유동하는 식민지'의 면모를 추적하는 작업은 이러한 문제의식에서 출발하였다.*

66 질 들뢰즈(Gilles Deleuze), 권영숙·고훈석 역, 『들뢰즈의 푸코』, 새길, 1995, 116면.
67 미셸 푸코, 정일준 역, 「자유의 실천으로서 자아에의 배려—권력, 자아 윤리」, 미셸 푸코 외, 정일준 편역, 『미셸 푸코의 권력이론』, 새물결, 1995, 114면.
68 위의 글, 102면.
69 위의 글, 114면.
*   이 글은 2016년 4월 『반교어문연구』 43집에 게재된 논문을 일부 수정한 것임.

6장

표상되는 조선, 동요하는 제국*

1. 탈식민의 기획과 혼성의 정치학

이 글은 제국과 식민지 간의 트랜스내셔널한 이동과 횡단이 가져온 문화 접촉에 주목하여 제국과 식민지 간의 뒤얽힌 상호성을 분석함으로써 식민 권력 자체가 불안에 근거하며 내부적인 갈등을 포함하고 있다는 것을 구명할 것이다. 전지구적 자본주의의 실현이라는 세계적 동시성을 전제할 때 탈식민화된 정체성의 기원은 순수하고 안정적인 본질로 환원될 수 없다. 탈식민의 가능성은 서구에 의해 오염되지 않는 순수한

* 이 글은 2010년도 정부(교육과학기술부)의 재원으로 한국연구재단의 지원을 받아 수행된 연구임(NRF-2010-327-A00321).

토착성을 재구하고 회복하는 데 있지 않다. '오염되지 않는 순수함'이란 제국과 식민지 간의 엄격한 분리를 전제로 성립되지만, 이러한 분리는 제국의 본질적인 우월성을 도출하는 기반이기도 하다. 따라서 제국에 의해 오염되지 않는, 순수한 토착성을 상정하는 것은 제국의 우월한 지위를 재확인시켜주는 데로 환원되는 위험성을 내포하고 있다.

바바Homi Bhabha가 지적한 바와 같이, 식민담론은 정복을 정당화하고 관리와 훈육의 체계를 확립하기 위해 피식민자를 '문명'의 기준에서 퇴보한 유형의 민중으로 해석하였다.[1] 이때 식민담론은 식민 지배를 합리화하기 위해 식민 지배자와 피식민자 간의 이원적 대립 구도를 기반으로 삼았으며, 이를 토대로 식민 지배자의 본질적인 우월성을 확보하였다. 사이드의 『오리엔탈리즘』에 의하면, '오리엔탈리즘'은 서양이 의거해야 할 전략으로서, 우월한 지위를 차지하는 것을 지속시켜 준다. 서양은 오리엔탈리즘으로 인하여 동양과 있을 수 있는 모든 관련 속에서 언제나 상대에 대한 우위를 유지할 수 있다.[2] 그러나 제국과 식민지 간의 문제나 서양과 동양 간의 문제를 이 같은 방식대로 이해할 경우, 식민 권력은 항상 식민주의자가 소유하고 있으며 역사는 권력이 있는 자와 없는 자 간의 이원적 대립 구조로 도식화된다. 더욱이 '중심과 주변'이라는 이원적 대립 구도 내에서 식민지는 항상 서구적 근대를 모방하고 이식하는 존재로 배치되어, 열등한 타자의 위치에서 벗어나지 못한다.

이 글은 이와 같은 문제 지점에 직면하여 식민 지배자의 본질적 우월성을 창출해 내는 근원적인 구조를 해체하고자 한다. 중심과 주변을 가

---

1   호미 바바(Homi K. Bhabha), 나병철 역, 『문화의 위치』, 소명출판, 2002, 153면.
2   에드워드 사이드(Edward W. Said), 박홍규 역, 『오리엔탈리즘』, 교보문고, 2002, 27면.

르고 있던 이항대립을 무너뜨릴 때 주변은 '타자'의 위치에서 벗어나 능동적인 에너지를 가진 존재로 전환되며, 식민지와 제국의 관계는 차이나 타자성이 아니라 상호변형과 혼성의 관계로 전환된다. 이러한 문제의식을 토대로 이 글은 원심력과 구심력의 긴장 관계에 주목하여 제국과 식민지 간의 혼성hybrid에 논의의 초점을 둘 것이다. 여기서 혼성은 탈식민주의 논의에서 중심과 변경 사이에 존재하는 상호 연관성과 이들 사이에서 일어나는 '다양한 정체성과 주체의 위치성에 대한 협상'을 의미한다.[3] 제국과 식민지 간의 혼성은, 역으로 중심부가 주변부를 경험하는 데에서 생기는 통문화적 전이로부터 결코 안전하지 않다는 것을 말해준다.

자본주의가 전 세계적 규모의 체계적인 사회적 상호의존관계를 수립했다[4]는 점을 고려할 때 제국과 식민지 간의 통문화적 전이는 자본주의가 진행되는 과정에서 자연스럽게 수반되는 현상이다. 데이비드 하비David Harvey에 따르면 제국주의적인 정복과 제국 간의 격렬한 경쟁, 커뮤니케이션의 기술혁신으로 말미암아 자본주의는 세계적인 규모에서 시간·공간의 압축을 진행시켰다.[5] 시·공간이 압축되는 과정 속에서 세계화는 결코 일방적인 동질화의 과정이 될 수 없으며, 이것에 대항하는 로컬적인 장소 역시 순수한 아이덴티티를 지니고 있지 않다.[6] 조선 역

3   Ella Shohat, "Notes on the 'Post-Colonial'", ed. Padmini Mongia, *Contemporary Postcolonial Theory —A Reader*, London : Arnold, 1996, p.330(박상기, 「탈식민주의의 양가성과 혼종성」, 고부응 편, 『탈식민주의—이론과 쟁점』, 문학과지성사, 2005, 234면).
4   해리 하르투니언(Harry Harootunian), 윤영실·서정은 역, 『역사의 요동』, 휴머니스트, 2006, 121면.
5   데이비드 하비(David Harvey), 구동회·박영민 역, 『포스트모더니티의 조건』, 한울, 2009, 359~376면.
6   요시미 순야[吉見俊哉], 박광현 역, 『문화연구』, 동국대 출판부, 2008, 176면.

시, 중화주의가 해체되고 전지구적 자본주의로 재편되는 세계질서로 진입한 이후, 자본의 전지구적 이동과 무관할 수 없다.

이 글에서 분석 대상으로 삼은 것은『모던일본』조선판이다.『모던일본』조선판에는 일본인 작가와 조선인 작가가 쓴 문학작품과 기사 및 광고가 함께 실려 있어서 제국과 식민지 간의 문화접촉 양상을 일상생활의 층위에서 확인할 수 있다.『모던일본』조선판은 1939년 11월과 1940년 8월에 임시판으로 발행된 대중교양잡지이다.[7] 원래 '일본인이 조선에 대해 아는 것이라고는 기생과 금강산'뿐이라는 일본인의 천편일률적인 조선인식을 비판하며 폭넓은 조선이해[8]를 도모하기 위해 일본인 독자를 대상으로 기획되었다. 여기서 '조선이해'란 조선에 대한 대중의 관심을 증대시켜 내선융화를 효과적으로 달성하기 위한 것이지만, 이 글에서는『모던일본』조선판이 어떻게 '제국에 의한 조선 이해'라는 본래의 출판 의도와는 '다른 효과'를 낳고 있는지에 초점을 두어 논리를 진행할 것이다. 이러한 기획은 식민 권력의 안정성에 균열을 일으키고, 탈식민적 비전을 기획할 수 있는 토대를 마련하기 위한 것이다. 동일자는

---

7 『모던일본』조선판(1939)은 당시 모던일본사 사장이었던 마해송이 기획하고 기쿠치 간의 자금 제공으로 만들어졌다. 이에 비해 이듬해 나온『모던조선』조선판(1940)은 모던일본사의 기자들에게 전적으로 맡겨졌다. 그래서 1939년판에서 중심은 '조선예술상'을 신설하고 조선인 문학작품을 소개하는 데 있었던 반면, 1940년판에서는 모던일본사의 기자들이 현지를 탐방하여 취재하고 기록한 '현지보고' 형식의 글이 많이 있다. 1940년판에서도 일본 측 필자와 조선 측 필자의 배치가 균형 있게 이루어졌으며, 조선지식인들의 글이 1939년판보다 좀 더 늘어났다. 1939년판과 1940년판의 기획의도의 차이가 각 판의 텍스트에 어떠한 영향을 미치고 있는가 하는 문제 역시 상당히 중요한 지점이다. 이 점에 대해서는 좀 더 밀도 있는 접근이 필요하므로, 다른 글에서 다루기로 한다.

8 마해송,「잡기」(『모던일본』임시증간 조선판, 모던일본사, 1939.11), 한일비교문화연구센터 편, 윤소영·홍선영·김희정·박미경 역,『일본잡지 모던일본과 조선 1940』, 어문학사, 2009, 355면(이하 책명만 표기).

타자와의 관계 속에서 부정성의 형식을 통해 구성되며, 타자를 전유하고 지양함으로써 지식을 생산한다.[9] 이는 동일자의 정체성이 선험적으로 주어진 것이 아니라 타자와의 관계와 응시 및 개입을 토대로 형성된다는 것을 의미한다. 이러한 점에 착안하여 이 글은『모던일본』조선판에서 제국이 조선을 재현하고 표상하는 양상을 고찰하면서, 동일자의 존재 기반에 내재된 타자와의 상호 교섭 양상을 분석하여 '동요하는 제국'을 포착할 것이다.

2. 전지구적 근대성과 문화 횡단

『모던일본』조선판을 보면, 당시의 식민지 경제란 제국주의 본국과 분리된 독자적인 경제라고 볼 수 없으며,[10] 더 넓게는 근대성이 진행되고 있는 세계체제와 상호 연관되어 있었다. 근대란 자본주의에 의해 추동되어 전지구적인 형태로 발현되는 특성을 지니고 있으며, 이 가운데 생성된 식민지 근대성colonial modernity 역시 세계체제와 상호 연관된 현상의 일환이다. 여기서 중심이 되는 것은 '자본주의의 기원'이다.

---

9   로버트 J. C. 영(Robert J. C. Young), 김용규 역,『백색신화』, 경성대 출판부, 2008, 96면.
10 조선의 시장은 제국주의 본국과 연결되어 있었으며 제국의 일부를 구성하고 있다. 이러한 양상은『모던일본』조선판에 실려 있는 광고에서 더욱 확연하게 드러난다. 이와 연관하여 덧붙이면, 상품 광고로 촉진되는 소비 관행은 비단 제국 일본뿐만 아니라 문화적 아메리카니즘과도 연관되어 있다. 소비를 통해 형성되는 물질적 습관은 동아시아를 넘어 전지구적인 문화적 동질화의 문제를 내포하고 있다.

대규모 공업은 아메리카의 발견으로 그 초석이 마련된 세계시장을 창출했다. 세계시장 덕분에 상업, 해운과 육상 교통은 헤아릴 수 없이 큰 발전을 이룩했다. 이 발전은 다시금 산업 확대에 영향을 미쳤으며, 산업, 상업, 해운과 철도 등이 신장하는 만큼 부르주아지도 발전했다. (…중략…)

생산품의 판로를 끊임없이 확장하려는 욕구가 부르주아지를 전 세계로 내몬다. 그들은 도처에 둥지를 틀어야 하고 도처에 정착해야 하며 도처에 관계를 형성해야 한다.

부르주아지는 세계 시장을 착취함으로써 모든 국가의 생산과 소비를 범세계적으로 조직했다. 반동주의자들에게는 대단히 유감스럽게도 그들은 산업의 국가적 토대를 허물어뜨렸다. (…중략…) 그것은 새로운 산업, 즉 본토의 원료가 아니라 멀리 떨어진 지대의 원료를 가공하고, 그 가공된 제품이 자국뿐만 아니라 모든 대륙에서 동시에 소비되는 산업에서 밀려난 것이다. 이 새로운 산업의 도입은 모든 문명국의 생사가 걸린 문제이다. 국산품으로 충족되었던 과거의 욕구들 대신 새로운 욕구가 들어선다. 이 새로운 욕구를 충족시키려면 먼 나라와 토양의 생산물들이 필요하다. 과거의 지역적이고 국가적인 자족과 고립을 국가들 상호간의 전면적 교류, 전면적인 의존이 대체한다. 물질적인 생산에서도 그렇고 정신적인 생산에서도 그러하다.[11]

마르크스와 엥겔스가 『공산당선언』에서 묘사하였듯이, 자본주의가 만들어 내는 세계시장은 전세계적인 규모의 상호 의존관계를 형성하였다. 자본의 유연성을 최대화하기 위해 생산과 소비가 초국화되어 중심

---

11 칼 마르크스(Karl Marx)·프리드리히 엥겔스(Fredrich Engels), 이진우 역, 『공산당선언』, 책세상, 2002, 17~21면.

부는 주변부에 원료와 시장을 의존하고, 주변부는 중심부에 자본과 기술의 유입을 의존하게 되었다. 이처럼 자본주의적 생산·교환 양식이 초국적인 양상을 띠면서 중심부와 주변부는 공간적으로 이동가능한 장소로 재구성된다. 중심부와 주변부를 결합하는 트랜스내셔널한 힘과 장치는 이 같은 맥락에서 중요한 문제로 떠오른다.

1) 횡단의 테크놀로지와 '약진하는 조선'

근대 산업 자본주의가 만들어내는 전지구적인 규모의 상호 의존으로 말미암아, 지역의 삶은 멀리 있는 곳의 외부 세계에 의존하게 된다. 전지구적 자본의 요구에 따라 생산은 더 저렴한 노동력과 원료를 찾아서 이동하며, 일상에서 진행되는 상품화 과정은 국민국가의 경계를 넘어 어디에서나 동질적인 양식으로 표출된다. 외부세계로 연결되는 교통망이 구축되면서 조선은 지역적 경제 블록의 구조 속으로 편입되었으며, 세계 체제가 작동하는[12] 장소가 되었다. '내선만지內鮮滿支'를 신경망처럼 연결하는 철도[13]와 항로는 제국 일본이 동아시아를 공간적으로 구획하고 경

---

12 일본의 아시아 침략은 동아시아 지역에서 식민지 확장의 기회로 이용하려는 중심부 국가들에 의해서 지원되었을 뿐만 아니라 동아시아 지역에서 러시아의 팽창을 억제하기 위해 일본을 이용하려 했던 영국에 의해 지원되었다(Satoshi Ikeda, "The History of Capitalist World-System vs the History of East-Southeast Asia", *Review 1*, Winter 1996, pp.49~77(사토시 이케다(Satoshi Ikeda), 「자본주의 세계 체제의 역사와 동-동남아시아의 역사」, 최원식·백영서 편, 『동아시아인의 '동양' 인식─19~20세기』, 문학과지성사, 2005, 116면 참조)).

13 일본 제국의 식민지 도시는 식민 모국과 식민지 간의 거리가 근접해 있었으므로 타이완을 제외한 대부분의 식민지에서, 해운보다는 철도를 일본 제국 네트워크의 주요한 연결수단으로 삼았다(김백영, 『지배와 공간─식민지도시 경성과 제국 일본』, 문학과지성사,

영하는 핵심적인 네트워크로서, 국민국가의 경계를 넘어 제국의 광역권을 매끄럽게 연결하는 테크놀로지이다. 광역권 내에 구축된 교통망의 연결을 기반으로 국민국가 단위의 지역들은 하나의 권역 내에서 이동가능한 공간으로 재구성되었으며, 제국의 심상지리imagined geographies는 이를 기반으로 구축된다. 지역을 가로지르는 횡단의 테크놀로지는 망각과 새로운 취득을 동시에 수반하고 있었으며, 일본·중국·만주·조선 간의 경계는 '내선만지內鮮滿支'라는 광역권 내에서 재배치된다.

제국의 확장과 함께 활성화되는 것은 교통망의 구축이다. 「조선독본」을 보면, "대동아건설에서 시설 완비가 가장 긴급하게 요청되는 분야는 교통운수기관"이므로, "내선만지 간의 연락운수를 위해 쇼와 13년(1938) 10월 1일 이후 부산-북경 간에 직통급행 여객열차 1왕복과, 함경선에 급행 여객열차 1왕복을 신설하고 청진-나진 간 직통열차와 접속시켜 여객열차에 의한 접속을 3왕복, 그 밖에 것을 2왕복으로 늘렸다"[14]고 되어 있다. 점점 증편되는 교통망으로 인해 제국의 심상지리는 관념적이고 이데올로기적인 구성물을 넘어 일상 속의 근대적인 감각으로 경험되었다. '일본 조선 만주 중국 연락 시간표'[15]와 '내선만지 연락 시간표'[16]는, 테크놀로지의 연계가 만들어 내는 규칙적인 시간 감각을 통해서 제국의 심상지리를 경험할 수 있다는 것을 보여주고 있다.

새롭게 구축되는 제국의 지리적 네트워크 속에서 식민지 조선은 "내

2009, 170면).
14 「조선독본」, 한일비교문화연구센터 편, 윤소영·홍선영·김희정·박미경 역, 『일본잡지 모던일본과 조선 1939』, 어문학사, 2007, 314~315면(이하 책명만 표기).
15 「일본 조선 만주 중국 연락 시간표」, 위의 책, 501면.
16 「내선만지(內鮮滿支일) 연락 시간표」(모던일본사, 『모던일본』 조선판 1940.8), 『일본잡지 모던일본과 조선 1940』, 487면.

지와 만주, 북지와의 사이를 매개하고 양자를 유기적으로 연결하는 필요불가결한 고리"[17]이자, "만주 개발을 위해 더욱 중요한 거점"[18]으로 배치된다. 전 조선총독 우가키 가즈시게가 "만주에서 활약하기 위해서는 우선 그 발판이 되고 토대가 되는 조선반도를 굳건히 하지 않으면 안 된다"고 하면서 "국민의 눈과 귀가 대륙 만주로 향하는 것은 말하자면 조선을 개발하고 번영을 초래할 선구 역할"[19]이라고 확신한 것은 엔블록과 연계되는 조선의 경제적·지리적 위상에서 비롯된다. 만주 진출로 인해 더욱 주목을 받은 곳은 "일본과 만주를 잇는 최단 교통로의 국책적 요지"[20]로 인식된 북선北鮮 지역이었다. 당시 북선에는 "대륙 러쉬의 물결을 타고 사람과 기계와 금이 넘쳐나고" 있었으며, "내지로 가는 노동자 송출"과 "만주 이민"[21] 등 인구와 자본의 이동이 활발하게 진행되고 있었다.

이러한 정황 속에서 1933년 만철에 위탁되었던 북선 3항(나진, 청진, 원산)과 북선 철도 경영은 1940년에 조선총독부에 반환되었다. 중일전쟁 이후 중국과 일본을 매개하는 조선 국철의 역할이 증대되고, 북선의 산업 개발이 본격적으로 추진된 까닭이다. 조선 내의 식민지 공업화의 진전과 철도투자가 모두 1930년대 후반 이후 전시체제기에 집중적으로 이루어졌다[22]는 사실은 철도가 식민지로 밀려들어오는 자본·인구·기

---

17 노자키 류시치, 「조선 공업의 약진」, 『일본잡지 모던일본과 조선 1939』, 171면.
18 하마모토 히로시·마해송 외, 「새로운 조선에 관한 좌담회」, 위의 책, 149면.
19 우가키 가즈시게, 「조선을 어떻게 볼 것인가」, 위의 책, 230면.
20 「조선독본」, 『일본잡지 모던일본과 조선 1940』, 243면.
21 이와자마 지로, 「농촌 현지보고—북선(北鮮)에서 남선(南鮮)으로」, 위의 책, 281면.
22 임채정, 「근대 철도 인프라스트럭처의 운영과 그 특징」, 『경영사학』 25-1, 한국경영사학회, 2010.3, 53면.

술[23]의 속도와 양을 증폭시켜주는 매개체였다는 것을 의미한다. 이처럼 철도는 제국과 식민지를 통합하는 연결 통로이기도 했지만,[24] 제국이 식민지 내부를 개발하고 경영하는 수단이기도 했다.

『모던일본과 조선』에 재현된 식민지 조선의 풍경은 제국의 시선을 통해 그려진다. 교통망을 통해 외부세계와 연결된 식민지 조선은 먼 곳의 관점으로 조망된다. 조선은행 총재였던 마쓰바라 준이치가 쓴 「조선산업계의 장래」를 보자. 이 글에서 "조선에 근대산업의 급격한 발흥"은 "자급자족을 기조로 하는 국내자원의 개발방책이 일본 기술의 진보와 더불어 오랫동안 잠재되어 있던 조선내의 물적 및 인적자원을 활발히 움직이게 되면서"[25] 비롯된 것이므로, 근대 조선의 형성에서 무엇보다 중요한 것은 "일본 기술의 진보"이다. 이 문제는 곧 '어떠한 창을 통해 조선을 인식하고 있는가'에 관한 것으로서, 조선을 재현하고 표상하고 묘사하는 데 내재되어 있는 제국 일본의 식민지적 무의식을 지칭한다. '약진하는 조선'이라는 표현이 『모던일본』 조선판에 빈번하게 등장하는 것은 그 대표적인 예이다.

---

23 Manfred, B. Steger, *The Rise of the Global Imaginary*, Oxford University Press, 2009, p.183.

24 제국 일본의 철도망은 동아시아 지역에서 통합적이고 체계적인 식민지 관리의 일환으로 상당히 유기적으로 연계되어 있었다. 예를 들어, 조선철도는 동청철도와 남만주철도와 연계되어 있었으며, 시베리아횡단철도는 동청철도 및 남만주철도와 연계되어 있었다. 특히 만철은 만주지역에 바둑판과 같은 철도 네트워크를 건설하고, 이를 중심으로 동남아시아-중국본토-남만주-조선-일본으로 이어지는 육상 운송 네트워크를 통합적으로 연계해 냈다(진시원, 「동아시아 철도 네트워크의 기원과 역사―청일전쟁에서 태평양전쟁까지」, 『국제정치논총』 44-3, 고려대 평화연구소, 2004, 145면).

25 조선은행 총재 마쓰바라 준이치, 「조선산업계의 장래」, 『일본잡지 모던일본과 조선 1940』, 86면.

대륙으로, 대륙으로 노도처럼 진격하는 우리 황군에 이어 건설부대도 돌진한다. 약진일본의 보고(寶庫)인 조선은 이제 그 견고한 발판이다. 보라! 바다와 육지에 무진장 묻혀있는 이 자원을! 정어리, 명태가 풍어다. 항구에 도착하여 운송선으로 운반하는 데에도 전쟁터와 같이 시끌벅적한 모습이다. 바다에서 하늘에서 속속 보내오는 물자야말로 비상시 일본을 짊어질 귀중한 연료라고 해야 할 것이다. 보라! 보고(寶庫) 조선, 약진하는 우리 조선을![26]

인용한 글은 제국이 식민지를 재현하는 전형을 보여주고 있다. 이 글이 전달하고 있는 것은 '풍부한 자원을 지니고 있는 식민지'와, 이를 기반으로 '확장되는 제국'의 이미지이다. 조선에서 '풍요'의 광경이 발견되는 것은, 그것이 황군의 건설부대에게 '바다에서 하늘에서 속속 보내오는 물자'이기 때문이다. 식민지의 바다와 육지에는 무진장 자원이 묻혀있으며, 정어리와 명태가 풍어이다. 식민지는 아무도 손대지 않은 원시성을 지니고 있으며, 그렇기 때문에 더욱 매혹적인 대상이다. 여기에서 식민지는 문명의 전사prehistory, 前史로서, 원시의 무진장한 자원을 지니고 있다. 원시의 풍요로움을 발견하고 개발하는 것은 제국의 근대적 인프라(교통망의 건설과 에너지 생산 시설, 근대식 교육 제도 등)이다. 이처럼 제국의 재현 구도 속에서 식민지를 원시화하는 것primitivization은, 타자를 원시화함으로써 스스로를 근대화되고 고도로 테크놀로지화된 위치에 올려놓기[27] 위함이다. 조선의 약진이 일본의 약진과 접합되는 것은 이러한 이유 때문이다. 따라서 제국 일본이 강조하고 있는 '약진하는 우리

---

26 「약진하는 조선」, 위의 책, 43면.
27 레이 초우(Rey Chow), 정재서 역, 『원시적 열정』, 이산, 2004, 42면.

조선'이란 궁극적으로 '메이드 인 재팬made in Japan으로서의 조선'을 뜻한다. "만주사변, 중일전쟁 이전의 조선의 산업은 농업과 임업이 중심이어서 식량과 지상자원 증산에 주력했지만 전쟁 이후는 세계 속의 일본으로 우뚝 서게 한 과학의 진보에 힘입어 수력·전력·노동력을 갖추게 되었"다는 미나미 총독의 발언은 결국 조선을 만들고 주조하는 제국 일본의 근대적 우월함을 환기시키기 위함이다. "대륙으로 가는 최단 경로! 여행으로 약진하는 조선을 확인하자"는 조선총독부 철도국 광고 문구는 식민지를 개발하고 경영하는 제국으로서의 자부심을 표상하고 있다.

2) 식민지에 대한 유토피아적 비전과 디아스포라

원격 영토를 지배하려는 종주국 중추의 실천과 이론 및 태도를 지칭하는 제국주의의 기획은 원격지에 자국민들의 거주를 정착시키는 식민주의의 실천으로 이어진다.[28] 이때 식민주의의 실천을 지지하는 제국주의는 단순히 지리적 확장이나 축적에만 의존하기보다는 이데올로기의 생산과 지식의 유포에 의해 추진된다. 따라서 원격지에 자국민들의 거주를 정착시키려는 식민주의의 기획은 트랜스내셔널한 이동을 추동하고 생성하는 욕망을 기반으로 삼게 된다. '약진하는 조선'은 미디어를 통해 표상되는 식민지의 전형적인 예로서, 그 속에는 트랜스내셔널한 이동을 생산해 내려는 욕망이 내재되어 있다. '아메리칸 드림'으로 일컬

---

28 제국주의와 식민주의에 대해서는 에드워드 사이드, 박홍규 역,『문화와 제국주의』, 문예출판사, 2004, 60면.

어지듯이, 디아스포라를 추동하고 생성하는 원동력은 새로운 장소에서 새로운 기회를 얻을 수 있다는 유토피아적 비전이다. 식민지에서 더 풍요로운 삶이 가능할 것이라는 유토피아적 비전은 제국의 팽창 시스템이 만들어내고 관리했던 욕망의 다른 이름이다. 이러한 욕망을 토대로 식민지는, 한정된 자원으로 인해 고갈되어 가는 제국으로부터 탈주할 수 있는 장소이자, 제국이 축적해 온 근대적 테크놀로지를 실험하고 건설할 수 있는 장소로 표상된다.

『모던일본』 조선판과 같은 트랜스내셔널한 미디어가 유포되는 가운데, 조선과 만주는 유토피아의 표상으로 당대 대중들의 욕망과 맞닿는 지점에서 상상되고 증식되고 있었다. 만주는 1930년대 제국의 심상지리에서 유토피아적 비전을 제시하는 장소였다. 만주국의 대규모 산업화·도시화·근대화는 제국이 구축하고자 했던 경제적 블록economic bloc의 바탕을 마련했다. 제국 일본은 자급적 엔블록을 토대로 동양적 근대 창출의 이상을 실질적으로 실현할 수 있을 것이라고 기대했다. 만주는 일본 밖 아시아의 어느 지역보다 빠른 속도로 성장하여 선진적인 근대적 산업토대를 구축하였으며, 1933년과 1942년 사이에는 산업생산이 3배로 늘어 1945년까지 만주국에 대한 일본의 투자는 조선·타이완·기타 중국에서의 투자 합계를 넘었다.[29] 경제적인 측면뿐만 아니라 정치적인 측면에서도 만주는 새 정치유형을 조성하는 자치장소였다. 만주는 일본의 기성사회에서는 성취하기가 불가능한 것으로 보이는 비전을 실현할 수 있는 개척지로 표상되었으며, 일본인들이 낭만을 품은 유일한 곳이었

---

29 Young Louise, *Japan's Total Empire — Manchuria and the Culure of Wartiome Imperialism*, University of California Press, 1998, pp.183~184.

다.[30] 비록 1930년대 중반 이래 만주국은 일본 팽창주의에 복속되었지만, 반제국주의를 옹호하고 모든 제국주의 열강을 대신해 새 형태의 반제국주의 국가를 구상한다는 협화회協和會의 초기 이상은 만주가 표상하고 있었던 유토피아적 비전[31]의 실체를 확인해 주는 지점이다.

조선에 대한 유토피아적 비전은 만주(대륙)와 연계되어 있으면서도, 만주보다 내지화·문명화가 좀 더 이루어져 있다는 데 초점을 두고 형성되고 있었다. 『모던일본』 조선판(1939)에서 조선은 "만주, 중국과 달리 어느 정도 정비된 지대이고, 또한 내지화가 가장 진전된 지대"[32]였다. 아직 치안유지가 제대로 이루어지지 않은 만주에 비해 조선은 "치안이 유지되고 교통이 정비되어 동력과 노동력이 저렴하고 풍부하며 자원도 상당히 매장되어 있는"[33] 곳이었다. 이처럼 "조선은 내지와 비교하여 공업적인 제 조건[34]이 겸비되어" 있어 "산업자본가의 마음을 움직"이고 "전시경제와 생산력 확충계획의 일익을 담당"[35]하는 곳이었다. 실제로 1876년 조선 개항 이후부터 1945년 일본 패전에 이르기까지 70여 년간 조선 사회에는 일본인과 조선인이 공존하고 있었으며, 조선 내 일본

---

30 프래신짓트 두아라(Prasenjit Duara), 한석정 역, 『주권과 순수성—만주국과 동아시아적 근대』, 나남, 2008, 134~135면.

31 협화회는 반자본주의와 반공을 내걸었고 공동체를 통해 사람들을 조직함으로써 계급과 여타 분열들을 극복하려 했으며, 아시아의 우월한 본질에 기초하고 있다는 것을 천명함으로써 아시아적 전통주의를 통치의 기반으로 삼고 있었다.

32 스즈키 다케오, 「조선의 인식」, 『일본잡지 모던일본과 조선 1939』, 248면.

33 전 조선총독 우가키 가즈시게, 「조선을 어떻게 볼 것인가」, 위의 책, 230면.

34 다이아몬드사의 주필 노자키 류시치가 나열하는 조선의 공업적 조건은 다음과 같다. ① 노동력이 저렴하다 ② 세금이 싸다 ③ 지하자원이 풍부하다 ④ 전력이 풍부하고 저렴하다 ⑤ 공장법이 없다 ⑥ 총독정치로 행정조직이 단일화되어 있어 사무적으로 간편하다 (다이아몬드사의 주필 노자키 류시치, 「조선 공업의 약진」, 위의 책, 168면).

35 위의 글, 167~168면.

인은 식민 시기 통치 말기에는 75만 명을 넘어섰다.[36] 이처럼 식민지 조선은 일본인과 조선인이 공존했던 장소였으며, 일상생활에서 서로 다른 문화의 조우와 충돌이 일어나는 곳이었다.

자본의 전지구적 이동과 그것이 수반하는 디아스포라로 인해 '조선'이라는 장소는 더 이상 자족적인 순수성을 유지할 수 없다. 식민지에서 근대성을 성취하는 것이 식민화의 문제와 분리될 수 없다면, 식민지 조선에 존재하는 혼성의 문제는 식민지 근대성에 내재되어 있는 상호의존성을 밝히는 데 핵심적인 논점이다. 제국과 식민지는 서로 겹쳐지는 영토 내에서 분리할 수 없이 서로 관련된 존재로 뒤섞이고 있다. 경성제대 교수였던 가라시마 다케시가 「내지인으로서」에서 "이곳(조선)에 이미 오랫동안 함께 살고 있는 내지인에 관한 생활적인, 사상적인 관심은 너무나도 적다"[37]고 토로하면서 "똑같이 이 반도에 살고 있는 내지인의 생활과 사고에 관해서도 좀 더 관심을 가져 주기를 바란다"고 당부한 것처럼, 조선으로 이주하여 정착했던 일본인들의 존재를 함께 고려할 필요가 있다.

일상의 영역에서 살펴볼 때, 재조일본인과 조선인의 대면은 '억압과 보복'과 같은 이원 대립적 양상만으로 견지할 수 없다. 「조선과 나」의 여러 필자 중 한 사람인 유아사 가쓰에는, "세 살 때 아버지와 함께 조선의 남해안으로 갔다가 그 후 조선 중부에 있는 마을에 정착해 살았기 때문에 내게 조선은 제2의 고향이라기보다 둘도 없는 소중한 고향이 되었"으며 "그래서 도쿄에 집을 짓고 살고 있어도 주위의 변화와 함께 이맘때 조선은…… 하며 떠오르곤"[38] 한다며 완전히 제국적이지도 않고

---

36 다카사키 소지, 이규수 역, 『식민지 조선의 일본인들』, 역사비평사, 2006, 198면.
37 가라시마 다케시가 「내지인으로서」, 『일본잡지 모던일본과 조선 1939』, 250~252면.

완전히 식민지적이지도 않은 심리 상태를 표현하고 있다. 야스이 미키치의 「영가대의 밤」[39]은 조선인과 함께 생활했던 학창생활의 한 단면을 그리고 있으며, 하즈미 쓰네오가 쓴 「조선과 나」[40] 역시 조선을 고향으로 생활했던 재조일본인들의 목소리를 반영하고 있다.

디아스포라가 야기한 혼성은 서로 다른 두 개의 문화 혹은 민족의 대면으로 인한, 단순한 혼합이나 절충을 일컫는 것은 분명 아니다. 탈식민주의적 맥락에서 혼성은 피지배자의 정치적 저항의 수단이자 제국의 본질적인 우월성에 대한 해체가 출발하는 지점이다. 그런데 『모던일본』 조선판이 제국의 의해 기획되고 유포된 미디어라는 점을 감안해 보면, 로컬의 다양성이 제국의 풍부함을 구성하려는 전략으로 포획되기도 했다는 사실 또한 간과해서는 안 된다. 예를 들어 이극로는 「문화의 자유성」에서 "지구는 인류문화의 화원"이므로 "여러 문화가 병존 발전할 때 비로소 대국이 될 수 있는 것"이라고 전망하고 있다. 이 글에서 여러 문화의 상호교류는 '병존'을 통해 강대국, 문명국이 발전하게 되는 디딤돌일 뿐 혼성이 내포하고 있는 탈식민적 정치성은 보이지 않는다. 이극로의 글에서는 문화접촉 과정에서 일어나는 복잡한 조정과정과 타협 및 교환이 고려되지 않는다. 혼성지대란 갈등하는 신념 체계들이 접촉하는 장소이지만, 갈등 양상이 간과된 채 단순한 접촉만이 남아있을 때 로컬의 역동성은 제국의 화려한 다국적 색채 속에 함몰되고 만다.

---

38 유아사 가쓰에, 「엽서회답―조선과 나」, 위의 책, 388~389면.
39 위의 글, 297~299면.
40 위의 글, 232~236면.

3. 제국의 주체 구성과 식민지 표상

1) 나르시시즘적 자기 구성으로서의 식민지 조선

또 그 다음해 여름, 스기야마 부부의 양녀가─호적에는 양녀가 아니라 부부 사이에 태어난 아이로 해 두었다고 하는데─붉은 커다란 꽃 모양을 한 기모노를 입고 마당에서 놀고 있는 것을 보았다. 스기야마 부인이 그 아이를 귀여워하는 모습은 보는 사람이 부러워질 정도였다. 성격이 고약한 우리 어머니와 비교되어서 나는 그 아이와 바뀌었으면 하는 생각도 했었다.[41]

기쿠치 간은 「조선판에 부치는 말」(1939)[42]에서 "조선이라면 금강산과 기생 정도 외에는 일반에게 잘 알려져 있지 않다"고 하면서 "조선에도 문단이 있고 많은 작가가 있지만 아직 작품을 접한 적이 없"었는데, "다행히 이번 증간호에 다수의 조선 작품을 소개한다는데 그것만으로도 즐거움이고 기대가 크다"고 서술하고 있다. 『모던일본』 조선판(1939 / 1940)에서 조선에 대한 앎은 억제되거나 은폐되지 않는다. 오히려 '조선'은 적극적인 앎의 의지가 장려되는 대상이다. 다시 말해 '조선'은 권력의 중요한 전략에 따라 의도적으로 생성되는 앎의 지대였다. 예컨대 『모던일본』 조선판에서는 조선에 대한 이해를 돕는다는 명목으로 「조선독본」, 「조선의 청년들」, 「조선경제계의 전망」, 「조선공업의 약진」, 「지원병이 본 조

---

41 장혁주, 「불국사에서」, 『일본잡지 모던일본과 조선 1940』, 97면.
42 기쿠치 간, 「조선판에 부치는 말」, 『일본잡지 모던일본과 조선 1939』, 106면.

선인」, 「조선을 어떻게 볼 것인가」, 「조선과 나」, 「조선의 인식」, 「새로운
조선에 관한 좌담회」, 「'엽서 회답' 조선과 나」, 「기생의 미」, 「조선의 산」
(이상 1939년판), 「조선산업계의 장래」, 「조선산업계10인」, 「조선수감」,
「조선의 민예」, 「금강산 신계사」, 「조선의 여관」, 「조선, 본 대로의 기록」,
「조선 고화폐의 연혁」, 「조선 고대의 미술공예」, 「경성의 추억」, 「경성
번화가 탐방기」, 「웅진 광산 견학기」, 「소록도 탐방기」, 「경성학생생활
르포르타주」, 「조선 도시 소식」(이상 1940년판) 등의 기사를 싣고 있다.

『모던일본』 조선판을 통해 구축되고 있는 조선에 대한 앎 혹은 조선
에 대한 표상이란, '제국의 응시를 통해 만들어진 조선'이다. 독자가 바
라보고 있는 조선이란, '미디어'라는 매개를 통해서 대면하는 대상이며
제국에 의해 고안되고 구성된 산물이다. 다시 말해 미디어에서 산출하
고 있는 지식과 재현을 통해 독자들은 조선을 간접 경험하며 조선에 대
한 앎을 쌓아간다. 이를 통해 제국이 의도하는 것은 가 본 적이 없는 '조
선'이라는 장소에 대하여 이전부터 알고 있으며, 또 이미 와 있는 것처
럼 친숙하고 익숙하게 느끼도록 하는 것이다.

『모던일본』 조선판을 읽는 독자의 반응이 어떠했는가를 살펴보기 위
해, 1939년판을 접한 한 '전선의 용사'가 마해송에게 보내는 편지를 보
기로 하자.

> 야시 후사오 씨의 『애희전』과 『조선유기(遊記)』, 무라야마 도모요시의 『단
> 청(丹靑)』을 통해 조선을 조금은 이해할 수 있었는데, '조선판'을 읽으면서
> 나의 조선에 대한 사랑은 극에 달하게 되었다고 해도 좋을 것이다.[43]

"'조선판'을 읽으면서 나의 조선에 대한 사랑은 극에 달하게 되었다" 는 것은 조선에 대한 앎이 식민지가 지니고 있을지도 모르는 위험의 요소를 탈각시키고, 조선을 사랑해도 좋은 안전한 대상으로 전환시킨 까닭이다. 조선을 친숙하고 익숙하게, 이미 오래전부터 알고 있던 대상으로 표상하는 것은 식민지를 '온순한' 타자, 즉 '무장해제된' 대상으로 만들기 위한 글쓰기 전략의 하나이다.

조선에 대한 앎을 통해 형성된 심리적 근접성은 식민지 여행을 통해 더욱 강화된다. 식민지는 멀리 있는 타국이 아니라 철도를 타고, 배를 타고 언제든지 갈 수 있는 장소였다. 철도와 해운과 같은 근대적 테크놀로지가 '내선만지'를 하나의 네트워크로 연결해 주는 물적 기반으로 구축되어 있었으므로, 식민지 여행은 그리 어려운 일이 아니었다. 당시 제국의 식민지 여행은 대륙으로 확장된 제국의 영토를 경험하는 방법으로 상당히 대중화[44]되어 있었다. 요컨대 여행은 제국 의식의 대중적 소비를 생산해 내는 시스템의 일환이었다. 식민지 여행을 다룬 소설 「여수」와 「평양」에서 '평양'은 3천년 고도의 땅이기도 하지만, 그보다 "청일전쟁에 종군하여 모란대에서 공적을 올린",[45] 혹은 "동양평화의 적"이었던 청국을 무찌른 장소로서 수십 년이 지난 지금도 "귀환 병사를 가득 태운 열차를 맞이한 일"[46]을 기억하는 장소로 부각된다. 이들에게 평양 여행은 단순한 여가의 일종이라기보다는 자기 구성을 위한 하나의 의례

---

43 마해송, 「잡기」, 『일본잡지 모던일본과 조선 1940』, 355면.
44 일본에서 대중적인 관광은 1920년대에 시작되었으며, 1930년대 후반에는 내셔널리즘과 결합되면서 상당히 확대되어 있었다(요시미 순야 외, 연구공간 수유+너머 '일본근대와 젠더 세미나 팀' 역, 『확장하는 모더니티』, 소명출판, 2007, 72면).
45 하마모토 히로시, 「여수」, 『일본잡지 모던일본과 조선 1939』, 63면.
46 가토 다케오, 「평양」, 위의 책, 91면.

였다. 식민지 여행을 통한 주체 구성 과정에서 로컬은 제국의 자기 구성을 위한 이데올로기적 구성물이자 제국적 자아가 나르시시즘적으로 투영된 대상으로 표상된다.

"굴뚝이 많군요."

"네, 저쪽 편은 공업지대랍니다."

검은 조선이라고 마음속으로 중얼거렸다. 십 년 전 조선에 왔을 때에는 모두 붉은 색의 민둥산이었다. 그러나 이번엔 와 보니 붉게 헐벗은 산들은 녹색 나무들로 온통 뒤덮여 있었다. 붉은 조선에서 푸른 조선으로 ― 십 년 동안 조선은 아주 젊어졌다. 하지만 이 푸른 조선도 곧 솟아오르는 굴뚝들로 인해 검은 조선이 되려 한다.

(…중략…) 우리들은 병양에 오기 전에 성진을 찾아 야심차게 세워진 고주파 중공업 대공장을 견학하고 왔다. 전무 다카하시 씨는 직접 우리들을 안내하여 대단한 규모의 설비를 보여 주었다. (…중략…) 이 사실을 눈앞에서 확인한 우리들은 불가사의한 과학의 힘에 놀랐고, 공업일본 군국일본의 전도가 밝음을 생각하며 온 몸을 바쳐 이 사이에 착수한 다카하시 씨의 의지가 장하다 하지 않을 수 없었다. (…중략…)

"이 근처 일대는 소나무 숲으로 묘지였습니다. 겨우 사업에 착수하려고 이곳에 왔을 때는 과연 어디에 장소를 정해야 할지 저 언덕 위에 서서 반나절을 팔짱을 끼고 생각했었지요."

동해에서 불어오는 바람에 눈썹을 올리며 다카하시 씨가 말했다. 그의 간결한 말 속에서 일개 고기잡이 항구에 지나지 않던 성진을 혼자 힘으로 북선 굴지의 대공업 도시로 일구어냈다는 감개를 읽을 수가 있었다.[47]

인용문은 소설 「평양」 가운데 일부이다. 여기서 재현하는 지리적 대상은 조선의 '성진'이지만, 그 지역은 '공업일본 군국일본'이라는 더 큰 범주 속에 놓여 있기 때문에 재현 대상이 식민지인지 제국인지는 명료하지 않다. 그렇지만 재현의 초점이 "일개 고기잡이 항구에 지나지 않던 성진을 혼자 힘으로 북선 굴지의 대공업 도시로 일구어" 낸 내지인 "다카하시"에 있다는 것은 분명하다. 그렇게 본다면 '성진'이라는 로컬은 제국적 자아의 이상적인 모습[48]이 투영되어 있는 나르시시즘적 타자이다. "붉은색의 민둥산"을 "푸른 조선"으로, "푸른 조선"을 "검은 조선"으로 변화시키는 근대적 개척자로서의 제국의 정체성은 '성진'을 필수불가결한 경로로 경유할 때 성립된다. 내지인 '다카하시'가 평양을 공업도시를 건설하는 주체로, '고이즈미'가 2천 년 전 유물을 발굴해 내는 주체로 구성되는 것은 '평양'이 "2천 년 전의 문화가 잠들어 있는 동시에 풍부한 지하자원과 함께 무한한 미래가 묻혀 있"는 장소라는 데에서부터 시작된다. 또한 조선을 만들어가는 제국의 자기 정체성은 모든 광경을 함께 바라보고 서 있는 기생 '차××'의 경탄 어린 시선에 의해 완성된다. "대단하시네요, 다시 봤어요. 당신이 이렇게 대단한 분인 줄 몰랐어요"라고 찬미하며 경탄해 마지않는 '차××'는 잠들어 있는 조선을 발굴하고 근대 공업도시로 주조하는 제국의 자아를 인정하며 지지해 주는 타자이다.

---

47 위의 글, 92~100면.

48 이러한 양상은 조선의 현지를 탐방하며 보고하는 기사에서도 나타난다. 「옹진(瓮津) 광산 견학기」에서 광산촌은 "모든 설비가 근대적이고 밝"으며, "수도가 깔려 있고, 전기가 통하고", "오락기관도 충분"하여 "도시의 문화주택지를 걷는 듯"한 느낌을 자아내는 곳으로 재현되어 있으며(『일본잡지 모던일본과 조선 1940』, 233~238면), 「소록도 탐방기-조선의 어느 작은 섬의 봄」(C 기자, 위의 책, 189~195면)에서 소록도는 조선총독부에 의해 만들어진 세계적인 이상향이자 갱생원으로 형상화된다.

『모던일본』조선판에 재현되어 있는 '조선'의 모습이란 제국 일본의 욕망이 투사된 결과였으며, 이를 통해 근대 일본은 제국으로서의 자기 정체성을 구축하였다. 이는 곧, 제국이 자신을 동일자로 구성해 나가는 과정에는 이상적인 자아의 모습이 투영된 타자의 존재를 필요로 하며, 이에 따라 동일자는 그 자체로서 자족적이고 완결된 존재가 아니라는 사실을 반영하고 있다. 제국이 식민지를 표상하는 메커니즘은 그것이 다시 동일자로 포섭되는 순환구조를 지니고 있다. 자기 이익에 기반한 제국의 사유가 왜 타자의 의미와 존재를 존중할 수 없는지를 설명해 줄 수 있는 핵심적인 단서는 바로 이러한 순환구조이다. 따라서 제국적 사유를 탈중심화하고 탈식민화하기 위해서는 제국의 사유가 기반하고 있는 인식구조를 파악하는 작업이 먼저 필요하다.

2) 순수한 타자에 대한 욕망과 제국의 불안

기생을 보고 있으면 청정한 아름다움을 느낀다. 단순한 담색조의 색상과 한복이 가지는 단아한 자태가 이런 느낌을 자아내게 하는지도 모른다.

이왕가 박물관에 소장된 도자기들의 청순한 백청색의 분위기와 어딘가 통하는 데가 있다.[49]

제국의 표상 체계 내에서 식민지는 이국적이며 새로운 대상인 동시에

---

49 야마가와 히데미네, 「기생의 미」, 『일본잡지 모던일본과 조선 1939』, 128면.

두려움과 위협의 대상이다. 더욱이 제국 / 식민지 구조 속에서 원주민의 환상은, 노예의 원한 속에 그의 자리를 지키면서 주인의 자리를 차지하려는 것이다. 따라서 원주민의 힐끗 보는 눈이 마주칠 때, 식민정착자는 늘상 방어적인 입장에서, '그들이 우리 자리를 차지하려 한다'고 진저리치게 확인한다.[50] 제국이 식민지를 오염되지 않고 순수한 존재로 재현하면서 위협적이지 않은 존재로 표상하는 것은 식민지에 대한 제국의 불안 때문이다. 제국이 식민지를 바라보는 '시선'과 이를 되받아치는 식민지의 '응시'가 교차되는 지점에서 긴장이 발생하는데, 이러한 긴장으로 인해 제국의 불안이 생성된다.

『모던일본』조선판은 제국으로부터 발신된 식민지 표상이므로, 제국의 불안은 명시적으로 드러나지 않는다. 도고 세지는 평양 기생 쓴 편지에서, "조선에 가면 우선 기생이라고" 하는 내지의 여행자에게 "고려백자의 촉감을 느끼게 하고 세계에 유래 없는 옛문화를 느끼게 하는 일이 자네들의 태도 하나에 달려 있다"[51]고 강조하면서 '기생'을 '우아한 태도'와 '아름다운 얼굴'로, 고도의 높은 문화를 느끼도록 해 주는 존재로 표상하고 있다. 이처럼 '조선적인 것'의 본원을 먼 과거로 소급하는 것은 조선을 표상하는 과정에서 상당히 보편적으로 발견할 수 있는 방식이다.

최근 동양에 대해 고고학자들이 점차 관심을 갖기 시작하여 특히 중국이나 조선, 일본의 옛 유물을 통하여 전통 문화를 이해하고자 하는 연구가 왕성해지고 있다. 고고학자에게 조선 문화는 매우 흥미롭다. (…중략…) 지금

---

50 호미 바바, 나병철 역, 앞의 책, 103면.
51 도고 세지, 「박설중월 군에게」, 『일본잡지 모던일본과 조선 1940』, 265~266면.

까지 고고학자는 땅 속을 파헤치고 발굴하여 옛 문화를 찾아다녔지만 지금 우리들은 그것을 땅 위에서 구할 수 있는 것이다. 현재 조선만큼 고고학자에게 많은 시사를 주고 흥미로운 부분을 많이 제공하는 지역은 없다고 생각한다. (…중략…) 우리들이 일찌감치 잃어버린 것이 오늘날에도 여전히 보존되고 활용되고 있는 것이다.[52]

　제국 일본은, 문명화를 핵심으로 하는 근대적 지표를 기준으로 조선을 발전의 궤도에서 주변적인 위치에 배치하였다. 이를 통해 식민지 조선은 근대성을 성취한 제국 일본에서 찾을 수 없는 토착적인 비밀을 간직한 고고학적 장소로 표상된다. '제국 일본이 잃어버린 것을 여전히 간직하고 있는 조선'이라는 표상은 제국의 오만함을 바탕으로 식민지의 과거를 발명[53]하는 과정에서 도출된 것이다. 일단 조선이 고고학자에게 도움이 되는 장소로 표상되고 나면, 아득히 먼 과거는 부각되며 가까운 과거는 수면 밑으로 가라앉고 만다. 조선적인 것을 형성하는 데 고대적인 것이 권위를 갖는 한, 가까운 과거는 근대 조선을 형성하는 원동력으로부터 멀어진다. 이로써 조선은 먼 과거에 고착되어 정체된 존재로 표상된다.

　더욱 심각한 문제는, 고고학적 탐사의 대상이 될 때 식민지는 '스스로를 표상하지 못하고 침묵'하며 '제국에 의해 발굴되고 표상'되는 존재로 그려진다는 사실이다. '고대에 고착된 조선'이란 문명화에 도달하기 위

52　야나기 모네요시, 「조선의 민예」, 위의 책, 111~112면.
53　프리스 모건(Prys Morgan), 「소멸에서 시선으로—낭만주의 시기 웨일스의 과거를 찾아서」, 에릭 홉스봄(Erich Hobsbawm), 박지향·장문석 역, 『만들어진 전통』, 휴머니스트, 2004, 101~205면.

한 성장이 정체된 상태를 전제하고 있다는 점에서, 제국이 허용하는 문명화의 정도, 즉 '부분적 문명화'를 보장해 준다. 피지배자들이 제국과 똑같은 수준으로 문명화된다는 것은 (그들이) 자유를 갈망하여 소요를 일으킬 수 있다는 것을 뜻하므로, 제국은 결코 제국과 동일한 수준의 모방을 허용하지 않는다. 따라서 식민지를 '부분적으로만 문명화'하는 것은 식민지에 대한 불안으로부터 제국이 스스로를 방어하기 위한 전략[54]이라고 할 수 있다.

스스로를 표상하지 못하고 침묵하는 식민지가 제국에 의해 발굴되고 재현된다는 설정은 조선문학을 대하는 내지인의 태도에서도 발견할 수 있다. 오노 겐이치로는 「조선과 나」에서 러일전쟁 직후 조선에 왔을 때 "조선에 문예적인 향기는 전혀 없었다"[55]고 회상하면서 조선문학을 문학적 역사가 없는 빈 공간이자 발굴되어야 할 미지의 영역으로 서술하고 있다. "조선의 문화─특히 문학─에 대해 정리된 소개나 번역이 없다는 것은 정말로 안타깝습니다"[56]라고 한 이지마 다다시의 말은 결국, '조선문학'은 제국의 인식을 경유할 때 비로소 존재할 수 있다는 것을 의미한다. 1939년판에 실려 있는 「봉선화」(주요한)·「나비와 바다」(김기림)·「장미」(모윤숙)·「님의 노래」(김소월)·「모닥불」(백석)·「백록담」(정지용)·「메밀꽃 필 무렵」(이효석)·「까마귀」(이태준)·「무명」(이광수), 1940년판에 실려 있는 「백어 같은 흰 종이」(박종화)·「반딧불」(김상용)·「웃은 죄」(김동환)·「여봅소 서관 아씨」(김억)·「길은 어둡고」(박태

---

54 호미 바바, 나병철 역, 앞의 책, 180~181면.
55 「조선과 나」, 『일본잡지 모던일본과 조선 1939』, 385면.
56 위의 글, 387면.

원) · 「동구앞 길」(김동리) · 「심문」(최명익)과 같은 작품들은 '제국에 의해 비로소 발굴되는 식민지'라는 명제를 실현하기 위해 배치된 것이다. 모던일본사에서 신설하고 심사하는 '조선예술상'[57] 역시 조선의 예술이 제국에 의해 탐사되고 발굴된다는 것을 보여주는 예라고 할 수 있다.

그리고 이 반도의 아침 안개에 흔들리는 신록의 포플러 가로수는 평생 잊지 못할 삼대 풍경이다.

그것은 조선 치마의 보드라움, 기생에게 느끼는 차가울 정도의 조용함, 어딘가 반도 사람의 생활에서 풍기고 있는 관대함도 연상되었다.

(…중략…) 아리랑 노래는 인간의 영원한 슬픔을 호소하고 있어서 마음에 사무치게 다가온다. 기생은 그 슬픔조차 술자리에서도 항상 곱씹고 있는지라 그렇게도 조용한 것일까. 평양 대동강을 내려다보는 술집의 옆방에는 휴게실인지 열 명 정도의 기생들이 모여 있었는데 역시 경성에서 술을 따라주던 기생과 마찬가지로 일상생활에서도 조용하여 시끄럽게 떠드는 일이 없었다.[58]

'부산-경성-평양-하얼빈'을 경유하여 북쪽 국경으로 가는 여행길에서 만난 기생은 제국의 시선에 투영된 식민지 표상의 전형을 보여준다. 가슴 속에 사무치게 다가오는 슬픔이 있어도 '곱씹고'만 있는 차갑고도 조용한 기생의 모습에는 식민지에 내재되어 있는 열정과 위험이 중화되어 있다. '아리랑 노래'와 묘하게 오버랩되는 기생의 모습은 제국의 여

---

57 「조선예술상신설」, 『일본잡지 모던일본과 조선 1939』, 490~491면.
58 후쿠다 기요토, 「조선, 본 대로의 기록」, 『일본잡지 모던일본과 조선 1940』, 99~101면.

행객에게 '조선 치마의 보드라움'으로 다가올 뿐이다. 그렇기 때문에 그가 여행 중에 느낀 반도 사람의 생활은 '관대함'을 풍기기까지 한다. 또한 도고 세지가 조선인만의 연회석에 합석하여 만난 기생은 "볼연지도 하지 않고, 눈썹도 그리지 않은 맨 얼굴이 아름다운"[59] 존재이다. 그 기생이 부르는 남도의 노랫가락을 듣고 "진짜 조선을 느낀 것 고개를 숙이고 노랫소리에 푹 빠져들었다"는 도고 세지의 고백은 조선을 원시적 순수함을 간직한 여성으로 동일화하려는 제국의 오리엔탈리즘적 욕망이 투사된 결과이다.

조선의 메타포로서 기생이 지니고 있는 순수한 타자로서의 이미지는 여성 전반으로 확장된다. 오노 사세오는 「은은한 느낌의 조선 아가씨」에서 조선의 젊은 여성은 "파란 버드나무 그늘 아래나 달빛이 고요한 물가에서 조용히 벌레 소리를 듣는", "동양 제일의 아름다운 느낌"[60]을 지니고 있다고 했다. 오노 사세오는 이 글에서 "벼락이 떨어져도 파마를 하지 말아 주십시오. 샌들을 신어서는 안 됩니다"라고 당부하면서 조선의 젊은 여성을 근대적 풍경으로부터 차단된, 덜 개발되고 순수한 지대에 배치하고 있다. 조선의 가정부인 역시 "모든 측면에서 지극히 복잡하게 이루어지는 가정의 일상생활을 하면서도" "항상 고분고분 불평 하나 하지 않고 힘닿는 대로 온 정성을 바"[61]치는 존재로 재현된다.

조선의 '기생'과 '아가씨', '가정부인'의 재현 양상에서 발견할 수 있는 바와 같이, 조선 여성들의 젠더적 실현은 '고전적 인간형'이라는 표

---

59 도고 세지, 「기생」, 『일본잡지 모던일본과 조선 1939』, 330면.
60 오노 사세오, 「은은한 느낌의 조선 아가씨」, 『일본잡지 모던일본과 조선 1940』, 360면.
61 전희복, 「조선 가정부인의 생활 모습」, 『일본잡지 모던일본과 조선 1939』, 209면.

상으로 귀결되면서 '고도로 테크놀로지화된 제국'과 상반된 위상으로 배치된다. 순수한 타자로서의 식민지 표상은 젠더적 배치와 결합하며, 식민지에 대한 제국의 불안을 방어하기 위하여 발명된 것이다. 이러한 발명은 곧, 제국의 정체성이 근원적인 불안에 둘러싸여 있다는 것을 입증해 준다.

3) 식민담론 내부의 갈등과 식민 권력의 불안정성

이웃에 조선인이 살았는데 만족스럽지 못했습니다. 우리 집 안으로 들어와 아이들이 마음대로 감과 밤을 따고 돌을 던졌습니다. 그리고는 아무렇지도 않아 했습니다. 서재에서 보니 농부가 열심히 가꾼 농작물을 조선인 안주인이 마음대로 따 갔습니다.[62]

한두 가지 예를 들어 그것을 모든 조선인의 습관이나 성격으로 간주하거나, 심지어 나쁜 점만을 과장하여 말하는 경향이 있다고 생각합니다. 반도인은 이기적이라든가 물욕이 많다든가 책임 관념이 부족하다든가 하는 점이 천편일률적인 잣대처럼 반복됩니다. 조선 사람에게 그런 점이 없다고는 할 수 없으나 그렇게 말하는 당사자는 어떤지요?[63]

---

62 기요사와 기요시, 「엽서회답─조선과 나」, 『일본잡지 모던일본과 조선 1939』, 390면.
63 이효석, 「엽서회답─조선인이 내지인에게 오해받기 쉬운 점」, 『일본잡지 모던일본과 조선 1939』, 196면.

식민담론 내부에 존재하는 갈등 양상은 흔들리는 제국, 동요하는 제국을 포착하는 과정에서 상당히 중요하다. 잡지 『모던일본』 조선판에는 일본인 작가와 조선인 작가가 쓴 문학작품과 기사가 함께 실려 있으므로 제국과 식민지 간의 문화접촉이 가져온 다층적인 스펙트럼을 검토할 필요가 있다.

불국사와 경주를 보고 나서 저녁 기차를 타고 다음날 아침 9시경 경성에 도착했다. 기차는 40분이나 늦었는데 철도원은 당연하다는 듯 늦은 이유에 대해 한 마디 변명도 하지 않으려 했다. 그래서 이방(異邦)에 왔다는 느낌이 들었다. (⋯중략⋯)

나는 말로만 듣던 학교부족과 수험난이 실감났다. ○○ 호텔에 빈 방이 있어서 그곳으로 가게 되었는데 이 호텔은 경성에서도 일류 호텔일 텐데 숙박한 손님의 천박하고 방약무인한 모습에는 다소 놀랐다. 잠옷 바람으로 식당에 들어오는 것도 보기 좋은 모습이 아닌 데다가 한쪽 발을 다른 편 허벅지 부근에 올려놓고 드러난 종아리의 털을 손으로 쓰다듬으면서 시끄럽게 떠드는 식이다. 이쑤시개를 씹어서 부러뜨리고는 주변에 퉤하고 뱉어버리기도 한다. 수세식 화장실의 사용법을 모르는 사람이 있는지 악취가 나는 화장실에 들어가 물을 내려서 앞 사람의 뒤처리를 해야 하는 경우가 한두 번이 아니었다.[64]

나는 조선의 대중소설을 잘 모른다. 하지만 내지의 소설 가운데 한심하고

---

64 시마키 겐사쿠, 「경성에서의 열흘」, 『일본잡지 모던일본과 조선 1940』, 89~90면.

부끄러운 것이 많다고 생각한다.

　(…중략…) 이들은 모두 3, 4년 전의 유행가이고 반드시 조선을 대표하는 예술이라고 할 수는 없지만, 최근 조선악극단이 부른 유행가를 보더라도 우리도 조선의 멜로디에 감동을 받고 위로를 받는 것이 사실이다. 그러한 의미에서 내지의 유행가를 말할 때, 나는 조선의 여러분들에게 부끄러움을 감출 수 없다.[65]

　제국이 발신하는, 혹은 제국에 의해 허용된 표상 체계 내에서 식민지는 한편으로는 욕망의 대상으로, 한편으로는 조롱의 대상으로 표상된다. 인용한 두 글은 이러한 양가적 재현의 예이다. 우선 눈에 띄는 것은 「경성에서의 열흘」이다. 이 글에는 경성을 여행하는 문명화된 내지인의 입장에서 바라본 식민지 풍경이 드러나 있다. 조선은 만주에 비해 '내지화가 가장 진전된 지대'[66]로서 수많은 조선행 디아스포라를 창출했던 장소였지만, 유럽에 의해 매개된 근대를 독점[67]했다고 자부한 '신일본'[68]의 시각에서 보면 여전히 아시아적 정체에서 벗어나지 못한 장소이기도 했다.

---

65 하마모토 히로시, 「대중예술에 대하여」, 위의 책, 264~265면.

66 스즈키 다케오, 「조선의 인식」, 『일본잡지 모던일본과 조선 1939』, 248면.

67 1942년 1월 『중앙공론』에 게재된 「세계사적 입장과 일본」 좌담회를 보면, "일본이 지도성을 지니는 가장 비근한 근거로서 일본이 '근대'를 거쳤"고 "동아에서 일본만이 근대를 가졌"으며, "일본이 근대를 완성했다"는 점이 강조되고 있다(나카무라 미쓰오[中村光夫]·니시타니 게이지[西谷啓治] 외, 이경훈·송태욱·김영심·김경원 역, 『태평양전쟁의 사상—좌담회 「근대의 초극」과 「세계사적 입장과 일본」으로 본 일본정신의 기원』, 이매진, 2007, 367면).

68 여기서 '신일본'이란 미키 기요시가 「신일본의 사상 원리」에서 사용한 것으로서, "동아의 신질서 건설에 있어 지도적 지위에 서야 한다"는 일본, 즉 도의적 사명이라는 새로운 원리를 토대로 아시아의 지도적 지위에 서야 한다는 일본의 제국주의적 자의식을 표현하고 있다(미키 키요시[三木淸], 「신일본의 사상 원리」, 최원식·백영서 편, 앞의 책, 52~70면).

그렇기 때문에 여행객이 심리적으로 느끼는 조선은 솔기 없이 매끄럽게 연결되는 내지의 연장이 되지 못한 채, 여전히 '이방異邦'에 머물러 있다. 조선에서는 여전히 학교 부족과 수험난에 시달리고 기차는 40분이나 늦게 도착한다. 일류 호텔에서 만나는 조선인은 잠옷 바람으로 식당에 들어오기도 하며 시끄럽고 지저분하다. 그야말로 매너가 없고 천박하며 방약무인하다.

제국이 표상하는 이러한 풍경에 장악되지 않기 위해서는 제국에 의해 경멸당하고 조롱당하는 식민지의 풍경이 근원적으로 어디에서 연원하는지 검토할 필요가 있다. 내지의 여행객이 조선을 경멸하는 것은 주로 문명화의 미완 때문이다. 그러나 '문명화의 미완'이란 불안에 시달리던 제국이 식민지의 위협으로부터 스스로를 방어하고자 만들어 놓았던 '부분적 문명화'와 다르지 않다. 문명화되지 않은 식민지에 대한 조롱이란 제국과 똑같이 문명화하여 자유를 갈망하며 소요를 일으킬지 모르는 식민지에 대한 두려움이 만들어 낸 전략적인 타협의 결과이며, 제국과 식민지 간의 긴장이 만들어 낸 산물이다. 문명화를 두고 일어나는 식민지와 제국 간의 긴장된 타협이야말로 식민 권력 자체가 이미 흔들리고 있으며 동요하고 있다는 것을 말해 준다. 동요하고 있는 제국의 모습은 『모던일본』 조선판이라는 하나의 잡지에 실려 있는 두 개의 시선, 즉 멸시와 조롱, 경탄과 욕망이 양가적으로 내포되어 있다는 사실을 통해서도 추적할 수 있다. 멸시와 경탄이 뒤섞여 있는 양가적 상태[69]는 제국과 식민지 간의 엄격한 이항대립 구도가 균열되는 지점이기도 하다. 이는

---

69 양가성에 대해서는 호미 바바, 나병철 역, 앞의 책, 177~192면.

제국이 만들어 내는 식민지 표상이 정형적이지 않을 뿐만 아니라 식민 권력 자체가 내부적 갈등을 포함하고 있다는 것을 보여준다.

그렇지만 이러한 이항대립 구도의 해체가 제국과 식민지 간의 다문화적 혼합으로 뒤섞여 있는 상태를 지칭하는 것은 아니다. 주체와 타자는 서로를 형성하는 데 개입하고 간섭하며 상호의존적으로 구성되어 있지만, 그 속에는 분명 불균등한 조건에서 수행되는 소통[70]이 존재하고 있다. 전지구적으로 진행되는 자본주의의 확장으로 인해 조선은 세계체제가 작동하는 장소로 편입되었다. 이 과정에서 전지구적 근대성은 불평등하고 불균등하게 작동되었다. 문명화를 두고 일어나는 식민지와 제국 간의 긴장된 타협은 전지구적 근대성의 실현 과정에 내재된 불균등성에 기인한다.

『모던일본』 조선판에는 일본인 필자와 조선인 필자의 글이 모두 실려 있다. 그래서 제국의 '시선'과 이를 되받아치는 식민지의 '응시'가 교차되고 있다. 「엽서 회담-조선인이 내지인에게 오해받기 쉬운 점」[71]에서 이효석은 "한두 가지 예를 들어 그것을 모든 조선인의 습관이나 성격으로 간주하거나, 심지어 나쁜 점만을 과장하여 말하는 경향이 있다"는 것을 지적하면서 "조선 사람에게 그런 점이 없다고는 할 수 없으나 그렇게 말하는 당사자는 어떤지요"라며 조선에 대한 멸시의 시선을 되받아치며 제국을 응시한다. 김태준 역시 같은 글에서 "일본인은 흔히 조선인을

---

70 Tomlinson John, "Global Experience as a Consequence of Modernity", *Globalization, Communication, and Transnational Civil Society*, Ed. Sandra Braman and Annabelle Sreberny-Mohammadi, Cresskill, N.J. : Hampton Press, 1996, p.65.
71 이효석 · 김태준 · 김동인 외, 「엽서 회담-조선인이 내지인에게 오해받기 쉬운 점」, 『일본잡지 모던일본과 조선 1940』, 196~202면.

배은망덕하다고 평한다"고 하면서 "만약 선량하고 유복한 일본시민이 현재의 조선청년과 같은 환경에 처한다면 그 이상의 효과를 기대하기 어려울 것"이라고 주장한다. 신남철도 같은 글에서 "걸핏하면 천박한 우월감으로 무조건 솔직한 대화를 피하려는 것"을 비판한다. 이태준·김태준·신남철이 보여주는 '응시'는, 피식민주체의 진정한 정체성이 제국의 오리엔탈리즘적 시선에 의해 결코 보여질 수 없음을 말해 준다. 오히려 제국의 시선은 타자의 '응시'와 부딪히면서 양가적으로 분열된다. '시선'과 '응시'가 교차하는 양가적 분열의 순간은 제국이 구축한 상상계와 실재계의 식민지가 부딪치는 순간이며, 이때 제국의 상상계 역시 균열된다.

4. 판옵티콘의 외부에서 사유하기

탈식민의 기획은 어디에서부터 시작되는가? 이것이 이 글을 시작할 때 제기한 최초의 물음이었다. 식민지 조선은 전지구적 자본주의의 실현이라는 거대한 흐름에서 예외가 될 수 없었기 때문에, 이러한 세계사적 동시성과 함께 호흡하면서도 중심부에 개입하고 간섭하는 로컬의 역동성을 회복하는 것이 무엇보다 절실하게 요구된다. 이 점을 감안할 때, 탈식민적 정체성은 제국에 의해 오염되지 않는 순수하고 안정된 본질로 설명될 수 없다. 순수하고 안정된 본질이란 제국의 본질적인 우월성을 생성해 주는 인식론적 기반이기에, 다시 동일자의 포섭되는 순환구조에서 벗어날 수 없다.

『공산당선언』에서 예견되었듯이 전 지구적 자본주의의 실현은 전 세계적 규모의 상호의존상태를 창출하였다. 로컬은 더 이상 자족적인 고립을 유지할 수 없다. '제국과 식민지 간의 뒤얽힌 상호성'이란 이러한 과정을 거쳐 논의의 초점이 되었다. 그러나 이 글이 추적하고자 했던 '제국과 식민지 간의 뒤얽힌 상호성'이란 단순히 제국과 식민지가 섞여 있는 다문화적 혼합 상태를 지칭하는 것은 아니다. 탈식민주의적 논의에서 '혼성'은 중심과 변경, 글로벌과 로컬 사이에 존재하는 상호의존성과 이들 사이에 일어나는 다양한 정체성과 주체의 위치에 대한 협상을 포함하고 있다. 이 협상은 평등하지 않다. 전지구적 근대성의 실현 과정에는 톰린슨Tomlinson John이 제기하듯이 '불균등한 소통'을 본질적으로 내재하고 있다.

제국이 발신하는 표상 체계 내에서 식민지가 욕망과 조롱, 멸시와 경탄과 같은 양가적 재현의 대상이 되는 이유를 추적해 보면, 그것은 문명화를 두고 일어나는 식민지와 제국 간의 긴장된 타협으로부터 기원한다. 문명화된 제국의 여행자의 시각에 포착된 무질서하고 지저분하며 천박한 식민지의 모습은 결코 식민지의 열등함에서 기인하는 것이 아니다. 문명화의 사명을 명분으로 식민지를 개척하고 경영하지만, 식민지 배자와 동일한 수준의 문명화를 허용할 수 없는 것이 제국이 안고 있는 태생적인 아이러니이다. 개화된 식민지의 피지배자가 자유를 갈망하여 소요를 일으킬 수 있다는 두려움으로 인해 제국은 상상계에 고착된 상태를 벗어날 수 없다. 제국에 의해 표상된 식민지가 원시적 순수함을 간직한 타자의 모습으로, 가슴속에 사무치는 한이 있어도 슬픔을 곱씹고 조용히 앉아있는 기생의 모습으로, 제국의 이상적인 자아상이 투영된 나르시시즘적 타자의 모습으로 재현되는 것은 제국이 상상계에 머물러 있기 때문이다.

혼성성이 지니고 있는 변혁적 잠재력은 식민지를 감시하는 제국의 시선이 이를 되받아치는 피지배자의 응시와 부딪치는 순간 생성된다.『모던일본』조선판에서 확인할 수 있는 식민지의 응시는, 피식민주체의 진정한 정체성이 제국의 오리엔탈리즘의 시선에 의해 재현될 수 없다는 것을 보여주었다. 제국의 시선은 식민지의 응시와 부딪히는 순간 분열되기 때문에 시선의 작동으로부터 발휘되는 판옵티콘적 효과는 사라진다. 개인의 무의식까지 침투해 들어가 감시의 자율적 실현과 지속을 보장해주는 생체 권력의 효과는 벤담이 설계한 판옵티콘의 구조에서 발생한다. 판옵티콘 내부에서는 그 어디에서도 감시의 시선을 벗어날 수 없다. 중요한 것은 판옵티콘의 구조를 외부에서 사유하는 것이다. 그것은 판옵티콘의 효과를 발휘하는 장치, 즉 빛의 투과 메커니즘을 생성하는 구조와 '사방을 볼 수 있는 감시탑 / 투명하게 투과되는 감방'의 불평등한 구조를 해체하는 것이다. 제국의 주체 구성 과정에 개입하고 간섭하는 식민지 표상, 제국의 시선과 맞부딪치는 피지배자의 응시는 제국의 상상계에 균열을 일으키고 식민담론의 불안과 동요를 드러내줌으로써 외부로부터의 사유를 시작할 수 있도록 해준다.[*]

---

[*] 이 글은 2010년 12월『인문연구』60호에 게재된 논문을 일부 수정한 것임.

제2부

일상과 감각

7장

전시체제기 놀이의 프로파간다화와
식민지 규율*

억압적인 전체의 지배 아래서

자유는 지배의 강력한 도구가 될 수 있다.[1]

—헤르베르트 마르쿠제

1. 들어가며

이 글은 전시체제기를 '놀이play'라는 창을 통해 접근하여 그간 이념
적 지표나 내적 논리와 같은 거시적 관점에서의 연구가 포착하지 못한,

---

* 이 글은 2008년도 정부(교육과학기술부)의 재원으로 한국학술진흥재단의 지원을 받아
  수행된 연구임(KRF-2008-327-A00435).
1 헤르베르트 마르쿠제(Herbert Marcuse), 박병진 역, 『일차원적 인간―선진산업사회의
  이데올로기 연구』, 한마음사, 2002, 27면.

일상적 차원에서의 전시체제기를 고찰하는 것을 목적으로 한다. 전시체제기를 살아간다는 것은 협력과 저항으로 뚜렷하게 경계지어지지 않는 일상을 실존적 조건으로 하고 있고 있다는 것을 의미한다. 이는 또한, 제국/식민지의 미시 권력이 억압과 금지의 기제뿐만 아니라 '자유'의 형식으로 미묘하고 생산적으로 작동되고 있다는 것을 의미한다. 이와 같은 문제의식의 연장선상에서 이 글은 식민지 규율이 협력과 저항의 경계를 넘어 '자유'의 형식으로 개별 주체들의 사유·행동·감각에 스며드는 과정을 분석할 것이다. 구체적으로는 식민지 규율의 작동 방식을 '놀이의 프로파간다화'와 접목함으로써 당대 주체들이 자유롭다고 느끼는 순간이야말로 근대 식민지 규율이 주체를 구성하고 관리하는 미세한 지점이라는 사실을 밝힐 것이다.

놀이 연구자들 중에서 '놀이'를 체계화하고 분류했다고 평가받는 카이와의 놀이 분류표를 보면, 놀이는 ① '경쟁'적인 놀이 : 규칙 없는 경주, 격투기, 육상경기, 권투, 당구, 펜싱, 축구, 체스를 포함한 스포츠 경기 일반, ② '운'에 의해 결정되는 놀이 : 술래결정을 위한 셈 노래, 내기, 복권, ③ '모의'에 의해 특징지어지는 어린이들의 흉내, 공상놀이, 인형, 가면, 연극, 공연 예술 전반, ④ '현기증'에 의해 특징지어지는 어린이들의 뱅뱅돌기, 회전목마, 그네, 왈츠, 스키, 등산, 공중 곡예 등으로 분류된다.[2] 이 글에서는 카이와의 놀이 분류표를 토대로 '스포츠', '취미', '오락'을 '놀이'로 통칭하기로 한다. '스포츠', '취미', '오락'은 개별적인 접근이 필요한 독립적인 범주이지만,[3] 이 글에서는 '놀이'라는 범주

---

2 로제 카이와(Roger Caillois), 이상률 역, 『놀이와 인간』, 문예출판사, 1994, 70면.
3 스포츠, 취미, 오락 각 범주에 전시체제기 식민지 규율이 어떻게 침투하는지, 그리고 그

자체가 프로파간다화되는 양상을 분석하는 데 초점을 두기 위하여 '놀이'를 하나의 전체로 파악할 것이다.

프로파간다propaganda는 제국 / 식민지 시스템에서만 발현되는 것이 아니라 우리가 살아가는 근대적인 일상 전반에 걸쳐 존재하고 있다. 근대 프로파간다는 1차 대전 이후부터 현대 민주주의까지 대중의 관행과 의견을 조작하는 보이지 않는 메커니즘으로서, 라디오 · 텔레비전 · 신문 · 잡지 등을 통해 전개되는 미디어 전쟁이다. 근대에 이르러 대중의 동의가 헤게모니 획득과 유지에 결정적인 역할을 하게 됨에 따라 프로파간다의 중요성은 점점 더 커지고 있다. 이 글에서는 프로파간다가 집중적으로, 수행된 전쟁 기간 동안의 프로파간다에 한정하여 논의를 진행하기로 한다. 전시체제기는 근대적 프로파간다 메커니즘의 전형적인 모습을 담고 있을 뿐만 아니라 근대 자본주의 사회에 널리 퍼져 있는 프로파간다의 원형을 지니고 있다.

전시체제기 놀이의 프로파간다화를 분석할 때 궁극적으로 규명해야 할 문제는, 식민지 규율과 놀이의 프로파간다화의 접목을 추동했던 근본적인 힘이 무엇이었는지에 관해서이다. 이 문제를 풀어 나가기 위해 이 글은 '근대 자본주의' · '파시즘' · '놀이' 세 범주가 결합되는 양상, 즉 '생산성'과 '유희성'이 하나의 메커니즘으로 결합되는 과정에 대해 살펴볼 것이다. 이에 따라 이 글은, 놀이의 프로파간다화 현상이 '증산增産'과 '건민健民'을 꾀하는 식민지 규율의 작동 기제와 유기적으로 결합되어 있다는 점에 주목하여 전시체제기에 발행되었던 잡지 『신시대』와

과정에서 각 범주가 어떻게 프로파간다화되는지는 연구 대상과 범위를 달리하여 개별적으로 다루어야 할 문제이므로 후속 작업에서 논의하기로 한다.

『삼천리』의 '국민개로운동 담론'과 '건전오락 담론'을 중점적으로 분석할 것이다. 이와 같은 작업은, 우선 전시체제기의 잡지들이 왜 놀이에 대해 논의하며 놀이에 대해 무엇을 말했는지에서부터 시작하여, 놀이가 어떠한 과정을 거쳐서 프로파간다화되었고 식민지 규율과 어떻게 연동하고 있었는지, 그리고 전시체제기 놀이 담론으로부터 어떠한 인식이 형성되었는가를 분석하는 데까지 나아갈 것이다.

이 글이 담고 있는 문제의식의 출발점은 전시체제기에 발행되었던 잡지 『신시대』의 표지 그림이다. 『신시대』 1941년 5월호의 표지에는, 어머니의 손을 잡고 즐거운 표정으로 길을 걷고 있는 남자 아이의 모습이 담겨 있다. 그리고 이 남자 아이의 다른 한 손으로는 장난감 비행기를 쥐고 있다. 한 손에는 어머니의 손을, 한 손에는 장난감 비행기를 쥐고 어머니와 눈을 마주치며 행복하게 걷고 있는 이 그림은, 일상생활의 영역에서 피식민 주체들이 자유롭다고 여기는 '놀이'의 순간이 어떻게 포섭되는지, 놀이 경험은 어떻게 프로파간다화되는지를 보여준다. 이 표지 그림은 제국주와 공모하는 전시체제기의 이야기를 고스란히 담고 있다. 아들을 미래의 병사로 양육하는 어머니와, 장난감 비행기를 가지고 놀면서 소년 항공병의 꿈을 키우는 어린이는, 모두 제국의 충실한 국민이다. 당대 주체들이 자유롭다고 느끼는 순간 재미와 즐거움을 동반하는 놀이 경험을 통해 작동되는 프로파간다 메커니즘은 식민지 규율과 공모하고 있지만, 표면적으로는 자연스러운 일상의 한 모습으로 제시된다.

앞으로 이 글에서 다루게 될 점들을 간략하게 제시해 보면, 먼저 2절에서는 '파시스트 프로파간다'에 초점을 두어 놀이와 파시스트 프로파간다 메커니즘의 관계를 살펴볼 것이다. 여기에서는 주로, 파시스트 프로파간다가 놀이 경험에 수반되는 '즐거움'·'기쁨'·'재미'와 같은 '쾌快'의 감각을 기반으로 수행된다는 점에 주목하여 파시즘이 어떻게 '감각'을 기반으로 식민지 규율을 작동하게 되었는지 살펴볼 것이다. 다음으로, 3절에서는 전시체제기 놀이 담론과 식민지 규율의 결합 양상을 살펴보기 위해 두 부분으로 나누어 살펴볼 것이다. 첫째, '감각의 규율화와 국민개로운동'에서는 전시체제기의 '생산성 제고提高'의 원리가 쾌의 감각을 경험하는 데 개입하는 되는 과정을 살펴봄으로써, 쾌의 감각이 어떻게 재숙련의 원천으로 규율화되는지를 분석할 것이다. 이 문제는 '무상성으로서의 자유'가 타자화되는 과정과 연결되어, 지배의 메커니즘이 어떻게 기만된 자유를 창출하게 되는지를 밝히는 데 기여할 것이다. 둘째, '명랑의 감각과 프로파간다'에서는 건전오락 담론이 식민주체를 구성하는 자기통제 메커니즘으로 자리 잡는 과정을 살펴보고, '명랑의 감각'이 파시스트 프로파간다 메커니즘에서 어떠한 역할을 하고 있는지를 분석할 것이다. 마지막으로, 4절에서는 전시체제기 놀이의 프로파간다화가 궁극적으로 던져주는 의미가 무엇인지를 고찰하기 위하여 놀이 정신의 토대라고 할 수 있는 '자유'의 문제를 따져볼 것이다.

2. 파시스트 프로파간다와 놀이

놀이 이론의 선구자인 호이징하Johan Huizinga는 "놀이는 문화보다 우선한다"는 입장에서 놀이와 인간·문화·사회 사이의 관계를 연구하였다. 이에 따라 호이징하는 "인간의 문화는 놀이에 의해 만들어진다"고 판단하였으며 놀이를 다음과 같이 정의하고 있다. "놀이는 어떤 고정된 시간과 공간의 한계 안에서 수행되는, 그리하여 자유롭게 받아들여진, 그러나 절대적 구속력을 갖는 규칙에 따라 수행되는 자발적인 행위 또는 일로서, 그 자체의 목적이 있으며, 또 거기에는 어떤 긴장감과 즐거움이 따르며 '일상생활'과는 '다른' 것이라는 의식이 따른다."[4] 호이징하에 따르면, 놀이를 놀이답게 만들어주는 주된 요인은, 놀이가 자발적인 행위이기 때문에 놀이하는 행위 자체가 목적이 된다는 사실, 즉 '무관심성 disinterestedness'[5]이다. 그런데 호이징하가 강조하는 놀이의 본질이 일상생활 속에서 실현되고 있는 양상을 살펴볼 때, 놀이의 실천은 '무관심성'이라는 본질만으로 설명할 수 없다. 물론 호이징하는 "놀이가 건전한 문명 창조의 힘이 되기 위해서는 놀이 요소는 순수해야 하며, 진정한 놀이 형식이라는 환상 뒤에 숨은 정치적 목적, 프로파간다propaganda가 되어서는 안 된다"[6]는 입장을 보이고 있다. 놀이의 프로파간다화에 대한 호이징하의 우려는 페어플레이를 위한 당위론적 명제이며, 이상적으로 실현되

---

4 요한 호이징하(Johan Huizinga), 김윤수 역, 『호모루덴스─놀이와 문화에 관한 한 연구』, 까치, 2007, 24~25면.
5 위의 책, 19~20면.
6 위의 책, 314면.

어야 할 가치임에 틀림없다. 그러나 다른 한편으로 호이징하의 당위론적 명제는, 그것이 놀이의 이상을 지향하고 있다는 점에서 페어플레이 원칙이 현실적으로 얼마나 준수되기 어려운가를 역설적으로 말해주기도 한다. 여기서 이 글은 "놀이의 실현이 온전히 가치중립적일 수 있는가?" 하는 문제를 제기할 것이다.

놀이는 격리된 장소에서 한정된 시간에 이루어진다는 점에서 '일상적인' 삶과는 구분되는 '가상적인' 경험이지만, 그렇다고 해서 현실 생활과 완전히 차단되지는 않는다. 주체는 가상적인 놀이 경험을 통해 일상생활을 중지하고, '즐거움'·'기쁨'·'재미'와 같은 '쾌快'의 감각을 경험할 수 있다. 이 '쾌'의 감각이 어떠한 것이었느냐에 따라 주체는 놀이를 경험하기 이전에는 갖지 못했던, '새로운' 태도를 지니게 된다. 그래서 '쾌'의 감각은 놀이의 실천이 어떤 방식으로, 어떠한 경로를 통해 정치적 사안으로 떠오르는지를 논의할 때 핵심적인 쟁점으로 부상하게 된다. 실제로 놀이 과정에서 경험한 쾌快의 감각이 어떠한 것이었느냐에 따라 주체는 체제에 통합되기도 하고, 체제를 전복하는 힘을 얻기도 한다.[7] 통합되느냐 전복하느냐 하는 문제는 언뜻 보기에 만날 수 없는 두 극極의 끝점처럼 보이지만, 놀이 속에는 상반되는 이 두 극, 즉 통합 / 전복을 결정짓는 상이한 쾌의 지점이 혼재되어 있다.[8] '즐겁다', '재미있

7 　놀이 안에는 구심력과 원심력의 이중성, 즉 구조와 반구조의 길항운동이 존재한다. 따라서 놀이에는 주체를 통합시키는 힘과 현실부정과 반성, 탈주하게 하는 힘이 모두 존재한다. 이에 대해서는 김겸섭, 「호이징하와 카이와의 놀이 담론」, 『인문연구』 54, 영남대 인문과학연구소, 2008.6, 155면을 참조.

8 　카이와(Roger Caillois)에 의하면, 모든 놀이는 두 개의 상반된 극(極) 사이에 배치할 수 있다. '파이디아(paidia)'와 '루두스(ludus)'가 바로 그 두 극이다. 한쪽 극에서는 통제되지 않은 어떤 일시적인 기분을 표출되는데, 이를 결정하는 원리가 '파이디아'이다. 반면 다른 한 극, 즉 '루두스'에서는 파이디아의 장난기 있고 충동적인 활기가 거의 완전히 약

다'와 같은 인간의 감각 속에는 새로운 삶의 가능성에 대한 관심이 잠재되어 있으며, 이러한 사실로 말미암아 놀이의 실현은 정치성을 띠게 된다. 놀이의 정치성은 상반되는 두 극 중에서 어떠한 극이 더 우세하게 발현되는가에 따라 결정된다.

파시스트 프로파간다는 이와 같은 사실을 정확하게 간파하고 있다. 일찍이 테벨라이트Theweleit는 『남성 판타지』[9]에서 "모든 파시스트 프로파간다의 핵심은 즐거움pleasure과 재미enjoyment를 구성하는 것에 대한 전쟁이다"라고 말한 바 있다. 그의 설명에 따르면 즐거움은 무엇인가를 뒤섞어버리는 성격hybridizing qualities을 지니고 있으며, 이로 인하여 무장된 몸을 해체시켜버리는 화학적 효소를 지니고 있다. 파시스트 프로파간다는 '쾌'의 감각이 지니고 있는 정치적인 힘을 분명하게 인식하고 있었다. '쾌'의 감각은 기존의 질서와 제도, 허용된 것과 금기된 것 사이의 경계를 무너뜨릴 수 있으며, 단단하게 무장된 어떤 것도 용해시킬 수 있는 '위험한' 힘을 지니고 있다. 테벨라이트가 쾌의 감각이 지니고 있는 전복적인 힘에 효과적으로 방어하기 위해서 금욕주의asceticism · 극기renunciation · 자기 통제self-control와 같은 태도가 필요하다고 진단한 것은 이러한 동기에서 유래한다. 테벨라이트가 제시한 진단에서 관건이 되는 것은 "주체가 즐거움의 주인인가 노예인가"이다. 다시 말해 절제와 무절제를 조절할 수 있는 주체의 능력이야말로 무장된 몸을 해체시켜버

해지고 순치(馴致)된다. 대신 이 극에서는 자의적이지만 강제적이고 일부러 불편한 약속에 따르게 함으로써, 바라는 결과를 획득하기 위한 노력, 인내, 재주나 솜씨가 끊임없이 증대되어야 한다(로제 카이와, 이상률 역, 『놀이와 인간』, 문예출판사, 1994, 37~38면).
9 이 글에서 테벨라이트의 논의는 Klaus Theweleit, *Male Fantasies* vol. 2, trans. Cris Turner · Erica Carter · Stephen Conway, Cambridge : Polity Press, 1989, pp.7~20 을 참조함.

리는 '즐거움'에 맞서 스스로를 지키는 유일한 통로이다. 테벨라이트의 논의에서 우리는, 금욕·절제·자기통제를 근간으로 자신의 행동과 욕망을 배분하고 조절하는 주체 형성 메커니즘, 즉 '자기 자신에 의한 자기 지배'를 핵심축으로 하는 규율 확립이 파시스트 프로파간다의 주요 지향점이었다는 사실을 유추할 수 있다.

여기에 이르면 이제 파시스트 프로파간다의 초점은 "쾌快의 감각을 어떻게 조절하고 관리하며 구성할 것인가"에 놓여 있다. 이 문제는, "놀이가 왜 파시스트 프로파간다의 한 지점으로 편입되는가"를 살펴보는 가운데 자연스럽게 해명된다. 파시스트 프로파간다가 놀이로부터 포착한 지점은, 놀이가 "자기억제의 교훈에 귀를 기울이게 하며, 또 그러한 습관이 붙게 만드는" 즐거운 활동이라는 점이다. 이 과정에 좀 더 세밀하게 접근하기 위해서는 '놀이의 규칙성'을 기억할 필요가 있다. 호이징하에 의하면, 놀이는 그 고유의 규칙을 가지고 있으며, 놀이 규칙을 준수하는 것은 놀이를 수행하는 데 절대적으로 필요하다. 따라서 놀이 규칙을 위반하거나 무시하는 '놀이 파괴자spoil-sport'는 놀이 공동체의 존재 자체를 위협하기 때문에 반드시 제거되어야만 한다.[10] '놀이의 규칙성'에 관한 언급은 카이와의 논의에서도 찾아볼 수 있다. 카이와에 의하면, 놀이란 "엄밀정확함 속에 머물러야 하는 자유"이다. 모든 놀이는 '규칙'의 체계이므로, 놀이가 진행되는 동안 놀이 주체는 이 규칙을 준수해야만 한다. 그 규칙은 어떠한 구실로도 깨져서는 안 되며, 만일 그 약속이 깨지면 놀이는 즉석에서 끝난다. 하지만 놀이의 규칙이 강제적으로

---

10 요한 호이징하, 김윤수 역, 앞의 책, 22~25면.

준수된다면, 그것은 놀이가 아니다. 놀이는 "강제로 행해지는 것이 아니라 오로지 즐거움을 느끼는 것에 의해서만 유지"되는 활동이며, "자진해서 받아들인 자발적인 제약의 전체"[11]이다. 이 자발적인 제약들을 토대로 놀이의 안정성은 암묵적으로 확립된다. 대중의 마음을 틀어쥐고 영향력을 발휘할 수 있는 정교한 프로파간다 메커니즘이 놀이 속으로 스며드는 과정은, 놀이의 프로파간다화가 어떻게 상투적인 정치적 슬로건과 변별되는지를 보여준다.

3. 감각의 규율화와 국민개로운동

'쾌'의 감각이 파시즘적 주체 형성 메커니즘의 중심에 놓여 있을 때, 놀이의 프로파간다 메커니즘에서 핵심은 쾌의 감각을 규율화하는 것이다. 이는 곧 놀이를 도덕적 경험으로 구조화한다는 것을 의미한다. 여기에는 도덕적 규약이 놀이에 관하여 어떤 가치를 존중하거나 무시하는 방식을 주체가 따른다는 실천의 의미가 내포되어 있다. 그러므로 주체는 놀이와 관련된 도덕적 규약에 대해 자신의 입장을 정립해야 하며, 자신이 어떤 방식으로 놀이를 향유할지 스스로 정해야 한다. 더욱이 전시체제기는 고도국방국가高度國防國家 체제 완성을 목표로 하는 총력전總力戰 시기였으므로, 해야 할 일을 먼저 하고 난 다음에야 스스로에게 쾌의

---

11 로제 카이와, 이상률 역, 『놀이와 인간』, 문예출판사, 1994, 13~21면.

감각을 용인하는, 금욕주의적 자기 통제가 식민지 규율의 중심에 놓여 있었다.

그러나 엄밀하게 말해, 이 과정이 온전히 자유롭게 결정되었다고 보기는 어렵다. 자신이 선택했다고 느껴질 때에도, 그것은 이미 도덕적으로 구조화되었으므로, 스스로 선택한 것처럼 느껴질 따름이다. 프로파간다를 "어떤 생각을 널리 유포하는 메커니즘"[12]이라고 정의할 때, 『삼천리』·『신시대』와 같은 잡지가 놀이 담론을 지속적으로 유포하는 것은 놀이 주체의 사유를 주조하고 취향을 형성하며 감각을 전시체제기에 필요한 방식으로 전유하기 위해서이다. 그런데 놀이의 프로파간다화 메커니즘은 놀이 담론을 분석하는 평면적인 작업만으로는 밝히기 어렵다. 그것은 당대의 놀이 담론을 형성했던 보다 근원적인 구조로서의 전시체제기 사유체제 전반에 대한 접근을 통해 입체적으로 이루어질 필요가 있다. 놀이 담론이 매체에 실린 다른 기사들과 어떠한 관계를 유지하며 배치되어 있는지를 살펴보면 상당히 흥미로운 사실을 발견할 수 있다. 잡지의 각 지면은 그 자체로 독자적인 의미를 띠는 동시에 다른 지면과의 상관 관계 속에서 상호침투적으로 영향을 주고받는다. 잡지 한 호가 지니는 의미는 바로 그러한 상호침투적 영향의 총체라고 할 수 있다. 잡지가 다양한 기사와 담론, 문학작품들을 동일한 호수에 함께 싣는 매체라는 것을 상기시켜 볼 때, 특정 담론이 잡지의 전체적인 구도 안에서 배치되어 있는 양상은 정교하게 숨어 있는 프로파간다 메커니즘을 풀어내는 데 충분히 유의미하다.

---

12 에드워드 버네이스(Edward Bernays), 강미경 역, 『프로파간다─대중 심리를 조종하는 선전 전략』, 공존, 2009, 79면.

여기서 관심을 두는 것은 전시체제기 놀이 담론의 정체성을 결정하는 데 필연적인 영향을 미치는 노동 담론에 관해서이다. 『삼천리』와 『신시대』에 실려 있는 스포츠·체육·오락·취미 관련 기사는 전체적으로 '놀이 담론'을 형성하고 있지만, 또 다른 한편으로는 총동원체제의 '노동 담론'과의 대위법對位法적 관계[13]를 유지하고 있다. 전시체제기의 놀이 담론은 노동 담론과의 대위법적 관계를 통해 비로소 프로파간다화된 놀이를 형성하게 된다. 3절에서는 고도국방국가 건설 및 총력전체제와 관련하여 국민개로운동·산업보국·직역봉공과 관련된 기사를 원근법으로 접근하여 '노동 담론'을 전체적으로 조망하고, 이 '노동 담론'이 '놀이 담론'과의 대위법對位法적 관계 속에서 어떠한 의미를 만들어내는지를 추적해 볼 것이다.

호이징하의 『호모루덴스』에서 핵심 키워드는 '인류문화의 연원으로서의 놀이'이다. 호이징하가 보기에, 법과 질서·상업과 소득·공예와 예술·시·학문·과학 등 문명의 위대한 원동력은 신화와 의식 속에 있었고, 이 모든 것들은 놀이의 원시 토양 속에 뿌리박고 있었다.[14] 좀 더 나아가 『호모루덴스』에 제기된 보다 절실한 문제의식은, 모든 문화의

---

13 여기서 대위법적 관계란, 전시체제기 놀이의 프로파간다가 발생하게 된 토대로서의 '노동 담론과 놀이 담론 간의 상호관계'를 뜻한다. 에드워드 사이드에 의하면, 어떤 정체성이라도 그 자체만으로는 존재할 수 없고, 그 적대적인 것, 부정적인 것, 반대되는 것과 함께 존재한다. 그래서 그는 문화적 정체성의 형성 과정을 살필 때, 전체와의 관련 속에서 대위법적으로 이해되어야 한다는 점을 강조하고 있다. 이 글에서 전시체제기 놀이 담론을 노동 담론과의 상호관계 속에서 대위법적으로 살펴보고자 하는 것은, 서로 겹치면서 또한 괴리되는 상호 작용으로부터 새로운 독해와 지식이 생겨나기 시작한다는 사이드의 문제의식을 공유하고 있기 때문이다(에드워드 사이드(Edward W. Said), 박홍규 역, 『문화와 제국주의』, 문예출판사, 2005, 129~134면).
14 요한 호이징하, 김윤수 역, 앞의 책, 13~15면.

연원이 되는 진정한 놀이 정신이 무엇인지를 성찰하는 데 있다. 놀이의 본질 중 가장 두드러진 것이 '자유'라는 점을 두고 볼 때, 놀이 정신에 대한 성찰은 "진정한 자유란 무엇인가?"라는 화두를 던진다. 이 화두를 풀어나가기 위해 지그문트 바우만의 해석에 잠시 귀기울일 필요가 있다. 바우만Bauman은『포스트모던 윤리학』에서 호이징하의 관점을 이어받아 '무상성gratuitousnesss'을 놀이의 중대한 본질로 꼽았다.[15] 특히 바우만은 '놀이의 무상성'을 설명하기 위해, 놀이가 생존을 위한 활동이 아니며 자기보존 및 재생산과 거리를 유지하고 있음을 강조하고 있다. 바우만에 의하면 의무적인 놀이, 명령에 의한 놀이는 놀이라고 말할 수 없다. 그래서 놀이는 진정으로, 그리고 온전히 무상적인 활동일 때만 자유로울 수 있다고 말하는 바우만의 어조는 완강하다.

바우만이 발견한 호모루덴스의 전형은 도시 산책자urban flâner이다. 바우만은 그를 '여행하는 놀이꾼'으로 부르면서, 산책자의 고독한 상태를 '놀이의 본질로서의 자유'와 연결하고 있다. 산책자에게 고독은, 외부의 풍경으로부터 거리감을 유지하여 현존하는 질서를 사유하고 재창조할 수 있도록 해 준다는 점에서, 자유의 존재 조건이다. 산책자가 거리를 배회하면서 걸어다닐 때, 그는 고독한 이동자이며 작가이자 감독이다. 이때 바우만은 산책자가 구경꾼viewer이 아니라 비평가임을 명확하게 지적하고 있다. 산책자가 거리를 다니며 향유하고 있는 '고독'의 상태는 다른 목적이 없는 상태, 즉 생의 보존을 위해 요구되는 활동을 스스로 차단하고 있으며, 풍경의 유혹에도 사로잡히지도 않는다. 오히려 산책자는 자

---

15 이 글에서 바우만의 논의는 Baurman Zygmunt, *Postmodern Ethics*, Oxford, Blackwell, 1993, pp.170~174를 참조함.

신이 바라보고자 하는 풍경을 차단할 수 있는 다른 놀이꾼의 움직임을 무시할 수도 있으며, 세계를 하나의 놀이로 만들 수 있다. 산책자는 세계로부터 단절되어 있지만, 오히려 그러한 단절 덕분에 자유롭다. 산책자의 고독의 상태가 호모루덴스의 '자유'와 맞닿을 수 있는 까닭은, 그가 느끼는 재미enjoyment가 순수하며 외부로부터 사로잡히지 않을 만큼 분별력을 지니고 있다는 데 있다.

산책자가 향유하는 쾌의 감각, 이 '분별력 있는 재미'는, 마르쿠제가 『일차원적 인간』에서 논의한, "사회적으로 요구되는 활동과 태도로부터 정신적·육체적 에너지를 철회하는 것"으로서의 자유와 유사하다. 마르쿠제에 의하면, "자유란 현상에 대한 부정적 사유가 뿌리 내릴 수 있는 정신의 내적 차원"을 의미하므로, 자기 결정의 상태를 회복하기 위해서는 "강요된 물질적·정신적 노동에 소모되지 않는 자유로운 에너지"[16]를 확보하는 것이 필요하다. '자유로운 에너지'의 상태로부터 생성되는 자유는 타율적으로 주어진, 그래서 억압의 도구가 된 기만으로서의 자유와 변별된다. 그런 점에서 전시체제기의 프로파간다화된 놀이 담론이 식민지 조선의 에너지를 제국의 자기보존을 향해 배치하는 데 기여하고 있다는 사실은, 전시체제기의 자유가 얼마나 기만되고 있는지를 가늠케 한다.

태평양전쟁을 치르면서 "전쟁은 일정지역의 전선에서 병兵과 함정艦艇과의 대항교전하여 있는 상태뿐이 아니고 국가와 국가가 모든 총력을 거擧하여 싸우고 있던 것"[17]임을 인식하게 된 제국 일본은 "제일선에는

---

16 헤르베르트 마르쿠제, 박병진 역, 앞의 책, 281면.
17 국민총력조선연맹(國民總力朝鮮聯盟), 「총력전(總力戰)과 국방국가(國防國家)와 조선

병정을, 총후銃後에는 산업역군을"[18] 배치하여 총력전체제로 돌입했다. 1941년 국민총력조선연맹의 주도로 실시된 '국민개로운동國民皆勞運動'은 총후의 생산력을 확충하기 위한 대중동원운동이다. 국민개로운동이 실시되자 노동하지 않는 한가하고 여유로운 상태는 부정적인 것, 옳지 않은 것, 일소一掃해야 할 대상으로 타자화된다. 특히 일정한 직업 없이 거리를 배회하는 자들은 "불로유한不勞有閑 무위도식자無爲徒食子"로 분류되어 조직적인 관리와 통제의 대상이 되었다. 국민개로운동실시 요강에서 '불로유한 무위도식자'는 "만 십사 세부터 사십일 세의 일할 수 잇는 능력을 가진 남자로서 일정한 직업을 갓지 안흔 자 또는 일정한 직업이 잇다 하드라도 다만 명목만 부처노코 일상 한가히 지내는 자"[19]라고 규정되어 있다. 이 요강에서 '노동하지 않는 자'와 '생산에 기여하지 않는 자'는 게으르고 나태하여 무능력한 인간으로 묘사되어 있다.

이들에 대한 훈육과 사회적 개조는 '노동'을 통해서 이루어진다. 그래서 "종로 뒷골목에 떠돌아다니며 싸움이나 하고, 여자들을 히야까시나 하며, 빠—에 출입하는 불량배와 유랑청년들"에게는 "모조리 끌어내여 매일 수삼 시간씩만 경성 주변의 산 밑에 오십 인 내지 백 인 이상이 들어갈 수 있는 방공호를 적어도 만 개 이상을 파게 할 것",[20] 그리고 "할일

(朝鮮)」,『삼천리』, 1941.3, 23면.

18 「국민개로운동(國民皆勞運動)에 각단체(各團體)의 총동원령(總動員令)!!」,『삼천리』, 1941.11, 72면.

19 불로유한 무위도식자를 조사·관리·통제하기 위해 당국은 애국반장을 동원하여 각 가정별로 대상자들을 조사하고 명부를 작성케 하였으며, 경찰서와의 공조를 통해 근로작업에 동원하였다. 「불로(不勞)면 황민(皇民)이 아니다—무위도식(無爲徒食)의 유한자(有閑者)들 명부작성(名簿作成)」,『매일신보』, 1941.10.10, 2면.

20 국민훈련후원회장 손홍달, 「유한층동원(有閑層動員)시켜 방공호구축(防空壕構築)」,『삼천리』, 1941.11, 78면.

이 없으니까 공연히 차방茶房과 영화관으로 출입하던" 유한부인과 유한
영양들에게는 "집에서 바느질을 배워 제 옷을 제 손으로 하도록 장려"한
다는 처방이 내려졌다.[21] 여기에서 묘사하고 있는 불량배와 유랑청년들
의 불량스러움이란 사실, 전시체제기의 통제 시스템에 대한 청년들의
일탈 지점을 보여준다. 이들은 불량한 태도를 통해 미묘하게 제국의 지
배 / 명령 체계를 균열시키고 있다. 제국이 볼 때 이들이 살아가는 태도
는, "대규모의 전쟁과 대규모의 경제공작을 동시에 아울너 행하지 않이
하면" 안 되기 때문에 "더욱이 최대속도와 최소기간내에 성취하여야
할"[22] 총력전 수행을 지연시킨다. 그들은 노동을 향해 방향지어진 에너
지의 흐름에 순순히 응하지 않음으로써 "무슨 일이든지 당국의 지시에
쫓아서 행동하라"[23]는 '국민 일상요강'에 균열을 일으킨다.[24] 이처럼
"일하지 않는 자는 국민이 아니다",[25] "일 아니하는 자는 먹지 말어라",
"일 아니하는 자는 차라리 죽어라"[26] 같은 광기 어린 구호가 난무하던
시절, 무상성gratuitousnesss의 시간은 전시체제기 파시즘적 윤리의 중심
을 이루고 있는 '생산성'과 양립할 수 없었다.

---

21 위의 글, 77면.

22 장덕수, 「전시(戰時)와 산업보국(産業報國)」, 『삼천리』, 1939.4.1, 128면.

23 조경선, 「대동아전쟁(大東亞戰爭)과 국민(國民)의 일상요강(日常要綱)」, 『신시대』, 1942.1,
59면.

24 이광수는 『신시대』 1941년 11월호에 실린 「신시대의 윤리」에서 "청년(靑年)은 국가(國
家)의 생명(生命)이다. 총(銃)을 들어서 국방(國防)의 일선(一線)에 서는 것도 청년(靑
年)이오, 마차를 들어, 혹(或)은 광이를 들어 농(農), 공(工), 광(鑛) 등(等) 생산업(生産
業)의 원천(源泉)이 되는 것도 청년(靑年)이다"라고 선언하면서 청년을 총력전체제를
주도적으로 추진하는 주체로 보았다. 전시체제기 청년들의 '불량스러움'은 신체제가 요
구하는 청년 형상과 대립되는 지점에 놓여 있다는 맥락에서 파악되어야 한다.

25 「애국반도 총후적성—평양의 '국민보국대' 연 60만 명이 동원된다」, 『신시대』, 1941.11,
86면.

26 향산광랑(香山光郞), 「신시대의 윤리」, 『신시대』, 1941.1, 31면.

'생산성'은 능률을 의미하기도 하지만 동시에 억압을 내재하고 있다. 제국／식민지 시스템에서 '생산성'은 사회적으로 유용한 차원을 넘어 지배의 이익을 목표로 한다는 점에서 억압적이다. 전시체제기 국민개로운동이 목표로 했던 '생산력 확충'[27]은 외부에 의존할 수 없는 제국의 자급자족 경제권을 구축하고 원활하게 유지하는 데로 귀결되었다.[28] 『신시대』 1941년 1월호에 실린 「고도국방국가좌담회高度國防國家座談會」를 보면, "총력발휘의 체제"란 "전쟁을 수행하는 데 필요한 자동차, 비행기, 전차, 선박, 식량, 의복 등의 재료 같은 것을 외국에서 수입하지 않고도 국내에서 십이분으로 충족하게 마련할 수 있는 체제"[29]를 의미했다. "조선은 외국에 의존하지 않고서도 여하한 물적 요구든지 충족할 수 있는 모든

---

27 총력운동의 3대 실천 요강은 '사상의 통일(思想統一)', '국민총훈련(國民總訓練)', '생산력확충(生産力擴充)'으로 이루어져 있다(국민총력연맹사무국차장(國民總力聯盟事務局總長) 三岸文三郎, 「총력운동(總力運動)은 이것이다」, 『신시대』, 1941.2, 342면).

28 전시체제기에 일본이 구축한 자급자족 경제권, 즉 일만지경제(日滿支經濟) 블럭은 국제질서의 대립구조(영국 · 미국：독일 · 이탈리아 · 일본) 속에서 파악할 필요가 있다. 칼 폴라니(Karl Polanyi)는 국제질서의 대립구조와 파시즘의 부상에 대해 "1930년 이후 무너져가는 시장체제에 대한 대응" 현상이라고 분석했다. 폴라니의 분석에 의하면, 독일이 구축한 경제적 자급자족 시스템은 독일이 앞으로 다가올 시장경제의 몰락이라는 전면적인 변혁을 예견하여 그 기선을 제압하고자 하는 의도에서 나온 군사적 · 정치적 고려의 결과였다. 즉, 기존의 국제체제의 권력 배분 상태에 불만을 품고 있던 독일이 국제연맹의 약화가 보기 드문 기회를 제공하는 것으로 판단하고 외부세계가 독일에 대해 가지고 있는 장악력을 줄이기 위해 의도적으로 국제적인 자본과 상품, 통화체제에서 스스로를 끊어버린 것이었다(이에 대해서는 칼 폴라니(Karl Paul Polanyi), 홍기빈 역, 『거대한 전환』, 길, 2009, 566~585면을 참조).
일본이 구축하고자 했던 동아광역경제권(東亞廣域經濟圈) 역시 같은 맥락에서 이해할 수 있다. 『신시대』 1941년 3월호에 실린 「전시경제독본(戰時經濟讀本)－동아광역경제(東亞廣域經濟)와 공영권(空營圈)」을 보면, 공황(恐慌)으로부터 벗어나 경기를 회복하는 방법은 "길이 매키고 허물어져 가는 때의 자유경제에서는 바랄 수 없었던 것"(106면)이었으므로, 자유주의 원칙을 폐기하고 경제적 자급자족권역을 구축하여 통제경제체제로 진입한 것으로 서술되어 있다.

29 「고도국방국가좌담회(高度國防國家座談會)」, 『신시대』, 1941.1, 115면.

것을 가지고 있으며 더욱이 영미英美에 의존하지 않으면 부족할 물자가 조선에서 생산되고 있"[30]다는 인식은, 식민지 조선에서 이루어지고 있는 대중동원운동이 생존을 위한 노동의 필연성에 의해서가 아니라 제국의 이익을 단기적으로 향유하기 위해 만들어진 착취 시스템의 일부임을 증명해 준다.

전시체제기 식민지 조선의 노동력에 대한 조직적인 착취는 곧 놀이에 대한 조직적인 관리와 동원, 즉 놀이의 프로파간다화를 예고하고 있다. 생산성 자체가 목적이 된 시스템에서 '생산성 제고'의 원리는 개인이 '쾌'의 감각을 경험하는 과정에도 개입한다. 특히 '무상성으로서의 자유'는 '생산력'과 양립할 수 없었으므로, 여유롭고 한가한 시간은 노동력의 재생산을 허용하거나 증진시켜주는 활동에 점유되었다. 쾌의 감각 역시 재숙련의 원천으로 규율화되었다. 이를테면, "생산확충, 총후봉사, 또는 자기의 직장에서 최선을 다해서 노동에 열중해야 할 것은 재언을 요하지 않지만, 이러한 근로 뒤에는 반드시 생리적으로 피로라는 것이 따라오고, 이 피로를 위유慰癒하여 다시 충실한 기력을 회복하기 위해서는 반드시 오락이라는 것이 필요하다"[31]는 선언은 놀이가 어떻게 노동의 연장이 되고 있는지를 보여준다.[32] 놀이 본연의 기능은 이제 노동 원

---

30 위의 글, 126면.
31 조선총독부사회교육과장 계광형, 「대동아공영권건설(大東亞共榮圈建設)과 조선민중(朝鮮民衆)」, 『삼천리』, 1941.4, 32면.
32 프로파간다화된 놀이에서 노동자들을 위로해 주고 북돋위주는 기능은 상당히 중요하게 다루어지고 있다. 이러한 경향은 전쟁이 막바지로 치닫게 되면서 심화된다. 『신시대』 1944년 7월호를 보면, "조선에서도 일류가는 극단(劇團)"이 "직장 넓은 마당에서 약 두 시간 반 동안이나 우리들을 위로해주고" 간 뒤에 "일심일체가 되어 그 두 시간 반에 못한 몫까지 한거번에 이배의 능률을 올렸"다는 기사가 실려 있다(대평판산(大平判山), 「산업전사(産業戰士)의 수기(手記)—만들자! 보내자! 적미영(敵美英)이 항복(降服)하는 날

리에 종속되며, 노동의 능률과 생산성을 위해 기여할 때만 허용되는 규율화 과정을 겪게 된다. 원래 진정한 놀이 활동에서 생성되는 쾌의 감각은 노동과 무관한 영역에 속해 있었으며, 그래서 노동 원리를 비판적으로 사유할 수 있는 자유로운 에너지를 개인에게 부여해 주었다. 하지만 프로파간다화된 놀이에서 쾌의 감각은 제국 / 식민지 시스템의 영구적 지속에 유용하도록, 그리고 해가 되지 않도록 규율화된다. 쾌의 감각은 지배의 필요에 결속되었으며, 그 자체가 재생산의 도구가 된 것이다. 이 것이 바로 고독한 산책자가 향유했던 분별력 있는 재미, 즉 외부로부터 조건지어지지 않으며 포섭되지 않는 쾌의 감각과, 프로파간다화된 놀이로부터 생성된 쾌의 감각이 갈라지는 분기점이다.

4. 명랑의 감각과 프로파간다

프로파간다의 묘미는 전쟁 상황에서 혼란스러운 소음과 안개를 뚫고 매혹적인 극적 장면을 만들어 내어 대중의 의식을 공격하고 유혹한다는 데 있다.[33] 「생활의 신체제」(『신시대』, 1941.4)에서는 "돈버리를 위해서의 생산과 영리본위의 생산방법으로써는, 국가사회전체 발전의 지속이

까지」, 『신시대』, 1944.7, 34~35면).

33 니콜라스 잭슨 오쇼네시(Nicholas Jackson O'shaughnessy), 박순석 역, 『대중을 유혹하는 무기−정치와 프로파간다』, 한울아카데미, 2009, 363~365면.

곤란하게" 되었다는 위기의식을 유포하면서도, "공익에 힘쓰면 절로 사복私福을 가져온다는 세상"[34]의 도래를 약속하고 있다. 새로운 시대란 "개인주의적 자유주의의 경제원리를 일척—擲하고 전체주의에의 귀의, 즉 국가적 관념에 기하여 공익적 사명을 중추로 한"[35] 신체제 경제원리를 토대로 하고 있다. 하지만 신체제 원리가 프로파간다 메커니즘에서 수행하는 보다 본질적인 기능은, 경제적인 파급 효과를 미치는 것보다는 새로운 시대에 대한 비전을 제시하는 것이다.[36] 모든 사람의 최대 행복을 약속한다는 공익 담론을 통해 신체제의 경제활동은 "봉공奉公의 행동"으로 신성화된다. 또한 "전체즉개全體卽個, 공익즉사익公益卽私益"[37]의 윤리가 전파되면서 국민과 국가는 "유기적일체"[38]를 이루게 된다.

프로파간다는 기만이며 속임수이지만, 정교하게 조작된 과정이라는 것[39]을 염두에 둘 때, 프로파간다 수행의 핵심은 대중들의 마음을 지배하는 과정에 있다. 그런 측면에서 전시체제기 공익 담론이 대중에게 미치는 힘은 좀 더 관심을 두고 볼 필요가 있다. 핵심부터 말하자면, '공익'은 전시체제기 놀이의 프로파간다화를 작동하는 원리이다. 1941년 1월 9일 조선총독부 경무국은 '결전시대하 국민오락의 적절지도방침'을 발

---

34 小畑忠良, 「생활(生活)의 신체제(新體制)」, 『신시대』, 1941.4, 32~33면.
35 이종현, 「조선경제계(朝鮮經濟界)의 금후관측(今後觀測)—내지(內地)의 신경제체제(新經濟體制)를 관찰(觀察)하고 와서」, 『삼천리』, 1941.7.1, 98면.
36 모든 프로파간다 텍스트는 이상향을 지니고 있다. 혼란스럽고 유동적인 현실 세계와는 달리 프로파간다는 완전한 세상 또한 완벽한 세계의 질서가 가능하다거나 과거에 존재했다는 환상을 제시함으로써 대중들의 욕망을 부추긴다(니콜라스 잭슨 오쇼네시, 앞의 책, 65~75면).
37 小畑忠良, 「생활(生活)의 신체제(新體制)」, 『신시대』, 1941.4, 32면.
38 매일신보사 이윤종, 「경제신체제(經濟新體制)의 이념(理念)」, 『신시대』, 1941.2, 86~88면.
39 니콜라스 잭슨 오쇼네시, 박순석 역, 앞의 책, 37면.

표하고 연극·연예·영화·음악 등의 예술 전반과 스포츠·등산 및 농촌오락[40]을 향유하는 방식에 대해 주시하기 시작했다. "대동아전쟁하 국민사기를 올릴 만한 건전한 오락은 장려하고 진흥식히도록"[41] 한다는 것을 주요 골자로 하는 지도방침은 "총후에 적합치 안흔 것은 단호히 철퇴"[42] 한다는 태도를 견지함으로써 식민지 일상에 대한 전면적인 관리를 선언하였다. 그렇지만 이 지도방침이 하나의 규율로, 놀이를 경험하는 과정을 자율적으로 통제하는 메커니즘으로 자리 잡기 위해서는, 사람들 사이에서 오고가는 말이 되어 누구나 자신의 놀이 과정을 통제할 수 있는 담화가 되어야 한다. 이를 위해 이 담화는 통제 속에서 자신의 이익을 읽을 수 있는 '공익'의 유용성을 담보해야만 한다.[43]

전시체제기의 '건전한 오락'은 '공익'의 원리를 쾌의 감각으로 경험할 수 있도록 하기 위해 제시된 놀이 형태이다. '건전한 오락'이 놀이 경험을 스스로 통제하는 역할 모델로 자리 잡기 위해서는 사람들의 정신은 건전한 오락이 가져다주는 유익함에 의해 선점되어야만 한다. 이 과정은 '직분봉공職分奉公'의 노동원리가 생성되는 메커니즘과 동일하다. '생산성의 제고'와 신체제 원리가 결합되어 "생산은 국가공익에의 봉사"[44]라는 노동원리가 만들어진 것처럼 '건전한 오락' 역시 '증산增産'과 '건민健民'의 원리가 결합되어 만들어진다. 그리하여 '건전오락'은 "지도

---

40 이 시기 농촌오락, 향토오락에 관해서는 김예림, 「한국적 근대는 어떻게 만들어졌나, 전시기 오락정책과 '문화'로서의 우생학」, 『역사비평』 73, 2005.11, 343~344면을 참고.

41 「건전오락(健全誤落)을 목표(目標)로 악극단(樂劇團)에 자숙강조(自肅强調)─총후(銃後)에 적합(適合)치 안흔 것은 단호(斷乎)히 철퇴(鐵槌)」, 『매일신보』, 1942.1.10, 2면.

42 위의 글, 2면.

43 미셸 푸코(Michel Foucault), 오생근 역, 『감시와 처벌─감옥의 탄생』, 나남, 2000, 167~168면.

44 小畑忠良, 「생활(生活)의 신체제(新體制)」, 『신시대』, 1941.4, 31면.

성 국가의 목적의지가 있는 적극성 있는 오락"[45]으로 정의되며, "국민오락"과 동의어가 된다. 이에 따라 건전오락 담론은 "전문, 대학생들이 카페에나 빠―에 출입하던 것, (…중략…) 당구장출입이나 영화관출입이나 차방출입"과 같이 "들뜬 유흥기분에 오도誤導하기 쉬운 일체의 오락을 금"[46]하기도 한다.

　건전오락 담론이 목표로 하는 것은 당국에 의한 통제와 억압보다는 이 담론이 짧은 시간 안에 광범위하게 유포되고 순환되어 식민지의 일상을 '총력전 수행을 뒷받침하는 후방'이 되도록 배치하는 것이다. 이를 위해서는, 쾌의 감각을 억압하고 금지하여 놀이를 포기하도록 만드는 것보다는 '쾌'의 감각을 적절하게 활용하고 제어하는 규율을 체득하고 습속화하도록 만드는 것이 중요하다. 이 과정에서 간과하지 말아야 할 사실은, 쾌의 감각을 도덕적으로 구조화하는 과정은 쾌의 감각을 무화無化시킨 상태가 아니라는 점이다. 그것은 오히려 '지배-복종', '명령-굴복', '억제-순종'과 같은 자기비판적 구조를 주체 스스로 확립하게 함으로써 쾌의 감각에 정복당하지 않고 쾌의 감각을 지배하는 것을 목표로 한다.[47] 이런 의미에서 건전오락 담론은 전쟁 수행을 목표로 하는 총후 국민에게 부과된 놀이 규율[48]이자, 쾌의 경험을 도덕적으로 구조화하는

---

45 박민천, 「시국(時局)과 영화(映畵)」, 『신시대』, 1941.10, 135면.
46 총독부경무관, 「전시하조선민중(戰時下朝鮮民衆)에 전(傳)하는 서(書)―국민학교제도(國民學校制度)와 학생문제(學生問題)」, 『삼천리』, 1941.4, 45~46면.
47 미셸 푸코, 문경자・신은영 역, 『성의 역사』 2(쾌락의 활용), 나남, 2006, 90~91면.
48 이 글에서 '규율(discipline)'이란 권력이 행사되는 한 양식・기술을 일컫는 것으로, 특히 다수의 주체들을 질서정연하게 배치하기 위한 기술을 의미한다. 미셸 푸코는, 규율이 생겨나게 된 배경에 대해, 18세기에 갑자기 인구가 증가하여 권력이 유지되는 데 '비용'이 많이 들게 되자, 전혀 다른 구조에 속하는 권력 메커니즘이 출현하게 되었다고 설명하고 있다. 즉 권력의 경제를 지배해왔던 '선취-폭력'이라는 낡은 원칙에 대신하여 규율은 '부드러움-생산-이익'의 원칙을 세움으로써, 가장 미세하고 가장 멀리 떨어진 요

메커니즘이다. 또한 놀이 규율은, 자신이 쾌를 경험하는 과정뿐만 아니라 타인의 놀이에 반응하는 과정에도 개입한다. 자기 자신을 자율적으로 통제할 수 있다는 것은 타인에 대한 규율화를 암묵적으로 인정하고 있으므로, 스스로가 자기 규율에 충실하면 충실할수록 표준화된 쾌의 감각에서 벗어난 놀이 형태를 부정적으로 여기거나 거부하게 된다. "호화로운 옷을 입고 '쟈즈' 곡조에 마처서 어지럽게 춤추는 경조 부박한 것은 우리 당국에서 인정한다고 하드래도 긴장한 총후 국민들이 용서치 한흘 것"이라는 전망은 자신과 타인의 놀이 습관에 총체적으로 개입하는, 거대하면서도 미세한 식민지 규율의 작동을 반영하고 있다.

"장기전일쑤록 민중으로 하여금 명랑한 생활을 가지도록 건전한 오락을 보급 진흥"[49]시킨다는 데서 확인할 수 있는 바와 같이, 전시체제기 건전오락 담론은 식민지 일상을 '명랑의 감각'으로 표상한다. 그러나 '명랑'으로 표상된 식민지의 생활 감각은 식민지의 현실에서 유발되는 실제 감각이 아니라, 프로파간다화된 놀이를 통해 조건지어진 것이다. 그렇다면, 건전오락 담론에서 식민지 일상의 생활 감각이 유독 '명랑의 감각'으로 표상되는 까닭은 무엇인가? 전시체제기 건전오락 담론에는 분명 프로파간다 메커니즘이 내재되어 있지만, 그것이 효율적이고 지속적으로 작동되기 위해서는 '공익'의 수사에 직접적으로 호소하는 것만으로는 부족하다. 공익의 수사는 자칫 상투적인 선전으로 그칠 우려가

소들에게까지 권력의 효과를 도달할 수 있도록 해 준다. 규율은 또한 개개인의 힘과 능력을 규합할 수 있는 전략에 초점을 맞추기 때문에 전체적인 전략 아래에서 개개인의 힘과 능력을 권력의 목표에 부합할 수 있도록 일사불란하게 만든다(이에 대해서는 미셸 푸코, 오생근 역, 앞의 책, 289~329면을 참조).

49 계광형, 「대동아공영권건설(大東亞共榮圈建設)과 조선민중(朝鮮民衆)」, 『삼천리』, 1941.4, 32면.

있으므로, 이를 경계하기 위해 제국은 신체제의 비전이 보다 명확하게 연상되는 특정 감각을 유포하는 데 주력하게 된다. 제국이 염원하는 '동아신질서'가 지금까지의 근대와는 다른 대안적 근대를 창출할 것이라는 이념적 비전이 경험 가능한 감각으로 전환될 때, 대중의 감정적 기류가 비로소 흔들릴 수 있기 때문이다. 감각은 이념적 비전보다 훨씬 더 구체적이며, 대중의 생활에 여과 없이 침투되는 생생한 경험이다. 신체제가 제시하는 대안적 근대가 좀 더 바람직하다는 확신을 심어주고자 할 때도 마찬가지이다. 물리적인 현실은 확고히 존재하지만, 그러한 현실이 지각되는 과정은 외부적인 환경이 어떻게 작용하는지에 따라 여과되고 재구조화될 수 있다는 점[50]을 기억할 때, 대중의 감정을 뒤흔들 조건을 조성하는 것은 프로파간다의 성공 여부를 판가름할 만큼 결정적이다.

프로파간다 메커니즘은 식민지 규율을 일상 속으로 침투시키기 위해 대중의 감정을 뒤흔들 환경을 만든다. 예를 들어, 각 가정에 애국가와 군가를 널리 보급하기 위해 놀이 담론에서는 '가정음악'이라는 새로운 개념을 발명하고 있다. 전시체제기의 음악 역시 "고도목적예술高度目的藝術"을 지표로 삼아 "국민생활이라는 것과 직접적으로 유기적으로 결합"[51]해야 한다는 식민지 규율의 작동 지점이었지만, 그것을 직접적으로 호소해서는 대중들의 감정을 흔들 수 없다. 프로파간다 수행의 승패를 결정하는 것은 '애국가', '군가'가 불리는 시공간의 분위기와 정서이다. 이 분위기와 정서란 대중들의 감정적 기류를 일정한 방향으로 이끌

---

50 진 쿼릭(Gene Quarrick), 박석희 역, 『달콤한 시간—어른놀이와 몰입』, 경기대 연구교류처, 1997, 60~61면.
51 심형구, 「시국(時局)과 미술(美術)」, 『신시대』, 1941.10, 131면.

수 있는 조건이며, 대중들의 취향이 형성되는 환경이다. 작곡가 임동혁은 「음악을 가정으로」에서 "명랑한 생활, 그리고 건전한 오락을 얻으려면 무엇보담도 가정에다 음악을 가미하여야 하겠다"고 제안하며, 가정음악의 분위기와 정서를 함께 전달한다. 가정음악은 "음악으로 깨서 음악으로 잠자리에 들만큼 음악과 밀접한 관계를 맺고"[52] 있는 외국인들의 문화생활을 연상하게 하며, "가정이 한 자리에 모여 가치 즐기며 가치 노래 부를 수 있는 시간"[53]을 상상하도록 만든다. 먼 미래에나 가능할 법한 단란한 가정의 광경 속에서 "사람사람이 음악에서 많은 위안을 얻고, 그리고 내일에의 용기를 얻는"[54]다는 메시지는 독자들에게 유령처럼 스며든다. 이 글에서 애국가와 군가는, 음악이 흐르는 화목한 가정의 전체적인 정취와 이를 상상하는 감각을 매개로 식민지의 일상 속으로 유포된다. '가정음악'은 건전오락, 국민오락의 또 다른 버전일 뿐이지만, 그것이 전해지는 분위기란 교화적이지 않고, 강제적이지 않다. 가정음악은 행복·단란함·평화로움·즐거움과 같은 유토피아적 이미지[55]를 감각으로 전달한다.

이렇게 볼 때 '명랑의 감각'이란 제국으로부터 발신되어 제국의 이익에 봉사하는 제국의 감각이다. 그것은 전시체제기라는 특수한 상황에 부응하는 쾌의 감각으로서, 미리 주어진 감각이다. 영화 〈방아타령〉, 〈반도의 봄〉에 출연했던 배우 김소영은 「명랑하고 정열적인 것」[56]에서

---

52 작곡가 임동혁, 「음악을 가정으로」, 『신시대』, 1941.8, 134면.
53 작곡가 박태준, 「가정과 음악」, 『신시대』, 1941.6, 176면.
54 작곡가 임동혁, 「음악을 가정으로」, 『신시대』, 1941.8, 134면.
55 '가정음악'의 유토피아적 이미지는 전시체제기 식민지 규율이 보다 나은 내일을 바라고 상상하는 데까지 침투하고 있다는 것을 보여준다.
56 『삼천리』, 1941.1, 226~228면.

"동경에 있는 각방면의 예술가들은 모두 어찌나 명랑하고 정열적인지 우리들도 그 점을 모범하여 좀 더 씩씩한 사람이 되였으면" 한다면서, "우울을 물니치고 정열과 침착한 비판을 가저 서로의 단점을 미워말고 장점을 조장식혀 배우로써 아니 인간으로써의 사명을 다—하였으면"[57] 하는 희망 사항을 적고 있다. 이 글은 '명랑의 감각'이 어떠한 맥락에서 생성되었으며, 어떠한 인간형의 창출을 목표로 하는지를 전형적으로 보여준다. 동경으로부터 유래하는 '명랑'은 식민지를 '좀 더 씩씩한 사람'으로 만들어주는 '모범'이며, '우울'과 '단점을 미워하는 태도'와 대립적인 위치에 놓여 있다. 이 글에서는 '침착한 비판'이라고 표현하였지만, 사실 이는 주체가 생존하고 있는 여러 조건 및 관계에 대해 일체의 항의를 제기하지 않는 '온순한 상태'를 지칭한다. '명랑의 감각'은 제국 / 식민지 시스템의 영구적 지속에 유용하며 해가 되지 않도록 순치順治된 상태[58]를 전제하고 있다. 이 글에서 '명랑의 감각'이 '정열'과 조화할 수 있는 것은 쾌의 감각에 본질적으로 내재되어 있는 거친 에너지가 억제되고 있기 때문이다. 여기에서 '명랑의 감각'은 또한, 생기 넘치는 힘과 활력 있는 에너지의 공급을 보장하는 '유용한 상태의 쾌'이다. 총력전 시대의 국민에게 "적국에 대한 강렬한 적개심과 사전필승의 기백"[59]이 요구되었다는 것을 생각해 볼 때,[60] 온순하면서도 나약하지 않으며

---

57 위의 글, 228면.
58 '명랑의 감각'은 이광수가 「인간수행론(人間修行論)」에서 "바른 신념을 가진 사람의게는 도모지 의심이 없고 불평이 없고 오직 자신과 희망과 기쁨이 있을 뿐"이라고 지칭한 상태와 일맥상통한다(춘원, 「인간수행론(人間修行論)」, 『신시대』, 1941.2, 85면).
59 香山光郞, 「긴박(緊迫)한 시국(時局)과 조선인(朝鮮人)」, 『신시대』, 1941.9, 28면.
60 『신시대』 1941년 2월호에 실린 「명랑(明朗)—독일(獨逸)의 총후생활(銃後生活)—'우리는 반드시 이긴다'는 국민의 신념」(95~96면)을 보면, '명랑의 감각'이 "최후의 국민 한사람이 남을 때까지 싸우겠다는 견고한 의지(意志)"를 감각으로 전이시키기 위해 만

활기 넘치면서도 유해하지 않은 '명랑의 감각'은 신념에 넘치는 복종을 만들어 내기 위한 최적의 조건을 갖추고 있다.

'명랑의 감각'은 필승의 의지를 실현하기 위한 복종의 순간을 표상하고 있지만, 역설적이게도 자유롭고 경쾌한 느낌으로 전달된다. 이것이 바로 프로파간다 메커니즘에서 '명랑의 감각'이 효과를 발휘하는 지점이다. 생활개선운동[61]을 통해 만들어진 스위트홈의 명랑한 풍경을 살펴보자. '전시가정과 생활의 합리화 좌담회'에 참석한 한 여성은, 자신이 이상적으로 보았던 가정을 묘사하면서 "자녀들이 여럿이고 별로 부하지도 않으면서도 명랑하게 하녀하나도 안 두고도 깨끗하게 치우고", "그러면서 주부가 음악도 감상하고 그림도 그리는 여유"[62]를 가진다는 점을 높이 사고 있다. 그러면서 화자는 "마음을 정돈하고 정신을 가다듬는 데서 모든 질서와 명랑한 여유가 생기는 것"임을 강조한다. 이 좌담회에서 전면적으로 부각되는 것은 검소하면서도 밝고 청결한 가정 분위기이다. 사실, 이 모든 '명랑한' 광경을 가능하게 하는 것은 불평 없이 일사분란

들어진 '필승의 감각'임을 확인할 수 있다. 다음을 보라. "그래서 일요일이면 한층 더 자기네들이 확신하고 있는 승리에의 유유한 기분이 거리에 넘쳐흐르고 있다. (…중략…) 그 우를 지나가는 구두 발자국 소리가 마치 '스텝·땐스'와 같이 명랑하게 들려지는 이러한 거리의 표정은 절망의 구덩이 속에 빠져 허덕이는 '론돈'과 비교하여 얼마나 산뜻하고 신선한 감정을 갖게 하는 표정인가?"

61 전시체제기 식민지 조선의 일상은 "깊이 몸에 저진 풍속습관(風俗習慣), 생활(生活)의 전통(傳統)이라고 할 만한 것도 엄중(嚴重)히 재음미(再吟味)하여 힘차게 다시 편성(編成)"(「사설-결전하(決戰下)의 생활확립(生活確立)으로」, 『신시대』, 1943.5, 22면)되어야 할 장소로서, 신체제의 이념에 따라 의식주의 전면적인 개조가 이루어지는 정치적인 장이었다. 생활개선운동은 제국을 통해 새롭게 들어온 근대적 생활 방식을 합리화하고 토착적인 생활 방식을 열등화하는 문화적 전략을 동반하고 있으나, "향상(向上)의 명일(明日)을 가지려면 그 유일(唯一)한 길은 우리의 생활(生活)을 혁신(革新)"해야 한다는 논리를 내세워 추진되었다(이광수, 「생활개선(生活改善)의 급무(急務)」, 『삼천리』, 1940.3, 65면).

62 「전시가정(戰時家庭)과 생활(生活)의 합리화(合理化) 좌담회」, 『신시대』, 1943.7, 42면.

하게 수행되는 주부의 가사노동이다. 그녀가 여유롭게 취미 생활을 향유할 수 있는지 여부를 결정하는 것도 여전히 자신의 부지런함뿐이다. 가사노동의 수행에서 느껴지는 경쾌하면서도 일사분란하며, 활기 넘치면서도 질서정연한 리듬은 "명령 받은 바는 반드시 이를 수행하고 마는"[63] 군인의 신체 리듬과 유사하며, "마음을 정돈하고 정신을 가다듬는" 모습은 복종을 위해 일체의 자의식을 소거하는 의례와 유사하다. 그럼에도 불구하고 한 여성의 가사노동에 내면화되어 있는 억압 기제는 표면화되지 않으며, 오직 순진무구한 명랑의 감각만이 충만하다. 이러한 메커니즘을 통해 '명랑의 감각'은 복종의 순간을 '쾌의 감각'으로 전이시키고, 전시체제기 식민지 일상을 즐거움의 감각으로 표상한다.

5. 놀이의 타락, 기만된 자유

지금까지 살펴본 바와 같이 전시체제기의 놀이는 정교하게 조직된 프로파간다 메커니즘을 통해 노동 범주로 통합되었다. 여기에서 생산성과 유희성은 각각 독립된 범주로 존재하지 않는다. 생산성의 원리는 유희성을 포괄하는 더 큰 범주였으며, 유희성의 성격과 방향을 조절하고 결정하고 있었다. 앞장에서 논의한 감각의 규율화란, 결국 가장 높은 노동 생산성이 쾌를 제한하고 조직하는 데 개입하고 간섭함으로써 쾌의 감각

---

63 정상덕, 「군대생활(軍隊生活)」, 『신시대』, 1943.8, 79면.

이 현실 너머를 상상하고 지향하지 못하도록 도덕화한 상태를 지칭한다. 이러한 과정을 관통하는 원리를 추출해 본다면, 유토피아적 전망과 결합된 생산성과 효율성의 원리, 그리고 그것이 개인을 억압하는 기제로 연결되는 순환 메커니즘이라고 요약할 수 있다.

그런데 이러한 사실보다 더 문제적인 것은 놀이의 형태나 성격이 노동 범주와 분리되지 않았음에도 불구하고 표면적으로는 여전히 놀이의 외양을 띤 채 당대 주체들이 자유롭다고 느끼는 순간을 점유하고 있다는 사실이다. 이때 '자유롭다'고 느끼는 순간이란, 여전히 전시체제기가 향유하도록 강제해 둔 놀이 형태와 맞물려 있다는 점에서 규율화된 자유이다. 그렇기 때문에 규율화된 자유는 현실 원칙을 넘어설 수 있는 투쟁 에너지를 상실한다. 그것은 곧 현실이 규정하고 있는 한계 내에 머물고 있는 안전한 자유이다. 4절에서 논의한 '명랑의 감각'이란 쾌의 감각이 지니고 있는 전복성이 제거된 안전한 자유, 지배의 영속화에 기여하는 기만된 자유의 감각을 지칭하고 있다.

> 종래(從來)의 개인주의(個人主義)와 자유주의(自由主義)가 민주주의(民主主義)의 사상에 비끄러 매워있던 사람들은 국방국가(國防國家)와 자유(自由)가 양립(兩立)되지 않는 듯이 생각하지만 이것은 매우 그릇된 생각이며, 진정(眞正)한 의미(意味)의 자유(自由)와 국방국가(國防國家)는 훌륭히 양립(兩立)되는 것이다. (…중략…) 도덕상(道德上)의 자유(自由)라고 하는 것은 자유(自由)의 바른 본심(本心)을 목적(目的)으로 실현(實現)하여 가는 것이기 때문에 국방국가(國防國家)의 생활(生活)과 이 자유(自由)는 훌륭히 양립(兩立)된다. (…중략…)

즉, 그것은 종래(從來)로부터 있는 법률(法律), 제도(制度), 풍속(風俗), 습관(習慣)과 일치(一致)한 것이 자유(自由)요, 일치(一致)하지 않은 것이 부자유(不自由)라고 생각한다. 그런데, 세상(世上)의 법률(法律), 제도(制度), 풍속(風俗), 습관(習慣)은 어느 틈엔가 그 사회(社會)에 생활(生活)하는 사람에게 수취(受取)되어 개인개인(個人個人)의 습관(習慣)이 되는 것이다. 따라서 개인(個人)의 종래(從來)의 습관(習慣)과 일치(一致)하는 것이 자유(自由)요, 일치(一致)하지 않는 것이 부자유(不自由)라 함이 된다. (…중략…) 부자유(自由)도 결국 습관(習慣)이기 때문에 진실(眞實)된 생활(生活)의 습관(習慣)을 기르면 부자유(不自由)를 느끼지 않을 것이다. (…중략…) 이와 같이 생각하면 모든 각도(角度)에서 보아서 국방국가(國防國家)와 자유(自由)는 훌륭히 양립(兩立)된다. 이것을 양립(兩立)되지 않는다고 생각하는 것은 그릇된 의미(意味)의 자유사상(自由思想)에 부잡힌 까닭이다.[64]

놀이의 프로파간다화 메커니즘이 중요한 것은 그것이 자유를 통한 지배의 과정을 보여준다는 데 있다. 이 글에서 '국방국가의 자유'는 지배의 도구로 전락한 자유에 불과하다. 그것은 고도국방국가 체제에서 인적・물적 자원을 전면적으로 동원하고, 이 동원의 상태를 일상 속에 구조화하기 위해 반복적으로 유포되는 프로파간다이다. 이러한 자유는 종래의 '법률, 제도, 풍속, 습관과의 일치'를 조건으로 한다는 점에서 기득의 이익에 충실하고, '바른 본심'을 목적으로 한다는 점에서 도덕에 복종한다. 또한 습관으로 가시화된다는 점에서 개개인의 신체에 미시적으로 작동

---

64 「문화(文化)의 자유(自由)와 국방국가(國防國家)」, 『삼천리』, 1941.9, 153~154면.

되는 규율과 같다. 이처럼 개개인의 일상적인 습속으로 통해 작동되는 '국방국가의 자유'는 권력의 지배 메커니즘을 효율적으로 자동화한다.

테벨라이트의 논의에서 이미 언급된 바와 같이, '쾌'의 감각은 금기 사항을 깨고 기존의 질서를 근본적으로 바꾸려는 힘을 지니고 있다. 파시스트 프로파간다는 이 점에 대해 우려하고 있었기 때문에, 개별 주체가 스스로를 통제하는 규율 메커니즘을 통해 쾌의 감각을 '허용된 것'의 경계 안으로 포획하고자 했다. 전시체제기의 '라디오 체조'[65]는 신체에 작동하는 규율 메커니즘의 예이다. 라디오 체조는 '매일 아침 7시 50분에 울리는 싸이렌 소리 → 궁성요배 → 라디오 체조'라는 주기적인 리듬을 생성하고 있으며, 개인의 일과는 정해진 리듬에 반복적으로 맞추어져야 한다. 그러므로 라디오 체조 동작은 라디오에서 흘러나오는 호령 소리와 음악 반주에 맞추어 규칙을 준수해야 하는 일련의 과정들로 구성되어 있다.

전시체제기의 프로파간다화된 놀이에서 자유의 기만은 우선 대중들이 향유하는 놀이의 형태와 성격이 제국에 의해 규정되고 제한되었다는 데서부터 시작된다. 『신시대』 1941년 10월호 「권두언卷頭言」[66]에서는

---

65 신시대는 1941년 1월호부터 3월호까지 총 3회에 걸쳐 「라디오체조지상강습회(體操誌上講習會)」를 연재하고, 시범을 보이는 어린이의 모습을 사진과 그림으로 실어 이해를 돕고 있다(「라디오체조지상강습회(體操誌上講習會) 1」, 『신시대』, 1941.1, 272~277면; 「라디오체조지상강습회(體操誌上講習會) 2」, 1941.2, 276~279면; 「라디오체조지상강습회(體操誌上講習會) 3」, 1941.2, 275~279면). 전시체제기에 이르러 라디오체육의 대중적 보급이 활성화된 것은 지원병제(1938)와 징병제(1942) 실시 이후 '군인 양성'이라는 측면에서 조선인의 신체에 대한 양육과 관리가 더욱 강화되었기 때문이다.

66 이 글에서 강조하는 2가지가 바로 "일 아니하는 자(者)는 국민(國民)이 아니다"와 "시국(時局)과 오락문제(娛樂問題)"이다. 『신시대』에서 노동 담론과 놀이 담론은 '전체로서의 하나'를 이루고 있다.

"문화는 국가나 민족의 정신적인 무기이기 때문"에 "현하現下 우리가 가져야 할 문화는 과거의 자유주의, 개인주의적인 것을 이념하던 것과는 다른, 어디까지고 이 대동아신질서건설大東亞新秩序建設의 이상과 일치상부하는 것"이라는 점을 제시하고 있다. "전시대前時代의 그 불건전하고 폐퇴적인 방면의 것은 다분히 청폐淸算되었다고 하드래도 그것에 대신할 새로운 것이 아직 생겨나지 아니하고 있"으므로 "시국적인 좋은 오락, 이것의 촉진은 하나의 시급한 요구가 아닐 수 없다"는 판단은 놀이의 성격과 형태를 규정짓는 데 절대적인 기준으로 작용함으로써 놀이를 선택하는 주체의 자율성을 크게 훼손하게 된다.

비록 전시체제기에 이르러 농촌 오락이 활성화되고 향토 오락이 재발견되었다 하더라도,[67] 각 생산 현장에 이동연극대를 파견하여 공연을 활성화한다 해도, 이는 전시체제기의 관리와 통제가 얼마나 효율적이었는지를 증명해 주는 표지일 뿐이다. 문제는 표면적으로 드러나는 놀이의 보편화나 대중화가 아니라, 그 사회의 놀이가 어떠한 자유에 기반하고 있는가에 달려 있다. 다시 말해 놀이의 질을 결정하는 것은 놀이의 활성화나 대중화와 같은 양적인 문제가 아니라 놀이 과정을 통해 당대 주체들이 어떠한 쾌의 감각을 향유하고 있는지, 더 나아가 그러한 쾌의 감각이 어떠한 자유를 지향하고 있는가에 달려 있다. 이 문제는 놀이를 통해 유발되는 쾌의 감각이 얼마나 다양한 진폭과 강도를 지니고 있는가

---

67 「대동아공영권건설(大東亞共榮圈建設)과 조선민중(朝鮮民衆)」, 『삼천리』, 1941.4, 31~34면; 「향토예술(鄕土藝術)과 농촌오락(農村娛樂)의 진흥책(振興策)」, 『삼천리』, 1941.4, 212~234면; 「화랑(花郞)과 풍류(風流)」, 『삼천리』, 1941.6, 270~273면; 「민간오락(民間娛樂)으로의 격구(擊毬)―농촌오락(農村娛樂)의 진흥문제(振興問題)」, 『대동아』, 1942.7.

에 달려 있다. 죽음과 고뇌 없이 기쁨과 열정이 강도와 깊이를 가질 수 없듯이,[68] 쾌의 강도는 쾌의 감각 내부의 다양한 진폭과 파장이 균질화된 상태에서는 존재할 수 없다. 쾌의 강도는 '파이디아paidia'와 '루두스 ludus'라는 두 극점 사이를 자유롭게 오가며 형성되며, 놀이 주체의 태도에 따라 달라진다.

외부로부터 포섭되어 전면적으로 관리된 놀이가 보여주는 자유로운 순간은 균질화되고 표준화되어 있다. '명랑의 감각'은 건전오락이 만들어내는, 규격화된 쾌의 감각이다. 손기정 부부가 다정하게 걷고 있는 사진이 실려 있는 「즐거운 일요일日曜日」은 암울한 시대분위기가 전혀 느껴지지 않을 만큼 평화롭고 화목하다. 여기에서 프로파간다 메커니즘이 꾀하는 효과란, '즐거운 일요일'이라는 '안전한' 쾌의 감각을 통해 제국 / 식민지의 시스템으로부터의 탈출시도를 원천적으로 봉쇄하고 무력화하는 일일 것이다. 전시체제기 잡지에서 무수히 많은 '명랑의 감각'을 발견할 수 있다는 사실은 역으로, 쾌의 강도와 진폭이 얼마나 획일화되어 있는지를 보여준다. 「즐거운 일요일」에서 가정은 "생물生物의 생산번식生産繁殖하는 난소卵巢이며 상부상조相扶相助하며 1일一日의 피로疲勞를 쉬여 익일翌日의 활약活躍을 준비準備하는"[69] 곳, "하로 종일토록 쓸쓸튼 사회社會에 모진광풍狂風과 싸우고 시달리다가도 가정家庭에 도라가면 따뜻한 사랑에 모든상심傷心도 나어지며 익일翌日의 활동活動할 에네루를 길너"[70] 내는 곳이다. 필자는 "일요일은 등산이 아니면 야외산보를 주

---

68 에릭 프롬(Erich Fromm), 박병진 역, 『자유로부터의 도피』, 육문사, 1990, 230면.
69 손기정 씨 부인 강복신, 「즐거운 일요일(日曜日)」, 『삼천리』, 1941.1, 204면.
70 위의 글, 204면.

로, 영화 같은 것도 보며 1일을 유쾌히" 지내노라고 쓰고 있지만, 일요일의 감각은 재충전의 공간으로서의 가정과 화학작용을 일으켜 유용하고 건강한 노동력을 길러내는 시간 이상의 의미를 갖지 못한다. 이렇게 '가정'과 '국가'로 대표되는 사적 영역과 공적 영역은 통합되며, 노동과 놀이도 하나의 범주로 통합된다.

　놀이는 잠시나마 현실원칙의 지배로부터 벗어날 수 있는 기회를 제공해 주는 가상적인 활동이다. 그렇기 때문에 놀이는 일상생활 속에서 일시적으로만 제공된다. 하지만 놀이 주체는 놀이를 경험하면서 현실원칙에서 잠시 벗어나 있으면서 현실과 거리를 두고 그 너머를 꿈꿀 수 있다. 가상성의 놀이 경험이 주체에게 가져다주는 전복적인 힘은, 쾌락 원칙의 이름으로 기존의 현실 원칙을 비판하는 것[71]으로부터 유래한다. 산책자가 풍경을 바라보면서도 풍경에 압도되지 않고, 고독하면서도 자유로울 수 있었던 것은 현실을 바라보면서도 현실 그 너머를 사유하고 상상할 수 있기 때문이다. 그러나 '생산성의 향상'이 삶의 원리가 된 전시체제기는 사유와 상상에 밑거름이 되는 무상성의 자유를 금지하였다. '생산성'이란 자본주의나 사회주의·파시즘·뉴딜에서 공통적으로 우선시되는 가치라는 점에서 전시체제기에서 목격되는 자유의 기만은 현재에도 되풀이된다. 그 동일한 구조 속에서 '무엇을 위한 생산'이냐고 질문한다면, 지금도 여전히 '최대 다수의 최대 행복'이라는 공리주의적 대답이 되돌아올 것이다. 건전오락 담론이 쾌의 감각에 내재하는 다양한 강도를 균질화함으로써 놀이를 프로파간다화한 것처럼, 벤담J. Bentham의

71　헤르베르트 마르쿠제, 김인환 역, 『에로스와 문명』, 나남, 1992, 116면.

공리주의 역시 '유용성'이라는 원리로 행복을 균질화한다. 공리주의적 사고 체계 안에서 쾌락pleasure은 선善 그 자체이며, 질적인 차이는 없다. "만족한 돼지보다 불만족한 소크라테스가 낫다"며 벤담 사상을 비판한 밀John Stuart Mill과 같이,[72] 이제 생산과 노동으로부터 자유로운 '무상성으로서의 놀이' 속에서 무엇을 위한 생산이었는지 다시 한번 돌이켜 생각해 보아야 할 것이다.

이 글을 마무리하며, "전시체제기의 놀이 담론이 프로파간다 메커니즘에 장악되었는가?"라는 질문을 던져본다. 전지구적 자본주의의 확장이 서로 다른 힘의 충돌과정[73]이듯이 파시스트 프로파간다와 식민지의 대면 역시 능동 / 수동의 관점으로 도식화할 수 없다. 식민지 역시 계급·지역·젠더·세대에 따라 서로 다른 충돌과 타협을 거치면서 다양한 층위를 형성하고 있다. 이 글에서는 파시스트 프로파간다의 메커니즘을 분석하는 데 주력하였기 때문에 식민지가 그것을 어떻게 대면하고 경험했는지, 그리고 그 속에 어떠한 조정 과정과 균열 지점이 있었는지에 대해서는 미처 밝히지 못했다. 이러한 부분에 대해서는 후속작업이 더 필요하다. 쾌의 감각이 지닌 다양한 강도를 토대로, 파시스트 프로파간다가 애초에 감지하고 있었던 쾌의 전복적인 힘을 좀 더 본격적으로 분석해 볼 필요가 있을 것이다. 놀이는 프로파간다의 지점이 될 수 있으면서 동시에 금기와 위반의 지대도 될 수 있다는 점은 놀이 연구자가 견지해야 할 균형감각일 것이다. 특정한 시대와 사회에서 향유되고 있는 놀이의 형태와 성격이 그 사회의 본질을 꿰뚫어 볼 수 있는 분별력으로

---

72 존 스튜어트 밀(John Stuart Mill), 이종훈 역, 『자유론』, 지만지, 2008, 10면.
73 요시미 순야[吉見俊哉], 박광현 역, 『문화연구』, 동국대 출판부, 2008, 176~177면.

작용한다는 것은 분명하다. "혁명이란 놀이규칙의 변경"⁷⁴이라고 했던 카이와의 발언은 이런 맥락에서 의미심장하다.[*]

74 로제 카이와, 이상률 역, 앞의 책, 105면.
* 이 글은 2011년 11월 『동아시아문화연구』 50집에 게재된 논문을 일부 수정한 것임.

8장

식민 구조의 작동 메커니즘에 내재된 놀이의 정치학

1. 들어가며

이 글에서는 일제 말기에 발간된 잡지 『여성女性』지에 실린 놀이 담론에 대한 분석을 바탕으로, 식민 구조의 작동 메커니즘에 내재된 놀이의 정치학을 고찰할 것이다. 이를 통해 이 글은 일제 말기를 '암흑기' 혹은 '공백기'라는 용어로 규정하여 식민 시기를 부정하고 망각하려 했던 욕망[1]을 해체하고 이 시기에 대한 적극적인 대면을 시도할 것이다. 식민

---

[1] 식민 직후의 해방 시기에는 독립의 감격과 새로운 창조의 기운으로 유토피아적인 시공간이 생성되고 있지만, 그 내면에는 식민 시기를 부정하고 망각하려는 욕구가 작동되고 있다. 포스트식민적 기억상실에 대해서는 릴라 간디(Leela Gandhi), 이영욱 역, 『포스트식민주의란 무엇인가』, 현실문화연구, 2000, 6면.

구조의 청산은 해방 이후부터 지금까지 한국 근대문학사와 현대사의 지속적인 역사적 과제임에도 불구하고 여전히 풀어야 할 과제로 남아있다. 더구나 식민 구조는 형태를 달리한 내셔널리즘과 파시즘으로 재생산되고 있다는 점에서 과거·현재·미래를 관통하며 일상의 조건을 결정짓는 중대한 문제로 자리 잡고 있다. 따라서 이러한 시점에서 요구되는 것은 식민 구조가 생산되고 작동되는 메커니즘을 탐색하는 일일 것이다.

식민 구조의 생산과 작동이라는 문제를 두고 생각해 볼 때, 필연적으로 대면하게 되는 것이 근대성이다. 식민주의와 근대성의 문제는 지금까지 식민지 수탈론이나 식민지 근대화론 논쟁[2]과 같이 식민주의와 근대성이 양립할 수 있는가를 중심으로 논의되어 왔다. 그러나 식민지 수탈론과 식민지 근대화론 양자 모두 근대화를 지향해야 할 보편적인 가치로 인식하고 있다는 점에서 공통된 기반을 공유하고 있는 것[3]으로 밝혀졌다. 식민주의와 근대성은 양립가능할 뿐만 아니라 상호전제의 관계로서,[4] 근대성의 실현은 식민주의를 수반하게 된다.

자본주의는 식민주의와 근대성을 중첩적인 것으로 연결시켜 주는 매개고리이다. 자본주의는 근대성을 실현하고 추동하는 근원적인 힘이다. 마르크스는 「공산주의당 선언」에서 이윤의 극대화를 추구하기 위해 끊임없는 변혁을 추구하는 자본의 속성이야말로 근대성의 핵심[5]이라는

---

2 조석곤, 「수탈론과 근대화론을 넘어서—식민지 시대의 재인식」, 『창작과 비평』 96, 1997.여름, 355~370면; 정연태, 「'식민지 근대화론' 논쟁의 비판과 신근대사론의 모색」, 『창작과 비평』 103, 1999.봄, 353~376면.
3 배성준, 「'식민지 근대화' 논쟁의 한계 지점에 서서」, 『당대비평』 13, 2000.12, 170~173면.
4 강내희, 「한국의 식민지 근대성과 충격의 번역」, 『문화과학』 31, 2002.9, 77면.
5 칼 마르크스(Karl Marx)·프레드리히 엥겔스(Fredrich Engels), 「공산주의당 선언」, 최

사실을 지적한 바 있다. 마르크스가 일찍이 간파했던 것은 생산력의 극대화를 꾀하기 위해 자본주의는 끝없는 확장 구조를 지니고 있다는 사실이다. 이 확장 구조로 인해 사회의 다양한 영역에서 불균등과 불균형이 생산되고 있다. 제국의 본토를 발전시키기 위해 식민지가 희생되어야만 하는 것 역시 자본주의의 끝없는 확장 구조가 가져온 불균등과 불균형의 하나[6]이다. 같은 맥락에서, 경제성장은 사회경제적 격차를 토대로 해서만 성립될 수 있는 것이며, 성장의 결과는 기왕의 불평등을 해소하거나 완화시키기는커녕 그 불평등구조를 온존·심화시키는 데 기여한다.[7]

이 글은 이러한 문제의식을 토대로 식민 지배 메커니즘을 식민지 여성의 일상 속에서 탐색할 것이다. 이러한 고찰을 통해 일제 말기는 한국 근대문학사에서 망각해야 할, 혹은 공백으로 남겨진 시공간이 아니라 식민 시기와 분단, 전쟁, 개발 독재로 이어지는 근대적 발전 도식의 지배 메커니즘에 대해 성찰할 계기를 제공해 주는 기원의 시공간으로 자리매김될 것이다. 제국주의의 식민 지배는 제국주의 지배자의 억압에 의해서만 이루어진 것이 아니라 일상의 전 영역에서 식민 주체와의 상호작용에 의해 유지된다.[8] 이러한 사실은 이미 그람시Antonio Gramsci의 헤게모니 개념에 잘 나타나 있다. 그람시의 논의에서 헤게모니는 강제로 이해되는 '지배'에 대한 안티테제로서, 시민사회의 자발적인 동의를

인호 외역, 『칼 맑스 프레드리히 엥겔스 저작 선집』 I, 박종철출판사, 1990, 403면.

6 Harry Harootunian, *Overcome by Modernity*, Princeton and Oxford : Princeton University Press, 2000, p.7.

7 김종철, 「민주주의, 성장논리, 농적(農的) 순환사회」, 『창작과 비평』 139, 2008.봄, 67~90면.

8 윤해동, 『식민지의 회색지대』, 역사비평사, 2004, 26면.

유도하고 기존질서와 지배계급의 이익을 보호하기 위하여 가치, 신념, 태도와 도덕 등의 전체제에 확산된 것이다. 그람시는 좌파적인 입장에서 문화를 이해하는 방식이, 억압적인 구조를 지속하기 위한 폭력·강제·조작·강요라는 역할에 관심을 두었으나 대중들의 동의를 창출해내는 방식에 대한 이해는 결여되어 있음을 비판하였다.[9]

이 글에서 그람시의 헤게모니론이 일제 말기 식민지 조선의 일상을 심층적으로 분석하는 데 유효하다고 판단하는 이유는, 전시체제기의 일상이 '억압과 금지', 그리고 '권장과 독려'라는 이중구조에 의해 작동되고 있기 때문이다. 전시체제기의 국민총동원 정책은 강제와 억압, 금지로 일관한 것이 아니라 국민생활을 일정한 방향으로 수렴하기 위하여 어떤 유형의 행동들을 건강하고 고양될 만한 것, 도덕적인 것으로 권장하는 기술을 병행하고 있다. 예컨대 중일전쟁 이후부터 통제사회가 본격적으로 시작된 이후에 널리 퍼진 '근면', '절약', '정직', '봉사', '친절'과 같은 슬로건은 맹목적인 파쇼적 계몽주의[10]를 보여주는 예이다. 전시체제기에 제국 일본은 식민지 조선의 생산력을 효율적으로 이끌어내기 위하여 사치와 소비, 향락을 금지시키는 동시에 노동을 신성시하고 생산력 증대를 미화하는 등 이중적인 접근 태도를 취하였다.

'금지'와 '권장'의 이중 구조는 푸코의 생체 권력bio-power에서도 찾아볼 수 있다. 푸코에 의하면 '복종하는 신체'인 동시에, '생산하는 신체'인 경우에만 신체는 유익한 힘이 될 수 있다. 여기서 복종의 강제는 폭력적인 것이 아닐 수도 있다는 점에서 섬세하고 세밀한 접근을 요구한다.

---

9 양건열, 『비판적 대중문화론』, 현대미학사, 1997, 160~161면.
10 김진송, 『서울에 딴스홀을 허(許)하라』, 현실문화연구, 2002, 50면.

이 강제는 계산되고 조직화하여 기술적으로 고려될 수 있는 것이며, 교묘한 방법으로 무기를 사용하지도 않고 공포를 주는 것도 아니면서 신체적 차원에 머물러 있는 것일 수 있다.[11] 생체 권력에 대한 푸코의 고찰은 네그리Antonio Negri와 하트Michael Hardt가 분석한, '제국'의 작동 방식에서도 중요한 지점을 차지하고 있다. 네그리는 푸코의 생체 권력이 사회생활을 그 내부에서 규제하고, 따라다니고, 해석하고, 흡수하고, 재접합하는 권력 형태라고 보았다. 네그리와 하트가 주목한 것은 권력이란 모든 개인이 기꺼이 받아들이고 자발적으로 재활성화하는 필수적이고 결정적인 기능이 될 때만, 주민의 전체 삶을 효과적으로 지배할 수 있다[12]는 점이다. 이 글에서 주목하는 지점 역시 식민 구조의 작동 메커니즘이 지니고 있는 '생산'과 '복종'의 이중 구조이며, 나아가 그것이 재활성화하며 재접합하는 과정이다.

식민지 조선에서 제국주의적 헤게모니가 일상적인 삶에 파고드는 과정은 어떻게 진행되었는가? 그람시의 논의에서 확인할 수 있듯이 헤게모니의 작동 방식을 섬세하게 포착할 수 있는 장소는 '문화'이다. 특히 그람시는 비합리적이라는 이유에서 무시되어온 감정·정서·가치·분위기·감성과 같은 부분을 분석함으로써, 대중들의 심리상태를 파악하여 동원 가능한 정치 분위기를 마련해 보고자 하였다.[13] 이 문제를 구체적으로 논의하기 위해서는 첫째, 제도나 정책과 같은 거시적 접근 방법보다는 풍습·습속과 같이 일상과 밀착되어 있는 부분을 탐색하는 미시

---

11 미셸 푸코(Michel Foucault), 오생근 역, 『감시와 처벌』, 나남, 2000, 55면.
12 안토니오 네그리(Antonio Negri)·마이클 하트(Michael Hardt), 윤수종 역, 『제국』, 이학사, 2007, 53면.
13 양건열, 앞의 책, 161면.

적 접근 방법을 취해야 할 것이며, 둘째, 이를 통해 실존적 조건으로서의 근대성을 당대 주체들이 어떻게 경험하고 있는지에 중점을 두고 분석해야 할 것이다. 셋째, 그람시가 주목한 바와 같이, 그동안 비합리적이라는 이유에서 논의의 대상에서 배제되어 온 감정·가치·감성과 같은 부분을 분석할 수 있는 범주를 논의의 대상으로 삼아야 할 것이다.

이와 같은 필요에 따라 이 글은 '식민지 여성의 일상과 놀이'에 논의의 초점을 둘 것이다. '일상'·'여성'·'놀이'라는 세 범주를 논의의 주된 거점으로 삼은 것은 첫째, 실존적 조건으로서의 근대성을 경험하는 구체적인 양상을 분석할 수 있는 최소의 단위는 '일상'이며, 둘째, 전시체제기 일상과 보다 밀착되어 있는 주체로 '여성'을 선정하였으며, 셋째, 감정·가치·감성 등 식민지 대중의 정서적 구조를 반영하는 동시에 생체 권력의 작동 메커니즘을 보여줄 수 있는 범주로서 '놀이'를 택했기 때문이다. 놀이는 그것이 실현되는 과정에서 '즐거움'과 '재미'의 감각을 제공한다는 점에서 감정·가치·감성과 같은 정서적 구조를 반영하고 있다. 또한 한국에서 선교사들에 의해 벌어지던 놀이와 전통적으로 계승되던 놀이가 스포츠로 정착된다[14]는 점에서 놀이는 생체 권력이 작동하는 지점이기도 하다.

이 글에서 '놀이'는 논의를 펼쳐나가는 데 가장 핵심적인 범주로서 '노동'과 '생산'이라는 범주가 포착하지 못한 헤게모니의 작동 방식을

---

14 1935년『신가정(新家庭)』11월호에 실린「여성(女性)스포─츠특집(特輯) : 전승(傳乘)되여온 조선부녀(朝鮮婦女)의 스포츠」를 살펴보면, 스포츠를 승부류와 유희류로 나누고 전승되어온 민속놀이를 '스포츠'로 칭하고 있음을 발견할 수 있다.「여성(女性)스포─츠특집(特輯) : 전승(傳乘)되여온 조선부녀(朝鮮婦女)의 스포츠」에서는 '널뛰기'·'그네'·'줄다리기'·'활'·'놋다리밟기'·'강강수월네'를 '우리의 여자 스포─츠'로 소개하고 있다.

포착할 수 있도록 해줄 것이다. 『호모루덴스』의 저자인 호이징하에 따르면 '놀이'란 '자발적인 행위'로서 여유가 있을 때, 즉 자유 시간에 행해지는 것이다. 또한 '놀이'는 실제의 삶을 벗어나서 일시적으로 자유로운 활동의 영역에 들어서는 것이다. 호이징하는 『호모루덴스』에서 정규적으로 반복되는 휴식행위인 놀이가 우리 삶의 반려자이자 보완자가 되어 삶 전체의 불가결한 요소가 된다[15]고 지적하였다. '놀이'의 체계적인 분류를 위한 단초를 제공했다고 평가받는 카이와에 의하면, 놀이는 "자유롭고 공간과 시간이 한정되어 있으며, 놀이의 전개와 결과가 미리 확정되어 있지 않으며, 비생산적인 활동이며 규칙이 있고 허구적인 활동"[16]이다.

이 글은 '일상'·'여성'·'놀이'를 거점으로 지금까지 제기했던 복합적인 문제들에 대해 답하기 위해 카이와가 '놀이' 분류의 두 극으로 제시한, '파이디아Paidia'와 '루두스Ludus'라는 상반된 두 개념을 사용할 것이다. 카이와가 시도한 놀이 분류의 한쪽 극에서는 기분전환, 소란, 자유로운 즉흥, 대범한 발산이라는 공통원리가 거의 전적으로 지배하고 있다. 이 극은 통제되지 않은 어떤 일시적인 기분이 표출되는 곳인데, 카이와는 이 원리를 '파이디아'[17]라고 불렀다. 반대쪽의 극에서는 이 장난기 있고 충동적인 활기가 거의 약해지고 길들여지며, 대신에 다른 경향이 나타난다. 그 경향은 이 무질서하고 변덕스러운 성질과는 대체로 반대되는 경향이 있다. 즉 바라는 결과에 도달하는 것을 점점 어렵게 만들기 위

---

15 호이징하의 놀이 개념에 대해서는 호이징하(Johan Huizinga), 김윤수 역, 『호모루덴스』, 까치, 2007, 20~21면.
16 로제 카이와(Roger Caillois), 이상률 역, 『놀이와 인간』, 문예출판사, 1994, 34면.
17 그리스어로서 '놀이'라는 뜻으로 사용되며, '유희', '어린애 같음'이라는 의미가 들어 있다.

해 이 변덕스러운 성질을 자의적이지만 강제적으로 불편한 약속에 따르게 하고, 그 앞에 장애물을 끊임없이 놓음으로써 그 성질을 구속하려는 욕구가 증대된다. 바라는 결과를 획득하기 위해 노력, 인내, 재주나 솜씨의 끊임없는 증대가 요구되는 제2의 극이 '루두스ludus'[18]이다.[19]

카이와가 제시한 '파이디아'와 '루두스' 개념은 놀이의 구심적 기능과 원심적 기능을 나타낸다. '파이디아'와 '루두스'라는 두 개념을 통해 핵심적으로 드러내고자 하는 문제는 놀이가 지니고 있는 구심적 기능과 원심적 기능 사이의 긴장과 역동성이다. 이것은 놀이가 제공하는 경험, 즉 '플레지르plasir'와 '주이상스jouissance'간의 긴장이라고도 할 수 있다. 즉 규범과 규칙으로 구성된 즐거움인 '플레지르'와, 현실의 상징들이 요구하는 규범과 규칙에 바깥에 있는 '주이상스' 사이에 존재하는 정치적 긴장[20]은 놀이의 성격과 본질을 규정하는 데 핵심적인 요소이며, 나아가 놀이의 사회적인 실천을 방향짓는 매개고리이다. 이것은 '놀이'가 지니고 있는 본질적 속성에 초점을 두기보다는[21] 그러한 본질적 속성이 어떠한 역사적 시공간에서 실현되고 있는가에 주목한다는 점에서 놀이의 정치학에 관한 문제이다. 제국의 식민 동원 이데올로기와 '놀이'의 실천을 둘러싼 정치적 긴장, 즉 '파이디아'와 '루두스' 간의 긴장은 식민

---

18 라틴어로서 이것 역시 일반적으로 놀이라는 뜻으로 사용되지만, 투기, 시합, 경기 등이 그 의미의 기초이다.

19 파이디아와 루두스에 관해서는 로제 카이와, 이상률 역, 앞의 책, 37~38면.

20 플레지르(plasir)'와 '주이상스(jouissance)' 간의 긴장에 관해서는 김겸섭, 「호이징하와 카이와의 놀이 담론」, 『인문연구』 54, 영남대 인문과학연구소, 2008.6 참조.

21 인간의 문명이 놀이를 통해 발생하고 전개되었음을 밝힘으로써 인간을 '호모파베르(Homo Faber)'나 '호모사피엔스(Homo Sapiens)'가 아닌 '호모루덴스(Homo Ludens)'로 정의했던 호이징하는 놀이와 문화에 관한 연구의 선구자로 꼽히고 있지만, 놀이를 지나치게 신성시함으로써 놀이를 탈역사화했다는 비판을 받고 있다. 이 글에서는 놀이가 실천되는 구체적인 시공간의 역사성과 물질성에 초점을 두고 논의를 진행할 것이다.

시기를 넘어 근대 전반을 포획하고 있는 헤게모니의 복합적이고 세밀한 작동 양상을 구명하는 데 중요한 실마리를 제공할 것이다.

2. 놀이, 국민동원의 판타지 공간

제1차 세계대전에 참전한 것을 계기로 자본주의적 세계질서에 적극적으로 관여하게 된 일본은 만주사변 이후 영미 중심의 국제질서에서 이탈하였다. 이러한 정황을 배경으로 볼 때, 1937년에 발발한 중일전쟁은 중국과 일본 간의 분쟁이지만 영미 중심의 국제질서에 대항하는 세계사적 대립 구도 속에서 발생한 것이다. 중일전쟁 이후 전시체제기 식민지 조선의 이념적 공간을 메우는 것이 세계사적 전환이었다면, 일상적 공간을 메우는 것은 세계사적 전환을 '후방에서 내조하는' 여성으로서의 조선이라는 젠더 장치였다.

우리는 이 때에 처해서 냉정하게 우리 일본의 세계적 지위와 실력을 재인식하고 전시체제의 확립강화에 힘써서 동아신질서건설, 즉 세계신질서이라는 一大사업의 완성에 용왕마진(勇徃邁進)하지 않으면 않될 것입니다. (…중략…) 이러한 정세를 가정이 깊이 인식하고 내조하는 것이 큰 힘임을 우리 일반가정은 다시 한번 재인식 하지 않아서는 않될 것입니다.[22]

---

22 「신동아건설과 가정의 내조」, 『여성』 제5권 제9호, 1940.9, 25면.

동아신질서건설의 중심을 차지하고 있는 '남성-일본'과 이를 후방에서 내조하는 '여성-조선'이라는 젠더 장치는 특히 "원래 전쟁이라는 것은 군대와 군대끼리만 싸우는 것이 아니라 나라와 나라가 싸우는 것"[23]이라는 인식을 바탕으로 식민지의 일상을 '절약'과 '근검저축'으로 재편하는 데 효율적으로 작동하였다. 즉 '동아신질서건설'이라는 이념적 지표와 "그저 우리집에선 일왈─日 절약이오 이왈 절약 삼왈 절약으로 일관"[24]한다는 일상적 도덕률은 교묘하게 연속되어 있다. 이처럼 이념적 지표의 내면화와 이에 근거한 일상적 도덕률의 작동은 식민 구조가 유지·재생산되는 핵심적인 메커니즘이었다.

식민 구조가 작동되는 메커니즘은 상당히 복잡한 양상을 보인다. '동아신질서건설'이라는 이념적 지표에 당대 식민지 지식인들이 경도되었던 것은 그것이 약속했던 협화적 이상과 이를 바탕으로 한, 제국 주체로의 호명 때문이었다. '동아신질서건설'이 약속하는 근대 초극의 이상은 자본주의를 극복하는 동시에 "한 민족만의 것이 아니라 전인류에 대하여서 보편타당성이 있는 것이기 때문에 황도皇道를 선양함은 곧 인류를 구제"[25]한다는 보편적 이상을 바탕으로 하였다. 그런데 '동아신질서건설'이라는 이념적 지표가 일상 속에서 대중들에게 보다 쉽게 접근할 수 있는 공간이 필요했을 것이다. 이를 담당하는 공간이 바로 '놀이'이다.

---

23 이건주, 「전시하의 가정경제」, 『여성』 제3권 제8호, 1938.8, 40면.
24 「경제비상시 우리집 대책」, 『여성』 제3권 제7호, 1938.7, 87면.
25 이광수, 「대화숙수양회잡기(大和塾修養會雜記)」(『신시대』, 1941.4), 이경훈 편역, 『춘원 이광수 친일문학전집』 II, 평민사, 1995, 221면.

①

우리 가정에 있어서의 일거일동부터 동아신질서이라는 큰 목표가 부합되고 여기에 어긋나는 일을 하지 말어라 한 것입니다. 바꿔 말하면 가정생활을 지금과 같이 그저 있는 대로 쓰고 있는 대로 먹고 있는 대로 입으며 조곰의 불편이 있다고 참을 줄을 모르는 일이 있어서는 안 되는 것입니다. (…중략…) 우리는 이보다도 현재 우리 눈앞에 벌려저 있는 온갓 헛된 씀씀이를 집어치우고 헛된 물건에 탐심을 버려서 이것만은 있어야 하겠다는 최소한도의 생활을 해야 한다는 것이 그것입니다.[26]

②

금년 정월초하로날부터 매일 약 십 분식 풍금을 치는 것이다. 무슨 조직과 계통 있는 계단를 질서 있게 밟어나가는 것도 아니요 누구 앞에 출연할 연습도 아니며 무슨 목적이 있어서 기한을 정해놓고 연습하는 것도 아니고 단지 종일 자극받은 피곤(疲困)한 신경을 부드러운 종교음악으로 위안(慰安)나 해줄가 하고 종교음악을 시작하여 지금은 매일 계속하여 오는 중이다. 종교음악은 참으로 풍금이 좋다는 것만은 깨닷고 있으나 때로는 나의 서투른 풍금에서 나오는 부조화음이 나의 신경을 더 자극주어 괴로운 때도 있고 또는 종일 교자(轎子)에 앉었든 그 자세를 고대로 가지고 풍금을 치려니까 변화가 없어서 더 피로할 때도 있으나 통터러 보면 금년에도 집에 도라올 때 풍금 칠 생각이 여간 약이 되고 위안되는 것이 아니다. 또한 치고 난 후의 기분이 여간 청청(淸淸)하고 신선한 것이 아니다. 이것도 소한(小閑)에 들 수 있을지 혹은 거기도 못밋치는 미한(微閑)일지도 모르겠다.[27]

---

26 전홍진, 「부엌의신체제」, 『여성』 제5권 제10호, 1940.10, 34~35면.

위 인용문은 2달 간격을 두고『여성』에 실린 기사이다. '최소한 도의
생활'을 요구하는 전시체제하 생활개선 담론인 ①과 '매일 약 십 분씩
풍금을 치'며 '위안'을 얻겠다는 ②는 매우 상반된 담론처럼 보인다. 또
한 '절약' 담론과 '취미' 담론이 동일한 매체에 실려 있다는 사실도 눈여
겨 볼 필요가 있다. 실제로 중일전쟁 발발을 전후로『여성』에는 '하이
킹',[28] '스케이트',[29] '서양고전음악',[30] '해수욕',[31] '독서',[32] '실내 유
희'[33] 등 놀이에 관한 기사가 빈번하게 실렸다. 한편에서는 내핍과 절약
을 권장하며 일체의 사치와 향락을 금지하는 등 노동과 생산성의 향상
을 소리높여 주장하고, 또 다른 한편에서는 실내유희법과 하이킹, 스케
이트, 해수욕과 같은 야외 놀이법을 소개하며 좌담회를 열었던 현상을

---

27 고황경,「풍금」,『여성』제5권 제8호, 1940.8, 88면.
28 김상용,「하이킹 예찬(禮讚)─춘(春)·산(山)·녀(女)」,『여성』제1권 제1호, 1936.4, 2
　　~3면;「그들은 제비떼같이 여학교(女學校) 하이킹반(班)」,『여성』제1권 제1호, 1936.4,
　　4~5면;「하이칼라 하이킹은 이런 것을 입고 신고」,『여성』제1권 제1호, 1936.4, 4~5면;
　　「하이킹예찬(禮讚)─서울 근교(近郊)의 명(名)코─쓰」,『여성』제1권 제2호, 1936.5, 44
　　~45면; 황오,「경성교외(京城郊外)·여성(女性)에게 적당한 하이킹 코─스」,『여성』제2
　　권 제11호, 1937.11, 52~53면.
29 정보라,「여성과 스케팅」,『여성』제2권 제2호, 1937.2, 76~79면; 김병렬,「스켙은 이
　　렇게 타야」,『여성』제4권 제12호, 1939.12, 76~78면.
30 홍난파,「가정(家庭)과 음악(音樂)」,『여성』제2권 제1호, 1937.1, 50~52면; 김관,「레
　　코─드에 依한 음악감상법(音樂鑑賞法)(一)」,『여성』제2권 제2호, 1937.2, 80~81면;
　　김관,「레코─드에 依한 음악감상법(音樂鑑賞法)(三)」,『여성』제2권 제4호, 1937.4, 86
　　~87면; 김관,「레코─드에 依한 음악감상법(音樂鑑賞法)(四)」,『여성』제2권 제5호,
　　1937.5, 42~43면; 김관,「레코─드에 依한 음악감상법(音樂鑑賞法)(五)」,『여성』제2
　　권 제6호, 1937.6, 36~37면; 김관,「성악감상법(聖樂鑑賞法)(上)」,『여성』제3권 제2
　　호, 1938.2, 42~43면; 김관,「성악감상법(聖樂鑑賞法)(中)」,『여성』제3권 제3호,
　　1938.3, 82~83면.
31 신충혜,「해수(海水)의 매력(魅力)」,『여성』제1권 제5호, 1936.8, 24면.
32 「부인(婦人)과 독서(讀書)」,『여성』제5권 제4호, 1940.4, 52~55면; 김남천,「가을과
　　독서(讀書)」,『여성』제5권 제10호, 1940.10, 30~31면.
33 홍난파,「자미있는 실내유희법(室內遊戲法)(下)」,『여성』제3권 제1호, 1938.1, 104~105면.

어떻게 설명할 것인가?

　'생산성'과 '유희성', 즉 '노동'과 '놀이'는 전시체제기 식민 구조를 가동했던 두 바퀴이다. '절약'과 '여유'는 표면적으로 이질적으로 보이지만, 전시체제기 일상을 가동했던 두 바퀴이다. '동아신질서'가 가져다주는 협화적 이상과 근대 초극의 비전은 여유로운 취미 생활로 대표되는 '행복'의 외양을 통해 일상을 살아가는 대중들의 동경을 이끌어낸다. 그리고 이는 곧 전시체제기의 헤게모니가 일상의 구석구석에서 작동하며 식민 주체의 집단적 '동의'를 생산해 내는 메커니즘으로 연결된다. 그것은 '누구 앞에 출연할 연습도 아니며 무슨 목적이 있어서 기한을 정해놓고 연습하는 것도 아니'지만 자발적으로 풍금 앞에 앉으려는 정신, 즉 놀이 자체가 지닌 자유로움을 추구하면서 더욱 효과적으로 발현된다. 전시체제기가 '놀이'라는 또 다른 공간을 필요로 하는 것은 놀이 자체의 본성, 즉 자발성과 자유로움에 내재되어 있는 '동의'의 구조 때문이다. 놀이는 일상적인 실제 생활이 아니다. 놀이는 '실제의' 삶을 벗어나서 아주 자유스러운, 일시적인 활동 영역으로 들어간다. 이때 놀이 주체는 놀이에 몰두함으로써 충족되지 못한 동경을 보상받는다.[34] 여기서 '놀이'는 식민지 현실을 압도하고 있는 제국주의의 작동 메커니즘을 은폐하고 놀이하는 현재적 순간을 극대화함으로써, 그것이 생산된 역사와 분리된 채 현재 속에 머물게 된다. 이러한 맥락에서 '놀이'는 국민동원의 판타지 공간을 형성하며 '노동' 및 '생산성'의 메커니즘과 구조적으로 연결된 채 식민지의 일상을 구성하고 있는 한 축이다.

---

34 호이징하, 김윤수 역, 앞의 책, 1장 참조.

놀이는 그것이 배태되고 실현되는 구체적인 시공간의 물질성을 필요로 한다. 다시 말해 놀이에 대한 사유는 놀이 자체가 지니고 있는 본질과 그것의 물질적 외양을 동시에 고려하면서 이루어져야 한다. 이에 관하여 논의하기 위해 카이와의 놀이 분류표를 바탕으로 하여 『여성』지에 실린 놀이를 '■'로 표시하여 분류해 보면 다음과 같다.

〈놀이의 분류와 분포도〉

	아곤(경쟁)	알레아(운)	미미크리(모의)	일링크스(현기증)
파이디아	규칙없는 경주, 규칙 없는 격투기 등 육상 경기	술래결정을 위한 앞이냐, 뒤냐 놀이	어린이의 흉내 공상 놀이 / 인형, 장난감의 무구 가면, 가장복	어린이의 뱅뱅돌기, 회전목마, 그네, 왈츠
야단법석		내기 룰렛		
소란 폭소	권투, 당구, 펜싱, 체커, 축구, 체스 등 스포츠 경기■ 전반	단식 복권, 복식 복권, 이월식 복권	연극, 공연 예술전반 ■	타고 노는 장치 스키 ■, 등산, 공중곡예, 하이킹■, 스포츠카
연날리기				
솔리테르				
카드로 점치기				
루두스[35]■				

(세로로 들어간 각 단의 놀이배열은, 위에서 아래로 파이디아 요소가 감소하고, 루두스 요소가 증가해 가는 순서에 따르고 있다.)

---

35 '취미'는 카이와의 놀이 분류 표에서는 경쟁, 운, 모의, 현기증으로 분류되어 있지 않다. 그러나 카이와의 다음과 같은 논의를 살펴보면, 근대적 취미는 루두스의 특수 형태임을 알 수 있다. "산업문명은 루두스의 특수형태인, 즉 즐거움을 얻기 위해 시작되고 지속되는 무상(無賞)의 이차적인 활동인 취미(hobby)를 탄생시켰다. 수집, 기예(技藝), '특히 여자의 교양이나 취미로서의 음악, 미술, 자수 등을 말함'"(로제 카이와, 이상률 역, 앞의 책, 65면).

위에서 '■'로 표시한 것은 『여성』지에 기사로 실린 놀이의 분포도이다. 이를 보면 전시체제기의 놀이는 루두스의 경향이 더 강하다는 사실을 유추할 수 있다. 이러한 현상은 『여성』이라는 매체 자체의 특성, 그리고 매체를 수용하고 생산한 주체 및 시대의 특성을 두고 복합적으로 해석할 수 있다. 루두스와 파이디아는 놀이의 기능을 표지하는 두 극점이다. 놀이의 좌표를 두고 일어나는 파이디아와 루두스 간의 긴장은 놀이 주체가 놀이를 경험한 뒤 어떠한 존재로 귀환하는가와 연관되어 있다. 이것은 놀이가 수행되는 시공간의 물질적·역사적 성격이 놀이의 역할을 결정짓는 요소가 된다는 것을 의미한다. 이 글에서는 놀이를 "물질세계와 만나는 지점의 위상학에 따라 이질적이고 다양하게 구성되는 활동"이라고 정의할 것이다. 또한 놀이를 정의하는 이러한 방식은 놀이가 어떻게 헤게모니의 한 형태로서 현실을 추동하는 힘으로 작동하는가 하는 문제로 확장된다. 따라서 '파이디아'와 '루두스'에 대해서는 "놀이의 수행을 둘러싼 정치적인 힘의 작동 양상을 보여주는 극점"이라고 정의할 것이다.

카이와는 놀이를 분류하면서 루두스를 다음과 같이 설명했다. "일반적으로 루두스는 뛰놀고 즐기고 싶은 원초적인 욕망에게 끝없이 새로운 임의의 장애물을 제공하는 것이다. 여기서 장애물이란 놀이가 지니고 있는 질서와 규칙의 체계와도 유사하다. 따라서 놀이의 좌표에서 '루두스'라는 극점은 반대편에 있는 '파이디아'에 규율을 부여하는 속성을 지니고 있다."[36] 카이와의 이러한 설명은 호이징하가 놀이를 자유인 동시

---

36 위의 책, 66면.

에 창의創意이며, 변덕인 동시에 규율로 정의했던 지점을 상기시킨다. 문화를 '놀이의 한 형태'로 규정했던 호이징하가 인간을 '호모루덴스 Homo Ludens'로 정의한 것은 놀이가 지니고 있는 '질서와 규칙'의 요소를 사유한 결과이며 이러한 사유는 '문명'[37]의 형태로 드러난다.

위 표에 나타난 놀이의 분포도를 보면, 전시체제기의 놀이는 '루두스'의 경향이 더 강하다는 것을 알 수 있다. 그것은 전시체제기의 놀이가 파이디아적 경향, 즉 탈영토화의 경향보다는 제도를 향해 재영토화하는 경향이 더 강하다는 것을 말해준다. 이러한 현상은 놀이가 지니고 있는 '질서'와 '규율'의 요소가 전시체제기 식민지 조선이라는 역사적 시공간에서 상대적으로 강하게 실현되고 있는 양상을 반영한다.

전시체제기의 놀이가 규율의 요소를 강하게 실현하고 있으면서도 놀이의 외양에 충실할 수 있었던 것은 유희적 경험이 주체에게 제공하는 판타지 덕분이다. 주체는 놀이 경험이 생성하고 있는 판타지 속에서 '즐

---

37 놀이의 원리에 내재된 질서와 규칙에서 문명의 진보를 추적할 수 있는 것과 마찬가지로, '루두스'적 형태가 강화된 놀이인 여성의 교양과 취미(음악, 미술, 자수, 스포츠)는 문명화 과정과 중첩되어 있다. 그러나 문명화 과정과 중첩되어 있는 근대적 취미의 형태는 곧 근대 자본주의를 토대로 하며, 그것을 승인한다는 점에서 식민주의로 전도될 가능성을 지니고 있다.
문명화 담론과 제국주의 간의 착종관계는 민족주의와 식민주의가 서로 모순되는 목적을 가지고 있음에도 불구하고, 특정한 역사적 지점에서 공모관계로 전도된 경우에서도 찾아볼 수 있다. 민족주의와 식민주의는 그것이 지니고 있는 상반된 목적에도 불구하고 근대 자본주의를 승인한다는 점에서 공통된 토대를 기반으로 하고 있다. 민족을 새로운 세계사의 보편적 내러티브에 편입시키자 했던 근대화 담론은 모든 민족을 근대를 향한 동일 궤도상에 위치시키고자 했다. 근대를 향한 직선적 궤도 위에서 식민지 조선은 미완의 근대에 머무를 수밖에 없었고, 그럴수록 계몽과 문명화 담론은 더 널리 유포되었다. 이러한 순환 구조 속에서 1905년 을사조약 체결 이후 문명화 담론은 일본 식민 당국에 의해 민족을 말살하는 더 높은 권위로 인용되었다(Andre Schmid, *Korea Between Empires 1895~1919*, New York : Columbia University Press, 2002, pp.5~13). 근대성과 식민주의의 양립가능성을 전형적으로 보여주는 것이 바로 문명화 담론의 딜레마이다.

거움'과 '행복'의 감정을 경험하며 판타지가 제공하는 유토피아의 세계를 욕망하게 된다. 이러한 욕망의 구조 속에서 식민 주체는 '절약'과 '내핍'의 '규율'을 내면화할 수 있었던 것이다. 이처럼 전시체제기 식민지의 놀이는 '규율'과 '유희', '현실'과 '판타지'의 경계를 넘나들며 전시체제라는 역사적 조건을 때때로 망각시켜주며 지배체제를 유지하고 재생산하였다.

이것은 이 시기 놀이 담론에 나타난 주체의 양상을 분석해 보면 좀 더 세밀하게 확인할 수 있다. 놀이는 앞에서 언급했던 바와 같이 자유롭고 탈일상적인 경험이다. 놀이는 일시적으로나마 일상으로부터 해방과 도피를 제공해주면서 보다 본질적인 '나'의 존재와 대면하는 탈일상적 시간을 제공해 준다. 그러나 놀이를 통한 탈일상적 경험은 현실로 귀환하면서 더 충실하게 영토화된다. 전시체제기 놀이 담론을 분석해 보면, '놀이하는 주체', '유희하는 주체'로 재탄생한 대중은 일시적인 탈일상화의 경험을 통해 보다 건강한 신체와 고양된 정신을 지닌, 명랑한 주체로 귀환하고 있다.

3. 영토화된 재미의 정치학

전시체제기 놀이의 위상을 반영하고 있는 글이 김정혁의 「키네마와 신체제」이다. 김정혁은 이 글에서 "일대전환기"를 맞이하여 "방임에 가까웠든 오락방면이 신체제라는 폭풍 속에 훌륭히 통제"[38]된다고 전망하고 있다. "생활이란 것은 의식주뿐만인 것이 아니라 오늘은 어느 정도 오락도 생활의 일부"[39]라는 부분은 전시체제기에 널리 확대된 생활개선 이데올로기가 의식주와 오락, 노동과 놀이의 경계를 횡단하고 있었음을 반영하고 있다. 이 시기의 "오락"은 곧 "국가정책政策에 협조協助"시키기 위해 "개선"되어야 할 대상이자 식민주의의 스펙트럼을 통과하는 대상이었다. 전시체제기의 "오락"은 "지금까지의 무통제, 방임상태에서 건져" "안심하고 높고 건전한 오락을 차지할 수" 있는 시공간으로 호출된다. 이때 "건전한 오락"은 식민주의 메커니즘 속에서 고안된 놀이이며 '명랑'을 코드로 삼아 건강하고 씩씩한 신체를 생산한다. '하이킹'과 '스케팅'은 '명랑'을 코드로 하는 대표적인 전시체제기 놀이이다. 1936년 4월호『여성』지에 '하이킹'에 관한 기사가, 1937년 2월호『여성』지에 '스케팅'에 관한 기사가 처음으로 실린 것을 계기로 명랑 코드는 1940년까지 지속된다.

①

그동안 시절은 박귀었다. '산보' 시대는 갔다. 때는 '하이킹' 시대이다. 명랑한 '하이킹'! 바득바득 핏대를 올리고 싸우는 따위가 없는 유유자적(悠悠自適)의 '스포츠'이다. 자연을 쓰다듬으며 건강을 말하는 '하이킹 이데오로기-'의 소유는 오늘 청춘의 자랑이다. 자! 하이킹![40]

---

38 김정혁,「키네마와 신체제」,『여성』제5권 제11호, 1940.11, 64면.
39 위의 글, 64~66면.
40 홍종인,「하이킹순례(順禮)-서울근교(近郊)의 명(名)코-쓰」,『여성』제1권 제2호, 1936.5, 44~45면.

②

　그리고 이즘까지 않하시든 분께서도 이번 겨울부터는 어름하고 사괴서 좀 씩씩하게 지내여 보시지 않으시렵니까? 여러분께서도 남과같이 씩씩하게 명랑하게 살어보시고 싶은 분은 어름이 얼거든 곳 스켓을 들고 빙판으로나 와 보십시요 한번만 나오시기 시작하면 자미(滋味)있어서 날마다 스켓장으로만 나가게 되실 것입니다.

　한참 동안 열심이 지치고 나서 뜨거운 입김으로 손을 혹혹 불면서 숨차고 마른 목에 차듸찬 귤을 까먹는 맛과 날마다 날마다 늘어가는 자미(滋味)나 기쁨이란 도모지 아루묵에 앉으신 분은 상상도 못할 것입니다.[41]

　'명랑' 코드가 발산하는 발랄하고 천진스러운 파장은 놀이에 투사된 식민주의가 '통제'나 '억압'과 같은 부정적 기제를 띠지 않도록 해준다. 이러한 과정은 놀이의 본질인 '재미enjoyment'[42]와 연관되어 있다. 이것은 곧 놀이 경험이 놀이 주체로부터 내적인 동기를 유발하는 구조로 이어진다. 그 과정을 살펴보면 다음과 같다. 첫째, '명랑' 코드는 '억압'이나 '통제'와 같은 부정적 기제가 긍정적 기제로 전환되도록 만든다. 둘째, 긍정적 기제는 훨씬 더 강도 높은 동기를 부여하게끔 추동하는 '즐거움' 층위로 상승된다. 여기서 '재미'의 층위는 특정한 행동을 강화시킬 수 있는 자극의 일종으로서, 외적인 인센티브에 의존하지 않고 그 자체가 보상인 자기목적적 활동을 향한 내적 동기화를 영속시킨다.

---

41 김병렬, 「스켙은 이렇게 타야」, 『여성』 제4권 제11호, 1939.12, 78면.
42 재미에 관해서는 미하이 칙센트미하이(Mihaly Csikszentmihalyi), 이삼출 역, 『몰입의 기술』, 더불어책, 2003, 1장과 2장을 참조.

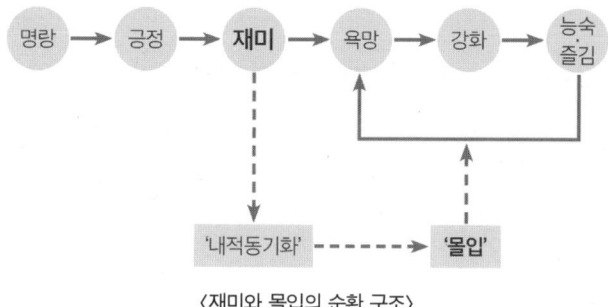

〈재미와 몰입의 순환 구조〉

　여기서 핵심적인 것은 금지나 의무감을 넘어 재미와 즐거움의 층위로 전환되는 상승구조이다. 이러한 상승구조 내에서 재미와 즐거움의 층위가 중요한 역할을 하는 이유는 그것이 특정 행위에 대한 욕망을 추동하기 때문이다. 욕망을 바탕으로 행위는 반복되며 강화되어 능숙해지는 동시에 즐거워지며, 그래서 더욱 그것을 욕망하게 되는 순환구조를 형성하게 된다. 결국 식민주의가 '놀이'라는 바퀴를 구동하는 것은 내적동기화를 영속시키는 재미의 순환구조에 토대를 두고 있다. 놀이 경험의 본질이라 할 수 있는 '재미'는 전시체제기라는 역사적 시공간 속에서 식민주의를 효율적으로 작동하는 정치적 전략으로 영토화되었다.

　일상은 개별 주체의 실존이 전개되는 시간이자 그것과 만나는 장소이다. 그렇기 때문에 주체의 의식은 일상 속에서 형성되며 결정된다. 놀이가 실현되는 일상 속에서 전시 파시즘은 놀이 경험이 제공해 주는 '재미'와 '기쁨', '유쾌'와 '즐거움'의 감정을 전유하며 당대의 일상을 탈역사화한다. 그것은 하이킹 담론에서 과도하게 형성되고 있는 즐거움과 명랑의 감각을 통해서도 확인할 수 있다.

① 하눌 푸르고 구름 히고 새소래 맑고…… 그들의 마음과 몸도 노래도 맑고 히고 푸르고…… '코쓰'는 대개 북한산, 인왕산, 금화산, 남산, 청량산, 한강변…… 그들은 제비떼같이 하앤맨드하익[43]

② 산악(山岳)과 여성(女性). 그들의 규방(閨房)지방을 잘 넘人지 못하든 발이 마츰내 장산(壯山)을 짓밟게 된 것을 생각할 때 우리의 가슴은 안도(安堵)로 충만한다. 굴종(屈從)과 명랑(明朗)의 조화(調和), 여기에 근대성(近代性)의 심장(心腸)은 뛴다.[44]

③ 동방예의(東方禮義)에 '못'박혔던 여성(女性)들에게 '하이킹'이라는 신어(新語)를 듣게 된 것만 해도 아주 감축한 일이지만 '하이킹'이란 말이 본래(本來) 여성적(女性的)이다. 여성(女性)을 위(爲)한 존재(存在)인 듯하다. 남성(男性)이니 여성(女性)이니 하는 것이 시대(時代)에 뒤떠러졌다는 느낌이 있다. (…중략…) '하이킹'이란 하로 이틀 속진(俗塵)을 벗어나서 아츰이슬에 씻기운 풀닢새 같은 심정(心情)을 향락(享樂)하는데 있다. 즉(卽) 말하자면 경치(景致)를 밟으며 기분(氣分)을 걷는다.[45]

인용문에서 자연은 즐거움과 명랑의 감각이 실현되는 공간이며 전시체제기 식민지라는 역사적 현실로부터 분리된 탈일상적 공간이다. 하이킹을 체험하는 동안 동반되는 속도는 그러한 감각을 더욱 상쾌하게 만

---

43 「그들은 제비떼같이―여학교(女學校) 하이킹반(班)」, 『여성』 제1권 제1호, 1936.4, 5면.
44 김상용, 「하이킹 예찬(禮讚)―춘(春)・산(山)・녀(女)」, 『여성』 제1권 제1호, 1936.4, 2면.
45 황오, 「경성교외(京城郊外)・여성(女性)에게 적당한 '하이킹'코―스」, 『여성』 제2권 제11호, 1937.11, 52면.

들어 준다. '하이킹'과 '스케팅'은 카이와의 놀이 분류표에서 '일링크스 Ilinx, 현기증'에 속한다. 일링크스란 "현기증의 추구를 기초로 하는 놀이로서, 일시적으로 지각知覺의 안정을 파괴하고 맑은 의식에 일종의 기분 좋은 패닉panique, 공포상태를 일으키려는 시도로 이루어져 있다."[46] 하이킹과 스케이트를 타는 데서 오는 재미는 맹렬한 속도로 달릴 때 유발되는 기분, 즉 취한 기분으로부터 얻어진다. 이때 '속도'는 일링크스가 지니고 있는 몰입의 특성을 반영하고 있다.

'제비떼'와 같이 가벼운 감각 속에서 "국가전체주의 나라의 이익을 위하여서는 백성들은 아무리 어려운 일이라도 참고 견디어라"[47]는 통제 분위기는 휘발된다. 오히려 하이킹은 규방에 갇혀 있던 여성을 해방시키는 근대성의 기호로 전도되고, 자연은 규방으로 대표되는 전근대적 공간으로부터 여성을 호출하는 근대적 공간으로 전환된다. 자연에 투과되는 근대적 스펙트럼과 어우러져 자연은 곧 '굴종'의 억압기제가 사라진 '향락'의 공간으로 상승된다.

재미의 정치학에 관한 문제, 즉 재미의 순환구조가 전시체제기 식민지 일상의 곳곳에 편재되어 있는 파시즘적 구조를 망각하는 데 효율적으로 작동되고 있다는 사실은 재미의 핵심 요소인 '몰입'과도 연관이 있다. '몰입'은 '동의'의 구조로 작동되었던 제국주의 헤게모니가 '놀이성'을 호명하도록 만드는 매개 역할을 한다. 몰입 경험은 행동과 인식을 통합하고 자신의 행동에 집중하기 위해 잠재적으로 개입하는 자극에는 주목하지 않는다. 또한 몰입 경험은 분명하고 모순이 없는 규칙을 갖고 있

---

46 로제 카이와, 이상률 역, 앞의 책, 52면.
47 이건주, 「자본통제와 생활대책」, 『여성』 제3권 제10호, 1938.10, 44면.

으므로, 그런 활동에 참여하는 사람들은 일시적으로 문제점이나 정체성을 망각하는 몰아의 경지가 된다.[48]

여기에서 몰입 경험을 전시체제기 일상과 연관지은 까닭은, 놀이와 식민주의의 연결고리를 탐색하는 과정에서 몰입 경험이 수반하고 있는 '망각'의 구조에 주목하기 때문이다. 몰입은 고도의 집중을 뜻한다. 다음의 두 가지 사항은 몰입이 실현되기 위한 전제 조건인 동시에 몰입이 수반하게 되는 결과이다. 먼저 놀이가 약속하고 있는 규칙을 능수능란하게 다룰 줄 알아야 하며, 제한된 행동에 몰입하기 위하여 그 외의 모든 것과 단절되어야 한다. 『여성』지에 "출발 시에는 R·O·F 바른쪽 발을 가볍게 들어 왼켠 발꿈치에다 잠간 주었다가 다시 왼발 앞 빙상에다 놓으면서 왼발 스켈 앞끗으로 어름을 찍어밀겠"[49]과 같은 기술이 상세하기 실린 이유는 필요한 기술을 능숙하게 익힘으로써 몰입의 상태를 최적화하기 위함이다. 그리고 몰입 경험 외의 조건들은 차단되며 단절된다. 몰입 경험 속에서 현재는 최대화되며 과거와 미래는 단절된다.

'명랑' 코드는 식민주의에 의해 고안되고 몰입 경험을 통해서 생성된 것이다. 전시체제기의 식민주의는 이러한 몰입의 구조를 효과적으로 활용함으로써 대중들의 자발적인 동의를 '유쾌하게' 이끌어 낼 수 있다. 결국 '재미'를 생성해 내는 '몰입' 경험을 통해 파시즘적인 망각 구조는 효과적으로 운용된다. '아츰이슬에 씻기운 풀닙새 같은 심정을 향락'하는 재미의 감각, 즐거움의 감각을 통해 파시즘적 망각 구조가 가동된다. 그것은 표면적으로 억압과 금지를 띠지 않을 뿐만 아니라 현실과 분리된

---

48 미하이 칙센트미하이, 이삼출 역, 앞의 책, 93~109면.
49 정보라, 「여성과스케팅」, 『여성』 제2권 제2호, 1937.2, 77면.

탈일상적 경험을 통하여 유포되므로 대중은 그것을 추동하는 식민주의의 은밀한 작동을 의식하지 못한 채 재미의 감각을 경험한다.

몰입 경험 뒤에 역사적 시공간으로 귀환하면서 주체는 어떠한 존재로 전이되는가. 놀이 공간 '스켓장'은 "튼튼한 신체와 정신을 갖은 여성"[50]이 탄생하는 젠더 공간이면서, '여학생', '가정주부'할 것 없이 '튼튼한 신체와 정신'으로 호출된다는 점에서 균질적인 공간이다. 인용문의 필자는 "우리 여성들도 딴 나라 사람들한테 지지 않으리만치 힘 있는 정신과 강건한 신체을 갖을 수 있게 노력"[51]할 것을 당부한다. 여기서 '스켓장' 내부를 채우는 균질성의 실체는 바로 '국민'이다. 스포츠 담론은 놀이를 내셔널리즘의 시선과 결합시키면서 지배 이데올로기를 효과적으로 운용한다.

> 옛날의 부모는 창백한 안색에 섬섬약질의 귀중여식을 만들기에 고심하였지만 오날의 부모는 건강한 얼골빛과 스포-츠로 단연된 전신의 근육이 균등되야 건강미(健康美)기 전신에서 넘치는…… 현대에 적응한 활동적인 여식을 만들기에 힘을 다하지 않이하면 안될 것이다.[52]

인용문에서 여성 스포츠는 '식민주의', '놀이', '젠더'가 서로 횡단하는 영역이다. 여기에서 발견할 수 있는 독특한 지점은 이 글에서 그리고 있는 현대 여성의 이미지가 매우 남성적이라는 사실이다. 이 신체는 남

---

50 김병열, 「스켙은 이렇게 타야」, 『여성』 제4권 제12호, 1939.12, 76면.
51 위의 글, 78면.
52 김태호, 「여성(女性)스포-츠론(論)」, 『여성』 제2권 제11호, 1937.11, 58면.

성과 여성이라는 젠더 경계를 넘나들며 '건강'과 '국민'이라는 중심축을 향해 돌진하는 신체이다. 미세한 그물망처럼 퍼져 있는 식민 구조 속에서 젠더 경계는 '전쟁'을 중심으로 재배치된다. 전쟁에 동원된 남성을 대신하여 생활을 꾸리는 억척스러운 여성이 발현하는 '인고'와 '희생', '근검절약'의 내면세계가 여성이 젠더 경계를 넘어서 강인한 국민으로 호명된 결과라고 한다면, 인용문에서 그리고 있는 것은 젠더 경계를 넘어서 호명된 여성의 신체이다. 하이킹이나 스케이트 담론이 생산해 내었던 명랑하고 경쾌한 감각은 '국민'이라는 스펙트럼을 투과하면서 "건강한 얼골빛과 스포―츠로 단연된 전신의 근육이 균등되야 건강미가 전신에서 넘치는" 신체를 고안하며 충실하게 영토화된다.

4. 나가며

이 글은 많은 부분 호이징하의 논의를 토대로 하고 있지만, 호이징하의 논의에 전적으로 동의하지는 않는다. 호이징하는 놀이를 놀이답게 해주는 것으로서 '놀이정신'을 꼽고 있는데, 이러한 정신주의적 경향은 놀이를 지나치게 탈역사화했다는 점에서 비판의 여지가 있다. 놀이는 '놀이' 그 자체로 존재하기보다 놀이가 실천되는 구체적인 시공간의 역사성과 물질성을 동반한다. 놀이가 지니고 있는 근본적인 구조, 즉 '놀이성'은 구체적인 시공간을 초월한 진공 상태에서 존재하는 것이 아니라 항상 물질적인 토대에 뿌리를 내리고 실현된다. 이 글에서 좀 더 강조했던 것이 바로 놀이가 실천되는 '물질성'과 '역사성'이다.

이렇게 볼 때 '놀이'가 지니고 있는 '놀이성'이나 '놀이정신'이 매우 이상적이어서 근대적 패러다임을 넘어설 만큼 새로운 유토피아를 제공한다고 해도, 순수한 이념적 양태로서 놀이를 파악하는 것은 적절하지 않다. 전시체제기 식민지 여성의 일상은 놀이가 실행되는 역사성과 물질성을 보다 생생하게 확인하도록 해준다. 카이와는 『놀이와 인간』에서 놀이의 타락에 관해 논의하면서 "놀이의 부패는 사기꾼이나 놀이의 프로에 의해 일어나는 것이 아니라 오로지 현실에 감염되어 일어난다"[53]는 입장을 내세웠다. 그러나 놀이가 다름 아닌 현실에 감염된다면, 놀이가 실천될 시공간을 찾기 어려워진다. 놀이는 현실과 분리된 채 존재하는 것이 아니라 항상 현실에 토대를 두고 실행된다. 따라서 문제는 현실이 아니라 그 현실이 구체적으로 어떠한 특징을 지니고 있느냐 하는 것이다. 나아가 놀이의 원리를 이상적으로 실현하기 위한 대안을 모색하기 위해서는 놀이가 타락하게 되는 근원적인 구조를 탐색해야 한다.

놀이 경험은 놀이 주체에게 재미를 제공해 준다. 그리고 재미는 놀이 행위를 강화하면서 놀이를 욕망하게 만든다. 이런 측면에서 재미는 몰입을 가능하게 해 주는 매개고리이다. 전시체제기 식민지 여성의 일상과 놀이를 분석하면서 추론하게 된 것은, 전시체제기 놀이에서 발견되는 명랑성·경쾌함·즐거움의 감각이 당대의 일상과 단절되어 있으면서도, 그러한 감각이 당대의 일상을 상당히 효율적으로 지배하는 메커

---

53 로제 카이와, 이상률 역, 앞의 책, 79면.

니즘으로 전환된다는 사실이다. 이것은 곧 억압과 금지의 '부정적 기제'와 즐거움과 재미와 같은 '긍정적 기제'가 식민 구조(근대성)를 가동했던 두 바퀴라는 사실을 말해 준다. '재미'와 '즐거움'과 같은 경쾌한 감각은 당대 일상과는 상당히 다른 비현실적인 감각이라는 점에서 판타지 공간을 형성하게 되었고, 이를 바탕으로 놀이는 국민을 동원하기 위한 효율적인 장소로 역전된다. 영토화된 재미의 정치학이란 이러한 메커니즘을 지칭한 것이다. 영토화된 재미의 정치학은 결국 파시즘적 망각 구조와 연관되어 있다. 식민 구조는 놀이가 제공하는 재미의 감각, 즐거움의 감각을 매개로 작동되고 있으며, 이러한 구조 속에서 대중은 식민주의의 은밀한 작동을 의식하지 못한 채 재미의 감각을 경험한다.

물론 놀이가 타락하게 되는 원인으로 유독 놀이성에만 주목하는 것은 놀이에 대한 왜곡이며, 놀이를 제대로 사유하지 못한 결과이다. 이에 이 글은 놀이를 "물질세계와 만나는 지점의 위상학에 따라 이질적이고 다양하게 구성되는 활동"이라고 정의하였다. 따라서 놀이에 내재된 놀이성은 그것이 실현되는 구체적인 현실의 성격에 따라 이질적이고 복수적인 층위를 생산하게 된다. 놀이는 시대와 장소를 넘어 보편적으로 발현되지 않는다는 뜻이다. 여기서 이 글은 다시 내셔널리즘과 놀이를 연관시켜 보았다. 현재 역시 내셔널리즘의 문제에서 자유롭지 않으며 우리의 일상을 재편하는 강력한 기제로 작동하는 것이 내셔널리즘인 까닭에, 내셔널리즘은 놀이의 실현과도 밀접한 관계를 맺고 있다. 이 문제는 놀이가 어떠한 인식론적 장에서 실천되고 있는가를 다룬다는 점에서 놀이의 정치학에 관한 것이다.

카이와의 놀이 분류표는 이 지점을 해결하기 위해 가져온 것이다. 특히 중요한 분석틀로 사용한 것은 '파이디아'와 '루두스'라는 극점이다. 이 글에서는 '파이디아'와 '루두스'를 "놀이의 수행을 둘러싼 정치적인 힘의 작동 양상을 보여주는 극점"으로 보았다. 그리고 '운', '경쟁', '모방', '현기증'이라는 네 범주와 '파이디아', '루두스'라는 두 극점이 종횡으로 만나는 지점이 바로 놀이의 좌표이다. 놀이의 좌표는 놀이가 실현된 물질성과 역사성의 특성을 추론하는 데 유용한 틀이다. 놀이 분포도는 그 시대에 대한 역사적인 평가를 내리는 데 새로운 지표의 역할을 할 수 있을 것이다. 이 문제를 면밀하게 논의하게 위해서는 놀이 현상에 대한 기초적인 현장 조사 및 문헌 조사가 더 필요하다. 또한 그러한 놀이 분포도를 정교하게 분석하여 그것을 한 시대의 문화적 · 역사적 지표로 연결시키는 문제 역시 좀 더 세밀한 논의가 필요한 부분이다. 이러한 문제에 대해서는 앞으로의 과제로 남기기로 한다.[*]

---

[*] 이 글은 2008년 6월 『인문연구』 54호에 게재된 논문을 일부 수정한 것임.

9장

전시체제기 노동·소비 담론에 나타난 젠더 정치*

잡지 『여성』을 중심으로

1. 파시즘의 생산력 확장 기획과 젠더 정치

전시체제기의 파시즘이 발현되는 데 이데올로기적 토대를 제공했던 근대 초극의 기획은 추상적인 관념론의 층위에만 머문 것이 아니라 일상의 영역으로 밀착해 들어왔다. '근대로써 근대를 초극한다'[1]는 형이상학적 사유가 역사성을 확보하고 제국의 전략적인 거점으로 실현되기

---

* 이 글은 2007년도 정부(교육과학기술부)의 재원으로 한국학술진흥재단의 지원을 받아 수행된 연구임(KRF-2007-354-A00100).

1 나카무라 미쓰오[中村光夫]·니시타니 게이지[西谷啓治] 외, 이경훈·송태욱·김영심·김경원 역, 『태평양전쟁의 사상—좌담회 「근대의 초극」과 「세계사적 입장과 일본」으로 본 일본정신의 기원』, 이매진, 2007, 119면.

위해서는 일상적인 시공간이 필수적으로 요구된다.[2] 여기서 '일상'은 형이상학적인 사유가 물질성을 획득하는 장소로서, 근대 초극의 기획이 실현되는 양상을 고찰할 수 있는 감각과 경험의 실체를 제공한다.

「근대의 초극」 좌담회에서 탐색되고 있는 초극의 기획은 신에 대한 믿음을 회복한 고전적 인간성의 재생을 지향하고 있다. 이때 고전적 인간성은 극도로 분화된 전문성을 기반으로 한 근대인의 자질과 구별되며, 신을 믿음으로써 자신의 전인성을 회복한 상태를 지칭한다. 전인성은 '나'가 부정되는 '무아無我의 주체성'을 통해서 발휘된다. 고전적 아시아의 부활을 통해 유럽의 위기를 세계 신질서로 전환하고자 했던 제국 일본은 '무아의 주체성'을 새로운 인간형을 조형하는 틀로 삼았으며, 이를 토대로 개인보다는 유기적 전체에 우선권을 두는 파시즘적 인간형을 만들어 냈다. 이들은 멸사滅私를 기반으로 자기를 부정하는 '무아의 주체성'과 교섭하며 신이 현현된 경지, 즉 초월의 층위로 비약한다.

파시즘적 인간형이 지니고 있는 '무아의 주체성'은 내셔널리즘의 회로와 접속하면서 사적 이익에 우선하여 공적 삶이 극대화된 형태로 실현된다. 책임에 철저해지면서 직면하게 되는 '무아'의 경지는 '새로운 도의성의 원리'[3]가 작동되는 중심축이다. 참된 도의적 행위는 자신이 행

---

2 동아협동체의 전통적인 기반은 "자기의 수양을 바탕으로 한 윤리적인 도(道)를 통하여 사회적 합리적 질서에 도달하는 것"을 목표로 하며, "일상성을 중시하여 항상 자기 몸에서 가까운 것으로부터 시작하여 나아가는 길"을 취하고 있다(미키 기요시[三木淸], 「신일본의 사상 원리」, 최원식·백영서 역, 『동아시아인의 '동양' 인식—19~20세기』, 문학과지성사, 2005, 57면).

3 일본의 근대초극론의 기획은 대동아전쟁에 도의성과 윤리성을 덧입히는 작업이었으며, 그것은 국민이 천황을 직접 받들던 '무(無) 계급의 시대'로의 복원을 표상하고 있다. 이에 대해서는 노상래, 「한 식민지 지식인의 근대초극하기—김남천의 경우」, 『일본문화연구』 22, 동아시아일본학회, 2007, 66면을 참조할 것.

한다는 자아가 남아 있지 않은 상태, 즉 "천황 옆에서 죽자, 뒤돌아보지 말고!"[4]와 같은 절대 충성의 태도를 발휘하는 데까지 상승함으로써 대동아공영권을 뒷받침하는 행동 원리로 작동하게 된다. 이처럼 '무아의 주체성'은 전시체제하의 생체 권력bio-power[5]을 작동시키는 핵심적인 기제로서 개인적인 욕망의 대척점에 놓여 있었다.

그렇다면 무아의 주체성이 내셔널리즘과 결합하여 일상화될 때, 이 과정을 결정하는 원리는 무엇일까? 이 문제는 곧 근대로써 근대를 회복하고자 했던 근대 초극의 기획이 서구적 근대를 비판하면서 형성하고자 하는 사회는 어떤 모습을 하고 있었는가를 묻는 질문이기도 하다. 이에 대하여 이 글은, 근대 초극의 기획이 일상의 층위에서 내셔널리즘과 결합될 때 '생산력의 확장' 기획을 수행하고 있으며, 이는 젠더 범주에 따라 상이하게 실현된다는 데 근본적인 문제의식을 둘 것이다. 양차 세계 대전을 거치는 글로벌한 사회 변동 가운데 뉴딜과 파시즘은 19세기적 계급사회로부터 인적·경제적 차원을 보다 효율적으로 동원하는 시스템 사회로 전환시켰다는 공통점을 지니고 있다.[6] 전시체제기에 구축되었던 총동원 시스템은 이러한 글로벌한 사회 변동과 그 궤를 함께하고 있다. 개개인이 전체에 유기적으로 기여하도록 하기 위해 '무아의 주체성'과 같은 정신적 재무장을 필요로 했으며, 이를 통해 생산력 확장을

---

4 대동아공영권을 뒷받침하는 새로운 도의적 생명력에 관해서는 나카무라 미쓰오·니시타니 게이지 외, 이경훈·송태욱·김영심·김경원 역, 앞의 책, 2부 139~399면을 참조함.
5 미셸 푸코(Michel Foucault), 이규현 역, 『성의 역사』 1(앎의 의지), 2007, 나남, 151~177면.
6 요시미 순야[吉見俊哉] 외, 연구공간 수유+너머 '일본근대와 젠더 세미나팀' 역, 『확장하는 모더니티』, 소명출판, 2007, 70면.

꾀함으로써 전쟁을 효과적으로 수행하고자 했다.

이상과 같은 문제의식을 바탕으로 이 글은 '젠더 정치'라는 분석틀을 기반으로 삼아 잡지 『여성』에 나타난 파시즘의 생산력 확장 기획이 젠더 규범을 어떻게 규율하고 생산하고 있는지를 살펴보고, 이를 토대로 파시즘이 젠더 규범과 어떻게 상호구성적으로 주체를 규율하고 동원했는지 고찰할 것이다. 『여성』지를 분석 대상으로 삼은 것은, 일상의 층위에서 실증적인 자료를 근거로 보다 구체적으로 '파시즘의 생산력 확장 기획과 젠더 정치'를 논의하기 위해서이다. 『조광』·『소년』과 함께 조선일보사에서 발행한 여성 월간잡지인 『여성』지는 주로 중산층 이상의 도시 여성을 독자 대상으로 한 대중 매체이다. 개벽사에서 발행된 『신여성』(1923.9~1934.10)이 폐간된 후 1936년 4월부터 1940년 12월까지 발행되었으며, 만주사변 발발 이후의 시대적 분위기와 식민지 조선의 일상생활을 반영하고 있다. 『여성』지의 편집진에는 윤석중·노천명·백석 등 당대 문인들이 대거 참여하고 있었으며, 파격적인 원고료를 바탕으로 이광수·정지용·이석훈·노천명·모윤숙·김문집·안회남·이태준·유진오·이효석·박용길·김기림·이상·김광섭·박종화·채만식·최명익·김남천·김동인·이기영·마해송·임학수·이육사 등을 필진으로 구성하였다.

몇몇 여성들이 필진으로 참여하고 있었지만, 편집자를 비롯한 주요 필진은 대부분 남성이었으므로 여성이 경험한 전시체제기와 이를 담론화하는 남성적·가부장적·내셔널리즘의 시선 사이에서는 미세한 균열과 틈새가 존재하고 있었다. 더구나 여성이 경험한 전시체제기란 '식민성'과 '가부장제'라는 이중적 억압 아래 놓여 있었기 때문에, 이 속에서 발생하는 여러 층위의 성적 경쟁을 무시할 수 없다. 거시적 맥락에서 바라보면, 『여성』지에 나타난 여러 층위의 성적 경쟁에는 전시체제기 '가부장'·'국가'·'자본'·'여성' 간의 역학 관계가 반영되어 있다.

『여성』지에서 '여성'이라는 용어는 '신여성'에서 '신'이 떼어짐으로써 탄생한 것으로, 근대적 여성상을 표기했던 '신여성'이 사라지기 시작한 공간에서 출현하였다.[7] 이러한 용어상의 변화는 단순히 '신여성'이라는 용어가 잡지명에서 사라졌다는 표면적인 현상으로 파악할 수 없는, 보다 복합적인 정황을 내포하고 있다. '허영과 사치의 독본으로서의 신여성'이 전시체제기에 상당히 부정적인 인물형상으로 그려진 것은 사실이지만, 그러한 양상이 신여성 전체에 대한 전시체제기의 반응이었다고 보기는 어렵다. 이러한 견지에서 이 글은 좀 더 세부적으로 다음과 같은 사항을 중점적으로 밝히고자 한다.

첫째, 이전 시기의 근대적 여성상을 대표했던 '신여성'이 전시체제기에 그 존재를 감춘 것은 아니었으며, 둘째, 근대적 교육을 토대로 형성된 신여성의 과학적이고 합리적인 지식이 전시체제기의 이상적 여성상을 구축하는 기반이 되었다. 셋째, '신여성 : 구여성'이라는 이분법적 대립 구조로 전시체제기의 여성상을 파악하는[8] 대신, 신여성은 총동원체제하의 내셔널리즘과 어떻게 대면하고 있는지, 이러한 대면을 통해 신

---

7 최경희, 「젠더연구와 검열연구의 교차점에서」, 한국학의 세계화 사업단·연세대 국학연구원 편, 『일제 식민지 시기 새로 읽기』, 혜안, 2007, 179면.
8 권명아는 전시동원체제의 황민화 과정을 분석하면서 '사치와 향락만을 일삼는' 신여성적 정체성과 '동양적' 부인으로서의 정체성이라는 대립선이 강력하게 구축되고 있다고 보았다(권명아, 『역사적 파시즘―제국의 판타지와 젠더정치』, 책세상, 2005, 165면). 그러나 신여성의 정체성을 '사치와 향락'으로 단순화할 수 없을 뿐만 아니라 전시체제기에 신여성과 구여성의 모델이 교섭하고 있었다는 사실을 중요하게 고려할 필요가 있다. 신여성과 구여성의 교섭 양상에 대해서는 3절에서 다룰 것이다.

여성은 어떻게 내적으로 분화하는지 고찰할 것이다. 넷째, 전시체제기의 총동원체제가 신여성에게 줄 수 있는 신성한 신뢰는 무엇이었으며, 이러한 신뢰와 대면하기 위해 신여성은 어떻게 분화되고 게토화되는지를 구명할 것이다.

이상과 같은 문제를 논의하기 위해서 이 글에서는 『여성』지에 나타난 노동 담론과 소비 담론으로 논의 대상을 한정하고자 한다. 논의 대상을 한정한 것은 전시체제기의 '생산력 확장' 기획이 주로 생산력을 확보하기 위해 노동력을 포섭하고 소비활동을 규율하는 과정을 통해 수행되고 있기 때문이다. 노동·소비 담론은 표면적으로는 분리된 영역처럼 보이지만, 통제의 형태로 나타난 소비 담론 역시 '생산력'으로 기능한다는 점에서 분리된다고 할 수 없다. 노동에 대한 국가적 통제는 소비에 대한 규율과 통제를 통해 온전히 수행될 수 있기 때문에 노동과 소비는, 안과 밖을 구분할 수 없는 뫼비우스의 띠처럼 하나의 체계로 결합되어 있다. 전시체제기의 생산력 확장 기획은 여성을 노동하는 인간으로 사회화하는 동시에 소비를 통해 통제하고 관리함으로써 파시즘적 인간형으로 만들고자 하였다. 이러한 과정에 접근하기 위하여 2절에서 신여성의 노동 문제를, 3절에서 이들의 소비 생활을 다룰 것이다.

하나의 체계로 연결되어 있는 노동·소비 담론을 입체적으로 분석하기 위해서 노동·소비 관련 기사뿐만 아니라 상품 광고도 함께 다룰 것이다. 특히 전시체제기에 소비된 '제품'을 시대적 성격을 반영하고 있는 하나의 '기호'로 파악하기 위해 상품 광고에 실려 있는 제품들을 집합적으로 배치하여 전체적인 모습을 원근법으로 접근하고자 한다.[9] 이러한 접근 방법은 전시체제기 소비 담론이 단순히 소비 행위를 규율하고 통제하는 데에서 그치는 것이 아니라 잠재적인 소비자인 독자들의 욕망을 의도된 경로 안에서 생산하고 있었다는 것을 밝히기 위한 것이다. 이는 곧 파시즘의 '생산력 확장' 기획이 노동 담론뿐만 아니라 소비 담론과도 긴밀하게 공모하고 있다는 사실을 입증하는 데로 수렴될 것이다.

2. 여성의 산업화-규율화된 노동과 직업여성

전시체제기의 식민지 조선은 제국주의 본국과 분리된 독자적인 단위라기보다는 제국 전체의 지리적 네트워크 안에 놓여 있었다. 1933년 국제연맹 탈퇴 이후 일본이 추구하던 독자노선을 이념적으로 구현하고 있었던 근대 초극의 기획은 일본·조선·만주·중국을 하나의 경제적 자립권으로 구축하는 '일만지日萬支' 경제블록을 통해 구체화되었다. 철도와 항로와 같은 횡단의 테크놀로지를 바탕으로 '엔블록'이라는 새로운 광역권이 형성된 것이다. 일만지 경제블록 속에서 식민지 조선은 "대륙과 내지를 연결하는 고리"이자, "문화적으로 일본 중국 쌍방 문화의 교류지점"[10]으로 배치되었다. 이러한 구도 속에서 조선은 "내선 통화 등가

---

9 제품들 하나하나씩은 의미를 갖고 있지 않다. 제품들의 집합적 배치와 전체적인 모습을 통해서 볼 때 소비를 위한 제품은 사회제도의 기호가 된다. 이에 대해서는 장 보드리야르(Jean Baudrillard), 이상률 역, 『소비의 사회』, 문예출판사, 1997, 69면을 참조함.
10 우가키 가즈시게, 『조선을 어떻게 볼 것인가』, 모던일본사, 1939(윤소영 외역, 『일본잡지 모던일본과 조선 1939』, 어문학사, 2007, 230~231면).

관계"에 있었을 뿐만 아니라 "거의 관세장벽이 없"는 "일본의 무역상대
국"[11]이었다.

1930년대 이후 '엔블록' 내에서 이루어지던 자본주의적 공업화는 여
성의 삶과 지위에도 적지 않은 변화를 가져오게 되었다. 산업화가 진행
되자 도시에는 인구유입이 가속화되었고, 대도시에는 도시 생활자들을
위한 도시문화가 생겨났다. 도시를 중심으로 새로운 문화가 형성되는
가운데 '주유소', '백화점', '학교', '은행', '우체국', '병원' 등은 근대식
학교 교육을 받은 신여성들을 새로운 노동력으로 끌어들이고 있었다.
도시의 새로운 노동력으로 편입한 여성들은 주로 화이트칼라직과 서비
스직에 종사하고 있었는데, 여점원(백화점),[12] 간호부,[13] 보모,[14] 미용
사,[15] 사무원[16] 등과 같은 새로운 직업군을 형성하고 있었다. 이들은 '직
업여성'[17]이라 불리며 '여공', '부인근로자'와는 변별되는 지점에 있었
다. "여직공이나 여차장 등이 육체적인 노동을 제공하는 데 반하여 직업
여성은 마찬가지 육체노동을 바치면서도 (…중략…) 극히 상대적으로

---

11 스즈키 다케오, 「조선의 인식」(1939), 위의 책, 249면.
12 「제복을 갓 벗은 신직업 여성군—결혼도 연애도 다 싫습니다. 여점원 김순례 양」, 『여
      성』, 1937.6, 68~69면.
13 「제복을 갓 벗은 신직업 여성군—나이팅겔과 같이 되고 싶어요. 간호부 정은주 양」, 위
      의 책, 68~69면.
14 「제복을 갓 벗은 신직업 여성군—사랑과 선으로써 싸우렵니다. 보모 홍복점 양」, 위의
      책, 70~71면; 「제복을 갓 벗은 신직업 여성군—엉뚱한 생각이라 꾸지람마세요. 보모
      윤옥순 양」, 위의 책, 72~73면.
15 「제복을 갓 벗은 신직업 여성군—조선에 미인없는 원인은 무엇. 미용사 이보배 씨」, 위
      의 책, 70~71면.
16 「제복을 갓 벗은 신직업 여성군—아직 숫자만 연습합니다. 사무원 심재순 양」, 위의 책,
      72~73면.
17 김남천은 이들을 '직업여성'이라 일컬었지만, 현인규는 이들을 '산업여성'이라 칭하기
      도 했다(김남천, 「여성의 직업문제」, 『여성』, 1940.12, 27면; 현인규, 「현대문명과 여
      성」, 『여성』, 1937.6, 48면).

나마 지적노동을 제공"[18]하고 있었다. "타이피스트나 여점원이나 여사
무원이나 양재사洋裁師나 결코 짧지 않은 학교교육을 요하게"[19] 된다는
김남천의 설명으로 보아 당시 도시의 새로운 노동력으로 진출한 화이트
칼라직 여성들은 주로 근대식 학교 교육을 받은 신여성들이었다.

이제 백화점, 은행, 미용실, 학교, 유치원, 병원, 주유소, 카페 등 "사
람이 모인 곳에서 그들을 볼 수 없는 적은 대단히 드물게"[20] 될 만큼 여
성들이 일하는 광경은 대도시의 일상에서 흔히 볼 수 있는 풍경이었다.
산업화가 가져온 급격화 변화는 "여성의 산업화"로 불리며 "여성의 상
태가 생각할 틈도 없이 방둑을 뚜른 물결같이 순식간에 변하게 되였
다"[21]고 묘사되고 있으니, 당대를 살아가던 사람들에게 얼마나 급격한
변화로 다가왔는지 짐작할 수 있다.

가부장적 시스템에 의해 재생산 영역으로 한정되고 있었던 여성의 노
동은, 산업화된 임금 노동으로 전환되면서 여성의 재정적 독립을 가능
하게 해 주는 영역으로 이동하고 있었다. 여성 노동력을 둘러싼 이러한
배치의 변환은 '여성'의 시각에서 볼 때 근대성의 기표로 인식되기도 했
다. "경제력이 없으니까 (남편의 외입에도) 할 수 없이 생활에 억매여"[22]
살던 여성들에게 재정적 독립은 여성이 억압적인 가부장적 시스템을 벗
어나 주체적 존재로 자립할 수 있을 것이라는 기대를 품게 하였다. 따라
서 당연히, 경제력에 대한 여성들의 욕망은 매우 컸다. 화신 백화점 인

---

18 김남천, 앞의 글, 26~27면.
19 위의 글, 27면.
20 위의 글, 27면.
21 현인규, 앞의 글, 46면.
22 편집실, 「남녀대항좌담회」, 『여성』, 1937.5, 18면.

사계 주임인 박주섭은 『여성』지와 인터뷰하면서 "여기서 몇 년간 체험을 어더가지고 나가서 혼자 무슨 장사를 해보겠다는 사람도 있"으며, "지금 여성들은 경제의식에 매우 눈을 떳다"[23]고 진술했다.

이 가운데 주목되는 것은 『여성』지 1938년 7월호에 실린 기사이다. 「여자 혼자 경영할 상점」이라는 제목으로 실린 이 기사에는 "여자가 팔을 걷고 가두로 나서서 남자만의 영역이라고가지 믿었던 쎌러리 게급을 침범한다는 것은 이 땅 우리게 있어서는 반백년 전까지도 한낫 공상에 지내지 않았던 것"이지만, "오늘 와서는 직업녀성이라는 확연한 현실로" 나타났으며, "여기서 한발자죽을 더 뛰어나가서 여자 스스로가 한 개의 기업체를 가져본다는 것은 오늘날 우리에게 과부된 새 시험"이라고 전망하고 있다.[24] 신여성에 대한 신랄한 비판이 주로 "학교 교육을 받고 보면 경제 관렴이 없어지고"[25] 만다든지 "자긔가 생산도 못하면서" 남편의 박봉을 나무라는 등 가정을 등한시하는 데 있었다면, 그러한 비판 가운데에서도 "직업미성[26]으로써 뼈가 휘이는 노력을 하는 일"은 "조선 신여성의 장점"[27]으로 평가되었다. 이처럼 새롭게 형성된 도시문화 속에서 일하던 '직업여성'들은 "까닭 없이 편안하려고만 하는 게으른 자들"[28]이라고 일컬어지는 '유한마담'이나 허영의 독본으로서의 '여학생',

---

23 편집부, 「백화점에 나타난 신여성 ─ 화신 인사계 주임 박주섭 씨와의 일문일답」, 『여성』, 1937.2, 24면.

24 이 기사는 여성들이 상점을 경영하고자 할 때 주의할 점, 실제로 경영할 수 있는 상점들의 예, 필요한 자본금 등 세부적인 사항까지 자세하게 적고 있어 상점을 경영하고자 하는 여성들에게 실질적인 도움을 주고자 하였다.

25 길정희, 「제1선의 노고를 생각하자」, 『여성』, 1939.10, 30면.

26 '직업여성'의 오기(원문).

27 함대훈, 「조선신여성론」, 『여성』, 1937.2, 18면.

28 이은상, 「여성독본 ─ 땀의 교육」, 『여성』, 1937.7, 38면.

화류계의 '유녀遊女'나 '기녀'와는 일정한 거리를 유지하고 있었다. 이러한 사실을 바탕으로 판단해 볼 때, 근대적 여성의 기표였던 '신여성'은 1930년대에 들어서면서 내부적으로 보다 세밀하게 분화되고 있었으며, '생산'에 기여할 때 긍정적인 평가를 받고 있었다.

하지만 '생산'에 대한 기여는 여성들의 주체적인 자립의 토대로 이어지기보다는 '가부장'과 '국가'가 충돌하지 않는 지점에서 실현되고 있었다는 점에 주의할 필요가 있다. 여성의 노동은 생산 노동과 재생산 노동 그 어느 것도 소홀하지 않는 범위 내에서 허용되고 있었다. 이를 구체적으로 실현한 것이 '짧은 노동 주기'와 '부업' 형태의 노동이다. 먼저, 여성의 짧은 노동 주기를 살펴보면, 여성에게 개방되었던 노동은 대부분 결혼을 하기 이전으로 그 시기가 한정되어 있었다. 이때 가장 문제가 되는 것이 가정생활과의 양립 문제였다. "부인의 직업과 가족제도와의 모순", "모성애와의 상극"[29]과 같은 문제가 대두되었으므로, 여성의 직업생활은 "대합실에서 기차를 기다리는 거나 마찬가지"[30]일 정도로 짧다는 인식이 보편적이었다. 다음으로, 여성의 노동이 독자적인 영역을 형성하고 있었는가를 살펴보면, 전시체제기의 여성 노동은 가정의 수입과 지출을 맞추는 현실적인 기술을 단련하는 범위에서 허용되고 있었다. 따라서 이 시기의 여성 노동은 대부분, 독립된 직업 세계를 추구하기보다는 가계를 보조하는 부업의 형태로 이루어지고 있었다.

'짧은 노동 주기'와 '부업' 형태의 노동은 심층적으로, 여성의 산업 노

---

29 김남천, 「여성의 직업문제」, 『여성』, 1940.12, 27면.
30 편집부, 「백화점에 나타난 신여성—화신 인사계 주임 박주섭 씨와의 일문일답」, 『여성』, 1937.2, 24면.

동이 자본의 유연한 이동이 보장될 수 있는 형태로 실현되었다는 것을 의미한다. 물론 자본의 유연한 이동은 '국가'·'가부장'과 상충되지 않은 지점에서 이루어지고 있다. 슈퍼우먼 신화에는 '자본'·'국가'·'가부장'의 접합 지점이 표면적으로 드러나 있다. 슈퍼우먼 신화는 여성이 노동 시장으로 편입할 경우, 직장생활과 가정생활을 모두 완벽하게 수행해야 한다는 것을 기본 골격으로 삼고 있지만, 제반 구조적 문제를 여성 개인에게 투사시키고 있다는 문제점을 안고 있다. 『여성』지에서 '최승희'는 이러한 '슈퍼우먼' 신화를 실현하고 있는 상징적인 인물이다. 남편의 지지와 격려 속에서 무용을 다시 시작했으며, 동경에 가서도 아이의 양육과 가사에 소홀하지 않았다.[31] 최승희의 자아실현은 원만한 가정생활과 분리되지 않았으며, 근대적인 여성상과도 분리되지 않았다. 『여성』지에서 만들어지고 있는 최승희의 이미지는 슈퍼우먼 신화가 여성의 산업 노동이 발생한 기원의 시기로부터 대중적으로 소비되고 있었다는 것을 보여준다는 점에서 흥미롭다. 슈퍼우먼 신화는 가부장제로부터의 해방이나 주체적 자립을 기대하는 '여성'의 열망과는 다른 층위에 놓여 있었지만, '자본'·'국가'·'가부장'의 이해관계를 충돌시키지 않

---

31 "겨우 여섯 달 되는 어린것을 부둥켜안고 돈 칠십 원만 달능 가지고 서울을 다시 떠났읍니다마는 동경 가서 보니까 석정(石井) 씨가 꼭 오란 것도 아니고 또 그이가 생활비를 보장해 준다는 말도 여비 보낸 것도 전부 안막(安漠) 씨(최승희의 남편―인용자)의 한 일이었습니다. 돈 칠십 원을 보낸 것도 자기 돈이 없어서 동무들한테 십 원식 이십 원식을 취해 보낸 것이라나요.
하나 저는 그때부터 재출발해 보겠다는 결심으로 안씨와 아히와 셋이서 단간방 하나를 새로 어더가지고 밥을 짓고 빨래하고 장도 보아드리면서 고생사리를 날마다 계속했읍니다. (…중략…) 고생을 하면서도 뜻을 일우워 보겠다는 마음이 너무 굿세엇든 탓인지 한번 두번 무용공연을 거듭하는 사이에 여러분들이 저의 '춤'을 인증해 주게 되였읍니다"(최승희, 「조선을 떠나면서」, 『여성』, 1937.4, 78~79면).

으면서도 여성을 개개인의 내부에서 규율화할 수 있다는 점에서 전시체제기의 효율적인 젠더 장치로 작동하고 있었다.

여성 노동에 대한 규율화는 '슈퍼우먼'과 같은 효율적인 여성 주체를 생산해 낼 뿐만 아니라 노동하는 여성을 감시하고 억압하는 기제로도 작동하고 있다. 이것이 드러난 것이 여성 노동에 대한 성적 시선이다. 전시체제기에 여성의 노동은 사회적 편견과 고정 관념 속에서 '성적 방종'과 '신성한 노동'의 경계에 놓여 있다. 당시 직업여성들과의 인터뷰를 살펴보면, 이들은 "주위에 있는 남성들에게 반말을 듣고 멸시를 받고 하는 것"이나 "직업여성이라면 그 사람의 인격여하를 불구하고 업수이 여기고 나추어" 보는 태도가 힘들었다고 고백하고 있다. 이들은 특히 "웨 여자로서 직장에 나가느냐 하고 그것을 한 방종의 꿈으로 알고 시비를 하는"[32] 편견과 고정관념이 가장 큰 고통이었다고 털어 놓았다. "일반 여성들이 가정에서 직장으로 나가기를 죽기보다 싫어하는 것"[33]으로 보아 대다수 여성들은 여성의 노동이 곧 성적 방종과 동일시되는 고정관념에서 자유롭지 않았다는 알 수 있다. "도시는 여자를 모성을 기르는 곳이 아니고 창부로서 형락적으로 훈련식히는 곳"[34]이라는 묘사는 노동하는 여성들에게 투영된 성적 편견을 전형적으로 보여주고 있다.

감시와 억압의 형태로 행해진 성적 편견에도 불구하고 여성이 산업 노동의 장으로 편입할 수밖에 없는 요인들은 곳곳에서 확인할 수 있다. 무엇보다 절실한 것은 생존의 문제였다. 1929년 경제 대공황으로 인해

---

32 「현대여성의 고민을 말한다─소설가 박태준·여류평론가 박순천 양씨대담」, 1940.8, 65면.

33 위의 글, 65면.

34 현인규, 「현대문명과 여성」, 『여성』, 1937.6, 48면.

식민지 조선의 파산율과 실업률이 최고조로 이르자[35] 여성들의 경제적 활동은 실직한 남성을 대신하고 있었다. 여성의 노동을 발생시킨 절실한 생존의 문제는 여성을 사회적으로 더욱 취약한 지위로 몰아넣었다. "현대의 취직난과 가장으로서의 남자의 경제적 무능은 젊은 여자로 하야금 취업전선으로 휩쓸게 하였다"[36]는 생존의 문제가 자본가의 이해와 맞물릴 때, 여성 노동자는 남성 노동자들보다 상대적으로 유순하며 낮은 임금을 줄 수 있었기 때문이다. 이처럼 "남자의 오마니가 되기까지 세상의 멸시를 밧었으며 그 아들이 전장에서 명예의 피를 흘려야 겨우 비로소 따스한 세상 사람의 얼굴을 볼 수 있엇"던 여성은 "임금 비싸고 반항적인 남자보다도 유순하고 임금 싼 여성이 자본가에게 환영"[37]을 받고 산업 노동의 장으로 편입되었다.

이처럼 '직업여성'으로 대표되는 전시체제기 여성의 생산 활동이 사회 전체의 생산력 확대에 기여하게 된 기저에는 저임금과 열악한 노동 환경이라는 취약한 사회 구조가 놓여 있었다. 따라서 여성들의 실제 직업생활은 애초 여성들이 꿈꾸었던 주체적 독립의 경제적 기반이 되기는 커녕 "여성의 조혼 점이나 낫분 점이나 이용하야 오직 자본가에게 유순하고 영리한 노예적 생활"[38]과 다름없었다. "일곱 시 개막하기 전후 한 시간에 천 장 이상의 표를 파는지라 그동안은 마치 전장에 나슨 군사가 탄환 나르기보다 더 바"[39]쁘다는 극장 '티켓껄', "한카릉 '육십구전'식

35 박순원, 「식민지 공업 성장과 한국 노동계급의 등장」, 신기욱·마이클 로빈슨(Michael Robinson) 편, 도면회 역, 『한국의 식민지 근대성』, 삼인, 2007, 210면.
36 정근양, 「의학상으로 본 신여성」, 『여성』, 1937.2, 22면.
37 현인규, 앞의 글, 46~47면.
38 위의 글, 48면.
39 「직장여성의 항의서-특등과 삼등. 모극장티켓껄 윤옥순(가명)」, 『여성』, 1938.7, 86면.

을 받고 종일토록 팔고 나면 나중에는 깨소링호―스를 들 기운조차 시진되고"[40]마는 '깨소링껄', "한손으로 핸들을 잡고 한손으로 문을 잡고 입에 침이 마르도록 떠들어야 겨우 일급 사십 전이 생"[41]기는 '엘리베터껄' 들은 모두 과도한 육체노동에 시달리고 있었다. 도시문화에서 형성된 서비스직에 종사하던 이들은 육체노동 외에도 감정노동을 수반하며 성적 서비스까지 함께 제공해야 했다. 그들은 "자기 부모에게도 써보지 못하던 다정한 표정 부드러운 말씨로 이것저것 정성을 다해 물건을 보히"[42]며 감정노동을 함께 견뎌야 했으며, "겁을 집어먹고 겨우 핸들을 돌리면 어느 틈에 작난꾼의 손길이 뺨을 쓰다듬고 손목을 잡"는 일이 일상적으로 발생하기도 했다. 그러나 "떠들어야 별 증거 없는 작난이요 목격자도 없는 사건이라 창피나 보고 이름이나 입에 오르나릴가봐 눈물을 삼키고 참"[43]아야 하는 등 성적 약자로서의 수치를 감내해야 했다. 그래서 한 필자는 "학창을 나온 여성은 한 남자와 같이 독립한 청년의 기쁨과 자랑을 가지고 일을 얻은 즐거움과 행복감에 취할 수 있엇"지만, "그것도 역시 가정을 떠낫슬 뿐 노예상태로 있는 것은 마찬가지"[44]였다고 기술하기도 했다.

경제적 활동을 통해 주체적 자립을 열망하는 '여성'들의 시각과 이를 '가부장'과 '자본'의 틀 안에서 감시하고자 했던 시각 사이의 미묘한 긴장과 쟁투는 『여성』지에서 어떻게 드러나고 있을까? 일반적으로 시장

---

40 「직장여성의 항의서―직장의 명랑화. 모깨소링껄 이숙자(가명)」, 위의 책, 85면.
41 「직장여성의 항의서―처녀는수줍다. 엘리베터껄 장명희(가명)」, 위의 책, 84면.
42 「직장여성의 항의서―애정도 한이 잇죠. 모백화점 여점원 이달동(가명)」, 위의 책, 83면.
43 「직장여성의 항의서―처녀는 수줍다. 엘리베터껄 장명희(가명)」, 위의 책, 84면.
44 현인규, 앞의 글, 48면.

화된 노동 영역에서 여성에게 지불된 임금은, 그녀의 남편이나 아버지가 아니라 여성 자신에게 지불되고 노동의 공헌 또한 눈에 보이는 것이었다. 이러한 맥락에서 여성의 경제적 독립은 가부장제를 위태롭게 하는 것으로 간주되었다.[45] 따라서 여성의 수입이 어디로 흘러가느냐 하는 점은 매우 중요한 문제였으므로, 이 수입의 흐름을 감시하는 시선은 도처에 깔려 있었다. 이를 확인할 수 있는 지점이 소비하는 여성에 대한 감시와 규율이다.

「의학상으로 본 신여성」에는 특이하게 "직업부인에게 폐결핵이 많다"고 진단하고 있는데, 필자는 그 이유를 "직업부인을 둘러싼 모순" 때문이라고 설명하였다. 그리고 이 '모순'이란 열악한 노동조건 아래에서 일하는 직업여성들이 충분한 구매력을 갖지 못했음에도 불구하고, 상품에 대한 욕망에 사로잡혀있는 상태를 지칭한다. "지독한 노동조건 아레 그들의 육체는 극도로 피곤할 것이요 그들의 정신은 몸치장하기에 온전히 사로잡히고 말지 안는가 이리하야 자기 자신도 아지도 못하는 사이에 그들의 청춘은 점차로 파멸을 당하고 있슬 뿐이다."[46] 이 기사에서 묘사하고 있는 직업여성은 '지독한 노동조건' 아래 '극도로 피곤'한 육체를 지닌 노동자이면서, 동시에 '몸치장하기에 온전히 사로잡힌' 충동적 소비자이다. 전시체제기의 직업여성은 자신의 노동이 가족의 생계를 보조하는 데로 흘러갈 때는 '착한' 신여성이지만, 자신의 급여가 도시의 유행을 '소비'하는 데로 흘러가는 순간 "유행에 날뛰는 현대여성의 죄악"[47]의 표본이 된다.

---

45 우에노 치즈코[上野千鶴子], 이승희 역, 『가부장제와 자본주의』, 녹두, 1994, 219~220면.
46 정근양, 앞의 글, 23면.

그녀의 육체가 '폐결핵'이라는 라벨을 단 채 덧없이 사라져버릴 운명에 처해진 것은 "자기의 처지도 신분도 지위도 특징도 생각할 여지없이 하루에 일 원도 못 밧는 숍걸도 하로에 단돈 이삼십 전도 못 밧는 공장 어린 처녀도 돈 잇고 시간 잇는 유한 매담들의 옷치장을 따르려"[48] 한 탓이다. 상품에 대한 욕망, 유행을 향한 매혹적인 시선을 조절하지 않는 이상, 그녀는 '폐결핵'이라는 진단에서 벗어날 수 없다. 이처럼 생산적 노동력으로서의 직업여성은 용인되었지만, 충동적인 소비자로서의 직업여성은 결코 용인될 수 없었다. "이십 년 전(?) 긴 치마를 몽땅 잘라버리고 딱지저고리를 허리까지 길게 입기 시작한 조선여복朝鮮女服의 대담한 개혁자"[49]였던 신여성은 도시의 '유행'을 소비하는 주체가 될 때 "수천 년 동안의 고루한 인습에 대한 자각한" 개조의 주체로서의 지위를 상실하고 "유행성에 감염된"[50] 자로 추락하게 된다.

생산력 확대에 기여하던 전시체제기 직업여성의 노동은 소비통제 담론을 통해 파시즘적 규율 시스템을 한 번 더 통과해야만 했다. 직업여성을 관통하며 '폐결핵'이라는 진단을 주저없이 내리는 병리학적 시선에는 소비하는 여성에 대한 감시와 규율을 통해 사회 전체의 생산력을 최대화하려는 파시즘적 기제가 작동하고 있다. 만족할 줄 모르는 여성 소비자의 탐욕은 남편과 전통적인 권위의 형식을 무시한 채 자신의 욕망을 만족시키도록 조장한다는 점에서 가부장적 가족구조를 파괴할 수 있

---

47 윤성상, 「유행에 나타난 현대여성」, 『여성』, 1937.1, 49면.
48 위의 글, 49면.
49 김기림, 「여성시평－인형의 옷」, 『여성』, 1940.6, 46면.
50 이숙종, 「여성시평－부인과 의상 : 최근 유행의 화려한 의상을 논함」, 『여성』, 1938.3, 37면.

다.[51] 충동적인 소비자로서의 직업여성에게 '치료'가 절대적으로 필요한 '폐결핵'이 선언되는 것은 바로 여성 소비자의 욕망이 전복적이고 파괴적인 속성을 띠고 있기 때문이다.

"한 사나이가 만萬 여자를 망치기보다 한 여자가 만 사나이를 망치기 쉽고 그 사이에서 한 가정이 찌푸러지고 너머지게"[52] 된다는 목소리는 '가정'을 매개로 구축한 젠더 정치의 광기 어린 발현 지점을 보여주고 있다. 자기 자신을 향해 흘러가는 여성 소비자의 욕망은 '무아無我의 주체성'을 핵심으로 하는 근대 초극의 기획을 위반한 것이다. 이에 따라 총동원체제가 생산하는 여성에게 부여했던 '신성한' 신뢰는 소멸되고 만다. 전시체제기의 파시즘은 여성들의 산업화 현상이 전체 사회로 흘러 들어가는 경로를 이와 같은 병리학적 시선을 통해 검열함으로써 멸사滅私의 원리에 위배되는 직업여성들을 '욕망의 노예'이자 '물신화된 소비자'로 몰고 가게 된다. 이러한 복잡다단한 회로 속에서 소비자로서의 여성은 '상품'에 대한 욕망을 효율적으로 통제함으로써 관리되어야 할 존재로 계토화된다.

---

51 소비주의 문화에서 여성 소비자의 욕망이 기존 체제를 전복하는 위험이 될 수 있다는 점에 대해서는 리타 펠스키(Rita Felski), 김영찬·심진경 역, 『근대성과 페미니즘』, 거름, 1998, 124~130면을 참조함.
52 김광섭, 「여성과 사치」, 『여성』, 1940.9, 31면.

3. 소비의 정치학—생산으로서의 소비와 가정주부

전시체제기는 1차 세계대전을 전후해 2차 대전으로 이어지는 기간으로, 전력과 기계생산이라는 새로운 테크놀로지를 바탕으로 급격한 산업적 면모가 이루어졌던 시기이다.[53] '포디즘fordism'으로 규정된 생산기술이 헤게모니를 장악하여 대량생산과 대량소비가 확장되고 있었으며, 일상생활에서는 상품화 과정이 나날이 점증하고 있었다.[54] 이에 따라 잡지 『여성』에서 '소비하는 여성'은 '노동하는 여성'에 못지않은 비중을 차지하며 중요하게 다루어졌다. '직업여성'을 사례로 살펴본 바와 같이 노동하는 여성은 신성시되는 반면, 소비하는 여성은 죄악시되었다. 전시체제하에서 여성의 소비는 개인의 자유와 사회발전이 아니라 아노미와 병리로 이해되었다. 노동을 통해 여성을 규율화한 전시체제기는 한걸음 더 나아가 소비를 통해 통제하고 관리함으로써 여성을 전체에 유기적으로 기여하는 파시즘적 인간형으로 만들고자 했다.

이 같은 상황에서 전시체제기 소비에 관한 담론은 '병리와 아노미로서의 소비'를 유형화하고, 동시에 '모방의 대상으로서의 합리적 소비'를 담론화하고 생산해 내는 방식으로 전개되었다. 전시체제기에 허용되고 장려된 '합리적 소비'란 특정 상품을 선택하고 향유하는 주체의 사적私的 욕구와 감성, 갈망과 충동이 공적公的으로 점유된 상태를 지칭한다. 중

53　Harry Harootunian, *Overcome by modernity — History, culture, and community in interwar Japan*, Princeton University Press, 2000, pp.1~33.
54　해리 하르투니언(Harry Harootunian), 윤영실·서정은 역, 『역사의 요동—근대성, 문화 그리고 일상』, 휴머니스트, 2006, 150~151면.

일전쟁 3주년이 되는 1940년에는 '사치품 제조판매 제한규칙'을 실시하여 소비규정을 강화하고 규격외품을 금지함으로써 사치품에 대한 구매력을 억누르는 대신 저축과 공채 구입으로 남은 구매력이 흘러가도록 강제하였다.[55] "돈만 가지면 못할 일이 없고 제 마음대로 흥청거리고 살 수 있던 때는 이미 지나갔고 각 개인의 사생활에 속속드리 깊이 파고 드러가서 사치스런 생활은 못하게 될 것"[56]이라는 전망 아래 전시체제하의 소비생활은 관리와 통제의 대상이 되었다.

1940년대의 동아시아 지역질서를 놓고 볼 때, 이러한 소비통제의 양상은 제국 일본이 일만지日滿支 경제블록을 통해 구축하고자 했던 경제적 자립권과 관련되어 있다. "싸홈하는 데 소용되는 것은 사드리되 비교적 싸홈하는 데 소용이 덜 되는 것 더구나 사치스런 물건 소위 '하꾸라이'라는 것은 다른 나라로부터 사드리지 못하도록 법령으로 작성되어"[57] 있다는 점을 감안하면, 사치품에 대한 소비 규제는 일본이 구축한 엔블록 이외의 지역으로부터의 수입을 줄이고자 했던 정책이었다. 그것은 비단 사치품뿐만이 아니라 엔블록 내에서 공급할 수 없는 '고무', '가죽' 등 일상용품에까지 퍼져 있었다. "백성들이 소용되는 것은 될 수 있는 대로 다른 나라로부터 사오지 않고 지내자"[58]는 주장은 이러한 맥락에서 출현하였다.

소비통제 담론이 강요되는 가운데에서도 『여성』지에는 일본산 상품 광고가 함께 실려 있었다는 점을 눈여겨 볼 필요가 있다. 국민생활의 쇄

---

55 「전시국민과 사치」, 『여성』, 1940.9, 16면.
56 이건주, 「사치품제한과 가정생활」, 『여성』, 1940.9, 45면.
57 이건주, 「가정시사독본―장기전과 가정경제」, 『여성』, 1938.1, 97면.
58 이건주, 「물자통제와 생활대책」, 『여성』, 1938.10, 44면.

신과 전시생활의 확립을 위해 소비규정을 알리는 「전시국민과 사치」라는 기사 바로 옆 페이지에는 "과학의 진보로 분화장의 방법이 일변—變했다!"는 제목으로 '명색구리무' 광고[59]가, 1940년 3월부터 "쌀 한 말에 보리 석 되씩을 석거서 팔고 쌀은 쌀대로 보리는 보리대로 팔지 안키로"[60] 되었다는 것을 알리는 기사 아래에는 여드름 · 주근깨 · 기미를 빼주는 '아몬파파야' 연고 광고[61]가 실려 있었다. 이 외에도 『여성』지에는 제품 광고가 상당히 많이 실려 있다. 의약품과 화장품 · 미용기 · 식료품(아지노모도) 광고가 가장 많았으며, 이들 상품들은 모두 일본산이었다. 절약과 내핍의 윤리가 강요되는 가운데 주기적으로 등장하는 일본산 제품 광고는 무엇을 의미하고 있었을까? 선행 연구에서 이 문제는 "여성의 일상을 전시체제로 재정비하려는 파시즘의 논리와 자본주의적 소비욕구가 충돌하는 낯선 풍경"[62]이라는 측면에서 접근되어 왔다. 그러나 이 글은 물자절약 기사와 상품 광고의 공존 상황을 '소비주의와 파시즘의 공모'라는 관점에서 접근하고자 한다. 『여성』지에 실려 있는 상품 광고를 집합적으로 배치하여 전체적인 모습을 원근법[63]으로 살펴보면, 이들 광고는 과학의 이름으로 진보하고 있는 각종 화장품과 의약품, 조미료를 통해 근대적 산업발전의 성과들을 보여주고 있다. 일본산 상품으로 채워진 광고는 엔블록을 통해 구축되고 있는 일본 근대가 어떻게 일상생활 속에서 향유될 수 있는지를 시시각각 보여주는 의도된 경로였

---

59 『여성』, 1940.9, 17면.
60 이건주, 「쌀 걱정은 없는가? — 쌀과 보리를 섞어 판다」, 『여성』, 1940.4, 58면.
61 『여성』, 1940.4, 58~59면.
62 심진경, 「여성과 전쟁 — 잡지 『여성』을 중심으로」, 『현대문학의 연구』 34, 2008, 180면.
63 장 보드리야르, 이상률 역, 『소비의 사회』, 문예출판사, 1997, 69면.

다. 과학의 이미지를 수반한 일본산 제품은 일본이 구축하고자 한 동양적 근대가 물질화된 일상으로 경험되는 구체적인 증거였으므로, 파시즘에 대한 대중적 지지와 욕망을 창출해 내는 효과적인 경로가 되었다. 따라서 소비통제 담론과 일본산 제품들의 광고는 욕망의 흐름을 의도된 경로로 관리하기 위해 배치된 것이며, 나아가 엔블록 안에서 유통되는 욕망의 통로를 고스란히 반영함으로써 서로 분리되지 않는 하나의 체계를 형성하고 있다. 소비주의와 파시즘의 공모는 이러한 배치와 경로를 통해 이루어진다.

이제 소비는 더 이상 개인적인 영역에서 욕구와 무질서에 맡겨진 것이 아니라 사회의 가치체계와 관련을 맺으면서 학습과 훈련[64]을 필요로 하는 규율의 영역으로 이동하였다. 상품을 선택하고 소비하는, 혹은 소비하지 않더라도 그것을 욕망하는 주체의 감성을 의도된 회로를 통해 점유함으로써, 독자(소비자)는 무의식적인 사회적 강제의 영향권 아래에 놓이게 된다. 이 과정에서 '가정주부'는 규율화된 소비를 일상적으로 실현하는 주체로 부각된다. 전시체제기의 일상을 살펴보면, 여성은 "전시에 부족되는 국내노동력을 보급하는 원천源泉"[65]이기도 했지만, 무엇보다 "무명도 없고 가죽도 없고 고무도 없고 있다 해도 값이 갑절 삼갑절씩"[66] 되는 가운데 가족 구성원들이 일상을 지탱할 수 있도록 유지하는 주체였다. 더구나 "가정주부가 쓸데 안 쓸데를 잘 분간치 못하고 함부루 낭비하면 그 가정의 경제생활이 파탄이 되기 쉬울 것"[67]이라는 책임론 속에서 가

---

64 소비를 학습하는 사회에 관해서는 위의 책, 105~112면.
65 김광순, 「전쟁과 경제」, 『여성』, 1940.7, 65면.
66 이건주, 「전시와 물가」, 『여성』, 1939.9, 67면.
67 허영순, 「주부와 수양」, 『여성』, 1939.3, 16면.

정주부의 소비는 사회를 통제하는 규범의 중심에 놓여 있었다. '가정주부'는 『여성』지 발간 초기부터 "항상 머리를 써서 살림살이에 모ㅡ든 방식을 개량"하여 "생활을 항상 새롭게 또는 진취적이 되게"[68] 하는 근대적 주체이며, 전시체제기가 신여성에게 부여한 또 다른 이름이었다.

이들 가정주부와 관련된 기사에서 유독 부각되었던 것은 합리적인 소비를 가능하게 해주는 '지식'이었다. "수입은 늘지 안코 물가가 고등된다고 덥허노코 안 쓰고 살 수도 없는 일이며 그러타고 그냥 그대로 쓰고 잇다가는 첫재 살림사리가 더구나 지탱을 할 수 업게 되겟스니", "일용 상품에 대한 상식을 풍부히 하야 갑싸고 조흔 것을 차저내야"[69] 하는 능력이 절실하게 요구되었다. 가정주부는 가족제도·의복·음식물·가옥을 개선하고 가정위생과 가족단란을 위해 애쓰며, 가정경제를 요리하는 등[70] 제반 활동을 수행해야 했으며, 따라서 일상생활의 모든 분야에 대한 지식이 필요했다. 『여성』지에서 가정의 관리자로서 주부에게 필요한 지식은 「주부는 꼭 알어야 할 지식」, 「주부지식」, 「가정전시독본」, 「가정메모」, 「영양강좌」 등의 독자적인 고정란을 통해 제공되고 있었다.

주부들은 경제비상시를 맞아 각자 "외상을 없이하고 현금주의로 하며 낭비가 없도록 노력"하는 한편, "싸고도 양분 있는" 식단을 마련하며, "의복비를 주려" "가정경제의 평형"을 맞추어 대책을 마련하고 있노라고 자신의 경험담[71]을 늘어놓았다. 『여성』지에서 이들의 경험담은 전시체제기 일상의 한 단면을 보여주고 있다. 그렇지만 이들의 고백이 '실

---

68 김귀애, 「살림 잘하시는 주부가 되려면ㅡ안해는 그 집안에 여신입니다」, 1936.6, 35면.
69 이건주, 「물가등귀(物價騰貴)와 주부의 각오」, 『여성』, 1937.4, 37면.
70 「좌담회ㅡ가정생활개선」, 『여성』, 1939.2, 18~23면.
71 「경제비상시우리집대책」, 『여성』, 1938.7, 87면.

제'와 '당위'를 오가고 있다는 점에서 실제 생활에서 그러한 규범적인 소비가 완전히 실현되고 있다고 볼 수는 없다. 모방의 전형으로 제공된 「독본」이나 「주부지식」 형태의 기사와 달리 실제 여성들의 목소리가 담겨 있는 좌담회를 보면, 좀 더 흥미로운 양상을 발견할 수 있다.

좌담회 형식의 기사가 특별하게 다가오는 것은 대부분의 필진들이 남성이었던 『여성』지에서 가부장과 내셔널리즘의 틈새로 파고드는 여성들의 목소리가 확보한 지면이라는 점 때문이다. 좌담회를 살펴보면, 의식주 부분에서 소비를 통제하고 절약하는 데는 일정한 한계가 있었던 것으로 보인다. 이러한 한계는 주로 생활을 영위해 나가며 매 순간 일상적 소비를 결정하던 여성들의 목소리를 통해 표출되었다. 1938년 11월호에 실린 「가정부인좌담회」[72]를 보면, "음식물은 먹을 만큼 먹어야지 비상시라고 해서 잘못 먹어 병이 나고 보면 안 되지 않습니까"라든지, "전에는 불을 덜 때고도 지냈지만 어린애가 있고 보니 어듸 차게 굴겠드라구요. 땔 만큼 때야죠"라며 소비절약의 한계 지점을 토로하고 있다. 또한 사교비를 절약하려고 "과자와 실과 내노튼 것을 과자만 내놔보고 했는데 못처럼 오신 손님을 또 그러케 푸대접하고 보니 마음이 덜 좋고" 해서 잘 실행되지 않았다는 이야기도 들린다. 이 중에서 두드러진 것은 소비절약의 주체가 여성인 것에 대한 불만이다. '좌담회'라는 독특한 형식을 통해서 분출된 여성들의 불만은 곧 소비통제 담론을 통해 전시체제기의 일상을 일정한 방향으로 이끌고 관리하려는 파시즘적 기획에 균열을 일으키는 것으로서, 가부장적 이데올로기에 대한 노골적인 항의를

---

72 『여성』, 1938.11, 32~38면.

담고 있다. "경제 경제하고 여자가 암만 떠드러야 소용없습니다. 남자들
이 경제해야죠. 여자야 실로 얼마 쓰나요. 남자는 술 한 번 먹어도 돈이
얼마가 나갑니까"라며 남성들을 직접적으로 비판하기도 했다.

　전시체제기 일상 속에서 분출된 여성들의 항의와 불만은, '가부장'과
'식민성'이라는 이중적 억압 아래에서 작동되던 파시즘의 젠더 정치가
여러 층위의 성적 경쟁을 내포하고 있었다는 사실을 말해준다. 1939년
12월호에 실린 「좌담회 ─ 생활은 괴로워진다」에서는 "우리집 애가 잡곡
밥을 학교에 가지고 단니는데 다른 애들을 다 백미밥인데 자기만 잡곡밥
이라구 불평"을 한다든지 "면제품을 쓰지 말구 스프를 써라 하는 것이
국책인데 그 대신 입을 만한 것을 내주면서 면제품은 입지 말라야지 가
량두 없는 것을 입으라니까 거기 불평이 없을 수 없는 것"이라며 대용품
사용에 대한 불만을 터뜨리기도 했다. 또한 "우리집 애들을 두고 보아도
꾸어진 놈이래도 그것을 그대로 입는 것이 스프보다는 행결 나습니다"[73]
라며 대용품 사용을 거부한 사례도 보인다. 이처럼 전시체제기 소비통
제 담론은 그것을 실제로 생활 속에 실천하는 주체의 태도에 의해 미세
하게 균열되어 있었다.

　그러나 이러한 균열과 틈새 속에서도 일정한 방향으로 유도된 것은
가사노동이 점차 주부가 전적으로 맡아서 해야 할 행동으로 인식되었다
는 사실이다. 전시체제기의 생활개선론은 소비통제와 맞물리면서 강화
된 측면이 크지만, 전통적인 가사노동이 근대적인 지식으로 과학화되고
합리화되는 양상을 보인다. 생활개선론을 받아들이는 여성들의 태도는

---

73 『여성』, 1939.12, 18~22면.

소비통제 담론을 대할 때와 사뭇 달랐다. 이를 전형적으로 보여주는 것이 식모퇴출론이다.

"생활을 사리에 맞도록(합리화)할 것"이 요청됨에 따라 주부는 "무엇이든지 내 손으로 해야" 하며, "이런 점에서 식모에게 살림을 마긴다는 것은 크게 위험"[74]한 것으로 인식되었다. 이제 가사노동은 신식교육을 받은 여성이 수행해야 할 근대적인 노동으로서, '식모'나 '어멈'에게 맡길 수 없는 영역으로 전환되었다. 학교에서 교육을 받은 것이 실제 가정에서도 응용된다는 것이 강조되었으므로, '식모'에 대한 비판은 근대적인 가사기술을 활용하여 가사를 경제적으로 수행할 수 있는 지식 유무有無에 집중되었다. 1940년 1월 「식모를 토론하는 좌담회」에 참석한 이들은 "식모를 안심하고 모든 일을 맡길 수 없"다는 데 동의하였는데, 그 이유가 "식모 같은 것은 짐승들처럼 아무리 설명을 해줘두 모르"[75]기 때문이라고 하였다. 무엇보다 식모는 "어떻게 쓰면 얼마나 경제가 된다는 것을 통 생각지를 못"해서 "일일히 감독"을 해야 하는 우둔한 존재이거나 "까스 쓰는 것을 몇일을 앉아서 (가르쳐) 줬는데 그걸 숯불 쓰드룩 또 마구 쓰"[76]는 비합리적인 존재였다. 그리고 식모는 근대적 가사 기술을 "쓸 줄을 모르니까 도리여 불경제가 되"므로 자연히 퇴출 대상이 되었다.

전시체제기의 '식모퇴출론'은 긍정적 모델로서의 '가정주부' 담론을 동반하고 있다. 여기서 '가정주부'는 근대적 지식을 토대로 생활의 합리화를 수행하는 신여성의 긍정적 모델로서, 신여성이 총동원체제하에서

---

74 김재홍, 「부엌의 신체제」, 『여성』, 1940.10, 35면.
75 「좌담회-고난 속을 가는 여성 : 가정생활을 중심으로」, 『여성』, 1939.10, 29면.
76 「식모를 토론하는 좌담회」, 『여성』, 1940.1, 37~38면.

어떻게 분화하고 있는지를 보여주고 있다. 「식모를 토론하는 좌담회」에서 한 참석자는 "신여성이 사는 가정에 식모로 드러갔다가는 혼나죠. 경제관념이 세서 눈을 바르 뜨고 엄격하게 하니까"[77]라며 신여성을 과학적이고 합리적인 가사관리자로 묘사했다. 신여성은 '살림을 할 줄 몰르는 학생나부랭이'로 무시되던 부정적 존재에서 전통적인 가사 노동을 수행하던 '어멈'(식모)을 훈육하는 존재로 역전된다. 근대적이고 합리적인 가사노동을 수행하는 가정주부는 "생산력확충과 소비절약에 매진"하며 "전시가정을 요리"하는 "총후국민",[78] 즉 '생산력 확충'이라는 공공의 이익을 위해 과학적인 지식을 활용하는 여성상으로 수용되었다. 이처럼 근대적 가사노동이 생산력 확충에 기여할 수 있는 까닭은 가사노동이 임금을 지불할 필요가 없는 그림자 노동[79]으로서, (남성의) 임금노동의 가치를 무보수로 높여주는 역할을 하기 때문이다. 이때 '가정주부'는 그림자 노동을 수행하는 주체로서, 고도의 생산력을 목표로 한 총동원 시기의 경제체계를 재편성하는 데 어울리는 신여성의 사회화 양식이었다.

'가정주부'가 전시체제기 신여성의 사회화 양식으로 구축되는 과정에는 신여성 모델과 전통적인 '양처' 모델이 끊임없이 교섭하고 있었다. 『여성』지를 살펴보면, 전시체제기에 형성된 이상적 여성상은 부덕婦德

---

77 위의 글, 39면.
78 「장기전과 부인의 임무」, 『여성』, 1939.1, 12면.
79 그림자 노동(shadow work)은 한 상품에 추가 가치를 더해주기 위해 소비자가 행하는 '무보수 노동'을 지칭한다. 이반 일리치는 19세기 이후 여성에게 불공평하게 부과된 무보수 경제활동에 주목하면서 가사노동을 그림자 노동의 한 전형이라고 보았다. 그러나 일리치는, 고도의 생산력을 목표로 하는 사회에서 이러한 그림자 경제(지하 경제)의 존재는 지속적인 성장을 위해 필수불가결했으므로, 그림자 노동의 확대가 비단 여성의 가사노동에 국한된 것만은 아니라고 보았다(이반 일리치(Ivan Illich), 최효선 · 이승환 역, 『젠더』, 뜨님, 1996, 62~79면).

을 갖춘 전통적 '양처' 모델과 과학적이고 합리적인 가사관리자인 '가정주부' 모델이 서로 교차된 지점에서 형성되고 있다. 신여성과 구여성에 대해 논한 기사를 살펴보면, "구여성에게는 덕의 아름다움이 있고 신여성에게는 지의 아름다움"이 있으므로 "신여성에게 덕의 교양이 있다면 구여성과 비교도 안 되게 출중한 존재가"[80] 될 것이며, 이에 따라 "덕육과 지육의 수양",[81] "구교양과 신지식이라는 것을 융합시키도록 교육"[82] 할 것을 요구하였다. "남편을 잘 섬기고 가정을 잘 처리하는 사람이 되는 것"에 주력하는 "양처주의良妻主義"와 근대교육을 통해 과학화된 '가사'가 결합하여 긍정적 모델로서의 신여성 형상이 창출된 것이다.

이는 전시체제기에 이루어졌던 전통적 여성상의 부활과 긴밀한 관계를 맺고 있다.[83] 파시즘의 정치적 기획이 '전통'과 '근대'라는 상이한 시간 축을 서로 결합시키고자 했다는 점을 고려할 때, 신여성의 합리적이고 과학적인 자질과 전통적 양처 모델의 교섭은 그리 낯설지 않다. 근대 초극의 기획은 전통적 여성상을 전시체제기의 이상적 여성상을 형성하는 데 다시 불러냄으로써, 전통적 여성의 헌신과 희생·절약과 내핍의 에토스를 '총후 부인의 부덕'으로 부활시켰다. 전통적 여성이 지니고 있

---

80 함대훈, 「조선 가정생활제도의 검토」, 『여성』, 1938.9, 31면.
81 허양순, 「주부와 수양」, 『여성』, 1939.3, 18면.
82 「좌담회 – 고난 속을 가는 여성 : 가정생활을 중심으로」, 『여성』, 1939.10, 23면.
83 전시체제기에 파시즘적 인간형을 형성하기 위하여 동양적 전통을 부활시키는 것은 '여성' 범주에만 국한된 현상은 아니었다. 학병 모집이 진행될 무렵 병역에 지원한 조선의 청년들이 공공의 세계에 대한 봉사를 특권으로 여기는 유교문화의 전통 속에서 성장했다는 점을 상기해 볼 때, '동양적 근대의 창출'이라는 기획은 그 이전에 존재했던 동양적 전통을 재배치하고 변형·강화함으로써 헤게모니의 작동에 필요한 지적·도덕적 지도력을 확보하고자 했다. 태평양전쟁기 조선인 학병에 관해서는 황종연, 「조선 청년 엘리트의 황국신민 아이덴티티 수행 – 아시아태평양전쟁기 조선인 학병에 관한 노트」, 한일연대21 편, 『한일 역사인식 논쟁의 메타히스토리』, 뿌리와이파리, 2008, 261면을 참조.

던 '부덕'은 신여성의 과학적이고 합리적인 근대적 지식과 결합하여 전시체제기의 '가정주부' 담론을 만드는 데 결정적인 역할을 하였다.

『여성』지에 소개된 도스토예프스키의 부인 '안나'는 전통적인 여성의 '부덕婦德'과 신여성의 근대성이 결합한 전형적인 예이다. '안나'는 "도스토옙스키―가 극도로 절망적 경지에서 헤매고 잇을 때 그의 건강을 회복시켜 주면서 그의 창작을 격려하고 또 그의 악습을 고쳐주며 어떤 때는 간악한 출판업자와 싸워가면서 그의 막대한 부채를 정리하야 도스토옙스키―로 하여금 세계적 대문화로 만든"[84] 지적知的인 '양처'이다. 아울러 '안나'는 유모나 노모老母에게 아이들을 맡기지 않고 직접 아이들을 양육함으로써 '현모'의 자질을 골고루 갖춘 "동양식의 (…중략…) '현부賢婦'"로 자리매김되었다. 이처럼 전시체제기의 '부덕'은 근대 초극 기획의 윤리적 토대인 '도의'의 원리가 작동되는 기반, 즉 '무아無我의 주체성'을 실현하는 젠더적 장치로서, 자신을 희생하고 가정을 돌보는 여성의 고유한 전통적 덕성으로 자리 잡고 있었다. 이는 제국적 원리에 호소하기보다는 고대적 과거와 동양적 전통에 신성한 뿌리를 두었기 때문에 총후 생활의 규율이 갑작스럽게 출현한 것이 아니라 역사적으로 늘 있어 왔던 것처럼 자연화하는naturalize 데에 효과적으로 작동하였다.

---

84 이운곡, 「도스토옙스키―부인」, 『여성』, 1937.4, 82면.

4. 전시체제기의 공익과 게토화된 신여성

지금까지 이 글은 잡지 『여성』을 중심으로 여성의 노동·소비 담론에 나타난 젠더 정치를 일상적 층위에서 분석하여 이념적 지표나 내적 논리와 같은 거시적 관점에서의 연구가 포착하지 못한, '경험과 실천의 실체로서의 전시체제기'에 접근하고자 했다. 지금까지 살펴본 바를 요약하면 다음과 같다.

『여성』지가 주로 중산층 이상의 여성을 독자로 했기 때문에, 『여성』에 실려 있는 기사를 토대로 노동·소비 담론을 분석한 결과, 이들 담론은 주로 근대식 학교 교육을 받은 신여성에 집중되고 있었다. 『여성』지가 1936년부터 1940년까지 발행되었다는 점을 감안할 때, 『여성』에 포착된 신여성의 일상은 파시즘 체제와 접합 지점을 형성하면서 전시체제기가 허용한 삶의 형태를 보여주고 있다. 신여성의 일상에 대한 필자들의 태도는 파시즘 체제가 무엇을 허용하고 무엇을 허용하지 않는지, 또는 어떠한 방식으로 신여성을 게토화했는지를 반영하고 있다. 이는 곧 근대로써 근대를 초극한다는 새로운 모더니티의 기획이 여성의 젠더 규범을 어떻게 규율하고 생산하고 있는지를 보여준다.

1920년대에 조선 사회를 문명화시킬 개조의 주체였던 신여성의 근대적 에너지는 전시체제기에 들어서면서 전체의 공익을 위해 기여하는 유기체적 에너지로 전유되었다. 동양적 근대를 창출하고자 하는 새로운 모더니티의 기획은 국가에 의한 경제 통제를 근간으로, 개인의 이익을 초월하여 구축되는 '공익'을 신성시하며 노동·소비 담론을 장악하고 있었다. 이에 따라 파시즘과 모더니티가 공통의 지평에서 구축하고자 했던 젠더 규범은 궁극적으로 생산력을 확충하기 위해 인적·경제적 자원을 효율적으로 동원하는 데로 집중되었다.

'공익'이라는 이름으로 신여성들을 게토화하기 위하여 전시체제기가 전유한 것은 그들의 '합리적이고 과학적인 지식'이었다. 그것은 새로운 도시문화를 바탕으로 대두한 화이트칼라직과 서비스직에서 여성들이 노동력을 제공할 수 있는 기반이 되었으며, 동시에 '가정주부'가 '어멈'들의 전통적인 가사노동과 구별되는 근대적인 가사 기술을 수행하는 근간이 되었다. 근대적 교육으로 말미암은 합리적이고 과학적인 지식은 생산력의 최대화를 꾀하는 총동원체제가 신여성에게 부과하는 신성한 신뢰였던 셈이다.

이때 신여성의 개인주의적 자질은 소비에 대한 규율을 통해 통제되고 관리되고 있었으므로 '충동적인 소비자로서의 여성'은 금기시되었다. 생산자로서의 여성은 허용되었지만, 충동적 소비자로서의 여성은 허용되지 않았던 것이다. 전시체제기의 소비 형태는 병리와 아노미로서의 소비를 유형화하는 동시에 모방의 대상으로서의 합리적 소비를 담론화하는 방식으로 전개되었다. 노동을 통해 여성을 규율화한 전시체제기는 한걸음 더 나아가 소비를 통해 통제하고 관리함으로써 여성을 전체에 유기적으로 기여하는 파시즘적 인간형으로 만들고자 했다.

그러나 의식주 부분에서 소비를 통제하고 절약하는 데에는 일정한 한계가 있었다. 특히 '좌담회'라는 독특한 형식을 통하여 분출된 여성들의 불만은 소비통제 담론을 통해 전시체제기의 일상을 일정한 방향으로 이끌고 관리하려는 파시즘적 기획에 균열을 일으키는 것으로서, 가부장적 이데올로기에 대한 노골적인 항의를 담고 있었다. '좌담회' 형식의 기사는 대부분의 필진들이 남성이었던 『여성』지에서 가부장과 내셔널리즘의 틈새로 파고드는 여성들의 목소리를 생생하게 반영하고 있는 점에서 전시체제기에 작동되었던 젠더 정치의 한 단면을 보여준다.

그런데 전시체제기와 한걸음 떨어져서 이 시기를 조망해 보면, 여성들의 소비활동을 규율하고 통제하는 병리학적 시선이 비단 식민지 후반 전시체제기에 국한된 현상만은 아니라는 것을 알 수 있다. 그리고 다음과 같은 질문과 마주치게 된다. 왜 신여성에 대한 사회적 시선은 '생산'을 기점으로 선·악의 극단을 오가는 것일까? '모던걸'과 '슈퍼우먼'의 차이, '된장녀'와 '알파걸'의 차이를 결정짓는 것은 무엇일까? 사실 직업여성들의 소비활동에 대한 병리학적 시선은 근대적 지식과 경제력을 겸비한 여성에 대해 기존 사회체제가 표출하는 불안감의 표시이기도 했다. 당시 산업 노동력으로 진출한 신여성들은 전시 상황으로 인해 부족한 남성 노동력을 대신하고 있었지만, 동시에 전쟁 이후 돌아올 남성들의 안정적인 지위를 위협하는 존재이기도 했다. 따라서 여성들의 지식과 경제력은 전체의 '공익'을 위해 허용된 경로를 경유해야만 했다. 또한 필요에 따라 전통적 '부덕'은 헌신과 희생이 여성 고유의 자질이라는 것을 입증하는 역사로 부활하기도 했다.

결국 전시체제기 노동·소비 담론에 나타난 '직업여성'과 '가정주부'의 일상은 '가부장'과 '국가'가 충돌되지 않는 지점에서 실현된 여성의 사회화 방식을 표현한 또 다른 방식이었다. 열악한 노동환경과 낮은 임금 체계 속에서 도시문화의 젊은 산업 노동력으로, 남성 임금노동의 가치를 무보수로 높여주는 그림자 노동으로 사회화될 때 여성은 고도의 생산력을 목표로 한 파시즘 체제에서 살아갈 수 있었다. 이처럼 '젠더' 범주를 통해 드러난 전시체제기 여성의 일상은, 생산력의 확장을 목표로 한 모더니티의 기획이 실현되기 위한 가장 근본적인 토대란 저렴하면서도 유연하게 제공되는 노동력과 정해진 경로를 따라 학습되고 규율된 소비였다는 것을 보여준다.[*]

---

* 이 글은 2010년 9월 『인문연구』 59호에 게재된 논문을 일부 수정한 것임.

10장

낭만적 사랑과 프로파간다

> 높은 의미에서의 정치란 행정이라든가 제도의 운용이라든가 하는 의미를 넘어서, 국민으로 하여금 새로운 국가관·세계관에 귀일(歸一)토록 하는 근원적인 노력인 까닭에, 그런 의미에서 정치는 문화 특히 문예와 동일한 목적을 갖는 것이다. 따라서 문예는 정치의 도구가 아니라 높은 뜻에서 정치 그 자체다.
> —최재서, 「문학자와 세계관의 문제」, 『국민문학』, 1942.10

1. 들어가며

제국주의 헤게모니가 효과적으로 작동되기 위해서는 '동양적 근대의 창출'과 같은 역사철학적 기획이 당대 일상에서 미시적으로 실현되는 통로가 필요하다. 더구나 제국주의의 식민 지배가 제국주의 지배자의 일방적인 억압에 의해서만 이루어진 것이 아니라 일상의 전 영역에서 식민 주체와의 상호작용에 의해 유지된다는 점을 감안하면, 역사철학적 기획과 같은 거대담론이 일상의 층위에서 대중들의 삶의 구석구석에 어떻게 파고드는지에 관해서 좀 더 면밀하게 검토할 필요가 있다. 이 글에서는 내선일체와 같은 동화 이데올로기가 어떻게 개개인의 일상 속에서 구체적인 실천을 이끌어내고 있는지를 살펴보기 위해 내선일체 이데올로기가 동반하는 프로파간다 전략을 분석하고자 한다.

지배 질서는 일상의 국지적인 여러 관계 속에서 지속되고 공고화되므로, 프로파간다 전략은 지배 이데올로기가 구체적으로 수행되는 실천론의 성격을 띠고 있다. 그것은, 거시적 차원의 지배 이데올로기가 일상적 삶에 스며들면서 미시 권력을 통해 발현되고 재생산되는 과정을 포함하고 있다. 따라서 이 글에서 분석하고자 하는 프로파간다 전략이란, 상투적인 정치 선동이 아니라 권력이 작동하는 부드러운 방식, 즉 연성 사회 통제 방법으로서의 프로파간다를 의미한다. 그것은 대중이 미처 인식하지도 못하는 사이에 대중의 생각이 주조되고 길들여지는 메커니즘[1]을 동반하고 있다.

내선일체 동화 이데올로기와 관련하여 프로파간다 전략을 살펴보는 데 초점이 되는 문제는 첫째, "제국이 식민지를 동화시키는 과정에서 필연적으로 동반되는 폭력의 과정을 어떻게 효과적으로 은폐하는가", 둘째, "어떻게 내선일체 이데올로기를 더욱 생산적으로 작동할 수 있도록 해 주는가"이다. 이 글에서는 이러한 문제들에 대해 논의하기 위해서 개

---

1   에드워드 버네이스(Edward Bernays), 강미경 역, 『프로파간다』, 공존, 2009, 115~132면.

인의 가장 내밀한 경험이라고 할 수 있는 '사랑'이 어떻게 제국의 프로파간다 전략으로 동원되고 있는지를 중점적으로 살펴볼 것이다. 이를 위해 2절에서 '사랑'이 연성 통제의 프로파간다 전략으로 출현하게 되는 배경을 내선일체 동원 이데올로기와 연관하여 살펴보고, 3절에서 '사랑'이 프로파간다화 전략으로 형상화되었던 사례를 이광수의 「그들의 사랑」과 정인택의 「껍질」, 「행복」에서 확인해 볼 것이다. 이들 작품에서는 내선일체 동화 이데올로기를 실천하기 위한 기획에 '사랑'이 어떠한 역할을 하는지를 중점적으로 살펴볼 것이다.

2. 내선일체 동원 이데올로기와 사랑

나는 지금에 와서는 이러한 신념을 가진다. 즉 조선인은 조선인인 것을 이저야 한다고, 아조 피와 살과 뼈가 일본인이 되어버려야 한다고, 이 속에 진정으로 조선인의 영생의 유일로(唯一路)가 잇다고. (…중략…) 이리하기 위하여 조선인은 곧 민족감정과 전통이 발전적 해소를 단행할 것이다. 이 발전적 해소를 가르처서 내선일체라고 하는 것이라고 밋는다.[2]

태평양전쟁 시기의 내선일체론은 전시체제기라는 특정한 역사적 국면에서 서구와의 전쟁을 수행하기 위해 제국 일본이 내세운 총동원 이

---

2   이광수, 「심적(心的) 신체제와 조선 문화의 진로」, 『매일신보』, 1940.9.12.

데올로기이다. 『세계사적 입장과 일본』에서 니시타니는 대동아공영권 안의 여러 민족을 교육에 의해 철저히 일본인으로 동화시킨다는 일이 공상은 아니며, 민족은 이른바 부동浮動하는 주변을 지니므로, 역사 과정 안에서 융합하거나 동화할 수 있다[3]는 입장을 취하고 있다. 따라서 니시타니는, 지금까지 고정되었다고 여긴 아주 '작은' 민족 단위는 커다란 관념 속으로 녹아들 것이므로 야마토 민족과 조선 민족이 어떤 의미에서 하나의 일본 민족이 되는 것[4]이라고 전망하고 있다. 니시타니의 논의는 1931년부터 1945년 사이에 제국 일본에서 있었던, 민족과 종에 관한 방대한 논의 중 일면을 보여주고 있다. 이에 비해 조선총독부를 대표하여 1942년 8월 '내각 총력전연구소'에서 조선사람의 동화가 어떤지를 강연했던 야마다 슈키오는, 니시타니와는 다른 입장을 취하고 있다. 이날 강연에서 야마다는, 조선사람은 이민족이며 "오랜 세월 동안 배양되어 온 전통적·민족적 잠재의식과 편견이 하루아침에 없어지기를 기대하기는 힘들다"는 입장을 내세웠다. 특히 야마다는, 동화의 수단으로서의 '내선결혼'은 "당분간은 (…중략…) 원하지 않는다"고 하면서 조선사람이 "대중적 단점을 극복하고 야마토민족의 미점美點인 중국애국정신에 철저하고 성실, 결백하며 예의범절을 갖춘 점에서 내지인의 존경을 받을 수 있는 인물을 배출해 조선이 새롭게 보일 때까지는— 이 시기가 백 년이 걸릴지, 이백 년 혹은 오백 년 혹은 천 년이 걸릴지 모르지만, 아무튼 내지인으로부터 경애받을 수 있을 때까지는 원하지 않는

---

3   나카무라 미쓰오[中村光夫]·니시타니 게이지[西谷啓治] 외, 이경훈·송태욱·김영심·김경원 역, 『태평양전쟁의 사상—좌담회 「근대의 초극」과 「세계사적 입장과 일본」으로 본 일본정신의 기원』, 이매진, 2007, 340면.
4   위의 책, 340면.

다"고 하였다.[5]

이처럼 제국주의 시기에 일본 지식인들은, 일본 국가에 존재하는 민족적 차이를 총체적으로 소멸시키겠다는 태도에서부터 민족적 순수성을 고집하는 민족사회주의자에 이르기까지 폭넓은 정치적 입장을 보였다.[6] 이러한 가운데, 1937년 중일전쟁 발발 이후 조선 지배의 목표는 총력전 체제 구축을 위한 '내선일체'에 있었다. 1936년부터 1942년까지 조선 총독이었던 미나미 지로는 "한국병합 당시는 융화가 방침이었지만 지금 (1939년)은 내선일체이고, 특히 만주사변과 중일전쟁 이후는 대단한 진전을 보이고" 있다고 하면서, 진정한 내선일체의 모습을 "혈서를 쓰며 지원병을 자원하거나 자신의 직업을 포기하고 군을 위해 일하려는"[7] 데서 찾고 있다. 이광수는 이를 '심적 신체제心的 新體制'라고 칭하고 심적 신체제의 초석을 다지기 위해 "내게 잇는 모든 것은 다 천황께서 주신 것으로 싸라서 언제든지 천황께 바칠 것으로 깨달아야 한다"[8]고 하였다. 이광수는, 이러한 심적 신체제를 위해 "우리는 일상생활에서 각자의 황민화적皇民化的 개조에 매진하여야 할 것"이며, "심적 신체제는 일상생활에서 실현되고서야 비로소 완성이 될 것"[9]으로 보았다. 이광수의 논의에서 확인할

---

5 미야다 세쓰코[宮田節子], 이형랑 역, 『조선민중과 황민화 정책』, 일조각, 1997, 176~177면.
6 사카이 나오키는, 1920, 30년대 일본은 단일민족사회라는 신화를 인정하지 않았으나 전후 미국을 중심으로 국제질서가 재편된 이후 일본 사회는 하나의 민족집단으로 구성되었으므로 인종적으로 단일하다는 신화가 형성되었다고 분석했다. 이에 대해서는 사카이 나오키, 이규수 역, 이연숙 대담, 「민족성과 종(種)─다민족국가 철학과 일본제국주의」, 『국민주의의 포이에시스』, 창비, 2003, 150면.
7 「미나미 총독은 말한다─본지 기자와의 대담록」(모던일본사, 『모던일본』, 조선판, 1940.8), 한일비교문화연구센터, 홍선영 외역, 『일본잡지 모던일본과 조선 1940』, 어문학사, 2009, 60~70면.
8 이광수, 「심적 신체제와 조선 문화의 진로」, 이경훈 편역, 『춘원 이광수 친일문학전집』 II, 평민사 1995, 93면(이하 『전집』 II로 표기).

수 있는 바와 같이, '내선일체'란 단순한 정책적 슬로건이 아니라 조선 민중의 생활 전체를 황민화하는 데까지 이르는, 광범위한 개조 프로젝트를 의미하고 있다. 사심 없이 천황을 위해 죽을 수 있는 조선인 병사를 만드는 일이 슬로건 차원에서 가능한 것이 아니기 때문이다.

전 국민에 대한 개조 프로젝트가 진행된 이후 프로파간다 메커니즘은 푸코가 논의한, "계산되고 조직화하여 기술적으로 고려될 수 있는 것이 면서 교묘한 방법으로 무기를 사용하지도 않고 공포를 주는 것도 아니면 서"[10] 효과적으로 작동하는 생체 권력bio-power의 전략과 맞물려 있다. 이러한 생체 권력의 작동 메커니즘에서, 권력과 쾌락plaisir[11]은 서로 반대편에 머물며 억압적인 관계에 있는 것이 아니라 상호작용을 통해 강화된다. 이때 섹슈얼리티sexuality는 억압하고 제한해야 할 대상이 아니다. 섹슈얼리티는 오히려 조밀한 권력 관계의 전이轉移지점이며, 권력과 융합됨으로써 발생되는 에너지 그 자체를 통해 사회 통제의 핵심으로 이용될 수 있다.[12] 섹슈얼리티를 사회통제의 기반으로 삼아 내선일체 이데올로기를 개개인의 일상 구석구석에 스며들게 한 대표적인 예로 '내선결혼內鮮

---

9 위의 글, 99면.
10 미셸 푸코(Michel Foucault), 오생근 역, 『감시와 처벌』, 나남, 2000, 50면.
11 여기서 '쾌락'은 'plaisir'를 뜻하는 것으로 통상적으로 기분 좋거나 유쾌한 감각 또는 감정의 의미로도 쓰인다. 또한 마음에 드는 것 또는 하고 싶은 것을 뜻하기도 하고, 특별히 관능성이나 성적 쾌락의 의미로도 쓰인다. 『성의 역사』의 역자인 이규현은 'plaisir'에 대하여, 성적 쾌락의 의미보다는 오히려 자율성 내지 능동성을 내포하는 즐거움의 감정에 가깝게 해석하고 있다. 이규현에 의하면 'plaisir'는 따뜻한 봄날 시냇물에 멱감고 바위에 누워 잠을 자고 싶다거나, 배우고 익히면 매우 즐겁다거나, 먼 곳에서 친구가 찾아오니 기쁘다거나 하는 말에 함축된 뜻과 상통하는 것으로 해석할 수 있다(이규현, 「역자 서문」, 미셸 푸코, 이규현 역, 『성의 역사』 1(앎의 의지), 나남, 2007, 16~19면).
12 앤서니 기든스(Anthony Giddens), 배은경·황정미 역, 『현대사회의 성·사랑·에로티시즘－친밀성의 구조 변동』, 새물결, 1996, 55~56면.

結婚'을 들 수 있다. '내선결혼'은 조선교육령(1911), 육군 특별 지원병령 (1938), 창씨개명(1940)과 함께 동화 정책의 일환으로 적극 권장되었다. 1923년 360쌍에 불과했던 내선결혼 부부는 1937년 1,206쌍으로 증가 하였으며, 1941년에는 5,747쌍에 달했다.[13] 이로 미루어 볼 때, 내선결 혼은 식민지 조선에서 하나의 사회적 현상으로 자리 잡고 있었다. 이광 수가 "같은 교육을 받고, 같은 신궁 참배를 하고, 같은 말을 하며, 같은 사실을 생각하여, 친구가 되고 부부가 되는 중에 반도인의 얼굴은 완전 히 변해버려서 호적조사라도 하지 않는 한 내지인인지 반도인인지 알 수 없게 될 것"[14]이라고 전망한 바와 같이 내선결혼은 심리적・혈연적・문 화적으로 식민지와 제국의 경계를 허물고, 경계가 무화無化된 상태를 지 속적으로 재생산하고자 하는 사회적・제도적 형식이었다. 그러나 이러 한 경계의 무화는 상당한 위험성을 내포하고 있었으므로 실제로 이러한 경계가 허물어졌다기보다는 식민지를 동원하기 위한 제국의 레토릭 중 하나였다.

총동원체제 속에서 '내선결혼'의 기획이 특히 중요한 문제로 떠오르 는 이유는 동화 이데올로기를 '가족'의 재생산을 통해 실현함으로써 하 나의 통합체로서의 '제국 / 식민지'를 자연적인 실체로 전환시키고자 했다는 데 있다. 내선결혼을 자연스럽게 완성시키는 데 중심이 되는 것 은 '사랑'이다. 이 글에서 주로 다루고자 하는 것이 섹슈얼리티가 어떻 게 권력과 융합되는지, 그리고 그 과정에서 개인의 내밀한 사랑이 어떻

---

13 조진기, 「내선일체의 실천과 내선결혼소설」, 『한민족어문학』 50, 한민족어문학회, 2007, 441면.
14 이광수, 「얼굴이 변한다」(『문예춘추』, 1940.11.19~21), 『전집』 II, 141면.

게 사회 통제의 핵심으로 이용되는가 하는 문제에 있다고 할 때, 이러한
의도에 부합하는 사랑의 유형은 '낭만적 사랑romantic love'이다. 여기서
낭만적 사랑이란 자유연애를 통해 만난 두 남녀가 '진정한' 사랑을 깨닫
고 자연스럽게 결혼에 이른다는, 근대적 결혼 제도의 신화를 지칭한다.
낭만적 사랑은 자유로운 사적이고 자발적 결합을 도드라지게 내세움으
로써 자유연애를 신화화하지만, 결국 남녀의 사랑을 결혼이라는 제도와
결합함으로써 '사랑'이라는 개인의 내밀한 경험을 정치화한다. 따라서
낭만적 사랑은 표면적으로는 자발성과 능동성의 에너지를 발산하고 있
지만, 실제로는 사회의 특정한 요구와 연동함으로써 정치화된 개인적
경험의 결정체를 보여주고 있다.

　근대 총력전이 '사회'의 국가화와 '가정'의 국가화를 모두 요구했다[15]
는 것을 상기시켜 볼 때, 사랑과 성을 결혼이라는 제도로 통합하고 있는
낭만적 사랑은 가정을 국가화하는 데 필요한 감정적·제도적 토대를 마
련해 준다. '스위트 홈'으로 대표되는 가정의 안락함은, 정부情婦나 매춘
부의 섹슈얼리티가 환기시키는 열정적 사랑amour passion과 분리된 낭만
적 사랑romantic love을 기반으로 성립된다. 반면, 열정적 사랑은 귀족들
의 혼외정사를 원형으로 한다는 점에서 사회와 가정을 국가화하는 근대
총력전의 자장에서 벗어나 있다. 열정적 사랑은 열정과 쾌락을 해방시
켜 새롭게 가치를 부여했다는 점에서 궁정적 사랑courtly love, 혹은 숭고
한 사랑sublime love으로 불리는 중세적 사랑과 구분되지만, 사랑을 결혼
과 결합시키지는 않았다. 사랑의 감정을 형성하는 데 근원이 되는 '열

15　우에노 치즈코[上野千鶴子], 이선이 역, 『내셔널리즘과 젠더』, 박종철출판사 2000, 21면.

정'은 사랑을 강화하고 지속시키는 힘이 되기도 하지만 동시에 공식화된 사회질서를 교란하는 파괴적인 힘을 지니고 있다는 점에서 전복의 코드가 되기도 한다. 또한 열정으로서의 사랑은 섹슈얼리티와 사랑을 분리함으로써 가볍고 경박한 난봉꾼의 소유물로 간주되며 성적 방종과 결부되기도 한다.

　낭만적 사랑이 내선일체 동화 이데올로기를 프로파간다하는 전략으로 활용되는 또 다른 이유는 낭만적 사랑이 지닌 '친밀성'에 있다. 낭만적 사랑은 한 사람이 다른 사람에게 느끼는 정서적 끌림으로서의 감정적 실체, 즉 친밀성으로부터 출발한다. 낭만적 사랑은 욕정이나 노골적인 섹슈얼리티와는 양립 불가능한 것으로, 그 자체가 정신적인 커뮤니케이션, 즉 부족한 부분을 채워주는 영혼의 만남을 전제하고 있다. 낭만적 사랑은 이러한 영혼의 만남, 즉 진실한 사랑이란 일단 발견되기만 하면 영원하다는 관념을 토대로 사랑과 결혼을 결합시켰다. 미나미 총독이 말하는 내선일체가 "서로 손을 잡는다든가, 모양이 융합한다든가 하는 그런 미지근한 것이 아니다. 손을 잡은 것을 놓으면 다시 떨어져 나가기 마련이고 물과 기름을 억지로 뒤섞으면 섞이기는 하지만 그래서는 안 된다. 모양도 마음도 피도 살도 모두가 일체가 되지 않으면 안 되는"[16] 수준을 지칭한다고 할 때, 영혼과 육체의 결합을 핵심으로 하는 낭만적 사랑은 "마음도 피도 살도 모두가 일체"[17]가 된 내선일체를 형상화하는 프로파간다 전략이 된다. 김용제는 내선일체의 실현과 감정에

---

16 조선총독부항무국장 시오바라 도키사부로, 「조선의 황국신민화운동」, 모던일본사, 『일본잡지 모던 일본과 조선 1940』, 81면.
17 위의 글, 81면.

대하여 "이미 내선일체의 가능성이나 필연성에 관해서 논의할 시대가 아니"며, "내선일체에 있어서 미묘한 감정적인 문제가 얼마나 뿌리 깊은 생활적인 것인가를" 알고, "내선內鮮 사람들이 완전히 국가적 일체가 되려면, 동포로서의 인간적 결합이 충분히 깊어질 필요가 있다"[18]고 주장했다. 이처럼 내선일체가 이데올로기적인 층위를 넘어 일상생활을 개조하는 원리가 될 때, 관건은 식민지와 제국 간의 감정적 결합, 인간적인 신뢰 등 심리적인 수준의 내적 결합에 있었다.

3. 마음이 만나는 곳, 내선연애와 내선결혼

사람의 마음을 돌리는 것이 어떻게 어려운 일인지 아나. 한 사람의 마음을 획득하는 것은 한 나라를 획득하는 것과 같이 어렵다. 그대들이 조선동포 한 사람의 마음을 획득하면 조선동포 전체의 마음을 획득하는 것이다.[19]

『신시대』에 1940년 1월부터 3월까지 연재된 이광수의 「그들의 사랑」은 식민지와 제국 간의 감정적 결합과 인간적인 신뢰가 내선일체의 초석이 되며, 조선민중의 황민화와 자발적 개조를 가능하게 하는 출발

---

18 김용제, 「민족적 감정의 내적 청산으로―내선일체의 인간적 결합을 위하여」, (『동양지광』, 1939.4), 김규동·김병걸 편, 『친일문학작품선집』 2, 실천문학사 1986, 161면.
19 이광수, 「그들의 사랑」, 『신시대』, 1941.1, 156면.

점이 된다는 것을 그린 소설이다. 이 소설에서 중심이 되는 화두는 "식민지 청년의 (자발적이고 충실한) 황국신민화는 어떻게 이루어지는가?"이다. 이 소설에서 얼마나 많은 조선인의 마음을 얻느냐 하는 문제는 중요하지 않다. 중요한 것은 '한 사람' '조선동포'의 마음을 얻으려는 "사랑과 정성과 끈기 있는 노력"[20]이다.

독일 낭만주의 전통에서 사랑은, 한 사람의 타인과 관계 맺음으로써 그와 유관한 모든 것을 고양시키는 일로 나타난다. 사랑의 경험을 통해 우리는 세계를 재평가하고 새로운 주관적 세계로 나아가게 되는데, 이는 모두 한 사람의 타인을 통해 이루어진다.[21] "민족의식이 다른 조선인 학생들보다도 더 뿌리 깊은 편"이었던 '리원구'의 내적 변화를 일으킨 것은 '순결한' 제국 청년 '다다시'가 보여준 진심 어린 사랑을 통해서이다. 이광수는 이 소설에서, 아버지를 잃은 가난한 식민지 청년 원구에 대한 다다시의 정성과 우정을 묘사하는 데 상당 부분을 할애한다. 다다시는 아버지가 돌아가신 후 학비를 마련할 방도가 없어 막막해 하는 동급생 원구를 도와주기 위해 자신의 집에 가정교사로 들어오라고 제안한다. 다다시는 원구를 위해, 조선인이라면 식모로도 들이기 싫어하는 부모님을 설득한다. "리원구라는 학생을 집에 두면 어떻게 할 생각이란 말이냐"라며 양미간을 찌푸리면서 묻는 아버지에게 다다시는 "한 조선사람 리원구의 마음을 돌려서 참된 천황의 신민을 만드는 것"[22]이라고 대답한다. 이처럼 다다시는 "하나라도 조선청년의 마음을 걸우는 것이 나

---

20 위의 글, 155면.
21 니클라스 루만(Niklas Luhman), 정성훈·권기돈·조형준 역, 『열정으로서의 사랑—친밀성의 코드화』, 새물결, 2009, 199면.
22 이광수, 「그들의 사랑」, 『신시대』, 1941.1, 156면.

라를 위해서 좋"[23]은 것이라는 생각에, 원구에게 사랑과 정성을 쏟는다.

다다시의 집에 들어가게 된 원구는 일본 가정의 일상생활을 체험하고 깊은 감명을 받는다. 청결하고 예의바른 일본 가정생활을 통해 원구는 "제가 아는 여러 조선 가정과 비교하여 보았으나 이 가정에 비길 만한 가정이 없다"는 것을 깨닫게 된다. 다다시 역시 "원구가 뜰에 풀을 뽑고 집안 소제"를 하는 등 평소 몸가짐이 바르고 성실한 것을 지켜보면서 "네가 처음으로 우리집에 왔을 무렵에는 식구들은 이상한, 외국사람이라도 맞이하는 것처럼 예의 경계와 천착의 눈을 보냈던 것일세. 나도 그랬지. 미안하이"[24]라며 고개를 숙인다. 식민지 청년과 재조일본인 청년이 그려내는 화해의 광경은 식민지와 제국 간의 심리적 수준의 내적 결합을 형상화한다.

원구에게 '다다시와의 만남'은 새로운 세상에 눈뜨게 되는 계기이자 심리적 정련의 과정이다. 그것은 이념적인 차원의 설득이라기보다는 일상생활의 공유와 정성어린 사랑을 통해 이루어지는 자연스러운 감화 과정이다. 결국 원구는 자신을 '반역자', '스파이'로 비난하면서 분명한 태도를 표명하라는 조선 학생들에게 "지금까지 두 마음을 가지고 오던 생활을 청산하고 오직 한마음으로 일본을 위하여서 충성을 다하기로 결심"했다고 말해 집단구타를 당하게 된다. 훗날 원구는 액체연료를 연구해 가솔린에 대용될 인조연료의 제조법을 완성하게 되는데, 이에 대해서도 "내게 오늘이 있게 한 것은 이 두 분 아버님(가쓰하라 선생과 다다시의 아버지인 니시모도 박사)의 은덕"이라며 공을 돌린다.

---

23 위의 글, 154면.
24 위의 글, 272면.

이 소설에서 전면적으로 드러나 있는 관계는 '원구-다다시'이지만, "박사의 딸 미찌코를 유혹한다는 이유"로 원구가 다다시의 집에서 쫓겨난 것을 보아 '원구-미찌코' 간의 미묘한 사랑의 감정 또한 내선內鮮 간의 친밀감을 형성하게 되는 축이다. 그러나 안타깝게도 '원구-미찌코' 간의 사랑은 서로에게 끌리는 호감과 친밀감을 표시하는 데에서 더 발전하지 못한다. 해수욕복을 입은 미찌코의 모습이 눈에서 떠나지 않아 잠을 이루지 못하던 원구는 "미찌코는 주인댁 아가씨가 아니냐, 그리고 나는 그 집에 부쳐서 사는 서생이 아니냐"고 자책하며 미찌코를 단념한다. 미찌코 역시 원구에게 스스럼없이 친근한 말을 건네기도 하지만, 원구가 아버지로부터 책망과 모욕을 당하고 쫓겨나던 광경을 보고 아무 말 못하고 제 방에서 울기만 한다.

'원구-미찌코'의 사랑이 인간적인 호감 이상으로 발전하지 않고 절제되는 것은 무엇 때문일까? 여기서 '원구-다다시', '원구-니시모도' 간에 강하게 구축되어 있는 계몽의 구도에 주목할 필요가 있다. 「그들의 사랑」에서 '사랑'은 내선일체를 실천하기 위한 심리적인 정련에 지나지 않으므로, 이 범위를 넘어서까지 훌쩍 자라지 못한다. 곧 친밀감으로서의 사랑, 마음과 마음이 만나는 것으로서의 사랑은 한편으로는 내선일체를 실천하고 강화하는 힘이기도 하지만, 그것이 '연애-결혼-출산'으로 이어졌을 때에는 내선일체가 놓여 있는 근원적인 모순의 지점 — 완전한 평등에 이르지 못한다는 — 을 해체하고자 하는 힘이기도 하기 때문에, 계몽의 구도를 완성하는 한도 내에서 적절하게 절제되고 거세된다. 이러한 맥락에서 '원구-다다시' 간에 구축된 심리적 내적 결합이 화해와 이해로 확장된 반면, 원구를 향한 미찌코의 마음은 더 이상 자라지 못한다. 십여 년이 지난 어느 날 "리원구가 무슨 잘못한 것이 있어요? 리원구가 제게 사랑을 청했기로서니 그것이 무슨 나쁜 일일까요?"라는 책망만이 남아 있을 뿐, 신문에서 원구의 기사를 발견하고도 미찌코는 기쁜지 슬픈지 알 수 없다.

일본인 여성과 식민지 남성 사이의 연애가 결혼으로 귀결되는 경우는 정인택의 「껍질」에서 찾아볼 수 있다. 「껍질」에서 일본인 여성과 식민지 남성의 사랑은, "내지인과는 풍속도 습관도 다르고, 집안도 천하고 조상도 모르는 여자와는 같이 앉지 못하겠으니 집에 들일 수 없다"[25]며 결혼을 허락해 주지 않는 아버지와 대척점에 놓여 있다. 그렇지만 구세대에 맞선 주인공 '학주'의 사랑은 견고하다. 남편에 대한 '시즈에'의 애틋한 사랑 역시 아버지의 반대에도 불구하고 그들의 결혼 생활을 견고하게 유지시켜주는 힘이다. 학주는, 쫓겨나더라도 같이 가고 싶다며 고향에 함께 데려가 달라고 부탁하는 시즈에가 불쌍해서 가슴이 미어진다. 학주는 "풀이 죽은 아내의 모습이 언제까지나 눈에 아른거려 눈시울이 뜨거워"[26]지고, "마음이 여려 울고 있을 시즈에"[27] 때문에 고향에 가서도 마음이 놓이지 않는다. 시즈에는 온갖 애정을 남편에게 쏟으며, 남편의 집에서 받아들여지지 않는 슬픔을 가슴에 묻고 원망하지 않는다. 시즈에가 보내는 인종의 세월은 그녀가 양처良妻의 전형임을 증명해 준다. "한 달 정도만 옆에 두고 보면 학주 녀석 눈이 높다, 조선에서 제일가는 며느리다, 고 아버지가 자랑스러워하실 텐데"[28] 학주는 시즈에의

---

25 정인택, 「껍질」, 김재용·김미란 편역, 『식민주의와 협력─일제 말 전시기 일본어 소설선』 1, 역락, 2003, 141면.
26 위의 글, 140면.
27 위의 글, 141면.

인간적인 면을 보려하지 않는 아버지가 안타까울 따름이다.

이 소설에서 가부장적 전통을 내세워 내선결혼을 터부시하는 구세대야말로 "부딪쳐 튕겨 나갈"[29] 껍질에 불과하다. 2년 전 학주는, 갓 태어난 아들을 품에 안고 아내 시즈에와 함께 고향으로 갔지만, 아버지는 가문의 수치라며 문턱도 넘지 못하게 한 터였다. 거기다가 시골에서 올라온 그날부터 아프기 시작하던 아이는 폐렴으로 허망하게 세상을 떠난다. 그날 이후 학주는 아버지도, 고향도, 모든 인연을 끊어버렸다. 여기서 학주와 시즈에 사이에서 태어난 아이가 폐렴으로 죽어버린다는 설정은 '내선연애 → 내선결혼 → 피 섞인 2세 출산'의 실현이 식민지와 제국의 경계를 허무는, 위험성을 내포하고 있다는 것을 은연중에 암시한다. 오히려 이 소설은 '아이를 죽음으로 내몬 가부장적 전통 → 학주의 분노 → 가부장과의 절연絶緣'을 전면에 배치함으로써 피 섞인 2세 출산을 봉인해 버리고 만다.

아이의 죽음 이후, 아버지로 대표되는 가부장에 대한 비판은 서사의 중심으로 떠오른다. 아버지가 위독하다는 전보에 못이겨 다시 시골로 달려간 학주는 그곳에서 "X마을의 황씨네 딸을 며느리 삼기로 했다"[30]는 아버지의 말을 듣고, 역을 향해 미친 듯이 달려 도망치듯 고향을 빠져나온다. 고향집에서 멀어지는 만큼 아버지의 생명이 줄어드는 것만 같아 학주는 눈물을 흘리며 침통해 하지만, 아버지는 여전히 "시즈에를 첩으로 만들고", "황씨네 딸에게 그런 벌받을 짓을 하는"(146), 타파해야

---

28 위의 글, 140면.
29 위의 글, 148면.
30 위의 글, 146면.

할 인습과 불합리한 구세대를 상징한다. 아버지에게 보내는 학주의 비판이 지지를 얻게 되는 결정적인 계기는 자신도 지원병이 되어 일본을 위해 싸울 것이라는 동생 용주의 말이 떨어지면서부터이다. 내선결혼으로, 지원병으로 새로운 시대를 살아갈 형제의 운명은 "그 껍질을 등에 진 채로 그 무게에 눌려 부서질" 아버지의 운명과 대비되며 이 소설은 끝을 맺는다. '가문'으로 대표되는 구세대의 가부장적 질서는 내선결혼과 지원병이 그리는 내셔널리즘의 새로운 질서와 대결하여 거부될 운명에 처해 있는 터였다. 이 과정에서 내선 간의 사랑과 결혼은 내셔널리즘의 새로운 질서를 폭력의 흔적 없이 아름답게 구축하고자 하는 프로파간다 전략이었다.

4. 동반자적 사랑, 후방의 아내

열일곱 마리 닭은 서분녀에게는 자기 자신의 행복의 상징과 같은 느낌이 들었다.

"아이가 태어날 때쯤에는 저 닭들도 알을 낳을 것이고, 내가 돌아 왔을 때에는 아마 시끌벅적해지겠지!"

지원병 훈련소에 입소하기 전날 저녁에 남긴 남편 현준의 말이 문득 떠올라서, 서분녀는 한껏 부른 자기 배를 내려다보면서 얼굴을 붉혔다.[31]

---

31 정인택, 「행복」, 조선도서출판주식회사 편, 노상래 역, 『반도작가 단편집』, 1944.

실제로 결혼 생활을 유지하는 것은 가정 내의 성별 분업 구조이지만, 성별 분업 구조는 표면화되지 않는다. 여성의 가사노동이, 고도의 생산력을 목표로 하는 사회의 지속적인 성장을 위해 필수불가결한 그림자 노동shadow work의 일환[32]인 것과 마찬가지로 여성에게 부과된 성별 분업 구조는 낭만적 사랑에 의해 은폐되고 미화된다. 앞에서 살펴보았듯이, 낭만적 사랑은 '사랑'과 '섹슈얼리티'를 결혼이라는 제도로 통합함으로써 결혼한 여성의 섹슈얼리티를 가정 내에 감금하였다. 여성의 섹슈얼리티에 대한 관리와 통제는 스위트 홈을 발명하고 '아내'와 '모성'을 창조함으로서 이루어지며, 낭만적 사랑은 이를 생산하고 지지해 준다. 낭만적 사랑의 구도 안에서 사랑은 결혼의 필수 조건이다. 그래서 낭만적 사랑을 형상화할 때 가정은 두 남녀의 진정한 사랑이 꾸려나가는 평화롭고 따뜻한 공간으로 묘사되며, '스위트 홈'을 가꾸어나가는 '아내'와 '모성'으로서의 여성은 아름답고 행복한 존재로 그려진다.

'성별 분업'이라는 근대적 메커니즘은 사랑으로 결합된 결혼 생활에서 당연히 수반되는 과정으로 형상화된다. 남성들의 대부분이 전쟁에 동원된 상황에서, 후방에 남은 여성은 남성의 부재를 대신하여 생산활동을 이끌어 나갈 뿐만 아니라 규율화된 소비활동으로 가정경제를 '합리적으로' 이끌어나가야 했다.[33] 노동력이 조직적으로 착취되는 시대에 노동력의 재생산을 허용하는 한정된 쾌락 이외의 다른 쾌락 때문에 노동력이 허비되는 것을 용인하지 않았고,[34] 사랑의 범주 또한 이러한 경

---

32 이반 일리치(Ivan Illich), 최효선 · 이승환 역, 『젠더』, 뜨님, 1996, 62~79면.
33 이에 관해서는 곽은희, 「전시체제기 노동 · 소비 담론에 나타난 젠더 정치─잡지 『여성』을 중심으로」, 『인문연구』 59, 영남대 인문과학연구소, 2010.9, 63~98면을 참조.
34 미셸 푸코, 이규현 역, 『성의 역사』 1(앎의 의지), 나남, 2007, 29면.

계를 넘지 않았다.

정인택의 「껍질」에서 발견할 수 있는 바와 같이, 낭만적 사랑은 가문과 가문의 결합으로 대표되는 신분의 재생산을 위해 봉사하지 않는다. 대신 낭만적 사랑은 본인의 의사와 무관하게 부모의 의지에 따라 결정되는 기존의 결혼제도를 비판하고 개인과 개인의 자발적인 결합을 모토로 삼는다. 구세대에 대립하는 존재로서 개인이 지니고 있는 진정성이란 사랑에 의해 입증된다. 따라서 기존 질서와 맞서 자유롭게 사랑을 쟁취한 이들은, 행복하게 지속되는 결혼 생활을 통해 자신들의 진정성을 입증해야 하는 책임을 안게 된다. 이때 '동반자적 사랑'은 무미건조하게 반복되는 일상의 성별 분업 구조를 행복한 결혼 생활로 전환시키기 위한 낭만적 사랑의 다른 버전이다. 동반자적 사랑이 기반하고 있는 것은 '인생의 동반자'라는 오래된 청교도적 관념이다. 사실 사람들이 결혼 속에서 추구한 것은 비현실적인 것으로까지 고양된 이상적 세계가 아니며, 격정적인 감정을 지속적으로 확인하는 것은 더더욱 아니다. 중요한 것은 모든 것 속에서 서로 이해하고 공동으로 행위하기 위한 기초이다.[35]

동반자적 사랑이 결혼 생활에서 사랑의 지속성을 담보하기 위한 낭만적 사랑의 다른 버전이라고 할 때, 동반자적 사랑은 혼외관계를 원형으로 삼는 '열정적 사랑'과 먼 거리를 유지한다. 열정은 자신의 의지와는 무관하게 어떠한 힘에 사로잡히는 것이며, 따라서 열정적 사랑에 빠진 상태는, 우연히 떨어진 번개처럼 우리를 강타하는 것으로 묘사된다. 그런데 이러한 열정은 대상에 대한 거리를 유지했을 때만 지속된다. 대상

---

35 니클라스 루만, 정성훈·권기돈·조형준 역, 앞의 책, 223면.

으로부터 신비감이 사라지고 익숙해지는 순간, 열정은 사라지고 사랑은 퇴락한다. 결혼생활과 열정적 사랑이 양립할 수 없는 까닭은 결혼이 보장하고 있는 지속적인 공동생활과 정서적인 평형 상태 때문이다.

정인택의 「행복」에서 현준은 지원병에 자원하여 곧 전쟁에 나가게 된다. 이에 따라 남편 '현준'과 아내 '서분녀'의 동반자적 관계는 상당히 징후적으로 드러난다. 이 소설에서 현준은 항상 부재하지만, 항상 서분녀 곁에 존재한다. 현준이 참전한 상황에서도 서분녀는 현준과 동반자적 관계를 유지하며 총후의 가정을 '행복하게' 이끌어간다. 전시체제기라는 상황 속에서 '내셔널리즘'과 '동반자적 사랑' 두 항을 모두 만족시키기 위해서 여성은 고향에 남아 시부모님과 시동생을 봉양하며 가정을 이끌어야 한다. 이것은 혁명 투쟁을 함께하다가 투옥된 연인을 헌신적으로 뒷바라지 하는 여성 인물 형상과 유사하다. 혁명을 함께 하는 남녀의 사랑을 다룰 때, 혁명으로 인한 연인 혹은 남편의 부재는 동반자적 관계가 기반하고 있는 혁명의 진정성을 입증해 준다.

현준의 입소를 정면으로 반대했던 시아버지가 뜻을 굽히게 된 것도 며느리인 서분녀가 "집안일은 제가 맡을 테니까 남편이 원하는 대로 허락해"[36] 달라고 간청한 덕분이며, 윤노인이 안심하게 된 것도 서분녀가 남편 못지않게 갖가지 집안일도 훌륭하게 처리한 덕분이다. 후방의 아내로서 서분녀의 역할은 가구마다 할당된 가마니를 짜는 일에 집중된다. 면의 3급 기술관이 찾아와 현준이 없는 대신 책임 매수를 반으로 줄여주겠다고 하지만, 서분녀는 남편이 없어도 작년과 같은 수의 가마니

---

36 정인택, 「행복」, 조선도서출판주식회사 편, 노상래 역, 『반도작가 단편집』, 1944, 13면.

를 짤 수 있으니 수를 줄이지 마라며 단호하게 잘라 말한다. 서분녀는 오히려 "남편이 없다는 이유로 응석 같은 것을 부리는 것이야말로 매일 나라를 위해서 열심히 일하고 있을 현준에 대해 면목이 없는 이야기"[37] 라고 생각한다.

이처럼 현준이 전쟁에 나가 있는 상황에서도 현준과 서분녀는 '국가'를 매개로 끈끈하게 연결되며, 나아가 '국가'의 매개를 통해 사랑은 더욱 견고해진다. 현준과 서분녀가 보여주는 이러한 동반자적 사랑은 개인적인 차원을 넘어 '국가'라는 보다 상위의 범주로 승화된다는 점에서 어떠한 열정적 사랑보다 더 강렬한 파토스를 지니고 있다. 서분녀가 지니고 있는 과도한 억척스러움은 동반자적 사랑이 내뿜는 강렬한 파토스를 효과적으로 드러낸다. 사실 서분녀의 억척스러움은 동반자적 사랑을 내셔널리즘의 층위로 고양시키기 위해 여성의 섹슈얼리티를 '생산력'으로 포섭한 결과이다. 그녀는 "돌 위에 절구공이 내려칠 때마다 쿵쿵거리는 반동이 배에 전해져서 지금이라도 뱃속의 아이가 나올 것만 같"[38] 은 순간에도 이를 악물고 일하고, 불도 없는 방에서 혼자서 아들을 낳는다. 그리고 마침내 출산한 지 1주일째 되는 날부터 일어나 바닥에서 가마니를 짜기 시작해 기일 전날 저녁까지 책임 매수를 전부 끝낸다.

서분녀는 이렇게 할 때 "비로소 남편에게 면목이 선다고 생각"[39] 한다. 서분녀와 현준 사이에는 어떠한 간격도 존재하지 않으며 완전한 합일된 사랑의 모습을 보여준다. 현준과 국가 사이에도 균열이 존재하지 않는다.

---

37 위의 글, 15면.
38 위의 글, 17면.
39 위의 글, 23면.

"건민건병健民建兵은 우선 '켄지建志', 요컨대 건전한 뜻, 즉 건전한 정신에 의해서 시작해서 실현되는 것"[40]이라는 소장의 뜻을 좇아, 현준은 아들의 이름을 '켄지建志'로 짓는다. 현준이 아들의 이름을 짓게 되는 과정은 '개인과 국가', 혹은 '가정과 국가' 사이의 일치를 보여준다. 이것이 곧 동반자적 사랑을 통해 도달하고자 하는 내선일체의 수준이다. "첫 손자는 태어났지, 가마니를 예정대로 짜서 저금도 확 늘었지, 큰 눈이 내려서 내년에는 보리가 풍작인 걸 알았지, 이걸로 내 마음은 천하태평"[41]이라는 윤 노인의 말은 동반자적 사랑으로 영위되는 가정의 단란함이야말로 더할 나위 없이 좋은 '행복'의 광경이라는 메시지를 전달한다.

5. 또 다른 문제—사랑은 전복의 레토릭이 될 수는 없는가?

내선일체가 이데올로기적인 층위를 넘어 일상생활을 개조하는 원리가 될 때, 식민지와 제국 간의 감정적 결합·인간적인 신뢰 등 심리적인 수준의 내적 결합은 내선일체의 구체적 실현을 위해 상당히 중요한 문제로 대두되었다. 이 글은 이러한 문제의식을 토대로 남녀 간의 사랑이 어떻게 식민지와 제국 간의 심리적·감정적 결합에 기여하는지, 나아가 연성 사회 통제 방법으로 활용되는지를 분석함으로써 '프로파간다 전략

---

40 위의 글, 23면.
41 위의 글, 25면.

으로서의 낭만적 사랑'을 규명하고자 했다.

사랑의 문제를 '섹슈얼리티와 권력의 융합'으로 주제화할 때, 개인의 내밀한 사랑은 사회 통제의 핵심으로 이용되었다. 특히 내선결혼의 기획은 동화 이데올로기를 '가족'의 재생산을 통해 실현함으로써 '제국 / 식민지'를 자연적인 실체로 전환하고자 하였다. 이광수의 「그들의 사랑」은 조선인 한 사람의 마음을 얻으려는 제국 청년 다다시의 사랑과 정성, 그리고 끈기 있는 노력을 서사의 중심에 둠으로써 식민지와 제국 간의 심리적 수준의 내적 결합을 형상화하였다. 정인택의 「껍질」에 묘사된 조선인 남성과 일본 여성의 결혼은 새로운 시대를 살아가는 젊은 세대의 선택으로서, '부딪쳐 튕겨 나갈' 껍질에 불과한 구세대의 가부장적 질서와 대비를 이룬다. 정인택의 「행복」에서 아내 서분녀는 남편 현준이 참전한 상황에서도 언제나 현준과 동반자적 관계를 유지하며 총후의 가정을 '행복하게' 이끌어간다. 「행복」에서 낭만적 사랑은 가정을 국가화하는 데 필요한 감정적·제도적 토대를 마련해 주었다는 점에서 내셔널리즘과 연계된다. 나아가 이 소설에 묘사된 서분녀의 억척스러움은 동반자적 사랑을 내셔널리즘의 층위로 고양시키기 위해 여성의 섹슈얼리티를 '생산력'으로 포섭한 결과이지만, 낭만적 사랑의 구도 안에서 서분녀의 행위는 사랑의 이름으로 아름답게 수행되어야 할 현모양처의 과업으로 형상화된다.

끝으로 이 글을 마무리하며 또 다른 문제를 제기해 본다. 즉 사랑이 제국의 프로파간다 전략에 일방적으로 포섭되는 측면만을 고려한다면 논의는 지나치게 평면화될 것이 아닌가? 하는 문제이다. 프로파간다 전략의 역동성은 사랑이 프로파간다 전략에 어떻게 포섭되며 또 어떻게 탈주하게 되는지를 살필 때 효과적으로 드러날 수 있다. 사랑이 오히려 제국의 레토릭을 전복하게 되는 징후는 없는지 사랑의 내적 특성에서 찾아볼 필요가 있으며, 이를 위해 '낭만적 사랑'의 문제를 '열정적 사랑'이 지닌 전복성을 함께 다룰 필요가 있다. 비록 이러한 전복의 지점이 텍스트에서 징후적으로 발견된다 할지라도, 그것은 사랑이 제국의 프로파간다 전략을 넘어 탈식민적 맥락에서 활용될 수 없는지 그 가능성을 탐색해 줄 수 있을 것이다. 이러한 문제를 향후 과제로 남긴다.[*]

---

[*] 이 글은 2011년 2월 『인문과학연구』 36집에 게재된 논문을 일부 수정·보완한 것임.

11장

여성의 신체에 각인된 국민화 프로젝트

1. 들어가며

식민 극복의 문제는 해방시기부터 지금까지 여전히 해결해야 할 과제로 남아있다. 그것은 현재 우리 삶을 규정하고 있는 이념과 제도, 그리고 일상과 습속에까지 이르는 매우 광범위하고 복합적이며 세밀한 문제이다. 이렇게 볼 때 친일문학은 파시즘의 구조가 현재까지 지속적으로 유지·재생산되고 있다는 점에서 오늘의 우리를 성찰할 수 있도록 해주는 매개체이다. 성찰의 견지에서 친일문학을 연구하는 작업은 친일 주체세력의 도덕적 단죄에 머물러서는 안 된다. 친일의 문제가 친일 주체의 도덕적 과오로 해석될 때, 현재에도 일어나고 있는 파시즘적인 현상을 규명할 수 없다. '무엇이 친일을 가능하게 하였는가' 하는 보다 구조적인 관점에서 조명할 때, 친일문학은 현재적 의미 속에 재배치될 수 있을 것이다.

이 글은 이러한 문제의식하에 '친일과 여성의 신체'라는 주제를 택하였다. 친일을 여성의 신체 문제와 결부시킨 것은 그것이 보다 구체적으로 우리의 일상과 습속에 스며들어 있는 식민 구조를 밝혀 줄 것이라고 판단했기 때문이다. 식민주의의 이데올로기는 일상과 습속에서 실체를 드러낸다. 이 글에서 신체는 푸코가 의미하는 '신체'로 정의하기로 한다. 푸코의 논의에서 정신은 하나의 실재성을 갖고 신체의 주위에서, 그 표면에서, 그 내부에서 권력의 작용에 의해 끊임없이 만들어진다.[1] 이 글에서 신체는 "몸에 대한 규제가 몸의 주체 스스로에게 내재화되어 자연스럽게 행해지게 되는 과정, 즉 권력이 작용하고 표현되는 과정을 거친 몸"[2]을 의미한다.

여성의 신체에 관한 문제는 근대국가의 전쟁 수행과 연관된다. 여성의 신체는 역사가 각인되는 장소로서, 근대성의 다양한 스펙트럼을 반영하고 있다. 근대국가는 군사국가로서 전쟁수행에 필요한 인적자원인 병력동원을 위한 각종 노력, 즉 자발성에 기초하여 보다 효율적으로 동원하기 위한 정치참여권리의 확장정책을 특징으로 한다.[3] 대중적인 인력 동원을 특징으로 하는 근대국가의 전쟁 수행 과정에서 여성 역시 이러한 자발적인 병력 동원의 대상에서 제외될 수 없다. 그러나 '식민지와 여성'이라는 주제를 화두로 삼을 때, 전쟁과 여성의 참정권 확장이라는

---

1 미셸 푸코(Michel Foucault), 오생근 역, 『감시와 처벌』, 나남, 2000, 54~59면.
2 조규형, 「탈식민론과 몸—식민에서 디지털까지의 몸 담론」, 『비평과 이론』, 2001.봄여름, 160~161면.
3 박상섭, 『근대국가와 전쟁』, 나남, 1996, 285면.

문제는 하나의 의미로 환원될 수 없는 다채로운 스펙트럼을 지니고 있다. 그것은 근대성의 경험이 해방과 발전, 억압과 불안이라는 통일적인 어휘로 설명될 수 없다는 앤더슨의 지적과 흡사하다. 앤더슨에 따르면, 모더니즘은 좀 더 차별화된 역사적 시간 속에서 구성할 필요가 있으며, 그 지리적인 배분 역시 불균등하다.[4] 식민지 여성이라는 타자를 논의의 중심에 둔 것 역시 근대성의 다양한 스펙트럼을 간과하지 않기 위해서이다. 제국에 의해 타자화된 식민지에서 여성은 또 다시 남성의 시선에 의해 타자화되는 이중의 구조 속에 놓여 있다. 이 글에서는 이중적인 타자화의 구조 속에서 여성이 국민으로 호명된다는 사실은 무엇을 의미하는지, 그리고 국민화 프로젝트는 여성의 신체에 어떻게 각인되는지를 중심으로 살펴볼 것이다.

이러한 문제들에 대해 논의하기 위하여 『매일신보』[5](1940.1~1945.8)에 여성 친일 지식인들이 발표한 시, 수필, 논설, 기사문을 텍스트로 삼기로 한다. 논의의 범위는 2002년 '민족정기를 세우는 의원모임'에서 발표한 친일인사 708명의 명단[6] 중에 포함된 여성계 인사와 여성 문학인인 고황경高凰京, 김활란金活蘭, 박인덕朴仁德, 송금선宋今璇, 황신덕黃信德, 노천명盧天命, 모윤숙毛允淑, 최정희崔貞熙로 한정하기로 한다. 이 글에서

---

4   패리 앤더슨(Parry Anderson), 「근대성과 혁명」, 패리 앤더슨 · 테리 이글턴 외, 오길영 · 윤병우 외 편역, 『마르크스주의와 모더니즘』, 이론과실천, 1994, 153~154면.
5   조선총독부의 기관지인 『매일신보』는 일제가 조선을 통치한 36년 동안 중단되지 않고 발간된 단 하나의 한국어 신문이라는 점에서 일제시대를 연구하는 데 중요한 1차 자료이다(정진석, 『한국언론사』, 나남, 1990, 315면). 특히 『매일신보』는 조선총독부의 기관지였기 때문에 당시 식민지 정책이 신문에 그대로 반영되어 있어 당시 일제의 정책을 직접적으로 파악할 수 있는 자료이다(김진두, 「1910년대 매일신보의 성격에 관한 연구 ─사설 내용분석을 중심으로」, 중앙대 박사논문, 1995, 3면).
6   「펜으로 오선지로 '적극' 친일」, 『한겨레』, 2002.2.28.

서로 다른 이들 7인이 발표했던 글들은 '친일과 식민지 여성'[7]이라는 하나의 주제 아래에서 재배치될 것이다. 또한 이 글에서는 이들이 발표했던 친일적인 내용을 담은 글들을 총칭해서 '친일담론'이라고 부르기로 한다. 담론의 차원에서 친일문학을 파악하는 것은 그것이 생성되는 사회적 상황 속에 존재하는 지식과 권력 간의 긴장관계에 주목하기 때문이다. 담론의 차원에서 텍스트는 언어적 층위에서만 의미를 생성해내는 가치 중립적인 것이 아니라 권력과 지식의 복합체이다. 담론이 재현하는 리얼리티 안에는 진리이며 과학이라고 평가되는 지식에 의해서 가려진 침묵이 존재하고 있다. 따라서 담론의 차원에서 친일문학을 파악하는 것은 가려진 침묵의 소리를 듣고, 그 소리가 어떻게 해서 침묵 속에 갇히게 되었는가를 밝히는 작업으로 이어진다.

2. 여성의 국민화

논설과 연설이라는 공적 영역을 통하여 여성들의 계몽 운동에 나섰던 지식인 여성들은 전시체제하의 파시즘에서 이전과는 다른, 새로운 대안

---

7   친일문학을 여성과 연관하여 살펴보려는 논의는 다음과 같다. 이선옥, 「평등에 대한 유혹」, 『실천문학』, 2002.가을; 김양선, 「친일문학의 내적 논리와 여성(성)의 전유양상」, 『실천문학』, 2002.가을; 김양선, 「옥시덴탈리즘의 심상지리와 여성(성)의 발명」, 『민족문학사연구』 23, 2003.12; 심진경, 「여성작가 친일소설 연구」, 『친일문학 연구의 성과와 과제』, 2002년 가을 배달말학회 전국학술대회 발표논문집, 2002.11.29; 김재용, 「여성성과 국가주의의 결합으로서의 친일문학」, 『실천문학』, 2004.봄.

을 발견하고 있었다. 여성적 시각에서 파시즘을 바라볼 때, 파시즘은 여성을 '국민화'의 대상으로 삼았다는 점에서 일종의 혁신이었다.[8] 비록 총동원의 대상이기는 하였지만, 전시체제를 통하여 여성은 국민으로 호명되었고, 역사의 수동적 존재에서 주체적 의사 결정자로 전환되었다.[9]

노천명이 「전쟁은 이제부터 본격—동양의 평화를 지키자」에서 "국가 흥망의 중대한 짐은 우리 여성들의 두 억개에도 지워진 것"[10]이라고 선언한 것은 전통적인 성역할의 관념으로 인해 가족과 가정의 테두리 안에만 머물러 있던 여성들에게 자신이 무엇인가 대단한 일을 하고 있다는 흥분을 가져다주었다. 「창조적인 생활—자기성격을 살니자」에서 모윤숙은 지금까지의 여성의 삶을 "우리들이 산다는 그 의식을 쪽바로 인식치 못하고 너머나 고정된 생활에 파무처버렷"[11]던 것으로 간주하고 종래와는 다른, 새로운 태도를 요구하였다. 따라서 모윤숙은 「누구나 총을 멘 각오—신념을 가집시다」에서 여성들에게 "나라에 소용이 되는 일이 잇다면 '여자니까' 하고 마음을 느슨히 가지지 말고 단단히 마음을 먹"[12]는 태도를 시종일관 강조하였다. 여성의 새로운 정체성은 전쟁에 대한 인식으로 귀결된다. 전쟁에 대해서 모윤숙이 "남자만의 전쟁이 아니고 즉접간접으로 우리 여성들도 한목 메지 안 흐면 안 되"[13]는, 보다 적극적인 행동을 해야 할 대상으로 인식하고 있다는 사실은 여성의 국민화 프

---

8 권명아, 「수난사 이야기로 다시 만들어진 민족 이야기」, 김철·신형기 외, 『문학 속의 파시즘』, 삼인, 2001, 244~245면 참조.
9 우에노 치즈코[上野千鶴子], 이선이 역, 『내셔널리즘과 젠더』, 박종철출판사, 1999, 6~ 22면 참조.
10 『매일신보』, 1941.12.12.
11 『매일신보』, 1940.9.17.
12 『매일신보』, 1941.12.12.
13 『매일신보』, 1941.12.12.

로젝트가 궁극적으로 전쟁수행을 위하여 여성을 재배치하기 위한 수단이었음을 확인하게 해준다. '어찌 여성인들 잠자코 구경만 할 수 있겠습니까'[14]라는 모윤숙의 말은 당시 지식인 여성들이 전쟁에 대하여 지니고 있던 능동적인 태도를 대변해주고 있다.

지식인 여성들이 지닌 이러한 인식의 바탕에는 일본의 대동아공영권의 논리가 자리 잡고 있다. 김활란은 「거룩한 '대화혼大和魂'을 명심—적격멸適擊滅에 일로매진—路邁進」에서 태평양전쟁을 "동아 10억의 민족을 저 앵글로색슨의 손으로부터 해방시키기 위하여 우리 황군이 도의의 싸움을 하고 있는"[15] 것으로 규정하고 있다. 최정희 역시 '새로운 동아의 아츰이 오게 된 것'[16]이라는 새로운 역사의 비전을 공유하고 있다. 새로운 세상이 올 것이라는 인식은 당시 친일로 향했던 지식인 여성들에게 일정한 신념을 제공하게 되었고, 이들은 이러한 신념에 따라 열정적으로 행동하는 파시스트적 인간형[17]이라고 할 수 있다.

여성의 국민화 프로젝트에서 문제적인 것은 총동원체제가 남녀의 역할 분담을 무너뜨리지 않았다는 점이다. 일본은 국민 총동원에서 최후까지 젠더 분리체제를 무너뜨리지 않았으며, 이러한 분리형 젠더 전략은 여성의 신체에 남자 아이를 안은 모성의 이미지를 부여하였다.[18] 일

---

14 『매일신보』, 1943.12.25.

15 『매일신보』, 1943.8.7.

16 최정희, 「동아의 새아츰」, 『매일신보』, 1942.2.21.

17 파시즘은 의무, 희생, 덕성에 대한 숭배를 통하여 새로운 파시즘적 인간을 구성한다. 파시스트 인간형에게 삶은 계속되는, 멈추어지지 않는 투쟁이며, 그는 어떠한 희생도 감수할 준비가 되어 있어야 하는 용사이다. 또한 그들은 자신이 사회를 투쟁 단위로 개조하고, 규율, 희생, 자기 부정, 형제애와 같은 투쟁하는 병사들의 영웅적 덕성을 심어 주기 위해 특별한 임무를 지닌 사자라고 생각한다(권명아, 앞의 글, 257면).

18 우에노 치즈코, 이선이 역, 앞의 책, 22~31면 참조.

본의 분리형 젠더 전략은 식민지 조선의 여성 신체에 '군국의 어머니' (송금선, 「반도여성 책무도 크다」),[19] '군국의 여학생'(김활란, 「전시가정 군국의 여학생-연파소설을 청산 취미와 오락에도 시국색」),[20] '부인근로대'(노천명, 「부인근로대」),[21] '백의천사'(송금선, 「구호와간호쯤은 부인상식으로아라둘 것」)[22] 와 같은 이미지를 부여하였다.

분리형 젠더 전략은 파시즘이 여성을 파악하는 두 가지 방식과 연관된다. 파시즘은 여성에게 첫째, 본질적인 직무가 자녀의 생산이며 가족단위 안에 위치해야만 비로소 편안해진다는 '여성적 이미지', 둘째, 체제의 유지를 위해 활동적으로 참여하는 '전쟁 중인 시민'의 이미지를 부여하였다.[23] 식민지 조선의 여성 역시 파시즘 체계가 부여한 '모성'과 '전사'의 이미지에 부합할 때, 비로소 국민으로 호명된다.

남아면 군복에 총을 메고
나라 위해 전쟁에 나감이 소원이리니

이영광의날
나도 사나이엿드면 나두 사나이엿드면
귀한 부르심 입는것을―

19 『매일신보』, 1942.5.10.
20 『매일신보』, 1941.9.30.
21 『매일신보』, 1942.3.4.
22 『매일신보』, 1944.5.10.
23 마크 네오클레우스(Mark Neocleous), 정준영 역, 『파시즘』, 이후, 2002, 177~182면 참조.

갑옷떨처입고 머리에 투구쓰고

창금을 휘둘으며 싸홈터로나감이

남아의 장쾌한 기상이어든 —

이제

아세아의 큰운명을 걸고

우리의 숙원을 씀으며

저 영미를 치는 마당에랴

영문(營門)으로 들리는 우렁찬 라발소리 —

오랫만에

이강산 골작우니와 마슬구석구석을

흥분속에 흔드네 —[24]

이 시에서 '님'의 '귀한 부르심'을 받는 순간은 주체가 국가의 호명을
받아 '국민'으로 탄생하는 순간이다. 일본은 태평양전쟁 이후 징병제를
실시하면서, 징병제야말로 내선의 차별을 없애는 것이며 황민의 특권이
라는 논리를 내세워 조선인의 자발적 참여를 이끌어내었다. 이 시에서
구현되고 있는 '영광'의 정서는 바로 이러한 논리를 내면화한 결과이다.
그런데 이 시에는 남성이 '군복에 총을 메고' 전장에 나가면서 국민으로

---

24 노천명, 「님의부르심을바뜰고서」, 『매일신보』, 1943.8.5.

호명되는 순간을 선망하며 바라보는 또 하나의 시선이 있다. 시선의 효과로 말미암아 이 시는 강한 계몽성을 띠면서 설득력을 지니게 된다. '참전 = 죽음'이라고 생각하는 병사의 부모와 아내에게 선망과 열광의 시선은 계몽을 효과적으로 수행하도록 만든다. 이러한 선망과 열망의 시선은 '국민'의 탄생이라는 사건이 남성의 전유물이라는 사실로부터 생성된다. 주체로 탄생하기 위한 여성의 신체에서 여성성은 배제된다. 나라를 위해 뭔가 할 수 있다는 것, 다시 말해 공적 영역으로의 진출은 단지 시적 자아의 오래된 '소원'으로 남겨져 있다. 공적 영역을 향한 여성의 욕망이 역사적으로 억압되어 온 까닭이다. 억압된 여성의 욕망은 남성적 신체에 대한 선망의 시선으로 표출된다. '갑옷'과 '투구'를 쓰고 '싸움터'로 나가는 '장쾌한' 남성적 신체의 이미지는 이 시에서 '부르심'을 받는 신체, 즉 공적 영역으로 나가는 신체로 배치된다. 남성적 신체를 향한 선망의 시선은 그간의 역사가 여성을 선택·배제하는 과정이 여성의 신체에 각인된 결과이다. 공적 영역에 대한 욕망은 오래된 소원이라는 억압된 형태로 여성의 신체에 남아 있으면서, 남성적 신체 이미지를 적극적으로 수용하는 형태로 실현된다.

국민국가의 젠더 분리 전략에 따라 공적 영역으로 진출하고자 하는 여성의 꿈은 남성과는 다른 통로를 통해 이루어진다.

이제는 어듸를 가든지 정말로 황국신민이 완전히 되엿다는 자랑과 의무를 느낄 수 있게 되엿습니다. 이것으로 인하야 반도민중의 시국에 대한 태도는 더욱 철저하여져서, 내 아들 내 동생을 나라에 바쳤다는 절실한 애국심이 북돋우어질 것임에 따라, 一천만 반도여성들도 군국의 여성으로서 그 책임의 중대함을 더욱 굳세게 느낄 수 잇게 되었습니다. 이제 앞으로는 반도 지식여성들은 제一선에 서서 훌륭한 군국의 어머니가 되기 위하여 더욱 힘써야 하며 여학교의 생도들도 어디까지나 군국의 어머니로서 교육하여야 될 것입니다.[25]

'시국에 대한 태도'로 일컬어지는 여성의 공적 영역에 대한 관심은 아들과 동생이 전쟁에 나간 뒤 더 커진다. 언제 죽을지 모르는 전쟁터에 혈육을 보냈다는 사실로 인해 여성들은 전쟁에 대하여 방관할 수 없다. 일본은 아들과 동생을 전쟁터로 보내는 가족의 정을 통하여 '제국과 운명공동체'라는 내선일체감을 이끌어 내고, 이를 통하여 조선인을 감성적으로 황민화시키고자 했다.[26] 일본이 의도했던 조선인의 황민화는 여성지식인의 목소리를 통하여 '절실한 애국심'으로 실현된다. 혈육의 생사 앞에서 가족의 정은 곧 국가에 대한 애국심으로 치환되었고, 공동체의 공통된 정서와 감정적 양식은 '반도의 지식여성'에게 대중에 대한 선동성을 부여해 주었다.

반도 지식여성의 책무는 여학생들을 '훌륭한 군국의 어머니'로 만들기 위해 교육하는 것이다. 당시 여학생 교육은 국민 양성을 책임질 모성 교육이라는 측면에서 강조되었다. 김활란은 여학생 교육에 대해 "훌륭한 군인을 반도에서 진출시키느냐, 못하느냐는 어머니의 손에 달린 것"[27]이고 "이러한 중대한 책임자인 어머니가 무식해서는 큰 문제"[28]라는 점을

---

25 송금선, 「군국(軍國)어머니-반도여성 책무도 크다」, 『매일신보』, 1942.5.10.
26 미야다 세쓰코(宮田節子), 이형랑 역, 『조선민중과 황민화정책』, 일조각, 1997, 136~137면 참조.
27 김활란, 「감격과 가중한 책임-진두에 나설 여학생의 결의」, 『매일신보』, 1944.1.4.
28 위의 글.

들어 모성 교육으로서의 여성 교육을 강조하였다. 전시체제하에서 여학생상은 '군국의 여학생'이라는 새로운 신여성상으로 전환된다. 여학생에 대한 새로운 요구는 종래의 여학생이 사회적으로 신식 연애의 대상 혹은 신가정 마련과 같은 신문명의 상징물[29]로 자리 잡은 현실에 대한 비판을 반영하고 있다. 따라서 김활란은 "시국과는 관계없이 그저 무사기하고 명랑하게 지내는"[30] 여학생은 전시체제하에서 "전과 훨씬 다른 점이 있어야"[31] 한다는 점을 강조하고 있다. 이제 신교육을 받은 여성이라면 "이전같이 취미본위의 생활은 할 수 없는 것"[32]이라는 인식이 팽배해졌다. '시국에 대한 지식'으로 무장한 여학생의 이미지는 표면적으로는 공적 영역으로 진출하려는 여성들의 욕망을 반영한 것으로 보이지만, '군국의 어머니'라는 틀을 벗어나지 못함으로써 여성성은 식민주의에 포섭된다.

3. 일상의 전시화

2절에서 살펴본 여성의 국민화는 논설이나 연설과 같은 공공 영역에서뿐 아니라 생활과 풍습의 층위에서도 진행된다. 여성이 국민으로 호

---

29 안미영, 「여학생과 문명에의 의지」, 『한국 현대문학 연구』 8, 한국현대문학회, 2000.12, 161면.
30 김활란, 「"전시가정" 군국의 여학생─연파소설을 청산 취미와 오락에도 시국색」, 『매일신보』, 1941.9.30.
31 위의 글.
32 위의 글.

명되어 새로운 주체로 형성될 때, 호명의 순간이 개개인의 신체 속에 각인되는 것은 경험의 양식을 통해서이다. 생활과 풍습의 층위는 식민지가 지속되어 온 방식에 관하여 보다 구체적이고 실질적으로 해명해 줄 수 있는 통로가 된다. 친일의 문제가 생활과 풍습과 같은 일상과 동떨어진 문제가 아니라는 사실은 각종 친일단체를 통해서도 확인할 수 있다. 이들 친일단체의 활동을 통해 조선인의 일상은 조직적이고 체계적으로 재편되고 관리[33]된다. 이러한 상황은 징병제가 실시되면서 심화된다.

지원병 제도를 실시해 본 결과, 일본은 의외라고 할 정도로 황민화정책이 조선인 속에 침투해 있지 않은 현실과 부딪치게 된다. 이를 계기로 일본은 황민화의 적이 조선인을 조선인답게 만드는 일상생활 전반이라는 사실을 깨닫고 육군 훈련소의 교육[34]을 강화하였다. 그것은 훈련소 자체를 하나의 일본 가정으로 가정해 조선인에게 일본의 가정생활을 비롯한 일본적인 교양과 미를 체험하게 함으로써 더욱 완전한 일본인화를 꾀하려고 한 것이었다.[35] 훈련생의 일본 가정생활 체험에서 알 수 있는 바와 같이, 가정은 국민의 경험이 신체에 각인되어 실현되는 장으로서 각별한 의미를 지니고 있었다. 그래서 당시 지식인 여성들은 『매일신

---

33 국민정신총동원조선연맹의 말단조직인 애국반은 10호 단위로 조직되어 있어, 사실상 조선 전인민의 일상이 국가권력에 의해 장악되는 효과를 낳았다. 애국반의 반장은 대게 여성이 맡고 있었으며, 이들 여성을 중심으로 일상활동에 대한 재편이 이루어졌다(애국반에 관한 것은 가와 가오루, 김미란 역, 「총력전 아래의 조선 여성」, 『실천문학』, 2002. 가을, 293~298면 참조).
34 훈련소의 교육은 총독부 훈령 제 30호 '생도훈련강령'에 기초해 제국군인으로서 충절을 다할 수 있는 조선인을 단련시키는 데에 목적이 있었다. 그것은 생활양식을 달리하고 역사를 달리하는 반도청년을 일본군 내에 편입시키기 위해 일본정신을 철저하게 함양하게 하고 나아가 생활 속에서 구현시키는 것을 사명으로 하였다(미야다 세쓰코, 이영랑 역, 앞의 책, 52~53면).
35 위의 책, 50~56면.

보』의 가정란을 통하여 일상생활에 관한 글을 지속적으로 발표하였다. 1940년대 전반기 『매일신보』의 가정란은 "전시하에 잇서서 총후여성으로서 맛당히 하지 안흐면 안 될 일"[36]을 중심으로 일상생활을 전시체제로 재편해 나갔다. 이때 개인적인 욕망은 금기시된다. '오만한 성격'(서성은숙, 「내가 본 미국여성, 적국여성의 비판 1」)[37]이나 '향락과 류행'(김갑순, 「내가 본 미국여성, 적국여성의 비판 2」),[38] '개인주의'(박마리아, 「내가 본 미국여성, 적국여성의 비판 2」)[39]와 같이 개인적 욕망은 적국이었던 '미국 여성'의 특성으로 배척된다.

새로운 시대(時代) 새로운 체제 아래서 참된 여성미(女性美)란 엇썬 것일가― 지금은 그 새로운 여성미(女性美)를 구하고 찾는 시대(時代) 올시다. 첫째로 그 새로운 여성미(女性美)가 지금까지의 그 향락적(享樂的)인 퇴패한 여성미(女性美)가 아닐 것만은 사실(事實)입니다. 보십시요. 지금은 일제이 모든 향락 생활(生活)을 퇴치(退治)하는 시대(時代)가 아닙니까? 파마넨트를 하고 샤치한 치마를 걸치고 비싼 헨드쌕을 가지고 자랑을 하며 모양을 내고 단이든 생활(生活) 그리고 그것을 오직 아름다운 현대미(現代美)라고 생각하고 잇든 시대는 임이 지나갓습니다. 벌서부터 독일의 여성(女性)들은 일체로 화장까지 금지된 지가 오래라고 하며 새로운 건강미를 건설햇다고 하지 안습니까? 여성(女性)의 참된 미(美)란 그 자연 그대로의 개미(開美)에 잇습니다. 이제 우리들도 자기 몸 가진 그대로 의미(美)―건강 의미(美)

36 송금선, 「내직으로저축을―틈을 내는데는 생활의 합리화」, 『매일신보』, 1944.2.16.
37 『매일신보』, 1941.12.17.
38 『매일신보』, 1941.12.18.
39 『매일신보』, 1941.12.19.

를 함양함에 노력합시다. 터질 쯧한 육체는 우리들의 자랑거리요 동시에 그 곳에 신시대(新時代)의 미(美)가 잇습니다. 이 건강이야말노 장내 국가에 중요한 역할을 할 써메고 갈 우리 국민의 어머니로서 업서서는 안 될 것입니다. 하이킹도 조코 수영도 조코 건강을 위하여서는 무어나 조켓지요. 향락(享樂)을 써나고 사치품(奢侈品)을 버리고 진실한 여성(女性)으로서의 할일을 다하도록 합시다.[40]

'새로운 시대', '새로운 체제', '새로운 여성미', '신체제'라는 말에서 발견할 수 있는 '새로운'이라는 말 속에는 단지 지금까지와 다른 것이라는 의미뿐 아니라 그렇기 때문에 당연히 지향해야 할 것이라는 의미가 내포되어 있다. 지식인 여성들의 친일담론이 대중에게 저항을 받지 않고 자연스러운 것으로 받아들여지기 위해서는 표면적으로 낡은 것을 버리고 새 것을 취한다는 개조와 개선의 이데올로기를 내세우는 것은 필수적이었을 것이다. 실생활에서 '가치 있는 것'이라는 느낌이 독자에게 자연스럽게 전달될 때, 대중의 행동을 이끌어낼 수 있기 때문이다.

개조의 이데올로기를 내세운 신체제 담론에는 여성의 신체에 대한 권력의 작동방식이 내재되어 있다. 여성의 신체는 건강한 국민을 생산해낸다는 '국가에 중요한 역할'에 그 초점이 맞추어져 있다. 이 글의 논리를 따라 가보면, 향락과 사치를 퇴치하고 자연 그대로의 미를 함양한 여성은 건강한 여성이며, 이 건강이야말로 '국민의 어머니'에게 없어서는 안 되는 것이다. 그래서 '진실한 여성'에게 향락이나 사치는 퇴치해야

---

40 송금선, 「신체제와 여성의 미」, 『매일신보』, 1940.8.6.

할 대상이다. 반면 하이킹, 수영은 매우 권장되는 활동으로 인식된다. 여기서 작동되는 권력의 시선은 매우 우생학적이다. 일본의 가족정책에서 인구집단은 동원체제가 관리해야 할 가장 중요한 대상이었으며, 따라서 이들의 관심은 열등종의 도태 및 우량종의 보존을 지향하는 우생주의적 관심사와 직결[41]되어 있었다.

여성의 신체는 절약과 내핍이라는 가치에 의해 재배치된다. '파마넌트'와 '화장'을 '퇴폐미'라고 치부하면서 도덕적으로 재단하는 것은 극도로 궁핍한 일상의 생활문제를 오로지 '절약'으로 해결해 나가야 하기 때문이었다. 최정희가 「사욕을 청산하고 참된 전시 가정생활」에서 "나 혼자 잘 살고저 물자가 귀한 이쌔 잇는 대로 사드려 채워두고 싸하두고 하는 철 업는 짓"[42]을 비판하는 것은 오직 개인의 개별적인 교양에 의해 직접적으로 사회의 개선을 이룰 수 있다[43]는 생각과 무관하지 않다. 사회의 개선을 개인적인 윤리의 고양으로부터 이끌어 내려는 것은 절약과 내핍이 강요되는 현실이 어디에서부터 시작되는 것인가에 대한 비판적인 사유를 차단시킨다. 당면한 현상의 근본적 출발점에 대한 사회적·정치적 사유 없이 '물자절약'이나 '자연애호'와 같은 보편적인 가치를 앞세우는 일은 현실적 문제의 원인을 개개인에게 귀속시킨다.

황신덕이 「폐품을 재생산하야 국가에 필요하게 쓰자」에서 '애국반에서 가정을 방문하여 가면서 못쓸 물건이 잇거든 버리지 말고 내여달라'[44]고 주장하는 것 역시 마찬가지이다. 여기에서 시대의 난국을 해쳐

---

41 김진균·정근식, 『근대주체와 식민지 규율권력』, 문화과학사, 1998, 243~248면.
42 『매일신보』, 1941.12.12.
43 김수용·고규진·최문규·조경식, 『유럽의 파시즘』, 서울대 출판부, 2001, 131면.
44 『매일신보』, 1941.9.16.

나가기에 중요한 것은 가정생활을 이끌어 나가는 주부 개인의 지식과 수양의 정도이다. "생활을 향상 식히기 위해서 신문과 잡지 등을 읽어 시대를 알며 상식을 넓히고 라디오 쏘는 상연 등을 들어 지식과 수양을 엇으며 강습 등을 밧어서 가정에 신지식을 놉이는"[45] 활동은 1930년대 후반부터 생활개선이라는 이름으로 진행되어 왔던 바이다. 전시체제하에서 여성은 '갑싼 것이라도 고상하게 맞추어 놋는'[46] 고상한 취미와 성격을 소유함으로써 가정 경제의 궁핍을 이겨나갈 책임자로 배치된다.

전시체제하의 여성의 일상은 보다 적극적으로 생산활동에 참여하는 노동을 통하여 재편성된다. 여성을 생활 노동에 투입시키는 논리는 앞서 논의했던 '주부의 고상함'과 멀지 않다. 모윤숙은 주부의 일상생활에서 노동이 가지는 의미를 "그전에 가질 수 잇섯든 여러 가지 잘못된 취미와 오락을 일소하고 우리들이 생활할 수 잇는 세계에서 맛당히 가져야고 즐겨야 할 오락"[47]으로 정의함으로써 여성들에게 보다 능동적으로 생산활동에 참가할 것을 요구하고 있다.

그러므로 반도여성과 내직 문제를 생각할 쌔 먼저 반도여성의 머리속에 백인 이러한 묵은 생각부터 쓰더고치지 안흐면 안 될 줄 안다. 우리가 내직을 갓는다는 것을 일신상의 불명예로 생각할 것이 아니라 오히려 전시하에 잇어서 총후여성으로서 맛당히 하지 안흐면 안 될 일로 생각해야 할 것이다. 여성이 가정에서 살림을 하면서 내직을 갓는다는 것은 부즈런한 사람이라

---

45 송금선, 「생활개선에 대하야(상)」, 『매일신보』, 1936.11.14.
46 고황경, 「고상한 취미와 성격」, 『매일신보』, 1941.7.8.
47 모윤숙, 「고상한 오락은 신성한 노동과 가튼 것－이째에 비속한 것을 일소하자」, 『매일신보』, 1940.9.10.

는 표며 근로라는 아름다운 정신의 소유자일 것이다. 우리가 할 수 잇는 한 일을 하는 것처럼 조혼 일은 업는 것이다.

그러면 우리가 내직을 갓는다면 어써한 범위의 일을 해야 하며 쏘 가정의 주부들은 집에서 살림사리하기만도 바쑨데 어쩌케 시간의 여유를 내서 내직까지 가질 수 잇느냐는 사람이 만흘 줄 안다. 사실 반도여성의 일이란 터문이 업는 일로 씃치 업고 자리가 나지 안는 일쑌이엿다. 아침에 누구보다도 일즉 이러나고 저녁에 누구보다도 늦게 자리에 눕는 사람이 반도 가정에 잇서서는 주부들이다. 이러케 복잡한 생활을 하면서 내직을 갓기는 어려운 일이다. 그러므로 내직을 가지려면 종래의 생활태도를 버리고 의식주에 잇서서 할 수 잇는 한 간소한 생활을 하여야 할 것이다.[48]

인용된 송금선의 논설에서 '내직'은 단순히 가사노동을 지칭하는 것이 아니라 저축할 수 있는 '수입'을 목적으로 하는 생산 노동이다. 송금선은 가정 경제의 궁핍을 보다 적극적으로 타개할 수 있는 '내직'을 갖기 위해 두 가지의 전환이 필요하다고 주장한다. 첫째, 내직에 대하여 가지고 있던 관념의 변화다. 여성에게 내직을 적극적으로 권장하기 위해서는 우선 노동이 '생활이 어려워서 어쩔 수 없는 계급에서나 하는 일'이라는 '불명예'의 반영이 아니라 '부지런한 사람' 혹은 '아름다운 정신의 소유자'의 표지라는 인식상의 전환을 전제로 한다. 둘째, 생활태도와 의식주의 합리화이다. 인용문에서 조선 여성의 가사노동은 '터문이 업는 일로 씃치 업고 자리가 나지 안는 일'로 간주된다. 따라서 조선 여성에게 필요한 것은 '시간의 여유'를 가져다 줄 수 있는 '간소한 생활'이

---

48 송금선, 「내직으로 저축을—틈을 내는데는 생활의 합리화」, 『매일신보』, 1944.2.16.

다. 결국 송금선이 인용문에서 주장하고 있는 생활의 합리화란 한정된 시간으로부터 항상 보다 많은 이용 가능한 순간을, 그리고 매 순간 항상 보다 많은 유효 노동력을 이끌어내기 위하여 권력이 여성의 신체를 포획하는 방식[49]을 의미한다.

생활의 합리화를 통해 얻을 수 있는 시간의 여유는 여성의 노동력을 생산활동에 투입하는 데 배치된다. 이 글에서 실질적으로 권장되고 있는 내직은 '바누질', '누비 조끼 만드는 일', '봉투 부치는 일', '단추구녕 가튼 것과 유도복 만들기' 같은 것으로 여성의 일상생활과 그리 멀지 않다. 내직의 모델을 주부라면 누구나 쉽게 일상에서 할 수 있는 것으로 설정함으로써 보다 많은 여성들이 생산활동에 참여하도록 독려한다. 내직의 목표는 실질적인 수입에 맞추어져 있다. 여성들이 지금까지 늘 해 오던 일을 통하여 수입을 얻을 수 있다는 설정은 남성에게 의뢰하지 않는 독립적인 여성상을 만들어 낼 뿐만 아니라 저축을 매개로 미래에 대한 낙관적 전망을 제시한다. 이러한 과정을 통하여 총력전 수행을 위해 일상의 전시화를 꾀했던 지식인 여성들의 친일담론은 당시 여성들이 당연히 받아들여야 할 보편적인 가치로 전환된다.

전시체제에 맞추어 일상의 모든 활동이 재편될 때, 여성의 신체는 권력의 작동지가 된다. 권력은 신체에 작용함으로써 정신을 통제하고,[50] 반복되는 습관을 통하여 무의식에까지 영향력을 행사한다. 의식주의 개

---

49 미셸 푸코, 오생근 역, 앞의 책, 224~225면 참조.
50 1930년대에 들어서면서부터 체육이 강조된 것도 이러한 맥락에서 이해할 수 있다. 일제는 1930년대 후반부터 신체는 정신의 표현이며, 신체교육은 동시에 정신의 형성이라는 입장을 내세우기 시작하였다. 체육은 정신훈련이며 성격형성의 계기, 국민체육을 국민적 의지, 국민적 실천력의 도야라고 생각했다. 그리하여 국민체조, 교련, 무도 등이 일본적 혼을 교육하는 것이라고 생각했다(김진균·정근식, 앞의 책, 106면).

선이나 생활의 합리화, 절약과 근면과 같이 친일담론이 표면적으로 내세운 보편적인 가치는 계몽의 대상이 되는 여성들의 심리적 저항을 막는 레토릭에 불과하다. 친일담론의 정치성은 일상생활에 미시적으로 침투해 있는 권력의 작동을 자연스러운 것, 보편적으로 만드는 과정을 통해서 작동된다.

경주하는 사람이 경주장에 설 째에는 한 목표를 향해 다라날 것입니다. 그는 엇더케 하면 제一착을 할 수가 잇슬가를 늘 마음에 두고 그것을 엇기에 노력할 것입니다. 경주자가 이 마음이 업스면 안 되는 것입니다. 승리하는 사람의 첫 조건은 일착하겟다는 마음만을 가질 것입니다. (…중략…) 이 세상에는 세 가지 타입의 사람이 잇습니다. 하나는 일을 당할 째에 이것은 할 수 업다는 사람 쏘 하나는 고만두겟다는 사람 쏘 하나는 이건 하겟다는 사람이 잇습니다. 우리는 이 결전체제하에 이것은 이기고야 말겟다는 마음을 철저히 먹는 타입의 사람들이 되서야겟습니다. 쏘 하나는 무엇이든지 우리는 정부와 지도자의 말슴을 절대로 신임하고 다만 입을 다물고 압흐로 달리는 경주자의 태세를 가질 것입니다.[51]

신체에 미치는 미세한 권력의 문제를 중심에 두고 생각해 볼 때, 위에 인용한 박인덕의 논설은 순종적인 신체, 복종하는 신체의 전형을 보여준다. 세 가지 타입의 사람을 대조함으로써 실질적으로 유형화되고 있는 것은 황민화 정책이 지향하고 있는 인간형과 그렇지 않은 인간형의

---

51 박인덕, 「정전(征戰)을 뒤에 지키는 맹서(盟誓) 二─필승의 신념으로 희망을 향하야 나아가자」, 『매일신보』, 1941.12.20.

대립이다. '이기고야 말겟다는 마음을 철저히 먹는 타입의 사람들'은 '이것은 할 수 업다는 사람'과 '고만두겟다는 사람'이라는 대립항과의 차이를 통하여 그 의미를 획득한다. '결전체제하'에서 요구하는 이상적인 인간형은 그 반대의 인간형을 통해서 정의된다. '다만 입을 다물고 압호로 달리는 경주자의 태세'는 신체의 활동에 작용하는 면밀한 통제를 통하여 순종하는 육체를 만들어내는 근대적 규율의 내면화 상태를 나타낸다. 식민지 근대의 미시적 권력은 이러한 규율의 내면화를 통하여 '정부와 지도자의 말슴을 절대로 신임'하는 전시체제하의 인간형을 만들어낸다.

근대 식민지 규율의 내면화는 전시체제하에서 제국이 원하는 인간형을 만들어 내고 그것을 지속적으로 유지·재생산하기 위하여 상당히 중요하다. 이 시기『매일신보』에는「나의 신생활계획」이나「시국과 소하법」이라는 고정란을 통하여 근대 식민지 규율을 내면화한 인간형의 모범을 지속적으로 생산해 내고 있다. 전시체제하의 일상생활을 어떤 방식으로 할 것인가에 대한 3가지 항목을 적어 놓은 것이「나의 신생활계획」,'[52]란이다. '신생활'이라는 이름으로 재편된 지식인 여성들의 일상생활 강령은 대중들에게 하나의 모범이었기 때문에,「나의 신생활계획」란에서 필자들은 자신의 신체를 더욱 강하게 통제한다.「시국과 소하법」,[53]란은 여러 논자들이 여름의 더위를 어떻게 이겨내는가에 대해 개인적인 체험을 적어 놓은 것이다. 노천명은 1941년 7월 8일자『매일신

---

52 노천명,「나의 신생활계획」,『매일신보』, 1942.2.23; 고황경,「나의 신생활계획」,『매일
신보』, 1942.2.28.
53 노천명,「시국과 소하법」,『매일신보』, 1941.7.8; 최정희,「시국과 소하법」,『매일신보』,
1941.7.15.

보』에서 "바다나 어듸로 더위를 피해 갈 것이 아니라 통풍이 잘 되두록 여름에는 방세간들의 자리를 한번 고쳐노코" 더위를 이겨낼 것이라고 써놓고 있지만, "저 전쟁마당에서 목이 타도 시원한 물 한 목음을 제째에 못 마시고 그 폭양 아레 저무도록 바쓴게 쏘차 디닐 병사들도 잇거니 생각하면 이것도 죄송스러울 일"라고 하면서, 전시체제에 충실한 삶을 보여준다.

4. 정치의 심미화

이 시기에 친일활동을 했던 여성 지식인들 중에 노천명과 모윤숙이 시인이었다는 점은 누구나 알고 있는 바이다. 4절에서는 문학 텍스트 속에서 여성의 신체는 어떻게 재배치되는가를 살펴보기로 한다. 모윤숙과 노천명이 발표했던 친일시를 살펴 볼 때, 떠오르는 의문점은 두 가지이다. 첫째, 시를 문학의 하위 장르로 인식할 때, 문학의 어떠한 요소가 파시즘과 연관되느냐 하는 점이다. '무엇이 친일을 가능하게 했느냐'라는 보다 구조적인 문제를 중심에 두고 고찰해 볼 때, 이들이 문학인이었다는 사실은 문학 안에 존재하는 어떠한 요소에 대하여 주목을 요한다는 것을 뜻한다. 둘째, 방식에 관한 문제이다. 지식인 여성들이 『매일신보』를 통하여 강조하고 있는 결전체제하의 현실이 시로 표현될 때, 그것은 어떠한 문학적 형상화를 거치는가 하는 것이다. 이를 밝히기 위하여

시에서 그려지고 있는 구체적 장면과 이미지가 독자에게 전해지는 과정에서 일어나는 작용에 대한 해명이 있어야 할 것이다.

파시즘과 연관되는 문학의 어떠한 '요소'를 밝혀내기 위해서는 먼저 근대적 개념의 문학이 형성되는 과정에 주목할 필요가 있다. 19세기 후반에서 1900년대까지 신문 잡지에서 발견되는 문학이라는 말은 대개 문자 또는 글자, 공부 또는 교육일반, 저술일반 내지는 교육의 기초적인 텍스트, 문장학술의 의미로 쓰였다.[54] 그러던 것이 1916년 『매일신보』에 발표된 이광수李光洙의 「문학이란 하오」에 이르러 문학이라는 말은 학문과는 변별되는 예술의 한 분야로 정의된다. 「문학이란 하오」에서 문학이란 '리터러처'의 역어이며, 그것은 '정情'을 기초로 '정'의 만족을 목적으로 하는 독립적이고 자율적인 예술이다. 문학이 독립적이고 자기 충족적이며 그 자체로서 완결된 미를 생성해 낼 때, 그것은 심미화의 과정을 거치게 된다. '전사의 어머니'와 '남편을 전쟁터에 보낸 아내'의 신체에 비장미와 아름다운 사랑이 각인되는 것은 현실의 문제를 심미적 대상으로 환원시킨 결과이다. 파시즘은 국가의 이름으로 행해지는 폭력을 예술처럼 신비화하고 미화한다. 현실을 심미화하는 것은 전쟁이나 폭력과 같은 비극적 현실에 대한 사유를 은폐시킴으로써, 개인을 국가에 귀속시키고자 하는 파시즘과 공조하고 있다는 점에서 문제적이다. 파시즘의 이러한 미학적 전략은 국가가 정치를 미학적인 것으로 만들어 버린다는 '정치의 심미화'[55]로 명명될 수 있다. 정치

---

54 김동식, 「한국의 근대적 문학 개념 형성과정 연구」, 서울대 박사논문, 1999, 73~80면 참조.
55 발터 벤야민(Walter Benjamin), 「기술복제 시대의 예술작품」, 반성완 편역, 『발터 벤야민의 문예이론』, 민음사, 1983, 231면.

의 심미화 전략에서 구체적인 역사는 은폐되고 제거된다. 그리고 거기에는 미를 구현하는 자율적 체계와 독자의 마음속에 떠오른 아름다움의 광경만이 있을 뿐이다.

지식인 여성들이 문학 텍스트 속에서 구현하고 있는 전망과 구체적 현실 사이에는 간극이 존재한다. 그리고 간극으로 말미암은 틈새에는 감격의 정서가 침투한다.

바다로 하늘로 수천(數千)키로

넘고 날음이 힘으론 모자라

구름 싯혜

바람 사이에

네모습을 헤아려본다

검은얼골아!

외로윗든 마래(馬來)의처녀(處女)야!

네 슬픔이 너무 길어

제 압흠이 너무 진하여

너는오래 이러나지못하엿다.

가는사람 오는사람

산호로 장식한무사(武士)

성서(聖書)로덕(德)을 말하는위인(偉人)

세계(世界)의문화(文化)를 질머진행인(行人)들이

수업시 네엽흘 지나오고 지나갓건만

너는언제한번 우서본일이잇더냐?

언제한번 고향(故鄕)의열쇠를 만저본일잇더냐?

네영혼은 검은채직에 임의흐렷고

네사는짱은 원수의발미테 숨을일엇섯다.

쌍미트로 새여흐르는 눈물

바다우으로 사라지는 네한숨

누가알더냐?누가알더냐?

백년(百年)이넘도록

몃조상(祖上)이 박귀도록

너는위선자(僞善者)의발밋에서

썰고 파리하여 주저안젓섯나니

아모도 이사슬을 풀어준자(者)업섯다.

(…중략…)

대화혼(大和魂)의칼이번득이자

사슬은끈키고

네몸은

한번에 풀여나왔다

처녀(處女)야!소남도(昭南島)의 처녀(處女)야!

인제사철중얼거리는 물결소리와

야자나무에 불니는바람들이

다시네가슴에 눈물을갓어오지안으리라[56]

---

56 모윤숙, 「호산나・소남도(昭南島)」, 『매일신보』, 1942.2.21.

위의 시는 일본의 싱가포르 점령을 다룬 것으로, 서양의 오랜 억압에서 동양을 해방시킨다는 대동아공영권의 이념을 형상화하고 있다. 이 시에서 서구의 억압에 놓여 있던 동양은 '슬픔'과 '압흠'을 간직한 '소남도의 처녀'로 그려지고 있으며, '눈물'과 '한숨'은 동양의 과거를 극복해야 할 대상으로 전환시킨다. '위선자의 발밑에서 썰고 파리'했던 동양은 이제 '대화혼의 칼'을 지닌 일본에 의해 해방된다. '사슬은 끈키고 네몸은 한번에 풀려나왔다'는 대목은 해방의 순간에 발산되는 정서를 지배하는 동시에, 감격의 순간에 퇴적되어 있었던 역사를 대체한다. 해방과 감격의 정서 속에서 동아시아의 식민지적 위계질서는 은폐되고 망각된다. 역사는 제거되고 감격의 정서가 역사를 대체하는 것이다. 이러한 과정은 진실 효과를 만들어 낸다. 진실 효과는 '다시네가슴에 눈물을갖어오지안으리라'는 낙관적 전망으로 완성되어 그 자체로 완결된 자기 충족적인 구조를 지니게 된다.

　이 시에서 또한 주목해야 하는 것은 일본이라는 주체가 형성되는 과정이다. 일본이 서구에 대하여 동양을 대표하는 주체로 형성될 수 있었던 것은 동양을 제국주의적으로 소비하기 위하여 오리엔탈화하거나 발명[57]했기 때문이다. 이 시에서 동양은 오리엔탈리즘의 구조 내에서 어둡고 억압당한 '처녀'의 신체를 통해 형상화된다. 여기서 식민지는 남성의 타자로서 침묵당했던 여성의 존재방식과 결합하고 있다. 노천명의 「씽가폴함락」,[58] 역시 같은 사건을 그리고 있다. 「씽가폴함락」에서는 영미

---

57 릴라 간디(Leela Gandhi), 이영욱 역, 『포스트식민주의란 무엇인가』, 현실문화연구, 112~113면.
58 『매일신보』, 1942.2.19.

를 '죄악의몸둥이', '가장 교활한 족속', '해적'으로 그리면서 보다 직접적으로 제국의 논리를 대변하고 있다. 또한 '남양의 슬픈 형제들', '머리에 타—방을 둘른 형제'에서 확인할 수 있는 바와 같이 아시아를 한데 묶인 존재로 파악함으로써, 대륙팽창의 관점에서 역사를 재편하고 있다.

국가의 이름으로 행해지는 폭력은 병사들의 죽음을 미학화하면서 극대화된다. 파시즘은 개인을 국가라는 보다 상위 범주에 함몰시킴으로써 죽음조차도 미학화한다. 병사의 죽음이 발산하는 아름다움은 아들의 죽음 앞에서 오히려 의로움을 찾는 어머니의 모습에서 절정을 이룬다.

「어머니인제가겟습니다」
한마듸말
기약업는 언약을
가슴에 바더둔채
어머니는밤마다
아들의 벼개를어르만젓다

바람불고 천둥치는밤엔
강보에싼채
첩첩방안에서 젓을물니든아들
먼지날니는 벌판
즘생만혼 산(山)속엔
「부듸부듸조심해라」

타일느든 아들이다

구슬가튼 눈동자

볼우로 고히웃는

어머니의 즐거움

어머니의 회망(希望)인아들이엿다.

어릴째 나무관역을겨눌째는

어서커서 강철관역을부시여라

조용이 그입으로 빌엇더니라

「정의(正義)어든 목숨을밧치라」

(…중략…)

커가는 이나라의 기둥

아들의 씩씩한몸은

어머니의 굿센품에서 활작피엿다.

해가지고 밤이오는동안

아들은 힘차고 커지엿다.

역사(歷史)의 구름다리미트로

하로아침 대양(大洋)의안식(安息)이 쌔여지는날,

어머니는 부르지젓다.

「나가라 아들아!

서(西)쪽나라 검은 오뇌(懊惱)속으로

인류(人類)의 고닲혼 싸움마당으로

목숨이 무에랴?

네자신(自身)의 안일(安逸)이무어랴?

「도라온단」약속은 이저버리고

오직 나가라 네목숨이 가는곳까지

대화(大和)의 놉흔 의기(意氣)

하늘에 샌리고

만세(萬歲)의 빗난사랑

네억게에 달엿나니

아들아! 이나라의 아들아

인제 갈날이왓다 문(門)을차고나서라

올혼위해 흐르는피 세계(世界)의곷이되고

부서진너의쌔 인류(人類)의 양식이되리니

아들아! 세기(世紀)의울음을 네가삼켜라[59]

　인용한 시 「어머니의힘」은 식민지 조선에서 이루어졌던 전쟁 동원을 제국의 시선으로 형상화하고 있다. 전쟁 동원을 효과적으로 수행하기 위해서는 동원이라는 용어 속에서 느껴지는 강제적인 힘보다는 조선인의 자발적인 참여가 필요했고, 이를 위해서는 조선인의 인식 변화가 필요했다. 계몽의 효과를 최대로 거두기 위해서는 그 전형으로서 모범을

---

59 모윤숙, 「어머니의힘-해군특별공격대의 어머니에게 바치는 시편」, 『매일신보』, 1942.3.9.

제시하는 방법이 가장 효과적인데, 어머니는 그러한 모범이다. 아들을 전쟁에 보낸 어머니의 모습에서는 슬픔보다는 비장미가 느껴진다. 비장미는 이 시가 발산하고 있는 숭고한 아우라다. 동원으로 행해지는 국가의 폭력이 아름다움의 한 차원으로 그려질 때 슬픔의 기억과 역사의 순간은 망각된다.

'정의正義어든 목숨을밧치라'는 말과 그 힘이 뿜어내는 죽음의 이미지는 대중들의 집합적인 행동을 이끌어내기에 충분히 강렬하다. 죽음의 이미지는 아들에 대한 어머니의 사랑과 결합하고 '대양大洋의 안식安息'이라는 의로움으로 승화된다. 「도라온단」약속은 이저버리고 / 오직 나가라 네목숨이 가는곳까지'에서 발산되는 죽음의 이미지는 '바람치고 천둥치는밤엔 / 강보에싼채 / 첩첩방안에서 젓을물니든아들'에서 느껴지는 사랑의 이미지와 결합한다. 개인의 행복은 이 시의 어디에도 존재하지 않는다.[60] 오히려 '부서진너의쌔', '올홈위해 흐르는 피'에서 연상되는 아들의 죽음을 통하여 어머니의 행복은 '인류人類의양식', '영광'이라는 고양된 가치로 승화된다. 파시즘이 지향하고 있던 이념과 현실 사이에서 생겨나는 균열의 공간에는 미로 환원된 개인의 희생과 죽음이 놓여 있다.

노천명의 「힌비둘기를 날려라」와 「부인근로대婦人勤勞隊」는 보다 선명하고 명료한 이미지로 대동아공영권의 논리를 형상화하고 있다.

---

60 국가 통제 아래 전쟁을 승리로 이끌기 위해 '사(私)'를 희생하고 국가에 봉공하는 멸사봉공의 시대, 즉 총력전의 시대에 전쟁을 승리로 이끌기 위해 후방에서는 현모양처 혹은 그에 준하는 여성상이나 근로 봉사로 국가에 헌신하는 여성상을 요구한다(노상래, 「『국민문학』 소재 한국작가의 일본어 소설 연구」, 『한민족어문학』 44, 2004.6, 385면).

「도라오면 안된다. 죽어오너라」
안뵈면 보고십고 느지면걱정하며 애써 기른아들
나라에서 부르시는 아침엔
이러케 내놧다
(…중략…)

추녀끗 드놉히 나붓기는
일장기(日章旗)발도 유난히 선명(鮮明)한 이낫
고흔 처녀(處女)들아 꼿을 썩거라
푸른 하늘에 흰비둘기를 날려라.[61]

　　노천명의 시 「흰비둘기를 날려라」에서도 죽음과 사랑의 복합작용이
일어나고 있다. 개인의 죽음이 국가의 안녕으로 귀속되는 지점에서 의
로움의 정서도 발견할 수 있다. 그리고 '추녀끗 드놉히 나붓기는 / 일장
기발'과 '푸른 하늘에 흰둘기'가 보여주는 선명하고 쾌청한 낮의 이미지
는 파시즘이 지향하고 있는 미래를 보다 낙관적으로 그리고 있다. 아들
의 죽음을 예견하는 '마지막 작별도 웃고지은' 어머니의 비극은 시적 구
조 속에서 '고흔 처녀'·'꼿'·'흰비둘기'와 같은 평화적 이미지와 결합
하여 완결된 미를 생성하고 있다. 이러한 선명함과 평화의 이미지는 현
실의 어두운 전망과 고통스러운 삶에 대한 치열한 인식을 차단하면서
파시즘의 역사적 행로를 낙관하도록 만든다.

61　노천명, 「흰비둘기를 날려라」, 『매일신보』, 1942.12.8.

부인근로대 작업장(作業場)으로
군복(軍服)을 지으려 나온여인(女人)들
머리엔 흰수건 아미숙이고
밧쌘게날르는 흰손길은 나뷔인가

총(銃)알에 마저 쑤러진 자리
손으로 만지며 기우랴하니
탄환을 맛든광경 머리에 써올라
쓰거운 눈물이 피잉도네

한쌈 두쌈 무운(武運)을빌며
바늘을 옮기는양(樣) 든든도하다
일본(日本)의명예(名譽)를걸고나간이여
훌륭히 싸워주 공(功)을세워주

나라를 생각하는 누나와 어머니의아름다운정성은
오늘도 산(山)만한 군복(軍服)우에 꽃으로피엿네[62]

인용한 「부인근로대」는 여성의 신체가 언제든지 동원될 수 있도록 재
편된 일상을 미학적으로 표현하고 있다. '흰수건'·'흰손길'·'나뷔'는
전시체제하에서 후방의 보조자로 노동력을 제공하는 여성의 신체를 형

---

62 노천명, 「부인근로대(婦人勤勞隊)」, 『매일신보』, 1942.3.4.

상화하는 시적 대응물이다. 젠더 분리체제에서 여성은 일상을 이끌어가는 생활의 주체로, 남성의 조력자로 전쟁에 참여함으로써 국민으로 호명되는 딜레마에 빠져 있었다. 파시즘이 여성을 국민으로, 주체로 편입한다는 대안을 제시하긴 하였기만 실질적인 생활에서 그것이 과연 여성을 위해 해방으로 작용했는가에 대한 물음에는 회의적일 수밖에 없다. 국민으로의 진입이라는 전망은 오히려 여성의 노동력을 국가의 생산력에 귀속시키고, '생활의 합리화'라는 이름으로 여성의 신체를 포획하는데 이바지했다. 그렇지만 인용한 시에서 이러한 역설적 상황이 가져다주는 삶의 무게는 찾아볼 수 없다. '눈물'과 '정성'으로 아름답게 표현되어 있지만, 사실 그것은 희생과 순종, 복종을 강요하는 파시즘적 논리의 다른 이름일 뿐이다.

　정치의 심미화 현상은 마지막 행에서 절정을 이룬다. '꽃'은 바느질해야 할 군복이 산처럼 쌓여있는 고단한 삶을 표현하는 심미적 대응물이다. 여기서 '꽃'이 여전히 문제적인 것은 '오늘도 山만한 軍服'이 여성들의 고된 노동, 빈궁한 삶을 나타내는 상징물임에도 불구하고 심미화라는 작용을 통하여 군복을 둘러싼 사회·역사적 맥락이 제거되기 때문이다. 그저 아름다운 가족의 정경만이, 아름다운 사랑의 순간만이 남아있다.

5. 나가며

여성의 국민화 프로젝트는 표면적으로 여성에게 '국민으로의 편입'이라는 전망을 제시하고 있었지만, 오히려 근대국가와 제국주의의 남성성을 강화시켜주는 결과를 가지고 왔다. 여성의 신체에 각인된 국민화 프로젝트를 보다 총체적으로 규명하기 위해서는 『매일신보』에 실린 남성담론과의 비교 분석이 필요하다. 또한 남성 지식인들이 발표한 친일담론에서 여성의 신체는 어떻게 다루어지고 있는가 하는 문제를 함께 고찰해 볼 필요가 있다. 이러한 문제는 앞으로 연구를 진행해 나가면서 계속 고찰해야 할 과제이다.

끝으로 지금까지 논의한 것을 요약하면 다음과 같다. 여성적 시각에서 파시즘은 여성을 '국민'으로 호명했다는 점에서 혁신적이었다. 일본은 대동아공영권의 전쟁 동원을 위하여 여성의 국민화 전략을 폈지만, 지식인 여성들의 친일담론에서는 발견할 수 있는 것은 자신들이 국가를 위하여 무엇인가 대단한 일을 하고 있다는 흥분이었다. 또한 그것은 여성에 대한 과거의 정체성을 수정할 것을 요구하는 동시에 보다 적극적인 행동의 변화를 촉구하고 있었다.

여성의 국민화에서 일어나는 젠더 분리 현상은 파시즘이 여성을 공적 영역으로 진입시킨다는 비전을 제시했음에도 불구하고, 실질적으로는 여전히 여성을 가정과 가족이라는 사적 영역에 배치시키는 결과를 낳았다. 젠더 분리체제가 야기했던 역설적인 상황은 개인의 욕구를 국가의 이념에 함몰시킴으로써 개인의 희생을 강요한 결과이다. 그러나 친일담론은 표면적으로는 강제의 색채를 띠지 않았다. 군국의 어머니로, 군국의 여학생으로 제시되는 새로운 여성상은 공적 영역으로의 진출이라는 여성의 오랜 꿈을 실현해 주는 것처럼 보였고, 여기에는 '애국심'과 '감격'으로 무장한 정서적 기제가 수반되었다.

'국민'으로 호명되었던 순간은 경험의 양식을 통하여 여성의 신체 속에 각인된다. 그래서 여성의 신체는 친일담론 분석의 중요한 코드가 된다. 생활의 합리화나 의식주의 개선이라는 이름으로 일어났던 일상의 전시화를 통하여 여성의 신체는 건강한 국민을 양육하는 '군국의 어머니'로, 절약과 내핍을 통하여 가정경제의 궁핍을 이겨나갈 '고상한 주부'로, 생산활동에 보다 적극적으로 참여하는 '근로자'로 재배치되었다. 이 과정에서 지식인 여성들의 친일담론은 이러한 논리를 당시 여성들이 당연히 받아들여야 할 보편적인 가치로 전환시키는 역할을 하였다. 여성의 신체에 작동한 미시적 권력은 규율을 내면화한 인간형을 만들어내었고, 이를 기반으로 식민주의는 유지된다. 이때 지식인 여성들의 친일담론은 규율을 내면화한 신체의 전형으로서 자신의 삶을 서술하여 대중에 대한 계몽의 효과를 높이려 하였다.

지식인 여성들이 일상생활에 관하여 썼던 친일담론은 식민구조의 지속이라는 측면에서 매우 중요하다. 이들의 친일담론에서 발견할 수 있는 생활의 합리화나 의식주의 개선, 물자절약이나 자원애호, 근면이나 절약과 같은 가치들은 지금의 우리에게도 낯설지 않다. 저항할 수 없는 윤리와 교양의 덕목이 끊임없이 권장되는 오늘의 모습은 고상한 교양에 의해 생활이 개선될 수 있다는 1940년대와 별로 다르지 않다. 그래서 역사적 시간으로서의 식민 시기는 종결되었지만, 신체가 기억하는 또 다른 모습의 파시즘은 여전히 현재 진행형이다.

대동아공영권의 이념을 형상화했던 시편들에서 발견되는 감격의 정서나 비장미, 명료하고 낙관적인 이미지는 정치의 심미화의 결과이다. 대동아공영권의 메시지를 전하면서도 거기에서 미적 경험을 이끌어 낸 것은 국가의 이름으로 행해지는 폭력의 장면들을 예술처럼 신비화하고 미화해 버렸기 때문이다. 정치의 심미화 과정에서 구체적인 역사적·사회적 맥락은 사라진다. 따라서 아름다움의 순간에 은폐되고 침묵당한 역사의 흔적을 찾아내고, 어떻게 해서 침묵에 갇히게 되었는가를 탐색하는 작업은 친일담론을 해체하고 탈식민으로 나아가는 과정에서 필수적이다.*

---

* 이 글은 2004년 12월 『인문연구』 47집에 게재된 논문을 일부 수정한 것임.

제3부

사유와 논리

* 제3부의 13장~16장은 2005년도 한국학술진흥재단 '신진연구인력장려금지원사업(과제번호 : KRF-2005
-908-A00057)'의 지원으로 연구되었음.

12장

식민지와 근대

1. 탈식민을 위한 자기 인식의 출발점

　레비나스는 서양 근대 철학의 인식론적 구조 내에 있는 주체와 객체, 자아와 타자에 관한 이분법적 존재론을 문제 삼는다. 레비나스는 이분법적 존재론에서 타자는 주체에 의해 타자성을 상실하고 전유되며, 주체와 타자의 지배 관계는 타자가 주체로 동화(주체에 의해 통합된 타자)되면서 완성된다고 말한다. 그는 그것을 일종의 존재론의 제국주의 혹은 권력의 철학이라고 부른다.[1] 주체와 타자라는 이분법적 구도를 바탕으

---

[1]　김택현, 「E. H. 카아와 지식 / 권력으로서의 역사(학)」, 『영국연구』 9, 영국사학회, 2003.6, 228면.

로 하는 인식구조가 근본적으로 권력 관계를 포함하는 존재론적 제국주의라는 레비나스의 통찰은 친일문학 연구를 비롯한 식민 시기에 관한 연구에 시사하는 바가 크다. 식민 구조를 넘어서기 위한 시도가 친일과 반일 혹은 저항과 협력이라는 이분법적 구도 안에서 이루어질 때, 그것은 보편과 특수가 각각 서로를 강화·보충해주는 역설적 상황을 재생산하게 된다.[2] 주체와 타자 간의 이분법적 구도가 궁극적으로 동일자의 역사를 서술하기 위한 주체의 존재론에 바탕을 두고 있다는 것을 지적한 레비나스의 통찰은 글로벌리즘의 형태로 전세계가 재편되고 있는 포스트식민 시기의 현실을 사유하는 데에도 절실하게 다가온다.

이와 같은 견지에서 이 글은 주체와 객체를 엄밀하게 분리하여 사유하는 데에 문제가 있다는 점을 논의하고자 한다. 외부와 내부를 분명하게 분리한 상태에서는 근대적인 자기 지知의 성립 과정에 대해 제대로 탐색할 수 없다. 세계 체제로의 편입과 더불어 시작된 근대적 사유를 검토 대상으로 삼을 때, 외부와 내부는 그 기원에서부터 부단히 횡단하고 각축하며 싸우고 있다. 또한 식민지 후반기에 '민족'이나 '동양'과 같은 '자기 지知'의 범주가 강제되고 억압되기보다는 조성되고 권장되면서 생산되는 범주였다는 것을 생각해 볼 때, 자기 지知가 지니고 있는 복합적인 정체성은 이분법적인 의미망으로는 충분히 해명되지 않는다. 물론 식민지에서 펼쳐졌던 저항 담론을 부정하는 뜻은 아니다. 전통 담론은 제국 일본과의 분리와 청산을 기본으로 하는 저항 담론의 원천이 되었다. 다만 이 글에서는, 근대의 내부에서 탈식민을 사유하기 위해서는 자

---

2   보편주의와 특수주의의 친화성에 대해서는 사카이 나오키[酒井直樹], 이득재 역, 『사산되는 일본인·일본어』, 문화과학사, 2003, 제1장을 참조함.

기 지知의 질서와 계열이 만들어지는 과정에 좀 더 주목해야 한다는 것을 강조하고 싶다. 이는 곧, 식민지에서 '자기 지'가 놓여 있는 존재론적 조건을 논의의 대상으로 삼아야 한다는 것을 의미한다. 이 문제는 결국 이 시기의 민족이나 동양과 같은 '자기 지'의 범주가 무엇에서 출발하여 형성되었는지, 어떠한 질서와 토대 위에서 널리 퍼지게 되었는가 하는 지知의 생산 조건을 고찰하는 작업으로 귀결된다.

외부와 내부를 분명하게 분리할 수 없는 '자기 지'의 존재 양태를 탐색하기 위해서는 사유 자체뿐만 아니라 그 사유가 배치되어 있는 지형도와 하부 구조에 대한 탐사가 동반되어야 한다. 푸코는 일정한 시대에 인식적 지평과 문화적 구조를 가능하게 하는 하부요소를 '에피스테메épistémè'라고 칭했다. 푸코에 의하면, 에피스테메란 "지식의 공간에 배치된 경험의 근본적인 존재 양식, 역사적 과정에 내재해 있는 구조의 필연적 체계, 혹은 일정한 시대의 특징적인 지식과 눈에 드러나는 역사의 줄거리를 가능하게 하는 조건의 총체"[3]로서, "지知 바로 밑에 누워 있는 조직이며, 지적으로 인정할 수 있는 여러 가지 방법의 피안에 있으며 어떤 시대 또는 어떤 영역에 있어서도 학문에 무의식적인 골조를 제공할 수 있는 것"[4]이다. 에피스테메는 지知의 바로 "밑에 누워 있는 조직"이라는 점에서 명시적으로 드러나지 않으면서 지知가 형성되는 가능성의 조건으로 작동하고 있다.

---

3 미셸 푸코(Michel Foucault), 이광래 역, 『말과 사물—인문과학의 고고학』, 민음사, 1980, 19면. 푸코는 『말과 사물』에서 서구에서 18세기 말과 19세기 초에 실증적인 제 영역의 체계가 전체적인 변화를 겪었으며, 그러한 변화는 이성이 진보했기 때문이 아니라 사물이 지식에게 내보이기 전에 그것을 분류하는 질서의 존재 양태와 사물의 존재 양태가 근본적으로 변질되었기 때문이라고 분석하고 있다.

4 위의 책, 19면.

따라서 민족이나 동양과 같은 범주의 복합적인 존재 양상을 염두에 둘 때에는 이러한 범주가 형성되는 과정을 사유의 대상으로 삼을 필요가 있다. 특히 '민족'이나 '동양'과 같은 범주는, 조성되고 권장되며 생산되는 범주라는 점에서 표면 아래에 존재하는 지知의 골조를 탐사할 필요성이 더욱 절실하게 요구된다. '조선적인 것'으로 대표되는 전통 담론은 식민지를 구성하고 표상하는 제국의 레토릭으로서, 제국을 구성하는 로컬local로서, 그리고 제국의 다양성을 증명하는 에스니ethnie로서 제국이 경계 짓는 영역 내에서 생산되고 있다는 점에서 더욱 그러하다. 식민지 조선에서 전개되었던 고유성 담론은 1920년대의 국민문학파부터 1930년대의 고전부흥운동에 이르기까지 위기를 타개하기 위한 국수주의적 색채를 강하게 띠고 있었지만, 그것이 조선에서 독자적으로 형성된 것이라고 보기는 어렵다. 당시 조선학은 조선에 고유한 것, 조선 문화의 특색, 조선의 전통을 천명하여 학문적으로 체계화하는 것[5]으로 정의되었지만, 일본 근대 동양사학의 일부로서 고안된 식민지학의 성격 또한 지니고 있었다.[6] 임종국이 "일본이 내세운 이 허울 좋은 구실에 속아서 쓸데없는 정력을 침략전에 바친 문인도 없지 않았다는 것을 또한 부기하지 않을 수 없었다"고 하면서도 "동양인을 위한, 동양인에 의한, 동양인의 동양을

---

5 안재홍, 「조선학(朝鮮學)의 문제(問題)」, 『新朝鮮』, 1934.12.
6 조선학 개념의 기원에 내포된 제국주의적 시선을 확인함으로써 민족주의와 식민주의의 공모 관계에 관하여 분석한 것으로 김병구, 「고전부흥의 기획과 '조선적인 것'의 형성」, 『민족문학사연구』 31, 민족문학사학회, 2006.8, 12~38면을 참조할 것.
    최현배의 『조선민족갱생의 도』를 비롯한 식민지 언어 내셔널리즘의 실천이 처음부터 제국에 의해 주어진 지적 범주의 한계를 벗어날 수 없었다는 것을 지적하고, 해방 이후 식민지 민족운동의 모순과 분열이 은폐되는 과정에 대해서 분석한 것으로 김철, 「갱생(更生)의 도(道) 혹은 미로(迷路)―최현배의 「朝鮮民族更生의 道」를 중심으로」, 『민족문학사연구』 28, 민족문학사학회, 2005.8, 306~351면을 참조할 것.

건설하자는 주장은 그 자체로서는 아무런 모순이 없다"[7]고 평가하는 것은 '동양론'을 제국의 확장을 위한 윤리적·철학적 매개로 삼았던 당대의 에피스테메에 대한 고려 없이 '동양' 자체를 과잉 해석한 탓이다.

2. 친일·친일문학론·민족

원래 '친일파'라는 용어는 1900년대부터 사용된 것으로, '친러파', '친미파' 같은 용어와 마찬가지로 '일본에 기울었던 국내 정치세력'을 일컫는 말이었다. 그러나 1905년 일본에게 국권을 빼앗기고 민족해방운동이 본격적으로 시작되면서 '친일'은 '매국'의 의미를 띠기 시작했으며,[8] 반민특위 결성 이후에는 제반 협력 행위를 지칭하게[9] 되었다. 이러한 가운데 '민족'이라는 범주는 친일을 규정하는 절대적인 가치로 정립되었다. 이 같은 경향은 친일문학 연구의 선구자로 꼽히는 임종국의 『친일문학론』에서도 동일하게 발견된다.

　　그러나 이러한 과오는 과오로 하고 우리는 몇 가지의 주목할 만한 점을
　　발견할 수 있으니 그 하나가 국가주의 문학이론을 주장했다는 사실이었다.

---

7 임종국, 『친일문학론』, 평화출판사, 1966, 469면.
8 이기훈, 「역사용어바로쓰기─친일과 협력」, 『역사비평』, 역사문제연구소, 2005.가을, 48~49면.
9 윤해동, 「친일과 반일의 폐쇄회로 벗어나기」, 『당대비평』 21, 2003.3, 193면.

생각건대, 인간은 개성적 동물인 동시에 국가적 동물이다. 그런 이상 국가 관념은 문학에서 개성 및 사회의식 시대의식과 마찬가지로 강조되어야 할 것이 아닌가? 그럼에도 불구하고 문학은 장구한 동안 국가를 망각해 왔다. 비록 그들이 섬긴 조국이 일본국이었지만, 문학에 국가관념이라는 것이 이론상의 국가, 일본이니 미국이니 하는 특정한 관념을 떠나서의 이야기임을 오해하지 말길 바란다.

또 하나의 주목할 점은 동양에의 복귀를 주장하며 동양 고유한 이데올로기의 발전을 모색했다는 사실이다. 물론 그들의 이러한 작업이 대미전에의 총력 결집을 위한 수단으로 이루어지긴 했지만, 동양인을 위한, 동양인에 의한, 동양인의 동양을 건설하자는 주장은 그 자체로서는 아무런 모순이 없다. 그러나, 일본이 내세운 이 허울 좋은 구실에 속아서 쓸데없는 정력을 침략 전에 바친 문인도 없지 않았다는 것을 또한 부기하지 않을 수 없었다. 다음, 또 하나의 주목할 점은 자유주의적 서구문명에 비판을 가하면서 문학을 대중화하려 했다는 사실이다. 결과적으로 그들이 걸은 길은 국책에의 야합이었고 대중동원을 위한 프로퍼갠더로 시종하고 말았지만, 서양 근대정신의 붕괴는 오늘날 하나의 상식이요 예술은 또한 만인의 것이어야 한다.[10]

임종국은 『친일문학론』의 결론에서 친일문학이 지닌 과오에도 불구하고 주목해야 할 점이 있다고 주장하였다. 임종국은 친일문학이 "국가주의 문학이론을 주장"했으며, "동양에의 복귀를 주장하며 동양 고유한

---

10 임종국, 『친일문학론』, 평화출판사, 1966, 468~469면.

이데올로기의 발전을 모색"했고, "자유주의적 서구문명에 비판을 가하면서 문학을 대중화하려 했다"는 점에 대해서는 주목해야 한다고 했다. 여기서 우리가 살펴보아야 하는 것은, 제국주의를 비판한 임종국의 논의가 친일문학의 역사철학적 이념을 재생산하고 있다는 사실이다.[11] 국가주의에 대한 과도한 함몰과 어떠한 동양인가에 대한 사유 없이 동양 그 자체에 대한 긍정, 그리고 이를 기반으로 한 자유주의적 서구문명 비판은 1940년대의 풍경과도 닮아 있다. 식민 시기의 정치적 사회적 배경, 문화기구, 단체 및 단체의 활동, 작가 및 작품론 등 방대한 실증적인 작업을 토대로 친일문학 연구의 선구로 자리매김되던 임종국의 논의는 왜 친일의 인식구조를 재생산하고 있는가?

임종국의 논의에서 친일문학은 "주체적 조건을 몰각한 맹목적 사대주의적 일본의 예찬 추종을 내용으로 하는 문학일 것이요, 나아가서는 매국적 문학이라는 의미도 포함될 수 있을 것"[12]과 같이 정의되며, 시기적으로는 "지나문학을 전후하면서 싹튼 전쟁문학, 다시 그 후의 총후의식을 강조한 애국문학, 그리고 40년대 전반의 국민문학과 그 후의 결전문학 등 일련의 문학운동 문학작품"[13]으로 규정된다. 임종국이 친일문

---

11 임종국의 『친일문학론』은 친일문학 연구의 새로운 지평을 열기 위해 극복해야 할 것으로 인식되고 있다. 대표적인 논의는 다음과 같다. 강상희, 「친일문학의 인식구조」, 『한국근대문학연구』 7, 한국근대문학회, 2003, 41~58면. 제국주의와 저항 민족주의의 동형성에 관해서는 윤해동, 「'식민지 근대'의 패러독스」, 『식민 근대의 패러독스』, 휴머니스트, 2007, 57~58면을 참조할 것. 임종국의 『친일문학론』에 나타난 저항적 민족주의가 다시 식민담론으로 회수되고 있는 것에 대한 비판은 정종현, 「제국 / 민족 담론의 경계와 식민지적 주체―1940년대 이태준 '문학'에 나타나난 혼종성」, 『상허학보』 13, 상허학회, 2004.8, 103면을 참조할 것.
12 임종국, 『친일문학론』, 평화출판사, 1966, 15면.
13 위의 책, 16면.

학의 개념을 확립하는 데 가장 중요한 기준이 되는 것은 '주체적 조건'이다. 또한 친일문학을 "매국적 문학"으로 정의하는 데서 알 수 있는 바와 같이, 이때 주체란 '국가' 혹은 '민족'을 기준으로 성립된다. 이처럼 임종국의 『친일문학론』은 일국적 관점의 민족 개념을 중심으로 친일의 범위와 정의를 규정해 나갔다. 그러나 민족을 일국적 관점에서 바라보면, 식민 상황에서 민족 담론은 국권 회복을 위한 정치적 투쟁에 초점을 두게 되기 때문에 민족의 역사는 곧 저항의 역사로 귀결되며, 토착 세력과 외부의 제국주의 세력은 분명하게 구분된다.

일국적 관점을 바탕으로 하는 친일문학론은 해방 이후 식민 구조의 청산을 과제로 하여 민족국가를 수립해 나가는 과정에서 국가 건설의 이데올로기를 강화시켜주는 역할을 하였다. 고유성 담론이 지닌 독자성 자체는 '민족적 타자와의 차이'라는 스펙트럼을 통해 재생산되고 확산되므로, 구성원 내부에 존재하는 다양하고 이질적인 층위들을 봉합하여 그들을 통합하고 융합하는 폐쇄적 내셔널리즘에 기여하게 된다. 국가주의에 의해 전유된 내셔널리즘적 민족 개념 역시, 그것이 조선 혹은 전통과 같은 고유성 담론의 형태를 띠고 있다 하더라도, 체제 이데올로기로 변형될 수 있는 위험을 지니고 있음을 유념할 필요가 있다.

3. 관계의 산물로서의 '자기 지知'

임종국의 '친일문학론'과 '친일'이라는 용어는 공통적으로 '민족' 개념이 자기완결적이며 자율적인 실체라는 데 기반하고 있다. 3절에서는 이것이 생성된 지점, 즉 주체와 객체의 분리에 대해 생각해 보기로 한다. 결론부터 말하자면, '자기 지知'의 형성과정에 논의의 초점을 둘 때, 민족이나 동양과 같은 '자기 지'의 범주가 형성되고 유통되는 과정은 세계체제와의 연관성, 주변국과의 관계 속에서 해석하고 평가해야 한다.

민족 개념은 자기완결적이며 자율적인 실체가 아니다. 그것은 오히려 한국이 주변 열강과 맺고 있는 국제관계와 밀접한 연관을 맺고 형성되는 관계적 산물[14]이다. 19세기 말 한반도에서 민족 개념이 정착되는 과정을 검토해 보면, 민족 개념의 정착 과정에 큰 영향을 미친 것이 1894년의 청일전쟁과 1905년의 러일전쟁이다. 청일전쟁은 한국이 중화적 세계질서로부터 벗어나 근대적 세계질서로 편입하는 데 결정적인 영향을 미쳤다. 청일전쟁에서 청이 패배한 사건은 중국을 하나의 세계로 하는 중화적 세계질서의 해체가 대외적으로 선포된 사건이었다. 청의 패배를 계기로 조선은 중화적 세계 체제 안에서 소국의 위치를 차지하는 데에서 탈피하여, 근대적 세계질서체제의 일원으로서의 대한제국을 선언하게 된다. 이때 근대적 세계질서체제란, 세력 균형의 원리를 의미하는 '균세均勢, balance of power' 개념을 이념적 토대로 삼고 있다. '균세' 개

---

14 이러한 인식을 바탕으로 한 연구로는 앙드레 슈미드(Andre Schmid), 정여울 역, 『제국 그 사이의 한국』, 휴머니스트, 2007.

념을 이념적 토대로 삼고 있었다는 것은 그것이 실질적인 권력의 편차를 고려하는 현실적인 특성보다는 이념적이고 규범적인 특성을 띠고 있다는 것을 의미한다. 그러나 주변 열강의 역학 관계 속에서 자주독립을 추구해야 했던 근대 한국인에게 균세는 힘의 균형을 추구하는 국제관계의 객관적 실재로 다가왔으며, 그것은 곧 자주독립이라는 조선의 주관적 이념을 표상하는 언어였다.[15] 1905년 러일전쟁이 발발하자 민족 개념은 러시아를 인종적 타자로 삼으면서 인종적·문화적 단위로서의 동양과 병존하게 된다. 민족 개념이 문화적·인종적 범주로서의 동양주의로부터 분리되는 것은 러일전쟁 발발 이후 일본이 한일의정서를 강제하고 황무지개간권을 요구함에 따라 일본을 (민족적) 타자로 인식하면서부터이다. 이때부터 민족 개념은 동양주의적 관점에서 분리되어 지리적으로 한반도 주민집단에 한정되어 사용되었다.[16]

이처럼 독립된 국민국가로 인식하게 되는 과정은 중화적 세계질서의 해체와 근대적 세계질서로의 편입이라는 전지구적 사건과 밀접한 관계를 맺고 있다. 이 과정에서 민족 개념은 세계체제로의 편입과 그로 인한 주변국과의 관계를 기반으로 성립된 관계의 산물로서, 19세기 말 세계체제로의 편입과 20세기 전반의 양차 세계대전, 그리고 해방 이후의 민족국가 수립 과정과 전쟁 및 개발 독재를 거치면서 형성된 역사적 범주이다. 국민국가의 경계를 넘어서서 존재하는 다양한 디아스포라적 주체와 다문화사회의 확산을 상기시켜볼 때, 민족 개념은 현재에도 끊임없

---

15 장인성, 「근대 한국의 세력균형 개념 - '균세'와 '정립'」, 『세계정치』 25, 서울대 국제문제연구소, 2004.11, 59~63면.

16 백동현, 「러·일전쟁 전후 '민족' 용어의 등장과 민족의식 - 『황성신문』과 『대한매일신보』를 중심으로」, 『한국사학보』 10, 고려사학회, 2001.3, 163~165면.

이 변화하며 구성되는 산물이다. 거시적 조망 속에서 식민 시기를 바라보면 식민주의 역시 국제적 기반을 둔 전지구적 관계망 속에서 작동하고 있었다.

19세기 말 이후 '동양'에 관한 사유 역시 세계 체제와 조선이 맺고 있는 관계와 밀접하게 관련되어 있다. 제1차 세계대전을 전후로 '동양'은 서구적 근대 자본주의로 대표되는 세계체제로의 편입을 통해 구성되었다. 그것은 중화적인 질서로 상징되는 봉건적 세계관이 해체되고 근대적 국제질서로 이행되는 과정과 중첩되어 있다. 이때 '동양'은 '지리', '인종', '문화'[17]를 바탕으로 서세동점의 현실에 대응하는 연대의 단위를 뜻한다. 서구에 대응할 수 있는 공동운명체로서의 동양이 성립하기 위해서는 동아시아 힘의 균형상태를 전제조건으로 한다. 하지만 1904년 한일의정서 체결 이후 삼국(조선·청·일본) 정족鼎足이 무너졌고, 연대의 단위로서의 동양에 대한 이상[18]은 사라졌다. 이때부터 연대의 단

---

17 '지리', '인종', '문화'는 19세기 후반 동양을 단위로 하는 연대의 성립요건이다(장인성, 「'인종'과 '민족' 사이―동아시아연대론의 지역적 정체성과 '인종'」, 『국제정치논총』 40-4, 한국국제정치학회, 2000.12, 116~125면).

18 안중근은 「동양평화론」에서 동양의 연대에 깊은 신뢰를 가지고 있었다. 안중근이 이토 히로부미를 처단한 것 역시 안중근이 이토 히로부미를 동양 평화를 깨뜨리는 인물로 인식했기 때문이다.
"일본과 러시아가 개전할 때 일본 천황의 선전 포고하는 글에 '동양 평화를 유지하고 대한 독립을 공고히 한다' 운운했으니 이와 같은 대의(大義)가 청천백일(靑天白日)의 빛보다 더 밝았기 때문에 한청 인사는 지혜로운 이나 어리석은 이를 막론하고 일치 동심해서 복종하였음이 그 한 가지 이유이다. 더구나 일본과 러시아의 다툼은 황백인종(黃白人種)의 경쟁이라 할 수 있으므로 지난날의 원수진 심정이 하루아침에 사라져버리고 도리어 하나의 큰 인종 사랑하는 무리를 이루었으니, 이 또한 인정(人情)의 순서로서 이치에 합당하다고 할 만한 또 하나의 이유이다.
(…중략…) 아! 천만 뜻밖에 승리하여 개선한 후로는 가장 가깝고 가장 친하며 어질고 약한 같은 인종인 한국을 억압하여 조약을 맺고, 만주 장춘 이남을 조차한다는 평계로 점거하다니. 이 때문에 세계 일반인의 머릿속에 의심이 홀연히 일어나니 일본의 위대한 성명과 정대한 공훈은 하루아침에 사라져 만행을 일삼은 러시아보다 더 심하게 보게 되

위인 동양으로부터 민족 인식이 분리되어 나오기 시작했다. 신채호가 "한국인이 동양주의를 이용하여 국가를 구하는 자는 없고 외국인이 동양주의를 이용하여 국혼을 찬탈하는 자가 있으니 경계하고 삼갈 것이다"라고 하면서 "동양이 주인되고 국가가 손님이 되어 나라의 흥망은 하늘 밖에 놔두고 오직 동양을 이같이 지키려"[19] 한다고 우려한 것은 동양이라는 범주로부터 민족을 분리시켜 사유한 결과이다.

이처럼 국제질서의 추이에 따라 동양이라는 범주는 상당히 중층적으로 규정된다. 동양이라는 범주 역시 객관적이고 자연적인 실체라기보다는 그것을 둘러싼 국제관계의 추이에 따라 구성되는 역사적 실체이다. 만주사변을 계기로 일본이 국제연맹에서 탈퇴한 1933년 이후 동양은 제국 일본이 세계질서의 재편을 위해 구성한 '동아협동체' 이념과 중첩된다. 동아협동체는 "자기의 수양을 바탕으로 한 윤리적인 도(道)를 통하여 사회적 합리적 질서에 도달하는 것"을 목표로 하며, "일상성을 중시하여 항상 자기 몸에서 가까운 것으로부터 시작하여 나아가는 길"[20]을 취하고 있다. 또한 동아협동체는 "각 국가 민족이 각자의 개성적인 역사적 생명으로 살아가며, 동시에 제각기 세계사적 사명으로써 하나의 세계적 세계에 결합하는 것"[21]을 이상으로 내세운다. 그러나 식민지 지식

었다.
지금 서양 세력이 동양으로 뻗쳐오는 네델란드를 동양 인종이 일치 단결하여 극력 방어해야 함이 제일의 상책(上策)임은 비록 어린아이일지라도 익히 아는 일이다. 그런데도 무슨 이유로 일본은 이러한 순연(巡演)한 형세를 돌아보지 않고 같은 인종인 이웃 나라를 깎고 우의(友誼)를 끊어 스스로 방휼(蚌鷸)의 형세를 만들어 어부를 기다리는 듯하는가"(안중근, 「동양평화론」, 최원식·백영서 편, 『동아시아인의 '동양' 인식 ─19~20세기』, 문학과지성사, 1997, 206~207면).

19 신채호, 「동양주의에 대한 비평」, 위의 책, 219~220면.
20 미키 키요시(三木淸), 「신일본의 사상 원리」, 위의 책, 57면.
21 니시다 기타로[西田幾多郎], 『세계 신질서의 원리』, 1943. 여기서는 허우성, 『근대 일본

인들이 동아협동체에서 발견한 비전은 서구 중심의 세계사를 비판하는 가운데 제기된 다원적 세계사, 즉 '각민족各民族으로 하여금 각득기소각 各得基所恰케 하면서 공존공영하자는 것'[22]이었지만, 식민지 조선은 이러한 협화적 이상에서 타자화[23]되고 있었다. 1930년대 후반에 동양은 서구의 관점에 의해 타자화된 '오리엔트'가 아니라 서구적 위계질서로부터 분리된 '신생의 원리'를 지칭하고 있었다. 제국 일본은 '신생의 원리로서의 동양'을 토대로 아시아에서 주도적인 힘을 행사하게 되며, 이로부터 '동양'은 제국이 구사하는 팽창 이데올로기의 이념적 토대를 제공하는 기반이 된다. 이처럼 제국/식민지 시스템 속에서 '동양'이라는 범주는, 제국주의가 근본적으로 서로 다른 열강들이 영토와 자원의 지배권을 놓고 서로 겨루는 국제적 체제[24]였던 것처럼, 국제적 체제로서의 제국주의 권력 역학 속에서 유동하고 있다.

의 두 얼굴―니시다 철학」, 문학과지성사, 2000, 448면에서 재인용함.

22 이광수, 「반도 민중의 애국운동」, 『매일신보』, 1941.9(여기서는 이경훈 편역, 『춘원 이광수 친일문학전집』 II, 평민사, 1995, 291면에서 재인용함).

23 동아협동체에서 각 민족은 '동아'라는 상상적 지리를 구성하는 역사적 기반이었지만, 동시에 영미 질서에 대항하는 새로운 세계사적 질서를 창출하기 위해 개별 민족이라는 단위를 초월할 것이 요구되었다. 그러한 가운데 제국 일본은 '세계사적 사명' 속에서 낡은 질서를 대체하는 신질서를 수립하는 '신생'의 중심으로 배치되었다.

24 로버트 영(Robert Young), 김택현 역, 『포스트식민주의 또는 트리컨티넨탈리즘』, 박종철출판사, 2005, 68면.

4. 미완의 근대라는 함정

 식민화의 동기가 자본주의의 전세계적인 확장이라는 경제적인 동인
動因에 있기는 하지만, 이러한 식민화를 지속적이고 생산적인 메커니즘
으로 정착시키기 위해서는 일상의 전 영역에서 피식민자의 동의[25]를 이
끌어 낼 수 있는 헤게모니가 요구된다. 그람시에 의하면 헤게모니란 국
가의 강제력으로 환원될 수 없는 것으로서, 시민사회에서 출발하여 공
장·학교·가정 등의 모든 헤게모니 기관에 이르는, 대중의 능동적인
자치조직을 통하여 능동적인 동의를 획득하기 위한 전략[26]이다. 보다
효과적으로, 그리고 구조적으로 동의를 획득하기 위하여 제국은 보편적
인 진리의 형태를 띤 이데올로기를 창출하게 된다. 이 이데올로기는 제

---

25 다음은 전향한 사회주의자 인정식이『삼천리』1939년 1월호에 발표한「동아의 재편성
과 조선인」이라는 글이다. 내선일체의 논리가 "조선민중의 생존과 번영, 그리고 행복을
기대"하는 '신념과 정열'에 기초해 있다는 데 주목할 필요가 있다.
"이 동화협동체의 이상은 일본 제국의 신민으로서의 충실한 임무를 다할 때에만 조선
민중에게 생존과 번영과 행복을 약속하려 한다. 여기에 조선인의 운명에 관한 문제에 있
어서의 넘을 수 없는 한계가 있는 것이다. (…중략…) 우리들 조선인의 나아갈 유일의
정치적 노선으로서 내선일체의 문제를 제시하고 있다.
나는 엄히 단언할 수가 있다. 금일의 조선인 문제는 곧 내선일체 문제 이외에 아무것도
아니라는 것을, 웨 그러냐 하면 내선일체 이외의 일체의 노선이 한것 미망에 불과하다는
것이 명백히 제시되어 있으며 따라서 이 노선 이외에 아무 길도 남겨진 길이 없기 때문
이다. (…중략…)
우리는 이 조류를 타고 전 민족을 총동원하여야 할 것이다. 이리하야 민족으로서의 조선
인에게 내선일체에 대한 신념과 정열을 부어야 할 것이다. 신념과 정열이 없는 민족의
앞에는 오직 절망이 있을 뿐이다"(인정식,「동아의 재편성과 조선인」,『삼천리』, 1939.1,
56~63면).
26 크리스틴 부시-글룩스만(Christine Buci-Glucksmann),「헤게모니와 동의─정치전
략」, 앤 S. 사쑨(Anne S. Sasson) 편·최우길 역,『그람시의 혁명전략』, 녹두, 1984, 164
~165면.

국으로부터 멀리 떨어져 있는 식민지인들에게 그 지배를 받지 않으면 안 된다는 생각을 받아들이도록 만들고, 식민 지배자들에게는 열등하고 미개한 인민을 구원한다는 사명감을 갖도록 만든다.

문명화 담론은 이러한 이데올로기의 대표적인 예이다. 그러므로 문명화 담론을 검토해 보면 제국이 어떻게 식민지의 지배를 위해 동의를 확보해 왔는지, 그리고 어떻게 그 동의는 강화되어왔는지를 탐색할 수 있다. 과학기술의 발달을 토대로 서구가 성취한 근대적 지식과 기술은 미신에 사로잡힌 원주민들을 탈주술화하고 봉건적인 신분질서의 속박으로부터 해방시켜주며, 생산력의 발전과 물질적 풍요를 약속해 주는 신기루처럼 보인다. 제국의 근대적 기획은 백화점이나 박람회를 통해 화려한 스펙터클로 식민지를 유혹하거나, 근대식 교육 기관을 통해 식민지를 계몽의 대상으로 포섭하기도 한다. 식민지 도시[27]는 이러한 신기루를 공연하며 식민지를 유혹하는 제국의 무대였다.

일본 파시즘은 서구적 근대성을 넘어설 수 있는 대안적 모더니티로 동양적 원리를 내세우고 있지만, 아시아를 대표하여 아시아의 원리를 구현한다는 근대 일본의 지위는 문명의 승인을 전제로 한다. 1942년 1월 『중앙공론』에 게재된 「세계사적 입장과 일본」 좌담회를 보면, "일본이 지도성을 지니는 가장 비근한 근거로서 일본이 '근대'를 거쳤"고 "동아에서 일본만이 근대를 가졌"으며, "일본이 근대를 완성했다"[28]는 점

---

27 식민지 도시는 제국 본토에서는 시도할 수 없는 근대적 도시계획의 실험장으로서 제국의 근대 기획을 공연하는 야외극장과도 같았는데, 그 일례로 시모노세키를 출발하여 조선의 부산·경성·평양을 둘러보고 만주를 경유하는 '만선(滿鮮) 관광'은 스스로의 우월한 존재를 증명하는 제국의 전망대였다(까오유엔[高媛], 남효진 역, 「낙토(樂土)를 달리는 관광버스」, 요시미 순야[吉見俊哉], 연구공간 수유+너머 '일본근대와 젠더 세미나팀' 역, 『확장하는 모더니티』, 소명출판, 2007, 210~229면).

이 강조되고 있다. 일본은 지리적으로 아시아에 속하지만, 유럽에 의해 매개되는 '근대'를 독점함으로써 인식적 차원에서 스스로를 서구 사회와 동일시하였다.[29]

문명화 담론은 서양이 동양을 타자화하는 과정에, 그리고 일본이 아시아의 맹주로 부상하는 과정에 결정적인 역할을 하였다. 서구는 오리엔탈리즘을 토대로 동양을 타자화하였으며, 메이지 유신 이후 서구적 근대를 선취한 일본은 스스로를 서구의 적장자로 규정하였다. 일본이 내세우고 있는 탈아입구脱亞入毆란 중국을 지체된 오리엔트로 타자화하고, 중국과의 차이화를 통해 스스로를 규정하고자 하는 전략이다. 근대 일본이 중국을 지칭하기 위해 사용한 '지나'라는 용어에는 과거의 지체된 봉건적 중국으로부터의 분리를 선언하는 근대 일본의 지위와, 서세동점되는 아시아를 방위할 문명국으로서의 일본의 지위가 모두 내포되어 있다.

문명화 담론에 내재된 타자화의 원리는, 진보와 발전의 역사관을 바탕으로 수립된 직선론적 시간관을 기반으로 한다. 전통적인 순환적 시간의식을 무너뜨리고 발생한 진보적 시간의식은 현재와 과거를 문명과 야만으로 구분하고, 과거로부터 현재로의 이행을 야만 상태로부터 벗어나 문명으로 점점 발전해 가는 것으로 간주하고 있다. 서구 중심적 인식

---

28 나카무라 미쓰오·니시타니 게이지 외, 「세계사적 입장과 일본」, 이경훈·송태욱·김영심·김경원 역, 『태평양전쟁의 사상―좌담회 「근대의 초극」과 「세계사적 입장과 일본」으로 본 일본정신의 기원』, 이매진, 2007, 367면.

29 근대 일본이 내세운 근대 초극의 원리로서의 '동양'은 유럽적 원리에 의해 매개되고 생성되며 완성된다는 점에서 '근대성'과 완전히 분리되지 않는다. 이러한 사실은 파시즘과 근대성이 비록 완전히 겹쳐지거나 분리되지는 않지만, 모종의 접합 관계를 지니고 있다는 것을 암시해 준다.

론은 이러한 시간 의식을 세계에 대한 지정학적 배치와 결합함으로써 진보의 논리를 지리적으로 독점한다.[30] '전근대-근대-후근대'라는 계열은 비동일성의 차이를 억압하면서 드러나게 된 단 하나의 계열이자 동일자의 구조를 재생산하는 고정된 틀이다.

직선론적 시간관을 작동하는 진보의 원리가 동일자와 비동일자를 서열화하는 메커니즘이 될 때, 동시대에 공존하고 있는 다양한 지역의 삶은 문명화 프로젝트에 함몰된다. 문명화 담론은 세계를 두 가지 위계 질서로 구분지었으며, 엄격한 분리와 배제를 내포하고 있었다. 문제는 문명화 담론이 내포하고 있는 '주체와 타자 간의 엄격한 분리 구도'는 문제시되지 않았다는 점이다. 오히려 문명을 통해 문명으로 진입하려는 의지는 더욱 강해졌다. 문명화 담론이 지니고 있는 치명적인 함정은, 문명화 여부가 식민지 조선을 '미완의 근대'에 머물게 만드는 시발점인 동시에 그것이 '미완의 근대'로부터 벗어나게 해 주는 자강自强의 방법으로 인식되었다는 점이다. 문명화 여부는 '문명으로서의 서양'과 '야만으로서의 동양' 간의 격차를 만들어 내는 중요한 잣대이자 그 간격을 좁혀 나갈 수 있는 유일한 방법이었던 것이다. 문명화 담론은 제국이 식민지를 경제적·문화적·정치적으로 재구조화하기 위해 필수적으로 수반되었던 헤게모니였지만, 안타깝게도 식민지가 민족을 정의하고 사유하며 구원하는 수단 역시 이러한 헤게모니의 자장 안에 놓여있었다.

문명화 담론이 이러한 역설적인 지점에 놓이게 된 것은 무엇 때문인가? 이에 대한 근원적인 성찰은, 애초에 제국과 식민지가 모두 근대를

---

30 사카이 나오키[酒井直樹], 후지이 다케시 역, 『번역과 주체』, 이산, 2005, 260~261면.

도달해야 할 이상향으로 인식하고 있었다는 데서부터 출발해야 할 것이다. 근대를 인간이 지향해야 할 보편적인 가치로 상정하는 계몽주의적 사유 안에서 현재는 근대화의 도정에 놓여 있다. 이로 인해 현재의 삶은 늘 미완의 근대에 머무를 수밖에 없다. 그럼에도 불구하고 미완의 근대라는 의식은 문명에 대한 의지와 열망을 더욱 증폭시키는 요인이었으므로, 신문·잡지와 같은 근대적 미디어는 대중의 선호를 보장받는 문명화 담론을 가열하게 유포하였다. 이 지점에서 우리는 문명화 담론에 내포되어 있는 계몽주의적 원리가 서구 문명의 우월성을 전제하고 있으며, 그 결과 서구 문명을 먼저 받아들인 일본의 지도적 지위를 승인하게 된다는 점을 인식할 필요가 있다.

5. 근대에 대한 사유

노르베르트 엘리야스는 유럽의 문명화 과정을 분석하면서 우리가 수치심을 느낀다는 사실 자체가 문명화과정의 징후 중 하나[31]라고 했다. 문명화 담론의 힘은 습속의 형태로 개인의 행동을 수정함으로써 자율적인 자기통제로 이르는 데 있다. 현재 우리 삶을 규정하고 있는 이념과 제도, 그리고 일상과 습속에 이르는 복합적인 층위에서 여전히 식민 극복의 문제가 화두로 등장하는 것은 일상과 습속에 각인된 자율적인 자기

---

31 노르베르트 엘리아스(Norbert Elias), 박미애 역, 『문명화과정』, 한길사, 2007, 179면.

통제 메커니즘의 연원에 문명화 담론이 자리하고 있다는 사실과 무관하지 않다. 근대적인 인식틀과 근대적 교육을 존재론적 조건으로 살아가고 있는 근대의 내부에서 근대를 넘어설 것을 기획하고 실천하는 것은 상당히 어려운 일이다. 임종국의 『친일문학론』이 일정 부분 제국주의가 바탕으로 하는 사유구조를 재생산하고 있다는 사실은 근대 극복의 기획이 여전히 근대의 궤도 위에서 맴돌고 있음을 단적으로 보여준다.

근대의 내부에서 근대의 외부를 사유하는 작업은 질서와 지식의 계열이 만들어진 하부 구조를 탐색하지 않고서는 불가능하다. 식민 극복의 문제는 '일본'이라는 한 대상을 적대화하는 데 있지 않다. 개혁과 계몽을 주장했던 문명 개화론자들이 제국의 논리에 함몰되어가는 모습은 신식민적 상황에서 국제 자본의 요구와 공모하여 움직이는 엘리트들에서도 여전히 찾을 수 있는 모습이거니와, 특정한 세력보다 그것을 낳은 근본적인 동인動因, 즉 구조로서의 근대를 사유하는 작업이 필요하다. 마찬가지로 식민 극복이라는 문제는 외래 세력에 의해 오염되지 않는 순수한 토착성을 회복하고 재구한다고 해서 해결될 수 있는 과제가 아니다. 순수한 '자기 지'의 확립이 오히려 또 다른 파시즘의 모습으로 우리 안의 타자를 차별하고 배제하고 있음을 여전히 목격하고 있지 않은가. '자기 지'가 완결되고 자족적인 실체가 아니라 관계의 산물이며 유동적인 실체라는 것을 확인한 것도 이와 같은 문제의식으로부터 출발한다.[*]

---

[*] 이 글은 2011년 11월 『현대사상』 9호에 게재된 논문을 일부 수정한 것임.

13장

황민화의 환상, 오도된 계몽

이광수의 『동포에 고함』을 중심으로

1. 들어가며

이 글은 이광수의 『동포에 고함』을 대상으로 친일담론이 식민성으로 나아가는 논리적 과정을 밝히는 것을 목적으로 한다. 이를 위하여 친일담론이 생산해 내는 지식과 가치의 식민적 위계[1]들의 실체를 밝히고, 그것이 형성되는 방식을 규명할 것이다. 『동포에 고함』(『同胞に寄す』, 박문서관, 1941)은 이광수가 총독부의 일본어 기관신문 『경성일보』에 발표했던 글들을 모아서 묶은 자료집이다. 이 책은 원래 일본어로 되어 있지

---

1   릴라 간디(Leela Gandhi), 이영욱 역, 『포스트식민주의란 무엇인가』, 현실문화연구, 2000, 20면.

만, 이 글에서는 김원모·이경훈이 번역한 『동포에 고함』을 텍스트로 하여 분석하였다.

『동포에 고함』을 분석하면서 주목할 부분은 다음과 같다. 첫째, 친일담론이 유지되고 재생산되기 위하여 어떠한 진리의 체계를 형성하고 있는가 하는 문제이다. 이와 연관하여 이광수의 친일담론에서 두드러지게 발견할 수 있는 것은 반도의 완전한 황민생활화[2]를 정당화하는 시각에서 조선의 전통과 역사를 해석하고 있다는 점이다. 『동포에 고함』에서 형성하고 있는 전통과 역사에 관한 진리 체계는 식민주의라는 정치적 의도를 가지고 만들어진 것으로, '전통의 창출invention'[3]이라는 맥락에서 논의할 수 있다. 흥미로운 것은, 과거의 맥락과 형태적으로 관련성을 가지면서도 새로운 상황에 대해 반응하기 위하여 고대적인 자료를 사용한다[4]는 점이다. 특히 이광수가 조선의 고대사에 주목하면서 주장하고 있는 일본과의 '동근설同根說'은 근대의 식민주의라는 맥락에서 창출된 전통의 한 전형을 보여준다. 2절에서는 전통과 관련하여 친일담론이 생산하고 있는 진리 체계를 '전통의 창출'이라는 맥락에서 논의할 것이다. 이와 연관하여 또 한 가지 주목되는 것은 전통의 창출이 어떠한 방식으로 이루어지고 있는가 하는 문제이다. 전통의 창출이 이루어지는 방식에 대해 주목이 필요한 까닭은 담론화 과정에서 변형이 진행됨에도 불구하고 그 과정이 은폐되고 결국 선한 의도와 순진한 모습으로 표면화되기 때문이다. 이러한 과정을 거쳐서 친일담론은 그것이 형성하고 있

2　임종국, 『친일문학론』, 평화출판사, 1966, 461면.
3　이성시, 박경희 역, 『만들어진 고대』, 삼인, 2001, 11면.
4　에릭 홉스봄(Erich Hobsbawm)·랑거(Terence Ranger) 편, 최석영 역, 『전통의 날조와 창조』, 서경문화사, 1995, 38~42면 참조.

는 식민지의 현실을 자연적인 것으로 만든다. 2절에서는 '식민담론이 어떠한 방식으로 전통을 창출하고 있는가' 하는 문제를 '식민주의가 어떻게 유지·재생산되는가'라는 맥락에서 논의할 것이다.

둘째, '친일담론은 어떠한 방식으로 피식민 주체를 구성해 가는가'라는 문제이다. 친일담론은 조선인에게 차별적인 존재에서 벗어나 평등한 국민으로 편입된다는 비전을 제시하였다. 이에 따라 친일담론의 곳곳에서 국민화 프로젝트에 대한 감응과 감격의 순간을 발견할 수 있다. 그러나 이 글에서 주목하는 것은 이러한 감격의 순간이 아니라 피식민 주체가 구성되어 유지되는 보다 지속적인 방식에 관해서이다. 이와 연관하여 3절에서는 '모방'을 중심으로 피식민 주체 구성의 문제를 살펴볼 것이다. 차별과 멸시의 부당함이 절실할수록 일본인이 되고자 하는 욕망은 더욱 강해지고, 이러한 모방의 욕망이 강할수록 모방은 과잉으로 넘쳐흐르게 된다. 일본인이 되기 위해서 일본인보다 더 일본인다워지려는 욕망은 수많은 젊은이들의 죽음을 심미화하는 작품에서 극대화된다. 피식민 주체가 구성되는 방식에 대한 분석을 통하여 이 지점을 해명해 보기로 한다.

모방의 문제는, 서구적 근대를 넘어설 수 있는 원리로서 동양 정신을 설정한 신체제론에서 동양에 대한 관심이 어떻게 일본을 중심으로 하여 전개되는가와 연관되어 있다. 일본을 동양의 중심으로 인정하는 단계에서 어째서 당시의 작가들이 조선 민족을 해소하고 국민성을 획득하는 것만이 민족적 장래를 위한 유일한 길이라는 견해를 제시하게 되었는가[5]에 대해 '모방'을 중심으로 살펴보기로 한다.

셋째, '친일담론은 그것이 효과적으로 수행되기 위해서 어떠한 방식을 취하고 있는가'라는 문제이다. 2절에서 친일담론의 진리 체계가 생성되는 방식을 다루었다면, 4절에서 다루고 있는 것은 친일담론이 현실에서 발화되었을 때 그 기능을 효과적으로 수행하기 위해서 어떠한 전략을 취하고 있느냐 하는 점이다. 이 문제는 주로 친일담론이 피식민 주체의 자발적인 동의와 실천을 이끌어 내기 위한 전략에 관한 것이다. 협력을 식민주의의 한 구성부분으로 볼 때, 식민주의는 한편으로는 막강한 정치적·경제적·군사적 힘을 지닌 담론이지만 다른 한편으로 피식민 주체의 협력과 동의는 식민주의를 존립시켜주는 원동력[6]으로 작용한다.

특히 이광수의 『동포에 고함』에서 주목할 부분은 식민지 규율의 내면화 문제를 개인의 정신과 도덕의 차원에서 풀어 나가고 있다는 점이다. 근대적 문명을 체득하고 그것을 일상화하는 문제가 개인의 마음과 도덕, 정신과 수양의 문제로 환원되는 지점은 이광수의 친일담론에 내재된 파쇼적 계몽주의[7]를 드러내 주는 단면이다. 여기서 계몽의 중심이 되는 것은 국가이다. 이광수에게 민족의 위기를 극복할 해결책은 '국가'라는 도덕적 공동체였고, 이러한 맥락에서 '덕성의 수양', 즉 '사랑을 (전체로) 확대하고 (지도자에게) 고양하는' 정신의 계발[8]이 강조되었던 것이다. 그러나 수양의 문제로 환원된 식민지 규율의 문제는 그것이 파쇼적 계

---

5   류보선, 「친일문학의 역사적 맥락」, 『한국근대문학연구』 7, 한국근대문학연구회, 2003.4, 24면.
6   하정일, 「한국 근대문학 연구와 탈식민 — '친일문학' 문제를 중심으로」, 『민족문학사연구』 23, 민족문학사학회, 2003.12, 24~30면 참조.
7   김진송, 『현대성의 형성 — 서울에 딴스홀을 허하라』, 현실문화연구, 2002, 49면.
8   김현주, 「이광수의 문화적 파시즘」, 김철·신형기 외, 『문학 속의 파시즘』, 삼인, 2001, 110~127면 참조.

몽 전략을 내재하고 있음에도 불구하고 표면적으로 개인의 문화적 소양이나 교양의 문제에 초점을 맞추고 있다. 이 과정에서 수양이라는 덕목은 그것을 받아들이는 개개인에게 저항할 수 없는 심리적 억압으로 자리 잡게 된다. 이광수가 친일담론을 통해 '수양된 국민'의 탄생을 목표로 하는 것은 완성된 인간을 모방의 모델로 제시하여 피식민 주체를 효과적으로 계몽하기 위해서이다.

2. 전통의 창출과 역사의 신화화

식민 권력이 어떻게 유지되는가를 이해하기 위해서는 그 권력에 의해 생산되고 있는 진리의 체계를 분석하고, 그것이 형성되는 과정에 대해 살펴볼 필요가 있다. 친일담론이 생산하고 있는 진리 체계가 식민주의에 의해 변형된 것임에도 불구하고 텍스트 내부에는 일정한 논리 체계가 형성되어 있다. 여기에는 특정한 방향으로 역사를 해석하고자 하는 식민주의의 욕망이 내재되어 있다. 이광수의 『동포에 고告함』에서 이러한 욕망은 특히 조선의 역사와 전통에 식민성을 부여하는 과정, 즉 식민주의에 의해 전통의 창출이 일어나는 과정에서 발견된다.

『동포에 고함』에서 '전통의 창출'이 문제시되는 지점은 이광수가 내선일체를 정당화하는 논리로 '상고上古의 동조동근同祖同根'과 '혈통과 문화의 교류'[9]를 내세우고 있는 부분이다. 이광수가 '상고上古'라는 먼 과거에 주목하는 이유는 조선 문화의 본류를 "선왕先王 김부식에게 이는 요순문무왕堯舜文武王의 도道가 아니라고 하여 묵살 제척除斥[10] 했던"[11] '고신도古神道'에 두고 있기 때문이다. 여기서 이광수가 '고신도'에 주목하는 것은 중국의 영향에서 벗어난 영역을 조선 문화의 핵심으로 설정하고, 그것이 일본 문화의 본류와 동일하다[12]는 결론을 이끌어 내기 위해서이다.[13] 이광수의 논리에 의하면, 중국의 영향을 받은 조선 문화의 영역은 일본 문화와 다른 일부분일 뿐, 조선 문화와 일본 문화의 본질은 동일하다. 이러한 논리를 전개하는 과정에서 중요한 변수로 작용하는 것은 조선 문화의 기원과 관련한 상고사이다. 여기서 상고사는 근대의 집단 아이덴티티를 사실로 믿게 만드는 먼 과거이며, 친일담론은 고고학을 동원하여 문화적인 경계와 조상을 개념을 세워 영향력을 발휘하고[14] 있다.

식민주의에 의해 해석된 역사는 그것이 하나의 신화임에도 불구하고, 친일담론에서 전통 혹은 역사로 재생산된다. 친일담론이 식민지의 역사를 신화화하는 과정을 면밀하게 살펴보면, 신화화된 담론의 표면에는

---

9 이광수, 「동포에 고(告)함」, 김원모·이경훈 편역, 『동포에 고(告)함』, 철학과현실사, 1997, 19~20면(이하 '『동포에 고함』'으로 표기).
10 제척 : 배제하여 물리침(역자 주).
11 이광수, 「조선 문화의 장래」, 『동포에 고함』, 42면.
12 "만일 국선도가 조선 문화의 본류라고 한다면, 금후의 조선 문화는 어떤 방향을 취할 것인가. 위에서 논의한 것으로써 조선 문화의 본류가 얼마나 일본 문화의 본류와 비슷한가 하는 것을 알 수 있었을 것이다. 아니, 비슷하다기보다는 동일하다고 할 수 있을 것이다"(위의 글, 48~49면).
13 임종국은 이광수가 주장하는 친일의 의미, 즉 '내지인과 차별없이 된다'는 것은 역사적으로 상고에의 환원이라는 의의를 지니고 있다고 보았다(임종국, 앞의 책, 290면).
14 미첼 디틀러, 「우리 조상의 골족(the Gauls)—근대 유럽에서의 고고학, 에스닉 민족주의, 그리고 켈트족의 아이덴티티의 조작」, 에릭 홉스봄·랑거 편, 최석영 역, 『전통의 날조와 창조』, 서경문화사, 1995, 418~419면 참조.

왜곡된 과정이 제거되고 처음부터 그러한 의미를 띠고 있었던 것처럼 완결되어 있다는 사실을 발견할 수 있다. 여기서 작용하고 있는 중요한 장치는 '자연화'[15]이다. 신화화된 역사는 식민담론의 체계 내에서 자연스러운 것으로 자리 잡는다. 친일담론에서 식민지의 역사는 신화화의 과정 속에서 일어난 왜곡과 위장의 흔적을 제거해 버리고, 오직 '하나의 의미'만을 남겨둔다. 여기서 친일담론이 생산하고 있는 '하나의 의미'는 내선일체의 논리를 식민지의 기원으로부터, 즉 역사로부터 합리화하는 것이다.

즉 조선 측에서 보면, 정신적, 문화적 내선일체는 결국 일종의 복고(復古)에 지나지 않는 것이다. 환언하면, 일시적으로 입었던 지나 옷을 벗어 버리고, 선조 시대에 입던 원래 복장으로 갈아입는 것에 불과하다. 신을 공경하는 것도 그러하며, 충효 중심의 도덕도 역시 그러하며, 주된 인정과 풍속에 이르기까지 그러하다. 간단히 말해 조선인은 일본 문화 속에서 천재(千載) 전 조선인 자신의 모습을 보는 것이다.[16]

반도의 이천삼백만 동포가 황화(皇化)의 은혜를 입은 지 30년이 되었다고는 하지만, 옛날로 거슬러 올라가면 원래 조선과 일본은 하나였다. 30년이란, 잠시 헤어졌다가 다시 한집이 된 지 30년이 되었다는 말이다. 즉 어떻게 보면 반도인은 새롭게 황국신민에 편입되었다고도 말할 수 있지만,

---

15 이 글에서 신화에서 역사가 자연화되는 과정에 대해서는 롤랑 바르트(Roland Barthes), 장현 역, 『신화론』, 현대미학사, 1995, 15~95면 참조.
16 이광수, 「조선 문화의 장래」, 『동포에 고함』, 49면.

사실은 옛날로 돌아간 것이니, 우리는 이번 기원절을 기회로 이에 대해 인식을 확실히 해야 할 것이다. 새로운 국민도 아니고, 의붓자식도 아니라 적자(嫡子)라는 사실에 비쳐, 이에 어울리는 자부(自負)와 신념을 가져야 할 것이다.[17]

인용한 글에서 내선일체의 의미는 '복고'이다. 식민지라는 현실은 시간을 거슬러 올라가면서 그것이 원래 지니고 있던 역사적 의미를 상실한다. 그리고 '옛날로 돌아간 것'이라는 의미가 다시 채워진다. 그러나 원래의 의미를 제거하고 그 곳에 제국의 시선을 채워넣는 과정은 친일담론의 표면에 나타나지 않는다. 오히려 친일담론을 진술하는 위치를 '조선 측'으로 설정함으로써 제국의 의도는 순진한 것으로 위장된다. 결국 '원래 조선과 일본은 하나였다'라는 교정의 의미만이 드러날 뿐이다. 조선의 역사를 바라보고 있는 제국의 시선이 토착 엘리트의 자발적인 교정 속으로 스며들 때, 그 속에서 진행되었던 왜곡의 과정은 은밀하게 숨겨진다. 왜곡이 교정으로 될 때, 친일담론이 생성하고 있는 진리 체계는 '자연스러운 것'으로 변형된다.

군이여. 일본과 조선의 관계는 영국과 일본의 관계에 비할 수 있는 것은 아니네. 물론 과거 수천 년간 다른 지역으로 갈라져 다른 국민 생활을 해온 것은 사실이지만, 상고(上古)의 동조동근(同祖同根)은 별도로 하더라도 다른 국민 생활을 하고 있던 중에도 피와 문화는 끊임없이 교류하고 있었던 것이네.[18]

---

17 이광수, 「성심(誠心)의 기원절(紀元節)」, 『동포에 고함』, 71면.
18 이광수, 「동포에 고함」, 『동포에 고함』, 19~20면.

내선 양 민족이 이렇게 구별 못하게 되는 그것이 바로 양족 동혈(同血)의 살아 있는 증거라고 생각한다. 영국인과 인도인은 수만 년이 흘러도 같은 얼굴이 되지 않을 것이다.

여기에 하나의 커다란 시사(示唆)가 있다. 그것은 대동아권에 혈액적(血液的) 기초가 있다는 사실이다.[19]

식민지가 그 기원에서부터 제국과 동일한 뿌리를 갖고 있다는 설정은 현재 조선에서 펼쳐지고 있는 내선일체의 황민화론을 정당화하기 위하여 역사를 신화화한 것에 불과하다. 식민지와 제국이 그 기원에서부터 동일하다는 설정은 식민지라는 항과 제국의 항이 자의적으로 만나서 이루어진 의미작용이 아니다. 역사가 신화화되기 위해서는 일정한 형식에 의해 반드시 동기화motivation[20]되어야 한다. 이때 동기화를 실행하는 것은 신화의 두 항 사이에 존재하는 유사관계이다. 위 글은 이 동기화 작업을 위하여 조선과 일본 간의 유사관계에 주목하고 있다. ①은 과거에 있었던 조선과 일본 간의 문화적 교류에, ②는 조선인과 일본인이 서양인과 구별되는 공통적인 외형적 특성을 가졌다는 사실에 주목하고 있다.

---

19 이광수, 「얼굴이 변한다」, 『동포에 고함』, 60~61면.
20 롤랑 바르트에 의하면 신화의 의미작용에는 '동기화'의 작용이 필수적이다. 그는 이 '동기화' 작용을 설명하기 위하여 다음과 같은 예를 들고 있다. "프랑스 제국주의가 경례하는 흑인 병사와 만나기 위해서는 흑인의 경례와 프랑스 군인의 경례 사이에 유사성이 있어야 한다. 동기화는 신화가 지닌 기만적인 이중성을 위해 반드시 필수적인 것이다. 신화는 의미와 형식 사이의 유사관계를 통해 작용한다. (…중략…) 예를 들어, 내 앞에 아무렇게나 쌓여 있는 사물들이 있다고 가정해 보자. 나는 여기서 아무런 의미도 발견하지 못할 것이다. 아무런 의미도 미리 갖지 못한 이 형식은 사물들 안에 아무런 유사관계도 뿌리내리지 못하며, 그리하여 신화는 불가능하다고 생각된다"(롤랑 바르트, 장현 역, 앞의 책, 1995, 43~44면).

아울러 두 인용문에서 주목하고 있는 유사관계는 역사에서 유래하고 있다. 이 유사관계가 역사에서 유래했다는 사실은, 친일담론이 생산해 내는 진리체계에 대하여 피식민 주체가 쉽게, 그리고 완전하게 부정할 수 없도록 만든다. 이광수의 친일담론에서 두 민족의 전통이나 기원에 대해 주목하고 있는 것도 유사관계의 근거를 역사에서부터 추출해 내기 위해서이다.

친일담론이 생산하고 있는 진리 체계에 대하여 피식민 주체는 완전하게 부정할 수도 없고, 완전하게 수긍할 수도 없다. 그것은 유사관계를 바탕으로 한 신화의 동기화가 매우 부분적[21]이기 때문이다. 다시 말해 친일담론이 근거로 삼고 있는 양 민족 간의 유사관계는 전체적인 역사적 사실 중에서 단지 일부일 뿐이다. 이처럼 친일담론이 근거하고 있는 역사의 신화화 과정은 빈약하고 불완전하다. 이렇게 친일담론은 불완전한 토대 위에서 형성된 것임에도 불구하고, 기원으로부터 진리였던 것처럼 자연화된 진리 체계를 생산해 낸다.

역사의 신화화와 관련하여 또 하나 주목해야 할 점은 친일담론이 '창씨개명'[22]을 합리화해 나가는 방식이다. 그것은 앞에서 논의했던 역사의 신화화와 동일한 방식으로 수행되지만, '봉건으로부터의 해방'이라는 의미를 추가하면서 심화된다.

---

21 위의 책, 44면.
22 '창씨개명'은 1940년부터 "씨가 지닌 정신, 국가기관이 되어 천황에게 봉사할 수 있는 자격이 전 조선사람에게도 허락되었다는 점에서 가장 큰 의의가 있다"는 대대적인 선전하에 전개되었지만 조선인에게 조금도 환영받지 못하였다. 이에 친일파 지식인들이 창씨개명 수행에 동원되었고, 이광수는 민족차별에서 탈출하기 위한 노력의 하나로 자신의 이름을 가야마 미쓰로[香山光郎]로 바꾸었다(미야다 세쓰코[宮田節子], 이영랑 역, 『조선민중과 황민화 정책』, 일조각, 1997, 78~93면 참조).

① 첫째로 우리는 창씨에 의해 과거 7백 년 동안 사상적으로 한족(漢族)에 굴종하던 쇠사슬을 끊은 것이다. 지나화(支那化) 이전 조선인의 모습은, 고신도(古神道), 전설, 풍습과 습관, 불교 등, 내지(內地)의 그것과 큰 차이가 없었다. 혈통적으로도, 또는 문화적으로도 일본과 조선은 똑같이 흘렀기 때문이다. 그랬던 것이 지나 사상에 심취함으로써 우리 본연의 모습을 잊어버린 것이니, 실로 지나식 성명 석 자에는 주술적인 매력이 있었다고 할 수 있다. 이번의 창씨에 의해 그 주술로부터 해방된 것이다.[23]

② 조선인은 원래부터 약한 민족은 아니었다. 고구려인은 수양제(隨煬帝)나 당태종(唐太宗)의 대군을 격파했다. 살수(薩水)나 안성시(安城市)의 대승리가 그것이다. 백제에 계백(階伯)이 있었으며, 신라에 관창랑(官昌郎)이 있었다. 그들은 모두 나라를 위해서는 죽음을 홍모(鴻毛)처럼 여겼던 것이다. 이 같은 선조의 피는 지금도 조선인의 혈관 속에 흐르고 있는 것이다.[24]

③ 이제 조선인의 목표는 내선일체에 있으므로, 이 대목적에 지장을 주는 것은 하루라도 빨리 버리지 않으면 안 된다. 그리고 종래의 중국식 성명은 가장 먼저 버려야 할 것이다. (…중략…) 요(要)는 선(善)한 것과 해(害)없는 것은 보존하고, 악(惡)한 것과 내선일체에 지장이 되는 것만을 제거하는 데에 있다.[25]

---

23 이광수, 「8월 10일의 기쁨」, 『동포에 고함』, 186~187면.
24 이광수, 「죽은 후의 명예」, 『동포에 고함』, 218면.
25 이광수, 「존폐의 선택」, 『동포에 고함』, 138~139면.

①에서 창씨개명은 '근대화'라는 큰 틀 안에서 의미를 획득한다. 창씨개명으로 조선인이 일본 국민으로 편입된다는 사실은 '한족으로부터의 해방'을 의미했고, 그것은 봉건적 사대 관계의 쇠사슬을 끊은 것으로 해석되었다. 이러한 해석은 조선인의 성姓을 조선 고유의 것이 아니라 '중국 문화에 심취했던 소수의 사람들에 의해 사용되고 있었던 것'으로 인식하는 데에서 출발한다. 창씨개명은 '주술로부터 해방'이라는 근대적 전망을 획득하는 것 같지만, ③에서 그 근대적 전망 역시 내선일체로 수렴된다. 당시 친일 지식인이 수행하려고 했던 근대화의 기획은 제국의 파시즘적 국가관으로 포섭된다. ②에서 조선 민족이 지녔던 승리의 기백을 고구려·백제·신라의 전통으로 그려내고 있지만, 이들 전통 역시 '나라를 위해서 죽음을 홍모鴻毛처럼 여겼던' 파시즘적 비전을 공고화하고 있다. 친일담론은 조선의 민족적 전통을 옹호하고 그것을 긍정하고 있는 것처럼 보이지만, 여기에서 창조된 전통의 자질은 오직 국가에 의해 창조된[26] 것이다. 따라서 친일담론이 신화화하고 있는 역사는 '국가'라는 파시즘적 체계에 수렴되고, 그 기준에 의해 취사 선택된 후, 창조되고 상상된 것이다.

---

26 마크 네오클레우스(Mark Neocleous), 정준영 역, 『파시즘』, 이후, 2002, 71면 참조.

3. 조선의 타자화와 모방의 과잉

친일담론은 어떠한 방식으로 피식민 주체를 구성해 가는가. 이광수의 「동포에 고함」은 식민지 지식인이 자기 반성적인 고백을 통하여 피식민 주체로 구성되는 과정을 보여주고 있다.

나에게는 충성은 하나도 없었던 것이네. 충성은커녕, 기회만 있으면, 하는 반역의 마음조차 전혀 없었다고는 말할 수 없네.

그러나 군이여. 나는 이렇게 우겨대고 싶었던 것이네. 나에게 충성을 보일 기회를 달라고. 나에게 식민지의 토인(土人)으로서가 아니라 폐하의 적자로서, 평등한 국민의 일원으로서 일본을 사랑하고 일본을 조국으로 하고, 그것을 지키기 위해 생명을 바치도록 대해 달라고, 기회를 제공해 달라고─. (…중략…)

고집 센 내 마음의 문을 열어 준 것은 지나사변과 미나미 총독이었네. 지나사변은 아시아의 장래 운명과 일본의 국가적 의도 및 정신을 나에게 보여주었으며, 미나미 총독은 "동아 신질서의 건설은 내선일체를 기초로 한다"고 언명하며 교육의 차별 철폐, 지원병 제도 등을 실행했네. 그리고 최근엔 씨(氏)제도도 실시했네. (…중략…)

그러나 금일이라고 말하고 있는 바로 그 오늘, 나는 친밀함과 기쁨을 가지고 군에게 호소하고 싶었다네. 내 마음을 20년 동안 닫히게 한 얼음이 녹았다네. 나는 마음으로부터 군을 동포라고 부르게 된 것이라네. 나는 기쁘네. 아주 기쁘네. 이 편지를 쓰고 있자니 마치 연인에게 편지를 쓸 때처럼 가슴

이 울렁울렁하네. (···중략···)

그리하여 아무리 비뚤어진 나로서도 마침내 조선에 대한 국가의 진의(眞意)를 이해하고 신뢰하게 된 터이네. "천하를 다스리는 신(神), 그리고 군과 나란히 야마토[大和]도 고려(高麗)도 하나가 되기를"이라고 노래 부르게 된 것이라네. 이는 나의 거짓 없는 참회라네.[27]

이 글은 이광수가 친일로 들어서게 되는 지점을 확인할 수 있는 부분이다. 당시 중일전쟁은 이광수가 친일을 적극적으로 받아들이게 되는 중요한 요인으로 작용하고 있다. 1938년 10월 중국의 무한 함락은 동아시아의 질서가 일본 주도로 이루어질 것이라는 것을 의미했고, 이에 절망한 이광수는 이제 조선인이 일본인과 동등한 대우를 받아 더 이상 식민지 백성으로서의 차별과 불평등을 겪지 않도록 하는 것이 지식인으로서의 책무라고 생각했다.[28] 친일 전후의 자아상은 '반역과 충성', '토인스 국민', '차별과 평등', '닫힘과 열림', '비뚤어짐과 이해'와 같은 이항대립적 자질로 표현된다. 여기서 설정된 이항대립의 항에는 '지양과 지향'이라는 진리치가 내재되어 있으므로, 이미 그 안에 식민주의의 시선이 작동하고 있다. 이 글에서 이광수는 이전까지의 자아를 완전히 부정하고 새로운 자아를 지향하고 있다.

'야마토도 고려도 하나가 되기를' 기원한다는 사실은 이광수가 무엇을 욕망하고 있는지 암시해 준다. 일본이라는 대상과 완전히 합일됨으

---

27 이광수, 「동포에 고함」, 『동포에 고함』, 16~18면.
28 김재용, 「전도된 오리엔탈리즘으로서의 친일문학」, 『실천문학』, 2002.여름, 59~60면 참조.

로써 탄생하려고 하는 새로운 주체는 '평등한 국민의 일원'을 꿈꾸고 있다. 그리고 평등한 국민의 일원으로 편입되는 사건은 지금까지 놓여 있었던 차별의 위치에서 벗어나는 것을 의미했기 때문에 '가슴이 울렁거리는 감격'의 순간으로 존재한다. 그런데 기쁨이나 감격만으로 평등한 국민의 일원이 되는 것은 아니다. 적극적 친일의 증거로 해석되는 감격의 양상이 '국민됨'의 최초 순간을 재현한다면, 그 순간을 지속적으로 존재하는 실체로 만들어 주는 것은 '모방'이다. 식민지에서 모방이란 '피식민 주체가 제국의 문명을 받아들여 흉내내는 것'을 말한다. 여기서 식민지적 모방은 '거의 동일하지만, 아주 똑같지는 않은 차이의 주체로서' 개명된reformed 타자를 지향하는 열망을 반영하고 있다.[29]

다음으로 반도 측 청년으로서는 자기의 황민화적(皇民化的) 개조에 부지런히 힘써야 한다. 일본 정신을 잘 연구해, 그것을 자기의 정신으로 하도록 일상에서 노력하는 일이다. 그렇게 하기 위해서는, 우선 국어를 완전히 학습하여 진정한 모국어가 되도록 노력하고, 신사참배(神社參拜), 그 외의 예의 작법(禮儀作法)이 익숙해지도록 이를 습득하고, 신체도 마음도 태생의 완전한 일본인이 되도록 매일, 시시각각 수행하지 않으면 안 된다. 이렇게 자기한 사람을 완전하고 모범적인 일본인으로 만드는 것은 자기 한 명의 분내(分內)의 일이므로, 이것이 안 될 리가 없다.[30]

피식민 주체는 개명된 타자를 모방하려고 하지만, 그와 완전히 동일

---

29 호미 바바(Homi K. Bhabha), 나병철 역, 『문화의 위치』, 소명출판, 2003, 4장 참조.
30 이광수, 「내선 청년에 고함」, 『동포에 고함』, 54면.

하지는 않기 때문에 '개조'의 과정을 거쳐야 한다. 위에서 '황민화적皇民化的 개조'라는 모방 행위는 '완전하고 모범적인 일본인으로 만드는 것'을 목표로 하기 때문에, 일상의 전 영역과 개인의 신체적·정신적 영역에 걸쳐서 진행된다. 모방의 본질은 그것이 원본과 동일함을 지향함에도 불구하고 원본과 완전히 동일하지 않다는 점이다. '신체도 마음도 태생의 완전한 일본인'이 된다는 기획은 그래서 처음부터 불가능한 것이고, 선험적으로 존재하는 원본과의 간극으로 인해 결국 과잉된 모방이 발생하게 된다. 원본과의 차이에서 생겨나는 균열의 틈을 메우려하면 할수록 복사본은 원본으로부터 멀어진다. 원본과의 완전한 동일화를 목표로 했던 모방의 행위가 그것을 효과적으로 수행하기 위한 과정에서 오히려 차이를 생성한다는 사실은 모방의 역설적 속성을 말해준다. 모방은 식민주의를 강화시키기 위한 행위이지만, 원본과의 차이를 생성할 수밖에 없는 모방의 본질로 인하여 균열이 일어나게 된다.

친일담론에 나타난 죽음의 심미화 현상은 이러한 모방의 역설적 속성이 잘 드러나는 지점이다. '반도인이기 때문에 특히 수양하고 분려奮勵'[31]해야 할 내선일체의 황민화는 충성과 애국심의 지표로서 죽음을 이상적인 것으로 신성화한다. 죽음의 신성화가 발산하는 심미적 이미지는 과잉된 모방이 극대화된 시뮬라크르이다. 「이李상등병의 전사」에서 이광수는 전선에서 이상병이 전사했다는 보도가 "형언할 수 없는 감격을 용솟음치게 했다"면서, 지금까지 "피의 봉사가 불가능했던 우리 반도인의 죄송함"을 고백하고 있다. 천황을 위해 죽지 못한 것을 죄송해 하는

---

31 이광수, 「반도인과 국민 정신」, 『동포에 고함』, 135면.

것은 일본인보다 더 일본인 같은 모습이다.

「조선 청년과 애국심」에서 이광수는 "청년의 가장 바람직한 야심은 임금임과 나라를 위해서 깨끗이 생명을 바치는 것"[32]이라고 하면서 젊은이들을 전쟁터로 내몰았다. 이광수는 개화된 일본 국민으로 편입되는 것이 민족이 살아남을 수 있는 유일한 희망으로 생각했지만, 모방 과정에서 일어난 과잉과 균열은 제국과 식민지가 결코 일치할 수 없음을 보여준다.

이와 같은 방식으로 모방이 과잉으로 넘쳐흐르는 과정에는 또 다른 시선이 작동하고 있다. 그것은 바로 제국주의적 권력이 피식민 주체를 바라보는 시선이다. 제국주의적 권력의 시선에 의해 피식민 주체는 끊임없이 차이의 위협에 시달린다. 친일담론은 표면적으로 내선일체라는 동화론을 표방하면서 제국과 식민지 간의 차이를 무화無化시키고 있지만, 실제로 그 차이는 모방과 개조의 논리를 통해 지속적으로 생성된다. '모방'과 '차이'의 생성 및 확산은 표면적으로 상반된 것으로 보이지만, 친일담론이 수행되는 과정에서 하나로 연결되어 있다. 황민화론은 원본과의 차이라는 모방의 근원적인 속성을 감춘 채 실시되었고, 그 결과 과잉된 모방을 산출하고 있다. 그래서 친일담론이 모방을 효과적으로 수행하면 할수록 복사본은 원본으로부터 미끄러져 차이를 확산시킨다.

차이의 확산은 모방을 제대로 수행하지 못한다는 '위협'에 의하여 심화된다. 근대화와 관련하여 조선인이 '식민지 토인의 비열한 근성'[33]을 지니고 있다는 지적은 피식민 주체를 위협한다.

---

32 이광수, 「조선 청년과 애국심」, 『동포에 고함』, 213면.
33 이광수, 「청년의 마음은 하나」, 『동포에 고함』, 89면.

한발이나 수해를 천재라고 생각해서는 안 된다. 실로 그것은 우리의 선조 및 우리들 자신의 무기력과 나태에 책임이 있다고 생각해야 한다. 따라서 우리는 이 타격을 끈기 있게 참아내 일 년의 난관을 돌파하고, 금후로는 우리의 자손을 위해 두 번 다시 이 같은 재해를 당하지 않도록 식수, 관개, 배수 및 저축을 위해 피나는 노력을 경주해야 할 것이다. (…중략…) 비가 내리면 수해에 울고, 비가 오지 않으면 한해를 한탄한다. 이 얼마나 무기력하고 칠칠치 못한가.[34]

창피한 일이지만, 경성을 필두로 조선의 각 도시는 아직 불결함을 벗어나지 못하고 있다. 가는 곳마다 파리와 모기가 폭위를 떨쳐, 티푸스(원문-窒扶斯) 등의 미개인 병이 해마다 대도시 한가운데에서 만연하고 있다. 그리고 도로의 불결함이여. 멋진 포장도로조차, 마치 쓰레기장 같은 모습을 보이고 있는 것은 시민으로서 얼마나 부끄러운 일인가.[35]

그런데 여기서 문제되는 것은 교통 도덕, 즉 교통 기관에서의 공중 예의이다. 오늘날과 같은 저급한 도덕 수준으로 배나 차 안은 문자 그대로 지옥이다.[36]

전차 같은 곳에서 밀고 밀리면서 짐승같이 먼저 타려고 하는 모습은 정말 꼴보기 싫다. 아무리 그런 추태를 부려 보았자 시간은 5분도 절약되지 않는다. 출구 가까운 곳에 딱 달라붙어 있다든지, 좋은 좌석을 차지하려고 혈안이

---

34 이광수, 「한해(旱害)의 교훈」, 『동포에 고함』, 164~165면.
35 이광수, 「청소 운동」, 『동포에 고함』, 167면.
36 이광수, 「교통 예의」, 『동포에 고함』, 168면.

되는 것 등은 어처구니없고 한심스러운 일이다. 좌석을 맡아 서 있는 것 등은 얼마나 품위 없는 일인가. 옆 사람에게 폐를 끼치지 않기 위해서 시종 마음을 쓰는 사람은 반드시 장래에 다른 사람들로부터 존경받게 될 것이다.[37]

　차이의 시선은 조선인의 일상을 재배치하고자 하는 담론에서 두드러진다. 친일담론은 제국이 세운 모방의 기준에 따라 식민지를 관리하고 훈육하기 위하여 먼저 식민지에 근원적인 결핍을 부여한다. 조선인에게 근원적으로 결핍된 것은 무엇인가. 인용문에서 조선인은 '수해를 당해 무기력하게 울기만 하는, 칠칠치 못한 민족'이며, 그들이 살아가는 도시는 마치 '쓰레기장'처럼 불결하기 짝이 없다. 그들이 갖추어야 할 것은 '식수, 관개, 배수'와 같은 '근대적 문물', 거리를 깨끗하게 청소해야 한다는 '보건 위생 관념', 그리고 배나 차 안에서 지켜야 할 '공중 예의'이다. 다른 말로 하면 그것은 문명화이다. 일체의 근대적인 것으로 치장한 문명화의 전략은 피식민 주체를 향한 식민주의의 유혹이며, 조선적인 것에 대한 타자화와 제국을 향한 모방의 과잉을 수반한다.
　근대적 문물의 결핍은 단순한 차이의 의미를 넘어서 도덕적인 선악의 기준이 된다. 인용문에서 문명의 결핍은 곧 '저급한 도덕'으로 해석된다. 결핍이 도덕의 기준으로 해석될 때 차이는 차별이 되며, 이때 식민지에 대한 감시의 시선이 시작된다. 제국과 다르다는 차이가 위협이 되고 공포가 되는 이유는 바로 그 때문이다. 식민담론에서 생성되고 있는 감시의 시선은 일정한 기준 안으로 잘 편입된 사람에게 동화의 원칙을 적용

37　이광수, 「기본 예의」, 『동포에 고함』, 87면.

하고 있는 동시에, 그렇지 못한 사람의 배제와 교정[38]을 전제로 한다.

차이에 대한 도덕적 시선, 이로 인한 감시의 시선이 강하면 강할수록 결핍을 채우고자 하는 욕망은 더욱 강해진다. 조선적인 것에 대한 타자화를 통해 제국을 향한 모방의 정당성을 확보하지만, 결핍을 메우려는 욕망이 강할수록 모방이 과잉으로 치닫게 되는 악순환의 구조가 형성된다. 이러한 악순환의 구조 속에서 이광수는 '조선인의 유일한 진로는 황민화'[39]라는 판단에 이르게 된다. 여기서 이광수는 조선인을 '민족'의 일원에서 '국민'의 일원으로 재배치시킨다. "이렇게 함으로써 반도 동포는, 조선 반도라든지 조선 민족이라는 좀스러운 편견으로 벗어나 대일본제국이라는 우리 커다란 집의 광영있는 일원이 되는 것"[40]이라는 이광수의 선언은 '국민'이라는 새로운 주체가 다민족을 포섭하는 제국주의적 국민국가[41]라는 맥락 속에서 호명되고 있음을 보여주고 있다.

---

38 '화'와 '배외', 차별과 동화를 일체화한 천황제 질서에서는, 사회의 질서에 잘 편입된 사람에게는 차별을 전제로 한 집단주의적 '화'의 원칙이 적용되고, 알력을 일으킨 자에게는 교정이 요구된다. 교정을 받아들이는 한 '화'의 원리는 계속 적용되지만 교정을 거부하는 자에게는 배외 · 말살의 원리가 적용된다(윤건차, 정도영 역, 『현대일본의 역사인식』, 한길사, 1990, 67면).

39 이광수, 「황민화(皇民化)의 한 길」, 『동포에 고함』, 81면.

40 위의 글, 81면.

41 사카이 나오키[酒井直樹], 이규수 역, 이연숙 대담, 「제국주의적 국민주의와 파시즘」, 『국민주의의 포이에시스』, 창비, 2003, 138면.

4. 마음의 신민화臣民化와 수양된 국민의 탄생

제국주의적 국민국가를 실현하는 과정에서 포섭의 논리[42]는 필수적이다. 친일담론은 제국주의적 국민국가의 통합을 실현하기 위한 것이므로 그것을 읽는 독자들에게 보다 효과적으로 호소할 필요가 있다. 이광수의 『동포에 고함』은 포섭의 한 과정으로 계몽의 방식을 취하고 있다. 친일담론의 계몽적 성격은 식민지인들을 감시하고 훈육하는 것을 목표로 한다는 사실에서도 확인할 수 있다. 특히 이러한 계몽성은 중일전쟁 이후 '신체제'라는 이름으로 조선인의 일상을 재편하게 되면서 강화된다. 신체제란 아시아를 비롯한 비서구가 유럽의 대상으로 되었던 구체제에 대비되는 새로운 체제로서, 동아시아가 동양의 이름으로 떠오르면서 유럽적 가치에 의해서 일방적으로 규정당하지 않는 시대[43]를 일컫는다.

일본은 신체제(新體制)가 되었다. 신체제란 무엇일까. 그것은 개인주의·유물주의, 따라서 국제적으로는 침략주의의 구세계(舊世界)를 개조하여 팔굉일우(八紘一宇)의 도의세계(道義世界)를 만들기 위해 일본을 고도 국방국가(高度國防國家)로 만드는 일이다.

그렇다면 신체제에서 국민은 어떠한 윤리를 따라야 할까. 그것은 개인주의를 버리고 자기를 완전히 국가에 바치는 일이며, 유물주의(唯物主義)·이익주의(利益主義)를 버리고 국가를 위한 직분에 자신을 순(殉)하는 것이다.

---

42 위의 글, 147면.
43 한도연·김재용, 「친일문학의 내적 논리」, 『친일문학과 근대성』, 역락, 2003, 42면 참조.

(…중략…) 고도 국방 국가란 전쟁을 위해 국력을 집중하는 것이므로, 인간은 여자건 남자건 모두 군인이며, 물자는, 설사 그것이 개인의 소유물일지라도 전부 군수품이다. (…중략…) 물자만 그런 것이 아니다. 우리 자식들도 그렇다. 우리의 자식들은 우리의 자식이 아니다. 폐하로부터 맡겨진 일본국의 병사이다.[44]

침략주의를 도의道義세계로 개조한다는 명분하에 신체제는 식민지의 일상을 재편할 새로운 윤리지침을 제시한다. 새로운 윤리에서 핵심적인 덕목은 '자기를 완전히 국가에 바치는 일'이다. 그것은 모든 일상을 '전쟁을 위해 국력을 집중하는', 이른바 전시체제로 재편하기 위하여 피식민 주체를 재구성하고자 하는 규율이다. 신체제하의 새로운 규율은 개인을 전사로 만들고, 물자를 군수 물품화한다. 신체제에서 개인은 오로지 국가와 합치될 때만 주체로 인정된다.

「신체제의 윤리」에서 또한 주목할 점은 '국가'와 '폐하'가 동일시된다는 점이다. 신체제의 윤리는 일본의 천황제 이데올로기와 다르지 않다. 일본에서는 국가와 천황이 동일시되고 국가에 대한 충성은 곧 천황에 대한 충성으로 간주되었다. 이러한 천황제 국가체제에서는 일정한 생활형태를 지탱하는 윤리로서 가부장제의 '효'의 덕목이 강조되었다. 또한 '효'와 '충'을 잇는 '충효일본忠孝一本'의 국민도덕이 자발적인 형태를 취하도록 만듦으로써 '가家'를 중심으로 한 윤리를 벗어나지 못하게 하고, 황실을 대종가大宗家로 하는 가족국가의 이념에 저촉됨이 없도록

---

44 이광수, 「신체제의 윤리」, 『동포에 고함』, 122면.

했다.[45] 친일담론에서 자식을 '폐하로부터 맡겨진 일본국의 병사'로 호명하는 배경에는 국민도덕의 자발적인 실천을 강조하기 위하여 가족국가의 이념을 내세우는 천황제가 놓여 있다.

① 생산 증강, 절미(節米), 저축, 자숙자계(自肅自戒), 그 어느것도 나라를 사랑하는 마음으로부터 출발하는 것입니다. (…중략…) 마음을 다스리지 못한 개인은, 결코 가정인(家庭人)으로서도 사회인으로서도 국민으로서도 믿음직하고 쓸모 있는 인간이 될 수 없으며, 또 그 사람 자신의 일생으로 보아서도 틀림없이 비참한 것일 터입니다.

그렇다면 마음을 다스리기 위해 어떻게 해야 할까. 첫째로는 나의 모든 행주좌와(行主坐臥E)를 신명께서 보고 계신다는 신념을 갖는 것입니다. (…중략…) 둘째로는 천황께서 나를 촉망하고 계시다는 신념입니다.[46]

② 우리 조선인 각자가 마음 깊은 곳에서부터 우리는 일본인이라고 느끼고, 또 우리는 일본인으로서 한 사람분의 봉공(奉公)을 이룩할 수 있다고 확신하게 될 때에야 비로소 내선일체는 실현되는 것이다. (…중략…) 현단계 우리 조선인이 열심히 노력해야 할 것은 자신의 지적·도덕적·기술적 향상과 마음의 신민화(臣民化)이다.[47]

'나의 모든 행주좌와를 신명께서 보고 계신다는 신념'은 식민 권력의

---

45 윤건차, 정도영 역, 앞의 책, 59~61면 참조.
46 이광수, 「마음을 다스려라」, 『동포에 고함』, 90면.
47 이광수, 「잘못된 생각」, 『동포에 고함』, 111~112면.

전방위적 감시가 주체의 자율적 통제로 내면화된 것이다. 마음을 다스리는 능력, 즉 식민지 규율 권력의 내면화는 제국주의적 국민국가에서 '국민'이 되기 위한 하나의 조건으로 제시된다. 이러한 조건을 갖춘 상태를 지칭하는 것이 바로 '마음의 신민화'이다. 이광수가 '마음'을 표면에 내세운 것은 보다 효과적으로 일상을 재편하기 위하여 피식민 주체를 자율적인 통제가 가능한 개인으로 호명하기 위해서이다. 그것은 사회 윤리가 지니고 있는 역사적 맥락을 제거하고 개인윤리로 환원된 계몽의 파쇼적인 성격을 드러내고 있다. 친일담론에서 이러한 과정이 위험한 까닭은 계몽의 과정에서 드러나는 파쇼적인 성격 때문이다. 개인의 마음이나 정신, 혹은 도덕을 담론 수행의 표면에 내세울 때 당대 사회에서 일어나는 제반 사항은 개인적인 소양이나 교양의 문제로 축소된다. 개인적인 교양이나 도덕적 소양으로 축소된 논의는 보다 보편적인 가치를 전면에 내세워 피식민 주체가 저항할 수 있는 통로를 원천적으로 봉쇄해 버린다.

① 공중 보건은 실로 국민 각 개인의 도덕적 소양, 즉 정신에 높이에 의한 것이며, 따라서 길가에 침을 뱉는다든가 전염병을 은폐한다든가 공중용의 기물을 더럽히는 국민에게 공중 보건의 열매는 거두어질 수 없는 것입니다.[48]

② 여행은 수행(修行)이라는 점을 잊어서는 안 됩니다. 자연과 인정의 아름다움을 맛보는 것이 향락이라고 한다면, 자연이나 인간의 노력의 고마움,

---

48 이광수, 「국민의 보건과 정신」, 『동포에 고함』, 101면.

존귀함을 느끼는 곳에 수행이 있을 터입니다. 자연과 인생은 미(美)인 동시에 도덕입니다. 종교입니다. (…중략…) 전혀 모르는 사람, 길거리에서 만난 사람에게도 경애하는 표정을 보이는 것은 얼마나 고상한 일입니까. (…중략…) 이런 마음가짐으로 여행을 끝낸다면 우리는 실로 크게 기쁠 것이며, 우리의 인격은 한층 높아질 것입니다.[49]

③ 공중 도덕과 교통의 예의야말로 실로 깨끗하고 아름다우며 수양된 국민의 마음을 단적으로 표현하는 것이며, 나라에 빛을 더하는 최대의 것이다. 이 같은 예의를 갖추지 못하는 애국심은 있을 수 없는 것이다.[50]

인용문을 보면, 이광수가 규율의 내면화 문제를 마음과 정신의 문제로 인식하고 있다는 점을 발견할 수 있다. '공중 보건'이나 '여행', '공중 도덕', '교통 예의'는 피식민 주체의 일상적인 습속에 근대 식민지 규율이 작동함으로써 피식민 주체가 문명화되는 방식을 보여주고 있다. 그러나 이광수에게 그러한 문명화는 단지 일상적인 습속을 식민지 규율로 단련하고 통제하는 것에 그치지 않는다. 인용문에서 문명화는 '각 개인의 도덕적 소양', 즉 '정신의 높이'를 반영하는 척도이다. ②와 ③에서는 특히 문명화된 습속이야말로 수양의 결과임이 강조되고 있으며, ②에서 수양은 도덕의 수준을 넘어 종교로까지 확장되고 있다. 근대적 습속을 습득하는 문제가 마음과 도덕, 정신과 수양, 더 나아가 종교의 문제까지로 인식되고 있다는 사실은 이광수가 보다 완전한 인간형을 지향하고

---

49 이광수, 「여행의 아름다움과 추함」, 『동포에 고함』, 105~106면.
50 이광수, 「교통 예의」, 『동포에 고함』, 169면.

있었음을 암시한다. '마음의 신민화'로 완성될 인간은 황민화 이데올로기를 내면화했을 뿐만 아니라, 그 결과 인격까지 고매한, 수양된 국민이라는 것이다. 여기서 수양된 국민의 탄생을 목표로 설정하는 것은 친일담론의 계몽적 전략을 효과적으로 수행하기 위해서이다. 황민화 이데올로기를 내면화한 인간을 보다 완성된 인격체로 그리는 것, 그로 인해 누구나 닮고 싶은 욕망을 자연스럽게 심어주는 것, 그것은 계몽의 전략이 수행될 수 있도록 만드는 조건이었다.

『동포에 고함』에서 수양된 국민의 탄생이라는 목표는 단순히 근대적 문물과 지식을 습득함으로써 성취될 수 있는 것이 아니다. 그것은 보다 전인격적인 수행이라는 보다 근원적인 가치를 지니고 있기 때문에 단순히 근대적 문물과 지식을 습득하는 것과 변별된다. 이광수는 「가슴과 배의 힘」[51]에서 '학교 교육이나 직장의 일도 주로 머리와 손에 한정되어 버렸다'는 것을 비판하면서 '정의와 인정'을 뜻하는 '가슴'과 '경륜과 용기'를 뜻하는 '배'의 힘을 강조하고 있다. 이처럼 이광수가 수양을 보다 근원적인 가치로 강조하고 근대적 문물의 습득을 정신과 도덕의 차원에서 인식하고 있는 것은 천황제 이데올로기와 연관된다. 「건국제建國祭의 아침」에서 이광수는 천황을 '현인신現人神'으로 인식하고 있다. 이 글에서 천황은 천도天道의 실현체이자 '덕의 이상'이다. 이러한 맥락에서 수양된 국민은 천황을 향한 식민주의 이데올로기의 발현을 통해 탄생한다.

담론의 효과적인 수행을 위하여 친일담론이 지닌 억압적인 성격은 표면화되지 않는다. 그것은 수양된 국민의 탄생을 위하여 개인의 도덕적

---

51 이광수, 「가슴과 배의 힘」, 『동포에 고함』, 211~212면.

소양을 높이고 정신을 고양시킨다는 계몽의 기획을 수행하고 있다. 또한 천황제 이데올로기의 실현이라는 목표는 천황을 덕의 이상으로 설정하여 완성된 인격을 지향하는 보편주의의 형태를 띠고 있다. 이러한 보편주의는 개인의 문화적 소양이나 교양[52]의 문제로 환원되어 제국주의적 국민국가를 실현하기 위한 포섭의 전략으로 이용되었다.

5. 나가며

지금까지 이 글은 이광수의 『동포에 고함』을 대상으로 친일담론이 식민성으로 나아가는 논리적 과정을 살펴보았다. 이 글을 통해 확인할 수 있었던 바를 요약하면 다음과 같다.

첫째, 친일담론은 자연화 과정을 통해 식민지의 역사를 신화화한다. 신화화 과정은 조선과 일본 사이에 문화적 교류가 있었고 서양인과 구별되는 공통적인 외형적 특성을 가졌다는 유사관계에 의해 동기화된다. 이러한 유사관계는 전체적인 역사적 사실 중에서 단지 일부분일 뿐이지만, 친일담론은 이러한 부분적 유사관계에 근거하여 자연화된 진리체계를 생산한다. 이광수가 고대사에 주목하면서 주장하고 있는 조선과 일

---

52 노상래는 「『국민문학』 소재 한국작가의 일본어 소설 연구」(『한민족어문학』 44, 한민족어문학회, 2004.6, 14면)에서 일제 말기 국책문학을 교양 문학의 변형된 형태로 파악하고 있다.

본의 '동근설同根說'은 역사의 신화화를 보여주는 대표적인 예이다. 이광수가 고대사의 복원을 통해 정당화하고 있는 동근설은 실제로 내선일체라는 식민주의의 맥락에서 창출된 전통에 불과하다. 그러나 식민주의가 담론화하는 과정에서 이러한 변형이 은폐됨으로써 식민지의 현실은 자연적인 것으로 유지되고 재생산된다.

둘째, 친일담론에서 피식민 주체는 '모방'을 통하여 식민지인으로서의 정체성을 갖게 된다. 그러나 일본인이 되고자 하는 욕망이 강해질수록 모방은 과잉으로 넘쳐흐르고, 이러한 과잉으로 말미암아 원본으로부터 더욱 멀어지게 되는 역설적인 결과를 초래하게 된다. 이광수는 개화된 일본 국민으로 편입되는 것이 민족이 살아남을 수 있는 유일한 희망으로 생각했지만, 모방의 과정에서 일어난 과잉과 균열은 제국과 민족이 일치할 수 없음을 보여준다. 제국을 모방함으로써 민족을 구할 수 있을 것이라는 비전은 제국주의적 국민국가라는 장 속에서 조선을 타자화하는 결과를 가져오게 된다.

셋째, 친일담론은 제국주의적 국민국가를 실현하기 위한 담론으로서 그것을 읽는 독자들에게 보다 효과적으로 호소할 필요가 있다. 『동포에 고함』은 포섭의 한 과정으로서 계몽의 방식을 취하고 있다. 이러한 계몽성은 중일전쟁 이후 '신체제'로 일상을 재편하면서 심화된다. 이광수의 친일담론에서 '마음의 신민화'는 식민지 규율의 전방위적 감시체계를 내면화한 상태를 지칭한다. 그러나 이광수는 식민주의를 수행하는 과정에서 개인의 마음이나 정신, 그리고 도덕을 표면에 내세움으로써 당대 사회의 구조적 모순을 개인적인 소양이나 교양의 문제로 축소하여 피식민 주체가 저항할 수 있는 통로를 봉쇄해 버린다. 그리고 문명화된 근대

적 습속을 습득하는 문제를 수양의 문제로 환원하고 완전한 인격체를
모델로 제시함으로써 누구나 닮고 싶은 욕망을 자연스럽게 심어준다.[*]

---

* 이 글은 2005년 6월 『민족문화논총』 31집에 게재된 논문을 일부 수정한 것임.

근대의 초극, 동양의 창출

1. 근대 · 식민주의 · 동양주의

친일문학을 한국 근대문학사의 단절이 아니라 근대성의 한 단면이라고 볼 때, 친일문학과 근대적 사유 사이의 연결 지점은 무엇인가. 이 글은 친일문학과 근대성 사이의 연결 지점을 탐색하고, 친일문학이 근대성과 어떠한 대결 양상을 보였는지 고찰하기 위하여 '동양주의'에 주목하고자 한다. '동양주의'는 그 맥락에 따라 매우 다양한 층위를 지니고 있다. 당대적 맥락에 따라 '동양주의'의 의미가 다양하게 씌어지는 것은 '동양'[1]이라는 지역을 해석하고 구성하는 방식과 연관되어 있다. 이것

---

1   '동양'이 지칭하는 지리적인 폭은 '동양주의'가 구성되는 맥락에 따라 상이하다. 서양이
    제국적 전략에 따라 유럽의 부속물로서 구성한 '동양'은 중동이라 불리는 이슬람 세계

은 곧 '동양'이 단지 객관적이고 자연적인 지리일 뿐만 아니라 '동양'으로' 만들어지고 지속되는 '상상의 지리imaginative geography'[2]임을 뜻한다. 다시 말해 '동양'은 '동양'의 역사와 지리에 관한 실증적인 지리를 넘어 동양담론에 의해 형성되는 질서와 지식의 체계다.

근대 이후 한국에서 '동양주의'가 사용되는 다양한 맥락을 살펴보기 위해서는 우선 19세기 말로 거슬러 올라갈 필요가 있다. '동양주의'가 형성되는 과정과 그 기원은 중화적 세계질서가 해체되고 자본주의 세계 체제로 재편되는 과정과 밀접하게 연관되어 있다. 1894년 청일전쟁에서 청이 패배한 이후 동아시아에서는 중화적 세계질서로부터 근대적 국제질서로의 이행이 본격화되었다. 1898년 이후 서구의 아시아 침략이 노골적으로 표면화되던 시기, 『독립신문』이나 『황성신문』과 같은 개화 신문에서는 인종적·문화적·지리적 동질성[3]을 바탕으로 동양(한·청·일)의 연대를 강조하며 '서구'의 '백인종'에 대해 공동대응할 것을 주장하고 있었다. 여기서 연대적 차원의 동양주의는 자국의 힘이 열세하거나 동아시아 각국의 힘이 균형상태에 있음을 전제로 성립[4]한다.

동양주의는 1904년 러일전쟁이 발발한 이후에 보다 본격적으로 논의되었다. 러일전쟁 이후 한일의정서 체결을 계기로 동아시아의 균형

이며, 서세동점이 확장되면서 서양에 대항하기 위한 단위로서의 '동양'은 주로 동아시아를 지칭하였다(에드워드 사이드(Edward W. Said), 박홍규 역, 『오리엔탈리즘』, 교보문고, 2002, 제1부 참조: 고야스 노부쿠니, 이승연 역, 『동아·대동아·동아시아』, 역사비평사, 2005, 4장 참조).

2 에드워드 사이드, 박홍규 역, 『오리엔탈리즘』, 교보문고, 2002, 107면.
3 장인성, 「'인종'과 '민족'의 사이─동아시아연대론의 지역적 정체성과 '인종'」, 『국제정치논총』 40-4, 한국국제정치학회, 2000.12, 116~125면.
4 정용화, 「한국인의 근대적 자아 형성과 오리엔탈리즘」, 『정치사상연구』 10, 한국정치사상학회, 2004.5, 45면.

상태가 깨어지자 '동양주의'는 균열되기 시작한 것이다. '동양주의'가 균열되는 과정은 '인종경쟁'이라는 논리 속에서 등장했던 '동양주의'로부터 근대 '민족' 인식이 분리[5]되어 나오는 과정을 반영하고 있다.

'동양'이라는 지역을 둘러싼 국제질서의 이러한 변화는 근대성을 경험하는 중요한 요인이 된다. 이를 정리해 보면 다음과 같다. 첫째, 전지구적 세계 체제의 형성은 아시아가 자본주의 세계 체제로 통합되는 19세기가 되어서야 가능했으며,[6] 이에 따라 '동양주의'는 근대 자본주의가 작동하는 구체적이고 역사적인 장의 중심에 놓여 있다. 둘째, 자본주의 세계 체제가 전지구적으로 확산되기 위해서는 자본을 축적하기 위한 식민주의가 수반된다는 점에서 식민주의와 근대는 서로 분리된 채 존재하는 것이 아니다. 근대성이 작동하는 구체적이고 역사적인 장[7] 위에서 식민주의를 사유할 때, '동양주의'는 자본주의의 전지구적 확장 과정에 수반된 식민주의의 확대·재생산과 밀접하게 얽혀 있다.

이러한 양상은 당대의 국제질서의 추이와 맞물려 전개된다. 특히 1937년 7월에 일어난 중일전쟁은 '동양주의'가 확산되는 데 주요한 기점으로 작용한다. 중일전쟁은 중국과 일본의 분쟁인 동시에 영국과 미국에 대한 일본의 투쟁, 그리고 반파시즘전선을 이끌면서 직접적으로 중국

---

5 백동현, 「러·일전쟁 이후 '민족(民族)' 용어의 등장과 민족의식」, 『한국사학보』 10, 고려사학회, 2001.3, 167면.

6 사토시 이케다(Satoshi Ikeda), 「자본주의 세계 체제의 역사와 동-동남아시아의 역사」, 최원식·백영서 편, 『동아시아인의 '동양' 인식-19~20세기』, 문학과지성사, 1997, 114면.

7 근대·식민지 자본주의·민족 사이의 상호 관련을 인식하기 위해서는 일국적 차원에 갇히기보다 '세계 경제(world-economy)'라는 자본주의가 작동하는 구체적이고 역사적인 장과 관련하여 사유할 필요가 있다(배성준, 「근대와 식민주의 인식의 전복을 위하여 -'식민지 근대화' 논쟁의 한계 지점에 서서」, 『당대비평』 13, 2000.12, 174~176면).

을 지원하고 있는 소련에 대한 투쟁이라는 점에서 세계전의 성격을 지니고 있었다. 따라서 이러한 전쟁에서 일본이 중국의 무한과 광동 지역을 함락한 사실은 미·영·소로 상징되는 서구적 근대 질서의 몰락을 예고하고 있었으며, 이를 대신할 새로운 질서를 모색해야 한다는 것을 의미하였다. 이때 '동양주의'는 서구적 근대 질서를 대신할 수 있는 새로운 질서의 중심으로 부상[8]하게 된다. 여기서 '동양주의'는 공간적으로 비서구(비유럽)라는 대항적인 의미와, 시간적으로 과거로 상징되는 동양적 가치를 바탕으로 현실의 재편을 목표로 한다는 의미를 지니고 있다.

'동양'은 서구적 위계질서에서 분리되었지만, 곧 제국이 주도하는 '동양'으로 전환된다. 이 과정에서 조선의 독자성으로 간주되던 '전통'은 또 다른 제국으로서의 일본이 존재하는 데 토대를 마련해 주는 '동양주의'의 틀 속에서 재생산된다. 따라서 '동양주의'는 서구 보편의 일원적 세계관에서 벗어난다는 근대 초극의 비전을 보여주지만, 그것이 식민지 조선에서 현실적으로 얼마나 유효했는지에 대해서는 회의적이다. 근대의 초극 논의는 제국적 열망에 포섭됨으로써 근대의 연장이 될 수밖에 없었기 때문이다.

'동양주의'가 근대의 초극이라는 세계사적 비전을 제시하고 있음에도 불구하고 그것이 식민지 조선에서 실천될 때 오히려 근대의 연장이라는 결과를 낳게 된다는 사실은 매우 역설적이다. '동양주의'가 제시하는 세계사적 비전과 그 실천 사이에 존재하는 간극은 매우 중요한 논점이다. 이 글에서는 이러한 점에 착안하여 이광수의 글을 분석하기로 한다.

---

8 류보선, 「친일문학의 역사철학적 맥락」, 『한국근대문학연구』 7, 한국근대문학회, 2003.4, 21면.

먼저 2절에서는 동양주의가 발생하게 되는 배경과 그 과정을 면밀하게 검토해 보고, 이를 통하여 당대의 지식인이었던 이광수가 어떻게 친일로 이르게 되는지를 살펴보기로 한다. 3절에서는 근대의 초극이라는 세계사적 비전과 그 실천 사이에 존재하는 간극의 실체는 무엇이며, 이 간극은 어떻게 발생하게 되는지에 관하여 살펴보기로 한다. 이 논의는 근대성을 둘러싼 역설적인 구조가 발생하고 지속되는 방식뿐만 아니라 이광수가 식민지 정책을 수행하기 위하여 대중을 결집하는 방식에 관하여 규명해 줄 수 있을 것이다. 이러한 작업은 자본주의 세계 체제의 확장과 이에 수반된 식민주의의 확대·재생산 구조를 밝히고, 근대성의 실현 과정에 수반되어 있는 식민주의를 극복할 수 있는 길을 탐색하는 데 기여할 것이다.

2. 신생新生의 논리와 동양의 창출

광기의 구조는 신념과 논리를 토대로 이성의 구조[9]를 지니고 있다. 친일문학 역시 그 내부에 섬세한 층위를 형성하고 있으며 당대의 역사적 사건들의 추이와 긴밀하게 맞물려 생성되고 있다. 친일문학 텍스트가 지니고 있는 신념과 논리의 구조는 친일 지식인의 개인적인 선택을 설

---

9 푸코는 광기의 구조 역시 하나의 논리적인 이성의 구조를 띠고 있다는 것을 분석하였다 (미셸 푸코(Michel Foucault), 김부용 역, 『광기의 역사』, 인간사랑, 1999, 130~134면).

명해 줄 뿐만 아니라 이광수와 같은 당대 지식인들이 대중의 동의를 이 끌어 내는 토대로 작동하고 있다. 이광수의 친일문학에 내재된 신념과 논리의 구조는 문학적인 영역으로부터 현실로 확장되어 조선인의 일상 생활을 재조직하는 원리로 작동하고 있다. 따라서 친일의 신념과 논리 의 구조가 어떻게 창출되고 있는가 하는 문제는 매우 중요하다.

① 지나사변(支那事變)은 세계(世界)의 역사(歷史)에 일신기원(一新紀元) 을 획(劃)할 만한 대사건(大事件)이어서 그 영향(影響)의 광심(廣深)함은 자연(自然)한 일이어니와 이 사변(事變)이 조선인(朝鮮人)에 미친 영향(影 響)은 가장 심각(深刻)하였다. "신생(新生)", "재생발(再生發)", "국민으로서 의 자기발견(自己發見)" 등(等)의 문구(文句)를 써도 과언(過言)이 아니라 고 생각한다.

지나사변(支那事變)은 처음에는 북지(北支)만에 한(限)한 국부적(局部的) 해결을 볼 것같이 일반(一般)은 생각하였으나 장 정권(蔣 政權)의 인식부족 (認識不足)과 적성 제삼국군(敵性 第三國群)의 장정권 원조(蔣政權 援助)로 사변(事變)은 갈수록 확대(擴大)되어 황군(皇軍)은 황하(黃河)를 넘고, 다 시 남지(南支)에 원정(遠征)하여서 전국(戰局)이 지나 전폭(支那 全幅)에 버 러지고 있다. 이제 와서는 사변(事變)의 명칭(名稱)은 벌서 지나사변(支那事 變)이 아니오 전아세아성(全亞細亞性)을 띠었을 뿐더러 영미(英米)의 적성 (敵性)을 고려(考慮)할 때에는 사변(事變)은 거의 전세계성(全世界性)을 띠 게 되었다. 실(實)로 제국(帝國)으로서는 유사 이래(有史 以來)의 대웅도(大 雄圖)이다.[10]

② 조선은 지나사변(支那事變)을 계기로 많은 방면에서 큰 비약을 보여주었다. (…중략…) 교육령의 개정도 비약이며, 지원병제도도 비약이며, 내선일체라는 표어도 비약이며, 무엇보다도 조선민중이 마음으로부터 일본 국민이 되고자 결심하여 현재 그 결과가 나타나고 있는 것은 실로 비약 중의 대비약이라고 말하지 않으면 안 된다.[11]

인용문에서 중일전쟁은 "세계의 역사에 일신기원—新紀元을 획劃할 만한 대사건"이라고 명명되면서 '신생新生'의 기점으로 묘사된다. 여기서는 이광수가 중일전쟁을 바라보면서 혁신의 기운을 느끼며 전쟁이 가져다주는 새로운 비전에 다소 흥분해 있음을 유추할 수 있다. 이광수가 중일전쟁이 발발한 지점에서 발견한 '신생'의 기운은 무엇일까. 당시의 국제관계를 살펴보면, 1930년대에 동아시아에서 일어난 두 전쟁(만주사변과 중일전쟁)은 일본에 의한 전통적인 지역분쟁이지만 제1차 세계대전 이후 구축되었던 국제질서에 도전하여 이를 파괴한 첫 시도였으며, 제2차 세계대전의 개막을 의미[12]하고 있었다. 따라서 이광수가 중일전쟁을 통해 발견한 신생의 지점은 "동아시아의 통일을 실현함으로써 진정한 세계의 통일을 가능하게 하고, 세계사의 새로운 이념을 분명하게 한다"[13]는 일본의 세계사적 비전을 공유하는 데서 출발한다. '영미英美'로

---

10 이광수, 「사변(事變)과 조선(朝鮮)—국민의식의 지위향상」, (『신시대』, 1941.7.24~27), 이경훈 편역, 『춘원 이광수 친일문학전집』 II, 평민사, 1995, 274~275면(이하 '『전집』 II'으로 표기).
11 이광수, 「내선일체(內鮮—體)와 국민문학(國民文學)」, (『조선(朝鮮)』, 1940.3), 『전집』 II, 67면.
12 구대열, 『한국 국제관계사 연구』 1, 역사비평사, 1995, 341면.
13 미키 키요시[三木淸], 「신일본의 사상 원리」, 최원식 · 백영서 편, 앞의 책, 53면.

대표되는 유럽적 근대 질서에 대한 반기가 "아시아 재건설이라는 성업聖業"14으로 이어지는 것은 이러한 이상에 근거를 두고 있기 때문이다.

이광수가 발견한 '신생'의 지점은 일본이 중국 무한을 함락한 이후인 1938년 11월 3일 발표한 '동아신질서東亞新秩序'에서도 발견할 수 있다. 고노에近衛가 발표한 '동아신질서'를 살펴보면, "중국의 정복에 있지 않고, 중국과의 협력에 있다", "다시 살아난 중국을 이끌고 동아 공통의 사명을 수행한다", "동아의 신평화체제를 확립하려는 것" 등 '동아협동체'15적인 면모를 보여주고 있다. 이처럼 동아신질서는 중국에 대한 침략을 지양하고 중국을 동아시아의 한 구성원으로서 포용함으로써 유럽적 원리를 넘어선다는 세계사의 통일을 구상하고 있다. 이러한 세계사적 비전은 일본의 근대 초극 논의에서도 이어진다. 특히 스즈키는 「동아공영권의 윤리성과 역사성」(1942)이라는 좌담회에서 일본과 중국의 관계는 '생활권'이라는 권역을 매개로 한 특별한 관계임을 강조함으로써 대동아공영권은 기존의 제국주의와는 다르다16고 주장하였다. 이는 곧 이광수의 「문학의 신도표新圖標」(1943)17에서 "인류의 가장 살기 조흔 세계를 만들려 하시는 성의聖意"라는 대동아공영권의 이상으로 자리 잡는다.

인용문 ①(「사변과 조선」), ②(「내선일체와 국민문학」)에서 이러한 '신생'의 지점은 '국민으로서의 자기발견'으로 귀착된다. 이광수가 친일 파시

---

14 이광수, 「내선일체(內鮮一體)와 국민문학(國民文學)」(『조선(朝鮮)』, 1940.3), 『전집』 II, 67면 참조.

15 오자키 호쓰미[尾崎秀實], 「동아 협동체의 이념과 그 성립의 객관적 기초」, 최원식·백영서 편, 앞의 책, 36~37면.

16 노상래·나공수·김양선, 「근대초극론(近代超克論), 아직 끝나지 않은 공영권총력전(共榮圈總力戰)」, 동아인문학회 제7회 국제학술대회 발표논문집, 2006.10.20~23, 51면.

17 이광수, 『매일신보』(1943.2.5~8), 『전집』 II, 378면.

즘에 협력하게 되는 과정을 나타낸 이 부분은 「내선일체와 국민문학」에서 '비약'이라는 말로 표현되고 있다. 그 '비약'은 조선인의 황민화적 개조, 즉 내선일체를 내용으로 하고 있다. 교육령 개정과 지원병 제도는 내선일체의 핵심으로, 조선인이 피식민 주체에서 '평등한 국민의 일원'으로 나아가는 순간이자 '완전하고 모범적인 일본인'이 되기 위한 '개조'의 과정을 드러내고 있다. '동양주의'와 관련하여 중일전쟁이 문제시되는 것은 "조선민중이 마음으로부터 일본 국민이 되고자 결심"하는 협력의 지점이 서구 유럽 중심의 근대적 세계질서에 대한 도전과 서로 맞물려 있다는 데에서 기인한다. 그래서 이광수는 "진실로 정신적으로 천황의 적자赤子가 되기는 이번 사변 이후라고 보아도 과언이 안일 것"[18]이라며 중일전쟁에 대한 남다른 감회를 보인다.

동아신질서에서 '동양'은 지금까지 국제질서의 중심이었던 유럽적 원리에 대한 대항적인 의미, 즉 비서구의 의미를 지니고 있는 동시에 서구 중심의 근대를 극복할 수 있는 새로운 원리를 의미하고 있다. 중일전쟁 이후 논의되었던 동아신질서 구상은 지금까지 추구했던 근대적 현실과 밀착되어 있다. 과거로 거슬러 올라가며 탐색된 '동양'의 원리는 자본주의라는 현재적인 문제와 연관하여 작동하고 있다.

이것이 보다 전면적으로 드러난 것이 이광수의 신체제론이다. 이광수는 「인생과 수도修道」[19]에서 "세계의 신시대는 결코 다만 국제관계에만 올 것이 아닙니다"라고 하면서 "이 신시대의 추세는 각 국민 생활의 내

---

18 이광수, 「황민화(皇民化)와 조선문학(朝鮮文學)」(『매일신보』, 1940.7.6), 『전집』 II, 75면.
19 이광수, 「인생(人生)과 수도일반도 육백만 청년남녀(修道—半島 六百萬 靑年男女)에 고(告)하노라」(『신시대』, 1941.6), 『전집』 II, 254면.

부와 근저를 침위浸蝕하야 개조하고야 말 것"이라고 전망하였다. 신체제 성명은 중일전쟁이 장기화로 교착된 상황을 타개하기 위해서 제1차 고노에 내각이 발표한 것으로, '동아신질서'를 건설하기 위한 실질적인 국내 정치체제 개편안[20]을 담고 있다. 그것은 국내의 반자본주의적 개조와 혁신을 내용으로 하고 있다. "동아신질서건설東亞新秩序建設과 동아공영권東亞共榮圈의 수립을 근저로 한 문화운동"에 관하여 논의하고 있는 이광수의 「신체제하의 예술의 방향－문학과 영화의 신출발」을 살펴보기로 하자.

예술(藝術)이라고 해서 우리는 아무 작품(作品)이나 만들 수는 없다. 고(故)로 문학(文學)이나 영화(映畵)를 통(通)해 문화(文化)의 발달(發達)을 보기 위해선 이 신체제하(新體制下)에 있어서 어떠한 감정(感情)을 선택(選擇)하여 대중(大衆)에게 전(傳)할까 하는 것이 한 개의 문제(問題)일 줄 안다. (…중략…)

예술(藝術)의 각 부문(部門)에 있어서 가장 슬픈 일은 그 예술(藝術)로 하여금 상품화(商品化)시키는 일이다. 영화(映畵)를 제작(製作)할지라도 인생(人生)의 감정(感情)과 영성(靈性)을 미화(美化)시키기 위(爲)해서나, 또는 인생(人生)의 감정(感情)을 높은 데로 끌어올리기 위해서가 아니고 영리(營利)를 목적(目的)하는 때가 많다. 이것은 자본주의(資本主義)의 한 폐해(弊害)로, 금일(今日)의 말을 빈다면 이윤추구 즉 자기(利潤追求 卽 自己)의 이익(利益)만을 목적(目的)으로 하는 자유주의(自由主義)의 폐해(弊害)인 것

---

20 전상숙, 「일제 군부파시즘체제와 '식민지 파시즘'」, 『동방학지』 124, 연세대 국학연구원, 2004.3, 617면.

이다. 예술(藝術)은 이윤추구(利潤追求)의 도구(道具)가 되여서는 안 된다. 이 자본주의(資本主義), 자유주의(自由主義), 상업주의(商業主義)는 명치유신(明治維新) 때 구미사상(歐美思想)이 끌고 들어온 것이다.

(…중략…) 원래 문학예술(元來 文學藝術)은 옛날로부터 매우 존경(尊敬)을 받아왔었다. 그것은 옛날로부터 문학예술가(文學藝術家)인 소위(所謂) 선비는 대체(大體)로 빈한(貧寒)했었다. 그것은 그들은 돈에 자기(自己)의 지조(志操)를 팔지 않았고, 돈 때문에 글을 쓰지 않았으며, 비록 아사(餓死)할지라도 더러운 일로 얻어진 돈으로서는 목을 추기려 하지 않았다. 그랬기 때문에 예술가(藝術家), 즉(卽) 선비는 인격자(人格者)로 존경(尊敬)을 받아왔었다. 그렇다면 신체제 하(新體制 下)의 문학(文學)과 영화(映畵)도 개인주의 사상(個人主意 思想)과 자유주의 사상(自由主義 思想)을 버리고 전체주의 사상(全體主義 思想) 밑에서 국가(國家)를 위(爲)하고, 다시 한 걸음 더 나아가서 대아세아주의 사상(大亞細亞主義 思想) 밑에서 동아신질서건설(東亞新秩序建設)과 동아공영권(東亞共榮圈)의 수립(樹立)을 근저(根底)로 한 문화운동(文化運動)을 계속(繼續)해야 할 것이다.[21]

이광수가 동양의 과거를 현실을 재구성하는 원리로 발견하게 되는 과정을 살펴보면 그 근저에는 먼저 만주사변·중일전쟁·태평양전쟁을 거치면서 서구 중심의 근대에 대한 회의가 흐르고 있다. 그리고 그 대안으로 비서구로서의 '동양'에 주목하게 된다. 신체제하의 새로운 원리로 떠오르는 '동양'은 '영미'로 대표되는 서구를 비판하는 원리이다. 여기

---

21 이광수, 「신체제하의 예술의 방향—문학과 영화의 재출발」(『삼천리』, 1941.1), 『전집』 II, 145~146면.

서 동양은 전체 가운데 대등한 반쪽으로 격상됨으로써, 서양의 보편성과 경쟁할 수 있는 새로운 순차와 질서를 제공[22]하고 있다.

이광수는 "신체제하新體制下에 있어서 어떠한 감정을 선택하여 대중에게 전"해야 할 '작가'로서 신체제하의 예술의 방향에 대해 논하면서 '선비'를 중심에 내세운다. 여기서 '선비'라는 동양적인 전형은 '자본주의', '자유주의', '상업주의', '개인주의'와 같은 서구적 원리를 비판하고, 이를 넘어설 수 있는 '혁신'의 상징이다. 선비의 덕목 중에서 유독 강조되는 것은 그가 "대체로 빈한貧寒"하다는 사실이다. "돈에 자기의 지조를 팔지 않았고, 돈 때문에 글을 쓰지 않았으며, 비록 아사餓死할지라도 더러운 일로 얻어진 돈으로서는 목을 추기려 하지 않았다"는 선비의 초상은 근대적 의미의 예술가라기보다는 '인격자'로 존재한다. 따라서 그에게는 '이윤추구'라는 자본주의적 원리가 통용되지 않는다.

이 글에서 동양 대 서양이라는 대립항은 자본주의의 폐해를 넘어서는 도덕적 우월감을 바탕으로 위계화되어 있다. 선비가 받아왔던 '인격자로서의 존경'은 영미로 대표되는 자본주의가 가질 수 없는 동양의 정신적 덕목이다. 도덕적 우월감을 바탕으로 이광수는 "우리 동양인이 성자聖者적 생활을 동경하고 부父와 중생을 위하야 빈궁 인고를 감수하고 살 신성인하는 그러한 정신은 그들은 이해치 못하는 바"[23]와 같은 신념에 도달하게 된다. 이처럼 서구적 근대를 비판하는 동양적 원리에 대한 도덕적 우월감은 대중들의 집합적인 동의를 이끌어 내기 위하여 호소하는

---

22 스테판 다나카(Stefan Tanaka), 박영재·함동주 역, 『일본 동양학의 구조』, 문학과지성사, 2004, 60~62면.
23 이광수, 「전쟁(戰爭)과 문화(文化)」(『매일신보』, 1945.1.26~2.1), 『전집』 II, 459면.

정신적인 토대로 작용한다. 이광수는 「전쟁과 문학」[24]에서도 "명치 이래 우리들도 영미의 문물과 함께 그 인생관이나 문학관까지 모방했"던 사실에 대하여 "신이면서도 동물에 가까워지고자 했던" 오랜 "방황"으로 평가한다. 그리고 이광수는 "정신문화에 있어 우리는 그들보다 백일의 장長이 있었던 것"이라는 도덕적 우월감을 보여준다. 이는 지난 시기 식민지 조선이 추구해 왔던 근대를 부정하는 것이며, 이를 토대로 이광수는 근대의 초극을 염원했다.

동양과 서양의 세계사적 문제는 서양 제국주의의 위협을 경험했던 극동의 식민지 지식인들에게 그 무언가 호소력을 가지고 있었고,[25] 이광수는 이러한 역사철학적인 세계관을 바탕으로 친일의 신념과 논리의 구조를 형성했다. 이광수가 주장한 '공존공영'의 이상은 "한 민족만의 것이 아니라 전인류에 대하여서 보편타당성이 있는 것이기 때문에 황도를 선양함은 곧 인류를 구제"[26]한다는 세계사적 철학을 구축하고 있다.

① 대동아공영권 건설(大東亞共榮圈 建設)이라는 것은 전인류(全人類)의 역사(歷史)에 전례(前例)가 없는 대이상(大理想)이오 대경영(大經營)이다. 아세아(亞細亞)를 영 기타 식민지(英 其他 植民地)의 질곡(桎梏)에서 해방(解放)하여서 팔굉일우(八紘一宇)의 황도문화사회 중(皇道文化社會 中)에 행복(幸福)과 번영(繁榮)을 장향(長享)케 하는 사 등(事 等)이다. 영국(英國)은 당시 세계(當時 世界)에 최부(最富)한 인도(印度)를 이세기 간(二世紀

---

24 이광수, 『신시대』(1944.9, 8~14면), 『전집』 II, 435~444면.
25 이경훈, 「『근대의 초극』론 — 친일문학의 한 시각」, 『현대문학의 연구』 5, 현대문학연구학회, 1995.10, 306면.
26 이광수, 「대화숙수양회잡기(大和塾修養會雜記)」(『신시대』, 1941.4), 『전집』 II, 221면.

14장 근대의 초극, 동양의 창출   407

間)의 통치(統治)로 세계(世界)에 극빈자(極貧者)를 만들엇다. (…중략…) 그들은 식민지(植民地)의 토민(土民)을 유우 이상(乳牛 以上)으로 생각지 아니 하엿다. 오직 착취(搾取)하기 위(爲)하여서만 그 생존(生存)을 허(許) 하엿고 그 주민 자신(住民 自身)의 문화 번영(文化 繁榮)은 염두(念頭)에 업 섯다. 이것이 과거 영불(過去 英佛)의 대죄악(大罪惡)이다.

그런데 일본(日本)의 공영권(共營圈)이란 이러한 영불(英佛)의 정책(政策)과는 대조적(對照的)이다. 각민족(各民族)으로 하여곰 각득기소(各得其所)케 하면서 공존공영(共存共榮)하자는 것이다. 이것은 오래 탐욕(貪慾)이 지배(支配)하던 지구 상(地球 上)에 황도(皇道)의 신낙원(新樂園)을 건설(建設)하자는 성(聖)된 사업(事業)이다.[27]

② 인간이 하늘에서 품(稟)한 본성, 즉 천명, 즉 도심(道心)을 밝게 하여, 이를 발휘하면 백성소명, 협화만방의 이상에 도달할 수 있다는 것이나, 이는 즉 인의(仁義)이며 불교에서 말하는 자비(慈悲)이기도 하다. (…중략…)

이제야말로 동아인은 선조의 동아로 돌아갈 날이 왔다. 그리고 잊혀지려 했던 아시아인의 선조 공통의 이상에 기반하여, 아시아 공영의 세계를 건설할 날이 왔다. 아들들이여, 아시아로 돌아가라고 하는, 그리고 공손하게 하늘의 명명(明命)을 듣는다. 아시아의 빛이야말로 인류를 생존경쟁의 금수적 참극(禽獸的慘劇)에서 구원할 것이라는. (…중략…) 우리들 자손이 번영할 길이 단 하나 있다. 그것은 아시아를 영미인의 마수(魔手)에서 탈환하여, 아시아인 동지의 천손적(天孫的) 아시아를 만드는 일이다. 아시아의 제민족이

---

27 이광수, 「반도 민중의 애국운동」(『매일신보』, 1941.9.4~7), 『전집』 II, 291면.

제각기 천명을 기초로 한 국가를 이루어, 그것들이 서로 공경, 겸양, 상부상조의 아시아 정신에 의해 도나리구미[隣組]를 만드는 것이다.[28]

인용문 ①(「반도 민중의 애국운동」)에서 중심이 되는 것은 '공영권共榮圈' 논의이다. 일본을 중심으로 한 지역적 정체성을 통해 '동양'을 구성하던 일본은 태평양전쟁을 거치면서 필리핀, 인도차이나, 인도네시아를 포함한 지역 개념으로 '대동아공영권'을 구상[29]하였다. 이광수의 논의에서 '대동아공영권'을 철학적으로 뒷받침해 주는 것은 "아세아亞細亞를 영英 기타 식민지의 질곡에서 해방"한다는 근대 초극의 비전이다. 특히 '초극'의 양상은 "식민지의 토민土民을 유우牛牛 이상으로 생각지 아니 하"고 "오직 착취하기 위하여서만 그 생존을 허許하였고 그 주민 자신의 문화 번영은 염두에 업섯"던 "영불英佛의 정책과는 대조적"이라는 지점에서 드러나고 있다. 그리고 이것은 "각 민족으로 하여곰 각득기소"케 하여 "그 주민 자신의 문화 번영"을 이룩한다는 '공존공영共存共榮'의 이상에서 정점을 이룬다. 이광수는 이러한 협화의 이상 속에서 세계사적 전환을 시도하고 있다. 이광수가 「병제兵制의 감격과 용의用意」[30]에서 태평양전쟁을 "십억 민족을 노예의 질곡에서 해방하여서 황도의 은혜 중에 안락케 하시랴는 전쟁"이라고 정당화한 것도 '대동아공영권'이 기반하고 있는 도덕적 원리, 협화적 이상에 그 근거를 두고 있다.

세계사적 전환의 새로운 원리로서 '동양'은 공간적인 차원에서 비서

---

28 이광수, 「대동아문학의 길―대동아문학자대회 석상에서」, (『국민문학』, 1945.1, 24~27면), 『전집』 II, 451~457면.

29 이성시, 박경희 역, 『만들어진 고대』, 삼인, 2004, 154면.

30 이광수, 『매일신보』(1943.7.28~31), 『전집』 II, 398면.

양을 지칭하고 있기도 하지만, 시간적으로 '고대'의 이상을 지향하고 있다. 인용문 ②에서 '동양'이란 '아시아 공영'이라는 새로운 현실을 재편하는 새로운 원리인 동시에 "잊혀지려 했던 아시아인의 선조 공통의 이상에 기반"하고 있다. 고대의 이상에 기반함으로써 친일의 논리는 역사적인 연속성을 획득하면서 대중의 결집을 꾀한다. 이광수가 "복고귀정復古歸正"이라고 표현한 것은 이러한 시・공간적 메커니즘을 집약한 것이다. '귀정歸正'이 뜻하는 바를 이광수의 논의대로 풀어보면, "우리는 천성적으로 도의道義를 믿고" 있었으나 "생존경쟁이라는 가설"로 인해 "천성의 신념과 선조로부터 전래된 충효 등 도의적 세계관을 부득이하게 수정하였던 것"인데, 이제 "세상은 도의로 가야 하는"[31] 지점에 이르게 되었다는 것이다. 이처럼 태평양전쟁의 철학적 토대를 제공해 주는 '도덕적 원리'는 동양의 고대적 이상에서 출발하여 안정되고 조화된 원리로 부상하고 있다.

인용문 ②(「대동아문학의 길」)에서 '동양'은 기원의 시공간으로서, 매우 이상적으로 그려져 있다. 그것은 "인간이 하늘에서 품부稟한 본성, 즉 천명, 즉 도심道心"을 발휘하여 만들어진 시공간이며 '인의'나 '자비'와 같은 동양적 이상이 충만한 곳이다. 이광수는 이러한 공영권의 이상을 "아미타경阿彌陀經에 묘사된 극락세계", "평화경", "협화만방協和萬邦"으로 묘사하고 있다. 그런데 '동양'을 '인류구제의 빛'이 발하는 기원으로 그리기 위해서는 먼저 현재를 지배하고 있는 원리, 즉 '서양'적 원리에 대한 부정이 필요하다. '서양'과 '동양' 간의 이항 대립은 여기에서 출발한다.

---

31 위의 글, 408면.

이광수의 「대동아전쟁의 교훈」[32]을 살펴보면, '영미英美'는 "격멸해야할, 현재 계속 싸우고 있는 구舊세계", "일본의 적, 아시아 제 민족의 적, 세계 인도人道의 적"으로 규정된다. 이광수가 "영미류의 문학"을 "연애나 폭력, 그 외에 인간의 동물적 본능을 노래한" 것으로, "선조의 문학"을 "향을 피우고 단좌端坐하여 하늘의 소리를 듣기 위해 읽던" 것으로 파악한 것은 그 예이다.

이항 대립 구조는 가치 판단을 수반하고 있다. '서양'과 '동양'의 이항 대립이 태평양전쟁을 해석하고 정당화하며 지속시키는 틀이 될 수 있는 것도 대립 속에 내재된 가치 판단 때문이다. 「대동아전쟁의 교훈」에 따르면, "금金을 가진 적에 대해 우리 일본은 도의의 힘으로 싸우고" 있으며, 이러한 일본이 "영토나 배상보다도 도덕에 가치를 두었던 것"은 바로 "가치의 귀정歸正"이라고 평가된다. 이러한 맥락에서 태평양전쟁 역시 "잃어버린 자비, 인의의 세계를 다시 찾기 위해 싸우고 있는 것"으로 자리매김되는 것이다.

서양 대 동양이라는 대립 구조가 가치 판단을 수반하게 된 것을 거슬러 올라가 보면, 그 바탕에는 인종적·문명적 대립을 전제로 하고 있음을 발견할 수 있다. 인종론과 문명론은 모두 전쟁을 정당화하는 담론이다. 문명론은 유럽의 '문명'을 기준으로 세계에 위계질서를 부여하고 '진보'의 시간관에 의해 타자를 배제한다. 타자를 배제하는 한 그것은 일원적인 역사를 극복할 수 없다. '서양 : 동양 = 황인종 : 백인종'이라는 인종적 대립은 태평양전쟁을 수행하는 동안 대중을 하나로 결집하

---

32 이광수, 『녹기』(1943.8, 43~47면), 『전집』 II, 409면.

고 통제하는 주요 원리로 작동한다. 인종론과 문명론은 역사에서 정치적 대립을 과잉되게, 마치 숙명적인 문명 간의 대립인 것으로 만들 뿐 아니라 대립과 증오의 구도 속에 역사를 해석하고 설명하고 지속시킨다[33]는 점에서 위험하다. '귀축'으로 규정된 서양과의 대립에서 얻은 인종적·문명적 우위를 전제로 '동양'은 ②(「대동아문학의 길」)에서처럼 "하늘의 이치를 존중"하며 "서로 공경, 겸양, 상부상조의 아시아 정신"으로 이상화된다.

3. 동양주의와 국가주의의 결합

이광수의 동양주의와 근대 초극 논의에서 발견할 수 있는 현상은 '특수로서의 동양'을 창출하고, 이를 토대로 '보편으로서의 서양'을 넘어서려는 의지이다. 그렇다면, 특수로서의 동양은 보편으로서의 서양을 뛰어넘을 수 있는가[34] 하는 문제를 제기할 수 있다. 그것이 동양이든 서양이든, '보편'을 뛰어넘는 새로운 원리를 구축하기 위해서는 먼저 원리라는 중심에 대한 과도한 열망에서 벗어나야 한다. 차이와 다양성들이 지니고 있는 고유한 아우라는 중심에 대한 과도한 열망을 벗어날 때 비로

---

33 고야스 노부쿠니[子安宣邦], 이승연 역, 『동아·대동아·동아시아』, 역사비평사, 2005, 208~213면.
34 특수주의와 보편주의의 친화성에 관해서는 사카이 나오키[酒井直樹], 이득재 역, 『사산되는 일본어, 일본인』, 문화과학사, 2003, 1장을 참조함.

소 온전히 생성되고 지속된다. 그것은 끊임없이 진행되는 재영토화의 구조에서 벗어나려는 탈영토화의 움직임이다. 그렇지만 이광수의 글에서 발견할 수 있는 '신생'의 지점은 '특수로서의 동양'을 새로운 '보편'으로 구축하기 위한 의지로 재영토화됨으로써 근대를 벗어날 수 없었다.

이는 '각 민족으로 하여금 각득기소'[35]하자는 '공존공영'의 이상이 식민지 조선에서 얼마나 유효한 것이었는가 하는 문제와 관련되어 있다. 미키 키요시의 동아협동체론은 그 내부의 민족에게 독자성을 인정해야 한다는 입장을 보이고 있으나, 여기에서 협동체의 구성원은 일본·만주·중국에 한정되어 있었다.[36] 동양과 서양의 세계사적 문제에 관한 '이념적 성찰'과 그것이 식민지 조선의 현실을 재편하는 '실천적 양상' 사이에는 상당한 간극이 존재하고 있었다. 이광수는 「심적 신체제와 조선 문화의 진로」[37]에서 "심적 신체제는 일상생활에서 실현되고서야 비로소 완성이 될 것"이라는 점을 강조하면서 "일상생활에서 각자의 황민화적 개조에 매진해야 할 것"을 주장하고 있다. 요컨대 '궁성요배', '일본식 식사 예절', '직역봉공', '복종' 등의 윤리는 이 과정에서 도출된다. 근대 초극의 일환으로 제기되던 '동양주의' 논의에서 역설적으로 근대는 확장되고 있다.

조선의 문화는 일대전기(一大轉機)와 조우(遭遇)했다. 그것은 조선인의 황민화, 곧 내선일체이다. 조선 병합 이래 조선인이 일본이었음은 말할 것도

---

35 이광수, 「반도 민중의 애국운동」(『매일신보』, 1941.9.4~7), 『전집』 II, 291면.
36 함동주, 「중일전쟁과 미키 기요시의 동아협동체론」, 『동양사학연구』 56, 동양사학회, 1996.10, 176면.
37 이광수, 『매일신보』(1940.9.4~12), 『전집』 II, 99~112면.

없지만, 은근히 문화 단위로서 민족 관념을 지지(支持)해 왔던 것이었다.
(…중략…) 즉 언어, 풍속, 관습, 따라서 문학, 사상, 예술, 건축양식, 의상,
예의 등에 있어서 조선인은 민족적 단위를 인정받았다고 생각해 왔던 것이
다. (…중략…) 즉 문화적으로 민족 단위를 계속 유지하면서 일본 제국의 구
성요소가 되자는 것이다. 금일에 있어서도 이런 생각은 아직 완전히 청산되
지 않았다고 생각한다.

그런데 지나사변 이래 미나미[南] 총독 정치의 내선일체 관념에 있어서
이는 용인될 수 없는 것이 되었다. 조선인은 민족이라는 관념을 멋지게 청산
하여 모든 조선적인 것으로부터 일단 이탈하여 백지로 돌아간 후 황국신민
으로서 다시 시작한다 하는 방침처럼 해소된다. 바꿔 말하면 조선인은 단지
일본 국민이 되는 것에 멈추지 않고 야마토[大和] 민족이 된다. 그래서 완전
히 평등한 국민으로 융합한다는 식으로 생각해야 한다고 본다.[38]

이 부분은 '조선 민족의 발전적 해소'가 발생하는 지점이다. 이광수는
이 글에서 '지나사변'을 기점으로 하여 '문화 단위'로서 지지해 오던 '민
족' 관념을 완전히 부정하기에 이른다. 여기서 '조선 민족의 해소'란 지
금까지 존재해 오던 "언어, 풍습, 관습, 문학, 사상, 예술, 건축양식, 의상,
예의" 등 일체의 '민족 의식'을 부정하는 것이다. 그리고 소멸된 공간에
"일본 국민", "야마토大和 민족"이라는 새로운 정체성이 각인된다. 이러
한 원리에 따라 이광수는 "삼천리 강산이라든지 삼천만 동포라든지 하
는 구관념, 구감정의 협애狹隘한 껍데기를 분연히 벗고 아세아 대륙과 태

---

38 이광수, 「조선문예의 금일과 명일」(『경성일보』, 1940.9.30), 『전집』 II, 118~119면.

평양과 인도양을 국토로 하고 일억의 황민을 동포로 하는 신민족관념과 감정을 회포할 것"³⁹을 호소하게 된다.

"각 민족으로 하여금 각득기소" 하자는 "공영권"의 이상과 그것의 현실적 실천, 즉 "각자의 황민화적 개조"를 각인한 "신민족관념" 사이에 존재하는 틈을 밝힐 수 있는 고리는 무엇일까. 「신체제하의 예술의 방향」 (『삼천리』, 1941.1)을 살펴보면, "신체제 하의 문학과 영화"는 "개인주의 사상과 자유주의 사상을 버리고" "대아세아주의 사상밑에서 동아신질서건설과 동아공영권의 수립을 근저로 한 문화운동"으로 이어지는데, 이 두 항을 이어주는 것이 바로 "국가"이다. 「인생과 수도」,⁴⁰에서 '국가'는 식민지 조선을 '국민총단결, 총동원과 중앙집권이라는 원리로 개조'하는 중심 원리이다. 따라서 서구 중심의 세계사를 비판하는 가운데 제기된 다원적 세계사에 대한 이상은 '국가'라는 매개항을 통하여 동일화된다. '국민을 본위로 하는 공존공영',⁴¹ '국민생활을 최고표준으로 보는 국가주의적 신체제'⁴²는 '보편에 대한 욕망'이라고 할 수 있으며, 이 속에서 다원성은 무화無化된다.

이광수는 국가의 주체로서 '개인'이나 '인류'를 부정하고 '국민'만을 긍정한다. 이것이 잘 드러나고 있는 것이 「내선일체와 국민문학」⁴³이다. 이광수는 이 글에서 "어떤 사람이 자기가 독립된 한 개인이라고 생

---

39 이광수, 「심적 신체제(心的 新體制)와 조선 문화(朝鮮文化)의 진로(進路)」(『매일신보』, 1940.9.4), 『전집』 II, 109면.
40 이광수, 『신시대』(1941.6), 『전집』 II, 254면.
41 히로마쓰 와타루[廣松涉], 김항 역, 『근대초극론』, 민음사, 2003, 97면.
42 이광수, 「예술(藝術)의 금일 명일(今日 明日)」(『매일신보』, 1940.8.3~8), 『전집』 II, 79면.
43 이광수, 「내선일체(內鮮一體)와 국민문학(國民文學)」(『조선(朝鮮)』, 1940.3), 『전집』 II, 69~70면.

각한다면, 그것은 착각이나 환영에 불과하"며, 마찬가지로 "어떤 사람이 자기는 세계인이라고 칭한다면, 이것 역시 개인이라고 하는 것과는 다른 의미에서 착각이거나 환영"이기 때문에 결론적으로 "모든 사람은 어떤 국민성에 물들어 있"으며 "국민성을 초월한 세계인은 있을 수 없다"라고 주장한다. '국가'와 '국민'에 대한 이 같은 입장은 신생의 원리로 내세운 근대 극복의 원리가 '국민국가'를 중심으로 하는 근대적 틀을 벗어나지 못하고 있음을 입증해 준다. 세계사의 주체가 '국민'과 동일시되는 한 근대에 대한 유효한 비판이 있을 수 없으며, 다수의 중심이 공존하는 것을 불가능하게 만듦으로써 전쟁을 불가피성을 역설적으로 증명[44]하게 되는 것이다.

"나는 겨울이면 감기가 잘 드는 약한 몸이기 때문에 어서 포왜布哇, 뉴질랜드가 일본 영토가 되여서 나가튼 사람의 동기 생활지가 되기를 바란다"[45]는 고백에서 우리는 당시의 이광수가 제국의 일원으로 근대의 초극을 꿈꾸고 있었다는 사실을 발견할 수 있다. 따라서 이광수가 견지했던 "아세아대륙과 태평양을 한 국토 모양으로 만들어서 거기 모든 민족이 편안히 잘 살 수 있는 새 세상을 건설하려는"[46] '동양주의'의 이상은 조선 민족의 해소와 내선일체의 완성을 토대로 한 제국주의적 국민국가의 이상을 대변한 것이다. 이처럼 이광수의 논의에서 '동양주의'는 외부적으로 문화적·인종적 정체성을 바탕으로 연대주의의 형태를 띠고 있지만, 각 민족의 고유성은 '동양'이라는 전체 속에서 소멸되고 있

---

44 사카이 나오키, 이득재 역, 『사산되는 일본어, 일본인』, 문화과학사, 2003, 60면.
45 이광수, 「태평양이어」(『매일신보』, 1942.1.3), 『전집』 II, 316면.
46 이광수, 「인간수행론」(『신시대』, 1941.1, 78~87면), 『전집』 II, 159면.

다. 따라서 근대초극론의 한 양상으로 제기된 '동양주의'는 '일본'이라는 제국주의가 만들어낸 '혼합주체성'[47]이라고 할 수 있으며, 여기에서 '국가'는 이 '혼합주체성'을 동일화하고 위계화하는 중심 원리였다.

동아시아에서 국민국가를 형성하는 과정은 구미와 일대일로 대응하여 이루어진 것이 아니라 지역세계 내에서 경합하는 가운데 창출되었으며, 일본은 이 국민국가 형성을 지렛대로 동아시아의 질서를 재편성[48]하였다. 이 과정에서 중요한 것은 '국가의 절대화'라는 명제를 실현하기 위하여 '동양'을 전유하고 있다는 사실이다. 중일전쟁과 태평양전쟁으로 이어지는 전시체제기에, 식민지 조선인에게 '제국의 국민'이라는 공통된 의식을 심어주는 통합의 작업은 동원체제를 효과적으로 수행하기 위하여 필수적으로 요구되는 바였다. 이 과정에서 동양적인 이상은 식민지 조선을 일본과 하나로 묶어 공통된 정체성을 형성해 내기 위한 정신적 원리였다. 그리고 동양에서 발굴된 전통은 '제국의 국민'이라는 공통된 의식을 심어주기 위하여 주요한 기제로 활용되었다.

① 충효(忠孝)는 일본(一本)이다. 충(忠)은 최고(最高)의 덕(德)이요 최대(最大)의 복(福)이다. 인생(人生)의 영예 중(榮譽 中)에서 가장 큰 영예(榮譽)는 몸이 충신(忠臣)이 되고 자손(子孫)에 충신(忠臣)이 나는 것이다. (…중략…) 일억 국민(一億 國民)이 다 전사(戰士)다. 산업전사(産業戰士), 사상전사(思想戰士) 등등. 그러나 신명(身命)을 내어 놓고 적(敵)의 탄우 하(彈雨

---

47 여기서 '혼합'은 에드워드 사이드가 제국주의의 전략의 하나로 경계한 것으로서 바바가 논의한 바 있는 저항의 전략으로서의 '혼종'과는 다른 것이다(천 쾅싱[陳光興], 백지운 역, 『제국의 눈』, 창비, 2004, 145~153면).
48 야마무로 신이치[山室信一], 임성모 역, 『여럿이며 하나인 아시아』, 창비, 2004, 94면.

下)에서 싸우는 이는 군인(軍人)이다. 육(陸), 해(海), 공군(空軍)이다.

　군인(軍人)의 생명(生命)이 되는 것도 "복무필사(服務必死). 견적필살(見敵必殺)"의 정신(精神)이다. "이것을 해라" 하는 명령(命令)을 받았것은('받았거든'의 오기) 죽기까지 그것을 수행(修行)하는 것이 복무필사(服務必死)의 정신(精神)이다. 늑골(肋骨)이 부러져서 폐(肺)가 노출(露出)한 대로 임무(任務)를 수행(修行)하고 임무(任務)가 완료(完了)되자 곳 절명(絶命)된 조호루 수도(水道)의 용사(勇士)는 복무필사(服務必死)의 모범(模範)이다. 단신 적(單身 敵)의 포루 중(砲壘 中)에 돌입(突入)하며, 몸을 적(敵)의 전차(戰車)의 바퀴 밑에 던지는 것은 견적필살(見敵必殺)의 정신(情神)이다. 신라(新羅)에서는 이것을 임전무퇴(臨戰無退)라고 하였다.

　(…중략…) 신라의 품일(品日, 신라 화랑 관창의 아버지)은 아들이 전장(戰場)에서 살아서 돌아오매 고개를 돌려서 보지 아니하고 죽어서 도라오매 두 손으로 그 머리를 바다 옷소매를 피로 적시면서, "내 아들이 산 것 갔다.[49] 능히 왕사(王事)에 죽었고나" 하였다.

　남정행(楠正行)의 어머니뿐 아니라, 무릇 충의사(忠義士)는 성모(聖母)의 아들이었다. 젖꼭지를 통(通)하여서 충의(忠義)의 정신(精神)을 가라치는 것이다. 장차 조선(朝鮮)의 자제(子弟)들을 충용의열(忠勇義烈)한 군인(軍人)이 되게 하는 것은 조선(朝鮮)의 어머니들이요 처녀(處女)들이다. 처녀(處女)들의 사랑이 부귀(富貴)로 흐르지 아니 하고 충용(忠勇)을 사모하는 것이 명일(明日)의 일일 것이다.[50]

49　'같다'(역자 주).
50　이광수, 「앞으로 이년(二年)」(『신시대』, 1942.9, 19~24면), 『전집』 II, 354~355면.

②"나는 이순신(李舜臣)이 일본(日本)의 피를 바든 사람으로 아오. 흑조민족(黑潮 民族)이 아니고는 그러케 해(海)의 지장 용장(智將 勇將)이 될 수 업서." (…중략…) 대화민족(大和民族)과 반도민족(半島民族)과 분파(分派)된 것이 이천여년(二天餘年)이어니와 그 후(後)에도 계속(繼續)하야 혈(血)의 교류(交流)가 잇섯다. (…중략…) 만일 이순신 장군(李舜臣 將軍)으로 금일(今日)에 잇게 한다면, 그는 제국해군(帝國海軍)의 제독(堤督)으로 미영격멸(米英 擊滅)에 전념(專念)할 것이다.[51]

인용한 「앞으로 이년二年」, 「징병의 감격과 용의」에서 확인할 수 있는 것은 두 가지이다. '군인으로서의 국민'의 탄생이 하나이며, 국민을 자연공동체로 창출하기 위한 동양의 전유專有가 또 하나이다. 인용문에서 이광수는 국가주의적 시선으로 현실을 재편하고 개인을 '국민'으로 호명한다. 여기서 '국가'는 주체를 계급과 민족을 넘어서서 균질화하고 전쟁을 정당화하는 원리이다. 「앞으로 이년」에는 '개인'이 '국민'으로 호명되기 위해서는 반드시 '병역의 의무'를 거쳐야 함을 명시하고 있다. 태평양전쟁은 근대의 총력전으로서 국민국가의 최대 사업이며 지정학적·인구학적·상징적 투쟁의 장이다. 그때 국가는 전역화全域化를 목표로 삼아 '사회'의 '국가화'와 '가정'의 '국가화' 둘 다를 요구하게[52] 된다. ①에서 '충의사忠義士는 성모聖母의 아들이었다'는 것은 '가정의 국가화'를 나타내는 원리이다. 국가가 주도하는 전쟁 속에서 남성은 전사로,

---

51 이광수, 「징병(徵兵)의 감격(感激)과 용의(用意)」(『매일신보』, 1943.7.28~31), 『전집』 II, 395~397면.

52 우에노 치즈코[上野千鶴子], 이선이 역, 『내셔널리즘과 젠더』, 박종철출판사, 2000, 21면.

여성은 전사의 어머니와 아내로 구성되면서 '국민'의 내부는 균질화된다. 「인고忍苦의 총후문화銃後文化」[53]에 나타난 것처럼 "몸뻬 두건에 물갓득 담은 양동의를 번쩌번쩌[54] 드는 여자라야 남자들의 사랑을 쓸 것"이라는 논의나 "계급을 초월하여서 국가의 은혜와 이상과 사명을 자각"한 "노동형의 인물"이 "문학예술"에서 "탄미嘆美될 것"이라는 논의는 '국민' 내부를 균질화하는 과정에서 도출된 것이다.

여기서 '국민'이란 일본 제국의 국민을 뜻하므로, 개인으로서의 주체성과 조선인으로서의 정체성이 소멸하는 순간 탄생한다. '개인'과 '민족'이 소멸되는 자리를 다시 메우는 것이 바로 '동양'이다. 「전쟁과 문학」[55]에서 이광수는 "개인은 그 국가를 통해서만이, 즉 국민의 한 사람으로서만이 그 신적神的 책무를 온전히 할 수 있"다는 것을 강조하며 국가를 논의의 중심에 두고 있다. 국가주의 정신을 식민지 조선에서 자연스러운 원리로 정당화하기 위해서는 '동양'을 전유하는 과정이 필요하다. 이 글에서 이광수는 "국민 개인 개인은 그 국가 목적을 달성하기 위해 태어난 것"이라는 '직역봉공'의 논리를 역설하고 있다. 그리고 이를 "일본정신"인 동시에 "역易의 사상, 공자孔子의 사상, 석존釋尊의 사상의 근본 뜻", 즉 "동양의 사상"이라고 완결지음으로써 '동양주의'와 '국가주의'를 결합한다.

'국민'의 탄생이 '동양'에 그 뿌리를 두는 이유는 중일전쟁 이후 친일문학이 제기한 '근대의 초극'이 서구 유럽과는 변별되는 특수성을 강조

---

53 이광수, 『매일신보』(1941.7.6), 『전집』 II, 270면.
54 '번쩍번쩍'의 오식인 듯(역자 주).
55 이광수, 『신시대』(1944.9, 8~14면), 『전집』 II, 439면.

한 역사관이었다는 점, 그리고 조선과 일본을 한데 묶을 수 있는 공통의 원리가 필요했다는 점에서 찾을 수 있다. 일본은 모든 국민들에게 그들의 촌락, 지방 혹은 번藩을 초월한 공통된 정체성을 주입시키기 위해 노력했는데, 여기서 역사학은 '동양'에서 발굴된 전통들을 이용하여 국민을 제약했으며 많은 사람들이 공통된 체험을 포괄할 수 있도록 과거를 조직[56]하였다. 인용문 ①에서 '임전무퇴臨戰無退'의 정신이나 관창 아버지의 일화는 "명령을 받았거든 죽기까지 그것을 수행하는 것이 복무필사服務必死"라는 정신을 구현하고 있다는 맥락에서 의도적으로 선택되고 발굴된 '과거'이다. 여기서 발굴된 과거는 오직 국가에 의해 창조된[57] 것이다. 다시 말해 이광수는 신라의 화랑 정신을 중요한 전통으로 삼아 국가주의 원리를 뒷받침하고 있다. "고생을 시러하지 아니하고, 죽기를 두려워하지 아니하고, 명령 바든 일은 적으나 목숨을 다하여서 하는"[58] 자질은 징병제가 실시되는 조선에 요구되던 정신적 덕목이었는데, 이 과정에서 신라의 '화랑'은 조선인이 일본인으로서 어떻게 살아가야 하는가를 제시해 주는 윤리적 모델로 재생산된다. 그러므로 "군인으로서 불리었을 때, 국민은 집, 부모, 처자 직업, 재산을 모두 버리고 그 부름에 응하는"[59]는 희생적이고 헌신적인 모습은 '탐욕', '개인주의', '부패'와 같이 쇠약하게 하는 서구적 특질들에 대항하고자 선택된[60] 것이다.

앞에서 강조된 '충효일본忠孝一本'의 원리는 '국가'라는 중심에 귀속되

---

56 스테판 다나카(Stefan Tanaka), 박영재·함동주 역, 앞의 책, 372~400면 참조.
57 마크 네오클레우스, 정준영 역, 『파시즘』, 이후, 2002, 71면.
58 이광수, 「입학시험」(『조선지광』, 1943. 5), 『전집』 II, 392면.
59 이광수, 「병역과 국어와 조선인」(『신시대』, 1942. 5), 『전집』 II, 335면.
60 스테판 다나카, 박영재·함동주 역, 앞의 책, 387면.

는 '국민'의 공통적인 체험을 포괄하기 위하여 발굴되고 조직된 과거이자 전통이다. 물론 동양의 전통은 동양의 고대사에 근거를 두고 있다는 점에서 부분적으로 사실이지만, 동시에 이것이 제국 일본의 시선에 의해 다시 가공된다는 점에서 자의적이다. ②(「징병의 감격과 용의」)에서 호국의 상징이었던 "순신舜臣"이 "일본의 피를 바든" "제국해군의 제독"으로 왜곡되는 것은 부분적 사실과 사실에 대한 자의적 해석이 복합되어 있는 구조 때문이다. 자의적인 가공 과정은 표면에 드러나지 않도록 조작되어 있다. 오히려 전통은 기원의 공간, 즉 아주 먼 고대성에 뿌리를 두고 있으면서 국가가 구축하고자 하는 새로운 역사를 신성하게 만든다. 그래서 '만들어진 전통'에 의해 구성된 국민은 대중들에게 너무도 자명해서 더 이상 정의할 필요도 없는 자연적인 공동체[61]로 인식된다. 국민에게 요구되는 '복종'과 '멸사'의 윤리는 동양의 전통에 그 근거를 두고 있는 것으로 재현됨으로써 역사성을 획득하고 있다. 이러한 구조를 통하여 전시동원체제하에서 요구되는 수동적이고 희생적인 개인윤리는 역사적으로 깊은 뿌리를 지니고 있는 전통윤리로 자연화되며, 이는 식민사회를 억압하는 국민윤리로 작용하게 된다.

---

61 에릭 홉스봄(Erich Hobsbawm) 외, 박지향·장문석 역, 『만들어진 전통』, 휴머니스트, 2004, 41면.

4. 나가며

이상으로 이 글은 친일문학과 근대적 사유 사이의 연결 지점을 탐색하고 친일문학이 근대성과 어떠한 대결 양상을 보였는지 고찰하기 위하여 이광수의 논의에 나타난 '동양주의'를 분석하였다. 이 글에서 살펴본 바를 요약하면 다음과 같다.

첫째, 이광수가 중일전쟁에서 발견한 '신생新生'의 지점은 그가 친일협력의 신념과 논리를 형성하는 주요한 요인이 되었다. 특히 이광수는 동양의 고대적 이상을 토대로 서구적 근대를 비판하고자 했다. 여기서 '동양'은 지금까지 세계사의 중심이었던 유럽적 원리에 대한 대항적인 의미를 지니는 동시에 서구의 보편성과 경쟁할 수 있는 새로운 질서를 의미한다.

둘째, 이광수의 '동양주의'에서 발견할 수 있는 것은 '특수로서의 동양'을 창출하고 이를 바탕으로 '보편으로서의 동양'을 뛰어넘으려는 의지이다. 이광수가 기대고 있는 협화적인 이상이나 '공존공영'의 논리는 근대를 초극하려는 세계사적인 비전을 바탕으로 한 것이다. 그러나 이러한 근대 초극의 이상은 곧 '조선민족의 해소'를 토대로 한 '신민족관념'으로 실현됨으로써 '특수로서의 동양'은 또 다른 중심에 대한 열망으로 재영토화되었다. '동양주의'는 '특수로서의 동양'을 창출하고 이를 바탕으로 '보편으로서의 서양'을 넘어서고자 했던 근대 초극의 양상을 띠고 있었지만, 그 내부에서 근대는 연장되고 있었다.

셋째, 근대성의 이러한 역설적인 구조를 해명할 수 있는 고리가 바로

'국가'이다. 서구 중심의 세계사를 비판하는 가운데 제시된 다원적 세계사에 대한 이상은 '국가'라는 매개항을 통하여 동일화되었다. 이광수가 논의한 국가주의적 신체제는 '또 다른 중심에 대한 욕망'이며, 이 속에서 동양 내부에 존재하는 각 민족의 독자성과 다원성은 혼합되고 무화된다.

넷째, 전시동원체제를 효과적으로 수행하기 위해서는 식민지 조선에 '제국의 국민'이라는 공통된 의식을 심어주는 통합의 작업이 필수적으로 요구되었다. 여기서 동양적인 이상은 식민지 조선을 일본과 하나로 묶어 공통된 정체성을 형성하는 정신적인 원리였다. 이 과정에서 '복종'과 '멸사'의 윤리는 동양의 전통에 그 기원을 두고 있는 것으로 재현됨으로써 역사성을 획득하고 자연화되었다. 이러한 구조를 통하여 전시동원체제하에서 요구되는 수동적이고 희생적인 개인윤리는 전통윤리로 자연화되며, 이는 식민사회를 억압하는 국민윤리로 작용하였다.

이상의 논의를 통하여 이 글은 친일문학에서 '동양'이 창출되는 과정을 밝히고, 이 과정에서 발생하는 간극의 실재와 그 간극이 발생하게 되는 구조를 살피고자 하였다. 이광수의 논의에서 동양주의는 서구 중심의 세계사를 비판하고 다원주의를 지향하는 세계사의 전환, 즉 '근대의 초극' 논의와 맞닿아 있지만, 식민지 조선은 이러한 협화적 이상에서 타자화되고 있었다. 근대의 초극 논의에서 근대의 중심을 목격하는 셈이다. 이러한 근대성의 역설적인 메커니즘은 우리가 살아가고 있는 근대가 지속되고 확장되는 방식을 반영하고 있다. 특히 '동양의 전통'이 개인에게 각인되는 과정에는 국가주의가 끊임없이 개입하고 있다. 서구 유럽을 중심으로 한 일원적 세계사를 초극한다는 이념을 바탕으로 창출

된 '동양주의'가 내셔널리즘과 결합할 때, '동양'이라는 공통된 정체성
은 '동양'의 내부를 식민화하는 기제로 환원된다.[*]

---

[*] 이 글은 2007년 1월 『한국사상과 문화』 36집에 게재된 논문을 일부 수정한 것임.

15장

문화적 경계 그리기와
민족 범주의 양가적 실현

최남선의 「불함문화론」과 「신의 뜻 그대로의 옛날을 생각함」을 중심으로

1. 들어가며

식민주의 신화에서 민족 범주는 중요한 위치를 차지하고 있다. '민족'
이나 '전통'과 같은 범주는 조선의 고유성 이데올로기를 생산하는 데 주
요한 기제로 작용하고 있을 뿐만 아니라 제국 일본을 중심으로 동양을
재영토화하는 데에도 활용되고 있다. 여기서 중요한 것은 민족 범주가
서로 상반된 맥락, 즉 고유성과 제국성이라는 양가적인 측면에서 동시
에 작동[1]하고 있다는 사실이다. 이 글에서는 '민족'이라는 동일한 범주

1　민족담론과 식민담론의 공존과 분열에 관해서는 이상우, 「표상으로서의 망국사 이야기
　　─식민지 후반기 역사극에 나타난 민족담론과 식민담론의 문제」, 『한국극예술연구』

내에서 양가적 속성이 발생하게 되는 메커니즘을 살펴보고 '민족' 범주의 양가적 속성이 전시체제기에서 어떠한 역할을 했는지 살펴볼 것이다. 구체적으로는 최남선이 고대사 연구를 통해 전근대의 문화적·역사적 자산을 발굴하고 민족사의 새로운 전통으로 고안하여 민족 이데올로기 구성에 핵심적인 역할을 담당[2]했던 문학사적 위치와 관련하여, 그가 '조선적인 것'을 바탕으로 친일의 논리를 확장해 나갔던 글[3]을 주요 대상으로 삼고자 한다.

---

25. 한국극예술학회, 2007.4 참조.

2 구인모, 「최남선과 국민문학론의 위상」, 『최남선, 전통의 발명』, 한국근대문학회 제12회 학술대회 발표집, 2005.6.30, 37면.

3 본 장에서 분석의 대상으로 삼은 최남선의 글은 다음과 같다.
「불함문화론」(1925), 「내일의 신광명 약속」(1938), 「신의 뜻 그대로의 옛날을 생각함」(1941), 「보람 있게 죽자」(1943), 「아세아의 해방」(1944), 「성전의 설문」(1944), 「나가자 청년학도여」(1944), 「동경대담」(1944).
이 중에서 「불함문화론」은 시각에 따라 매우 상반된 평가를 받는 텍스트이다. 해방 이후 최남선은 「불함문화론」이 '일선동조론'의 근거를 마련했다는 이유로 '반민족행위자'로 규정되어 수감되었다. 「불함문화론」을 친일적 텍스트로 보는 입장으로는 최석영, 『일제의 동화이데올로기 창출』, 서경문화사, 1997; 호사카 유지[保坂祐二], 「최남선(崔南善)의 불함문화권(不咸文化圈)과 일선동조론(日鮮同祖論)」, 『한일관계사연구』 12, 한일관계사학회, 2000; 조현설, 「동아시아 신화학의 여명과 근대적 심상지리의 형성─시라토리 쿠라키치, 최남선, 마우둔을 중심으로」, 『민족문학사연구』 16, 민족문학사학회, 2000이 있다. 이 외에 최남선의 문화사 연구를 '문화공동체로서의 민족'을 가시화한 것이라고 평가하는 것으로 김현주, 「문화, 문화과학, 문화공동체로서의 '민족'─최남선의 '단군학(檀君學)'을 중심으로」, 『대동문화연구』 47, 성균관대 대동문화연구원, 2004.9. 「불함문화론」에 나타난 식민지 조선의 '지나' 인식과 '제국'의 지(知) 형성에 관한 연구로 강해수, 「식민지 조선에서 '동방'이라는 경계와 민족지(知) 형성─최남선의 「불함문화론」을 중심으로」, 계명대 목요철학 세미나 발표문, 2003.10.30. 집단적인 아이덴티티 형성과정과 타자 인식을 중심으로 최남선을 분석한 것으로 장석만, 「민족과 인종의 경계선─최남선의 자타인식」, 『종교문화비평』 7, 한국종교문화연구소, 2005.3; '민족을 위한 것'과 '친일'이 엄밀하게 구별되지 않는 논리적 착종지점에 초점을 맞춘 것으로 오문석, 「민족문학과 친일문학 사이의 내재적 연속성 문제 연구─최남선을 중심으로」, 『현대문학의 연구』 30, 한국문학연구학회, 2006.11; 「불함문화론」을 둘러싼 다양한 해석과 차이에 초점을 맞춘 것으로 전성곤, 「최남선의 「불함문화론」 다시 읽기」, 『역사문제연구』 16, 역사문제연구소, 2006.10이 있다.

2. 제국주의적 통합 과정과 문화의 원리

민족 범주에서 양가적인 속성이 동시에 발생하게 되는 메커니즘에 관하여 살펴보기 전에 먼저 '민족'이라는 범주의 성격에 관해 살펴볼 필요가 있다. 민족이라는 범주는 안정되고 자연적으로 확정된 것인가? 만약 안정되고 확정적인 것이라면, 민족 범주 내에는 '고유성'과 '제국성'처럼 양립할 수 없는 속성이 공존할 수 없을 것이다. 따라서 민족 범주는 자연적으로 확정된 것이라기보다는 역사화되는 과정을 필요로 한다. 민족 범주의 자기동일성이나 그 경계는 민족 범주를 확정짓는 반복적인 구조에 의존한다. 포스트식민주의 이론가인 호미 바바[4]는『문화의 위치』에서 대개의 경우 '민족', '국가' 혹은 '국민적(민족적) 문화'를 '경험적인 사회학적 범주'나 '전체론적인 문화적 통일체'로 나타내지만, 민족이 문화적 생산과 정치적 기획에 미치는 서사적·심리학적 힘은 서사적 전략이며 특히 민족 범주의 양가적 실현의 결과라는 점을 강조하고 있다. 민족이 역사성을 얻기 위한 과정은 '민족'이라는 이름하에 작동되는 문화적 정체성 형성과 담론적 언설의 복합적 전략[5]이라는 것이다. 이러한 사실에 주목해 보면 민족 범주의 양가성이 발생하는 메커니즘을 밝히는 데 핵심적인 지점은 민족을 문화적 통일체로 구성하기 위한 '서사적 전략'을 분석하는 것이다.

---

4 본 장에서 호미 바바(Homi K. Bhabha)의 논의에 관해서는 호미 바바, 나병철 역,『문화의 위치』, 소명출판, 2002, 8장을 참조함.
5 위의 책, 279면.

호미 바바의 논의에서 서사적 전략으로서의 민족nation의 양가성은 교의적인 것과 수행적인 것의 서사적 경쟁에서 발생한다. 여기서 '서사적 경쟁'이란 '선험적인 역사적 현존으로서 민족'과, '국가적 기호의 반복과 동요 속에서 언표화되는 현재로서 민족' 사이의 긴장을 의미한다. '교의적pedagogy 교육의 대상인 민족'과 '현재의 서사적 수행을 통해 구성되는 민족' 사이의 긴장은 민족 범주가 구성되는 시간성과 밀접하게 연관되어 있다. '민족'이라는 범주는 과거로부터 연속되어 온 '전통'과 동시대의 민족적 삶을 구성하기 위하여 문화적으로 의미화되는 '현재성'으로 이루어져 있다. 민족이라는 이름하에 작동하는 문화적 정체성 형성 과정과 서사적 전략은 평면적이지 않다. 특히 이중적인 시간성 문제는 민족이라는 범주가 역사화되는 과정과 연관되어 있다. 민족 범주는 역사화되는 과정에서 '국가'에 의한 매개 과정을 거치게 된다. 국가는 자연공동체인 민족을 '표상 = 재현'한다. 자연공동체인 '민족'은 이러한 국가를 통해서만 대자적인 국민으로서 동일화된다. 또한 '민족'은 자기에 대한 '표상 = 재현representation to itself'을 통해서만 자기의 문화와 고유한 역사세계를 창출할[6] 수 있게 된다.

민족 범주를 구성하는 과정에서 민족을 역사화하는 시간적인 표지는 수행적인 민족 범주와 교의적인 민족 범주 사이를 횡단하며 그 틈새와 간극을 메우는 중요한 통합 원리로 작용한다. 1920년대와 1930년대에 일본은 홋카이도, 타이완, 사할린 남부, 만주, 태평양제도 등지를 포함한 수많은 해외영지를 차지하고 있었으며, 일본국 관할지역의 사람들은

---

6   사카이 나오키[酒井直樹], 이득재 역, 『사산되는 일본어, 일본인』, 문화과학사, 2003, 55면.

언어적으로나 문화적으로 동질적이라고 볼 수 없었다. 국가와 민족 혹은 어떤 자연 공동체는 단순하게 일치될 수 없으므로 국가는 어떤 한 가지 민족언어나 민족문화를 공유하지 않는 다수의 인구를 대표하거나 통합해야만[7] 했다. 지극히 기본적인 차원에서 제국주의는 멀리 떨어져 있고 타인이 살면서 소유하는 땅, 즉 당신의 소유가 아닌 땅에 정착하고 그것을 관리하는 것[8]을 의미한다. 따라서 제국주의적 국민국가는 수많은 해외영지를 효과적으로 관리하고 통제하기 위하여 그 영토에 새로운 정체성을 부여하여 하나의 원리로 통합하고자 한다.

두 민족 생활의 접촉관계를 논하는 데 혈액의 이동(異同) 같은 것은 그다지 중대한 것은 아니며, 그런 것보다 오히려 근본적인 것은 그들의 생활 사실 즉 생활의 의식·태도·양식을 표시하는 문화입니다. (…중략…) 그러나 피보다 더욱 진한 관계를 이루는 것은 마음이라 하지 않을 수가 없습니다. 마음의 표시인 문화, 이 문화에 의하여 결합된 사회 또는 종족관계만큼 뿌리 깊고 점착력이 강한 것은 없습니다.

(…중략…) 무릇 이민족(異民族) 상호의 접촉에 있어서 가장 믿음직하고 마음이 튼튼한 것은 무엇보다 문화의 일치입니다. 이것이 역사적 사실이며 민속적(民俗的) 현실이며 서로의 마음 깊숙이 뿌리박은 전통신념이라면, 더욱 더 그렇습니다. 과연 그러합니다. 일체의 혼란을 정돈하며 또한 일체의 기운(機運)을 만들어내는 것은 오직 문화의 힘일 뿐입니다. 자칫하면 원심

7　사카이 나오키, 이규수 역, 이연숙 대담, 『국민주의의 포이에시스』, 창비, 2003, 180~181면.
8　에드워드 사이드(Edward W. Said), 박홍규 역, 『문화와 제국주의』, 문예출판사, 2005, 56면.

적(遠心的)으로 떨어져 나가기 쉬운 숱한 말다툼도 오직 하나의 문화의 도가니 속에 있어서만 언제라도 융합될 수 있는 것입니다.[9]

제국주의적 국민국가에서 통합은 정치적·경제적·군사적 심급에서만 이루어지는 것이 아니라 문화의 영역으로 확대된다. 문화는 헤게모니가 지속되기 위한 생산력으로 작용한다는 점에서 중요하다. 인용문에서 문화의 일치란 '이민족 상호의 접촉'을 자연스럽게 실현하기 위한 통합 원리이다. 그것은 크게 두 가지 측면으로 작동되고 있다.

먼저 그것은 '역사적 사실', '민족적 현실', '전통신념'과 같은 고유성의 원리를 바탕으로 한다. 조선과 일본 사이의 문화적 일치는 주로 '신화의 일치'와 '신화의 사실적 근거인 민족 신앙'을 기반으로 하고 있다는 점에서 '고유정신·공동신념·전통문화'에 호소하고 있다. 식민지에 역사적으로 존재했던 전통적 원리와 역사적 사실을 통합의 기반으로 삼음으로써 제국주의적 국민국가는 전통 회복을 향한 피식민 주체의 심리적인 저항을 막는 동시에 융합의 경계 바깥의 다른 존재에 대한 대항 의식을 자연스럽게 형성한다. 문화적 일치는 동방을 하나의 단위로 묶고, 조선과 일본을 동방이라는 하나의 문화권 내에 배치하는 데 기여한다. 조선과 일본은 동방이라는 동일한 경계선 내에 배치됨으로써 "비非아세아적인 일체의 위협과 비영원성非永遠性의 일체의 장애를 배격돌파"[10]한다는 대항 의식을 자연화하게 된다.

---

9   최남선, 「신의 뜻 그대로의 옛날을 생각함(神ながらの昔を憶ふ)」(『신시대』, 1941.7, 100
    ~109면), 여기서는 김규동·김병걸 편, 『친일문학작품선집』, 실천문학사, 1986, 105
    ~109면 참조(이하 '『선집』'으로 표기).
10 위의 글, 110면.

다음으로, 고유성의 원리는 "일체의 혼란을 정돈"하는 "융합"의 원리로 실현되고 있다. 여기서 고유성의 원리는 고유성 자체의 독자성을 최대화하기 위해서 실현되지 않는다. 고유성은 융합을 효과적으로 실현하기 위한 전제 조건이다. 고유성의 원리를 바탕으로 제국주의적 국민국가는 영토의 차이를 넘어 '하나의 문화'라는 새로운 정체성을 획득하게 된다. 이때 '문화'의 원리를 통한 통합 작용은 시간적 동일성을 바탕으로 실현된다. 영토를 전통으로, 국민을 단일체로 전환시키면서 공간의 차이는 시간의 동일성으로 회복된다.[11] 「신의 뜻 그대로의 옛날을 생각함」에서 '옛날'이라는 시간은 '고유성'의 원리와 '융합'의 원리가 섞여 조선과 일본이 하나의 문화권 내에 배치되는 영역이다.

넓고 넓은 아세아의 북대륙은 만리동풍(萬里同風), 신의 뜻 그대로의 도(道)의 나라로서, 권력도 이해(利害)도 구실도 초월하여, 오직 순결하고 앳된 신심(神心)을 갖고 서로 의지하고 신뢰하며 동일한 고령(高嶺)의 달을 쳐다보던 세계였다고 생각되는 것입니다.

(…중략…) 강자가 교만하지 않고 약자가 비뚤어짐이 없이, 깨끗하고 맑은 신심(神心)·신도를 지켜 산뜻한 신국의 수리고성(修理固成)을 마음에 두고, 동시에 노력·매진한다면 악은 물리쳐지고 재앙은 제거될 것입니다. 이 고귀한 의무로 분기하는 전제로서, 우리 동방의 민중은 일대 정신사적 갱생을 이루지 않으면 안 됩니다. 전동방을 한데 묶은 일대 문예부흥의 운동이 일어나야만 한다고 생각됩니다.

---

11 호미 바바(Homi K. Bhabha), 나병철 역, 앞의 책, 294면.

(…중략…) 우리는 우리의 오랜 발자취를 되돌아보고, 마치 오늘을 위해 준비하여 두었다고밖에 생각되지 않는 위대하고 미묘한 통일원리가, 전동방의 역사의 첫장에 높고 높게 게양되었던 사실을 새삼스레 감희(感喜)·경탄하지 않을 수 없습니다. (…중략…) 동방 영원의 행복에 깊은 우려를 품고 있는 사상가는, 길을 잃고 헤매며 빛을 찾아 허덕이는 동방 민중에게 새롭고도 올바른 포용과 융합에의 길, 정말 걷는 보람이 있는 참된 길을 찾아주고, 지금과는 다른 고려(考慮), 엄숙한 관조(觀照)를 비쳐주어야 하겠다고 나는 생각하여 마지않는 바입니다.[12]

이 글에서 조선, 일본, 그리고 보다 더 확대된 영역으로서 동방이 각각 지니고 있는 영토적 차이는 '신화의 일치', '신도의 유동'이라는 매개항을 통하여 '역사의 첫장'이라는 기원의 시간[13] 속으로 흡수된다. 인용문에서 동방의 과거는 "신의 뜻 그대로의 도道의 나라로서" 순수하고 이상적인 영역으로 그려지고 있다. 이상화된 양상을 살펴보면, 그것은 "권

---

12 최남선, 앞의 글, 109~111면.
13 푸코는 기원적 시간에서 단일한 정체성을 찾아서 현재의 동일성에 대한 역사적 정당성을 얻으려는 작업은 사실 기원적 시간에 대한 탐색이라기보다는 하나의 고완이요, 속임수에 불과하다고 지적했다. 「니체, 계보학, 역사」에서 푸코는 기원에서 형이상학적 기원을 찾으려는 시도에 대해 다음과 같은 이유로 비판하고 있다. ① 사물의 정확한 본질, 사물의 가장 순수한 가능태를 포획하려는 시도는 우연적이고 기계적인 외부세계에 선행하는 부동의 형식들의 존재를 가정하고 있다. ② 사물들의 기원에는 시간을 초월한 본질적인 비밀이 존재하지 않는다. 다시 말해 사물들은 전혀 본질을 갖고 있지 않다. 따라서 사물들의 역사적 기원에서 발견되는 것은 기원의 신성한 동일성이 아니다. 거기에서 발견되는 것은 사물들의 차이이며, 부조화이다.
푸코에 의하면, 계보학적 분석은 자유의 개념이 "지배계급들의 고안품"이지 인간 본성에 종국적인 것은 아니며 존재와 진리에 대한 인간의 애착의 뿌리를 이루는 것은 아님을 보여주는 것이다(미셸 푸코(Michel Foucault), 「니체, 계보학, 역사」, 이광래 역, 『말과 사물 — 인문과학의 고고학』, 민음사, 1980, 329~335면 참조).

력도 이해도 구실도 초월하여 순결"하며, "앳된 신심神心을 갖고 서로 의지하며 신뢰하며", "강자가 교만하지 않고 약자가 삐뚤어짐이 없이, 깨끗하고 맑은 신심"을 가져 "화충협동和衷協同"[14]하는 세계이다. 그러나 이러한 고대로부터 끌어낸 것은 현재의 정치적 이데올로기를 정당화하는 데 유리하게 작용시킬 수 있는 인조물artifacts[15]이다.

최남선이 고대를 이상적으로 그리는 가운데 두드러지게 발견할 수 있는 자질은 '화和'의 원리이다. 고대의 여러 전통 중에서 특히 '화'라는 특정 자질을 이상화한 것은 최남선의 의식적인 선택이다. 최남선은 현재의 세계 정세에 대하여 "지금 아세아는, 동방의 세계는 전면적으로 공전空前의 비상시"[16]라고 규정하고, 이러한 위기를 넘어서기 위하여 "화충협동"과 같은 자질을 강조한다. 여기에는 현재 일본이 직면하고 있는 대외적인 위기 상황에 부정적으로 작용하는 요소들을 배제하려는 의지가 투영되어 있다.

최남선은 서양 중심의 근대에 대하여 "비아세아적인 일체의 위협"으로 파악하고 그러한 "일체의 장애를 배격돌파"하여 "친화의존의 신세계를 개척"해야 한다고 주장한다. 고대는 이러한 신세계 개척 논의의 출발점이 되는 역사적인 기원이다. 여기서 기원이 중요하게 작용하고 있는 까닭은 기원이 모든 차이, 모든 편차, 모든 불연속이 유일하게 동일한 지점을 형성하기 위해 결합되는 원뿔의 실제 꼭짓점과 같은 역할[17]을

---

14 최남선, 앞의 글, 109면.
15 에드워드 사이드, 박홍규 역, 『오리엔탈리즘』, 교보문고, 2002, 153면.
16 최남선, 앞의 글, 109면.
17 스테판 다나카(Stefan Tanaka), 박영재·함동주 역, 『일본 동양학의 구조』, 문학과지성사, 2004, 171면 참조.

하고 있기 때문이다. 최남선의 글에서 고대는 하나의 기원으로서 "전동 방을 한데 묶은 문예부흥"을 일으키기 위한 출발점이다. 기원의 시간은 이러한 과정을 거쳐서 현재를 규정하고 재편하며 역사적인 정당성을 제 공하는 강력한 원리로 작용하게 된다.

'고대'라는 시간적 동일성을 바탕으로 조선과 일본은 고대부터 현재 까지 "동일한 국토·동일한 국민에 의하여 오랜 전통을 가진 문화적 사 실을 보유"[18]한 존재로 재구성되면서 동일한 경계선 내에 배치된다. 최 남선에게 문화는 정치적인 영역과 분리된 채 기원으로부터 존재하던, 순수한 민족적인 고유성을 표상하는 표지가 아니다. 오히려 최남선에게 문화는 당대의 정치적 이데올로기가 각축하는 장이다. 여기서 문화는 과거와 미래를 횡단하면서 당대의 정치적 이데올로기에 힘을 실어주는 역할을 한다.

문화가 전투적인 장이 되는 것은 그것이 국민이나 국가와 연결되어 우리와 그들을 구별하는 정체성[19]의 원천으로 작동할 경우이다. 당대의 정치적 이데올로기가 각축하는 장으로서의 문화의 특성은 특히 문화권 을 나누는 경계에 고착되어 드러난다. 문화적 동일성을 기반으로 형성 된 정체성은 경계선을 기점으로 내부와 외부로 분화된다. 「신의 뜻 그대 로의 옛날을 생각함」에서 내부와 외부의 경계는 어떻게 생성되는지, 그 리고 이러한 경계를 통해서 '민족' 범주는 어떻게 구성되는지 살펴보자.

---

18 최남선, 앞의 글, 106면.
19 '정체성'에 관한 문제는 제국의 침략에 저항하고자 하는 저항 문화뿐만 아니라 제국주 의 문화에서도 핵심적인 위치를 차지하고 있다(에드워드 사이드, 박홍규 역, 『문화와 제 국주의』, 문예출판사, 2005, 22~43면 참조).

게다가 이 문화적 연계는 '내선양지(內鮮兩地)뿐 아니라, 실로 넓고도 넓은 동방세계'로 확대되며, 아세아 대륙의 대부분을 덮고 있는 일대 사실이라는 점에, 더욱더 깊은 주의를 기울이지 않을 수 없겠습니다. 이 문화적 연계는 혈연관계처럼 일본·내지만을 잇는 데는 적절하지만 그 범위를 넓히면 넓힐수록 점점 더 적절하지 못한 이를테면 밑바닥이 야튼한 성질이 아니라 지극히 자연적으로 전동방(全東方)을 하나로 묶은 유유자적한 동방인의 마음의 고향인 것입니다. 비록 장구한 세월 잊혀지고 가려졌다 치더라도 다시 한번 본지(本地)의 풍광(風光)을 나타내기만 하면, 무리한 견강부회나 매듭이 분명치 않은 수괘론(水掛論) 따위를 시도할 것도 없이, 훌륭히 우리 전동방인의 마음과 마음 사이에 본연적으로 굳게 맺어진 인연의 실이 있다는 사실을 인정하게 됩니다.

(…중략…) 그런데 위에서 말한 바와 같은 신화의 일치도, 신도의 유동(類同)도 결코 내지나 조선 사이에서만 보여지는 것이 아니라, 사실을 말하면 동일한 신앙의 연고, 동일한 전통의 행사 등은 동방의 전반에 보편·공통으로 존재한 문화가치였던 것입니다. (…중략…) 역사는 정직하게, 사실은 웅변으로, 동방의 대세계가 숭고한 하나의 문화계통으로 연계되어 실로 아름다운 정신적 결합을 형성했던 시대가 우리의 등 뒤에 있었다는 것을 말하고 있습니다.[20]

인용문에서 이 경계는 인종적·혈연적 기준이 아니라 '문화'의 원리에 의해 그려지기 때문에 보다 더 넓은 지역에 대하여 정치력을 행사하

---

20 최남선, 「신의 뜻 그대로의 옛날을 생각함」, 『선집』, 106~109면.

고 있다. 이 글에서 동방의 문화적 연계는 '전동방全東方을 하나로 묶은' 지리적 근접성을 토대로 하고 있지만, 실제로 그것은 단순한 지리적 구획을 넘어선 개념이다. 이 글이 발표되었던 시기로 볼 때 최남선이 하나의 범주로 묶고 있는 '동방'은 영미 중심의 국제질서에서 이탈한 일본이 '동양'을 '서양이 아닌 존재'로 대상화하기 위한 고안물[21]이다. 최남선은 '동방'이 하나의 범주, 즉 '하나의 문화계통으로 연계'되어 있었다는 사실을 객관적으로 증명하기 위하여 '신화의 일치'나 '신도의 유동類同'을 자료로 삼았다. 일찍이 최남선은 「조선의 신화와 일본의 신화」에서 "어떤 민족도 그 문화의 연원, 역사의 서광은 오로지 신화 속에서 찾을 수가 있을 것"임을 전제하고 "조선과 일본과 그리고 이를 중심으로 한 동방 일대 제국민 사이에 있어서의 신화적 일치는 필연적인 것이며, 혹은 동원 관계에 의한 것임을 인식할 수 있으리라"[22]고 주장한 바 있었다. 이제 조선과 일본, 그리고 좀 더 확대된 영역으로서 동방은 "조선만으로는 이것을 알 수 없고 일본만으로도 그것이 밝혀질 수 없으므로, 조선과 일본의 고문화를 하나로 비교·대조해야만 비로소 그 진상이 나타나며, 더 나아가서 북 또는 동아세아 전부를 하나의 범주 속에 묶어넣을 때, 가장 적확·투철한 본래의 의의가 뚜렷하게 파악"[23]되는 하나의 통일체로 구성된다.

---

21 '지나'와 '닛폰'이 국민국가의 영토 구성을 나타낸 것인 데 비해, 좀 더 넓은 지리·문화 영역 개념인 '동양'은 그곳들을 포괄하기 위해 만들어졌다. '동양'이 단순히 '서양이 아닌 것'을 의미하게 된 것은 메이지 유신 이후이며, 지리·문화적 존재로서의 '동양'은 본질적으로 20세기 일본의 관념이다(스테판 다나카, 박영재·함동주 역, 앞의 책, 19면).
22 최남선, 「조선의 신화와 일본의 신화」, 고려대 아세아문제연구소, 『육당 최남선 전집』 2, 현암사, 1974, 45면(이하 『전집』 2'로 표기).
23 최남선, 「신의 뜻 그대로의 옛날을 생각함」, 『선집』, 106~107면.

그러나 '동방'을 하나의 통일체로 구성한다는 것은 하나의 통일된 자질을 중심으로 내부와 외부를 구획하며, 내부를 하나의 전체로서 재편한다는 것을 의미한다. 다시 말해 최남선의 논의에서 지리적으로 넓은 어떤 지역은 '동방'이라는 '하나의 문화계통'으로 일관된 실체로 구성되는데, 이 과정에서 그 속에 존재하고 있는 다양하고 이질적인 자질은 하나로 환원되고 단순화된다. 이러한 단순화를 통해 지리적 실체는 하나의 범주로 통제되며 조사와 연구를 필요로 하는 지역으로 대상화된다.

'동방'을 하나의 통일체로 구성하는 것은 오카쿠라 텐신의 『동양의 이상』(1903)에서도 발견할 수 있다. 오카쿠라 텐신은 『동양의 이상』에서 "아시아 여러 민족이 강력한 단일 조직을 이루고 있"으며 "아라비아의 기사도, 페르시아의 시詩, 중국의 윤리, 인도의 사상은 모두 단일한 고대 아시아의 평화를 이야기하고, 거기서 공통의 생활이 발달하여, 각 지역마다 각기 독특한 꽃을 피웠지만 어느 곳에서도 엄밀한 경계선을 그을 수는 없다"[24]는 것을 강조하여 아시아를 하나의 '문화권'으로 서술하였다. 특히 여기서 주목해야 할 것은 아시아의 "이런 복합적 통일을 분명히 실현하는 것이 일본의 위대한 특권"이며, "일본은 아시아 문명의 박물관"[25]임을 강조한 대목이다. 넓은 지리적 영역을 하나의 전체, 혹은 범주로 구성하는 것은 그 지역에 대한 영향력을 행사하고 통제하기 위해서 전제되어야 할 표상 과정이라는 점에서 제국의 시선과 분리되지 않는다.

---

24 오카쿠라 텐신[岡倉天心], 임성모 역, 「동양의 이상」, 최원식·백영서 편, 『동아시아인의 '동양' 인식』, 문학과지성사, 1997, 32면.
25 위의 글, 32~43면.

3. 문화권의 확정과 경계 그리기

최남선이 하나의 범주를 통해서 추출하려고 하는 '가장 적확 · 투철한 본래의 의의'란 무엇인지 문화권을 구획짓는 경계를 매개 삼아 추적해 보자.

대체로 아세아 대륙을 문화의 흐름에서 바라보면, 스스로 세 개의 구역으로 나눠져 있음을 알게 됩니다. (…중략…) 남반부의 서쪽 인도 중심의 문화구(區)와 동쪽 지나(支那) 중심의 문화구가 있는데, 이것과 상대하는 북반부는 인도 및 지나와는 전혀 다른 문화지역을 형성하고 있는 것이 사실입니다. 가령 이 문화권을 아세아 북계(北系)문화지대라고 불러도 좋겠으나, 이 지역은 남방의 다른 반면(半面)에 비하여 차라리 포괄되는 범위도 넓고, 또한 인류 발달사의 여러 가지 수수께끼가 그 속에 감춰져 있던 이 봉쇄된 보창의 문을 열어봄으로써 비로소 올바른 동양사 내지 전세계사도 만들어낼 수 있다고 생각되는 것입니다.

이 특이한 문화권은 적어도 동유럽에서 키르기즈 광원(曠原)을 거쳐 몽고 · 시베리아 · 만주로 퍼져, 더 나아가서 조선반도를 지나 내지 · 유구 등을 포괄하여, 세계의 어느 국민사에도 뒤지지 않는 유구한 연대와 복잡한 사변(事變)이 겹쳐 있습니다만, 그 문화의 특질과 지리적 사정 때문에 보통 의미에서의 유물 · 고적이나 또는 기록된 전승(傳承)이 지극히 드문 것은 사실입니다.[26]

---

26 최남선, 「신의 뜻 그대로의 옛날을 생각함」, 『선집』, 106면.

이 글에서 하나의 범주로 구성하고 있는 '동방'은 전통적 의미에서의 '동양'과 다르다. '동방'이라는 문화권으로 묶인 지리적인 영역이 같다고 할지라도, 그것은 지금까지 같은 지역에 속했다는 역사적인 경험을 공유한다는 의미일 뿐이다. 근대 이전의 '동양'은 중국을 하나의 세계로 하는 '중화주의'를 의미한다. 근대 이전에는 각각의 지역 논리에 바탕을 두고 다양한 지역을 황제의 권위하에 느슨하게 통합하는 소위 중화세계가 형성되어 있었다. 조공-책봉 관계는 이 연장선상에서 구상된 것이다. 통치 형태 역시 근대국가의 영토에서처럼 절대적인 경계선(국경)으로 구획된 영역을 전면적으로 예외 없이 균질적으로 통치하려는 것이 아니었다.[27] 1894년 청일전쟁에서 청의 패배를 계기로 동아시아는 중화적 세계질서로부터 근대적 국제질서로 이행되었으며, 이때 '동양'은 '서구'의 '백인종'에 대해 공동 대응하는 연대적인 지역적 질서를 의미하였다. 이 글에서 하나의 범주로 묶고 있는 '동방'이란 연대적 의미의 '동양'이나 중화적 세계로서의 '동양'과는 다른 개념이다. 그것은 인용문에서 '동방'이 구획되는 방식에서도 확인할 수 있다. 최남선은 '동방'을 '인도 중심 문화구', '지나 중심의 문화구', '아시아 북계 문화지대'로 세 개의 문화권역으로 나누면서 동방을 재구성한다. '동방'을 이처럼 세 개의 문화권역으로 구획하는 데에서 발견할 수 있는 것은 천하를 의미했던 '중화'가 '동방'을 구성하는 한 부분인 '지나'로 전환된다는 점, 조선이 일본과 함께 '아시아 북계 문화지대'로 묶인다는 점이다.

---

27 근대 이전의 중화 세계의 구조에 관해서는 모테기 도시오[茂木敏夫], 도면회 역, 「국민국가 건설과 내국 식민지—중국 변강의 '해방'」, 임지현·이성시 편, 『국사의 신화를 넘어서』, 휴머니스트, 2004, 141~144면을 참조함.

'중국'이 '지나'로 전환되면서 전통적인 중화적 세계로서 중국이 지니고 있던 지위는 해체된다. 그런데 중국으로부터의 분리를 강조하는 이러한 의식은 「불함문화론不咸文化論」에서부터 형성된 것이다.

① 나는 연래(年來)로 조선역사(朝鮮歷史)의 출발점(出發點)에 관하여 고찰(考察)을 시도(試圖)하고 있다. 그 인문(人文)의 기원(起源)에 관한 탐구(探究)는 필연적으로 동방문화(東方文化)의 연원(淵源)을 생각게 하므로, 어느 사이에 연구의 대상이 후자(後者)로 대체(代替)케 되었다. 그리하여 동방문화(東方文化)의 원시상태(原始狀態)는 조선(朝鮮)을 통하여 비교적 뚜렷이 조망(眺望)할 수 있으리라고 생각되며, 또한 이는 전인 미답(前人 未踏)의 경지(境地)인 만큼 이상한 흥미에 이끌리는 바이다. 아무튼 동양학(東洋學)의 진정(眞正)한 건립(建立)은 조선(朝鮮)을 중심으로 하여 조선(朝鮮)의 비밀(秘密)의 옛 문(門)이 열림을 기다려 비로소 시작되리라고 생각된다.[28]

② 인도(印度)·지나 양계(支那 兩界) 이외에 제민족(諸民族)의 문화적 공통 원천(文化的 共通 源泉)으로서, 예로부터 동방 역사 전개(東方 歷史 展開)의 근본 동기(根本 動機)를 이루고 있는 방면(方面)으로서나, 또는 동방문화(東方文化)의 정점(頂點)으로 삼는 지나(支那)의 그것이 실(實)은 불함문화(不咸文化)로써 대부분(大部分)의 내용을 이루고 있는 점(點)으로서나, 불함문화(不咸文化)에 대한 학자(學者)의 태도(態度)·관념(觀念)은 앞으로

---

28 최남선, 「불함문화론」, 『전집』 2, 현암사, 1974, 43면.

많이 개정(改訂)되어야 할 줄로 생각한다. 얼른 말해서, 조선인(朝鮮人)이건 일본인(日本人)이건 자기들의 문화 급 역사(文化 及 歷史)의 동기(動機)·본질(本質)을 고찰(考察)할 경우에, 무턱대고 지나 본위(支那 本位)로 모색(摸索)함을 지양(止揚)하고 자기 본래(自己 本來)의 면목(面目)을 자주적(自主的)으로 관찰해야 할 것이며, 일보(一步)를 내켜서 지나문화(支那文化)의 성립에 대한 자기들의 공동 동작(共同 動作)의 자취를 찾아서, 동방문화(東方文化)의 올바른 유래(由來)를 구명(究明)하는 것이 금후(今後) 노력해야 할 방향이어야 할 것이다.[29]

인용문 ①에서 최남선은 "조선역사의 출발점에 관하여 고찰을 시도"하면서 "전인 미답의 경지"인 "조선의 비밀의 옛 문에 열림"을 기다리는 동시에, 이를 통해 "동방문화의 원시상태"를 조망한다. 그리고 '조선'이라는 특수를 통하여 '동방문화'라는 보편에 대한 "올바른 유래를 구명"하기 위하여 전제되어야 하는 것은 "동방문화의 정점"을 재확립하는 작업이다. ②에서 최남선은 "동방문화의 정점으로 삼는 지나의 그것이 실은 불함문화로써 대부분의 내용을 이루고 있는 점"을 강조함으로써 먼저 '지나'를 동방의 한 지역으로 전환하고, 다음으로 '동방'의 중심으로 '불함不咸'을 배치하고 있다.

이러한 작업은 ①에서 확인할 수 있는 바와 같이 "기원起源"의 재구를 통해 이루어진다. 최남선은 「불함문화론」에서 "명백한 듯하면서도 비교적 모호한 것이 지나의 고대사"이며, "소위 지나문화란 것이 그렇게

---

29 위의 글, 61면.

독창적인 것이 아니라, 많은 자료를 그 주위의 민족에게 힘입었음은 이미 알려진 바인데, 오인吾人의 보는 바로는 가장 많았을 동이東夷와의 그것은 이상하게도 시방까지도 지나치게 등한시하였다"[30]라고 주장한다. 그는 중국 문화의 형성기라고 할 수 있는 '고대사'를 불명확한 실체로 인식하고 중국문화가 "그 주위의 민족", 특히 "동이"로부터 "힘입었음"을 강조함으로써, 조선이 지니고 있던 사대적인 중화 관념을 해체하고자 하였다. 이러한 태도는 중국에 대해 "불함문화에 있어서 지나는 일방계一傍界라고 하기보다는, 차라리 오랜 이전에 옹색되고 고갈되어 버린 구하상舊河床의 여흔餘痕일 다름"[31]이라는 규정을 내리는 데에서도 확인할 수 있다.

「불함문화론」에서 발견할 수 있는 탈중국화 전략은 당대의 국제 관계 속에서 타자와의 관계를 통해 형성된 것이다. 최남선의 저작에서 타자 인식[32]은 주로 중국과 밀접하게 연관되어 있다. 최남선이 지니고 있던 '중국으로부터의 분리' 의식은 전통적인 중화적 질서에서 벗어나 만국공법의 원리를 중심으로 하는 근대적 국제질서로 들어선 당대 조선의

---

30 위의 글, 51면.
31 위의 글, 70면.
32 장석만 역시 최남선의 타자 인식이 중국문화권에 머물러 있다고 지적했다(장석만, 「민족과 인종의 경계선—최남선의 자타인식」, 『종교문화비평』 7, 한국종교문화연구소, 2005, 40면). 이와 관련된 논의로 강해수는 "한국에서의 '친일파' 비판을 둘러싼 논의들은 최남선을 비롯한 식민지조선 지식인들의 중국(지나)관과 '제국의식' 및 그 상관관계를 묻지 않는다"는 점에 대하여 비판하면서, 최남선이 지니고 있던 중국에 대한 타자의식을 최남선의 저작을 평가하는 데 중요한 지점으로 삼고 있다(강해수, 「최남선의 '만몽(滿蒙)' 인식과 제국의 욕망」, 『역사비평』, 역사문제연구소, 2006,가을, 83면). 같은 문제에 대하여 전성곤은 "일본과 조선이 공동의 숙제로 안고 있는 중국문화로부터의 거리는 조선과 일본이 동일한 문화권을 상정하면서 그 숙명을 풀어 가야함을 어필한 것"으로 평가하고 있다(전성곤, 앞의 글, 78면).

타자의식을 반영하고 있다. 여기에는 조선이 근대적인 국제질서로 편입되면서 얻게 되는 근대적 국가관[33]이 반영되어 있다. 최남선이 「불함문화론」에서 조선과 일본의 공통된 과제로서 "조선인이건 일본인이건 자기들의 문화 급 역사의 동기·본질을 고찰할 경우에, 무턱대고 지나 본위로 모색함을 지양하고 자기 본래의 면목을 자주적으로 관찰해야 할 것"[34]을 제안한 것은 근대적 국제질서 속에서 조선 역시 동등한 세력을 지녀야 한다는 관념적인 '균세均勢, balance of power'[35] 의식에서 비롯된 것이다.

"지나 본위로 모색함을 지양하고 자기 본래의 면목을 자주적으로 관찰"한다는 이념에 대하여 최남선은 "자기들의(조선과 일본—인용자) 공동 동작의 자취를 찾아서"[36] 해결할 수 있다는 입장을 보인다. 이러한 입장을 학문적으로 뒷받침해 주는 것이 '문화'의 원리이다. '문화'의 원리는 조선을 중화적 질서체제로부터 분리하고 일본과 동일한 계통으로 묶는

---

33 J. 레벤슨 역시 중국 근대의 사상사를 구래의 '천하'가 '국가'로 변화되는 과정으로 파악하였다. 중국에서 이러한 변화는 1985년 청일전쟁의 패배로부터 본격적으로 시작되고, 1919년 5·4운동을 계기로 완성된다. 이것은 중국 역시 세계제국으로서의 중국이 하나의 민족국가로서 국제체제에 적응해야 했음을 의미했다(Joseph R.Levenson, *Confucian China and its Modern Fate—A Trilogy* Vol. 1, University of California Press, 1968, pp.98~104. 여기서는 박상수, 「중국 근대 '네이션' 개념의 수용과 변용」, 『동아시아 근대 '네이션' 개념의 수용과 변용—한중일 3국의 비교 연구』, 고구려연구재단, 2005, II장을 참조함).

34 최남선, 「불함문화론」, 고려대 아세아문제연구소, 『육당 최남선 전집』, 현암사, 1974, 61면.

35 근대적 국가관을 구성하고 있는 '균세(均勢, balance of power)' 개념은 주변 열강의 역학관계 속에서 자주독립을 추구해야 했던 근대 한국인들에게 힘의 균형을 추구하는 국제관계의 객관적 실재와 자주독립의 주관적 이상을 표상하는 언어이다(장인성, 「근대 한국의 세력균형 넘—'균세'와 '정립'」, 『세계정치』 25, 서울대 국제문제연구소, 2004, 59면).

36 최남선, 「불함문화론」, 고려대 아세아문제연구소, 『육당 최남선 전집』, 현암사, 1974, 61면.

데 중요한 준거틀로 작용하고 있다. 요컨대 최남선이 새로운 구획의 단위로서 '문화권'[37]을 설정한 것은 조선과 일본이 민족적 경계를 넘어서 "공동 동작의 자취"를 찾는 데 유용하게 작용한다.

이것은 불함문화권의 경계를 구획하는 데에서 구체적으로 드러난다. 「불함문화론」에서 최남선은 '天'을 의미하는 'Taigǎr(그 인격형(人格形) Taigam)'[38] 음音과 '신神'을 의미하는 'Pǎrk(그 인격형(人格形) Pǎrkǎn-ai)'[39]

---

37 "어떤 민족(民族)의 환경이란 공간적(空間的)으로는 지리(地理)와, 시간적(時間的)으로는 역사(歷史)와의 교차점(交叉點) 위에 이루어진다. 환경으로부터 문화(文化)가 발생한다는 것은 말하자면 지리(地理)에 유도(誘導)되는 동시에 역사(歷史)에도 제약(制約)되어 하나의 문화(文化)가 육성(育成)된다는 것을 뜻하는 것이다. 그리고 이 조건을 같이하고 있는 범위(範圍) 내에서는 동질(同質)·동형(同型)의 문화가 존재하고, 이 문화적 유연(文化的 類緣)은 종족(種族)이나 사회(社會)와는 별개(別個)의 관계에 있다. 이러한 문화적 연대관계(文化的 連帶關係)를 계통적(系統的)으로 보아 문화권(文化圈, Kulturkreis)이라 하고, 형태적(形態的)으로 보아 문화유형(文化類型, Kulturtypus)이라 한다"(최남선, 「만몽문화(滿蒙文化)」, 고려대 아세아문제연구소, 『육당 최남선 전집』 10, 현암사, 1974, 385~386면).

38 최남선은 'Tengri' 음(音)의 분포를 분석함으로써 조선과 몽고, 일본을 하나의 문화권으로 묶고 있다. 다음은 「불함문화론(不咸文化論)」에서 'Tengri' 음(音)의 분포를 분석한 부분이다.
① "단군(壇君)이란 Tengri 또는 그 유어(類語)의 사음(寫音)으로서, 원래 천(天)을 의미하는 말에서 전(轉)하여 천(天)을 대표(代表)한다는 군사(君師)의 호칭에 된 말에 불외(不外)하다(군(君)은 정치적(政治的), 사(師)는 종교적 장(宗敎的 長)을 말하는 것인데, 원시 의의(原始 意義)에 있어서는 양자(兩者)가 일체(一體)임이 물론이다).
언어학적(言語學的)으로 동일한 문화권(文化圈)에 속(屬)한다고 생각되는 몽고어(蒙古語)의 Tengri가 천(天)과 한가지 무(巫)(배천자(拜天者))를 의미함은, 인류학적(人類學的)으로 군주(君主)와 무축(巫祝)이 대체(大體)로 일원일체(一源一體)임과, 조선(朝鮮)의 고전승(古傳承)에 군주(君主)와 무축(巫祝)이 역시 동일어(同一語)로 호칭(呼稱)되었다고 함과를(원문 오류) 아울러 생각하면, 설사 전설(傳說)이라 하더라도 단군(壇君)이란 것이 얼마나 확고(確固)한 근거(根據) 위에 입각(立脚)하였는가를 알 수 있을 것이다"(최남선, 「불함문화론」, 고려대 아세아문제연구소, 『전집』 2, 현암사, 1974, 60면).
② "일본(日本)에서 천구(天狗)라고 칭(稱)하는 것이 Tengri의 일본어형(日本語形)인 タカ·タカマ의 유어(類語)일 것임은 종종(種種)의 이유(理由)로 오인(吾人)의 진작부터 고신(考信)하는 바이며"(위의 글, 55면).

39 최남선은 'Pǎrk' 음(音)의 분포를 분석함으로써 조선과 일본을 하나의 문화권으로 묶고 있다. 다음은 「불함문화론(不咸文化論)」에서 'Pǎrk' 음(音)의 분포를 분석한 부분이다. "조선(朝鮮)에서 시방 천제(天帝)를 칭(稱)하는 Hanǎr-nim이란 말도, 고대(古代)에는

음音의 분포를 기준으로 "이 일대 문화계통의 고찰을 시도하고" 있다. 따라서 최남선은 "그리하여 이 Părk을 법인法印으로 하는 Tengri의 관념은 꽤 오랜 옛날부터 종교적 형체를 갖추고 널리 분포하며, 마침내 이 교리를 중심으로 하는 특수한 일대문화권—大文化圈이 생겼다"[40]고 하면서 분포 범위를 '조선', '일본' 및 '동부지나', '유구琉球', '만주', '몽고', '중앙아세아', '발칸반도'까지 확대한다.

최남선이 구상한 불함문화권의 경계는 어떠한 의미를 지니고 있는가? 근대 한국의 '동양' 개념은 대외 팽창의 수준에 따라 지리적·인종적 범주를 확장시켜 나갔던 일본의 '동양' 개념과는 달리, 동북아의 지리적 공간과 동양 삼국의 민족에 한정되었다. 다시 말해 근대 한국에서 '동양' 개념은 동북아 삼국과 삼국의 관계망으로 구성되는 지정·지문화적 공간이자 '서양'에 대항하는 안보 공간이었다.[41] 이러한 사실에 비추어 볼 때, 'Taigăr' 음音과 'Părk' 음의 분포라는 언어학적 지식을 바탕

특히 종교적(宗敎的)으로는 Hanăr 혹은 그 인격형(人格形)인 Părk 또는 그 활동형(活動形)인 Părkăn(-ai)이 태양(太陽)을 칭위(稱謂)하는 성어(聖語)로서 오히려 많이 사용(使用)된 듯하다. 백(白)(Părk)이란 곧 Părk의 대자(對字)였던 것이다. (…중략…) 이 Părk-Părkăn(-ai)이란 것은 실(實)은 조선(朝鮮)에만 국한(局限)된 것이 아니라 꽤 광범(廣汎)하게 분포(分布)되어 있었음은, 조선(朝鮮)을 중심으로 하여 상당히 광대한 범위 내에 그 증술(證述)이 역력히 잔존(殘存)함으로써 의심할 여지가 없는 바이다. 위선 일본(日本)의 지명(地名)에 있어서 극히 현저한 수례(數例)를 들기로 한다. 일본(日本)의 많은 산악(山岳) 중에서 역사적(歷史的)으로나 신앙적(信仰的)으로나 가장 저명(著名)한 것이 무엇인가고 질문한다면, 무엇보다도 먼저 소위 천손강림(天孫降臨)의 곳이라고 호칭(呼稱)되는 고천수(高千穗)의 산봉(山峰)이라 할 것이다. (…중략…) 고천수(高千穗)의 일본사상(日本史上)에 있어서의 지위(地位)는 마치 조선사상(朝鮮史上)에 있어서의 태백산(太白山)과 동일(同一)한 것으로서, 그 천손 강림(天孫 降臨)의 사실(事實)에서 Părk이란 명칭에 있어서까지 일치함을 보여주고 있음은 상당히 注意할 價値가 있는 것으로서, 양사(兩史)의 민족학적 비교 연구(民族學的 比較 硏究)에 일대 신계기(一大 新契機)를 표현(表現)하는 것이다"(위의 글, 45~46면).

40 위의 글, 60~61면.
41 장인성, 앞의 글, 76면.

으로 지리적 공간의 경계를 구획하는 것은 제국 일본의 대외 팽창의 수준에 따라 지리적·인종적 범주를 확장시켜 나가는 데 근거를 제공해 주는 학문적 토대라고 할 수 있다. 즉 '중화적 세계질서'로 묶여 있던 '동양'이라는 정치적 공간은 제국 일본에 의해 다시 분할되는데, 이 과정에서 분할의 학문적 토대를 제공해 주는 것이 'Taigăr' 음과 'Părk' 음의 분포와 같은 언어학적 지식이다.

최남선이 보여주고 있는 언어학적 검증은 그가 구획하려는 문화권을 확정짓는 데 객관적인 자료를 제공해 주는 근대적 지식이다. 여기에서 중요한 사실은 지식의 객관적 타당성을 묻는 데서 한 걸음 더 나아가 그러한 지식이 무엇을 증명하는 데 기여하는가 하는 점이다. 근대적인 지식은 가치중립적인 것이 아니라 지식-권력의 복합체인 하나의 담론이며, 근대적인 지식을 생산해 내는 작업 역시 권력의 작동과 무관할 수 없다. 최남선이 기대고 있는 언어학적 지식과 분석 방법은 동양에 대한 새로운 지식을 형성하며 동양 내부를 분할하여 그 경계를 짓는 근대적 학문이지만, 동시에 제국의 자기 지知를 형성하는 데 기여한다.[42] 따라서 최남선이 'Taigăr' 음音과 'Părk' 음의 분포와 같은 비교언어학적 지식을 통해 동양이라는 지리적 실체의 경계를 재구획하는 것은 보다 더 넓은 지역을 하나의 범주로 묶고, 나아가 그 지역을 일정한 방향으로 해석함으로써 그 지역을 전유하기 위한 토대가 된다.

---

[42] 역사의 과학화는 결코 정치적 중립이라는 의미로서의 객관성을 의미하는 것이 아니다. 역사학은 국사적인 성격을 띠고 있거나 시민적인 성격을 가지고 있는 것에 적극적으로 봉사하는 방향으로 흐르고 있다고도 일컬어진다. 근대 일본이 모델로 한 유럽의 역사학은 국민적 화해와 애국주의적 동원 수단으로서의 성격을 두드러지게 나타내고 있다(이성시, 「구로이타 가쓰미를 통해 본 식민지와 역사학」, 박경희 역, 『만들어진 고대』, 삼인, 2001, 226면).

「신의 뜻 그대로의 옛날을 생각함」에 이르면 최남선은 「불함문화론」의 이러한 구획을 바탕으로 '동양'을 '인도 중심의 문화구'와 '지나 중심의 문화구', '아세아 북계 문화지대'로 분할한다. 그리고 이 '아시아 북계 문화지대'란 '조선반도와 내지의 섬들이 장구한 기간에 걸쳐 동일한 국토·동일한 국민에 의하여 오랜 전통을 가진 문화적 사실을 보유'한 문화 블록으로 정의된다. 이 문화 블록을 토대로 조선은 제국주의적 국민국가의 한 부분으로 통합된다. 일본 제국주의의 팽창이 문화적 통합 원리를 기반으로 한 '옛스러움'을 회복하는 것으로 자연화naturalize되는 과정에는 제국주의적 국민국가의 포섭 논리[43]가 반영되어 있다.

「신의 뜻 그대로의 옛날을 생각함」에서 '인도', '지나', '아세아 북계'로 분할된 각각의 지역이 동등한 의미를 지닌 것은 아니다. 이러한 사실은 최남선이 '아세아 북계 문화지대'에 대하여 "인류 발달사의 여러 가지 수수께끼가 그 속에 감춰져 있"으며, 더 나아가 "이 봉쇄된 보창의 문을 열어봄으로써 비로소 올바른 동양사 내지 전 세계사도 만들어낼 수 있다"[44]라고 서술하는 데에서 확인할 수 있다. 이러한 과정을 통하여 '아시아 북계 문화 지대'는 재구획된 동양의 중심으로, 그리고 세계사의 중심으로 자리 잡게 된다. 이러한 재구획은 "비로소 올바른 동양사 내지 전 세계사도 만들어 낼 수 있다"는 주장에 의해 정당화된다.

최남선이 기대하는 '올바른 동양사 내지 전세계사'란 첫째, 중국으로부터 분리된 동양사이며, 둘째, 서양을 중심으로 구성된 세계사를 타자로 전제한 것이다. 서양을 중심으로 구성된 세계사를 타자로 전제한 '동

---

43 사카이 나오키, 이규수 역, 이연숙 대담, 『국민주의의 포이에시스』, 창비, 2003, 147면.
44 최남선, 「신의 뜻 그대로의 옛날을 생각함」, 『선집』, 106면.

양' 개념은 최남선이 『매일신보』 1944년 1월 1일자에 발표한 「아세아의 해방」, 「성전聖戰의 설문說文」, 「보람 있게 죽자」, 「나가자 청년학도여」에서 구체화된다. 최남선이 하나의 문화권으로 설정한 '아시아 북계 문화 지대'는 '올바른 동양사 내지 전세계사'를 이끌어가기 위한 중심이 되기 위하여 밖으로 서양을 타자화하는 동시에 안으로 하나의 문화권이라는 통일체를 형성해야 한다. 여기서 '하나의 문화권'이란 서양을 중심으로 한 근대를 초극하기 위하여 태평양전쟁을 수행하는 주체이므로, 서양을 타자화하고 내부를 하나의 통일체로 통합하는 과정은 서로 얽혀 있다.

4. 민족 범주의 양가적 실현과 동원된 국민 만들기

'동양'을 하나의 문화권으로 설정하고, 이 문화권의 내부와 외부를 구획하는 경계는 중일전쟁과 태평양전쟁을 수행하는 과정에서 제국 일본의 논리를 뒷받침해주는 근거로 활용된다. 최남선이 「불함문화론」과 「신의 뜻 그대로의 옛날을 생각함」에서 확정하고 있는 문화권은 1938년 11월 고노에 수상이 '동아신질서 성명'[45]을 발표한 이후 구성된 '동

---

45 동아신질서 구상은 중일전쟁을 단순한 정복 전쟁이 아니라 서구 제국주의에 종속되어 있는 중국을 해방시켜 새롭게 건설된 동아신질서의 일(一)주체로 세우기 위한 전쟁으로 규정한다. 선언 이후 일본 정치는 국내적으로는 전쟁 수행을 위해 국가의 전역량을 동원하는 총력전체제 강화를 목표로 하는 '신체제 운동'의 전개로, 대외적으로는 중국

아협동체'론을 지리적·문화적으로 뒷받침해준다. 고노에 수상의 '동아신질서 성명'에서 '신질서'란 구미 선진 제국주의의 세계지배를 정당화하는 '세계구질서'에 대항하기 위한 것이며, 나아가 구질서의 재편을 요구하는 것이다. 고노에 수상이 중일전쟁의 목적을 "동아의 영원한 안정을 확보할 신질서의 건설에 있다"[46]고 규정한 것과 같은 맥락에서 미키 키요시는 "중일전쟁은 지금까지 '유럽주의'의 입장에서 본 것에 지나지 않았던 세계사를 극복하고, 진정한 세계의 통일을 가능하게 하기 위하여 동아시아의 통일을 실현한 것"[47]으로 파악한다. 그리고 미키 기요시는 "근대적 세계주의의 극복[48]은 한 민족을 초월한 보다 커다란 단위로 세계가 분할·형성되는 것으로 나타나지 않으면 안 된다"는 점을 강

과의 제휴를 통해 전쟁을 종결하고 서구에 대항하는 '동아신질서'를 구축하는 방향으로 전개되었다. 이 시기부터 남방진출과 태평양전쟁이 발발하기 직전까지 '동아신질서 구상'을 실현할 사상으로 제창되어 일본 국내 정치에 적극적으로 개입했던 논의가 '동아협동체론'과 '동아연맹론'이다. '대동아공영권론' 역시 1940년대에 돌출한 사상이 아니라, '동아협동체론'과 '동아연맹론'과 동시에 제기된 지역 구상이다(정종현, 『식민지 후반기(1937~1945) 한국문학에 나타난 동양론 연구』, 동국대 박사논문, 2005, 44면). 그러나 '동아연맹론'은 '국방의 공동, 경제의 일체화, 정치의 독립'이라는 3가지 원칙을 내용으로 삼고 있었는데, 조선의 경우 '정치의 독립'이라는 원칙이 조선의 독립을 매개할 수 있는 사상으로 받아들여졌다. 이 같은 이유 때문에 조선총독부는 동아연맹론의 조선 유포를 금지하였다(변은진, 「일제 전시파시즘기(1937~45) 조선민중의 현실인식과 저항」, 고려대 박사논문, 1998, 296~298면).

46 오자키 호쓰미[尾崎秀實], 유용태 역, 「동아 협동체의 이념과 그 성립의 객관적 기초」, 최원식·백영서 편, 앞의 책, 36면.

47 미키 기요시[三木淸], 유용태 역, 「신일본의 사상 원리」, 위의 책, 53면.

48 '동아협동체'론이 지니고 있는 반자본주의적 혁신 정책은 일본뿐만 아니라 식민지 조선에서도 폭넓게 수용되었다. 인정식과 차재정 같은 전향 사회주의자들의 경우를 보면 혁신의 반자본주의적인 성격에 대한 기대가 식민지적 착취와 압박의 근절에 대한 전망으로 확장되고 있다. 또한 이들은 중일전쟁 이후 일제가 시행한 각종 통제경제 정책에 대해서도 반자본주의적 혁신의 일환으로 보고 지지하였다(홍종욱, 「중일전쟁기(1937~1941) 조선 사회주의자들의 전향과 그 논리」, 『한국사론』 44, 서울대 국사학과, 2000, 185~188면).

조하면서 "동아 협동체는 이와 같은 세계의 신질서의 지표가 되어야 한다"[49]고 주장하였다.

'동아협동체'론을 바탕으로 한 '동아신질서' 구상은 동아시아에 대한 일본의 패권적 지위를 전제로 한 것임에도 불구하고 세계사적인 필연성을 지닌 것으로 전환된다. 최남선 역시 이러한 인식구조를 벗어나지 못하고 있다. 이를 반영하고 있는 것이 「아세아의 해방」과 「성전의 설문」이다.

> 동양과 서양이 일방은 압제자 착취자요 일방은 피압제자 피착취자라는 비윤리적 대립상을 정(呈)하고 있음은 인류 양심이 오히려 미미함을 나타내는 큰 증거이다. 그리고 이러한 불합리적 장애, 내재적 모순을 제거한 뒤가 아니면 세계사의 출현은 물론 기대할 수 없다. 이러므로 아세아의 해방은 다만 아세아적 입장뿐 아니라 진실로 인류적 세계적 입장에서도 마찬가지로 요구되는 일임을 깨달을 것이다. (…중략…)
>
> 이제 그것이 일본국민을 선수(選手)로 하고 대동아전(大東亞戰)을 무대로 하여 우리들의 발 앞에 그 씩씩한 보취(步趣)를 보이고 있는 것이다. 동아전은 결코 일본만의 전쟁이 아니오 또 다른 어느 일 국민, 일 민족 대 타국민과의 전쟁도 아니라, 진실로 일본 및 일본정신의 발단자(發端者), 또 중추세력, 또 지도원리(指導原理)로 하는 전동아의 해방운동이요, 이 동아해방운동은 그대로 곧 세계 개조(改造)의 중대한 계자(稧子)인 동시에 인류역사의 '세계'화를 현전(現前)케 하는 기연이다. 이러한 세계사적 '쏠렌'성(性)과 인류적 보편타당성으로써 본질을 삼는지라. 동아인으로는 의(義)에 용(勇)하며 세계인으로는 진리에 충(忠)하여 다함께 진정한 '세계'사의 첫장을 도의로

---

49 미키 기요시, 유용태 역, 앞의 글, 56면.

써 기록하기에 성공해야 하는 것이다.

(…중략…) 앞으로 설사 약간의 곡절과 진퇴를 보이는 일이 있을지라도 '세계'의 신역사는 이미 권두를 열고서 다만 일장(一章) 또 일절(一節)씩 신경과(新經過) 신사실(新事實)을 거듭하여 나가게 되었다. 저 근세에 있는 구라파의 동침과 및 여기에 대한 이번 대동아전의 반발은 둘이다. 서방 또 동방으로서 하는 견인접근으로서 이번의 일촉발(一觸發)을 출현한 것은 인류 전역사의 시사로써 다시 의심할 것 없다.[50]

태평양전쟁은 동아시아에서 일본의 패권적 지위를 확보하기 위한 전쟁이지만, 이 글에서는 태평양전쟁에 세계사적인 필연성을 부여하여 '성전聖戰'으로 승화된다. "동양과 서양이 일방은 압제자 착취자요 일방은 피압제자 피착취자라는 비윤리적 대립상"과 같은 "불합리적 장애, 내재적 모순을 제거한 뒤가 아니면 세계사의 출현은 물론 기대할 수 없다"고 한 주장은 태평양전쟁의 발발 이후 남방까지 확대된 '대동아공영권'[51]의 확립을 정당화하는 논리이다.

다음은 최남선의 「나가자 청년학도야─학문의 진리를 행동으로 바치라」 중의 일부이다.

---

50 최남선, 「아세아의 해방」(『매일신보』, 1944.1.1), 『선집』, 100~102면 참조.
51 태평양전쟁이 발발하자 '동아' 개념은 선진 제국주의인 영·미·불 등을 식민지 본국으로 한 태평양 남방의 여러 지역을 포함하여 '대동아'로 확대된다. 따라서 '남방권'의 확보를 통해서 '동아'에서 '대동아'로 확대되는 것은 영·미 등 서구의 지배를 받고 있던 아시아 민족들의 독립과 해방, 그리고 민족들 간의 호혜적인 협력관계의 수립 요구를 이념에 반영시킨 '공영권'의 이상을 표명하는 동시에 '동아신질서' 건설의 이념이 내포하고 있었던 논리를 한층 더 강화하게 된다. 태평양전쟁 발발 이후 '동아'에서 '대동아' 개념으로 확대된 것에 관해서는 고야스 노부쿠니[子安宣邦], 이승연 역, 『동아·대동아·동아시아』, 역사비평사, 2005, 89~93면을 참조.

세계에 잇는 모든 불합리스런 상태를 이치에 맞도록 인도하고 모든 압박자들에게 해방과 발전의 기회를 주어 함께 살고 함께 영화스럽게 살아나간다는 것을 목표로 하는 이번 전쟁을 의전(義戰)-성전이라고 하지 안고 무엇이라고 할 것인가. 이 빗나는 성전은 멀리 쩌러진 곳의 다른 일이 아니고 실로 우리들의 집안일이며 더욱히 우리 청년학도들의 출진으로 말미아마 일대 추진을 보일라는 단계에 이르럿다.[52]

징병을 예찬하여 수많은 청년들을 전쟁터로 몰아넣었던 글에서 두드러지게 발견되는 것은 '성전' 논의이다. 태평양전쟁은 "세계에 잇는 모든 불합리스러운 상태를 이치에 맞도록 인도하고 모든 압박자들에게 해방과 발전의 기회를 주어 함께 살고 함께 영화스럽게 살아나간다는 것을 목표로 하는" '혁신' 이데올로기와 결합함으로써 명예로운 것, 즉 '의전義戰-성전'의 의미를 획득하게 된다. 최남선이 이렇게 인식한 것은 당시의 일본을 중심으로 한 동아시아의 재편이 당대의 세계질서의 흐름에서 피할 수 없는 것인 동시에 역사적 필연성을 지닌 것이라고 받아들였기 때문이다.

이에 대한 인식은 같은 해에 발표한 「보람 있게 죽자」(『조광』, 1943.12)에서도 드러난다. 「보람 있게 죽자」에서 최남선은 "만주사변으로부터 지나사변내지대동아전의 일련적 전개는 진실로 당유불능무當有不能無의 역사적 귀취歸趣요, 바꾸어 말하면 곧 절대한 천명이랄밖에 없다"고 주장함으로써 자신의 판단이 당대의 국제질서 변화의 흐름이라는 객관적 정

52 최남선, 「나가자 청년학도(青年學徒)야─학문(學問)의 진리(眞理)를 행동(行動)으로 바치라」, 『매일신보』, 1943.11.20.

세를 파악하는 과정에서 도출된 것임을 보여주고 있다. 최남선은 현재의 변화가 "고금래古今來의 온갖 인연적 약속이 덥치고 쌓여서 마츰내 이 막다란 골에 들어선" 결과이므로 역사적 필연성을 지니고 있음을 강조한다. 여기에서 '성전' 논의는 당대의 역사적 흐름에 대한 그의 인식을 보여주는 하나의 기호이다. 「나가자 청년학도야─학문의 진리를 행동으로 바치라」를 살펴보면, '성전'의 논리는 총력전체제하에서 식민지 조선을 재편하는 중요한 원리로 작용하고 있다.

제군! 오늘의 전쟁이 그 형식에 잇서서나 쏘는 그 내용에 잇서서 녯날의 전쟁과는 달러서 소위 국민개병에 의한 총력전, 전체전임은 새삼스러히 말할 여지조차 업다. 물론 아래우흐로는 계급이 업고 엽흐로는 아모 장벽이 업스며 전선과 총후의 구별조차 업다. 정말로 나라를 드러 한 덩어리의 불길이 되여 잇는 힘을 오로지 바치는 싸움이다. 이쌔에 청년학도들은 두 어깨에 지니어진 특별한 의무와 책임을 이저서는 안 된다. 청년은 어썬 시대와 사회에 잇서서도 그 중심이고 추진력이 되는 것이매 특히 역사의 전환기에 잇서서는 더욱 그러하다. 그중에도 순정에 불타고 이상에 빗나며 그것을 실천에 옴길 만한 꿋꿋한 힘을 가진 학도는 더욱히 중심 중의 중심이 되지 안흘 수 업다. 지금 우리들 눈아페 닥쳐온 세계사의 일대변환은 전 국민이 전 능력을 오로지 바쳐야 하며 특히 청년학도들에게 보내여지는 기대는 말할 수 업시 큰 것이잇다. (…중략…)

이로써 적은 한 몸을 가지고 천황폐하의 방패가 되고 세계재건의 기초가 되고 다시 도리켜 생각하여 보면 사람으로서 가장 의의 잇시 죽을 쌔 그 죽는 장소를 차지할 수가 잇는 것이다.[53]

인용문에서 최남선은 "오늘의 전쟁이 그 형식에 잇서서나 쏘는 그 내용에 잇서서 넷날의 전쟁과는 달러서 소위 국민개병에 의한 총력전, 전체전"임을 역설하며 식민지 조선의 청년들을 전쟁으로 이끈다. "아래우흐로는 계급이 업고 엽흐로는 아모 장벽이 업스며 전선과 총후의 구별조차 업다"는 진술에서 확인할 수 있는 것처럼 균질화된 국민적 동일성은 전쟁을 수행하기 위하여 필수불가결한 것이다. 이는 특히 '청년학도'에게 집중된다. 최남선이 호명하고 있는 '청년학도'는 "순정에 불타고 이상에 빗나며 그것을 실천에 옮길 만한 꿋꿋한 힘을 가진" 주체로서 "중심 중의 중심"이며 "추진력"의 담지자이다. "전 국민이 전 능력을 오로지 바쳐야" 하는 총력전체제하에서 '청년학도'는 국민의 총동원을 집결하고 국민을 이끌어 가는 주체이다. 그래서 최남선은 이 글에서 "청년학도들은 두 어깨에 지니어진 특별한 의무와 책임을 이저서는 안 된다"고 강조한다.

그런데 조선인이 획득한 국민으로서의 지위는 징병제라는 의무의 수행, 즉 주체의 선택을 통해 주어지는 것이라는 점에서 주체의 선택 과정을 신화화할 필요가 있었다. '민족' 범주의 양가적 특성은 이 과정에서 발현된다.

①
제군 우리들이 대동아전쟁의 진두에 섬은 물론 일본국민의 충의성(忠義性)에 투철하기 위해서이지만 다시 우리 조선사람의 입장으로서 본다면 쏘

---

53 위의 글.

하나의 간절한 기대가 여기에 숨어 잇는 것이다. 그것은 우리들이 일허버린 '마음의 고향'을 발견하는 것이요, 잠자는 혼을 깨우처 우리들 본연의 자태로 도라가는 길이다.

(…중략…) 겸창무사들과 함께 세계 역사상에 무사도의 쌍벽이라고 일커러온 바 고고고려무사(高句麗武士) 신라무사의 무용성을 차저내어 그 씩씩한 전통을 우리들의 생활원리로 하고 우리들의 정신적 부활을 쇠하는 것이 오래동안 우리들에게 요망되어 오든 바 그 절호한 기회가 대동아의 전장에 그 특별지원병으로서의 용맹한 출진에 의하야 발견되는 것을 나는 통감하는 바이다.[54]

②

최남선 나는, 그러한 것을 특히 수다스럽게 말할 심산이 아니었지만 청중은 그 점에 귀를 기울이지 않았을까요. 예를 들면 우리 조선인을 두고 문약(文弱)에 빠졌다든가 나태하다고 말하고 있지만 그것은 외적인 원인에 의한 변화라는 것. 우리들 본래의 모습이란 그렇지 않다는 것. 모두 '상무(尙武)'를 첫째로 쳤다는 것. '무를 숭상한다'란, 그것에 의해 모든 제도가 나왔고, 기타 인접 풍속을 조사해 보아도 아주 상무적으로 되어 있다는 것. '무로써 나라를 지킨다'라든가 '죽을 때와 장소를 얻는 것이 사내의 본심이다'라는 상태였다는 것을 실례를 들어가며 얘기하자 매우 그들의 마음에 들었던 모양입니다. 그들은 이로써 자기들의 은폐된 혼의 모습, 혼의 참된 모습을 발견하는 것처럼 느끼지 않았나 합니다. 말로 할 수 없을 정도

---

54 위의 글.

의 감격을 깨달은 모양이었지요.

마해송 그러한 조선 본연의 자세와 오늘의 일본 정신과는 뭔가 관련이 있는 것으로 생각되는데 어떻습니까.

최남선 그것은 확실히 긴밀한 유사성이 인정됩니다. 일본에서도 옛 신사(神社)는 무기로써 신주를 삼았지요. 그러기에 고대에 있어 상무정신이란 것은 전혀 같은 모양이었다고 여겨집니다. 그렇지만, 그 정신의 구체화라 할 '무사의 길', 곧 '무사'라고 할 수 있는 것은 세계 어느 나라에도 전혀 없다고 할 수 없지만, '무사도의 정화(精華)', 가장 훌륭한 것은 일본과 조선 이 두 민족에 있어 인정된다는 것이 학자들의 통설로 되어 있을 정도입니다. 가마쿠라 시대에 있어 '무사도'와 '화랑'은 그 정신에 있어, 드러나는 방식에 있어 완전히 서로 일치하고 있어 어떤 학자는 "무사도의 연원은 신라의 화랑이 그 토대였다"라는 것을 생각할 정도이지요.

최남선 어떤 점에서 서로 연결되어 있는지를 밝히기 위해서는 먼저 '무사도론'이란 것을 말하지 않을 수 없겠지요. '바른 의(義)로써 생활의 제일 의'로 삼는 '의 앞에는 생명도 없거니와 지위도 없고 나[私]라는 것도 없고 깊이나 옅음 따위도 없다'라는 것입니다. 일단 절박한 상황이 되면 무엇보다 그 의를 성취하기 위해 내닫지 않으면 안 되는 것. 어떤 지위의 사람이라도 어떤 경우에도 조금이라도 의에 결한 경우가 있다면 이는 이미 인간으로서 사회인으로서 국민으로서도 윗자리에 놓일 수 없습니다.[55]

---

55 최남선 · 이광수 · 마해송, 「동경대담」(『조선화보』, 동경 : 조선문화사, 1944.1), 김윤식 역, 「학병 권유차 동경에 간 최남선, 이광수의 「동경대담(東京對談)」」, 『서정시학』, 2007.봄, 74~80면.

위의 글은 크게 두 층위로 나눌 수 있다. 이 글에 내포된 동원 이데올로기는 이 두 층위 간의 서사적 경쟁을 통해 실현된다. 첫째 층위는 민족적 전통으로서의 신라의 화랑도와 고구려의 무사정신이다. 그것은 ①에서 '조선적인 것'을 재현하는 '고유성'의 층위이다. ①과 ②에서 공통적인 것은 과거가 조선의 '고유성'이 보존된 영역이며, 마음의 고향을 잃어버리거나 문약에 빠졌다든가 나태하다는 말을 듣는 현재 조선의 상황과는 상반된 영역이다. 최남선은 이러한 '고유성' 층위를 통하여 민족의 공통된 체험인 역사에 호소함으로써 조선의 청년학도들을 하나로 결집한다. 특히 ②에서 최남선은 "예를 들면 우리 조선인을 두고 문약文弱에 빠졌다든가 나태하다고 말하고 있지만 그것은 외적인 원인에 의한 변화라는 것"으로 규정하고 "우리들의 본래의 모습은 그렇지 않다"고 주장한다. 이처럼 조선적 고유성은 '위기'로부터 면제된 지점이다. '조선의 고유성'은 기존 질서를 부정하고 넘어설 수 있는 유일한 지반[56]으로 인식되었으므로 그만큼 조선의 청년학도에게 집합적 행동을 유도하는 핵심 기제로 작동할 수 있었다.

그런데 이러한 '고유성'의 층위는 원래 그것이 발현되었던 고대의 공간에 머물러 있는 것이 아니라 둘째 층위, 곧 '제국성'을 실현하는 층위와 결합되어 있다. 이 문제는 신라의 화랑도와 고구려의 무사정신이 실현되고 있는 담론의 장과 연관되어 있다. 당시 시대상을 살펴보면, 일본군은 1942년 6월 미드웨이 해전을 기점으로 전선에서 후퇴할 조짐이 보였는데,[57] 이로 인해 일본과 조선에는 일본정신의 총화인 동시에 전

---

56 차승기, 「1930년대 후반 전통론 연구—시간 · 공간 의식을 중심으로」, 연세대 박사논문, 2002, 84면.

시의 행동강령으로 무사도가 소개되었다. 이 과정에서 신라의 화랑도는 일본의 무사도에 상응한 조선의 상무정신으로 자리매김되어 강제징병을 선전하기 위한 이데올로기로 재발견되었다.[58] ②에서 "조선 본연의 자세와 오늘의 일본 정신과는 뭔가 관련이 있는 것으로 생각되는데 어떻습니까"라는 질문은 고유성 담론이 실현되는 식민주의적 담론의 장을 단적으로 보여주고 있다. ②에서 최남선은 "'무사도'와 '화랑'은 그 정신에 있어, 드러나는 방식에 있어 완전히 서로 일치하고" 있다는 것을 강조함으로써 황민화 기획의 역사적인 당위성을 정당화한다.

이처럼 최남선의 친일담론은 이러한 두 층위 간의 서사적 경쟁을 통해 구성되고 있으며, 이 과정에서 민족이나 전통과 같은 범주는 '고유성'과 '제국성'이라는 양가적 속성을 발현하게 된다. 나아가 '민족' 범주의 양가성은 식민지 조선인을 황민화하고 전쟁에 동원하는 데 영향력을 발휘한다. 그것은 죽음을 역사적 전통에 근거하여 신화화하는 데에서 두드러지게 나타난다. 예를 들어 ②에서 신라의 화랑도는 일본의 무사도와 결합되면서 "의義 앞에는 생명도 없거니와 지위도 없고 나私라는 것도 없고 깊이나 옅음 따위도 없다"는 파시즘적 세계관을 실현하고 있다.

「동경대담東京對談」에서 최남선은 "고향에서 멀리 떨어진 관계상 망설이게 되어 어떤 경우에는 아마 상담 상대가 그리울 것"이고, 그래서 "부형이 얼굴을 내미는 것 같은 의미로 온 것"이라며 도쿄에 온 동기를 밝혔다. 최남선은 이 강연에서 "아무리 여러 번 전공을 세웠어도 한번 죽

---

57 김인호, 「태평양전쟁시기 조선에서의 생산증강 정책과 그 실상」, 『역사와 경계』 52, 부산경남학회, 2004.9, 153면.
58 박진한, 「무사도의 창안과 현대적 변용―근대 일본의 '국민도덕' 만들기」, 『역사비평』 74, 역사문제연구소, 2006.봄, 366~367면.

을 때 죽지 않았다는 바로 그 때문에" 아들을 "왕의 명령을 더럽혔음과 동시에 가문의 이름을 더럽힌 자"로 규정하고 추방했던 '김유신'의 일화를 소개하고 있다. 총력전체제가 국가의 구성원들을 '군국의 어머니', '군국의 아버지', '총후 부인', '청년 학도' 등 전쟁을 중심으로 호명했던 것을 감안할 때, 이 강연의 중심에는 아들을 군에 보내며 살아 돌아오지 말 것을 당부하던 '군국의 아버지' 표상이 놓여 있다.

이상에서 살펴본 바와 같이 '조선적인 것', '고유성', '전통'과 같은 민족 범주는 그것이 실현되는 담론의 장과 밀접한 연관이 있다. 조선의 독자성이 어떠한 맥락에서 발굴되고 실현되는가 하는 문제는 민족 범주가 역사화되는 과정과 연결되어 있다. 민족 범주는 국가에 의한 매개 과정을 거친다는 점에서 '고유성'이나 '전통' 같은 민족 범주가 체제 이데올로기로 변형될 가능성은 늘 존재하고 있다. 이 문제는 식민 구조가 해방 이후에 어떻게 재생산되고 있는지, 또 다른 체제 이데올로기로 어떻게 변형되고 있는지와 연관되어 있다. 이 부분에 대한 논의는 차후의 과제로 남겨둔다.

16장

만몽문화滿蒙文化의 해석과
국민의 창출

최남선의 「만몽문화」와 「만주 건국의 역사적 유래」를 중심으로

새 이상(理想)에 살기 위하여 옛 전통(傳統)을 잡으라

—최남선, 「만몽문화(滿蒙文化)」 중에서

1. 조선민족해소론과 동양의 실체

친일문학 논의에서 중요한 문제 중의 하나는 조선민족을 위하여 조선
민족을 해소한다는, 이른바 '조선민족해소론'의 모순을 어떻게 해명할
것인가 하는 점이다. 이와 같은 문제를 규명하기 위하여 1930년대 후반

기의 조선민족해소론[1]을 살펴보면, 여기에는 두 가지 구조로 연결되어 있다는 사실을 발견할 수 있다. 첫째는 '조선민족을 위하여'라는 항이며, 둘째는 첫 번째 항이 '조선민족의 해소'로 이르게 되는 과정이다.

'조선민족을 위하여'라는 첫째 항은 협력을 가능하게 한 신념의 구조를 반영하고 있다. 친일문학은 국민의 발견과 동양의 발견이라는 두 가지 핵심적인 범주[2]로 구성되어 있다. 국민의 발견은 피식민 주체인 조선인에게 차별을 넘어서 평등으로 나아가는 비전을 제시했다는 점에서, 동양의 발견은 서구 중심의 근대성을 넘어선 새로운 체제를 구상했다는 점에서 친일문학에 내재한 신념과 자발성[3]의 실체를 포착할 수 있는 중요한 지점이다. 이광수의 「심적 신체제와 조선 문화의 진로」[4]에 나타난 '대혁신', '대건설', '신생면', '희망과 희열'과 같은 단어는 "구미식 자유주의, 개인주의, 이윤주의, 공리주의적인 모든 제도와 습성에서 이탈하여서 만민예찬의 신체제에 돌입하지 않으면 아니 될" 당대의 시대적

---

1 1930년대 후반기의 조선민족해소론의 한 예로 김문집의 논의를 들 수 있다. 김문집은 「조선민족의 발전적 해소론 서설」에서 "우리에게 남은 유일의 길이 육체적으로나 정신적으로나 내지인(內地人)과 동족(同族)이 되어서 일체의 의무와 권리를 동일(同一)히 향수한다는 황국신민에의 길일 것이다"라고 주장하였다. 특히 김문집은 내선일체의 의미를 "내선의 상고적(上古的) 기원과 귀원(歸元)에 다름없는 것"이라고 보고 있다(『조광』, 1939.9. 여기서는 김규동·김병걸 편, 『친일문학작품선집』 1, 실천문학사, 1986, 263~268면).
   노상래는 이러한 김문집의 내선일체론에 대하여 "뿌리에는 '신사대주의', 즉 일본의 사고와 일본의 문화, 일본의 언어, 일본의 문학으로 완벽하게 무장되어 있었다"고 논하고 있다(노상래, 「김문집 비평론」, 『영남어문학』 20, 한민족어문학회, 1991.12, 19면).
2 류보선, 「친일문학의 역사철학적 맥락」, 『한국근대문학연구』 7, 한국근대문학회, 2003.2, 30면.
3 김재용은 동양의 발견이 협력의 시작이라고 보고 있다(김재용, 「여성성과 국가주의의 결합으로서의 친일문학」, 『실천문학』, 2004.여름, 230면). 김승환 역시 친일문인들이 보여준 자발성의 발생구조적 과정을 살피면서 작가들을 식민담론으로 포섭한 유인의 실체를 동양주의에서 찾고 있다(김승환, 「친일문학의 자발성에 대하여」, 위의 책, 435면).
4 『매일신보』, 1940.9.5~12. 여기서는 김규동·김병걸 편, 앞의 책, 68~85면).

분위기를 반영하고 있다. 물론 친일문학이 제시하고 있었던 '국민'과 '동양'의 실체는 표면적으로 제시하고 있는 비전과 열광과는 달리 대동아공영권의 구상과 전쟁 동원이라는 논리와 함께 고려되어야 할 문제이다. 그러나 국민의 발견이나 동양의 발견이라는 두 범주가 대중적인 파급력을 지니게 되는 데에는 이전과는 다른 세상에 대한 비전을 제시하고, 이를 집단적인 에너지로 끌어올리는 과정이 존재하고 있다.

국민의 발견과 동양의 발견이라는 두 범주를 내세우고 있는 조선민족해소론의 첫째 항이 '조선민족해소'로 이르게 되는 과정은 어떻게 해명할 수 있는가. 이 문제를 논의하기 위하여 동양의 발견으로 다시 돌아가 보자. 임종국은 "친일문학론에는 여러 과오가 있지만, 동양에의 복귀를 주장하며 동양 고유한 이데올로기의 발견을 모색했다는 것은 주목할 점"[5]이라고 평가하고 있다. 임종국의 논의에서 동양의 발견은 '동양 고유한 이데올로기의 발견'으로 의미화되면서, 이식된 근대를 반성하고 그 대안으로 동양의 고유성을 모색하는 과정으로 평가된다. 그러나 친일문학론에 나타난 동양의 발견은 '동양의 고유성'이라는 이데올로기에만 머무르지 않는다.

문제는 동양에의 복귀나 동양 고유의 이데올로기가 아니라, 이러한 사유를 통하여 '어떠한' 동양에 이르고 있는가[6] 하는 것이다. 이는 곧 친

---

5 임종국, 『친일문학론』, 평화출판사, 1966, 468~469면.
　　강상희는 임종국의 이러한 주장에 대하여 "『친일문학론』은 동양론의 강력한 자장 속에 갇혀 있다"고 하면서 "신화를 역사로 번역하면서 차이와 동질성의 변증법을 가동했던 일제의 오리엔탈리즘이 『친일문학론』에서 비슷하게 재연되고 있는 것"이라고 논의하였다(강상희, 「친일문학론의 인식구조」, 『한국근대문학연구』 7, 한국근대문학회, 2003.2, 45면).
6 이러한 문제의식은 동아시아를 비판적으로 사유하려는 일련의 움직임에 힘입은 것이다. '동아시아의 비판적 지성' 기획위원에서는 지금은 "'왜' 동아시아인가에서 더 나아

일문학이 구성하고 있는 동양의 실체에 대해 규명해야 한다는 것을 뜻한다. 동양의 발견이 조선민족의 해소로 치닫게 되는 데에는 동양의 탈영토화 과정뿐만 아니라 동양의 재영토화 과정이 존재하고 있다. 동양의 발견을 둘러싼 이 같은 현상은 식민지에서 근대성의 실현이 어떻게 굴절되고 있는지를 보여준다.

따라서 이 글에서는 친일문학에서 구성하고 있는 동양의 실체를 규명하고, 동양의 발견이 '조선민족의 해소'로 이르게 되는 과정을 밝히고자 한다. 이와 아울러 친일문학에서 동양은 어떠한 방식으로 재영토화되는지를 살필 것이다. 이 문제에 관하여 논의하면서 주목하고자 하는 바는 친일문학이 동양을 재영토화하는 과정에서 '민족'과 '전통'을 어떠한 방식으로 전유하고 있는가 하는 점이다. '민족'[7]이나 '전통'은 표면적으로 동양의 탈영토화, 즉 고유성 이데올로기를 생산하는 주요한 기제인 동시에 동양이 재영토화되는 데에도 활용되는 기제이다. 민족주의는 공동의 적에 초점을 맞춤으로써 산만하게 분산되어 있는 에너지들을 유도하고 통합한다.[8] 친일문학론 역시 이러한 민족주의의 특성을 활용하여

가 '어떤' 동아시아인가를 물을 때"라고 논의하고 있다. 이 같은 논의에 따라 동아시아는 지리적으로 고정된 경계나 구조를 가진 실체가 아니라, 이 지역을 구성하는 주체의 행위에 따라 유동하는 역사적 공간으로 재정의된다(사카이 나오키[酒井直樹], 이규수 역, 이연숙 대담, 『국민주의의 포이에시스』, 창비, 2003, 5~8면).

7 민족 이념은 근대성이 갖는 양면성만큼이나 다양하고 모순적인 측면들을 함의하고 있다. 즉 민족주의 이념은 억압당하는 민족의 해방에 대한 염원을 드러내는 이념이면서 동시에 그것이 지향하는 근대 국가라는 추상적인 공공 영역 속으로 개인의 사적 영역을 남김없이 수렴해 버리는 국가주의 이데올로기로서 동시에 작용하고 있다(전승주, 「한국 근현대문학 담론에 나타난 민족이념과 국가주의─1920년대 민족주의문학과 민족담론」, 『민족문학사연구』 24, 민족문학사학회, 2004.3, 34면).

8 릴라 간디(Leela Gandhi), 이영욱 역, 『포스트식민주의란 무엇인가』, 현실문화연구, 2000, 139면.

피식민 주체를 집단적으로 동원하고 규제하는 기제로 이용되고 있다.

이 글에서는 이러한 문제들에 대해 논의하기 위해 최남선의 글을 분석하기로 한다. 구체적으로 최남선의 주요 친일행적이 만주국 건국대학 교수직 수행과 관련하여 교육학술계로 분류되는 점[9]을 고려하여, 만주와 관련된 글[10]을 주요 대상으로 삼고자 한다. 1931년에 만주사변[11]을 일으킨 일본은 중국으로부터 '만몽滿蒙'을 분리함으로써 중국에 대한 침략을 개시하고, 1932년 '만주국'을 세웠다. 만주사변 이후 국제연맹을 탈퇴한 일본은 국제적 고립이 더욱 심화되자, '일만日滿 경제블록'을 구상하여 총력전체제를 위한 경제개발을 도모하였다. 그러나 일본에게 만주는 단지 경제개발의 대상으로만 인식된 것이 아니라 곧 '조선문제'로 인식되었다. 만주사변의 주모자였던 관동군 참모 이시하라 칸지는 "'만몽의 가치'는 정치적으로는 '가장 중요한 전략거점'이며, 나아가 '조선의 통치'는 만몽을 우리 세력 아래에 둠으로써 비로소 안정된다"고 논하

---

9   민족문제연구소·친일인명사전편찬위원회, 「친일인사명단」, 2005.8.21.
10 『육당 최남선 전집』(제10권)에서 만주와 관련한 글은 다음과 같다.
    「만리장성(萬里長城)」(『청춘(靑春)』, 1941.10), 「북지나(北支那)의 특수성(特殊性)」(『매일신보(每日申報)』, 1939.10.3~10), 「만주풍경(滿洲風景)」(『매일신보(每日申報)』, 1938. 10.4), 「노서아(露西亞)의 동방침략(東方侵略)」(『매일신보(每日申報)』, 1938.10.2), 「노국 동침년대기(露國 東侵年代記)」(『매일신보(每日申報)』, 1939.1.1~9), 「만주(滿洲)의 명칭(名稱)」(『만선일보(滿鮮日報)』, 1939.3.6), 『몽고천자(蒙古天子)』(『만선일보(滿鮮日報)』, 1939), 「만몽문화(滿蒙文化)」(1941.6.20), 「만주약사(滿洲略史)」(『반도사화(半島史話)와 낙토만주(樂土滿洲)』, 1943), 「몽고(蒙古)의 명의(名義)」(『반도사화(半島史話)와 낙토만주(樂土滿洲)』, 1943), 「만주 건국(滿洲 建國)의 역사적 유래(歷史的 由來)」(『신시대(新時代)』, 1943.3)
11 김두정의 「아시아 부흥과 내선일체」(『동양지광』, 1939.5, 여기서는 임종국 편, 『친일논설선집』, 실천문학, 1987, 123~131면 참조)를 보면 당시 친일인사들에게 만주사변은 '동양인의 문제는 동양인 자신이 처리한다고 하는 것을 전세계를 향해서 천명하였던' 계기로 인식되고 있다. 그러나 여기서 동양은 '일본을 맹주로 한 아시아 협동체'로 재배치되고 있으며, 이러한 재배치의 구도 속에서 조선은 '외지(外地) 혹은 식민지는 아니요, 대일본제국의 한 지방으로서 홋카이도[北海道]나 규슈[九州]'로 인식되고 있다.

였다.[12] 이처럼 만주의 정치적 의미가 조선과 밀접하게 연관되어 있다는 것은 만주가 당대의 동양의 실체가 어떤 모습으로, 또 어떤 방식으로 구성되고 있는지를 반영해 주는 지리적·역사적·정치적 구성물이라는 것을 말해준다.

만주와 관련된 글 중에서 본고에서 주요 분석대상으로 삼고 있는 텍스트는 최남선이 만주 건국대학 교수로 있으면서 '만몽문화'에 대해 강의한 내용을 기록한 「만몽문화滿蒙文化」(1941)와 『신시대新時代』에 발표한 「만주 건국의 역사적 유래」(1943.3)이다. 이 두 편의 글은 「불함문화론」(1925)이나 「단군론」(1926) 등 단군 중심의 고대사 연구를 통해 전근대의 문화적·역사적 자산을 발굴하고 민족사의 새로운 전통으로 고안하여 민족 이데올로기 구성에 핵심적인 역할을 담당[13]했던 최남선이 1940년대에 어떻게 「아세아의 해방」, 「성전의 설문」, 「신의 뜻 그대로의 옛날을 생각함」, 「가라! 청년학도여」에 이르게 되는가를 규명해 줄 수 있다는 점에서 중요하다. 또한 이는 1920년대의 국민문학에서 1930년대 고전 부흥론으로 이어지는 민족적 전통에 대한 자각의 움직임이 절박한 상황에 놓여 있으면서도 한편으로는 파시즘의 함정에 놓여 있었다[14]는 문학사적 맥락에서도 주목해야 할 문제이다. 따라서 「만몽문화」와 「만주 건국의 역사적 유래」를 면밀하게 읽고, 이를 분석하는 작업은 이 시기에 재구성된 동양의 실체를 파악하고 조선민족해소론의 역설을 규명할 뿐

---

12 윤건차, 이지원 역, 『한일 근대사상의 교착』, 문화과학사, 2003, 184면.
13 구인모, 「최남선과 국민문학론의 위상」, 『최남선, 전통의 발명』(한국근대문학회 제12회 학술대회 발표집), 2005.6, 37면.
14 황종연, 「한국문학의 근대와 반근대—1930년대 후반기 문학의 전통주의 연구」, 동국대 박사논문, 1991, 24~69면.

만 아니라 문학사적인 맥락에서 '민족'과 '전통'을 식민지와 제국이 양가적으로 발견하고 고안하는 양상을 밝힐 수 있을 것이다.

「만몽문화」와 「만주 건국의 역사적 유래」에서 동양을 재구성하는 방식을 살펴보면, 동양의 시·공간을 구획하는 문제와 밀접하게 연관되어 있다. 최남선은 시간-통시성이라는 세로 축과 공간-공시성이라는 가로 축의 배치를 통하여 동양을 재구성한다. 여기서 시·공간이라는 두 축은 동양이라는 대상에 새로운 정체성을 이식시키기 위하여 덧붙여진 질서의 체계이다.

2절에서는 이 두 축 중에서 시간성을 중심으로 분석할 것이다. 최남선에게 현재란 '과거-현재-미래가 인과적 연속성으로 배열되는 것이 아니라, 과거의 파편들이 현재의 공간에 틈입하여 미래로 투사되는 시간성'을 의미하는 벤야민적 의미의 현재[15]와 유사하다. 즉 최남선이 동양의 과거에 대한 해석을 통하여 궁극적으로 지향하는 것은 현재의 역사에 필연성과 정당성을 부여하는 것이다. 따라서 최남선에게 과거에 대한 연구는 단순한 복원의 의미를 넘어서서 현재를 해석하는 하나의 전략[16]이라고 할 수 있다.

3절에서는 두 축 중에서 공간성을 중심으로 분석할 것이다. 동양을 지리적으로 구획하는 문제는 동양을 둘러싼 정치적인 힘의 문제이다. 특히 지리적 경계선은 사회적·민족적·문화적 경계선에 수반되어 그어지기 때문에, 지리학에는 단순한 실증적 지식이라고 볼 수 있는 것

---

15 호미 바바(Homi K. Bhabha), 나병철 역, 『문화의 위치』, 소명출판, 2003, 39면.
16 에드워드 사이드(Edward W. Said), 김성곤·정정호 역, 『문화와 제국주의』, 창, 1995, 47면.

'이상의' 무엇인가가 존재한다.[17] 이러한 맥락에서 3절에서는 '만몽문화'라는 지리적 경계에 수반된 사회적·민족적·문화적 경계를 분석하고, 만몽문화에 대한 최남선의 해석이 국민을 창출하는 데 어떠한 기여를 하고 있는지를 밝힐 것이다. 그런데 이러한 것을 분석하면서 면밀하게 다루어야 할 부분은 최남선의 작업에서 '문화'라는 매개항이 어떠한 역할을 하는가 하는 점이다. '문화'[18]에 대한 주목이 필요한 것은 이 시기 최남선의 글에서 문화의 원리가 제국의 확장과 교차[19]되고 있기 때

---

17 에드워드 사이드, 박홍규 역, 『오리엔탈리즘』, 2002, 교보문고, 107~109면. 조현설 역시 최남선이 최초로, 기원으로 돌아가 문제를 제기하는 방법을 취하고 있었다는 점을 지적하고 있다(조현설, 「동아시아 신화학의 여명과 근대적 심상지리의 형성─시라토리 쿠라리치, 최남선, 마우둔을 중심으로」, 『민족문학사연구』 16, 민족문학사학회, 2000.6, 113면).

18 김현주는 1920년대 최남선의 단군학을 고찰하면서 "최남선은 '문화'에 대한 새로운 이해를 바탕으로 '역사는 한 민족의 전체 문화를 서술해야 한다'는 문화사의 관점을 확립했다"고 평가했다. 김현주에 의하면 1920년대 최남선의 문화사 연구가 가진 역사적 의의는 '문화공동체로서의 민족'을 가시화했다는 데 있다(김현주, 「문화, 문화과학, 문화공동체로서의 '민족'─최남선의 '단군학(檀君學)'을 중심으로」, 『대동문화연구』 47, 성균관대 대동문화연구원, 2004.9). 김현주의 논의는 민족을 문화공동체로 정의하는 데 관여한 비교의 인식론을 밝혔다는 점에서 의미 있다. 그러나 최남선의 '문화공동체로서의 민족'이 당대 동아시아의 실체를 구성하는 데 어떠한 역할을 하고 있었는가에 관해서는 좀 더 논의가 필요하다.
호사카 유지[保坂祐二]는 "최남선이 불함문화권의 핵심인 태양신 신앙이란 세계적인 넓이를 갖고 있는 고대신앙이라고 보고 있었"으며, 따라서 "불함문화의 고구(考究)는 동아시아문화의 문제만이 아니라고 주장했다"는 것을 밝히면서, "이와 같은 발상은 매우 제국주의적"이라고 분석했다(호사카 유지, 「최남선(崔南善)의 불함문화론(不咸文化圈)과 일선동조론(日鮮同祖論)」, 『한일관계사연구』 12, 한일관계사학회, 2000.4). 호사카 유지의 논의는 보편성의 원리에 내재된 제국주의적 논리에 대하여 규명하고 있다는 점에서 의미 있다.

19 에드워드 사이드, 김성곤·정정호 역, 앞의 책, 47~52면.
이영화는 최남선의 역사연구가 문화연구를 중심으로 이루어졌고, 이를 위해 최남선은 문화보편주의적 연구방법을 활용했다는 것을 밝히고 있다. 이영화는 최남선이 이러한 문화보편주의적 연구방법은 제국주의를 용인한 학문적 배경으로 작용하고 있으며, 친일 논리를 자생시킨 요인 중의 하나였다고 분석하고 있다(이영화, 「최남선의 문화사관과 역사연구방법론」, 『한국근현대사연구』 25, 한국근현대사학회, 2003.5).

문이다. 이 글에서는 이러한 두 축의 분석을 통하여 최남선이 구성하고 있는 동양의 실체, 즉 어떠한 동양을 구성하고 있는가 하는 문제와 어떠한 동양을 구성해 나가는지, 그리고 이 과정에서 '민족'과 '전통'이 어떻게 전유되고 있는지를 살펴볼 것이다.

2. 고대로의 귀환과 동일성의 환상

시간축을 중심으로 보았을 때 발견할 수 있는 특징 중의 하나는 과거로 귀환하고 있다는 점이다. 여기서 과거는 역사 속에 정지되어 화석화된 것이 아니라 끊임없이 현재에 개입하며 미래를 창조하기 위한 이데올로기로 작용하고 있다. 그러나 현재적 질서에 정당성을 제공하기 위해 과거로 귀환하는 것은 사건의 연속으로 존재하는 원인-결과의 선적 구조를 깨뜨리고, 역사적 의미 대신 새로운 의미를 부여하고 있다[20]는 점에서 문제적이다. 최남선은 「신의 뜻 그대로의 옛날을 생각함」[21]에서 고대의 아시아 북대륙은 '신화의 일치'와 '신도의 유동類同'을 보일 뿐만 아니라, '신의 뜻 그대로의 도道의 나라로서, 권력도 이해利害도 구실도 초월하여, 오직 순결하고 앳된 신심神心을 갖고 서로

---

20 장 보드리야르(Jean Baudrillard), 하태환 역, 『시뮬라시옹』, 민음사, 1996, 97면 참조.
21 최남선, 「神ながらの昔を憶ふ」, 『신시대』, 1941.7, 100~109면. 여기서는 김규동·김병걸 편, 앞의 책, 104~111면 참조.

의지하고 신뢰하며 동일한 고령高嶺의 달을 쳐다보던 세계'로 규정된다. 이 글에서 '옛날'은 현재에 존재하고 있는 갈등이 무화無化되고 오직 조화와 순결의 이상만이 부여된 시간으로서 현실과 소통하지 않는, 탈역사된 시간이다. 그리고 이 글에서 '전통정신을 불러일으키며, 신의 뜻 그대로의 길을 동방 갱생의 위에 나타나게 하는 것'은, '동방에 있어서의 당면한 위기를 극복할 뿐만 아니라, 앞으로 백년대계를 세우는 데 있어서 가장 근본적이요 긴급한 일'로 명명된다. 여기서 '전통정신'이란 '전선戰線과 총후를 구별할 수 없는' 현실을 타개하기 위하여 만들어진 '통일원리'이며 역사성이 제거된 자리를 채우고 있다. 이 글에서 유독 최남선이 강조하고 있는 것이 바로 '고유정신·공동신념·전통문화'인데, 그것들은 '문화의 동원관계'를 뒷받침하기 위하여 만들어진 전통이다.

만들어진 전통의 특수성은 대체로 과거와의 연속성을 인위적으로 내세우려 든다는 것이며, 이 전통은 새로운 상황에 대한 반응이지만 역설적으로 예전 상황들에 준거하는 형식을 띠거나 거의 강제적인 반복을 통해 제 나름의 과거를 구성한다.[22] 여기서 현실을 타개하기 위한 통일원리가 '만들어진 전통'과 결합되는 까닭은 일본이 대륙침략정책을 진행하면서 '동양'이라는 인종적·문화적 유사성에 호소하고 있기 때문이다. 이러한 맥락에서 '과거'라는 시간축에는 전통이라는 고유성과 동양이라는 동류의식[23]이 중층적으로 고착되고 있다.

---

22 에릭 홉스봄(Erich Hobsbawm), 박지향·장문석 역, 『만들어진 전통』, 휴머니스트, 2004, 21면.
23 야마무로 신이치[山室信一]에 의하면 근대 아시아세계에서 국민국가를 형성하는 데에는 평준화·동류화·고유화의 삼중주가 발현된다. 좀 더 자세히 살펴보면, 첫째, 평준

만주국의 기원을 만들고 일본을 중심으로 동아시아를 재편하는 데 논리적 바탕을 제공하고 있는 「만몽문화」를 살펴보자.

그런데도 만주국(滿洲國) 또는 본 대학(本 大學)에서는 여러 가지의 의미(意味)에 있어서 만몽문화(滿蒙文化)의 체계적(體系的) 연구는 매우 중요한 일이 아닐 수 없다. (…중략…) 다만 유유금고기만년(悠悠今古幾萬年), 망망동서기천리(茫茫東西幾千里)에 걸친 일대 영역(一大 領域)에서 특이(特異)한 인문 발전(人文 發展)의 발자취를 찾아, 그것으로써 도의국가(道義國家)의 새로운 문화건설(文化建設)에 얼마만큼이나 이바지하려고 함은 학인(學人)으로서 흔쾌(欣快)한 일이라 하지 않을 수 없다. 더구나 만주(滿洲)의 협화국(協和國)에서는 역사적 제민족(歷史的 諸民族)이 현실적 구성분자(現實的 構成分子)로 되어 있어, 시간(時間)과 공간(空間)이 한 덩어리가 되어 있는 듯하며, 현재 본 대학(現在 本 大學)에 있어서는 이른바 오족(五族) — 더구나 그 배후(背後)에 과거(過去)의 온갖 전통(傳統)을 이어받고 있는 제분자(諸分子) — 이 마음을 같이하고 어깨를 나란히 하여 똑 같은 영광을 누리려 하고 있다.

화는 국민국가 형성 과정에 나타난 현상으로, 구미의 문명국 표준주의로 균질화된다는 것을 의미한다. 둘째, 동류화는 구미열강의 식민지화 위협에 대해서 같은 지역세계 내의 정치사회들이 하나가 되어 대항한다는 지향성을 내포하고 있다. 셋째, 고유화는 평준화나 동류화에 대한 역방향의 역학으로 차이화를 지향하지만, 그것이 평준화나 동류화와 동떨어져서 아무런 관련도 없이 나타나는 것은 아니며, 오히려 논리적으로 매우 밀접하게 관련되어 있다. 이 삼중주 가운데 고유화와 동류화는 중층성을 띠고 있다. 예를 들어, 국수(國粹)나 국학(國學)이라는 고유화의 상징적 개념도 동아시아 세계의 동류화 현상을 단적으로 보여준다. 또한 동류화와 관련하여, 고유화는 반드시 개별특수화로 나아가는 것도 아니다. 예를 들어 스스로를 중화제국, 즉 천하세계로 인식하던 청조(淸朝)에게 고유화란 동류화와 중복될 수밖에 없었던 영역도 많았다. 고유화와 동류화의 이런 중층성은 동아시아라는 정체성의 형성을 촉진하고 그것이 동아시아 지역세계의 범위와 통합의식을 창출하는 동력이 되기도 하였다(야마무로 신이치, 임성모 역, 임성모 대담, 『여럿이며 하나인 아시아』, 창비, 2004, 89~100면 참조).

만몽문화(滿蒙文化)의 연구 및 그 건립(建立)을 위하여 최상(最上)의 조건(條件)이 갖추어져 있는 셈이다. 가르친다 배운다 하는 테두리를 뛰어넘어 서로서로 다 같이 이 영예(榮譽)로운 의무(義務)에 마음껏 협동·합작(協同·合作)의 정성(精誠)을 바쳐 보지 않겠는가. 이것이 첫머리에서 특히 '여러분과 함께'를 강조(强調)한 까닭이다.

우선 첫째로 만몽(滿蒙)의 이름과 그 지리적 한계(地理的 限界), 민족적 범위(民族的 範圍), 그리고 역사(歷史)에 있어서의 '문화(文化)'의 개념(槪念)을 결론(結論)으로서 말하고자 한다.

만주(滿洲)와 몽고(蒙古)를 붙여서 하나의 숙어(熟語)로 하는 것은 극히 근래(近來)의 일로서, 아마도 노일전쟁(露日戰爭)을 전후(前後)하여 국제정치적(國際政治的)으로 씌어지기 시작한 것으로 생각된다. (…중략…) 여기서부터 '만몽(滿蒙)'이라는 말이 일본(日本)의 대륙정책(大陸政策)의 진행(進行)과 함께 일반적(一般的)으로 널리 퍼지게 된 것으로 생각한다. (…중략…) 각국(各國)이 앞을 다투어 철도 이권(鐵道 利權)을 얻어 내려고 할 무렵, 일본(日本)은 만주(滿洲)와 몽고(蒙古)에 있어서의 오조(五條)의 철도(鐵道) 부설권(敷設權)을 얻은 바 이때에야 비로소 '만몽오철도(滿蒙五鐵道)'란 말이 양국 교환문서상(兩國 交換文書上)에 나타났다. (…중략…) 하기야 청조(淸朝)에서 풍습(風習) 및 문자(文字)의 유록 관계상 만주(類綠 關係上 滿洲)와 몽고(蒙古)와의 문서(文書)를 대조(對照) 또는 합편(合編)하는 경우, 그것에 '만몽(滿蒙)'이란 말을 씌우는 예(例)는 있다. (…중략…) 이러한 예(例)를 들 수 있으나, 이것들은 요컨대 저술상(著述上)의 편의(便宜)에 의하였을 뿐 지역적 연대성(地域的 連帶性)을 인정(認定)한 것으로는 되지 않을 것이다.[24]

인용한 글은 '만몽문화滿蒙文化'의 기원에 관한 것이다. 여기서 특이한 것은 '만몽滿蒙'이라는 균질적인 시 · 공간이 성립하는 데 매우 근대적인 시선이 작동하고 있다는 사실이다. 인용문을 읽어보면 최남선이 사용하고 있는 '만몽'이라는 용어는 '청조淸朝'에서 사용하던 '만몽'이라는 용어와는 달리, 시공간의 균질화와 '지역적 연대성'이라는 자질을 획득하고 있다. 최남선이 「만몽문화」를 통해 만들어 내려는 것은 '유유금고기 만년悠悠今古幾萬年, 망망동서기천리茫茫東西幾千里'의 통합, 즉 '시간과 공간 이 한 덩어리'가 된 새로운 구성체이다.

그렇다면 '만몽'의 새로운 의미, 즉 시공간의 균질화와 지역적 연대성 이란 무엇을 의미하고 있는가. 인용문에서 만몽 지역에 존재하고 있는 종족 간의 분화와 지리적인 차이가 균질화되는 기점은 '일본의 대륙정 책'이다. 최남선이 말하는 '일본의 대륙정책'이란 일본의 아시아 침략을 일컫는 것이며, 여기서 '철도'라는 근대적 교통망은 '만몽'이라는 균질 적 이데올로기가 현실화되는 물질적 기반이다. "'만몽'이라는 말이 일본 의 대륙정책의 진행과 함께 일반적으로 널리 퍼지게 된 것'이라는 최남 선의 생각은 이러한 맥락에서 나온 것이다. 철도는 인간에 의해 장악된 길을 모든 저항 · 차별 · 모험으로부터 해방시켰는데, 이로 말미암아 이 전에는 멀리 떨어져 있던 장소가 연결되었다. 또한 철도는 사회적 균질 공간을 준비했으며 '세계'를 균질적인 것으로 보는 구체적인 경험을 개 개인의 수준에서 가능하게 해주었다.[25] 근대적 교통망인 철도의 이러한

---

24 최남선, 「만몽문화(滿蒙文化)」(1941.6), 고려대 아세아문제연구소, 『육당 최남선 전집』 10, 현암사, 1974, 316면(이하 '『전집』 10'으로 표기).

25 이효덕, 박성관 역, 『표상 공간의 근대』, 소명출판, 2002, 245면.

특징은 근대성의 억압적 · 동화적 테크놀로지[26]를 실현하는 주요한 물적 토대로 작용한다.

여기서 시 · 공간의 균질화에 내재된 근대적 시선과 함께 논의해야 할 것은 '타자'의 문제이다. 아시아라는 지역을 재편하는 과정에 작동하고 있는 통합 이데올로기는 궁극적으로 '동아東亞'라는 균질적인 시 · 공간의 외부, 즉 타자를 규정하기 위한 것이다. 기원의 시간 속에서 '동아'는 '인류의 발상지[27]로 추정되는 유적을 가졌'[28]던 '위대한' 문화이다. 이러한 논리를 바탕으로 인류의 역사를 살펴보면, '지금으로부터 一五,○○○年 또는 팔, 구천 년 전경까지는 인류의 대부분은 신석기시대에 달하여 동방이 먼저이며 서구는 뒤졌던 것으로 인정'[29]된다는 결론에 이르게 된다. 이처럼 '동아'는 '서구'라는 타자보다 우월했음을 증명해 주는 '위대한' 과거를 표상하고 있다.

그리고 동양의 숨겨진 가치, 즉 '천고千古의 비밀이 갑자기 폭로'되는 것은 '동방의 신석기 조사를 세계적 수준으로'[30] 올렸기 때문이며, 최남선은 '그 발단은 우리 만주에서였다'[31]고 분석하고 있다. 이처럼 최남선의 논의에서 만주는 동양을 재발견하는 중심으로 자리 잡고 있다. 그런데 이러한 '위대한' 동양의 발견이 무엇을 위하여 재생산되고 있는가 하는 점에 대해서는 좀 더 면밀하게 살펴볼 필요가 있다. 최남선의 「만몽

---

26 호미 바바, 나병철 역, 『문화의 위치』, 소명출판, 2003, 36면.
27 「만몽문화(滿蒙文化)」에서 최남선은 '오늘날 가장 오랜 문화유물(文化遺物)을 수반(隨伴)한 인류(人類)는 북경인(北京人)이란 점'에서 '인류(人類)의 아시아 기원설(起源說)'을 주장하고 있다(최남선, 「만몽문화(滿蒙文化)」, 『전집』 10, 333~335면).
28 위의 글, 336면.
29 위의 글, 336면.
30 위의 글, 337면.
31 위의 글, 337면.

문화」에서 동양론은 위대한 동양의 발견에서 한 걸음 더 나아가 동양의 중심으로 일본을 설정[32]하고 있다. 서구를 타자로 하는 동양론에서 일본을 중심으로 한 동양론으로 나아가는 과정을 살펴보면, 그것은 두 과정으로 이어져 있다. 첫째, 동양을 '지나권 문화권'과 몽고와 만주를 중심으로 하는 '북방적 문화권'[33]으로 나눈 다음 동양의 위대한 과거를 복원하는 장소로 만주가 설정[34]된다. 둘째, 북방적 문화권, 즉 동북아시아의 건국 신화를 해석하면서 공통적 요소로 '천자강림天子降臨'・'태양숭배사상'을 추출하고, 이것이 '일본의 건국정신인 이른바 광택천하라든가 팔굉일우의 대이상에 도달'[35]하고 있다고 본다.

최남선은 고대로의 귀환을 통해 '시간과 공간이 한 덩어리'가 된 새로운 구성체를 만들어 내고, 신화에 주목한다. 최남선은 원시문화에서 신화는 역사・시・과학・철학・종교의 통합체[36]이며 모든 지적 발전의

---

32 이상경은 만주국에서 '친일'이란 '만주국' 정책 일반에 대한 동의 여부보다는 '오족협화'를 내세우고도 실질적으로는 일본의 지배, 만주국 내에서 일본인의 우위를 강제했던 일본의 정책에 대한 동의 여부에 의해서 가려져야 한다고 보고 있다(이상경, 「'야만'적 저항과 '문명'적 협력」, 김재용 외, 『재일본 및 재만주 친일문학의 논리』, 역락, 2004, 60면).
33 최남선, 「만몽문화(滿蒙文化)」, 『전집』 10, 339면.
34 위의 글, 337면.
35 위의 글, 372면.
36 "원시인(原始人)에 있어서의 신화(神話)는 만물(萬物)의 유래(由來)를 밝히는 점에 있어서 그들이 가진 단 하나의 역사(歷史)요, 삼라만상(森羅萬象)의 아름다움, 불가사의(不可思議)를 영탄(永嘆)・감상(鑑賞)하는 점에 있어서 그들의 정혼(精魂)을 쏟아 넣은 시(詩)요, 형체(形體)를 서술(敍述)하고 법칙(法則)을 설명하는 점에서 과학(科學)이요, 모든 현상(現象)을 궤뚫는 근본원리(根本原理)를 파지(把持)하는 점에서 철학(哲學)이었다. 그리고 그것이 신(神)의 성격(性格)・동작(動作)・인연(因緣) 관계를 설명하고 우리들의 신앙심(信仰心)을 기른다는 의미에서 원시종교(原始宗敎)의 경전(經典)이었음은 말할 나위도 없다. 인류(人類)의 모든 지적 활동(知的 活動)은 대충 신화(神話) 가운데 흘러들어가서 커다란 저수지(貯水池)를 이루고, 그 후의 지적 발전(知的 發展)은 모두 여기서부터 재발원(再發源)하여 천파 만류(千派 萬流)의 분화(分化)를 이룩한 것에 지나지 않는다"(위의 글, 355면).

발원지라는 지위를 차지하고 있다고 파악한다. 최남선은 신화와 역사의 관계에 대하여 '고대문화 중에서는 둘이면서 하나, 하나이면서 둘이라는 불가분의 것이기도 하고, 양자의 경계 등도 거의 없었던 것'[37]이라고 하면서, '어떤 일에 대한 그들의 이념성'을 보기 위해 '새외민족塞外民族'[38]의 건국신화에 주목한다.

이렇게 해서 본 동북세계(東北世界)의 건국신화(建國神話)의 골자(骨子)란 것은 선악(善惡) 두 원리(原理)의 대립계(對立界)인 우주(宇宙)에서, 천(天)인 선신(善神)의 보호(保護) 없이는 인간의 행복은 보장(保障)되지 아니한다. 그 처음에 악(惡)의 세력(勢力)이 굉장히 퍼져서 인간생활(人間生活)이 일대위기(一大危機)에 놓여 있을 때, 천상(天上)인 선신(善神)이 잘 이를 내려다보시고 사랑하는 일자(一子)를 구제신(救濟神)으로서 하계(下界)에 순견(巡遣)하시어 악(惡)의 원리(原理)를 구축(驅逐)하고 광명(光明)과 안락(安樂)의 세계(世界)로 되돌려 주셨다. 이것이 천족(天族)이며 신(神)의 후예(後裔)인 우리들 인간세계(人間世界)의 국가 건립(國家 建立)의 동기(動機) 및 경로(經路)로서, 그를 미래(未來)에 가치 전환(價値 轉換)시킨다면 국

---

37 위의 글, 356면.
38 "지나(支那)에서는 예부터 국경지대(國境地帶)를 변(邊)이라고도 요(徼)라고도 말하고, 거기에 설치(設置)되는 토제(土隄)를 방(防)이라고도 장(鄣)이라고도 말하며, 이것을 통틀어 새(塞)라고 하였다. 새(塞)란 폐색(蔽塞)의 뜻에서 온 것으로 이민족(異民族)에 대한 방어선(防禦線)을 의미한다. 국경(國境)의 저편을 변외(邊外)·요외(徼外)라고도 하나, 새외(塞外)라는 말이 가장 많이 사용(使用)되는데, (…중략…) 새(塞)는 특히 동북 국경(東北 國境)에 적용(適用)되는 것을 상례(常例)로 하는 것은 장성(長城)의 관계로 말미암은 것 같다. (…중략…) 후세(後世)에 이르러서는 새(塞)라고 하면 만리장성(萬里長城)의 외변(外邊) 특히 그 북방(北方)을 가리키게 되고, 근래 사학상(近來 史學上)에 사용되는 새외민족(塞外民族)·새외문화(塞外文化) 등이라고 하는 따위가 그것에 의하였음은 두말할 나위도 없다"(위의 글, 327면).

가(國家)의 목적(目的)으로도 되는 셈이다. 이와 같이 하여 동북 세계(東北世界)의 제 민족(諸 民族)은 한결같이 신국(神國)의 인민(人民)으로서 이른바 천업(天業)의 회홍(恢弘)에 이바지할 사명(使命)을 짊어지고 있다는 것이 그들의 신화(神話)에 나타난 국가이념(國家理念)이었던 것이다.

이 정신(精神)을 순화(醇化)하고 이 이상(理想)을 확장(擴張)해 간다면, 일본(日本)의 건국정신(建國精神)인 이른바 광택천하(光宅天下)라든가 팔굉일우(八紘一宇)의 대이상(大理想)에 도달(到達)할 수 있음은 당연한 이치이며, 따라서 우리 만주(滿洲)의 건국정신(建國精神)도 본연(本然)의 모습을 쉽사리 체득(體得)할 수 있을 것이다. 우리들은 감히 이렇게 부르짖고 싶다. 새 이상(理想)에 살기 위하여 옛 전통(傳統)을 잡으라, 그 제일첩경(第一捷徑)으로서 신화(神話)로 돌아가라고.[39]

최남선은 부여인의 건국 이야기를 살펴보면서, "북방민족의 일광임신설화日光姙娠說話에서는 천天의 기氣인 일광日光을 받아서 태어난 신神의 아들이 건국영웅으로 된다는 모티브에 특색이 있"[40]다는 점에 주목한다. 최남선은 또한 "만주·조선 방면의 그것은 특히 건국설화에서 신의 아들의 천강天降 과정으로서 설명된 점에 이색異色을 보이고 있다"[41]는데 주목한다. 건국신화에 나타난 일광임신 모티브와 난생 모티브에서 핵심적인 것은 천자강림 모티브이다. 단군 신화와 해모수 신화, 박혁거세 신화, 수로 신화와 같은 천강 신화는 동북아시아 지역에 살면서 하늘

---

39 위의 글, 372면.
40 위의 글, 360면.
41 위의 글, 362면.

의 원리를 신봉하는 수렵·유목 문화와 밀접한 관계가 있으며, 이 유형의 신화는 태양으로부터 왕권의 기원을 설명하는 몽고 민족 계통의 문화와 가깝다.[42] 그런데 이 글에서 살펴볼 부분은 동북아시아에 분포된 천강 신화를 해석하는 방식이다. 신화를 해석하는 지식은 끊임없이 해석을 둘러싼 권력과 길항관계를 지니고 있으며, 신화를 재생산하면서 담론으로서의 권력을 발휘[43]하고 있다. 따라서 인용문에서 중요한 지점은 최남선이 동북아시아에 분포된 신화를 재생산하는 방식이다. 인용문은 크게 두 층으로 나눌 수 있다. 하나는 '천상인 선신이 잘 이를 내려다보시고 사랑하는 일자―子를 구제신으로서 하계에 순견巡遣' 했다는 것이며, 또 하나는 '이 정신을 순화하고 이 이상을 확장해 간다면, 일본의 건국정신인 이른바 광택천하라든가 팔굉일우의 대이상에 도달'할 수 있다는 것이다.

최남선이 새외민족의 건국신화를 일본정신으로 확장하여 해석할 수 있었던 것은 건국신화와 일본정신 사이에 존재하는 유사관계 때문이다. 일본의 경우 국가로서의 틀은 절대주의이든 상징주의이든 천황제에 의해 결정되고 규정되었는데,[44] 이 천황제는 천손강림의 창세신화에 이데올로기적 기반을 두고 있다.[45] 천황제가 기반하는 창세신화는 천손강림의 모티브를 지니고 있다는 점에서 새외민족의 건국신화와 부분적으로 유사관계를 지니고 있다. 이러한 유사관계에 의해 최남선의 신화 해석

42 김화경, 『한국 신화의 원류』, 지식산업사, 2005, 256면.
43 조현설, 「동아시아 신화학의 여명과 근대적 심상지리의 형성―시라토리 쿠라키치, 최남선, 마우둔을 중심으로」, 『민족문학사연구』 16, 민족문학사학회, 2000, 103~104면.
44 윤건차, 정도영 역, 『현대일본의 역사의식』, 한길사, 1990, 330~331면.
45 윤건차, 이지원 역, 앞의 책, 253면.

담론은 '신국神國', '팔굉일우'와 같은 일본정신을 재생산하는 친일담론으로 영향력을 발휘하게 된다. 역사를 자연화한다는 신화[46]의 속성은 최남선이 신화를 해석하는 데에도 그대로 적용되고 있다. 따라서 동북아시아의 건국 신화에 대한 최남선의 해석은 식민주의 이데올로기를 재생산하는 근대의 신화[47]라고 할 수 있다.

롤랑 바르트의 도식[48]으로 이를 분석해 보면, '동북아시아에 분포하는 천강 신화'는 식민주의 이데올로기를 재생산하는 근대의 신화가 점령하는 대상으로서 하나의 형식(시니피앙)을 제공할 뿐이다. 여기에 '신국'이나 '팔굉일우'라는 일본 정신은 그 형식에 인위적으로 덧붙여진 개념(시니피에)이다. 이 과정에서 형식과 개념은 유기적으로 결합하여 친일담론이라는 제3의 의미를 생성해 낸다. 따라서 최남선의 친일담론은 형식과 개념의 유기적 작용에 의해 의미 작용을 하는 이차적인 기호학적 체계, 즉 메타언어로서의 신화이다. 그러나 이러한 근대의 신화는 의미작용을 하기까지 왜곡과 굴절의 과정이 있었음에도 불구하고, 독자에게 자연적인 것, 즉 당연한 것으로 다가간다. 신화에 대한 최남선의 해석은 식민주의 이데올로기의 이러한 구조에 따라 이루어진 것이다.

---

46 롤랑 바르트(Roland Barthes), 정현 역, 『신화론』, 현대미학사, 1995, 39~51면.
47 박주식, 「제국의 지도 그리기」, 고부응 편, 『탈식민주의』, 문학과지성사, 2003, 275~276면.
48 롤랑 바르트의 도식에 최남선의 신화 해석을 적용해 보면 다음과 같이 도식화할 수 있다.

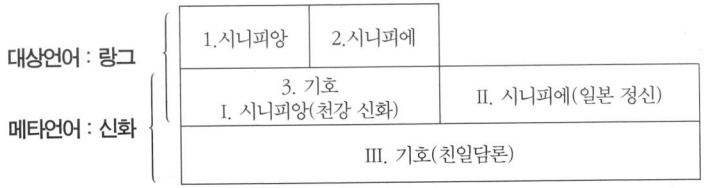

(롤랑 바르트, 정현 역, 『신화론』, 현대미학사, 1995, 26면 참조.)

3. 다민족적 국가 구성과 문화의 원리

동양을 지리적으로 어떻게 구획하고 있는가 하는 문제는 어떠한 동양을 구성하고 있는가 하는 문제와 밀접하게 관련되어 있다. 일정한 지리적 경계선 내에 위치하고 있는 장소는 문화적 가치들이 서로 겨루는 갈등의 터전이자 그 가치들이 구체화되어 드러나는 재현의 현장[49]이다. 따라서 어떠한 공간의 정체성은 지리적으로 구성될 뿐만 아니라 역사적·정치적으로 구성된다.

「만몽문화」에서 동아시아는 남북으로 구획된다. 이러한 남북 경계선이 단순한 지리적 경계선이 아니라는 사실은 남북 구획을 해석하는 최남선의 태도에서도 확인할 수 있다. 이 글에서 '지나'는 '밑도 없고 어귀도 없는 대연大淵'에 비유되면서 '구더기가 생길 염려는 있어도 밑바닥이 보일 만큼 말라붙을 염려는 없는' 곳으로 정의된다. 여기서 중국이 구더기가 생길 만큼 정체되어 있어도 소진하지 않는 것은 '항상 소량이나마 새로운 원천으로부터 이에 주입되었기 때문'인데, 이 새로운 원천의 공급처는 바로 북방문화이다. 「만몽문화」에서 북방문화는 남방문화인 지나와 끊임없이 '항쟁'하는 투쟁의 대상인 동시에 소진될 위기에 있는 지나에 생기를 불어 넣어주는 원천[50]인 것이다. 여기서 최남선은 북

---

49 박주식, 앞의 글, 261면.

50 "고대 지나(古代 支那)의 문화(文化)가 얼마나 주변(周邊)의 여러 이족(異族)에게 힘입고 있는가는 이상의 몇 가지 예(例)로도 대충 엿볼 수 있는 것이다. 지나 주변(支那 周邊)의 민족(民族)과 문화(文化)는 마치 물이 낮은 곳으로 흘러내리듯 바람이 따뜻한 곳으로 불어가듯, 이른바 중원(中原)의 땅을 향하여 끊임없이 모여든다. 이 배양력(培養力)이 중원(中原)을 줄곧 살찌게 하였으며, 세계(世界)에서도 드문 긴 역사(歷史)와 넓은 판도

방문화로부터 주입된 새로운 자원을 '동화同化'하는 능력이야말로 지나
의 위대성을 설명해 주는 '특이한 기초'라고 하면서 중국에 정체된 오리
엔트의 이미지를 각인시킨다.

① 동북아세아(東方亞細亞)의 문화(文化)는 이 세 인민(人民)을 총합(總
合)해서의 일 북방문화(一 北方文化) — 학자(學者) 중에 '수큐대'문화(文
化)라는 일문화(一文化) — 와 지나문화(支那文化)라는 남방(南方)의 계통
(系統)과로 구분되어, 양자(兩者)의 문화적 성질(文化的 性質)이 같은 아세
아(亞細亞)에서 선명(鮮明)한 대립(對立)을 보임이오 둘재는, 문화(文化)로
써 서로 대립하는 이상(以上)으로 민족적 반발(民族的 反撥)·각쟁(角爭)이
어떻게 장구(長久)한 동안 계속하여 나려와서, 동방(東方)의 역사(歷史), 아
니 아세아(亞細亞)의 전역사(全歷史)까지가 거이 환(桓)과 지나 양민족(支
那 兩民族)의 대항(對抗)투쟁(鬪爭)한 사실(事實) 하나로써 일관(一貫)하였
음을 깨닫게 되는 것이 신긔타 할 것이다. (…중략…) 아까 말한 바와 같이,
이하(以下)에는 흉노(匈奴), 동호(東胡), 숙신(肅愼) — 현재의 사실(事實)
로는 조선(朝鮮), 만주(滿洲), 몽고(蒙古)의 삼인민(三人民)을 총괄(總括)해
서 이것을 한민족으로 쳐서 하는 말이다.[51]

② 여하간 북방선수(北方選手)로의 역사적(歷史的) 사명과 북방대표(北方
代表)로의 시대적(時代的) 임무를 한꺼번에 수행(遂行)할 시기(時機)를 기

(版圖)를 만들어 낸 것이 오늘의 지나(支那)이다"(최남선, 「만몽문화(滿蒙文化)」, 『전집』
10, 378면).
51 최남선, 「만주 건국(滿洲 建國)의 역사적 유래(歷史的 由來)」, 『신시대』, 1943년 3월호,
36~37면.

다리든 일본이 이때를 놓치지 않고 분연(奮然)히 이러나서, 여긔 왕도낙토(王道樂土)로의 만주신국(滿洲新國)이 서슴을 것 없이 건설되였다. 그리하고서 그 의의(意義)를 확충(擴充)하고 가치(價値)를 완성(完成)하려 하매 다음 지나사변(支那事變)이 뒤를 있고, 마츰내 대동아전쟁(大東亞戰爭)이 동양(東洋)은 무론(毋論)이오 전 세계(全 世界)의 역사(歷史)를 고쳐 쓰는 태세(態勢)를 소시(昭示)하지 아니치 못하게 되였다. 이것이 현하(現下)까지의 역사적 추세(歷史的 趨勢)로서, 북(北)・동북(東北)・동(東)의 전일적 결성(全一的 結成)인 대북방세력(大北方勢力)이 바야흐로 구원(久遠)한 약속(約束)을 철저히 현성(現成)하려는 제오단계(第五段階)에 들어간 것이다.[52]

인용문에서도 최남선이 동양을 어떻게 구획하고 있는가를 살펴볼 수 있다. ①에서 '동북아세아'는 조선・만주・몽고로 구성된 '북방문화'와 지나로 구성된 '남방문화'로 구분된다. 인용문에서 남・북은 동아시아를 구획하는 지리적 경계이지만 민족적 경계를 수반하고 있다. '조선・만주・몽고'는 오래전 '숙신肅愼'이라는 한 종족으로부터 분화되었다고 보고 '동기연지간同氣連枝間의 관계', '형제간'으로 재배치된다. 이 같은 민족적 경계는 '조선인・만주인・몽고인'에게 '혈통적으로 가히 남이라고 할 수 없는 관계', 즉 한 민족이라는 정체성을 부여함으로써 보다 자연적인 집단 정체성을 형성하도록 기여하고 있다. 조선・만주・몽고에 강한 결속력이 필요한 것은 바로 '남방문화'로 통칭되는 중국에서 '북방문화'를 분리하기 위해서이다. 동아시아의 북방 지역은 바로 만주

---

52 위의 글, 43면.

국의 영토로서, 이 지역에 강력한 정체성을 부여하는 것은 곧 만주국의 정체성을 형성하는 데 필수적인 과정이다. 동아시아에 대한 지리적 구획 역시 같은 맥락에서 파악할 수 있다. 만주국은 일본제국과 밀접한 관련을 갖는 일종의 배후지 역할을 했으며,[53] 이 때문에 만주국의 국가 정체성을 형성하는 것은 '북방선수北方選手', '북방 대표'로서의 일본의 지위를 뒷받침해 주는 작업과 연계되어 있다. 최남선이 '「만몽문화」란 것도 기실은 단순히 「만주문화」라고 칭하여도 좋지 않을까'[54]라고 논의한 것도 같은 맥락에서 파악할 수 있을 것이다.

그렇다면 이러한 지리적 구획에서 조선은 어떻게 배치되고 있는가. 여기서 주목되는 사실은 인용문에서 발견할 수 있는 남북 이원론이나 조선의 지리적 배치가 시라토리白鳥庫吉의 동양관과 유사하다는 것이다. 시라토리의 동양관에서 조선은 '만선'이라는 지정문화적인 이데올로기 속에 갇히게 되는데, 이러한 지정학적 배치는 조선이 국민적인 형태를 결여한, 단순한 지리적인 영역으로만 존속할 수 있음을 의미했다.[55] 앞에서 논의한 바와 같이 지리적 구획은 사회적·문화적·민족적 경계와 중첩되어 있다. 특히 최남선은 '지리에 유도되는 동시에 역사에도 제약되어 하나의 문화가 육성된다'[56]고 하면서 '만몽'을 '하나의 문화권'으로 설정한다. 조선이 만몽이라는 문화권 내에 속한다는 것을 보여주기 위한 예는 '변발' '온돌', 조선어와 몽고어의 유사성, '조선의 여성복',

53 김경일 외, 『동아시아의 민족이산과 도시―20세기 전반 만주의 조선인』, 역사비평사, 2004, 21면.
54 최남선, 「만몽문화(滿蒙文化)」, 『전집』 10, 326면.
55 강상중, 이경덕 역, 『오리엔탈리즘을 넘어서』, 이산, 1999, 129면.
56 최남선, 「만몽문화(滿蒙文化)」, 『전집』 10, 385~386면.

'조선의 구식 혼례에서 신부의 예장' 등이다. 이러한 예를 통하여 조선은 '만몽문화'라는 하나의 문화권 내에 배치된다. 그러나 최남선이 만몽문화를 곧 만주문화로 인식하고 있다는 점을 상기할 때, 조선인으로 살아가는 데 조건이 되던 전통들은 만주국 국민으로 살아가는 데 필요한 전통들로 재배치된다. 여기서 전통은 조선의 고유성을 표상하는 동시에 현재의 정치적 의도에 따라 창출된다.

이 같은 논리는 '사람과 사람 사이에 종족의 차이가 있건, 나라와 나라 사이에 경계의 문격問隔이 있건, 그런 것에는 일체 아랑곳없이 자연과 인사事의 모든 장벽을 뚫고 문화는 위대한 전파력을 힘차게 뻗칠 뿐'[57]이라는 문화 전파설을 바탕으로 하고 있다. 최남선의 논의에서 문화의 전파 혹은 교류의 한 예는 '몽고와 반도의 혼혈관계'[58]이다. 최남선은 '몽고와 왕실뿐만 아니라 그 일반에는 상하를 막론하고 고려의 피가 섞여 있지 않은 이가 없을 것이므로, 몽고와 반도와의 혼혈관계[59]는 생각하기보다는 농후할 것'[60]이며, 이에 따라 '사람에 부수되는 문물의 관계, 즉 풍속의 점염, 사물의 전파 등도 제 나름대로 심밀'할 것이라고 주장하고

---

57 위의 글, 339면.
58 위의 글, 399면.
59 최남선의 논의에서 혈연관계는 조선과 만몽문화를 논할 때 이 둘을 하나로 묶어주는 주요한 요소가 되지만, 조선과 일본의 관계를 논의할 때에는 그렇지 않다. 최남선은 조선과 일본의 동원 관계의 근거를 문화의 동원관계에서 찾고 있다.
"조선과 내지는 혈연관계를 제쳐놓고라도, 그것보다 중요한 문화에 있어서 가장 가깝게 있는, 아니 오히려 동일한 실질을 가지고 있는 것을 알 수 있습니다. 이와 같은 양지(兩地) 문화의 동원관계는 과거에는 역사적 사실로서 존재했고, 현재는 우리들의 마음의 내용을 구성하고 있으며, 또 나아가서는 앞으로 영원히 결속되어 풀릴 수 없는 융합을 약속하는 꺽쇠이기도 합니다"(최남선, 「신의 뜻 그대로의 옛날을 생각함」, 김규동 · 김병걸 편, 앞의 책, 105~106면).
60 최남선, 「만몽문화(滿蒙文化)」, 『전집』 10, 399면.

있다. 여기서 문화의 교류에는 혼혈이라는 피의 관계가, 그리고 현재와 과거가 섞여 있다. '고려와 몽고의 혼혈'이라는 종족적 정체성을 창출함으로써 조선인은 혼혈인의 후예가 되며, 만몽문화라는 문화권은 종족적 정체성에 수반되는 문화적 정체성으로 자리 잡게 된다.

① 문화(文化)는 인류(人類)로서 '일(一)'이면서 지역적(地域的) 또는 종족적(種族的)으로는 '다(多)'로 되어 있다. 서양(西洋)의 문화(文化), 동양(東洋)의 문화라고 하는 따위와 같은 것이다. 저마다의 특성(特性)과 이색(異色)이 인정될 수 있는 데 기인(基因)함은 물론이다. 이토록 인류(人類) 문화에 각자 분화(各自 分化)를 이루게 된 이유는 제일차적(第一次的)으로 생활환경(生活環境)의 상이(相異)를 들 수 있다. 그것은 인류(人類)의 행위를 제약(制約)하는 근본요소(根本要素)가 지리적(地理的) 조건이기 때문이다. (…중략…) 어떤 민족(民族)의 환경이란 공간적(空間的)으로는 지리(地理)와, 시간적(時間的)으로는 역사(歷史)와의 교차점(交叉點) 위에 이루어진다. (…중략…) 그리고 이 조건을 같이하고 있는 범위(範圍) 내에서는 동질(同質)·동형(同型)의 문화가 존재하고, 이 문화적 유연(文化的 類緣)은 종족(種族)이나 사회(社會)와는 별개(別個)의 관계에 있다. 이러한 문화적 연대관계(文化的 連帶關係)를 계통적(系統的)으로 보아 문화권(文化圈, Kulturkreis)이라 하고, 형태적(形態的)으로 보아 문화유형(文化類型, Kelturtypus)이라 한다. (…중략…) 만몽(滿蒙)이 하나의 문화권(文化圈) 또는 문화유형(文化類型)에 속하고, 게다가 종족(種族)·언어(言語) 등의 계통(系統)을 같이하고 있음은 여러 논점(論點)에서 증명(證明)할 수 있는 바이나, 지금 여기서는 일반적 흥미(一般的 興味)의 대상(對象)이 될 만한 약간(若干)의 사항(事項)을 드러

내어 대체(大體)의 설명(說明)으로 충당(充當)하고자 한다.[61]

② 이상(以上)으로써 만몽(滿蒙)의 문화유형(文化類型)의 진행(進行)을 개관(槪觀)한 것으로 하겠는데, (…중략…) 오늘날 아직도 통속적 의미(通俗的 意味) 밖에 안 되는 '만몽문화(滿蒙文化)'란 것이 학술적 근거(學術的 根據) 위에 훌륭하게 세워지고, 이른바 생활협동체(生活協同體)는 급조(急造)된 이념(理念)이 아니라 역사적 본래성(歷史的 本來性)의 것이었음을 알게 될 것이다. 이것을 구명(究明)하는 것이야말로, 만주국(滿洲國)의 학도(學徒)로서의 우리들의 영광(榮光)스러운 임무(任務)이며, 이것을 완성함으로써만 민족협화(民族協和)에 사실적 박력(事實的 迫力)이 가해질 것이다.[62]

최남선은 「신의 뜻 그대로의 옛날을 생각함」에서 '이민족 상호 접촉에 있어서 가장 믿음직하고 마음이 튼튼한 것은 문화의 일치'라고 주장하였다. 이 글에서 최남선은 '일체의 혼란을 정돈하며 또한 일체의 기운을 만들어내는 것은 문화의 힘일 뿐'이라고 하면서 '문화'를 매개로 한 융합을 강조하고 있다. 이때 '문화'는 '융합'이라는 식민주의 이데올로기와 결합되어 있으며, 이러한 구조 속에서 친일담론은 배제와 차별이라는 식민주의의 폭력을 은폐하고 동일성 이데올로기를 이상화한다. 최남선은 시간과 공간이라는 좌표를 통해 동양을 분할하고 인식해 왔으며, 여기에는 단순히 역사와 시간이라는 시간-공간 좌표 외에도 식민주의 이데올로기가 내재되어 있다. 최남선이 규정하고 있는 '문화권' 혹은

---

61 최남선, 위의 글, 385~386면.
62 최남선, 「만주 건국(滿洲 建國)의 역사적 유래(歷史的 由來)」, 『전집』 10, 403면.

'문화유형'은 천 꽝싱이 논의한 바 있는 '문화상상文化想像'의 구조와 유사하다. 천 꽝싱은 '1492년 이후 특정한 시공간의 문화상상구조는 '식민', '역사', '지리'가 변증법적으로 결합된 결과물'이라고 주장한 바 있다. 천 꽝싱의 논의에서 '문화상상'은 식민 · 피식민주체의 상상공간을 형성하는 장이며, 식민적 정체성은 이러한 문화상상의 구조 안에서 형성된다.[63]

인용문 ①에서 문화는 "'일一'이면서 지역적 또는 종족적으로는 '다多'로 되어 있다"고 정의된다. 이러한 문화의 원리는 동양에 대한 만주국의 문화상상 구조라고 할 수 있다. 만주국은 민족(오족(五族) : 한(漢), 만주, 몽고, 일본, 조선) 간의 협화를 통해 서양 열강에 대항한다는 아시아주의를 내세우고 있는데, "'일一'이면서 '다多'로 되어 있다"는 문화의 원리는 만주국의 아시아주의와 상통한다. 서구를 타자로 한 아시아의 연합이 '일一'과 관련된다면, 다민족 국가라는 만주국의 구성원리는 '다多'와 관련된다. 최남선은 특히 "'일'이면서 '다'로 되어 있다"는 문화의 정의를 가장 잘 실현한 예로 『예기禮記』의 '왕제王制'를 들고 있다. 최남선에 의하면 '왕제王制란 왕자王耆로서 천하를 다스리는 제도를 말한 것'인데, 이는 곧 '이민족 통치의 원칙을 가리킨 것'이다. 최남선은 '왕제'의 특성이 '이해와 포용'에 있다는 사실을 강조하면서, '다多'의 원리에 나타난 다원주의적 원칙을 설명하고 있다.

그러나 인용문 ②에서 최남선은 이러한 문화의 원리가 '생활협동체는 급조된 이념이 아니라 역사적 본래성의 것'이었음을 알림으로써 만주국

---

63 천 꽝싱[陳光興], 백지운 역, 백영서 대담, 『제국의 눈』, 창비, 2004, 166~170면 참조.

의 이데올로기로 내건 '민족협화에 사실적 박력'을 가하기 위한 것이었음을 밝히고 있다. 이러한 사실로 미루어 볼 때, 여기서 다원주의는 만주국이라는 국가를 구성하는 문화의 원리였다. 최남선은 만몽문화가 형성된 유래를 역사적으로 살펴보고 있지만, 이는 결국 '생활협동체'라는 만주국의 국가 구성 원리를 역사적으로 자연화하는 데로 귀결된다.

4. 나가며—만주국의 기원 만들기와 동양의 재영토화

이상으로 이 글은 친일문학이 구성하고 있는 동양의 실체를 규명하고, 이를 통해 동양의 발견이 '조선민족의 해소'로 이르게 되는 과정을 밝히고자 하였다. 아울러 친일문학이 어떠한 방식으로 동양을 재영토화하는가를 살펴보았다. 이러한 문제들에 대해 논의하기 위하여 이 글은 최남선의 「만몽문화」와 「만주 건국의 역사적 유래」를 분석하였다. 이 글에서 살펴본 바를 요약하면 다음과 같다.

첫째, 동양은 시·공간이라는 두 축의 배치를 통하여 재구성되고 있다. 시간축을 중심으로 보았을 때, 최남선은 주로 고대로 귀환하고 있다. 여기에서 과거는 현재를 해석하는 전략이자 미래를 창조하기 위한 이데올로기로 작동한다. 최남선의 논의에서 '과거'라는 시간축에는 전통이라는 고유성과 동양이라는 동류의식이 중첩되어 있다.

둘째, 고대로의 귀환을 통해 '만몽문화'라는 균질적인 구성체를 만들어 내고 있는 최남선은 특히 '새외塞外민족'의 건국 신화에 주목한다. 여기서 문제가 되는 것은 신화를 해석하는 태도이다. 최남선은 '새외민족'의 건국 신화를 해석하면서 공통된 자질로 천자강림 모티브를 추출하고 이것에 '팔굉일우'라는 일본정신을 덧붙여 해석하고 있다. 천강 신화라는 형식에 일본정신이라는 내용이 결합될 수 있는 것은 천황제가 기반하는 창세신화는 천손강림의 모티브를 지니고 있다는 점에서 새외민족의 건국신화와 부분적으로 유사관계를 지니고 있기 때문이다. 이러한 유사관계를 기반으로 최남선의 신화 해석 담론은 일본정신을 재생산하는 데 영향력을 발휘하고 있다. 따라서 동북아시아의 건국신화에 대한 최남선의 해석은 식민주의 이데올로기를 재생산하는 근대의 신화라고 할 수 있다.

셋째, 공간의 정체성은 지리적으로 구성될 뿐만 아니라 역사적·정치적으로 구성된다. 따라서 동양을 지리적으로 어떻게 구획하는가 하는 문제는 동양을 둘러싼 정치적 힘의 문제와 밀접하게 연관되어 있다. 「만몽문화」에서 동아시아는 남북으로 구획된다. 새외 민족으로 구성된 북방문화는 소진될 위기에 있는 지나에 생기를 불어 넣어주는 원천으로 해석되면서 남방문화인 '지나'에 정체된 오리엔트의 이미지가 각인된다. 이러한 남북 구획에서 제국 일본은 북방의 대표로 설정된다. 따라서 동양에 대한 이러한 공간 구획은 일본을 동양의 중심으로 배치하기 위한 질서 체계라고 할 수 있다.

넷째, 「만몽문화」에서 최남선이 강조하는 바는 문화의 교류이다. '고려와 몽고의 혼혈관계'는 문화 교류의 한 예이다. 고려와 몽고의 혼혈이라는 조선인의 종족적 정체성을 통해 조선인은 혼혈인의 후예가 된다.

최남선은 이러한 종족적·문화적 정체성을 만들어 냄으로써 조선인을 만주국 국민으로 포섭하고 제국의 국민을 창출하고 있다.

다섯째, 「만몽문화」에서 문화는 "'일一'이면서 지역적 또는 종족적으로는 '다多'로 되어 있다"라고 정의된다. 「만주 건국의 역사적 유래」에서도 최남선이 주목하는 바는 만몽의 문화유형의 진행을 개관하여 생활협동체라는 개념이 급조된 이념이 아니라 역사적으로 존재하던 것이었다는 사실이다. 최남선의 논의에서 '문화'는 '융합'이라는 식민주의 이데올로기와 결합되어 있다. 여기에서 문화의 원리는 다민족 국가인 만주국의 기원 만들기에 포섭되고 있으며, 동양은 다시 재영토화된다.

여섯째, '민족'이나 '전통'은 동양을 재영토화하고 만주국의 기원을 만드는 데 활용되는 기제이다. '민족', '전통', '국가'는 서로 밀접하게 연관되어 있으면서 과거부터 지금까지 우리 삶을 구성하고 있는 요소들이다. 식민주의의 신화는 이러한 기제를 바탕으로 재생산된다. 최남선의 친일담론을 분석하면서 부딪히게 되는 것은 이러한 기제가 얽혀 있는 식민주의 신화에서 그 경계를 어떻게 해체할 것인가 하는 문제였다. 그것은 조선민족해소론에서 '조선민족을 위하여'라는 항이 '조선민족의 해소'로 치닫게 되는 지점을 찾아내고, 여기에 얽힌 구조를 해체하는 문제와도 관련되어 있다.

이상의 논의를 통하여 이 글은 '조선민족을 위하여'라는 항이 '조선민족의 해소'로 이르게 되는 데에는 동양론이 존재하고 있다는 사실을 밝히고자 하였다. 동양론은 당대의 역사철학적 구조를 분석하는 주요한 매개로 작용하고 있다. 서양적 근대를 극복하고 동양적 근대를 탐색하려는 움직임으로서 동양론이 존재했고, 여기서 동양의 탈영토화가 시도되었다. 그러나 이러한 과정은 친일담론에 반영된 동양론의 실체를 보여주는 일부분일 뿐이다. 서구적 근대를 극복하고자 하는 동양의 탈영토화는 일본을 중심으로 재영토화된다. 이 글에서 밝히고자 한 것이 바로 동양의 탈영토화에서 재영토화로 이르게 되는 구조였다. 이는 식민지에서 근대성의 실현이 어떻게 굴절되고 있는지를 보여주는 예이다.

이 글에서는 최남선의 논의에 나타난 무속과 고신도의 연관관계, 그리고 천황제 이데올로기의 관계에 관해서 충분히 다루지 못하였다. 아울러 최남선이 만들어 내고 있는 문화 구조가 당대의 조선인의 지위와 삶에 실질적으로 어떠한 영향을 미치고 있는가에 대해서도 세밀한 조사와 분석이 필요하다. 이러한 문제를 해명하기 위해서는 조선인뿐만 아니라 만주국의 다른 민족 구성원의 문제까지 함께 다루어야 할 것이다. 이러한 문제에 관해서는 앞으로의 과제로 남겨두기로 한다.[*]

---

[*] 이 글은 2005년 12월 『한민족어문학』 47집에 게재된 논문을 일부 수정한 것임.

참고문헌

1. 신문 및 잡지

『대동아』, 『매일신보』, 『별건곤』, 『여성』, 『신시대』, 『삼천리』, 『국민문학』, 『조광』, 『綠期』, 『한겨레』, 『新朝鮮』, 『조선일보』, 『제일선(第一線)』, 『家庭の友』, 『인문평론』, 『開拓』.

2. 국내 논문 및 단행본

강내희, 「한국의 식민지 근대성과 충격의 번역」, 『문화과학』 31, 2002.9.

강상희, 「친일문학론의 인식구조」, 『한국근대문학연구』 7, 한국근대문학회, 2003.2.

강정민・김동일, 「미셸 푸코와 미술관에 대한 테제들」, 『인문연구』 66, 영남대 인문과학연구소, 2012.12.

강진아, 「중국과 소련의 사회주의 공업화와 전후 만주의 유산」, 한석정・노기식 편, 『만주, 동아시아 융합의 공간』, 소명출판, 2008.

강해수, 「식민지 조선에서 '동방'이라는 경계와 민족지(知) 형성－최남선의 『불함문화론』을 중심으로」, 계명대 목요철학 세미나 발표문, 2003.10.30.

_____, 「최남선의 '만몽(滿蒙)' 인식과 제국의 욕망」, 『역사비평』, 역사문제연구소, 2006.가을.

고려대 아세아문제연구소, 『육당 최남선 전집』, 현암사, 1974.

공제욱・정근식 편, 『지배와 균열－식민지의 일상』, 문화과학사, 2006.

곽은희, 「여성의 신체에 각인된 국민화 프로젝트－『매일신보』 소재 여성 지식인의 친일담론을 중심으로」, 『인문연구』 47, 영남대 인문과학연구소, 2004.12.

_____, 「황민화의 환상, 오도된 계몽－이광수의 『동포에 고함』을 중심으로」, 『민족문화논총』 31, 영남대 민족문화연구소, 2005.6.

_____, 「만몽문화의 친일적 해석과 제국 국민의 창출－최남선의 『만몽문화』와 「만주 건국의 역사적 유래」를 중심으로」, 『한민족어문학』 47, 한민족어문학회, 2005.12.

_____, 「근대의 초극, 동양의 창출－이광수의 친일비평을 중심으로」, 『한국사상과 문화』 36, 한국

사상문화학회, 2007.1.

_____, 「식민 구조의 메커니즘에 내재된 놀이의 정치학-일제 말 식민지 여성의 놀이를 중심으로」, 『인문연구』 54, 영남대 인문과학연구소, 2008.6.

_____, 「전시체제기 노동·소비 담론에 나타난 젠더 정치-잡지 『여성』을 중심으로」, 『인문연구』 59, 영남대 인문과학연구소, 2010.9.

_____, 「표상되는 조선, 동요하는 제국」, 『인문연구』 60, 영남대 인문과학연구소, 2010.2.

_____, 「낭만적 사랑과 프로파간다」, 『인문과학연구』 36, 대구대 인문과학연구소, 2011.2.

_____, 「식민지와 근대」, 『현대사상』 9, 대구대 현대사상연구소, 2011.11.

_____, 「전시체제기 놀이의 프로파간다화와 식민지 규율」, 『동아시아문화연구』 50, 한양대 동아시아문화연구소, 2011.11.

_____, 「프로파간다화된 만주 표상과 욕망의 정치학」, 『만주연구』 16, 만주학회, 2013.12.

_____, 「틈새의 헤테로토피아, 만주」, 『인문연구』 70, 영남대 인문과학연구소, 2014.4.

_____, 「감상으로 기억하는 만주-만주 소재 대중가요 가사를 중심으로」, 『만주연구』 18, 만주학회, 2014.12.

_____, 「감각의 조형술 : 아비투스와 로컬리티 사이-최재서의 국민문학론에 대하여」, 『인문연구』 73, 영남대 인문과학연구소, 2015.4.

_____, 「일탈의 감각, 유동하는 식민지-『별건곤』의 넌센스·유모어를 중심으로」, 『반교어문연구』 43, 반교어문학회, 2016.8.

구대열, 『한국 국제관계사 연구』 1, 역사비평사, 1995.

구연정, 「상상과 실제 사이 : 헤테로토피아로서 베를린-발터 벤야민의 『1900년경 베를린의 유년 시절』에 나타난 도시 공간을 중심으로」, 『카프카연구』 29, 한국카프카학회, 2013.6.

구인모, 「최남선과 국민문학론의 위상」, 『최남선, 전통의 발명』, 한국근대문학회 제12회 학술대회 발표집, 2005.6.

_____, 『유성기의 시대 유행시인의 탄생-시와 유행가요의 경계에 선 시인들』, 현실문화, 2013.

권명아, 「수난사 이야기로 다시 만들어진 민족 이야기」, 김철·신형기 외, 『문학 속의 파시즘』, 삼인, 2001.

_____, 『역사적 파시즘-제국의 판타지와 젠더정치』, 책세상, 2005.

_____, 『음란과 혁명-풍기문란의 계보와 정념의 정치학』, 책세상, 2013.

김겸섭, 「호이징하와 카이와의 놀이 담론」, 『인문연구』 54, 영남대 인문과학연구소, 2008.6.

김경일 외, 『동아시아의 민족이산과 도시-20세기 전반 만주의 조선인』, 역사비평사, 2004.

김규동·김병걸 편, 『친일문학작품선집』 1, 실천문학사, 1986.

_____ 편, 『친일문학작품선집』 2, 실천문학사, 1986.

김기훈, 「만주국 시기 조선인 이민담론의 시론적 고찰-조선일보 사설을 중심으로」, 『동북아역사논총』 31, 동북아역사재단, 2011.3.

김동식, 「한국의 근대적 문학 개념 형성과정 연구」, 서울대 박사논문, 1999.

김백영, 『지배와 공간-식민지도시 경성과 제국 일본』, 문학과지성사, 2009.

김병구, 「고전부흥의 기획과 '조선적인 것'의 형성」, 『민족문학사연구』 31, 민족문학사학회, 2006.8.

김수용·고규진·최문규·조경식, 『유럽의 파시즘』, 서울대 출판부, 2001.

김승환, 「친일문학의 자발성에 대하여」, 『실천문학』, 2004.여름.

김양선, 「친일문학의 내적 논리와 여성(성)의 전유양상」, 『실천문학』, 2002.가을.

_____, 「옥시덴탈리즘의 심상지리와 여성(성)의 발명」, 『민족문학사연구』 23, 2003.12.

김예림, 「한국적 근대는 어떻게 만들어졌나, 전시기 오락정책과 '문화'로서의 우생학」, 『역사비평』 73, 2005.11.

김윤식, 『안수길 연구』, 정음사, 1986.

김인호, 「태평양전쟁시기 조선에서의 생산증강 정책과 그 실상」, 『역사와 경계』 52, 부산경남학회, 2004.9.

김재용, 「전도된 오리엔탈리즘으로서의 친일문학」, 『실천문학』, 2002.여름.

_____, 「여성성과 국가주의의 결합으로서의 친일문학」, 『실천문학』, 2004.봄.

김재용·김미란 편역, 『식민주의와 협력-일제 말 전시기 일본어 소설선』 1, 역락, 2003.

김점도 편, 『유성기음반총람자료집-1907년부터 1943년까지』, 신나라뮤직, 2000.

김종철, 「민주주의, 성장논리, 농적(農的) 순환사회」, 『창작과 비평』 139, 2008.봄.

김진균·정근식 편저, 『근대 주체와 식민지 규율권력』, 문화과학사, 1998.

김진두, 「1910년대 매일신보의 성격에 관한 연구-사설 내용분석을 중심으로」, 중앙대 박사논문, 1995.

김진송, 『현대성의 형성-서울에 딴스홀을 허(許)하라』, 현실문화연구, 2002.

김철, 「몰락하는 신생(新生)-'만주'의 꿈과 『농군』의 오독(誤讀)」, 『상허학보』 9, 상허학회, 2002.

_____, 「갱생(更生)의 도(道) 혹은 미로(迷路)-최현배의 『朝鮮民族更生의 道』를 중심으로」, 『민족문학사연구』 28, 민족문학사학회, 2005.8.

_____, 「식민지의 복화술사(複話術師)」, 『복화술사들-소설로 읽는 식민지 조선』, 문학과지성사, 2008.

김택현, 「E. H. 카아와 지식 / 권력으로서의 역사(학)」, 『영국연구』 9, 영국사학회, 2003.6.

김현주, 「이광수의 문화적 파시즘」, 김철·신형기 외, 『문학 속의 파시즘』, 삼인, 2001.

_____, 「문화, 문화과학, 문화공동체로서의 '민족'-최남선의 '단군학(檀君學)'을 중심으로」, 『대동문화연구』 47, 성균관대 대동문화연구원, 2004.9.

김화경, 『한국 신화의 원류』, 지식산업사, 2005.

노상래, 「김문집 비평론」, 『영남어문학』 20, 한민족어문학회, 1991.12.

_____, 「『국민문학』 소재 한국작가의 일본어 소설 연구」, 『한민족어문학』 44, 2004.6.

_____, 「한 식민지 지식인의 근대초극하기-김남천의 경우」, 『일본문화연구』 22, 동아시아일본학회, 2007.4.

_____, 「헤테로토피아, 제3의 눈으로 읽는 만주-현경준, 「유맹」을 중심으로」, 『인문연구』 70,

영남대 인문과학연구소, 2014.4.

노상래·나공수·김양선, 「근대초극론(近代超克論), 아직 끝나지 않은 공영권총력전(共營圈總力戰)」, 동아인문학회 제7회 국제학술대회 발표논문집, 2006.10.20.~23.

류보선, 「친일문학의 역사적 맥락」, 『한국근대문학연구』 7, 한국근대문학연구회, 2003.4.

민족문학연구소 편, 『일제 말기 문인들의 만주 체험』, 역락, 2007.

박상기, 「탈식민주의의 양가성과 혼종성」, 고부응 편, 『탈식민주의-이론과 쟁점』, 문학과지성사, 2005.

박상섭, 『근대국가와 전쟁』, 나남, 1996.

박상수, 「중국 근대 '네이션' 개념의 수용과 변용」, 『동아시아 근대 '네이션' 개념의 수용과 변용-한중일 3국의 비교 연구』, 고구려연구재단, 2005.

박순원, 「식민지 공업 성장과 한국 노동계급의 등장」, 신기욱·마이클 로빈슨(Michael Robins) 편, 도면회 역, 『한국의 식민지 근대성』, 삼인, 2007.

박종성, 『퇴폐에 대하여』, 인간사랑, 2013.

박주식, 「제국의 지도 그리기」, 고부응 편, 『탈식민주의』, 문학과지성사, 2003.

박진한, 「무사도의 창안과 현대적 변용-근대 일본의 '국민도덕' 만들기」, 『역사비평』 74, 역사문제연구소, 2006.봄.

박헌호, 「'생활'하는 주의자들-〈'김병화'傳〉으로 읽는 『삼대』」, 『반교어문연구』 40, 반교어문학회, 2015.8.

박형지·설혜심, 『제국주의와 남성성』, 아카넷, 2004.

배성준, 「근대와 식민주의 인식의 전복을 위하여-'식민지 근대화' 논쟁의 한계 지점에 서서」, 『당대비평』 13, 2000.12.

배정희, 「카프카와 혼종공간의 내러티브-『국도 위의 아이들』과 헤테로토피아」, 『카프카연구』 22, 한국카프카학회, 2009.12.

백동현, 「러·일전쟁 전후 '민족' 용어의 등장과 민족의식-『황성신문』과 『대한매일신보』를 중심으로」, 『한국사학보』 10, 고려사학회, 2001.3.

변은진, 「일제 전시파시즘기(1937~45) 조선민중의 현실인식과 저항」, 고려대 박사논문, 1998.

서재길, 「나운규 영화와 만주-〈사랑을 차저서〉를 중심으로」, 『인문연구』 70, 영남대 인문과학연구소, 2014.4.

신미삼, 「이석훈 문학 연구」, 영남대 박사논문, 2014.

심광현, 「감정의 정치학-'자기-통치적 주체'의 창조를 위한 새로운 문화정치적 프레임」, 『맑스와 마음의 정치학』, 문화과학사, 2014.

심진경, 「여성과 전쟁-잡지 『여성』을 중심으로」, 『현대문학의 연구』 34, 2008.

_____, 「여성작가 친일소설 연구」, 『친일문학 연구의 성과와 과제』, 2002년 가을 배달말학회 전국학술대회 발표논문집, 2002.11.29.

안미영, 「여학생과 문명에의 의지」, 『한국 현대문학 연구』 8, 한국현대문학학회, 2000.12.

양건열, 『대중문화론』, 현대미학사, 1997.

오문석, 「민족문학과 친일문학 사이의 내재적 연속성 문제 연구―최남선을 중심으로」, 『현대문학의 연구』 30, 한국문학연구학회, 2006.11.

오양호, 『일제강점기 만주조선인문학연구』, 문예출판사, 1996.

유선영, 「식민지의 스티그마 정치―식민화 초기 부랑자표상의 현실효과」, 『사회와 역사』 89, 한국사회사학회, 2011.3.

윤대석, 「1940년대 '국민문학' 연구」, 서울대 박사논문, 2006.

윤해동, 「친일과 반일의 폐쇄회로 벗어나기」, 『당대비평』 21, 2003.3.

_____, 『식민지의 회색지대』, 역사비평사, 2004.

_____, 「'식민지 근대'의 패러독스」, 『식민지 근대의 패러독스』, 휴머니스트, 2007.

_____ 외편, 『근대를 다시 읽는다』 2, 역사비평사, 2007.

이경돈, 「『별건곤』과 근대 취미독물」, 『대동문화연구』 46, 성균관대 대동문화연구원, 2004.6.

이경훈, 「『근대의 초극』론―친일문학의 한 시각」, 『현대문학의 연구』 5, 현대문학연구학회, 1995.10.

_____, 「만주와 친일 로맨티시즘」, 『한국근대문학연구』 4, 한국근대문학회, 2003.4.

이기훈, 「역사용어바로쓰기―친일과 협력」, 『역사비평』, 역사문제연구소, 2005.가을.

이동순, 「일제강점기 가요시 장르의 문화사적 가치」, 『인문연구』 60, 영남대 인문과학연구소, 2010.12.

이보형 · 홍기원 · 배연형 편, 『유성기음반 가사집』 1 · 2, 민속원, 1999.

이상경, 「'야만'적 저항과 '문명'적 협력」, 김재용 외, 『재일본 및 재만주 친일문학의 논리』, 역락, 2004.

이상우, 「표상으로서의 망국사 이야기―식민지 후반기 역사극에 나타난 민족담론과 식민담론의 문제」, 『한국극예술연구』 25, 한국극예술학회, 2007.4.

이선옥, 「평등에 대한 유혹」, 『실천문학』, 2002.가을.

이영미, 「1950년대 대중가요의 아시아적 이국성과 국제성 욕망」, 『상허학보』 34, 상허학회, 2012.2.

_____, 「트로트는 슬픈 노래다」, 『흥남부두의 금순이는 어디로 갔을까』, 황금가지, 2002.

이영화, 「최남선의 문화사관과 역사연구방법론」, 『한국근현대사연구』 25, 한국근현대사학회, 2003.5.

이준희 · 장유정 편, 『유성기음반 가사집』 6, 민속원, 2008.

임규찬 · 한기형 편, 『볼셰비키화와 조직운동』, 태학사, 1990.

임성모, 「만주국과 오키나와의 비교사적 고찰」, 한석정 · 노기식 편, 『만주, 동아시아 융합의 공간』, 소명출판, 2008.

_____, 「팽창하는 경계와 제국의 시선」, 동국대 문화학술원 한국문학연구소 편, 『제국의 지리학, 만주라는 경계』, 동국대 출판부, 2010.

임유경, 「不穩과 통치성―식민지 시기 '불온'의 문화정치」, 『대동문화연구』 90, 성균관대 대동문화연구원, 2015.6.

임종국, 『친일문학론』, 평화출판사, 1966.

_____ 편, 『친일논설선집』, 실천문학, 1987.

임채정, 「근대 철도 인프라스트럭처의 운영과 그 특징」, 『경영사학』 25-1, 한국경영사학회, 2010.3.

장석만, 「민족과 인종의 경계선-최남선의 자타인식」, 『종교문화비평』 7, 한국종교문화연구소, 2005.3.

장세룡, 「헤테로토피아-(탈)근대 공간 이해를 위한 시론」, 『대구사학』 95, 대구사학회, 2009.5.

장유정, 「20세기 전반기 한국 대중가요와 디아스포라」, 『근대 대중가요의 지속과 변모』, 소명출판, 2012.

장인성, 「'인종'과 '민족' 사이-동아시아연대론의 지역적 정체성과 '인종'」, 『국제정치논총』 40-4, 한국국제정치학회, 2000.12.

_____, 「한국의 세력균형 개념-'균세'와 '정립'」, 『세계정치』 25, 서울대 국제문제연구소, 2004.11.

전상숙, 「일제 군부파시즘체제와 '식민지 파시즘'」, 『동방학지』 124, 연세대 국학연구원, 2004.3.

전성곤, 「만주 '건국대학' 창설과 최남선의 건국신화론」, 『일어일문학연구』 56-2, 한국일어일문학회, 2006.2.

_____, 「최남선의 『불함문화론』 다시 읽기」, 『역사문제연구』 16, 역사문제연구소, 2006.10.

전승주, 「한국 근현대문학 담론에 나타난 민족이념과 국가주의-1920년대 민족주의문학과 민족 담론」, 『민족문학사연구』 24, 민족문학사학회, 2004.3.

정규영, 「콜로니얼리즘과 학문의 정치학-15년전쟁하 경성제국대학의 대륙연구」, 『교육사학연구』 9, 교육사학회, 1999.7.

정근식 · 최경희, 「도서과의 설치와 일제 식민지출판경찰의 체계화, 1926~1929」, 『한국문학연구』 30, 동국대 한국문학연구소, 2006.6.

정연태, 「'식민지 근대화론' 논쟁의 비판과 신근대사론의 모색」, 『창작과 비평』 103, 1999.봄.

정용화, 「한국인의 근대적 자아 형성과 오리엔탈리즘」, 『정치사상연구』 10, 한국정치사상학회, 2004.5.

정종현, 「제국 / 민족 담론의 경계와 식민지적 주체-1940년대 이태준 '문학'에 나타난 혼종성」, 『상허학보』 13, 상허학회, 2004.8.

_____, 「근대문학에 나타난 '만주' 표상」, 『한국문학연구』 28, 동국대 문화학술원, 2005.6.

_____, 「식민지 후반기(1937~1945) 한국문학에 나타난 동양론 연구」, 동국대 박사논문, 2005.

정준영, 「경성제국대학의 '대륙' 연구-학술연구조사의 정치성과 식민지대학의 사명」, 만주학회 · 경북대 인문학술원 공동주체 학술대회 발표집 『만주 연구의 스펙트럼』, 2014.1.

정진석, 『한국언론사』, 나남, 1990.

조규형, 「탈식민론과 몸-식민에서 디지털까지의 몸 담론」, 『비평과 이론』, 2001.봄여름.

조석곤, 「수탈론과 근대화론을 넘어서-식민지 시대의 재인식」, 『창작과 비평』 96, 1997.여름.

조선도서출판주식회사 편, 노상래 역, 『반도작가 단편집』, 1944.

조진기, 「내선일체의 실천과 내선결혼소설」, 『한민족어문학』 50, 한민족어문학회, 2007.

_____, 『일제 말기 국책과 체제 순응의 문학』, 소명출판, 2011.

조태성, 「감성의 발현과 그 방식, 파장 혹은 스펙트럼」, 『감성연구』 창간호, 전남대 호남학연구원, 2010.

조현설, 「동아시아 신화학의 여명과 근대적 심상지리의 형성 — 시라토리 쿠라키치, 최남선, 마우둔을 중심으로」, 『민족문학사연구』 16, 민족문학사학회, 2000.

_____, 「민족과 제국의 동거 — 최남선의 만몽문화론 읽기」, 동국대 문화학술원 한국문학연구소 편, 『제국의 지리학, 만주라는 경계』, 동국대 출판부, 2010.

진시원, 「동아시아 철도 네트워크의 기원과 역사 — 청일전쟁에서 태평양전쟁까지」, 『국제정치논총』 44-3, 고려대 평화연구소, 2004.

차승기, 「1930년대 후반 전통론 연구 — 시간·공간 의식을 중심으로」, 연세대 박사논문, 2002.

채석진, 「제국의 감각 — '에로 그로 넌센스'」, 『페미니즘연구』 5, 한국여성연구소, 2005.10.

최경희, 「젠더연구와 검열연구의 교차점에서」, 한국학의 세계화 사업단·연세대 국학연구원 편, 『일제 식민지 시기 새로 읽기』, 혜안, 2007.

최동원·임명진 편, 『유성기음반 가사집』 5·6, 민속원, 2003.

최석영, 『일제의 동화이데올로기 창출』, 서경문화사, 1997.

최원식·백영서 편, 『동아시아인의 '동양' 인식 — 19~20세기』, 문학과지성사, 1997.

최재서, 『최재서 평론집』, 청운출판사, 1960.

최정수, 「미국의 세계안보전략과 만주 개방정책의 실체」, 박준기·최정수·정상수·최재희, 『아시아의 발칸, 만주와 서구 열강의 제국주의 정책』, 동북아역사재단, 2007.

하정일, 「한국 근대문학 연구와 탈식민 — '친일문학' 문제를 중심으로」, 『민족문학사연구』 23, 민족문학사학회, 2003.12.

한국고음반연구회 편, 『유성기음반 가사집』 3·4, 민속원, 1999.

한기형, 「문화정치기 검열체계와 식민지 미디어」, 『대동문화연구』 51, 성균관대 대동문화연구원, 2005.9.

_____, 「'불온문서'의 창출과 식민지 출판경찰」, 『대동문화연구』 72, 성균관대 대동문화연구원, 2010.12.

한도연·김재용, 「친일문학의 내적 논리」, 『친일문학과 근대성』, 역락, 2003.

한민주, 「불온한 등록자들 — 근대 통계학, 사회위생학, 그리고 문학의 정치성」, 『한국문학연구』 46, 동국대 한국문학연구소, 2014.6.

한석정, 「지역체계의 허실 — 1930년대 조선과 만주의 관계」, 『한국사회학』 37, 한국사회학회, 2003.11.

_____, 『만주국 건국의 재해석』, 동아대 출판부, 2007.

_____, 「만주의 기억」, 『한일 역사인식 논쟁의 메타히스토리 — '한일, 연대21'의 시도』, 뿌리와이파리, 2008.

_____, 「만주 웨스턴과 내셔널리즘의 공간」, 『사회와 역사』 84, 한국사회사학회, 2009.12.

_____, 「박정희, 혹은 만주국판 하이 모더니즘의 확산」, 『일본비평』 3, 서울대 일본연구소, 2010.8.

_____, 「만주국 시기 조선인의 사회적 지위」, 『동북아역사논총』 31, 동북아역사재단, 2011.3.

한수영, 「만주, 혹은 체험과 기억의 균열」, 『친일문학의 재인식―1937~1945년간의 한국소설과 식민주의』, 소명출판, 2005.

한윤형·최태섭·김정근, 『열정은 어떻게 노동이 되는가』, 웅진지식하우스, 2012.

함동주, 「중일전쟁과 미키 기요시의 동아협동체론」, 『동양사학연구』 56, 동양사학회, 1996.10.

허경, 「미셸 푸코의 '헤테로토피아'―초기 공간 개념에 대한 비판적 검토」, 『도시인문학연구』 3-2, 서울시립대 도시인문학연구소, 2011.12.

허우성, 『근대 일본의 두 얼굴―니시다 철학』, 문학과지성사, 2000.

홍종욱, 「중일전쟁기(1937~1941) 조선 사회주의자들의 전향과 그 논리」, 『한국사론』 44, 서울대 국사학과, 2000.

홍병철·유찬근 편, 『반도사화(半島史話)와 낙토만주(樂土滿洲)』, 신경(新京) : 만선학해사(滿鮮學海社), 1942.

황종연, 「한국문학의 근대와 반근대―1930년대 후반기 문학의 전통주의 연구」, 동국대 박사논문, 1991.

_____, 「조선 청년 엘리트의 황국신민 아이덴티티 수행―아시아태평양전쟁기 조선인 학병에 관한 노트」, 한일 연대21 편, 『한일 역사인식 논쟁의 메타히스토리』, 뿌리와이파리, 2008.

_____, 「동양적 숭고―일본 제국 풍경 중의 석굴암」, 백영서·김명인 편, 『민족문학론에서 동아시아론까지―최원식 정년기념논총』, 창비, 2015.

3. 번역서 및 국외서

가와 가오루, 김미란 역, 「총력전 아래의 조선 여성」, 『실천문학』, 2002.가을.

강상중, 이경덕 역, 『오리엔탈리즘을 넘어서』, 이산, 1999.

_____, 「사라지지 않는 '아시아'의 심상지리를 넘어서」, 강상중 편·이강민 역, 『공간 아시아를 묻는다』, 한울, 2007.

강상중·현무암, 이목 역, 『기시노부스케와 박정희』, 책과함께, 2010.

고바야시 히데오[小林秀雄], 임성모 역, 『만철』, 산처럼, 2004.

고야스 노부쿠니[子安宣邦], 이승연 역, 『근대 일본의 오리엔탈리즘―동아·대동아·동아시아』, 역사비평사, 2005.

까오유엔[高媛], 남효진 역, 「낙토(樂土)를 달리는 관광버스」, 요시미 순야[吉見俊哉], 연구공간 수유+너머 '일본근대와 젠더 세미나팀' 역, 『확장하는 모더니티』, 소명출판, 2007.

나카무라 미쓰오[中村光夫]·니시타니 게이지[西谷啓治] 외, 이경훈·송태욱·김영심·김경원 역, 『태평양전쟁의 사상―좌담회 「근대의 초극」과 「세계사적 입장과 일본」으로 본 일본정신의 기원』, 이매진, 2007.

니시카와 나가오[西川長夫], 윤대석 역, 『국민이라는 괴물』, 소명출판, 2002.

도미야마 이치로[冨山一郎], 임성모 역, 『전장의 기억』, 이산, 2002.

모테기 도시오[茂木敏夫], 도면회 역, 「국민국가 건설과 내국 식민지―중국 변강의 '해방'」, 임지
　　　현・이성시 편, 『국사의 신화를 넘어서』, 휴머니스트, 2004.

문경연 외역, 『좌담회로 읽는 『국민문학』』, 소명출판, 2010.

미야다 세쓰코[宮田節子], 이영랑 역, 『조선민중과 황민화 정책』, 일조각, 1997.

사이토 준이치[齋藤純一], 이혜진・김수영・송미정 역, 『자유란 무엇인가―벌린, 아렌트, 푸코의
　　　자유 개념을 넘어』, 한울아카데미, 2011.

사카이 나오키[酒井直樹], 이규수 역, 이연숙 대담, 『국민주의의 포이에시스』, 창비, 2003.

_____, 이득재 역, 『사산되는 일본어, 일본인』, 문화과학사, 2003.

_____, 후지이 다케시[藤井たけし] 역, 『번역과 주체―'일본'과 문화적 국민주의』, 이산,
　　　2005.

_____ 외, 「다민족국가에 있어서의 국민적 주체의 제작과 소수자의 통합」, 최정옥 외역,
　　　『총력전하의 앎과 제도』, 소명출판, 2014.

야마무로 신이치[山室信一], 임성모 역, 임성모 대담, 『여럿이며 하나인 아시아』, 창비, 2004.

_____, 윤대석 역, 『키메라―만주국의 초상』, 소명출판, 2009.

오무라 마스오[大村益夫], 「김종한(金鐘漢)에 대하여」, 『윤동주와 한국문학』, 소명출판, 2001.

와타나베 나오키[渡邊直紀], 「식민지 조선의 프롤레타리아 농민문학과 (만주) '협화'의 서사와
　　　'재발명된 농본주의'」, 동국대 문화학술원 한국문학연구소 편, 『제국의 지리학, 만주라는
　　　경계』, 2011.

요시미 순야[吉見俊哉], 안미라 역, 『미디어문화론』, 커뮤니케이션북스, 2006.

_____ 외, 연구공간 수유+너머 '일본근대와 젠더 세미나팀' 역, 『확장하는 모더니티』, 소명
　　　출판, 2007.

_____, 박광현 역, 『문화연구』, 동국대 출판부, 2008.

우에노 치즈코[上野千鶴子], 이승희 역, 『가부장제와 자본주의』, 녹두, 1994.

_____, 이선이 역, 『내셔널리즘과 젠더』, 박종철 출판사, 2000.

윤건차, 정도영 역, 『현대일본의 역사의식』, 한길사, 1990.

_____, 이지원 역, 『한일 근대사상의 교착』, 문화과학사, 2003.

이광수, 김원모・이경훈 편역, 『동포에 고(告)함』, 철학과현실사, 1997.

_____, 이경훈 역, 『춘원 이광수 친일문학전집』 II, 평민사, 1995.

이성시, 박경희 역, 『만들어진 고대』, 삼인, 2001.

이효덕, 박성관 역, 『표상 공간의 근대』, 소명출판, 2002.

진노 유키[神野由紀], 문경연 역, 『취미의 탄생―백화점이 만든 테이스트』, 소명출판, 2008.

천 꽝싱[陳光興], 백지운 역, 백영서 대담, 『제국의 눈』, 창비, 2004.

최남선・이광수・마해송, 「동경대담」(『조선화보』, 동경 : 조선문화사, 1944.1), 김윤식 역, 「학병
　　　권유차 동경에 간 최남선, 이광수의 「동경대담(東京對談)」」, 『서정시학』, 2007.봄.

최재서, 노상래 역, 『전환기의 조선문학』, 영남대 출판부, 2006.

한병철, 김태환 역, 『피로사회』, 문학과지성사, 2012.

한일비교문화연구센터, 홍선영 외역, 『일본잡지 모던일본과 조선 1940』, 어문학사, 2009.

호사카 유지[保坂祐二], 「최남선의 불함문화권(不咸文化圈)과 일선동조론(日鮮同祖論)」, 『한일
관계사연구』 12, 한일관계사학회, 2000.4.

후지타 쇼조[藤田省三], 이홍락 역, 「전체주의의 시대경험」, 『창작과 비평』 90, 1995.겨울.

히로마쓰 와타루[廣松涉], 김항 역, 『근대초극론』, 민음사, 2003.

가야트리 차크라보르티 스피박(Gayatri Chakravorty Spivak), 「응답—뒤를 돌아보며, 앞을 내다
보며」, 로절린드 C. 모리스(Rosalind C. Morris) 편, 태혜숙 역, 『서발턴은 말할 수 있는가?
—서발턴 개념의 역사에 관한 성찰들』, 그린비, 2013.

게오르크 크리스토프 톨렌(Georg Christoph Tollen), 「열린 공간과 상상력의 헤테로토피아」,
슈테판 귄첼(Stephan Günzel) 편, 이기흥 역, 『토폴로지—문화학과 매체학에서 공간 연
구』, 에코리브르, 2010.

노르베르트 엘리아스(Norbert Elias), 박미애 역, 『문명화과정』, 한길사, 2007.

니콜라스 잭슨 오쇼네시(Nicholas Jackson O'shaughnessy), 박순석 역, 『대중을 유혹하는 무기
—정치와 프로파간다』, 한울아카데미, 2009.

니클라스 루만(Niklas Luhman), 정성훈 · 권기돈 · 조형준 역, 『열정으로서의 사랑—친밀성의 코
드화』, 새물결, 2009.

데릭 그레고리(Derek Gregory), 최병두 역, 「에드워드 사이드의 상상적 지리」, 마이크 크랭 · 나
이절 스리프트 편, 『공간적 사유』, 에코리브르, 2013.

데이비드 하비(David Harvey), 구동회 · 박영민 역, 『포스트모더니티의 조건』, 한울, 2009.

_____, 임동근 · 박훈태 · 박준 역, 「지리적 불균등발전론을 위한 노트」, 『신자유주의 세
계화의 공간들』, 문화과학사, 2010.

데틀레프 포이케르트(Detlev Peukert), 김학이 역, 『나치 시대의 일상사』, 개마고원, 2009.

돈 미첼(Don Mitchell), 「경관(landscape)」, 데이비드 앳킨스 외편, 이영민 외역, 『현대 문화지리
학』, 논형, 2011.

_____, 류제헌 · 진종헌 · 정현주 · 김순배 역, 『문화정치 문화전쟁(Cultural Geography)』, 살림,
2011.

레셰크 코와코프스키(Leszek Kolakowski), 변상출 역, 『마르크스주의의 주요 흐름』, 유로서적,
2007.

레이 초우(Rey Chow), 정재서 역, 『원시적 열정』, 이산, 2004.

로버트 J. C. 영(Robert J. C. Young), 김택현 역, 『포스트식민주의 또는 트리컨티넨탈리즘』, 박종
철출판사, 2005.

_____, 김용규 역, 『백색신화』, 경성대 출판부, 2008.

로제 카이와(Roger Caillois), 이상률 역, 『놀이와 인간』, 문예출판사, 1994.

롤랑 바르트(Roland Barthes), 장현 역, 『신화론』, 현대미학사, 1995.

루이 알뛰세르(Louis Althusser), 김동수 역, 「이데올로기와 이데올로기적 국가장치」, 『아미엥에

서의 주장』, 솔, 1998.

리타 펠스키(Rita Felski), 김영찬・심진경 역, 『근대성과 페미니즘』, 거름, 1998.

릴라 간디(Leela Gandhi), 이영욱 역, 『포스트식민주의란 무엇인가』, 현실문화연구, 2000.

마르쿠스 도엘(Marcus A. Duel), 최병두 역, 「지리학에서 글렁크 없애기-닥터 수스와 질 들뢰즈 이후의 공간과학」, 마이크 크랭(Mike Crang)・나이절 스리프트(Nigel Thrift) 편, 『공간 적 사유(*Thinking Space*)』, 에코리브르, 2013.

마크 네오클레우스(Mark Neocleous), 정준영 역, 『파시즘』, 이후, 2002.

미리엄 실버버그(Miriam Rom Silverberg), 강진석・강현정・서미석 역, 『에로틱 그로테스크 넌 센스』, 현실문화, 2014.

미셸 옹프레(Michel Onfray), 곽동준 역, 『바로크의 자유사상가들』, 인간사랑, 2011.

미셸 푸코(Michel Foucault), 이광래 역, 『말과 사물-인문과학의 고고학』, 민음사, 1986.

_____, 정일준 역, 「자유의 실천으로서 자아에의 배려-권력, 자아 윤리」, 미셸 푸코 외, 정일준 편역, 『미셸 푸코의 권력이론』, 새물결, 1995.

_____, 「미셸푸코와의 대담-권력 문제에 대한 해명(Clarifications on the Question of Power)」, 미셸 푸코(Michel Foucault) 외, 정일준 편역, 『미셸 푸코의 권력이론』, 새물결, 1995.

_____, 「개인에 관한 정치의 테크놀로지」, 미셸 푸코 외, 이희원 역, 『자기의 테크놀로지』, 동문선, 1997.

_____, 김부용 역, 『광기의 역사』, 인간사랑, 1999.

_____, 오생근 역, 『감시와 처벌-감옥의 탄생』, 나남, 2000.

_____, 이혜숙・이영목 역, 『성의 역사』 3(자기 배려), 나남, 2006.

_____, 문경자・신은영 역, 『성의 역사』 2(쾌락의 활용), 나남, 2006.

_____, 이규현 역, 『성의 역사』 1(앎의 의지), 나남, 2007.

_____, 「공간, 지식, 그리고 권력」, K. Michael Hays 편, 봉일범 역, 『1968년 이후의 건축이 론』, Spacetime・시공문화사, 2010.

_____, 이상길 역, 『헤테로토피아』, 문학과지성사, 2014.

미첼 디틀러, 「우리 조상의 골족(the Gauls)-근대 유럽에서의 고고학, 에스닉 민족주의, 그리고 켈트족의 아이덴티티의 조작」, 에릭 홉스봄・랑거 편, 최석영 역, 『전통의 날조와 창조』, 서경문화사, 1995.

미하이 칙센트미하이(Mihaly Csikszentmihalyi), 이삼출 역, 『몰입의 기술』, 더불어책, 2003.

_____, 이삼출 역, 『몰입의 기술』, 더불어책, 2003.

발터 벤야민(Walter Benjamin), 반성완 편역, 「기술복제 시대의 예술작품」, 『발터 벤야민의 문예 이론』, 민음사, 1983.

_____, 김영옥・윤미애・최성만 역, 『일방통행로』, 길, 2008.

_____, 최성만 역, 「기술복제시대의 예술작품」, 『기술복제시대의 예술작품-사진의 작은 역사 외』, 길, 2008.

배리 스마트(B. Smart), 정일준 역, 「그람시와 푸코—진리의 정치학과 헤게모니의 문제」, 미셸 푸코(Michel Foucault) 외, 정일준 편역, 『미셸 푸코의 권력 이론』, 새물결, 1995.

볼프강 작스(Wolfgang Sachs), 「개발—파멸로 가는 길」, 김종철 편, 녹색평론사 역, 『녹색평론선집』 2, 녹색평론사, 2008.

빠르타 짯떼르지(Partha Chatterjee), 이광수 역, 『민족주의 사상과 식민지 세계』, 그린비, 2013.

삐에르 부르디외(Pierre Bourdieu), 최종철 역, 『구별짓기—문화와 취향의 사회학』 下, 새물결, 2005.

스테판 다나카(Stefan Tanaka), 박영재 · 함동주 역, 『일본 동양학의 구조』, 문학과지성사, 2004.

아르준 아파두라이(Arjun Appadurai), 장희권 역, 『소수에 대한 두려움—분노의 지리학』, 에코리브르, 2011.

아리스토텔레스(Aristoteles), 강상진 외역, 『니코마코스 윤리학』, 길, 2011.

아쉬스 난디(Ashis Nandy), 이옥순 역, 『친밀한 적』, 신구문화사, 1993.

안토니오 네그리(Antonio Negri) · 마이클 하트(Michael Hardt), 윤수종 역, 『제국』, 이학사, 2007.

_____, 정남영 · 윤영광 역, 『공통체』, 사월의책, 2014.

앙드레 슈미드(Andre Schmid), 정여울 역, 『제국 그 사이의 한국』, 휴머니스트, 2007.

앙리 르페브르(Henri Lefebvre), 양영란 역, 『공간의 생산』, 에코리브르, 2011.

앤서니 기든스(Anthory Giddens), 배은경 · 황정미 역, 『현대사회의 성 · 사랑 · 에로티시즘—친밀성의 구조 변동』, 새물결, 1996.

에드워드 버네이스(Edward Bernays), 강미경 역, 『프로파간다—대중 심리를 조종하는 선전 전략』, 공존, 2009.

에드워드 사이드(Edward W. Said), 김성곤 · 정정호 역, 『문화와 제국주의』, 창, 1995.

_____, 박홍규 역, 『오리엔탈리즘』, 교보문고, 2002.

_____, 박홍규 역, 『문화와 제국주의』, 문예출판사, 2005.

에드워드 소자(Edward Soja), 이무용 외역, 『공간과 비판사회이론』, 시각과언어, 1997.

에릭 프롬(Erich Fromm), 박병진 역, 『자유로부터의 도피』, 육문사, 1990.

에릭 홉스봄(Erich Hobsbawm) 외, 박지향 · 장문석 역, 『만들어진 전통』, 휴머니스트, 2004.

에마뉘엘 피에라(Emmanuel Pierrat), 권지현 역, 김기태 감수, 『검열에 관한 검은책』, 알마, 2012.

요한 호이징하(Johan Huizinga), 김윤수 역, 『호모루덴스—놀이와 문화에 관한 한 연구』, 까치, 2007.

이반 일리치(Ivan Illich), 최효선 · 이승환 역, 『젠더』, 뜨님, 1996.

자크 라캉(Jacques Lacan), 권택영 역, 『욕망이론』, 문예출판사, 1995.

장 보드리야르(Jean Baudrillard), 이상률 역, 『소비의 사회』, 문예출판사, 1997.

_____, 하태환 역, 『시뮬라시옹』, 민음사, 1996.

장 프랑수아 리오타르(Jean-François Lyotard), 유정완 · 이삼출 · 민승기 역, 『포스트모던의 조건』, 민음사, 1995.

제레미 리프킨(Jeremy Rifkin), 이경남 역, 『공감의 시대』, 민음사, 2010.

제임스 C. 스콧(James C. Scott), 전상인 역, 『국가처럼 보기―왜 국가는 계획에 실패하는가』, 에코리브르, 2010.

조 페인터(Joe Painter), 최병두 역, 「피에르 부르디외」, 마이크 크랭(Mike Crang)・나이절 스리프트(Nigel Thrift) 편, 『공간적 사유』, 에코리브르, 2013.

조르조 아감벤(Giorgio Agamben), 박진우 역, 『호모사케르―주권 권력과 벌거벗은 생명』, 새물결, 2009.

존 스튜어트 밀(John Stuart Mill), 이종훈 역, 『자유론』, 지만지, 2008.

지그문트 바우만(Zygmunt Bauman), 문성원 역, 『자유』, 이후, 2009.

_____, 이일수 역, 『액체근대』, 강, 2009.

_____, 이수영 역, 『새로운 빈곤―노동, 소비주의 그리고 뉴푸어』, 천지인, 2010.

_____, 한상석 역, 『모두스 비벤디―유동하는 세계의 지옥과 유토피아』, 후마니타스, 2010.

_____, 함규진 역, 『유동하는 공포』, 산책자, 2011.

_____, 정일준 역, 『현대성과 홀로코스트』, 새물결, 2013.

지그프리트 크라카우어(Siegfried Kracauer), 김정아 역, 『역사―끝에서 두 번째 세계』, 문학동네, 2012.

진 쿼릭(Gene Quarrick), 박석희 역, 『달콤한 시간―어른놀이와 몰입』, 경기대 연구교류처, 1997.

질 들뢰즈(Gilles Deleuze), 권영숙・고훈석 역, 『들뢰즈의 푸코』, 새길, 1995.

칼 마르크스(Karl Marx)・프레드리히 엥겔스(Fredrich Engels), 「공산주의당 선언」, 최인호 외역, 『칼 맑스 프레드리히 엥겔스 저작 선집』 I, 박종철 출판사, 1990.

_____, 이진우 역, 『공산당선언』, 책세상, 2002.

칼 폴라니(Karl Paul Polanyi), 홍기빈 역, 『거대한 전환―우리 시대의 정치・경제적 기원』, 길, 2009.

크리스틴 부시-글룩스만(Christine Buci-Glucksmann), 「헤게모니와 동의―정치전략」, 앤 S. 사쑨(Anne S. Sasson) 편・최우길 역, 『그람시의 혁명전략』, 녹두, 1984.

테리 이글튼(Terry Eagleton), 여홍상 역, 『이데올로기 개론』, 1994.

테오도르 아도르노(Theodor W. Adorno), 김방현 역, 『음악사회학입문』, 삼호출판사, 1990.

_____, 김유동 역, 『미니아 모랄리아―상처받은 삶에서 나온 성찰』, 길, 2005.

토마스 홉스(Thomas Hobbes), 진석용 역, 『리바이어던―교회국가 및 시민국가의 재료와 형태 및 권력』 제1책, 나남, 2008.

티아 데노라(Tia DeNora), 정우진 역, 『아도르노 그 이후―음악사회학을 다시 생각한다』, 한길사, 2012.

패리 앤더슨(Parry Anderson), 유재덕 역, 「근대성과 혁명」, 패리 앤더슨・테리 이글턴 외, 오길영·윤병우 외 편역, 『마르크스주의와 모더니즘』, 이론과실천, 1994.

_____, 오길영·강우성 역, 「구조와 주체」, 페리 엔더슨·테리 이글턴 외, 오길영·윤병우
외 편역, 『마르크스주의와 포스트모더니즘』, 이론과실천, 1994.

풀 워드(Paul Ward), 조혜영 역, 『다큐멘터리—리얼리티의 가장자리』, 커뮤니케이션북스, 2011.

프래신짓트 두아라(Prasenjit Duara), 한석정 역, 『주권과 순수성—만주국과 동아시아적 근대』,
나남, 2008.

프레드릭 제임슨(Fredric Jameson), 황정아 역, 「유토피아의 정치학」, 프레드릭 제임슨·데이비
드 하비·조반니 아리기 외, 김철효·신현욱·정병선·정재원·홍기빈 외역, 『뉴레프트
리뷰』 2, 길, 2010.2.

프리스 모건(Prys Morgan), 「소멸에서 시선으로—낭만주의 시기 웨일스의 과거를 찾아서」, 에릭
홉스봄(Erich Hobsbawm), 박지향·장문석 역, 『만들어진 전통』, 휴머니스트, 2004.

피터 라인보우(Peter Linebaugh), 정남영 역, 『마그나카르타 선언—모두를 위한 자유권들과 커먼
스』, 갈무리, 2012.

한나 아렌트(Hannah Arendt), 이진우·박미애 역, 『전체주의의 기원』 2, 한길사, 2009.

_____, 홍원표 역, 『혁명론』, 한길사, 2005.

해리 하르투니언(Harry Harootunian), 윤영실·서정은 역, 『역사의 요동—근대성, 문화 그리고
일상』, 휴머니스트, 2006.

헤르베르트 마르쿠제(Herbert Marcuse), 박병진 역, 『일차원적 인간—선진산업사회의 이데올로
기 연구』, 한마음사, 2002.

_____, 김인환 역, 『에로스와 문명』, 나남, 2009.

헨리 위그햄(Henry James Whigham), 이영옥 역, 『영국인 기자의 눈으로 본 근대 만주와 대한제
국』, 살림, 2009.

호미 바바(Homi K. Bhabha), 나병철 역, 『문화의 위치』, 소명출판, 2002.

힐디강, 정선태·김진욱 역, 『검은 우산 아래에서—식민지 조선의 목소리, 1910~1945』, 산처럼,
2011.

山之内靖·ヴィクターコシュマン·成田龍一 編, 『總力戰と現代化』, 柏書房, 1995.

野口悠紀雄, 『1940年體制』, 東京 : 東洋經濟新報社, 1995.

田中隆一, 『滿州国と 日本の 帝国支配』, 東京 : 有志舍, 2007.

Aaron Moore, *On structing East Asia—Technology, Ideology, and Empire in Japan's Wartime Era, 1931
~1945*, Stanford : Stanford University Press, 2013.

Baurman Zygmunt, *Postmodern Ethics*, Oxford, Blackwell, 1993.

David Harvy, "The Kantian Roots of Foucault's Dilemmas", *Space, knowledge and power—
Foucault and geography*, Edited by Jeremy W. Crampton and Stuart Elden, Aldershot,
England; Burlington, VT : Ashgate, 2007.

Harry Harootunian, *Overcome by Modernity*, Princeton and Oxford : Princeton University
Press, 2000.

James C. Scott, *Weapons of the Weak : Every Forms of Peasant Resistance*, New Haven and London : Yale University Press, 1985.

Jean-Paul Sartre, "Preface", Frantz Fanon, translated by Constance Farrington, *The Wretched of the Earth*, New York : Penguin Books, 1967.

Klaus Theweleit, *Male Fantasies* vol. 2, trans. Cris Turner · Erica Carter · Stephen Conway, Cambridge : Polity Press, 1989.

Louise Young, *Japan's Total Empire — Manchuria and Culture of Wartime Imperialism*, Berkeley and Los Angeles : University of California Press, 1998.

Manfred, B. Steger, *The Rise of the Global Imaginary*, Oxford University Press, 2009.

Michel Foucault, "Different Spaces"(1967), edited by James. D. Faubion, translated by Robert Hurley and others, *Aesthetics, Method and Epistemology*, New York : The New York Press, 2006.

_____, *Of Other Spaces, Heterotopias*, http://www.foucault.info/documents, 검색일 : 2013.12.27.

Siegfried Kracauer, "Photography", *The Mass Ornament*, translated, edited, and Introduction by Thomas Y. Levin. Cambridge, Massachusetts : Harvard University Press, 1995.

Tomlinson John. "Global Experience as a Consequence of Modernity", *Globalization, Communication, and Transnational Civil Society*, Ed. Sandra Braman and Annabelle Sreberny-Mohammadi. Cresskill, N.J. : Hampton Press, 1996.

W. J. T, Mitchell, "Introduction", *Landscape and Power*, edited by W. J. T, Mitchell, second edition, Chicago : The University of Chicago Press, 2002.

Walter Mignolo, *The Darker Side of the Renaissance : Literacy, Territoriality, and Colonization*, Ann Arbor : University of Michigan, 1995.

인명 찾아보기

주제어 찾아보기